Cayla Kluver
Alera
Zeit der Rache

PIPER

Zu diesem Buch

Die junge Königin Alera hat wider ihren Willen den herrschsüchtigen Steldor geheiratet. Ihre große Liebe zu Narian musste sie dem Wohl ihres Volkes opfern. Denn Narian steht auf der Seite des Feindes. Doch während der Krieg die Länder erschüttert und Hass und Rachegefühle nährt, kann Alera Narian nicht vergessen. Es gibt nur einen Weg, ihre Liebe zurückzugewinnen. Und dafür muss Alera das Undenkbare wagen …

Cayla Kluver ist neunzehn Jahre alt und lebt mit ihrer Familie in Wisconsin, USA, einem Ort, an dem nur die Starken überleben. Ihr Debüt »Geliebter Feind« war der Auftakt zu der romantischen Fantasy-Saga um Alera und wurde gleich nach Erscheinen mit Preisen und Auszeichnungen überhäuft. Mit »Zeit der Rache« setzt sie die Abenteuer der jungen Königin Alera fort.
Weiteres zur Autorin unter: www.caylakluver.com

Cayla Kluver

ALERA

Zeit der Rache

Roman

Aus dem Amerikanischen von
Henriette Zeltner

Piper München Zürich

Entdecke die Welt der Piper Fantasy:

Piper-Fantasy.de

Von Cayla Kluver liegen bei Piper vor:
Alera. Geliebter Feind
Alera. Zeit der Rache

MIX
Papier aus verantwortungsvollen Quellen
FSC® C083411

Ungekürzte Taschenbuchausgabe
Juni 2012

Titel der amerikanischen Originalausgabe:
»Allegiance«, Harlequin Teen, New York 2012

Umschlaggestaltung: www.guter-punkt.de
Umschlagabbildung: Mélane Delon / Repr. by Norma
Satz: psb, Berlin
Papier: Pamo Super von Arctic Paper Mochenwangen GmbH, Deutschland
Druck und Bindung: CPI – Clausen & Bosse, Leck
Printed in Germany ISBN 978-3-492-26876-9

INHALT

PROLOG

Die Halle war menschenleer, bis auf eine Gestalt, die einen Umhang trug und bewegungslos auf einer Empore aus schwarzem Marmor stand. Der Mann schien zu warten und hatte seine Augen, die smaragdgrün strahlten und doch so finster blickten wie Gewitterwolken, auf die Tür am anderen Ende des Raumes gerichtet. Haare, so rot wie die Kohlen eines verglühenden Feuers, verdeckten seine Züge, und selbst der Lichtschein der Fackeln an den Wänden schien sich davor zu fürchten, seiner im Schatten kaum sichtbaren, aber dennoch offenbar eindrucksvollen Erscheinung zu nahe zu kommen.

Die Türen öffneten sich, schwangen nach innen auf und gaben den Blick auf die Silhouette des jungen Mannes frei, den er erwartet hatte. Er war in Begleitung von zwei Wachmännern, die den Auftrag hatten, ihn herzubringen, da man ihm nicht mehr trauen konnte.

Der Siebzehnjährige ignorierte die Soldaten und trat unbefangen und furchtlos herein. Er war völlig wehrlos, trug keinerlei Waffe und dennoch war nicht das geringste Zögern in seinem Gang. Ohne ein Zeichen der Ehrerbietung blieb er vor der Empore stehen und funkelte die beeindruckende Gestalt zornig an. Der Mann überging diese Anmaßung und richtete das Wort stattdessen an die Wachen.

»Ihr seid entlassen«, sagte er mit tiefer, drohender Stimme. »Lasst uns allein.«

Die Wachmänner leisteten dem Befehl eilig Folge.

Erst danach richtete der Mann seine Aufmerksamkeit

auf sein aufmüpfiges Gegenüber. »Ich nehme an, du hast gut geschlafen?«, sagte er mit gespielter Anteilnahme.

»Gut genug.«

Der Mann nickte kaum merklich, und auf seinem ansonsten glatten Gesicht zeigten sich Falten der Missbilligung.

»Nachdem du nun also wieder zu uns zurückgekehrt bist, Narian, und ich dir Zeit zur Erholung gewährt habe, musst du dein Training wieder aufnehmen. Dein närrisches Davonlaufen hat uns bereits veranlasst, Krieg gegen Hytanica zu führen. Daher muss ich dich darauf vorbereiten, darin mitzukämpfen. Denn du wirst derjenige sein, der Hytanica ins Verderben stürzt.«

»Ich werde keine Truppen gegen mein Heimatland anführen«, erklärte Narian.

Seufzend wandte der Herr dieser Hallen sich nach links und trat von der Empore herab.

»Ich habe befürchtet, dass du so etwas sagen wirst«, lamentierte er und blieb vor dem Jungen stehen, den er fast um Haupteslänge überragte. »Aber hast du vergessen, wem du Gefolgschaft schuldest? Die Hytanier sind Feinde Cokyris. Sie sind *deine* Feinde.«

»Der Feind hat mich gut behandelt«, konterte Narian und schob seinen Unterkiefer trotzig vor.

Der Mann begann den Jungen, den er mit aufgezogen hatte, langsam zu umkreisen. Er musterte ihn und suchte nach einer Schwachstelle. Dabei sprach er mit eiskalter Höflichkeit weiter.

»Heute brachte man einen Cokyrier, der bestraft werden musste, vor mich. Er wand sich stundenlang unter meinen folternden Händen und bettelte um Gnade, bis ich ihm mit meinem Schwert den Kopf abschlug. Er rollte genau auf die Stelle, an der du soeben stehst. *Er* war ein Dieb, Narian. Die Respektlosigkeit, die du mir gegenüber an den

Tag legst, ist eine weit größere Beleidigung. Kannst du dir daher ausmalen, wie *deine* Bestrafung aussehen wird?«

»Ich fürchte weder Folter noch Tod. Das habt Ihr mit Eurer Ausbildung doch bezweckt. Also macht mit mir, was Ihr wollt.«

»So kühne Worte von jemand, der derart verletzlich ist«, höhnte der Overlord und blieb vor dem jungen Mann stehen. »Du wirst noch lernen müssen, dass es viele verschiedene Arten von Folter gibt, und eine ist darunter, die du gewiss nicht bereit sein wirst zu ertragen.«

Narian richtete sich kerzengerade auf und machte sich auf jeglichen Schmerz gefasst, doch der Kriegsherr starrte ihn nur an und ein grausames Lächeln umspielte seine Lippen.

»Ich denke, dies wird der geeignete Anreiz sein, um deinen Gehorsam zu erzwingen.« Der Overlord drehte sich zu einer Tür hinter ihm um und rief mit nur leicht erhobener, aber durch ihre Bösartigkeit schneidender Stimme: »Bringt die Gefangene herein.«

Narian erbleichte, als die Tür aufschwang und eine junge Frau in die Halle gezerrt wurde, deren Gesicht er nur zu gut kannte. Sie war in Begleitung eines einzigen Wachsoldaten, der sie an den Fesseln gepackt hatte, mit denen ihre Hände zusammengebunden waren.

Der Overlord machte einen Schritt auf sie zu und griff in ihr offenes Haar. Sie wimmerte, als er sie daran bis direkt vor Narian schleifte. Über ihre Wangen rollte eine einzige Träne.

»Tut ihr nicht weh«, sagte Narian und schüttelte ungläubig den Kopf, und zum ersten Mal in diesem Gespräch war ein leichtes Zittern in seiner Stimme. »Bitte, tut ihr nicht weh.«

»Also wirklich, Narian«, höhnte der Overlord. »Betteln steht euch nicht wohl an.«

Er ließ das Haar des jungen Mädchens los und schlug ihr dafür mit ganzer Kraft ins Gesicht. Sie stürzte aufschluchzend zu Boden und presste sich die Hand vor den Mund. Zwischen ihren Fingern quoll Blut hervor.

»Nein!«, schrie Narian. »Ich habe gesagt, Ihr sollt ihr nicht wehtun!« Seine Augen schossen zwischen seinem Herrn und Meister und dem Mädchen hin und her, und seine Gedanken überschlugen sich, denn auf dergleichen war er nicht vorbereitet gewesen. »Wir können einen Handel abschließen«, fuhr er dann etwas gefasster fort. Er hatte sich wieder gefangen und sprach mit fester Stimme. »Aber fügt ihr kein Leid mehr zu.«

»Einen Handel?«, polterte der Overlord. »Das heißt, du würdest um ihr Leben feilschen?«

»Nein, ich würde um Euren Sieg feilschen. Falls sie verletzt oder getötet wird, wird mich keine Macht des Himmels und der Hölle dazu bringen, mich noch Eurem Befehl zu unterwerfen.« Narian legte eine Pause ein, weil er eine Erwiderung erwartete. Als diese jedoch ausblieb, fuhr er fort: »Meine Forderungen sind simpel. Gebt mir Euer Wort, dass ihr nichts geschieht. Und garantiert mir, dass das Volk der Hytanier nicht sinnlos niedergemetzelt wird.«

Nachdem er sich einen Moment lang besonnen hatte, nickte der Overlord. »Ich denke zwar nicht, dass du in einer Position bist, die es dir gestattet, Forderungen zu stellen, aber ich werde auf diesen *Handel* eingehen, sofern du dich willig meinem Befehl unterordnest.« Er warf noch einen Blick auf die Gefangene, dann winkte er dem Wachmann, sie abzuführen. »Ich wusste, dass du dir auch diesmal meine Sicht der Dinge aneignen würdest.«

Der Soldat eilte zu dem schluchzenden Mädchen und versuchte, sie auf die Füße zu ziehen, doch sie schrie auf und entwand sich seinem Griff. Stattdessen streckte sie die Hand nach Narian aus und versuchte, sich ihm zu nähern.

Dabei weinte sie und flüsterte Hilfe suchend seinen Namen. Doch Narian schüttelte nur stumm den Kopf. Auf einen Wink seines Herrschers hin packte der Wachmann die Gefangene an den Oberarmen und zerrte sie grob mit sich. Anschließend wandte sich der Overlord erneut an seinen Schützling.

»Es gibt da eine Reihe von Beleidigungen, für die du Strafe verdienst – Anmaßung, Ungehorsam, Flucht –, aber ich bin bereit, über all diese Dinge hinwegzusehen. Allerdings scheinst du das Ausmaß meiner Macht vergessen zu haben. Aus diesem Grund allein halte ich eine Auffrischung deines Gedächtnisses für geboten.«

Der Overlord streckte einen Arm in Narians Richtung, während seine Worte noch drohend im Saal hingen. Da fiel der Junge auch schon auf Hände und Knie und wand sich vor Schmerz. Obwohl er alles daransetzte, nicht zu schreien, war diese Mühe letztlich vergebens. Seine Schmerzenslaute waren so lange zu vernehmen, bis der Kriegsherr seinen Arm senkte.

»Ich habe den Klang deiner Schreie vermisst«, höhnte der Overlord. »Mach dir nur klar, dass ich noch viel mehr Schreie hören werde, und zwar sowohl deine als auch die des Mädchens, solltest du an der Aufgabe, die ich dir zugedacht habe, scheitern.«

1. Der Nachfolger

Die Palastwachen trugen ihre königsblauen Tuniken mit goldenem Brusteinsatz und jeweils eine Standarte aus Seide in denselben Farben in der linken Hand. Sie standen Spalier zu beiden Seiten des Thronsaals. Auf der Marmorempore an der Stirnseite bildete die Elitegarde des Königs links und rechts des Throns einen doppelten Halbkreis. Die Wamse ihrer Uniformen waren ebenfalls königsblau. Nur Cannan, der Hauptmann der Elitegarde, trug ein schwarzes Wams und hatte sich unmittelbar neben dem Königsthron postiert. Auf den Bänken, die man in Reihen aufgestellt hatte, wobei ein breiter Mittelgang frei blieb, hatte der farbenprächtig und kostbar gekleidete Adel Hytanicas Platz genommen. Das Licht der späten Nachmittagssonne fiel durch hohe Fenster ein und überzog den vorderen Teil des Thronsaals mit einem einladenden Schimmer. Bis auf das Rascheln, wenn eine der anwesenden Damen ihre Kleidung ordnete, oder das Scharren einer Bank auf dem Steinboden, war nichts zu hören. Alle warteten gespannt auf den Beginn der Krönungszeremonie.

Steldor und ich schwiegen, wie auch der Rest der Königsfamilie. Und obwohl es im Vorzimmer genügend Sitzgelegenheiten gab, ließ die Anspannung uns stehen. Als sich eine der Türen in den Thronsaal öffnete, wandten wir uns alle gleichzeitig um und sahen Lanek, den Palastherold und persönlichen Sekretär des Königs, in unsere Mitte treten.

»Der Priester ist bereit«, ließ er uns wissen.

Meine Augen suchten die von Steldor, doch ich konnte

in seinem Gesicht keine Nervosität erkennen. Seine Gelassenheit erstaunte mich, bis ich mir klarmachte, dass die Aufregung der bevorstehenden Zeremonie wahrscheinlich nichts war im Vergleich zu dem Druck, den er empfinden musste, wenn er seine Truppen als Feldherr in die Schlacht führte.

Auf ein Kopfnicken des Königs hin stießen Palastwachen die schwere Doppeltür auf, sodass meine Eltern nebeneinander über die Schwelle treten konnten. Ihnen voran schritten zwei Herolde, einer mit der Flagge des Königreichs, der andere mit einer Fahne, auf der das Wappen der Königsfamilie prangte.

Mein Vater war in Gold gewandet, um die Schultern einen königsblauen Samtmantel mit Hermelinkragen. Auf seinem grau melierten Haar trug er die Königskrone: einen diamantenbesetzten Goldreif, der mit vier symmetrisch angeordneten Juwelenkreuzen verziert war. Das erhabene Siegel aus zwei gekreuzten Schwertern auf dem Königsring an seiner Rechten war ebenfalls von Edelsteinen eingefasst. In der Linken trug er das Zepter, und an seiner Hüfte hing das Königsschwert in einer reich verzierten Scheide.

Meine Mutter trug eine Robe aus Goldbrokat mit einem an den Schultern befestigten königsblauen Samtcape. Auf ihrem honigblonden Haar ruhte die Krone der Königin: ein zur Königskrone passender Goldreif, allerdings nur mit einem einzigen Juwelenkreuz.

Die versammelten Adeligen erhoben sich, als die Trompeten erschollen und Lanek vortrat, um das Königspaar anzukündigen. Trotz seiner gedrungenen Statur, die dazu führte, dass man ihn in einer Menschenmenge leicht übersah, verschaffte er sich mit seiner dröhnenden Stimme wie immer sofort Gehör.

»Begrüßt König Adrik und seine Königin, Lady Elisia!«

Die sanften braunen Augen meines Vaters begegneten den ernsten blauen meiner Mutter, und ich bemerkte, wie er liebevoll ihre Hand drückte, bevor er ihr förmlich seinen Arm anbot, um sie hineinzugeleiten. Dann folgte sein letzter Einzug in den Thronsaal als Herrscher über Hytanica an der Seite seiner Gemahlin. Der betagte Priester, der vor der Empore gestanden hatte und darauf wartete, über den Schwur des neuen Königs zu wachen, ging ein kleines Stück beiseite, um ihnen Platz zu machen. Meine Eltern erklommen die Empore und traten neben ihre Throne, bevor sie sich zu ihren Untertanen umwandten.

Meine Schwester, Prinzessin Miranna, erschien mit fröhlich blitzenden blauen Augen als Nächste im Saal. Sie trug ebenfalls ein Kleid aus Goldbrokat und dazu ein Diadem aus Gold und Perlen in ihrem rotblonden Haar. Sie knickste vor dem Herrscherpaar, bevor sie ebenfalls die Stufen hinaufstieg und sich dann in dem äußeren Sessel links neben dem Thron der Königin niederließ.

Ich wartete, bis meine Schwester ihren Platz eingenommen hatte, dann schritt auch ich langsam den Mittelgang entlang. Meine Hände zitterten, obwohl ich so sehr versuchte, sie unter Kontrolle zu bringen. Doch mein Herz war erfüllt von Furcht bei dem Gedanken an die Macht, die Steldor bald als neuer König besäße. Die creme- und goldfarbene Robe hatte ich schon zu meiner Hochzeit eine Woche zuvor, am 10. Mai, getragen. Allerdings war nun zusätzlich eine karmesinrote lange Schleppe an den Schultern befestigt. Auf meinem hochgesteckten dunkelbraunen Haar trug ich wie Miranna ein goldenes, perlenbesetztes Diadem.

Während ich mich feierlich den Thronsesseln näherte, glitt ein kleines Lächeln über meine Züge, denn ich musste plötzlich an London denken und daran, wie er wohl ausgesehen hätte, wenn er unter den Elitegardisten gewesen wäre. Mein ehemaliger Leibwächter war jedoch noch nicht von seiner Suche nach Narian aus den Bergen zurück. Wäre er zugegen gewesen, hätte er gewiss nicht die geforderte Uniform getragen. Die Vorstellung, ihn in seinem üblichen Lederwams unter den einheitlich gewandeten Kameraden zu sehen, erheiterte mich. Als ich die Empore erreicht hatte, knickste auch ich vor meinen Eltern und trat danach an den Sessel gleich neben dem meiner Mutter.

Die erwartungsvolle Stimmung im Saal schien ihren Höhepunkt zu erreichen, als Steldor sich anschickte, den Mittelgang zu durchschreiten. Er trug einen prachtvollen schwarzen Uniformrock über einer goldenen Weste, was seine kräftige Statur und seine tiefschwarzen Haare und Augen perfekt zur Geltung brachte. Die Schwertscheide an seiner linken Hüfte war leer, dafür trug er jedoch den Dolch, den ich ihm drei Monate zuvor zu seinem einundzwanzigsten Geburtstag geschenkt hatte, an seiner rechten Seite. Zu seinen Füßen bauschte sich ein karmesinroter Umhang, der mit goldenen Spangen an seinen Schultern befestigt war.

Zum Fanfarenklang der Trompeten machte sich Steldor auf den langen Weg durch den Mittelgang, und seine Stiefel schlugen einen gemächlichen, gleichmäßigen Rhythmus dazu. Er blickte starr geradeaus und schien die versammelte Menge gar nicht wahrzunehmen. Seine Miene war so unbewegt wie die der verblichenen Könige auf den Porträts, die die Wände links und rechts säumten. Trotz seines kühlen Auftretens konnte ich daran, wie er den Kopf hielt, ablesen, dass er diesen Moment genoss.

Während Steldor sich den Thronen näherte, trat der Priester erneut vor und meldete sich zu Wort, nachdem mein Ehemann zehn Schritte vor ihm stehen geblieben war.

»Lords und Ladies von Hytanica«, sagte er mit leicht brüchiger und nasaler, aber um angemessene Lautstärke bemühter Stimme. »Ich präsentiere Euch Lord Steldor, den Sohn von Baron Cannan und Gemahl der Thronerbin Prinzessin Alera, der vor Euch hintritt, um als rechtmäßiger König über das Land und die Menschen von ganz Hytanica gekrönt zu werden. Seid Ihr alle, die Ihr Euch hier versammelt habt, gewillt, ihn als solchen anzuerkennen?«

Ein vielstimmiges Ja schallte durch den Thronsaal.

»Und seid Ihr, Lord Steldor, bereit, den Königseid zu leisten?«

»Ich bin bereit«, erwiderte Steldor mit kräftiger, gefasster Stimme.

Der Priester ließ den Blick über den versammelten Adel schweifen, und als er sich der Aufmerksamkeit aller Anwesenden sicher war, nickte er Steldor zu, der daraufhin auf ein Knie sank.

»Gelobt Ihr feierlich, die Untertanen des Königreichs Hytanica gerecht, gütig und weise zu regieren?«, fragte der Priester.

»Das gelobe ich feierlich.«

»Gelobt Ihr, die Gesetze Gottes zu wahren und zu achten?«

»Ich gelobe es.«

»Werdet Ihr Verfallenes neu aufbauen, Verfehlungen strafen und sühnen sowie Gutes fördern?«

»All das gelobe ich.«

»Dann erhebt Euch und besteigt den Thron.«

Steldor stand auf, während der Priester beiseite trat. Nach einer letzten Verbeugung vor dem Königspaar stieg er die Stufen empor, und Cannan trat zu ihm, um ihm den roten Umhang des Thronfolgers abzunehmen. Gleichzeitig nahm meine Mutter meinem Vater den Königsmantel ab. Sie wartete, während Steldor sich den versammelten Adeligen zuwandte, und legte ihn anschließend um seine breiten Schultern. Meine Eltern begaben sich anschließend an Cannans Seite, wo meine Mutter den roten Umhang in Empfang nahm und ihn meinem Vater übergab.

Steldor ließ die Augen über die Menge schweifen und hob zu seinem letzten Schwur an.

»All das, was ich hier gelobt habe, werde ich umsetzen und halten, so wahr mir Gott helfe«, erklärte er mit leidenschaftlicher Stimme.

Er reichte mir die Hand, und ich trat an seine Seite. Nachdem er das rote Cape von meinem Kleid gelöst hatte, reichte er es meiner Mutter, die ihm dafür das der Königin gebührende königsblaue aushändigte. Er legte es um meine Schultern, und dann ließen wir uns zum ersten Mal auf den Thronsesseln nieder.

Sogleich erschien der Priester mit einem kleinen Ölfläschchen vor uns, um uns zu salben.

»Hiermit salbe und segne ich dich als König über das hytanische Volk«, sprach er, benetzte seinen Zeigefinger mit dem Öl und zeichnete Kreuze auf Steldors Stirn und Hände. »Mögest du uns in Wohlstand und Frieden regieren und weise, gerecht und gnädig über uns herrschen.«

Bevor er sich an mich wandte, benetzte er seinen Zeigefinger erneut.

»Hiermit salbe ich dich zur Königin von Hytanica. Mögest du deinen König bei der Ausübung seines Amtes unterstützen und stärken«, sagte er und versah auch mich mit dem Kreuzzeichen.

Nachdem er einen letzten Segen gesprochen hatte, begab der Priester sich zu dem für ihn vorgesehenen Stuhl ganz rechts vom Königsthron.

Nun würde mein Vater die Amtsgewalt auf seinen Nachfolger übertragen. Dazu trat er vor, und Steldor erhob sich vom Thron, um die Herrschaftssymbole in Empfang zu nehmen.

»Nehmt den Stab der Weisheit«, sagte mein Vater ernst und drückte Steldor das Zepter in die linke Hand. »Erweist den Getreuen Ehre, sorgt für die Schwachen, lobt die Gerechten und weist Eurem Volk den rechten Weg.«

Dann zog der König sein Schwert. »Führt dieses Schwert nicht ohne Not, doch nutzt es zum Schrecken und zur Strafe der Böswilligen sowie zum Schutz und zur Stärkung aller, die guten Willens sind.«

Steldor nahm auch das Schwert in Empfang und reckte es kurz in die Höhe, bevor er es in die Scheide schob.

Nachdem er sich den Siegelring abgezogen hatte, schob ihn der König auf Steldors rechten Mittelfinger.

»Empfangt diesen Ring als Zeichen königlicher Würde. Er möge alle an Eure Souveränität erinnern und Euch an Eure heute geleisteten Schwüre.«

Damit war der Zeitpunkt gekommen, den letzten Akt vorzunehmen, und ich beobachtete mit einer gewissen Trauer, wie mein Vater sich die Krone vom Kopf nahm und sie dann für alle sichtbar hochhielt. Schließlich verkündete er voller Inbrunst: »Nehmt diese Krone als Zeichen königlicher Würde und als rechtmäßiger König Hytanicas.«

Er setzte sie Steldor aufs Haupt, und sofort erschollen begeisterte Rufe aus der versammelten Menge.

»Ein Hoch auf den König! Lang lebe König Steldor!«

Mein Vater, der nun nicht mehr Herrscher über Hytanica war, wartete, bis der Lärm abklang, dann beugte er das Knie vor dem neuen König, um ihm Gefolgschaft zu schwören.

»Ich gelobe Euch Wahrhaftigkeit und Treue, Eure Majestät, König von Hytanica, Euch und Euren Nachkommen.«

Nachdem er den Siegelring geküsst hatte, erhob mein Vater sich und stellte sich vor den Sessel, auf dem ich Platz genommen hatte. Ich stand von meinem Thron auf und nahm mein Diadem ab, das ich meiner Mutter reichte, die wiederum auf Steldor zuging, um sich die Krone der Königin abnehmen zu lassen. Sie knickste vor ihm und stellte sich anschließend zu ihrem Gatten und ihrer jüngeren Tochter.

»Ihr sollt die rechtmäßig gekrönte Königin Hytanicas sein«, verkündete Steldor, als er mir den Goldreif aufs Haupt setzte. Daraufhin brandete erneut Jubel auf, der von den steinernen Mauern und der Balkendecke widerhallte.

Zusammen mit der Krone senkte sich auch das Gewicht der Verantwortung auf mich herab. Plötzlich hatte ich das Gefühl, mit meinen achtzehn Jahren noch viel zu jung für die mir zugedachte Rolle zu sein. Ich warf meiner Mutter einen panischen Blick zu, und sie gewährte mir die einzig mögliche Hilfe – ein beruhigendes Lächeln. Nachdem Steldor und ich wieder auf unseren Thronen Platz genommen hatten, setzten sich auch der Rest der königlichen Familie und der hytanische Adel wieder. Danach trat Cannan vor, um vor seinem Sohn kniend seine Treue zu versichern.

»Ich, Baron Cannan, Hauptmann der Elitegarde und Oberhaupt der hytanischen Armee, verbürge mich persönlich für Leib und Leben Eurer Majestät. Ich werde Euch wahrhaftig und treu dienen und Euch mit meinem Leben gegen jegliche Gefahr verteidigen.«

Nachdem er den Siegelring des Königs geküsst hatte, kehrte der Hauptmann an seinen angestammten Platz zur Rechten des Königs zurück. Ich folgte ihm mit meinem Blick und fragte mich, was er in diesem Moment empfinden mochte. Doch seine Miene war so verschlossen wie immer.

Weiter ging es mit den Ehrbezeigungen, indem jeder männliche Adelige vortrat, um sein Knie zu beugen und dem König die Treue zu schwören. Als der Letzte von ihnen an seinen Platz zurückgekehrt war, erhoben Steldor und ich uns und sogleich sprangen alle anderen im Saal auf. Mit dem Zepter in seiner Rechten und meiner Hand auf seiner Linken nickte Steldor Lanek zu, der den neuen Herrscher Hytanicas verkündete.

»Ein Hoch auf seine königliche Majestät, König Steldor und seine Königin, Lady Alera.«

Die Trompeten ertönten und die Herolde mit den Flaggen der Königsfamilie und des Reiches führten die Prozession durch den Mittelgang und aus dem Thronsaal hinaus an. Cannan und die Elitegarde, meine Familie und Miranna folgten uns. Als wir das Vorzimmer betraten, fing ich kurz Steldors Blick auf, und der fast fiebrige Glanz darin stimmte mich nachdenklich. Ich wusste, dass er sich diese Krönung wahrscheinlich seit dem Moment ausgemalt hatte, als wir einander vor fast zehn Jahren erstmals offiziell vorgestellt worden waren. Und vermutlich konnte ich die Genugtuung nicht einmal ermessen, die er darüber empfinden musste, den ersehnten Preis endlich errungen zu haben. Wir verloren jedoch keine Zeit, sondern folgten in Begleitung der Garde den Herolden durch die Türen in die Große Halle, dann rechts die Prunktreppe hinauf und ließen meine Eltern und meine Schwester zurück. Anschließend durchquerten wir den königlichen Ballsaal und traten auf den Balkon hinaus. Dort erschollen erneut die Trompeten, um die Aufmerksamkeit Tausender Menschen auf uns zu ziehen, die sich außerhalb der Hofmauern versammelt hatten.

»Begrüßt allesamt König Steldor und seine Königin, Lady Alera«, rief Lanek erneut. Wie ein Echo griffen die Palastwachen an den Toren diese Botschaft auf. Bald waren donnernder Applaus und wiederholte Hochrufe zu vernehmen. Steldor begann, unseren Untertanen zuzuwinken und schien ganz in seinem Element zu sein.

Ich hätte nicht zu sagen vermocht, wie lange wir dort draußen standen. Die lange Krönungszeremonie, meine große Furcht und die beträchtliche Zeit, die meine letzte Mahlzeit zurücklag, brachten mich an den Rand der Erschöpfung. Steldor war dagegen vollauf begeistert und schien bereit, sich bis in alle Ewigkeit am Jubel des Volkes zu ergötzen. Als mir dämmerte, dass ich ab sofort mit dem König von Hytanica verheiratet war, geriet ich ins Wanken, taumelte gegen ihn und umklammerte seine Hand. Er sah mich kurz erstaunt an, nahm mich aber sogleich in seine Arme und hielt mich, sodass mein Kopf an seine Brust sank.

»Mir scheint, das war genug der Aufregung für dich«, sagte er leise und trug mich sogleich durch den Ballsaal in unsere Gemächer. Dabei lehnte er die Hilfe seines Vaters und anderer Gardisten ab. Als wir mein Zimmer erreicht hatten, legte er mich aufs Bett, nahm mir Umhang und Krone ab, löste die Bänder meiner Robe und half mir, sie auszuziehen. Nur in meine Wäsche gekleidet sank ich aufs Kissen und war zu schwach, um mich dagegen zu wehren, dass er meine Beine ins Bett hob, mir die Schuhe auszog und mich zudeckte. Zu meinem Erstaunen küsste er mich danach noch sanft auf die Stirn.

»Ruh dich aus und schlaf ein wenig. Später werde ich dir etwas zu essen holen, das dich wieder zu Kräften bringt.« Zärtlich strich er über meine Wange, drehte sich um und verließ den Raum. Meine Lider fielen zu wie schwere Vorhänge.

Wie immer kamen mit den Träumen die Erinnerungen an Narian. Wir standen auf der Lichtung im Wald, der zum Anwesen seines Vaters gehörte, die Sonne schien warm auf meinen Rücken und die Vögel zwitscherten in den Bäumen.

»Seht Ihr? Hier! Ich habe eine«, sagte ich und hielt Narian meine Reithose zur Ansicht unter die Nase. »Jetzt habt Ihr keinen Grund mehr, Euch zu weigern, mich in Selbstverteidigung zu unterrichten.«

»Ich kann mich so lange weigern, wie Ihr sie nicht angezogen habt«, erwiderte er ungerührt.

Er spricht schnell und mit einem ganz leichten, sympathischen Akzent. Der Sommerwind zerzaust sein goldblondes Haar.

Dann taucht ein anderes Bild auf: Ich stehe in der Männerhose und mit weißem Hemd neben einem dunkelbraunen Hengst.

»Sicher reiten die Frauen in Cokyri nicht auf Pferden«, mutmaßte ich und hoffte, mich in seinen Absichten zu täuschen.

»Die Frau, die mich großgezogen hat, ist eine der besten Reiterinnen unseres Reiches«, erklärte er mir, beim Kopf des Pferdes stehend. Jeglicher Wunsch, Narian Paroli zu bieten, löst sich in nichts auf, als ich in seine unwiderstehlichen blauen Augen schaue.

Er kommt zu mir, beugt ein Knie, damit ich meinen Fuß daraufsetzen und aufs Pferd steigen kann. Ich füge mich ohne zu zögern, und er lächelt zu mir auf. Dabei sind seine Wangen vor Freude leicht gerötet und seine selbst auferlegte Zurückhaltung scheint verschwunden. Schließlich schwingt er sich hinter mich auf den Pferderücken.

Danach reiten wir durch die dunkle Stadt. Die Pferdehufe klappern auf dem Kopfsteinpflaster, auf unbefestigten Wegen ist ihr Geräusch gedämpft. Über uns strahlen der Mond und die Sterne, unter uns glitzert der erste frisch gefallene Schnee. Ich lehne mich zurück und spüre die Wärme von Narians Körpers. Automatisch stimme ich den Rhythmus meines Atems auf den seinen ab. Ich fühle mich mit ihm und der ganzen Welt im Einklang. In einem großen Bogen kehren wir zu den königlichen Stallungen zurück, wo er abspringt und mich erwartungsvoll ansieht. Ich gleite vom Rücken des Pferdes in seine Arme und kann die Liebe in seinen Augen sehen. Dann begegnen sich unsere Lippen, und ich schmiege mich an ihn. Ein wohliger Schauer durchdringt meinen ganzen Körper.

Es erfolgt ein neuerlicher Ortswechsel. Wir befinden uns in meinen Gemächern, wo wir vor lodernden Scheiten am Kamin sitzen. Ich habe mich in seine schützenden Arme gekuschelt und lausche seiner wohlklingenden Stimme, mit der er mir von der rauen Schönheit Cokyris, dem Land, in dem er aufgewachsen ist, erzählt.

Plötzlich taucht London auf und reißt Narian von mir fort.

Entweder du hältst dich von Alera fern, oder du bekommst es mit mir zu tun, knurrt er, bevor er meinen Blick sucht und festhält. *Wir können zwar unsere Herzen nicht kontrollieren, Alera, aber wir müssen unseren Verstand und unseren Körper im Griff haben. Du kannst ihn nicht heiraten. Also ist es besser, wenn du dich von ihm fernhältst, damit deine Gefühle für ihn langsam verschwinden.*

Ich starre London an und empfinde mit jeder Faser meines Körpers Schmerz. Gleichzeitig lasse ich meinen Tränen freien Lauf.

Draußen war es schon dunkel, als ich durch Geräusche im Salon geweckt wurde. Mein Kissen und meine Wangen fühlten sich leicht feucht an. Ich schaute auf den Lichtstrahl, der durch die offene Tür hereinfiel, und beschloss, der Sache auf den Grund zu gehen. Rasch zog ich über meine Wäsche nur meinen Morgenmantel an.

Der Salon hatte sich im Vergleich zu der Zeit, als meine

Eltern noch hier wohnten, kaum verändert. Dennoch hatte Steldor ihm ohne Zögern und deutlich sichtbar seinen Stempel aufgedrückt. Die mit cremefarbenem Brokat bezogenen Polstersessel, die meine Mutter so gemocht hatte, standen nach wie vor unter dem Fenster mit Blick auf den Garten und den dahinter beginnenden Wald von Kilwin, der sich bis zur Kette des Niñeyre-Gebirges im Norden unseres Reiches erstreckte. Das dazu passende Sofa war allerdings durch eines aus braunem Leder ersetzt worden, das Steldors Geschmack eher entsprach. Der Kamin an der östlichen Wand war nach wie vor von Bücherregalen eingerahmt, vor denen eine Sitzbank stand. Hinzugekommen waren in diesem Bereich noch einige mit Leder bezogene Armsessel sowie ein Spieltisch. Der Schreibtisch, den mein Vater selten benutzt hatte, war von meinem Ehemann mit Federkielen, Tinte, Pergamentbögen und ledernen Mappen gut bestückt worden. Er stand im südlichen Teil des Wohnzimmers, neben einigen Stühlen und einem kunstvoll mit Schnitzereien verzierten, halbhohen Schrank. Wände und Fußboden waren mit Tapisserien versehen. Öllampen sorgten für ein weiches Licht. Das Einzige, was in diesem Raum fehlte, waren Spuren meiner Anwesenheit. Es fühlte sich seltsam an, im eigenen Zuhause eigentlich nicht präsent zu sein.

Steldor stellte gerade ein Tablett auf den niedrigen Tisch vor dem Sofa, als er mich bemerkte.

»Fühlst du dich besser?«, fragte er freundlich und goss sich ein Glas Wein ein.

Ich nickte und kämpfte mit mir, ob ich zu ihm treten sollte.

»Dann komm – ich habe dir etwas zu essen gebracht.«

Trotz seiner Einladung rührte ich mich nicht und sah zu, wie er einen zweiten Pokal für mich füllte. Er schaute auf, bemerkte mein Zögern und trat an den Kamin, wo sein Umhang, seine Weste und seine Waffen auf der Bank vor der Feuerstelle lagen.

»Ich verspreche, dich in Ruhe essen zu lassen«, sagte er lachend und machte eine ausholende Bewegung in Richtung des Tabletts mit den mitgebrachten Speisen.

Ich spürte, wie ich errötete, trat aber dennoch vor, weil das Essen einfach unwiderstehlich duftete. Steldor machte es sich mit seinem Pokal und dem Weinkrug in einem Lehnstuhl bequem. Ich ließ mich auf dem Sofa nieder und machte mich über Fleisch, Brot und Obst her. Als das Gefühl der Leere in meinem Bauch verschwunden war, warf ich einen vorsichtigen Blick in Richtung meines Gemahls, dessen amüsierte Miene mich erneut rot werden ließ.

»Lass dich von mir nicht stören«, sagte er, als er meine Befangenheit bemerkte. »Ich habe vor einer Stunde mit ebenso großem Appetit gegessen.«

Ich nahm noch ein paar Bissen, allerdings deutlich anmutiger, bevor ich meine Mahlzeit beendete.

»Wie lange habe ich geschlafen?«, fragte ich ihn.

»Na, jetzt bekomme ich wenigstens deine süße Stimme zu hören«, neckte Steldor mich, der offenbar in Hochstimmung war. Er goss sich erneut Wein nach, bevor er meine Frage beantwortete. »Du hast beinahe drei Stunden verträumt.«

Staunend starrte ich ihn an und war entsetzt von der Vorstellung, bei der Ausübung meiner Pflichten als Königin Hytanicas bereits versagt zu haben.

»Dann sind die Feierlichkeiten inzwischen zu Ende?«

»Ja, außer wir wollen sie noch mit einer Feier nur für uns beide fortsetzen.« Mit einem schelmischen Grinsen erhob er sich und kam mit seinem Weinpokal auf mich zu. »Aber du brauchst kein schlechtes Gewissen zu haben, denn vermutlich habe ich das Gelage ohnehin mehr genossen als du das getan hättest.«

Er stellte sein Trinkgefäß und den Krug auf das Tablett zurück, nahm meinen Pokal und reichte ihn mir. Nervös nahm ich ein paar kleine Schlucke daraus. Ich spürte seinen Blick auf mir ruhen, vermochte aber nicht einzuschätzen, was er vorhatte. Nach ein paar unangenehmen Augenblicken ging er um den Tisch herum und setzte sich neben mich. Im selben Moment sprang ich auf, als hätte sein Gewicht mich hochkatapultiert.

»Ich denke, ich werde mich zur Nachtruhe zurückziehen. Bitte entschuldigt mich, Mylord.«

Er lachte kurz und bitter. »Du hast geschlafen, gegessen und getrunken, damit solltest du erholt genug sein, um meine Gesellschaft noch eine kleine Weile zu ertragen.«

»Wenn Ihr es wünscht.«

Ich setzte mich steif auf die Sofakante, die Finger krampfhaft um mein Glas gelegt. Doch er nahm es mir aus der Hand und stellte es aufs Tablett zurück. Dann zog er die Nadeln aus meinem Haar, sodass es mir in Wellen über die Schultern fiel.

»Vor einer Woche hast du mich gebeten, die Dinge langsam anzugehen, und ich habe eingewilligt und bin auf Abstand geblieben«, führte er an und sah mir dabei forschend ins Gesicht. »Ich habe sogar die letzten Nächte im Gästezimmer auf einer Matte, wie sie sonst die Soldaten benutzen, am Boden geschlafen.« Seine Stimme klang belustigt, aber ich konnte die Sehnsucht in seinen Augen erkennen.

Ich ließ den Kopf sinken, denn ich wusste, dass er das Recht hatte, mehr zu erwarten, und ich keine gültige Ausrede vorzubringen hatte. Er rutschte noch ein Stück näher, fasste mich sanft am Kinn und beugte sich vor, um seine Lippen zärtlich und behutsam auf meine zu legen. Unwillkürlich wollte ich fliehen und war dennoch von seiner erstaunlich sanften Annäherung und wie bereits etliche

Male zuvor von seinem verlockenden Duft gefesselt. Daraufhin lehnte er sich zurück, um meine Reaktion zu prüfen, anschließend öffnete er meinen Morgenmantel. Während er mir wieder in die Augen sah, ließ er die Finger seiner rechten Hand auf der Vertiefung unterhalb meines Halses ruhen, fuhr dann die Linie meines Schlüsselbeins nach und rutschte schließlich immer tiefer bis zur Wölbung meiner Brüste.

»Bitte nicht«, stieß ich atemlos hervor und fühlte mich weder in der Lage, mein heftigeres Erröten noch mein rasendes Herzklopfen zu unterbinden.

»Du musst meine Berührung nur zulassen«, murmelte er und folgte der Spur seiner Finger nun mit seinen Lippen.

»Haltet ein«, versuchte ich es erneut, aber sein Mund fand meinen und erstickte meine Worte, während seine Hände nun die Kurven meines Körpers nachfuhren, was mir heiße Schauer durch den Körper jagte. Ich hasste mich selbst dafür, dass er mich auf diese Weise gegen meinen Willen manipulieren konnte, und stieß ihn von mir. Einen schrecklichen Moment lang fürchtete ich, er würde nicht von mir ablassen, doch er richtete sich auf, ließ seine Hände auf meiner Taille ruhen und ein ärgerlicher Ausdruck trat auf sein hübsches Gesicht.

»Deine Lippen reagieren erfreut auf die meinen, also ist es vielleicht dein Herz, das sich sträubt«, sagte er zögerlich und zog mich dann entschlossen wieder an sich. »Doch als dein Ehemann habe ich ein Recht darauf, deinen Körper zu besitzen, ob mit oder ohne Herz.«

»Wenn Sie mich auch nur im Geringsten lieben und die kleinste Hoffnung hegen, dass auch ich Sie eines Tages lieben werde, dann werden Sie das nicht tun«, flehte ich, während mir klar wurde, wie rettungslos ich ihm ausgeliefert war.

Er hielt mich noch einen Moment lang, versenkte den Blick seiner dunkelbraunen Augen in meine, dann ließ er mich los und trat an den Kamin. Obwohl mein Herz immer noch hämmerte, überkam mich die Erleichterung wie eine schwindelerregende Welle, als ich sah, dass er seine Weste von der Bank riss und sich über die Schulter warf. Danach packte er seine Waffen, gürtete sie sich nachlässig um die Hüften und stürmte ohne ein Wort zur Tür.

»Wo wollen Sie hin?«, rief ich ihm in einem Anflug von Enttäuschung nach.

»Hinaus«, stieß er hervor. Und dann verschwand er mit einem letzten vernichtenden Blick auf mich in den Flur. Ich blieb zurück und sann über seine Launen sowie über die gegensätzlichen Impulse meines Körpers und meines Herzens nach.

Am nächsten Tag wurde mir, noch bevor ich ihn sah, unmissverständlich klar, dass Steldors Groll auf mich sich nicht gelegt hatte. Üblicherweise verließ er unsere Gemächer leise, bevor ich erwachte. An diesem Morgen schien er jedoch bemüht, mich zu stören, und knallte im Weggehen sogar die Tür des Salons zu. Seufzend zog ich mich an und frühstückte, danach verließ ich unsere Räumlichkeiten, um meinen ersten offiziellen Tag als Königin zu absolvieren.

Als ich auf dem Weg zur Prunktreppe war, fühlte ich mich so ganz ohne Leibwächter seltsam unvollständig. Unter der Regentschaft meines Vaters waren meine Mutter, meine jüngere Schwester und ich unablässig in Begleitung von Leibgarden gewesen. Offensichtlich eine Vorsichtsmaßnahme des Königs angesichts des Krieges gegen Cokyri. Steldor hatte entschieden, dass diese Maßnahme innerhalb des schwer bewachten Palastes überflüssig sei. In der Folge hatte Cannan seine für diesen Dienst abgestellten Männer abgezogen. Um meinen Vater nicht zu beunruhigen, blieb jedoch Halias, der Elitegardist, der für den Schutz meiner Schwester seit dem Tag ihrer Geburt verantwortlich war, Mirannas Leibwächter.

Meine erste Aufgabe bestand darin, die Führungskräfte des Schlosshaushalts im Salon der Königin zu empfangen, der sich im ersten Stock des Westflügels befand. Nachdem ich mich mit dem Koch besprochen hatte, ließ mich die oberste Wirtschafterin wissen, dass zwei Zofen ersetzt werden müssten und sie mehrere Kandidatinnen vorschlüge. Ich sah sie erschrocken an, da ich noch nie zuvor jemanden eingestellt hatte und meine Mutter nie mit mir darüber gesprochen hatte, auf welcher Grundlage man solche Entscheidungen traf.

»Welche Aufgaben werden diese Mädchen denn erfüllen?«, fragte ich, um Zeit zu gewinnen.

»Eine wird zum Reinigen der Palasträume eingesetzt, Eure Hoheit«, erwiderte die Wirtschafterin prompt. »Die andere als Kammerzofe von Prinzessin Miranna, nachdem Ailith fortgegangen ist, um zu heiraten.«

»Sind die Mädchen bereits zugegen?«

»Ja, Mylady. Sie warten auf dem Flur.«

»Nun, dann sollte ich wohl am besten kurz mit ihnen sprechen.«

»Ja, Mylady.«

Unbehaglich nahm ich hinter dem Schreibtisch Platz, den bis vor Kurzem noch meine Mutter benutzt hatte, und wartete darauf, dass die Wirtschafterin mit den Bewerberinnen zurückkehrte. Vier Frauen, die sich in Alter, Statur und Größe deutlich voneinander unterschieden, traten ein und bauten sich in einer Reihe vor mir auf. Ich stellte ihnen die einzige Frage, die mir einfiel.

»Hat eine von euch schon einmal als Kammerzofe gearbeitet?«

Leider verneinten alle einstimmig. Einen Moment lang machte sich Verlegenheit breit, während ich krampfhaft über eine weitere Frage nachdachte, doch dann wandte ich mich an die Jüngste, die am gepflegtesten aussah.

»Wie heißt du?«

»Ryla, Eure Majestät«, antwortete sie mit einem strahlenden Lächeln, und mein Gefühl sagte mir, dass ihre Persönlichkeit recht gut zu der meiner Schwester passen würde.

»Glaubst du, die Pflichten einer Kammerzofe erfüllen zu können?«

»Ja, Eure Hoheit. Ich lerne schnell und würde mich geehrt fühlen, diese Aufgabe übernehmen zu dürfen.«

»Sehr gut, dann wirst du künftig Prinzessin Miranna dienen.«

Weil ich keine Vorstellung hatte, wie ich mehr über die Qualitäten der übrigen drei Bewerberinnen hätte herausfinden sollen, wandte ich mich Hilfe suchend an die Wirtschafterin.

»Alles Weitere überlasse ich Euch«, sagte ich und hoffte, souveräner zu klingen, als ich mich fühlte. »Ihr seid zweifellos besser geeignet als ich, die Fähigkeiten dieser Frauen einzuschätzen.«

Die Wirtschafterin nickte knapp und scheuchte sogleich alle vier hinaus. Nachdem ich auch das restliche Personal verabschiedet hatte, damit es seinen Verpflichtungen nachging, setzte ich mich auf einen der rosafarbenen Samtsessel neben dem Erkerfenster, um mir dort das Mittagessen servieren zu lassen. Während des Essens dachte ich über die erste offizielle Einladung nach, die ich als Königin vorzubereiten hatte: Ein kleines Fest am 19. Juni zu Ehren von Miranna, die an diesem Tag siebzehn Jahre alt würde.

Am Nachmittag erschien noch einmal der Chefkoch in Begleitung eines Schreibers, und ich begann meine Vorstellungen bezüglich des Festmahls mit ihm zu besprechen. Innerhalb weniger Stunden hatte ich die Speisenfolge und die Gästeliste zusammengestellt und bat den Schreiber, die Einladungen zu verfassen. Unter den Gästen wären meine Eltern, Lord Temerson, der bevorzugte Kavalier meiner Schwester, sowie dessen Eltern, Mirannas beste Freundin, Lady Semari, mit ihren Eltern, Cannan und seine Gattin, Baronin Faramay, Steldors bester Freund, Lord Galen, in welcher Damenbegleitung auch immer, und schließlich Cannans jüngerer Bruder mit seiner Frau und den beiden ältesten Töchtern, die zum Kreis der Freundinnen meiner Schwester zählten.

Nachdem ich das Abendessen mit meiner Familie eingenommen hatte, hätte ich mich am liebsten in meine Gemächer zurückgezogen, aber angesichts der Laune, die Steldor mich am Morgen hatte spüren lassen, zögerte ich. Da er nicht gemeinsam mit uns zu Abend gegessen hatte, vermutete ich, dass sich seine Stimmung nicht gebessert hatte, und fürchtete die Begegnung mit ihm in unseren Privaträumen. Also beschloss ich, stattdessen die Bibliothek aufzusuchen. Nach einer Stunde verließ ich diese wieder mit einem Buch und in der Hoffnung, meinem Ehemann und seiner Feindseligkeit zu entgehen, indem ich mich sofort zu Bett begab.

Zu meinem Missfallen entdeckte ich beim Betreten unseres Salons Galen und Steldor in zwei Armsesseln, zwischen sich den Spieltisch und ganz vertieft in eine Partie Schach. Galen hatte erst kürzlich die Position des Haushofmeisters übernommen, und Kade hatte dem Jüngeren bereitwillig das Kommando über die gesamte Palastwache überlassen. Wie Galen rasch herausgefunden hatte, war damit auch die Rolle der rechten Hand Cannans verbunden. So verbrachte er zwangsläufig lange Tage und oft auch die Nächte im Palast.

Ich musterte die beiden Freunde kurz und bemerkte wieder einmal, wie ähnlich sie sich sahen. Galen war nur ein Jahr älter, aber von gleicher Größe und Statur und schien sogar den gleichen Geschmack in Bezug auf Kleidung zu haben. Eigentlich hatte ich den beiden auch den gleichen Charakter zugeschrieben, doch seit Kurzem war ich zu dem Schluss gekommen, dass Galens Wesen wie seine Haare und Augen etwas heller war als Steldors.

Galen schaute in meine Richtung, weil ihn das Geräusch der Tür offenbar aus seinen Gedanken geholt hatte, und sprang sogleich auf.

»Meine Königin«, sagte er mit einer angedeuteten Verbeugung, woraufhin auch Steldor mich bemerkte, jedoch sitzen blieb. Ich nickte dem Haushofmeister wohlwollend zu und erlaubte mir einen verstohlenen Seitenblick auf meinen Ehemann, um herauszufinden, ob ich ihm willkommen war.

»Vielleicht sollte ich mich jetzt besser empfehlen«, sagte Galen, der die Anspannung, die sich breitmachte, sogleich zu spüren schien. »Wir können unser Spiel ja ein andermal beenden.«

»Setz dich einfach wieder hin«, brummte Steldor. »Alera ist das einerlei. Es gefällt ihr, wenn irgendetwas oder irgendjemand zwischen uns steht.«

Ich ignorierte die spitze Bemerkung des Königs, hielt mein Buch hoch und wandte mich liebenswürdig an Galen: »Bitte bleibt. Ich wollte ohnehin lesen.«

»Glaub mir«, fügte Steldor hinzu und deutete auf das Schachbrett. »Das hier wird der beste Teil meines Abends sein.«

Obwohl ich eigentlich nicht vorgehabt hatte, im Salon zu verweilen, beschloss ich nun, genau das zu tun. Denn mir war klar, dass meine Anwesenheit Steldor ärgern würde. Das war meine kleine Rache für seine unfreundlichen Bemerkungen. Auch wenn es ihm offensichtlich unangenehm war, derart zwischen die Linien geraten zu sein, nahm Galen wieder Platz, und die beiden Männer wandten sich erneut ihrem Spiel zu. Ich durchquerte den Raum und ging zum Sofa, vor dem auf dem Tisch Pokale und ein Krug mit Wein standen. Ich zog mir die Schuhe aus und setzte mich auf meine Füße auf das gesteppte Ledersofa. Dann las ich, bis mich nach einiger Zeit Steldor unterbrach.

»Alera, bring uns Wein«, befahl er lässig.

Meine Haut begann zu kribbeln, so gekränkt war ich von dieser respektlosen Störung. Ich fragte mich, warum er den Wein nicht selbst holte und warum er offenbar das Bedürfnis hatte, einen Befehl zu erteilen, anstatt eine Bitte zu äußern. Während ich noch zögerte, stand Galen auf und begab sich ohne ein Wort zum Sofatisch. Er füllte einen Pokal mit Wein und reichte ihn mir.

»Ich danke Euch, werter Herr«, sagte ich und lächelte zufrieden über seine Geste und das Stirnrunzeln meines Mannes.

»Mit dem größten Vergnügen«, erwiderte Galen, und ich bemerkte ein winziges Schmunzeln in seinem Gesicht.

Nachdem er zwei weitere Becher gefüllt hatte, nahm er diese, klemmte sich den Krug unter den Arm und ging zu Steldor zurück. Mit dem Ausdruck gespielten Bedauerns reichte er seinem besten Freund einen der Pokale.

»Ich verspürte das Bedürfnis, einer Dame in Bedrängnis beizustehen«, erklärte er beiläufig und setzte sich wieder. Zu meinem Erstaunen begann Steldor zu lachen, und Galen deponierte den Krug auf den Boden, sodass sie ihre Schachpartie fortsetzen konnten.

Kurz darauf stellte ich meinen noch randvollen Becher auf den Tisch, denn der Weingenuss war mir immer noch nicht zur Gewohnheit geworden. Dann erhob ich mich und trat zu den beiden Freunden.

»Gute Nacht, der Herr«, sagte ich spitz und sah nur Galen an, bevor ich meine Aufmerksamkeit auf Steldor richtete. »Und gute Nacht, mein Gemahl. Ich gedenke, mich zu Bett zu begeben.« Als beide aufschauten, wandte ich mich noch einmal freundlich an unseren Gast. »Es war schön, Euch wiederzusehen. Ihr wart zweifellos auch der beste Teil meines heutigen Abends.«

Mit einem letzten Blick auf Steldor verschwand ich in meinem Schlafzimmer, hochzufrieden mit dem konsternierten Ausdruck, den ich auf seinem Gesicht gesehen hatte.

»Sie ist ein wenig verwegen, nicht wahr?«, hörte ich Galen noch beinahe bewundernd sagen, während ich die Tür hinter mir schloss. Ich blieb unmittelbar dahinter stehen, um die Erwiderung meines Ehemannes zu hören.

»Ja, sie ist eine echte Herausforderung. Ich werde ihr den Schneid schon noch abkaufen, aber ich fürchte zugleich, dass das womöglich ihre vornehmste Tugend ist.«

Die beiden Männer lachten leise. Ich lehnte mich mit dem Rücken an das Holz der Tür und war wütend auf Steldor, weil er mich vor seinem besten Freund dermaßen herabsetzte. Gleichzeitig war ich enttäuscht von mir selbst, weil es mich überhaupt kränkte.

Ich machte mich zum Schlafen fertig und haderte dabei mit meiner Situation. Wegen meines egozentrischen Vaters und seiner Unfähigkeit, in mir mehr zu sehen als ein Mittel zur Umsetzung seiner nur auf Männer ausgerichteten Pläne, war ich nun mit Steldor verheiratet. Der ehemalige König hatte schon vor langer Zeit beschlossen, dass, falls er keinen männlichen Erben hätte, der Sohn des Gardehauptmannes sein Nachfolger werden sollte. Mein Glück oder die Tatsache, dass ich mein Herz bereits einem anderen geschenkt hatte, kümmerte ihn dabei nicht.

Mit einem schrecklichen Gefühl der Leere setzte ich mich aufs Bett und erlaubte mir fatalerweise, an Narian zu denken, den rätselhaften Sohn von Baron Koranis und Baronin Alantonya. Mein Vater war vor dem jungen Mann und den Fragen bezüglich seiner Loyalität zurückgescheut, denn Narian war als Baby entführt und in Cokyri aufgezogen worden. In dem gefürchteten Königreich in den Bergen, das seit einem Jahrhundert unser Feind war. Als er vor zehn Monaten zu seiner hytanischen Familie zurückgekehrt war, schien allein mein Blick nicht durch Hass und Borniertheit getrübt. Ich hatte vermocht, in Narian zu sehen, was er wirklich war: ein mutiger junger Mann mit einem unabhängigen Geist, der ohne das geringste eigene Verschulden für so vieles teuer hatte bezahlen müssen. Er konnte nichts an seiner Vergangenheit ändern und auch nicht daran, wie diese strahlenden dunkelblauen Augen mich durchdrangen und gefangen nahmen. Ich vertraute ihm, und er respektierte mich und vertraute mir.

Mit einem tiefen Seufzer und schweren Herzens schlüpfte ich unter meine Decke. Ich beschloss, noch ein wenig zu lesen, in der Hoffnung mich von meinen Erinnerungen abzulenken. Während die Kerze in meiner Laterne langsam herunterbrannte, begannen mir die Augen zuzufallen. Ich schlief mit dem Buch in der Hand ein.

2. VERGELTUNG

»Mylady? Mylady!«

Die Stimme durchdrang meinen Schlummer. Langsam öffnete ich die Augen und drehte mich auf den Rücken, um zu sehen, wer da zu mir gesprochen hatte.

»Verzeiht mir, Eure Hoheit«, murmelte meine blonde Kammerzofe mit dem rundlichen Gesicht. Sahdienne war an der Tür zu meinem Schlafzimmer stehen geblieben.

»Wie spät ist es denn?«, fragte ich und schaute zu den dicken Vorhängen hinüber, die das Sonnenlicht aussperrten.

»Halb zehn, Mylady.«

»Halb zehn?«, wiederholte ich und war mit einem Schlag hellwach. Schwungvoll setzte ich mich auf. »Ich habe verschlafen. Rasch, hilf mir, mich anzuziehen.«

Sahdienne eilte zum Fenster, und ich blinzelte, als das strahlende Tageslicht durch die Scheiben fiel.

»Man hat einen Wachmann mit einer Nachricht geschickt, Eure Majestät«, bemerkte sie zögernd und schien immer noch verlegen, weil sie gewagt hatte, den Schlaf der Königin zu stören, wie lange der auch angedauert haben mochte.

»Und wie lautet diese Nachricht?«

»Ihr möget Euch so schnell als möglich im Wachzimmer des Gardehauptmannes einfinden.«

Erstaunt runzelte ich die Stirn, während Sahdienne schon vor meinem Kleiderschrank stand, um mir bei der Wahl meiner Kleider zu helfen.

»Hat der Bote einen Grund dafür genannt?«

»Nein, Mylady.«

Sie half mir in die Gewänder, die ich ausgesucht hatte, dann bürstete sie mein dunkelbraunes Haar, während ich vor dem Spiegel saß, der auf meiner Frisierkommode stand. Als sie begann, einzelne Strähnen zu einer Hochsteckfrisur zu flechten, scheuchte ich sie ungeduldig fort.

»Dafür ist jetzt keine Zeit. Ich sollte Cannan nicht warten lassen.«

Ohne mich noch mit einem Frühstück aufzuhalten, eilte ich auf den Flur hinaus und verlangsamte meinen Schritt erst, als ich den oberen Absatz der Doppeltreppe erreicht hatte. Dort strich ich meinen Rock glatt und lief ein wenig gemessener die Treppe zu meiner Linken hinunter. Dann ging ich unter der Treppe hindurch, um durch das Vorzimmer den Thronsaal zu betreten. Das Wachzimmer des Gardehauptmanns ging an der östlichen Wand vom Saal ab, und ein Angehöriger der Palastwache klopfte an, als er mich kommen sah. Ohne eine Antwort abzuwarten, öffnete er die Tür, und ich konnte einen Blick hineinwerfen. Die bange Vorahnung, die mich überfiel, als ich sah, wer sich dort gerade unterhielt, ließ mich auf der Schwelle innehalten.

Ich hatte erwartet, dass Cannan mit mir unter vier Augen zu sprechen wünschte, auch wenn ich keine Ahnung hatte, worüber. Doch Steldor, Galen, Destari und mein Vater waren ebenfalls zugegen. Das bedeutete also, dass ich dem Gardehauptmann, dem König, dem Haushofmeister, einem Hauptmannstellvertreter sowie dem ehemaligen König gegenüberstand. Lauter Männer, die nicht nur von eindrucksvoller Statur waren, sondern auch dunkel gekleidet. Nachdem alle noch dazu finstere Gesichter machten, war mir, als würde ich einen Raum voller Gewitterwolken betreten.

Cannan saß hinter seinem Schreibtisch. Er hatte diese

Zusammenkunft einberufen. Steldor hatte links von ihm Platz genommen. Alle erhoben sich zum Zeichen ihres Respekts, doch ich blieb, wo ich war, da mich diese Versammlung, über deren Grund ich nichts wusste, einschüchterte.

»Kommt herein, Majestät, und setzt Euch.«

Cannan deutete auf einen freien Holzstuhl direkt vor seinem Schreibtisch, der auf mich nicht einladend, sondern wie ein Platz zum Verhör wirkte. Galen und mein Vater, der, auch wenn er nicht mehr regierte, weiter als König Adrik angesprochen wurde, nahmen auf gleichartigen Stühlen links von mir Platz. Der riesengroße Elitegardist Destari, der zeitweise meinen Leibwächter London ersetzt hatte, stand rechts von mir. Offenbar war er es nicht gewohnt, im Wachzimmer seines Hauptmannes eine auch nur im Geringsten entspannte Haltung einzunehmen. Vater und Sohn hatten sich wieder in den ledergepolsterten Armsesseln niedergelassen, und ich musterte Cannan forschend, weil ich mir keinen Grund vorstellen konnte, aus dem er mich herzitiert hatte. Schließlich wurden in Hytanica in finanziellen, politischen oder militärischen Fragen keine Frauen und nicht einmal die Königin konsultiert.

»Wir haben Steldor über unsere jüngsten Anstrengungen informiert, die Cokyrier am Fluss aufzuhalten«, erläuterte der Hauptmann knapp. »Es ist an der Zeit, ihn über Narians Bedeutung für den Feind in Kenntnis zu setzen.«

Mir verschlug es den Atem, und ich hoffte inständig, mich noch in einem Albtraum zu befinden, denn genau so fühlte es sich für mich an. Ich wollte in Anwesenheit von keinem der versammelten Männer über Narian sprechen. Insbesondere nicht vor meinem Vater und Steldor.

»Bislang ist London nicht nach Hytanica zurückgekehrt«, fuhr Cannan in geschäftsmäßigem Ton fort. »Daher ist es nun an Euch und Destari, uns alles zu erzählen, was Ihr über die Legende vom Blutenden Mond wisst.«

»Dann soll Destari das übernehmen«, stieß ich hervor. »Er weiß mindestens so viel wie ich, wenn nicht sogar mehr über die Legende.«

Ich war mir sicher, dass Cannan mich durchschaute, aber er ging nicht weiter darauf ein, sondern wandte sich an seinen Stellvertreter, auf den sich sogleich auch die Aufmerksamkeit aller übrigen Anwesenden richtete.

»Rührt Euch und berichtet, was Ihr wisst.«

»Ja, Sir. Am Tag des Turniers im vergangenen Oktober traf sich London mit mir und Alera, um eine wichtige Angelegenheit zu besprechen. Er sagte uns, er habe in Bezug auf Narian Verdacht geschöpft und sei nach Cokyri gereist, um dort etwas über dessen Kindheit und Jugend zu erfahren.«

Mein Vater schien von dieser Neuigkeit schockiert, und selbst die Armeeangehörigen waren über Londons wagemutigen und gefährlichen Alleingang offenbar entsetzt. Daraus schloss ich, dass wohl niemand sonst es gewagt hätte, sich in die Festung des Feindes zu begeben.

»Dort«, fuhr Destari mit seiner tiefen, wohltönenden Stimme fort, »entdeckte er die Aufzeichnung einer uralten Legende, nämlich der Legende vom Blutenden Mond, die den Niedergang unseres Reiches prophezeit. Der Bericht wiederholt unseren eigenen Gründungsmythos, wonach unser erster König unser Territorium mit dem Blut seines geopferten kleinen Sohnes geweiht haben soll, um Hytanica dauerhaft vor Feinden zu schützen. Weiter heißt es dort jedoch, dass ein hytanischer Junge unter dem Zeichen des blutenden Mondes zur Welt käme, der mit dem Zeichen dieses Mondes versehen wäre und die Macht besäße, sein Heimatreich zu zerstören.

In den letzten Monaten des Krieges vor siebzehn Jahren stand allnächtlich ein blutroter Mond am Himmel, und die Cokyrier raubten alle neugeborenen Jungen, derer sie habhaft werden konnten. Sie alle wurden getötet. Bis auf einen, nämlich den Jungen, den wir unter dem Namen Narian kennen. Ich bin sicher, dass sich alle Anwesenden an sein ungewöhnliches halbmondförmiges Geburtsmal erinnern, denn nicht zuletzt daran wurde er ja als Sohn von Baron Koranis identifiziert. London glaubt, dass Narian derjenige ist, von dem die Legende erzählt. Und dass Narian vom Overlord mit dem Vorsatz ausgebildet wurde, Hytanica zu zerstören.«

Auf Destaris Bericht folgte ein langes Schweigen, und ich war froh, dass sich alle auf den König zu konzentrieren schienen, der lediglich mit gerunzelter Stirn auf diese Enthüllungen reagierte.

»Wann wurdet Ihr und König Adrik davon in Kenntnis gesetzt?«, fragte Steldor schließlich seinen Vater. Dass London, Destari und ich diese Informationen zunächst für uns behalten hatten, stand ohnehin außer Zweifel.

»Drei Monate später, an dem Tag, als Narian aus Hytanica verschwand«, erwiderte Cannan in sachlichem Ton, und ließ sich nicht anmerken, ob er diese lange Zeitspanne der Unwissenheit missbilligte. »Wir wollten ihn, gleich nachdem wir mit London gesprochen hatten, dazu befragen und mussten feststellen, dass der Junge geflohen war.«

Steldor warf mir einen leicht irritierten Blick zu, wandte sich mit seiner nächsten Frage jedoch an Destari. »Warum hat sich London Alera anvertraut?«

»Weil er nicht glaubte, dass der Hauptmann oder der König nach seiner Entlassung aus dem Dienst seinen Worten noch Glauben schenken würden. Außerdem wollte er sie davor warnen, sich mit dem jungen Mann anzufreunden.«

»Und? Hat sie diese Warnung befolgt?«, presste Steldor mit zornig verengtem Blick hervor. Ich befürchtete, dass er die Antwort darauf bereits kannte.

Destari zögerte einen Augenblick, weil er Steldors grimmiger Miene gewahr wurde, doch dann antwortete er unumwunden.

»Nein, Eure Majestät, das hat sie nicht.«

Ich wollte keinen der Männer in diesem Raum ansehen und konzentrierte mich ganz darauf, meine nervösen Hände ruhig zu halten, denn diese schlechte Angewohnheit hätte mein Unbehagen nur noch deutlicher gemacht. Meine Furcht wuchs sich zu einer regelrechten Panik aus. Ich konnte mich nicht erinnern, mir je verzweifelter gewünscht zu haben, einer prekären Situation zu entfliehen, doch der Hauptmann schien nicht gewillt, mir Aufschub zu gewähren.

»Es ist unerlässlich für uns, zu erfahren, wie es um Narians Loyalität steht. Alera, Ihr scheint ja mit ihm befreundet gewesen zu sein. Was könnt Ihr uns dazu sagen?«

Ich versuchte, mich ganz auf Cannan zu konzentrieren, während ich antwortete. Getrieben von dem Wunsch, diese Unterredung so rasch als möglich zu beenden, sagte ich ihm alles, was ich wusste, so schnell ich konnte, während ich die ganze Zeit über Steldors Blick schmerzlich auf mir fühlte.

»Er sprach selten über sein Leben in Cokyri, aber ich hatte immer den Eindruck, dass es sehr hart gewesen sein muss. Auf alle Fälle weiß ich, dass er nicht dorthin zurückkehren wollte. Einmal sagte er mir, wie sehr es ihm zuwider sei, wenn jemand ihm sein Schicksal vorbestimmen wolle. Zugleich sagte er aber auch, dass es schwer sein würde, sich dem Overlord zu widersetzen, falls er jemals nach Cokyri zurückkäme. Nun, ich glaube jedenfalls, dass er sich der Legende widersetzen wird, falls es in seiner Macht –«

»Er hat mit Euch über den Overlord gesprochen?«

Der Hauptmann hatte meinen Monolog unterbrochen und eine Augenbraue gehoben. Das war das einzige Zeichen des Erstaunens auf dem ansonsten wie immer unbewegten Gesicht dieses Mannes.

»Ja, aber wir haben nicht wirklich über den Overlord gesprochen, er hat ihn nur nebenbei erwähnt.«

»Verstehe.«

Cannan musterte mich einen Moment lang, und mein leerer Magen fühlte sich an, als würde er von einer unsichtbaren Faust zusammengepresst. Unüberlegt hatte ich meine Position noch weiter verschlechtert, denn Narian hatte mit niemand außer mir über sein Verhältnis zum mächtigen Kriegsherrn über Cokyri geredet. Ich war der einzige Mensch, dem Narian sich anvertraut hatte. Nur ich wusste, dass der Overlord sein Lehrmeister gewesen war.

»Dann habt Ihr ihm wohl recht nahegestanden«, konstatierte Cannan schließlich.

Ich warf Destari einen raschen, Hilfe suchenden Blick zu und fürchtete, der Hauptmann würde mein wahres Verhältnis zu Koranis' Sohn offenbaren, das die Grenzen einer bloßen Freundschaft so deutlich überschritten hatte. Irgendetwas ließ mich hoffen, dass es ihm gelingen könnte, seinen Vorgesetzten von weiterem Nachfragen abzuhalten, doch Cannans Augen fingen meinen Blick auf, und er wandte sich sogleich an seinen Gardisten.

»Ihr wart damals ihr Leibwächter. Welcher Art war die Beziehung der beiden zueinander?«

Destari trat unbehaglich von einem Fuß auf den anderen. Er runzelte die dichten schwarzen Brauen über seinen dunklen Augen, und die Tatsache, dass er versuchte, mein Geheimnis zu wahren, hallte geradezu ohrenbetäubend im ganzen Raum wider.

»Sie war seine … engste Vertraute geworden.«

Die Anspannung wuchs weiter, bis es schien, als würde die Luft durch die Türen nach draußen gesogen und keiner könne mehr frei atmen. Steldor war auf seinem Sessel gleichsam erstarrt, seine Kiefer schienen fest zusammengepresst, und ich fürchtete, der in seinen Augen lodernde Hass würde noch das Zimmer in Brand stecken. Galen beobachtete den König aufmerksam. Er schien sich nicht sicher zu sein, worüber sein Freund gerade nachdachte, und einfach besorgt, dass dieser sein berüchtigtes Temperament nicht zu zügeln imstande wäre. Die ansonsten so freundlichen Augen meines Vaters irrten im Raum umher. Zweifellos schien er sich zu fragen, ob er den geradezu lachhaften Schlussfolgerungen glauben sollte, die sein Verstand von allein gezogen hatte.

»Aah …« Cannans einsilbige Äußerung machte mir klar, dass er die Umstände ebenfalls erfasst hatte, doch jeglicher Mut verließ mich vollends, als mir klar wurde, dass er immer noch nicht bereit war, von dem Thema abzulassen. »Und führte diese Freundschaft zu intimem Kontakt?«

Ich spürte, wie ich errötete, da alle Männer außer Cannan ihre Blicke sogleich auf mich richteten. Der Hauptmann wartete auf Destaris Antwort, und als diese ausblieb, wurde seine Miene grimmig. Die Sorge um Destari, der doch nur versuchte, mich zu schützen, zwang mich, das Wort zu ergreifen.

»Narian hatte sich in mich verliebt«, sagte ich leise und mit niedergeschlagenen Augen.

Ich hörte, wie Steldor seinen Sessel geräuschvoll zurückschob, und schaute auf, während er hinter mich trat. Offenbar konnte er meinen Anblick nicht mehr ertragen. Einen Moment lang glaubte ich, er würde aus dem Zimmer stürmen, doch stattdessen lehnte er sich nur an die Glasfront eines Waffenschranks und verschränkte trotzig die Arme vor der Brust. Galen zeigte keinerlei Reaktion auf mein Geständnis, musterte Steldor aber weiterhin aufmerksam. Cannan hatte sich nicht gerührt und schien willens, meine Befragung fortzusetzen, egal wie widerwillig sein Sohn sich dabei verhalten mochte. Die Augen meines Vaters waren ins Leere gerichtet, doch sein Mund stand vor Schreck offen. Ich konnte nur vermuten, dass er sich gerade an ein Gespräch erinnerte, in dessen Verlauf ich ihm zu verstehen gegeben hatte, Narian und ich wären nur Freunde. Wenn dem so war, dann musste er sich jetzt ungemein getäuscht fühlen.

Jetzt, wo die Wahrheit schon heraus war, kam Cannan auf sein ursprüngliches Thema zurück. »Wie verhielt Narian sich in den letzten Wochen vor seiner Flucht?«

Ich machte den Mund auf, um zu antworten, doch dann fiel mir ein, dass London und Destari mich in jener Zeit von Narian ferngehalten hatten. Sie waren dahintergekommen, dass der junge Mann mich spätnachts aus dem Palast geschmuggelt hatte – obwohl Steldor mir damals bereits offiziell den Hof machte –, ohne Wissen und Erlaubnis meines Vaters und natürlich ohne Anstandsdame. Daraufhin hatten sie unseren unziemlichen Eskapaden ein Ende bereitet. Weil ich diese Details jedoch nicht preisgeben mochte, sah ich erneut unschlüssig in Richtung des Elitegardisten. Dabei bemerkte ich, dass unser Benehmen Cannan, der keinerlei Geduld für Spielchen besaß, zu verärgern begann.

»Die Umstände sind zu ernst, um Informationen zurückzuhalten«, warnte der Hauptmann Destari mit düsterer Miene. »Ihr werdet mir sagen, was Ihr wisst, ungeachtet Eures Wunsches, Alera zu decken.«

»Jawohl, Hauptmann«, lenkte Destari ein und zuckte kaum merklich, aber für mich sichtbar entschuldigend mit den Achseln. »In den zwei Wochen bis zu seinem Verschwinden haben London und ich ihren Kontakt zu Narian unterbunden. Wir hielten es für das Beste, wenn sie ihre Beziehung zu ihm beendet. Als sie aus eigener Kraft nicht dazu in der Lage schien, nahmen wir die Sache in die Hand.«

»Dann beruht unsere Hoffnung, dass Narian nicht nach Cokyri zurückkehrt, also auf seiner Beziehung zu Alera«, brachte Cannan das Ganze auf den Punkt. Seine nächste Frage stellte er an mich. »Gibt es irgendetwas, das wir noch wissen sollten, um seine Absichten besser einschätzen zu können?«

Ich ließ den Kopf hängen und war beschämt, dass ausgerechnet dieser Aspekt meines Lebens nun offenbar wurde. Mir war klar, dass – was auch immer ich sagte – meine Lage sich nur verschlechtern konnte.

»Er schwor, dass er mir nie ein Leid zufügen würde, und ich bin überzeugt, dass er sein Wort nicht brechen wird.« Meine Stimme klang schwach, denn ich wollte nicht lauter als nötig reden, nur so, dass der Hauptmann mich verstand. Ich hegte die unsinnige Hoffnung, dass Steldor es vielleicht überhören könnte.

Cannan musterte mich für eine Weile, was mich weiter demoralisierte, und ich hatte keine Vorstellung davon, was er inzwischen denken mochte. Schließlich erhob er sich und deutete auf die Tür.

»Mehr Informationen brauche ich nicht von Euch, Eure Hoheit. Ihr könnt gehen.«

Ich kam ebenfalls auf die Füße und wusste nicht, wen ich gefahrlos ansehen konnte. Mein Vater blickte mit unverhohlener Enttäuschung finster drein. Galens Augen gingen besorgt zwischen dem König und mir hin und her. Destari schien einen Fleck an der Wand zu fixieren und weigerte sich entschlossen, irgendwen oder irgendetwas in dem Raum anzusehen. Cannan, der mit mir fertig war, hatte seine Aufmerksamkeit ganz auf Steldor gerichtet, und schien ebenfalls über das hitzige Temperament seines Sohnes nachzudenken.

Die Männer erhoben sich, als ich auf die Tür zuging, wie es das Protokoll vorschrieb, auch wenn es fraglich war, ob ich ihren Respekt tatsächlich noch genoss. Im letzten Moment, bevor ich die Schwelle zum Thronsaal überschritt, warf ich noch einen Blick auf meinen Ehemann. Das mörderische Funkeln seiner Augen verriet mir überdeutlich, welche Schlüsse er gezogen hatte.

Zögernd blieb ich stehen, nachdem sich die Tür des Wachzimmers hinter mir geschlossen hatte, denn ich wusste nicht, wohin ich mich begeben sollte. Zweier Punkte war ich mir sicher: Steldor würde mich zur Rede stellen, und es gab keine Möglichkeit, ihm zu entrinnen. Seufzend durchquerte ich den Saal, verließ ihn durch das königliche Studierzimmer und nahm schicksalsergeben das private Treppenhaus der königlichen Familie, um zu meinen Gemächern im zweiten Stock zu gelangen. Nun war es offenbar an der Zeit, für meine Sünden zu bezahlen.

Die Stunden schlichen dahin, ohne dass Steldor auftauchte. Ich versuchte, mir die Zeit zu vertreiben, indem ich im Salon las, aber schließlich begab ich mich doch in mein Schlafzimmer, um mich hinzulegen. Die Anspannung verursachte mir schreckliche Kopfschmerzen.

Ich bewohnte jetzt das Zimmer, das zuvor meiner Mutter gehört hatte, aber zumindest hatte ich meine Daunenkissen und die cremefarbene Tagesdecke aus dem Schlafgemach meiner Kindheit mitgebracht. Die damit verbundene Vertrautheit vermittelte mir eine gewisse Geborgenheit, nachdem ich bis auf meine Kleider alles andere zurückgelassen hatte. Ich wünschte, ich hätte auch meine Erinnerungen an Narian so leicht zurücklassen können. Zwar hatte ich hier keinen Balkon mehr, wie in meinem früheren Schlafzimmer, der mich täglich an Narians wiederholte nächtliche Besuche hätte erinnern können, doch die Bilder von ihm in meinem Kopf quälten mich weiterhin grausam und unerbittlich: Seine hypnotisierenden blauen Augen, die mich dazu brachten, ihm meine geheimsten Ängste mitzuteilen; sein dichtes, widerspenstiges Haar, das die Sonnenstrahlen in unzähligen Goldtönen leuchten ließ; sein sanftes Lachen, das meine Seele berührte; sein zurückhaltendes, aber unprätentiöses Benehmen; seine zuversichtliche Beteuerung, ich könne frei über mein Schicksal entscheiden. Ich schauderte bei dem Gedanken an Steldors Haltung mir gegenüber. Er sah in mir nur eine Frau, deren Aufgaben allein darin bestanden, den Haushalt zu beaufsichtigen, gesellschaftliche Ereignisse zu planen und durchzuführen und Kinder großzuziehen. Am wichtigsten schien ihm jedoch zu sein, mich endlich in sein Bett zu bekommen, was meinen Unwillen nur noch vergrößerte. Steldors Blicke verursachten mir Unbehagen, sein überhebliches Lachen ließ mich zusammenzucken und seine Herablassung gipfelte häufig in meiner Demütigung. In Narians Armen hatte ich mich unsagbar glücklich gefühlt, in Steldors kam ich mir vor wie gefangen.

Von Rastlosigkeit geplagt kehrte ich in den Salon zurück und wanderte dort ziellos umher, bis ich schließlich vor der geschlossenen Tür zu Steldors Schlafgemach stehen blieb. Bislang hatte ich es noch nicht betreten – was vor allem daran lag, dass ich seinen Versuchen, mich hineinzulocken, widerstanden hatte. Von Neugier getrieben legte ich eine Hand an die Tür, doch mein wild klopfendes Herz ließ mich innehalten. Ich wusste nicht, was passieren würde, wenn Steldor zurückkehrte, während ich mich in dem Zimmer aufhielt, in das er mich mit allen Mitteln zu bringen versucht hatte.

Wieder durchquerte ich unseren Salon und ließ mich auf das Sofa sinken. Wie eine schwere Bürde lasteten die Probleme meines Lebens auf meinen Schultern. Ich hatte nicht nur Angst, Steldors Schlafzimmer zu betreten, sondern wurde bereits unruhig, wenn wir uns nur gemeinsam in diesem Raum aufhielten. Das einzige unserer Gemächer, in dem ich mich einigermaßen sicher fühlte, war meine Schlafkammer, wobei ich manchmal sogar fürchtete, Steldor würde mich selbst dorthinein verfolgen.

Als der Nachmittag zu Ende ging, siegte schließlich der Hunger, und ich begab mich zum Abendessen mit meiner Familie in unser privates Speisezimmer. Dort traf ich meinen Vater an, allerdings in deutlich trüberer Stimmung als sonst. Während des steifen Tischgesprächs nahm er kaum Blickkontakt zu mir auf, und ich schämte mich über die Maßen. Gerade als wir mit dem Essen fertig waren, tauchte Steldor im Türrahmen auf. Sein Blick richtete sich sogleich auf mich. Sein Auftreten war steif, seine Miene wie versteinert.

»Setzt Euch doch zu uns«, lud meine Mutter ihn mit einem zögerlichen Lächeln ein. »Ich werde die Diener erneut auftragen lassen.«

»Nein danke«, erwiderte er, ohne die Augen von mir zu lassen. »Ich bin nur gekommen, Alera zu holen.«

»Natürlich«, sagte meine Mutter leichthin, obwohl ich ihr ansah, dass sie die Feindseligkeit, die der König ausstrahlte, durchaus spürte.

Ich erhob mich und trat an meinem Gemahl vorbei auf den Flur hinaus, während mein Magen sich verkrampfte. Steldor blieb wortlos hinter mir, während wir in Richtung unserer Gemächer gingen. Ich betrat das Wohnzimmer als Erste, hatte aber kaum die Schwelle überschritten, als er auch schon meinen Arm packte, mich herumwirbelte, sodass ich ihm ins Gesicht sehen musste, und die Tür hinter uns zuschlug.

»Ich glaube, ich habe ein Recht darauf, zu erfahren, wie weit du in deiner Beziehung zu Narian gegangen bist«, sagte er mit frostiger Stimme, während seine Augen wie irr glitzerten.

»Was meint Ihr damit?«, fragte ich vorsichtig, obwohl ich wusste, worum es ihm ging.

»Ich meine«, knurrte er, »ob ich eine Hure geheiratet habe.«

Einen Augenblick lang starrte ich ihn nur an und fühlte mich schrecklich gedemütigt, dann schlug ich ihm mitten ins Gesicht. Meine Hand schmerzte, und ich taumelte zurück. Eiskalte Furcht packte mich, weil ich keine Vorstellung davon hatte, wie er reagieren würde.

Er rieb sich die Wange und schien einen Moment lang schlicht erstaunt, doch dann packte er mich erneut am Oberarm.

»Du hast meine Frage nicht beantwortet«, sagte er voller Verachtung.

Weil ich keine Möglichkeit sah, ihm zu entrinnen, und wusste, dass weiteres Ausweichen seinen Zorn nur vergrößern würde, antwortete ich so vage, wie ich mich eben traute.

»Wir … haben uns geküsst. Das war alles.«

»Ihr habt euch geküsst?« Er legte eine Hand auf meinen Rücken und zog mich an sich, während er mit der anderen ziemlich grob an meinem Körper entlangfuhr. »Habt ihr euch vielleicht auch gestreichelt?«

»Im Gegensatz zu manch anderem war Narian stets ein perfekter Kavalier«, sagte ich bissig und stieß ihn heftig vor seine muskulöse Brust. »Und jetzt lass mich los.«

Aber er hielt mich weiterhin fest, und ich wusste, wie aussichtslos meine Versuche wären, mich loszureißen, falls er mein Flehen ignorierte. Mutig versuchte ich es noch einmal damit, ihn zu beschämen.

»Narian hat mir nie etwas abgerungen, das zu geben ich nicht bereit war!«

»Dann stellt sich die Frage, was zu geben du bereit warst!«

Seine neuerliche Anschuldigung traf mich wieder wie ein Keulenschlag. Ich war mir ganz sicher, dass er mir wehtun und sich nicht mehr darum kümmern würde, ob ich freiwillig in sein Bett käme. Doch da ließ irgendetwas an meinem Anblick ihn innehalten und mich von sich stoßen. Als meine Furcht nachließ, spürte ich die Kränkung in mir aufwallen, und die Worte sprudelten nur so aus mir hervor.

»Ihr habt doch gewiss schon andere Frauen als mich geküsst.«

»Natürlich habe ich das«, sagte er mit einem freudlosen Lachen. »Aber ich habe keiner von ihnen mehr nachgestellt, nachdem ich begonnen hatte, um dich zu werben.«

Seine Wut flammte von Neuem auf, und er machte wieder einen Schritt auf mich zu. Da wurde mir klar, wie dumm es von mir gewesen war, ihn weiter zu provozieren. Instinktiv wich ich zurück, bis ich mit dem Rücken an die Wand stieß.

»Dein Problem ist, Alera«, sagte er hitzig und beugte sich vor, wobei er jeweils eine Hand links und rechts von mir an die Wand legte, »dass du dir den falschen Mann vom Leib gehalten hast.«

Weil ich seinen anklagenden Blick nicht mehr ertrug, wandte ich den Kopf zur Seite. Nach einiger Zeit, die mir wie eine Ewigkeit erschien, stieß er sich von der Wand ab und stolzierte zur Tür. Dort drehte er sich noch ein letztes Mal zu mir um.

»Niemals wirst du mit Narian zusammen sein. Du bist mein und wirst es auf immer bleiben.«

Damit verschwand er im Flur und ließ mich so schwach und zitternd zurück, dass ich meinte, sogleich in Ohnmacht zu fallen. Ich wankte zum Sofa und sank weinend darauf nieder. Mir fiel ein, wie Narian mich einst vor Steldors ungehobeltem Benehmen beschützt hatte. Bestimmt hätte er niemals tatenlos mit angesehen, wie Steldor mich so behandelte. Es war immer schmerzlich, mich an Narian zu erinnern, aber angesichts der Grobheiten meines Ehemannes empfand ich es als doppelt schrecklich.

Ich erhob mich wieder, weil ich so allein und verzweifelt nicht in diesem Raum bleiben wollte. Also verließ ich meine Gemächer und stolperte den Flur hinunter. Dabei senkte ich den Kopf, damit die Wachen und Diener, die mir begegneten, meine geröteten Augen nicht sehen konnten. Vor der Tür meiner Schwester blieb ich stehen und klopfte. Ich bemühte mich, ihren Leibwächter Halias nicht anzusehen, und konnte meine Tränen doch kaum zurückhalten.

Schon einen Augenblick später erschien Miranna auf der Türschwelle. Nachdem sich mich angesehen hatte, zog sie mich herein und nahm mich tröstend in ihre Arme. Danach führte sie mich zum Sofa, und wir schmiegten uns aneinander, während meine Tränenflut losbrach.

»Was ist denn geschehen?«, fragte sie sanft, sobald mein Schluchzen ein wenig nachließ.

»Er war so wütend, Mira«, keuchte ich und begann zu zittern, jedoch nicht vor Kälte, sondern vor Aufregung.

»Steldor?«, riet sie, und ich nickte verzweifelt und setzte mich auf.

»Er ... er hat mich eine ... eine Hure geheißen.«

»Was?« Miranna schnappte nach Luft und machte große Augen. Sie empfand es als ungeheuerlich, dass man sich einer Dame gegenüber derart äußern konnte.

Weil mir der Gedanke, dass auch alle anderen Männer, die bei der Zusammenkunft anwesend waren, zu diesem Schluss gekommen sein mochten, schier unerträglich war, berichtete ich Miranna eilig die ganze Geschichte, angefangen bei meiner Befragung im Wachzimmer des Hauptmannes.

»Miranna, was müssen jetzt alle von mir denken? Cannan, Galen, Destari? Und Vater. Er hat mich beim Abendessen kaum eines Blickes gewürdigt. Vielleicht halten sie mich alle auch für eine – eine …« Ich verstummte und schlug die Hände vors Gesicht. »Ich schäme mich ja so.«

»Steldor hat das bestimmt nicht so gemeint, Alera. Das kann er gar nicht von dir denken. Es ist einfach – also, wir wissen doch alle, was für ein Hitzkopf er ist. Er wird sich schon beruhigen, und alles wird in Ordnung kommen.« Ihr Ton war so beruhigend, und dazu strich sie mir sanft das Haar aus der Stirn. »Und mach dir keine Gedanken über alle anderen – keiner von ihnen denkt so von dir.«

»Aber ich habe ihn tatsächlich getäuscht. Er wusste bis heute nicht, dass ich ein Verhältnis mit Narian hatte. Ich glaube nicht, dass er mir das je verzeihen wird.« Ich blickte in ihre ernsten blauen Augen und wusste, dass sie die volle Tragweite meiner Worte nicht erfasste. Schließlich wusste sie ja nicht, dass ich Steldor den Beischlaf versagte. Dass ich ihm vorgemacht hatte, für eine körperliche Beziehung noch nicht bereit zu sein, obwohl der wahre Grund für meine Weigerung doch darin lag, dass mein Herz schon einem anderen gehörte. Ich bezweifelte, dass er diesen Betrug je verwinden würde.

»Das hast du wohl, und Narian ist für ihn seit seiner Niederlage bei dem Turnier im vergangenen Jahr ein rotes Tuch.« Nachdenklich wickelte sie eine rotblonde Strähne um die Finger ihrer linken Hand, bevor sie aufmunternd hinzufügte: »Doch ich bin mir sicher, dass er darüber hinwegkommen wird, wenn du dich entschuldigst. Schließlich ist Narian fort, sodass Steldor sich von ihm nicht mehr bedroht fühlen muss.«

»Er macht mir Angst«, gab ich kleinlaut zu, woraufhin sie erneut den Arm um mich legte.

»Aber er hat dich nicht geschlagen, Alera. Obwohl er so wütend war, hat er nicht die Hand gegen dich erhoben. Ich denke also nicht, dass du Angst vor ihm haben musst. – Du hast ihn in schlimmster Verfassung erlebt, und er hat dir kein Haar gekrümmt.«

Ihre Worte waren mir ein gewisser Trost. Ich blieb so lange bei Miranna, wie ich es wagte, denn ich wollte zwar nicht in meine Gemächer zurück, wusste aber zugleich, dass mir gar nichts anderes übrig blieb. Als ich mich vor Müdigkeit kaum noch wach halten konnte, brach ich auf und hoffte verzweifelt, Steldor nicht zu begegnen. Einem weiteren Angriff, egal ob verbal oder handgreiflich, hätte ich vermutlich nicht standgehalten. Erleichtert bemerkte ich jedoch, dass seine Waffen nicht an den Haken am Kamin hingen. Kurz fragte ich mich, wo er sein und wann er zurückkehren mochte. Weil mir nichts ferner lag, als auf ihn zu warten, schleppte ich mich sogleich zu meinem Bett, um meinem erschöpften Körper und meiner geschundenen Seele Ruhe zu gönnen.

3. DER SCHMERZ EINER KÖNIGIN

Als ich am nächsten Tag erwachte, fühlte ich mich verängstigt und ruhelos. Ich spürte das heftige Verlangen in mir, die Grenzen des Palastes und der Stadt hinter mir zu lassen. Meine vormittäglichen Aktivitäten, darunter eine Reihe belangloser Besprechungen mit dem Personal, vermochten meine Stimmung nicht zu bessern. Der Nachmittag würde noch weniger ansprechend, und ich erwog soeben, meine übrigen Verpflichtungen abzusagen, als mich ein Klopfen an der Tür meines Arbeitszimmers aus den Gedanken riss. Ich runzelte die Stirn, denn ich hatte vor dem Mittagessen keinerlei Verabredungen mehr. Dennoch rief ich »Herein«. Zu meinem Erstaunen öffnete Cannan die Tür und blieb vor meinem Schreibtisch stehen. Nervös sprang ich auf, und er grüßte mich mit einer respektvollen, wenn auch nur angedeuteten Verbeugung. Weil ich seinem Blick nicht standzuhalten vermochte, begann ich mit fahrigen Händen, die auf dem Tisch verstreuten Papiere zu stapeln. Dabei quälte mich die Erinnerung an die Demütigung am Vortag.

»Seid ihr wohlauf, Alera?« Cannan betrachtete mich forschend und nahm seine dunklen Augen nicht für einen Moment von meinem immer röter werdenden Gesicht.

Ich nickte und rang um Fassung.

»Wir sollten uns setzen«, sagte er und deutete auf die elegante, sehr feminine Sitzgarnitur, die im hellen Sonnenlicht auf der anderen Seite des Raumes stand. Cannan machte einen Schritt zur Seite, damit ich hinter meinem Schreibtisch hervortreten konnte. Ich warf einen Blick durch das Erkerfenster hinaus in den östlichen Innenhof und meinte förmlich zu spüren, dass die Blumen und Bäume mich zur Flucht aufforderten. Da diese Möglichkeit jedoch ausgeschlossen war, nahm ich auf einem mit rosafarbenem Samt gepolsterten Sessel Platz und fürchtete mich vor dem, was der Hauptmann mir gleich eröffnen würde.

Er hatte sich auf ein cremefarbenes Brokatsofa gesetzt, und seine finstere Miene wie auch sein ernstes Gebaren ließen in mir den Verdacht aufkeimen, ich würde sogleich erneut verhört. Andererseits schöpfte ich aber auch ein wenig Hoffnung, denn wenn er vorhätte, mich zu tadeln, wäre ich wohl eher in *sein* Arbeitszimmer zitiert worden.

Er ließ einige Zeit verstreichen, und ich überlegte fieberhaft. Wollte er wohl Bedauern über meine Missetaten hören? Erwartete er, dass ich mich rechtfertigte? War er im Auftrag meines Vaters hier? Aber sosehr ich mir auch das Hirn zermarterte, mir fiel kein anderer Grund für seine Anwesenheit ein als die katastrophale Zusammenkunft am Tag zuvor.

Es war Cannan, der schließlich das Gespräch eröffnete.

»Ich weiß, wie hart der gestrige Tag für Euch war«, sagte er, und ich meinte sogar eine Spur Mitgefühl aus seinen Worten herauszuhören. Trotzdem reagierte ich nicht, sondern spielte nur mit den Falten meiner Robe.

»Zweifellos seid Ihr in Sorge wegen der Reaktionen derjenigen, die bei unserem gestrigen Gespräch zugegen waren. Doch dazu habt Ihr keinen Grund.«

Diese Äußerung traf mich wie ein Blitz aus heiterem Himmel. Denn selbst wenn er bislang keinerlei Missbilligung oder Vorwürfe formuliert hatte, so war ich doch auf irgendeine Form von Kritik gefasst gewesen.

»Ich verstehe nicht ganz«, war alles, was ich hervorbrachte.

»Ihr seid die Königin, Alera. Der einzige Mensch, dem Ihr Rechenschaft schuldet, ist der König.«

Immer noch unfähig, die Bedeutung seiner Worte zu erfassen, musste ich sofort an meinen Vater denken, der seit der Zusammenkunft nicht mehr mit mir gesprochen hatte. Mein Bedauern wuchs, während ich mich an die Enttäuschung in seinem Blick erinnerte.

»Aber mein Vater …«, wandte ich ein und war nicht einmal in der Lage, diesen quälenden Gedanken laut auszusprechen.

»Hört mir zu«, hob Cannan noch entschlossener an. »Ihr schuldet Eurem Vater keine Rechenschaft mehr. Ihr seid die Königin, und damit steht Ihr über allen außer Steldor. Euer Vater ist nurmehr einer Eurer Untertanen, und er hat Euch mit dem gleichen Respekt zu begegnen wie alle anderen Bürger Hytanicas.« Er wartete, bis diese Worte in mein Bewusstsein gedrungen waren, bevor er fortfuhr. »Im Leben eines jeden Menschen gibt es Dinge, die er bereut, ob Bauer oder Fürst, Offizier oder König. Ihr seid davon nicht qua Geburt ausgenommen. Doch das ist kein Grund, den Kopf hängen zu lassen – es gibt nichts, wofür Ihr Euch schämen müsstet.«

Danach herrschte für eine Weile Schweigen. Cannans Rat klang vernünftig, auch wenn es mir seltsam vorkam, dass ich im Rang über meinem Vater stehen sollte. Ich blieb dennoch beunruhigt. Einige meiner Sorgen hatte ich Miranna anvertraut, aber sie kannte Steldor nicht genau genug, um mir Ratschläge zu geben. Cannan dagegen konnte mir etwas über das Wesen seines Sohnes sagen. Der Hauptmann musterte mich geduldig, als ob er spürte, dass es da noch etwas gab, das ich gerne mit ihm besprechen würde. Ich beschloss, es zu riskieren, sein Missfallen zu erregen, indem ich das Thema anschnitt.

»Gestern Abend war Steldor so aufgebracht, dass ich

nicht einmal weiß, wie ich es beschreiben soll«, begann ich vorsichtig, denn ich wollte keine Einzelheiten über meinen Zusammenstoß mit seinem Sohn preisgeben. »Es fühlte sich fast wie … Hass an. Und war in seiner Intensität geradezu furchterregend.«

Cannan nickte, zeigte aber keinerlei Neugier auf das, was vorgefallen war. Das war für mich ein weiterer Grund, ihm dankbar zu sein.

»Steldor ist bedauerlicherweise für seinen Jähzorn bekannt. Daher hatten Galen und ich einige Mühe, ihn zu besänftigen, bevor er Euch aufsuchte.«

Ich ließ seine Worte auf mich wirken und verschlang meine Finger ineinander. Wollte er mir damit tatsächlich sagen, dass der Tobsuchtsanfall, den ich erlebt hatte, eine schwache Version dessen war, womit ich eigentlich hätte rechnen müssen?

»Steldor hasst Euch nicht, Alera«, versuchte er es erneut und blickte dabei aus dem Fenster, als sei er fasziniert von der Aussicht. Ich schloss daraus jedoch eher, dass seine nächsten Worte von besonderer Bedeutung sein mussten. »Mein Sohn ist ein sehr leidenschaftlicher Mensch, und zwar in vielerlei Hinsicht. Und wenn ein leidenschaftlicher Mensch eine Kränkung erfährt, kann Liebe sich in Form von Wut äußern.«

Etwas an den Worten des Hauptmannes ließ mich aufhorchen, und mir schien, er würde nicht nur von Steldor sprechen, sondern auch von sich selbst. Er hatte mir einst erzählt, dass er in seiner eigenen Jugend große Ähnlichkeit mit Steldor gehabt hatte. Also versuchte ich, mir Cannan so jähzornig, mutwillig und egozentrisch wie meinen Ehemann vorzustellen, doch das erwies sich als ebenso diffizil wie der Versuch, mir Cannans Eigenschaften an Steldor auszumalen.

»Ich erzähle Euch das, damit Ihr ihn besser verstehen

könnt, nicht um sein Verhalten zu entschuldigen. Denn auch wenn er Euch verletzt haben mag, so bin ich mir doch sicher, dass es nur durch Worte und nicht durch seine Hand geschehen ist.«

Ich nickte. Cannan kannte seinen Sohn gut. Erleichterung erfasste mich, doch da war noch eine letzte Frage, die ich dem Hauptmann zu stellen wagte, weil er Galen den Vater ersetzt hatte. Nachdem ich wusste, wie nah sich die beiden jungen Männer standen, fürchtete ich, die gerade erst aufblühende Beziehung zwischen Galen und mir irreparabel beschädigt zu haben.

»Und was ist mit Galen? Steldor hat Dinge zu mir gesagt, die er hoffentlich nicht so gemeint hat, aber ich kann mir nicht vorstellen, dass sie Galen nicht ebenfalls in den Sinn gekommen sind.«

»Im Gegensatz zur landläufigen Meinung sind Galen und Steldor keine identischen Persönlichkeiten«, sagte Cannan und hob dabei eine Augenbraue. »Wenn Steldor in Rage gerät, neigt er dazu, stets vom Schlimmsten auszugehen. Galen besitzt ein anderes Temperament und unterstellt den Menschen stets die besten Absichten.«

Ich schenkte meinem Schwiegervater ein Lächeln.

»Danke«, sagte ich und empfand in der Tat eine größere Dankbarkeit als ich in Worte zu fassen vermochte, weil er sich die Mühe gemacht hatte, zu mir zu kommen.

Er erhob sich und nickte mir nur leicht zu.

»Nun will ich Euch nicht länger von Eurem Tagwerk abhalten.« Nachdem er schon ein paar Schritte auf die Tür zugegangen war, drehte er sich noch einmal um und teilte mir eine letzte aufmunternde Überlegung mit. »Ich setze großes Vertrauen in Euch, Alera. Ihr werdet meinem Sohn guttun. Wenn Ihr ihm wie bereits in der Vergangenheit verweigert, dass alles nach seinem Kopf geht, wird er am Ende vielleicht sogar ein wenig Demut lernen.«

Bevor ich noch darauf antworten konnte, war Cannan bereits auf den Flur verschwunden und ließ mich verblüfft über seine letzte Bemerkung zurück.

Eilig aß ich mein Mittagessen, eine Gemüsesuppe mit Brot, in meinen Gemächern, nachdem ich es abgelehnt hatte, mich mit meiner Familie in unserem Speisezimmer im zweiten Stock zu Tisch zu setzen. Denn auch wenn sich meine Stimmung durch die Unterhaltung mit dem Hauptmann spürbar gebessert hatte, fühlte ich mich noch nicht bereit, meinem Vater, Steldor oder Galen gegenüberzutreten. Mein Salon war mir zudem eine willkommene Zuflucht vor bohrenden Blicken, weil im ganzen Palast Gerüchte kursierten, wonach der König und die Königin nicht miteinander sprächen.

Nachdem ich gegessen hatte, begab ich mich zurück in mein Studierzimmer, wo ich den Nachmittag mit Arbeit zuzubringen gedachte. Leise lief ich den Flur entlang in Richtung Wendeltreppe, denn ich wollte möglichst keine Aufmerksamkeit erregen. Doch schon hatte eine Palastwache mich entdeckt.

»Eure Hoheit, König Adrik wünscht Euch zu sprechen. Er lässt Euch bitten, ihn in seinem Arbeitszimmer im dritten Stock aufzusuchen.«

Meine Zuversicht, die Cannan mir zurückgegeben hatte, schwand dahin. Ich hatte zwar damit gerechnet, dass mein Vater mich um eine Unterredung bitten würde, doch was mich in deren Verlauf erwartete, konnte ich mir nicht recht vorstellen. Ich brauchte mehr Zeit, um mich zu sammeln und mir irgendwelche Erklärungen zurechtzulegen.

»Lasst meinen Vater doch bitte wissen, dass ich für den Rest des Tages anderweitig beschäftigt sein werde und ihn morgen früh aufsuchen werde.«

Der Wachmann nickte und entfernte sich, um meine Nachricht zu überbringen. Da ich wusste, dass mein Vater nicht erbaut sein und womöglich beschließen würde, mich dennoch zur Rede zu stellen, eilte ich zurück in meine Gemächer. Dabei reifte ein Fluchtplan in meinem Kopf.

Ich wandte mich an die erste Palastwache, die mir begegnete, und wies den Mann an, Lanek, dem Privatsekretär des Königs, mitzuteilen, dass ich unter Kopfschmerzen litte und daher all meine Vereinbarungen für den Nachmittag absagen wolle. Ich wusste, dass Lanek auch den König über meinen Zustand informieren würde. So war zugleich sichergestellt, dass er nicht versuchen würde, mich zu treffen. Auch wenn ich angesichts seiner gegenwärtigen Stimmung bezweifelte, dass eine solche Maßnahme nötig war. Nachdem ich mir also für den Rest des Tages freigenommen hatte, schickte ich einen weiteren Diener zu den königlichen Stallungen. Er sollte den Befehl überbringen, das Lieblingsreitpferd meines Vaters, ein ruhiges und gut ausgebildetes Kavalleriepferd, gesattelt und aufgezäumt ans Tor des großen Innenhofs zu führen. Da der Befehl an den Stall von mir kam, würde niemand argwöhnen, dass nicht mein Vater auszureiten gedachte. Gleichzeitig hoffte ich, schon weit genug von der Stadt entfernt zu sein, bevor jemand meinen ungewöhnlichen Zeitvertreib melden könnte.

Zur Vorbereitung auf meinen Ausflug schlüpfte ich in einen Rock und eine weiße Bluse und band mir das Haar zu einem tiefen Pferdeschwanz, wie Halias, Mirannas schneidiger Leibwächter, ihn zu tragen pflegte. Ich hatte vor, mich so gut es ging als Mann zu verkleiden, um möglichst wenig Verdacht zu erregen, wenn ich hoch zu Ross unterwegs wäre. Allerdings stand ich vor einem Problem, denn natürlich trug kein Mann einen Rock, daher brauchte ich ein Paar Hosen. Leider besaß ich die nicht mehr, die ich benutzt hatte, als Narian mich heimlich das Reiten gelehrt hatte. Für eine hytanische Frau galt eine solche Tätigkeit nämlich als völlig unangemessen. Ich hatte die

Hose zur Wäsche der Dienerschaft gegeben, damit man sie nicht fand, als meine Kleider in die neuen Gemächer gebracht wurden. Ihre Entdeckung hätte für jede Menge Klatsch im Palast gesorgt und zahllose Fragen aufgeworfen. Ich runzelte die Stirn, während ich auf eine Lösung sann, denn mir blieb nicht viel Zeit. Mein Verhältnis zu Steldor konnte wahrscheinlich ohnehin nicht schlechter werden, also beschloss ich, mir mit einer seiner Hosen zu behelfen. Ich holte tief Luft, trat an die Tür seines Schlafgemachs und stieß sie auf. Zum ersten Mal warf ich einen Blick in sein privates Refugium.

Ich wusste nicht, was ich erwartet hatte, doch was ich sah, war eine faszinierende Mischung – einiges entsprach ganz dem Steldor, den ich kannte, anderes überraschte mich. Es gab die üblichen Möbel, die natürlich in maskulinem Stil gehalten waren: ein breites Bett mit Baldachin, gepolsterte Ledersessel am Kamin, eine mächtige Truhe, einen Schrank, zwei große Bücherregale, einen niedrigen Tisch mit Pokalen und Bechern, auf dem, wie ich vermutete, oft Wein- und Bierflaschen standen. Der vertraute Duft meines Ehemannes hing in der Luft, allerdings schwerer als erwartet, wenn man bedachte, dass er das Zimmer schon vor Stunden verlassen hatte. Ich blickte mich um und entdeckte auf dem Kaminsims eine Schale, aus der dieser Geruch aufzusteigen schien. Jetzt begriff ich, dass der Wolfskopf, den er stets als Talisman trug, die gleiche Duftmischung enthalten musste.

Besonders nahm mich die persönliche Note des Raumes gefangen. Im Gegensatz zu dem Eindruck, den ich von ihm hatte, waren die Möbel erstaunlich schlicht, ohne Schnitzereien, und die vorherrschende Farbe war ein dunkles Weinrot – nicht Burgunder, nicht richtig rot, sondern eine Spur wärmer und einladender als diese kräftigen Töne. Boden und Wände waren mit prächtigen Teppichen versehen. Zahlreiche Waffen unterschiedlichster Art und Größe hingen an der Wand über dem Kamin. Die ordentlich einsortierten Bücher deckten die erwarteten Themen ab: Waffenkunde, Falkenjagd, Militärgeschichte und -strategie. Nichts lag unaufgeräumt herum, dennoch wirkte das Zimmer ungezwungen und gemütlich.

Während ich mich umsah, versuchte ich meinen Eindruck mit dem mir bekannten strategisch denkenden Steldor in Einklang zu bringen, und plötzlich begriff ich. Der Raum war natürlich typisch männlich eingerichtet, aber zugleich auch sinnlich und elegant – eben perfekt, um eine Frau in seine Arme zu locken.

Ich durchquerte das Zimmer, trat an den Kleiderschrank und suchte darin, bis ich die Hosen meines Mannes fand. Dann nahm ich eine heraus und zog sie sogleich unter meinen Rock an. Ich nahm mir auch einen seiner Gürtel und hoffte, er würde verhindern, dass mir die Hose bis auf die Knöchel rutschte. Nachdem ich mich ein letztes Mal in dem aufgeräumten Schlafgemach umgesehen hatte, griff ich mir noch eine leere Flasche, füllte sie mit Wasser aus dem Krug und befestigte sie an meinem geliehenen Gürtel. Dann verließ ich Steldors Gemach und presste meinen linken Arm auf den Bauch, um die seltsame Wölbung des Rockes zu kaschieren. Fertig ausgerüstet nahm ich meinen ganzen Mut zusammen und ging forschen Schrittes über die Flure, um dem Palast, meinem Vater und meiner Demütigung zu entfliehen.

Erst als ich bereits die Tore zum Hof erreicht hatte, begann mein Verhalten Verwirrung zu stiften. So sah der Stallbursche, der den kastanienbraunen Wallach meines Vaters hielt, ziemlich schockiert drein, als ich ihm die Zügel aus der Hand nahm, um das Pferd die Kopfsteinpflastergasse hinunterzuführen, die die Stadt in der Mitte teilte. Natürlich wagte er es nicht, mir eine Frage zu stellen. Genauso wenig wie die ebenso irritierten Palastwachen auf ihrem Posten. Ich vermutete jedoch, dass es nicht lange dauern würde, bis mein Unterfangen meinem Vater, Cannan, Steldor oder Galen zu Ohren käme. Ich zog das Tier rasch in eine Seitengasse des Marktviertels, wo ich hastig meinen Rock abstreifte und zwischen zwei Läden liegen ließ. Dann bestieg ich das große, aber ruhige Pferd und ritt mit ihm auf die belebte Durchgangsstraße zurück.

Obwohl ich über drei Monate lang auf keinem Pferd mehr gesessen hatte, brauchte ich nicht lange, um mich im Sattel wieder sicher zu fühlen. Ohne einen Blick zurück trieb ich mein Reittier zu einem leichten Trab an, um rasch Distanz zwischen mich und den Palast und mögliche Verfolger zu bringen.

Die Stadt summte vor Geschäftigkeit, während ich dahintrabte, und ich begann die Freiheit zu genießen, die ich mir erschlichen hatte, und hoffte, sie würde nicht von zu kurzer Dauer sein. Die nachmittägliche Maisonne wärmte mich angenehm, aber mir war klar, dass es gegen Abend wieder merklich abkühlen würde und ich daher rechtzeitig zum Palast zurückkehren sollte.

Meine dürftige Tarnung war nicht sehr überzeugend, denn ich zog ungläubige Blicke auf mich. Einige Passanten mussten zweimal hinsehen, dann verneigten sich manche erstaunt oder knicksten vor ihrer Königin. Als ich das Tor in der Stadtmauer erreichte, spürte ich die fragenden Blicke der Wachposten auf mir, aber auch hier wagte niemand, mich zur Rede zu stellen, und ich ritt ungehindert unter dem hochgezogenen Eisengitter hindurch. Die Reaktion der Wachen war mir gleichgültig. Nur die Wahrscheinlichkeit, mit der sie den König informieren würden, beschäftigte mich. Daher trieb ich mein Pferd zu einem leichten Galopp an.

Inzwischen hatte ich mir auch ein Ziel für meinen Ausritt überlegt. Ich lenkte den Wallach Richtung Osten von der Hauptstraße auf einen schmaleren Weg, an dem das Landgut von Baron Koranis lag. In eineinhalb Stunden konnte ich dort sein. Auch wenn London schon seit zehn Tagen unterwegs war, um Narian zu suchen, so wollte ich den Landsitz doch gerne selbst aufsuchen. Immerhin bestand eine ganz geringe Chance, dass er doch auf das Anwesen seiner Familie zurückgekehrt war. Koranis war vom Landgut in seine Stadtvilla gezogen, nachdem die Cokyrier begonnen hatten, unsere Grenzen zu bedrohen. Ich wusste, dass Narian in der Lage wäre, sich von unseren Patrouillen unbemerkt auf dem Anwesen seines Vaters aufzuhalten, wenn er es wollte.

Ich wünschte, möglichst rasch an mein Ziel zu gelangen, doch das Pferd meines Vaters schien es keineswegs eilig zu haben und weigerte sich, das von mir geforderte Tempo beizubehalten. Ständig verfiel es in einen schaukelnden, unbequemen Trott. Während ich mich noch über das sture Tier ärgerte, vernahm ich das Geräusch näher kommender Hufe, auch wenn es eine Weile dauerte, bis mir klar wurde, dass mir offenbar ein Reiter folgte. Ich blickte über die Schulter zurück und erkannte sogleich den kräftigen grauen Hengst. Ein Stöhnen entfuhr mir, denn wenn Steldor mir höchstpersönlich folgte, musste er schon ziemlich aufgebracht sein. Ich weigerte mich jedoch zu reagieren und ritt verbissen weiter die Straße entlang. Was für eine Enttäuschung, dass er mich so rasch aufgespürt hatte. Es war noch nicht einmal eine Stunde her, dass ich den Palast verlassen hatte, und schon hatte er mich eingeholt.

Steldor ritt an mir vorbei und ließ sein Ross abrupt vor meinem deutlich kleineren Wallach zum Stehen kommen, worauf der Hengst Anstalten machte, aus Protest zu steigen. Er schien den Ausritt genossen zu haben, und gab durch Herumwerfen seines Kopfes und mehrmaliges Schnauben zu verstehen, dass er ihn nur zu gern fortsetzen wollte. Irritiert versuchte ich sogleich, mein Reittier von ihm wegzuleiten, doch Steldor beugte sich vor und griff sich meine Zügel.

»Lasst mein Pferd los!«, befahl ich ihm aufgebracht und war doch zugleich auf der Hut vor dem riesigen, kraftstrotzenden Tier und seinem Reiter.

»Nein«, fuhr Steldor mich an. »Ihr kehrt mit mir um.«

Mit meinen Zügeln fest im Griff brachte er seinen Hengst dazu, in Richtung der Stadt zu wenden, und mein Pferd folgte ihm gehorsam. Getrieben vom Unwillen, mich ihm zu beugen, rutschte ich vom Rücken meines Tieres.

»Ich denke nicht, dass ich jetzt schon zurückkehren werde, Eure Majestät«, erklärte ich verwegen.

Mit einem entnervten Seufzer sprang auch er vom Pferd und trat auf mich zu. Dabei nahm er meine seltsame Aufmachung näher in Augenschein.

»Was treibst du hier eigentlich?«, fragte er und blieb wie angewurzelt stehen. »Mitten im Niemandsland, mutterseelenallein, angezogen wie ein Mann und dann auch noch auf dem Pferd deines Vaters! Hast du den Verstand verloren?« Er musterte mich genauer und sein Staunen verwandelte sich in Missmut. »Sag mal, wo hast du den Gürtel und die Hose her?« Als ihm die Erkenntnis dämmerte, fügte er noch sarkastisch hinzu: »Was für ein Pech, dass du ausgerechnet als ich nicht zugegen war, beschlossen hast, in meine Hose zu schlüpfen.«

Meine Wangen glühten vor Scham über diese freche Bemerkung, und hätte ich ein Stück näher bei ihm gestanden, hätte ich ihn wahrscheinlich zum zweiten Mal geohrfeigt. Gleichzeitig wusste ich jedoch, dass ich tatsächlich einen seltsamen Aufzug bot.

»Ich wollte nur ein wenig ausreiten. Schließlich habe

ich wohl ein Recht auf etwas frische Luft«, erklärte ich trotzig und stemmte die Hände in die Hüften.

Steldor gab ein kurzes, höhnisches Lachen von sich. »Auf diese Weise sicher nicht. Und jetzt steig auf das Pferd.«

Aufgebracht über seinen diktatorischen Tonfall drehte ich mich weg, ohne auch nur einen Moment über seine mögliche Reaktion nachzudenken. Ich schlug wieder meine ursprüngliche Richtung ein, und machte mir keinerlei Gedanken darüber, dass ich mein Transportmittel zurückließ. Es dauerte nicht lange, bis ich die Sohlen seiner Stiefel auf dem steinigen Boden hörte, und mein Nacken prickelte warnend. Bevor ich noch darüber nachdenken konnte, wie ich mit ihm umgehen sollte, war er auch schon vor mir und hinderte mich am Weitergehen.

»Du wirst auf der Stelle mit mir zurückkommen«, knurrte er und hatte den Unterkiefer entschlossen vorgeschoben.

»Nein, das werde ich *nicht*!«

Er fuhr sich mit beiden Händen durch seine tief dunkelbraunen Haare, und ich erwartete fast, dass er vor Wut losbrüllen würde. Doch er machte nur einen Schritt auf mich zu, schlang einen Arm um meine Taille, zog mich an sich und warf mich mit finsterem Blick über seine Schulter. Dann stapfte er zu den Pferden zurück.

»Lass mich runter!«, kreischte ich und wehrte mich heftig, doch er reagierte nicht einmal. Auch wenn ich mich nicht befreien konnte, schrie ich weiter und strampelte mit den Beinen, bis ich dazu überging, mit den Fäusten auf seinen Rücken zu trommeln, um es ihm wenigstens so schwer wie nur möglich zu machen.

Als wir die Pferde erreicht hatten, wuchtete er mich in seinen Sattel und ließ mich kurz los, um selbst aufzusteigen. Ich nutzte diese kleine Gelegenheit und schwang ein Bein über die Mähne des Hengstes, um auf der anderen

Seite wieder herunterzuspringen. Dummerweise hatte Steldor sich in diesem Moment jedoch bereits auf den Pferderücken geschwungen und packte mich mit einem Arm um die Brust. In dem verzweifelten Versuch, ihn abzuschütteln, senkte ich den Kopf und schlug meine Zähne, so fest ich konnte, in seinen Unterarm.

Er schrie vor Schmerz laut auf und ließ mich sofort los. Ich landete ziemlich würdelos auf dem Boden, rappelte mich triumphierend auf und blickte zu meinem Ehemann hoch, der ungläubig staunend seine Wunde untersuchte. Es schien ihm die Sprache verschlagen zu haben, und mir wurde bewusst, dass ich damit zum zweiten Mal innerhalb von eineinhalb Tagen handgreiflich gegen ihn geworden war. Während Blut von seinem Arm tröpfelte, funkelte er mich böse an und zitterte fast vor Zorn. Mühsam fand er seine Stimme und die entsprechende Lautstärke wieder.

»Na schön!«, brüllte er so laut, dass das träge Pferd meines Vaters hochschreckte und scheute. »Dann bleib eben hier! Aber ich werde die Pferde mitnehmen. Du hast also die Wahl: Entweder du steigst sofort auf deinen verdammten Gaul oder du läufst zu Fuß nach Hause!«

»Der perfekte Tag für einen Spaziergang!«, erwiderte ich und verkündete damit meine Entscheidung, wie klug oder unklug sie auch sein mochte. Danach wartete ich seine Antwort nicht mehr ab, sondern marschierte sogleich in Richtung von Koranis' Gut davon. Ich sah mich nicht mehr um, aber ich hörte Steldors Pferd vor Begeisterung wiehern, weil es erneut losstürmen durfte, während das meines Vaters offenbar unter Protest hinterherstapfte.

Die Entfernung, die mich von meinem Ziel trennte, war größer als ich sie in Erinnerung gehabt hatte, allerdings war ich bei meinen früheren Besuchen auch in einer Kutsche, also ohne jegliche körperliche Anstrengung gereist.

An diesem Tag hatte das Pferd meines Vaters mich etwas weniger als die halbe Strecke getragen. Zu Fuß würde ich für den Rest vermutlich etwa drei Stunden benötigen. Dabei war es natürlich absurd anzunehmen, ich könnte das gegenwärtige Tempo beibehalten und keine Pause brauchen. Dennoch war meine Entscheidung gefallen, und ich setzte meinen Weg resolut fort. Ich würde Steldor nicht die Genugtuung verschaffen, dass es ihm gelungen war, mir meinen Ausflug zu verderben, und ich würde auch nicht schmählich besiegt in den Palast zurückkehren.

Während ich weiterlief, schien der Boden unter meinen Füßen immer härter und jedes Auftreten schmerzhafter zu werden. In meinen Beinen spürte ich bereits die ungewohnte Anstrengung. Mit einem freudlosen Lachen erkannte ich, wie schlecht meine dünn besohlten Lederschuhe und meine ganze Konstitution sich für diese Betätigung eigneten. Nachdem eine Stunde vergangen war, hätte ich mich am liebsten auf die Straße gelegt und auf einen Bauern gewartet, der mich aufsammeln und zum Palast zurückbringen würde. Aber ich war mir ziemlich sicher, in dieser Gegend Hytanicas niemand zu begegnen, denn die Bedrohung unserer Grenzen durch die Cokyrier hatte dazu geführt, dass nur noch die Felder, die in sicherer Nähe zur Stadt lagen, bestellt wurden. So erblickte ich links und rechts von mir nur aufgelassene Felder, und den letzten Bauern hatte ich schon vor langer Zeit auf meinem Weg gesehen. Meine einzige Hoffnung war, dass Steldor jemand nach mir schicken würde, doch diese Hoffnung war ziemlich schwach ausgeprägt. Ich hatte ihn wütend und blutend zurückgelassen, und es schien mir unwahrscheinlich, dass er nachsichtig genug wäre, eine Wache zu schicken, die nach mir suchte.

Ich stolperte weiter, während meine Glieder beständig schwerer wurden. Einige Male musste ich meinen brennenden Durst stillen. Ich lobte meine Umsicht, die Wasserflasche mitgenommen zu haben, doch gleichzeitig wünschte ich mir, ich hätte auch etwas zu essen eingepackt. Mein Magen knurrte immer heftiger, aber mir blieb nichts anderes übrig, als ihn zu ignorieren.

Zum Glück war es nicht besonders heiß, denn jetzt im Frühling brannte die Sonne noch nicht so intensiv wie im Juni oder Juli. Daher würde es aber auch rasch kälter werden, wenn der Tag zur Neige ging. Mir graute davor, was dann mit mir wäre, denn ich hatte keinen Umhang mitgenommen. Mit einem Seufzer der Erleichterung fiel mir ein, dass es in Koranis' Haus gewiss Decken und Vorräte geben würde.

Ich wanderte noch eine Stunde, bevor ich unter einem großen Schatten spendenden Baum neben der Straße Rast machte. Ich setzte mich mit dem Rücken an seinen Stamm und presste eine Hand gegen meine heiße, feuchte Stirn. Ich konnte mich nicht erinnern, wann ich zuletzt derart geschwitzt hatte. Meine Beine schmerzten, und ich rieb sie vorsichtig, um die Muskeln ein wenig zu lockern, was jedoch wenig nützte.

Nach etwa einer Viertelstunde erhob ich mich stöhnend und nahm meinen Marsch wieder auf. Ich glaubte, es bis Einbruch der Dämmerung zu Koranis zu schaffen, aber ich hatte keine Zeit zu verlieren, denn ganz sicher war ich mir bei der Einschätzung der Wegstrecke, die noch vor mir lag, nicht. Meine Furcht wuchs, je länger die Schatten wurden, denn es war längst zu spät, um wieder in die sichere, freundliche Stadt zurückzukehren. Ich versuchte, nicht weiter nachzudenken, und konzentrierte mich auf den Boden unter meinen Füßen.

Mit großer Erleichterung erblickte ich beim Hochschauen irgendwann Koranis' zweistöckiges Landhaus in der Ferne. Es sah jedoch in seinem unbewohnten Zustand seltsam leblos aus, und die vernachlässigten Grünflächen hatten etwas Trauriges an sich. Dennoch strahlte es Trost und Sicherheit aus. Ich war erschöpft, meine Schuhwerk zerlumpt, und meine Füße schmerzten bei jedem Schritt. Mein Magen knurrte laut und die Wasserflasche war schon seit einer halben Stunde leer.

Die Wanderung hatte über eine Stunde länger gedauert, als ich dafür veranschlagt hatte. In derart elender Verfassung war ich noch nie gewesen. Ich stolperte den Weg zum Haupteingang entlang. Ich drückte die Klinke und musste feststellen, dass die Tür verschlossen war. Daraufhin stieß ich einen Schrei der Hoffnungslosigkeit aus. Ich widerstand der Versuchung, an Ort und Stelle zusammenzubrechen, und humpelte stattdessen auf die Rückseite des Gebäudes zum Hintereingang, der jedoch ebenfalls fest versperrt war. Ich rüttelte an der Tür, die natürlich nicht nachgab. Da lehnte ich mich gegen sie und brach in Tränen aus. Ich war mir so sicher gewesen, dass meine Pein ein Ende haben würde, sobald mein Ziel erreicht war. Doch nun fühlte ich mich schrecklich verlassen und allein. Ich sank auf den Stufen nieder, vergrub mein Gesicht in den Armen und wusste, dass mein Weinen nur Ausdruck meiner Verzweiflung war, denn hier war weit und breit niemand, der mich hätte hören und mir helfen können.

Ich merkte gar nicht, wie die Zeit verging, bis mein trockener Hals in mir das Bedürfnis nach etwas zu trinken weckte. Als ich den Kopf hob, sah ich das violett-bläuliche Abendrot am Himmel. Bald würde die Dunkelheit hereinbrechen, und ich sollte mich lieber beeilen, wenn ich zuvor meine Flasche noch am Fluss füllen wollte. Danach würde ich zum Haus zurückkehren, denn ich vertraute darauf, dass Steldor nicht so rachsüchtig wäre, mich die Nacht hier verbringen zu lassen.

Auch wenn meine Beine und Füße schrecklich schmerzten, machte ich mich auf den Weg den Hügel hinunter, auf dem das Landhaus stand, und Richtung Waldrand. Dort fand ich mühelos den Pfad, den ich oft mit Semari, Miranna und gelegentlich auch Narian entlangspaziert war. Ich folgte seinen Windungen und stolperte hin und wieder über eine Baumwurzel, die schon im Schatten verborgen lag. Schließlich erreichte ich die kleine Lichtung, die an den Recorah grenzte. Rasch kniete ich mich ans Flussufer und spritzte mir von dem erfrischenden Nass ins Gesicht, um die Spuren von Schweiß und Tränen abzuwaschen. Danach trank ich aus meinen gewölbten Händen. Das Wasser war kalt, und nachdem ich meine Flasche gefüllt hatte, setzte ich mich wieder und tauchte meine geschwollenen Füße mitsamt den zerfetzten Schuhen in die wirbelnden Strudel. Sofort spürte ich, wie die Strömung daran zerrte, und war überrascht von der Kraft des Wassers, selbst so nah am Ufer. Die Kühle brachte mir sogleich willkommene Erleichterung.

Als die Sonne unterging, wurde die Luft auf einen Schlag spürbar kalt, und ein Schauder lief mir über den Rücken. Ich wusste, dass ich besser zum Haus zurückkehrte, doch ich konnte mich einfach nicht dazu aufraffen, denn die Erinnerungen, die mich an diesem Ort überfielen, ließen sich nicht verdrängen. Also spähte ich den Fluss hinunter und entdeckte die Stelle, an der Narian mich im vergangenen Sommer nach meinem Sturz ins wirbelnde Wasser gerettet und dabei zum ersten Mal in die Arme genommen hatte. Meine Kehle schnürte sich zu, und ich biss mir auf die Lippen, um die Gefühle zurückzuhalten, die in mir aufwallten. Schließlich stand ich auf und ging vorsichtig zu den großen Felsen. Dort kletterte ich in sicherer Entfernung zum Wasser hinauf. Denn diesmal wäre Narian nicht zugegen, um mich herauszuziehen.

Ich schaute über den Recorah, und meine Ohren waren

erfüllt vom Rauschen und Donnern des mächtigen Stroms, der über Felsen und umgestürzte Bäume dahinstürzte. Die vereinzelten Bäume am gegenüberliegenden Ufer wirkten im schwindenden Tageslicht wie unheimliche Wächter. Ein Stück weit dahinter erblickte ich in einiger Entfernung die Lagerfeuer der Cokyrier. Es fühlte sich seltsam an, ihnen so nah zu sein, dass ich sehen konnte, wo die Feinde Hytanicas aßen und schliefen und auf den rechten Moment zum Angriff warteten. Der Gedanke, dass ich aufgrund der Nähe zu den feindlichen Linien in Gefahr sein mochte, kam mir kurz in den Sinn, aber der Abend schien so ruhig, und die Cokyrier hatten sich offenbar auf eine friedliche Nacht eingestellt.

Ein Geräusch aus dem Wald erschreckte mich, und auf einen Schlag fühlte ich mich kein bisschen mehr sicher. Das war nur ein Tier, versuchte ich mich selbst zu beruhigen. Doch dann machte ich mir sofort klar, dass auch ein wildes Tier durchaus ein Grund zur Beunruhigung war. Ich hatte zwar nie viel Zeit in den Wäldern verbracht, aber ich wusste, dass dort Wildschweine und Bären hausten. Was, wenn so ein Tier mich angriff? Instinktiv wäre ich am liebsten auf dem Felsen in Richtung Fluss zurückgewichen, doch die Gefahr, die dort auf mich lauerte, war vermutlich größer als die Bedrohung durch welches Tier auch immer, das hinter den Bäumen lauerte. Als sich das Geräusch nicht wiederholte, begann meine Anspannung nachzulassen. Dafür fiel mir ein, dass ich eben diesen Wald durchqueren musste, um zurück zum Haus des Barons zu gelangen.

4. SCHUTZLOS

Ich kletterte eilig von den Felsen herunter, um den Rückweg durch den Wald anzutreten. Dabei stellte ich fest, dass es in dem dämmrigen Licht deutlich schwerer war, den Pfad überhaupt zu erkennen. Ich zögerte, weil es mir widerstrebte, zwischen den Bäumen hindurchzugehen, aber schließlich konnte ich die Nacht nicht schutzlos an den Ufern des Recorah verbringen. Weil mir gar keine andere Wahl blieb, tappte ich zurück zum Landhaus des Barons und hatte dabei das Gefühl, der Wald würde immer dichter und spanne ein Netz aus Dunkelheit um mich.

Im Gehen verschwendete ich keinen Gedanken mehr an meine wunden Füße, dafür erschien mir jedes Geräusch – jeder knackende Zweig, jeder Ruf einer Eule – verdächtig und ließ meinen Puls rasen. Ich hielt durch, auch wenn meine Furcht die Geräusche der Nacht verstärkten, und kam, obwohl ich mich vorsichtig bewegte, um auf dem unebenen Gelände nicht zu stürzen, recht gut voran. Gerade als etwas mehr Mondlicht durch die Dunkelheit drang, weil der Wald sich lichtete, legte sich eine Hand fest auf meinen Mund. Ich konnte weder atmen noch schreien, und eisiger Schrecken ließ mir das Blut in den Adern gefrieren. So fiel ich rücklings gegen eine muskulöse Brust. Dann spürte ich, wie sich kalter Stahl an die zarte Haut meines Halses presste.

»Wenn ich dreimal geblinzelt habe, hast du mir erklärt, was du hier treibst«, knurrte eine Männerstimme direkt in mein Ohr. Die Hand wurde von meinem Mund genommen und packte mich fest am Oberarm.

Den Tod in Gestalt einer Messerklinge vor Augen und gepeinigt von der Vorstellung, mein eigenes Blut über meine Brust laufen zu sehen, presste ich wenige Worte hervor.

»I-ich habe mich verlaufen«, keuchte ich. »Bitte tut mir nichts!«

Einen schrecklichen Augenblick lang war es ganz still. Dann spürte ich, wie der Dolch von meinem Hals genommen wurde.

»Alera?«

Die Stimme des Mannes klang ungläubig, aber ich hatte zu große Angst, um darüber nachzudenken. Verzweifelt versuchte ich, mich loszumachen, und beachtete zunächst gar nicht, dass der Mann meinen Namen kannte. Da packte er mich mit seiner anderen Hand und drehte mich herum.

»Bitte, ich flehe Euch an, lasst mich gehen«, bettelte ich und fürchtete nicht nur um mein Leben. Ich wehrte mich heftig und wollte meinem Häscher nicht einmal ins Gesicht sehen.

»Alera, schau mich an.«

Als er erneut meinen Namen sagte, brachte seine Stimme mich dazu, meine Gegenwehr einzustellen. Ich nahm all meinen Mut zusammen und blickte auf. Dort sah ich widerspenstige silberne Stirnfransen über vertrauten Augen, von denen ich selbst im Dunkeln wusste, dass sie indigofarben waren. Da ließ ich mich, schwindelig vor Erleichterung, in seine Arme fallen.

Der Mann, der die meiste Zeit meines Lebens mein Leibwächter gewesen war, hob mich auf seine Arme und trug mich aus dem Wald hinaus und den Hügel hinauf. Ich lehnte meinen Kopf an seine Schulter. Zwar war ich müde, unterkühlt und hungrig, aber unendlich dankbar für seine Gegenwart, denn mit ihm an meiner Seite konnte mir nichts mehr zustoßen. Als wir das Haus erreicht hatten, setzte er mich so ab, dass ich mich mit dem Rücken an eine Mauer lehnen konnte. Ein Schauder überlief mich, was ihm nicht entging.

»Nimm das hier«, sagte er, zog sein Lederwams aus und hängte es um meine Schultern. Das vertraute Kleidungsstück, das er über einem weißen Hemd getragen hatte, hielt noch die Wärme seines Körpers, und ich kuschelte mich dankbar hinein. Ich empfand selbst den Geruch als tröstlich. Die Weste roch nach Leder, Wald, Lagerfeuer – kurz gesagt: nach London.

»Iss das hier«, fügte der noch knapp hinzu und drückte mir etwas in die Hand, das er aus einem Beutel an seinem Gürtel geholt hatte.

Mein Magen knurrte schon bei der Vorstellung, gleich Essen auf meiner Zunge zu spüren, und ich stopfte mir, was auch immer es sein mochte, in den Mund. Es war zäh und trocken, offenbar typischer Soldatenproviant, doch das war mir egal.

»Ich möchte, dass du hier auf mich wartest.« London sprach mit leiser Stimme, die jedoch keinen Widerspruch duldete. »Ich werde nur kurz fort sein.«

Ich nickte, weil ich ohnedies viel zu erschöpft war, um irgendwelche Fragen zu stellen. Er musterte mich einen Augenblick lang, wirkte ausnahmsweise zögerlich und ließ sich dann vor mir auf ein Knie sinken, um einen Dolch aus seinem Stiefel zu ziehen, den er mir in die Hand drückte. Danach strich er mir noch kurz, aber aufmunternd über die Wange, bevor er rechts von mir die ganze Länge des Hauses abschritt und dabei die baulichen Gegebenheiten studierte. Schließlich hörte ich Glas splittern, weil er offenbar mit dem Knauf seines Schwerts eine Scheibe eingeschlagen hatte. Danach verschwand er aus meinem Blickfeld.

Während ich auf Londons Rückkehr wartete, überwältigte mich erneut die Angst. Warum hatte er mir eine

Waffe gegeben? War ich allein hier draußen tatsächlich in Gefahr? Weil ich einer Ablenkung bedurfte, kniff ich in der Dunkelheit die Augen ein wenig zusammen und versuchte, bis zu meinen Füßen zu sehen. Meine Schuhe waren weitgehend zerstört, und die zum Teil hervorschauende Haut rot vor Kälte und mit Blasen übersät. Ich lehnte den Kopf an die Hausmauer und fühlte mich vor Wut über meine Dummheit ganz krank. Hoffentlich käme London bald zurück. Ich wäre fast aufgesprungen, um zu fliehen, als ich seine Hand an meiner Schulter spürte. Es mochte entweder an meiner Müdigkeit oder an seinen Fähigkeiten als Späher liegen, dass ich ihn nicht kommen gehört hatte.

»Kannst du laufen oder brauchst du Hilfe?«, fragte er, kniete sich erneut vor mich hin und warf einen Blick auf meine Schuhe.

»Wo gehen wir denn hin?«, sagte ich und vermochte ein leichtes Zittern in meiner Stimme nicht zu unterdrücken.

London versuchte gar nicht erst, das Gespräch fortzusetzen, sondern begriff meine Schwierigkeiten beim Sprechen sogleich als Zeichen der Erschöpfung. Er hob mich auf und trug mich zur Vorderseite des Hauses.

Dort öffnete er die Tür, die er offenbar von innen entriegelt hatte, und trug mich zu einem bequemen Sessel im Salon. Ich warf einen Blick auf die Möbel, die mir trotz der herrschenden Dunkelheit vertraut waren. Wie sehnte ich mich nach einem Bediensteten, der Tee servierte, wie ich es in diesen Mauern so oft erlebt hatte. London verließ mich noch einmal, kehrte aber rasch mit einer Decke aus einem der Schlafgemächer zurück.

»Hier drinnen bist du sicherer als draußen«, erklärte er und hüllte mich in die Decke. »Ich muss noch einmal in den Wald zurück, um mein Pferd zu holen.«

Er trat zu dem Rundbogen, der den Salon mit dem Vorraum verband, und warf noch einen Blick zu mir zurück.

»Halte den Dolch bereit, nur für alle Fälle ...«

Ich schloss die Augen und wollte mich lediglich einige Augenblicke ausruhen, doch ich erwachte erst wieder, als London mich sanft rüttelte. Er nahm mir den Dolch aus der Hand und schob ihn wieder in seinen Stiefel, während ich Mühe hatte, mich zu orientieren. Da hob er mich auch schon wieder auf seine Arme und trug mich durch die Haustür hinaus zu seinem Pferd. Er setzte mich mitsamt der Decke in den Sattel und schwang sich hinter mich, so wie auch Steldor es vor scheinbar endlos langer Zeit getan hatte.

Während er die Zügel aufnahm, murmelte er: »Sobald wir von hier fort sind, bist du mir eine Erklärung schuldig.« Er drückte die Fersen in die Flanken der Stute, und als wir in scharfem Galopp lospreschten, wurde ich gegen ihn geworfen.

Wir hielten uns von den Straßen und Wegen fern, blieben stets in der Deckung des Waldsaums und näherten uns der Stadt in großem Bogen. Ich sagte kein Wort, nicht einmal als London unser Reittier in den Wald und einen ziemlich steilen Hügel hinauflenkte. Das kräftige Tier wich allen Bäumen aus, die in der undurchdringlichen Finsternis wie aus dem Nichts vor uns aufzutauchen schienen. Als das Gelände wieder flacher wurde, zügelte er die Stute, und ich entdeckte vor uns eine höhlenartige Vertiefung im Fels. Schockiert erkannte ich, dass wir in die Ausläufer des Niñeyre-Gebirges geritten waren. Diese Gegend hatte man mir nie zu erkunden erlaubt, zum einen weil ich eine Frau war, zum anderen weil der Feind diese ode Hochebene im Norden und Osten unserer Grenzen für sich beanspruchte. Obwohl das felsige Gelände und der südlich davon verlaufende Recorah uns von Cokyri trennten, hatte mein vorsichtiger Vater meiner Schwester und mir nie erlaubt, diesen Teil unseres Reiches kennenzulernen.

London glitt vom Pferderücken, landete geräuschlos auf dem Waldboden und streckte dann seine Hände nach mir aus. Ich schüttelte den Kopf, weil ich nicht völlig hilflos erscheinen wollte, und sprang allein ab. Doch diese Entscheidung bedauerte ich sofort. In dem Moment als meine Füße den Boden berührten, verzog ich das Gesicht vor Schmerz und biss die Zähne zusammen, um nicht laut aufzuschreien.

Er bedeutete mir, als Erste in die Höhle zu treten, und band sein Pferd dicht davor an. Dann verschwand er kurz aus meinem Blickfeld, tauchte aber bald mit einem Armvoll trockener Zweige wieder auf. Er brachte das Holz in die Mitte unseres Unterschlupfs und zündete es mithilfe seines Feuersteins an. Es gab nicht viel Platz, gerade genug für zwei Leute, doch das machte mir nichts aus, denn das Licht des Feuers und die angenehme Wärme wurden so geradezu behaglich eingefangen.

Mein ehemaliger Leibwächter und ich saßen einander jetzt gegenüber. In seinem forschenden Blick spiegelten sich die lodernden Flammen, und ich zog die Decke enger um mich, als könne ich so die Fragen abwehren, die er mir unweigerlich stellen würde.

»Möchtest du mir erzählen, was du dort draußen gesucht hast?«, fragte er schließlich in so sanftem Ton, als hätte er Sorge, mich zu ängstigen.

»Ich bin zu Fuß gekommen«, krächzte ich, und fast blieben mir die Worte in meinem trockenen Hals stecken.

Da stand er auf, um eine Flasche aus seiner Satteltasche zu holen, die er mir zuwarf. Dankbar fing ich sie auf, nahm einen Schluck und kräuselte angewidert die Nase.

»Das ist Wein«, erklärte er, als er mein Gesicht sah. »Er wird dich beleben und deine Schmerzen lindern.« Ich nickte und nahm gleich noch einen weiteren Schluck. Inzwischen war er an seinen ursprünglichen Platz auf der anderen Seite des Feuers zurückgekehrt. Er wartete, bis ich noch ein bisschen mehr getrunken hatte, dann drängte er mich, ihm mehr Details preiszugeben.

»Du bist zu Fuß gekommen? Woher denn?«

»Von der Stelle, an der Steldor mir das Pferd weggenommen hat«, erwiderte ich unverblümt.

Auch wenn ich in Koranis' Haus ein wenig geschlummert hatte und auf unserem Ritt immer wieder zwischen Wachsein und Schlaf geschwankt hatte, so besaß ich doch immer noch kaum Kraft, um zu sprechen. London runzelte verwirrt die Stirn.

»Und wo sind deine Wachen?«

»Ich hatte keine mitgenommen.«

»Seid ihr, du und Steldor, gemeinsam ausgeritten?«, bohrte er nach, und ich hörte bereits die wachsende Missbilligung in seiner Stimme.

»Nein«, antwortete ich beschämt und langsam begann mir zu dämmern, dass nicht Steldor allein die Schuld an meiner misslichen Lage trug. »Ich bin allein aufgebrochen, und er ist mir nachgekommen.«

»Und hat dir das Pferd abgenommen.«

»Ich wollte nicht mit zurück, da wurde er böse auf mich«, sagte ich traurig und wünschte mir, der Elitegardist würde Mitleid mit mir empfinden und Steldor die Schuld geben. Doch das tat er nicht.

»Und warum hast du den Palast überhaupt verlassen?«

Ich senkte den Kopf, weil ich London nicht mehr in die Augen sehen konnte und wider besseren Wissens hoffte, er würde sich diese Frage nicht mühelos selbst beantworten. Schweigen senkte sich über uns, und ich spürte, wie er mich musterte.

»Ich verstehe schon, was da dahintersteckt«, knurrte er endlich.

Ich schaute auf und sah, dass er aufgestanden war. Offenbar war er zu aufgebracht, um sitzen zu bleiben.

»Dann hast du den Palast also wegen irgendeiner lächerlichen Vorstellung verlassen, wonach Narian sich vielleicht auf dem Gut seines Vaters aufhalten könnte.«

Ich wandte den Blick erneut ab und versuchte gar nicht erst, ihm zu widersprechen. Daraufhin schüttelte er missbilligend den Kopf.

»Ist dir nicht der Gedanke gekommen, dass ich dort natürlich längst nachgesehen habe? Dein Wunsch, ihn zu finden, hätte dich das Leben kosten können! Du müsstest eigentlich gescheiter sein, Alera. Du hast schon dein ganzes Leben lang einen Leibwächter. Wie konntest du da ohne einen aufbrechen?«

Ungehalten fuhr er sich mit der Hand durch sein silbergraues Haar, und ich war mir nicht sicher, ob die nächste Frage überhaupt an mich gerichtet war.

»Wie kann es sein, dass wir eine Königin haben, die mutterseelenallein im Wald sitzt, frierend, hungrig, verängstigt, schutzlos und nur durch den Fluss von den Cokyriern getrennt?«

Er lachte freudlos, und ich zuckte zusammen. Bis jetzt hatte ich Steldor die Verantwortung zugeschoben, aber rückblickend hatte ich mich mindestens ebenso verantwortungslos benommen. Ich fühlte mich wie eine Närrin und genierte mich, weil ich tatsächlich geglaubt hatte, mich nicht in Gefahr zu begeben. War ich wirklich so schrecklich einfältig? Oder übertrieb London bei seiner Schilderung des Risikos nur, um mich einzuschüchtern?

London ging ein Stück weit um das Feuer herum und blieb nur wenige Schritte von mir entfernt mit vor der Brust verschränkten Armen stehen. Er wirkte sichtlich verärgert. Als ob er meine Gedanken gelesen hätte, begann er meine Fragen zu beantworten.

»Weißt du eigentlich, was für ein Glück es für dich war, dass ich dich gefunden habe? Die meisten Soldaten hätten dir keine Zeit gegeben – die hätten dir ohne Zögern die Kehle durchgeschnitten. Und glaubst du allen Ernstes, dass, als du auf diesen Felsen gesessen hast und zum Feind hinübergesehen hast, er dich nicht ebenso bemerkt hat? Einer ihrer Bogenschützen hätte dir mit Leichtigkeit mitten ins Herz schießen können. Oder sie hätten auch jemand losschicken können, der dich entführt, dann wäre unsere Königin jetzt in ihrer Gewalt.«

Er fuhr fort und deutete mit einem Arm auf die Höhle, die uns umgab. »Ich habe dich hierhergebracht, weil ich mir nicht sicher sein kann, dass sie dich nicht bemerkt haben. Aber selbst wenn du die Aufmerksamkeit des Feindes nicht auf dich gezogen haben solltest, dann hätte dir eine schlimme Nacht ohne Unterschlupf und ohne die Möglichkeit, dich zu verteidigen, bevorgestanden. Ein Tier hätte dich angreifen können, oder du hättest, wie schon einmal geschehen, in den Fluss stürzen oder dich verlaufen können!«

Ich hasste es, wenn er so böse auf mich war, aber ich konnte mich auch des Eindrucks nicht erwehren, dass er wie ein überanstrengter Vater klang. Diese Vorstellung hätte beinahe meine Mundwinkel nach oben wandern lassen, und ich biss mir auf die Lippe, denn ein Lächeln wäre unter diesen Umständen völlig unangemessen gewesen. London schien inzwischen mit dem Tadeln fertig zu sein, doch seine gerunzelte Stirn verriet mir, dass ihn noch etwas beschäftigte. Also wartete ich einfach ab, während die tanzenden Schatten auf seiner Gestalt ihm etwas Unheimliches verliehen.

»Hör mir zu, Alera«, sagte er schließlich und ließ sich neben mir wieder auf ein Knie fallen. »Welche romantischen Vorstellungen du in Bezug auf Narian auch hegen magst, sie können niemals wahr werden. Du bist eine verheiratete Frau, und Narian ist der Feind.«

Diese letzten Worte trafen mich tief. Dass er das so nüchtern konstatierte, verschlug mir fast den Atem. *Narian ist der Feind*, wiederholte ich in meinem Kopf, und da wurde mir zum ersten Mal bewusst, dass ich der einzige Mensch war, der sich Narians Rückkehr wünschte, weil ich seine Gesellschaft vermisste, und nicht, weil es unserem Königreich abträglich war, wenn er auf der Seite des Feindes stand.

»Ich konnte ihn nicht finden«, sagte London und holte mich in die Realität zurück. »Doch den Cokyriern wird es vermutlich gelingen.«

Ich hatte Londons düstere Prophezeiung immer noch in den Ohren, als er eine halbe Stunde später das Feuer auslöschte, weil er mich für aufgewärmt und ausgeruht genug hielt, um unseren Weg fortzusetzen. Er wollte nicht bis zum Morgen warten, um in die Stadt zurückzukehren, denn er war sich sicher, dass man meine Abwesenheit inzwischen bemerkt haben musste. Und zwar unabhängig davon, ob Steldor sie jemand kundgetan hatte oder nicht.

Wir kamen rasch voran, aber dennoch dauerte es weitere zwei Stunden, bis wir die Stadt erreichten, denn London hielt sich weiterhin von der Hauptstraße fern. Ich döste zwischendurch immer wieder ein, geborgen in den Armen meines Retters. Richtig wach wurde ich erst wieder, als London sein Pferd vor dem Stadttor in Schritt fallen ließ. Die massive Barriere, die tagsüber zum freien Durchgang offen stand, war heruntergelassen, denn laut Cannans Befehl durfte sie erst bei Sonnenaufgang hochgezogen werden.

»Halt! Wer da?«, rief einer der Wachposten uns laut zu und hatte die Hand bereits am Schwert, doch dann erkannte er meinen Begleiter.

»London!«, schrie er, und sofort verbreitete sich unter

den diensthabenden Soldaten die Nachricht, dass der Hauptmannstellvertreter zurück sei. Nachdem er auch mich erkannt hatte, ließ der Torwächter noch einen weiteren Ausruf erschallen: »Königin Alera!«

Während er noch versuchte, seiner Überraschung Herr zu werden, ließ der Mann bereits das Tor öffnen, denn Cannans Befehl zum Trotz würde er der Königin und dem Stellvertreter des Hauptmannes natürlich nicht den Einlass verwehren. Sobald sich die Barriere weit genug gehoben hatte, trieb London seine Stute in leichtem Galopp darunter hindurch. Auf der sonst so lebhaft bevölkerten Straße war das eine unübliche Gangart. Doch um diese Zeit lag alles verwaist.

»London, wie spät ist es denn?«, fragte ich ihn, weil ich jegliches Zeitgefühl verloren hatte.

»Kurz nach Mitternacht.«

Wir passierten das Viertel der Händler, das östlich der Straße lag. Hin und wieder drang Gelächter oder Gesang aus einem Gasthaus, und wir sahen vereinzelte betrunkene Zecher nach Hause wanken. Je näher wir dem Palast kamen, desto stiller wurde es, bis nur noch das Geräusch der Hufe auf dem Kopfsteinpflaster zu hören war.

Ich lehnte mich an den Elitegardisten, schloss die Augen und stellte mir vor, es wäre Narian. Dabei erinnerte ich mich daran, wie er zum ersten Mal auf meinen Balkon geklettert war und mich aus dem Schloss geschmuggelt hatte. Damals waren wir gemeinsam in einer wunderbaren Winternacht durch die stillen Straßen geritten und hatten uns danach in den königlichen Stallungen bis zum Morgengrauen unterhalten. Nie zuvor hatte ich mich bei einem anderen Menschen so geborgen gefühlt.

Ich war derart in meine Erinnerung vertieft, dass ich vollkommen irritiert war, als London sein Pferd anhielt und mir herunterhalf. Wir befanden uns nicht vor dem

Palast, sondern bei den Ställen. Zuerst staunte ich darüber, dann wurde mir klar, dass unmittelbar am Palasttor kein Stallbursche zugegen gewesen wäre, um das Tier zu übernehmen. Also wartete ich, während London es versorgte, und ging dann gemeinsam mit ihm zur Vorderseite des Schlosses, wobei ich versuchte, meine schmerzenden Füße zu ignorieren. Es wäre mir peinlich gewesen, London zu bitten, mich erneut zu tragen. Als wir uns dem verschlossenen Eingang zum Innenhof näherten, wurden wir auch hier von wachhabenden Soldaten gegrüßt. Sie erkannten uns sofort und beeilten sich, uns einzulassen.

»König Steldor wird erleichtert sein, Euch in Sicherheit zu wissen, Majestät«, bemerkte einer der Männer. »Er hat schon Patrouillen nach Euch ausgeschickt.«

London zog mich weiter, und im Licht der Fackeln, die den Durchgang beleuchteten, sah ich, wie er indigniert die Augenbrauen hob.

Wir gingen den mit weißen Steinplatten belegten Weg durch den zentralen Innenhof, und mir schien, als hätten die Fliederhecken zu beiden Seiten nie süßer geduftet. Die Palastwachen an den Eingangstoren stießen diese für uns auf, und ich trat in das Licht und die Wärme der Großen Halle, dabei empfand ich ungeheure Erleichterung darüber, endlich wieder zu Hause zu sein.

Galen und zwei seiner Leute standen am Ende der Halle, nahe dem Vorzimmer, und sprachen in eindringlichem Ton miteinander. Um diese Zeit herrschte im Palast Ruhe, weshalb man ihre Worte leicht verstehen konnte.

»Sollte man nicht den Hauptmann informieren, Sir? Sicher würde er –«

»Willst du dich einem Befehl des Königs widersetzen?«

»Nein, Sir.«

»Gut. Abgesehen davon denke ich, dass der Hauptmann inzwischen bereits zu Hause ist.«

Aus Galens Worten ging eindeutig hervor, dass Steldor seinen Vater nicht darüber informiert hatte, dass ich mich außerhalb des Schlosses befand, oder gar außerhalb der Stadt, und dass mein genauer Aufenthaltsort unbekannt war.

»Königin Alera!«

Galen riss den Kopf herum, als eine der Wachen, mit denen er sich gerade unterhielt, meinen Namen rief. Die Sorge fiel sichtlich von ihm ab, und seine Haltung wirkte sogleich nicht mehr derart angespannt, als er realisierte, dass ich tatsächlich wieder da war.

»Gott sei Dank.« Galens Worte klangen wie ein Stoßseufzer oder ein kurzes, erleichtertes Dankgebet. Er kam auf mich zu, doch dann hielt er noch einmal inne und bellte seinen Männern einen Befehl zu.

»Informiert sogleich den König, und dann widmet euch wieder euren üblichen Pflichten.«

Als er sich erneut mir zuwandte, fiel Galen offenbar mein erschöpfter, derangierter Zustand auf.

»Seid ihr unversehrt?«

Zu meiner und zu Galens Überraschung trat London vor mich und begann, den Haushofmeister lautstark zu schelten.

»Ob sie unversehrt ist? Lass mich einmal nachdenken. Sie ist gerade stundenlang durch die Wildnis gestreift, hungrig, durstig, frierend, mutterseelenallein, voller Angst, sie würde nicht mehr zurückfinden oder die Cokyrier würden den Fluss überqueren, um eine nette Konversation mit ihr zu führen, doch ansonsten denke ich, dass sie vollkommen unversehrt ist, oder was denkst du?«

Galen war sprachlos, aber er kam gar nicht erst dazu, eine Antwort zu stottern, denn Cannan, den der Lärm offenbar aufmerksam gemacht hatte, trat aus dem Wachzimmer, das an seinen Dienstraum grenzte.

»Was geht hier draußen vor?«, verlangte der Hauptmann zu erfahren, und obwohl Galen offensichtlich erstaunt darüber war, seinen Vorgesetzten noch im Palast zu sehen, machte er einen Schritt auf ihn zu, als wolle er vor Londons Zorn bei ihm Schutz suchen.

In diesem Moment wurden auch noch die Türen zum Vorzimmer geöffnet, und Steldor trat in unsere Mitte.

»Fragt doch Euren Sohn«, spuckte London als Antwort auf Cannans Frage aus und deutete mit dem Kopf in Richtung des Königs. Das war wieder einmal ein Beweis für die ihm eigene Ignoranz, was Protokoll oder Hierarchie anging.

Cannan wandte sich sogleich an Steldor. »Was ist hier los?«

Der König blieb stehen, reagierte aber ansonsten nicht weiter auf das Erscheinen des Hauptmannes in der Halle. Auch antwortete er nicht auf dessen Frage.

»Ach, Vater«, sagte er stattdessen mit einem gezwungenen Lachen. »Ich wusste gar nicht, dass Ihr noch da seid.«

»Ich hatte noch eine Unterredung mit meinen Bataillonskommandanten«, erklärte Cannan und schien das Ausweichmanöver seines Sohnes zu ignorieren.

»Aber Ihr braucht Euch gar nicht weiter darum zu kümmern«, fuhr Steldor abwimmelnd fort und ging weiter auf mich zu. »Alles ist unter Kontrolle. Kein Grund, Eure Besprechung zu unterbrechen.«

Cannan packte Steldor am Arm, als dieser gerade an ihm vorübergehen wollte.

»Meine Männer können warten, bis ich eine Antwort auf meine Frage bekommen habe.«

»Und wie lautete die Frage doch gleich?«, fragte Steldor mit honigsüßer, unschuldiger Stimme, die von seiner respektlosen Miene Lügen gestraft wurde.

Im darauf folgenden Schweigen starrten die beiden Männer einander an. Sie glichen sich sehr, mit ihrem fast schwarzen, dunklen Haar und den dunkelbraunen Augen, obwohl Steldors Züge eigentlich eher denen seiner schönen Mutter glichen. Galen wirkte nervös, während London, der mit vor der Brust verschränkten Armen an der Wand lehnte, das wortlose Duell der beiden zu genießen schien. Die wachhabenden Soldaten bemühten sich, weder ihren König noch ihren Hauptmann anzusehen, denn sie schienen noch nie eine Auseinandersetzung zwischen Vater und Sohn erlebt zu haben. Mir selbst gelang es nicht, meine Augen abzuwenden, so gefesselt war ich von dem Machtkampf, der sich vor mir abspielte.

Als Steldors gekünsteltes Lächeln schließlich verschwand, ergriff Cannan das Wort, zog seinen Sohn näher zu sich heran und sagte mit leiser, drohender Stimme: »Spielt keine Spielchen mit mir, Eure Hoheit.«

Bis dahin hatte Steldor Cannans zornigem Blick standgehalten, doch jetzt wandte er die Augen ab und war offenbar auf der Hut vor seinem Vater.

»Na schön«, grummelte er widerwillig gehorchend. »Würdet Ihr mich dann bitte loslassen?«

»Sehr gern«, sagte der Hauptmann und ließ von seinem Sohn ab. »Und jetzt antwortet mir.«

Es wirkte geradezu unnatürlich, Steldor so kleinlaut zu erleben, aber ich konnte ihm ansehen, wie wenig es ihm behagte, dass sein Vater ihn so in die Enge trieb. Eine leichte Röte war seinen Hals heraufgestiegen, ob als Zeichen von Verlegenheit oder Ärger hätte ich nicht zu sagen gewusst.

»Alera hat die Stadt verlassen. Als ich sie eingeholt hatte, weigerte sie sich, mit mir zurückzukommen. Ich hatte Männer ausgeschickt, sie zu suchen, aber sie ist erst soeben mit London zurückgekehrt.«

»Und sie ist wohl zu Fuß aufgebrochen?«, fragte Cannan sardonisch, nach einem Blick auf meine Kleidung und die Überreste meiner Schuhe. Ich vermutete, er hatte sich bereits zusammengereimt, was sein Sohn getan hatte.

»Nein, Sir«, murmelte Steldor.

»Was ist dann geschehen?« Cannans Ton war gefährlich kontrolliert, jede Silbe perfekt artikuliert.

»Sie hat König Adriks Pferd benutzt, und ich … ich habe es mit zurückgenommen.«

Die Worte kamen nur zögernd über Steldors Lippen, als ob es ihnen widerstrebe, den, der sie aussprach, zu kompromittieren. Da wandte Cannan sich plötzlich an die anwesenden Palastwachen.

»Ihr geht hinaus auf den Hof, bis ich euch rufen lasse.«

Die Wachen zogen sich zurück, hin- und hergerissen zwischen dem Wunsch, die sich zuspitzende Auseinandersetzung mit anzusehen und zugleich vor ihr davonzulaufen, aber ihnen blieb ohnehin keine Wahl. Nachdem sich die Tür hinter den Männern geschlossen hatte, trat Cannan bis auf einen Schritt an seinen Sohn heran, und ich ahnte, dass Steldor seine ganze Willenskraft aufbieten musste, um nicht die Flucht zu ergreifen. Der schon von seiner Gestalt her eindrucksvolle Hauptmann wirkte ausgesprochen ergrimmt, und sein wachsender Zorn ließ sich an der zunehmenden Anspannung seiner Muskeln ablesen. Er schien von einem Moment zum anderen größer und finsterer zu werden. Bisher hatte ich ihn erst ein einziges Mal so gesehen, und zwar als Narians Vater, Baron Koranis, verlangt hatte, dass sein Sohn des Landguts, das ich früher am Tage aufgesucht hatte, verwiesen würde.

»Soll ich das so verstehen«, sagte Cannan mit einer Stimme, die einem wie fernes Donnergrollen das Blut in den Adern gefrieren ließ, »dass die Königin die Stadt verlassen hat, *ohne Wachen*, der König ihr gefolgt ist, *ohne Wachen*, der König sie zurückgelassen hat, *ohne Wachen*, und überdies ohne ein Pferd, und es auch nicht für nötig erachtet hat, den Hauptmann der Garde zu informieren, dessen Aufgabe der Schutz sowohl des Königs als auch der Königin ist?«

»Ja, Sir«, erwiderte Steldor zögerlich, aber unumwunden.

»Habt Ihr auch nur eine Ahnung davon, welcher Gefahr Ihr Alera und Euch selbst ausgesetzt habt? Die Cokyrier stehen zum Angriff bereit an unseren Grenzen –«

Steldor unterbrach ihn mit einem bitteren Lachen, das mich über seine Kühnheit staunen ließ. »Ich schätze, Ihr wisst inzwischen, dass ich sehr wohl auf mich selbst aufpassen kann. Ich war zu keinem Zeitpunkt in Gefahr.«

Cannans Erwiderung kam umgehend und unerbittlich. »Muss ich Euch wirklich die Gräber der vielen Hundert hytanischen Soldaten zeigen, die ebenfalls auf sich selbst aufpassen konnten? Du bist nicht *Gott*, Steldor. Ich habe geschworen, dich mit meinem Leben zu beschützen, und ich habe keinerlei Verlangen danach, wegen deiner Arroganz zu sterben!«

Die Worte des Hauptmannes hallten in der riesigen Halle wider, und Steldor senkte leicht den Kopf. Es schien ihn Überwindung zu kosten, nichts darauf zu erwidern.

»Eure eigene Sicherheit aufs Spiel zu setzen, ist das eine«, fuhr Cannan in etwas geringerer Lautstärke fort, obwohl sein Ton nicht weniger streng klang. Ich begriff, dass er Steldor nicht als Vater tadelte, sondern als Hauptmann, dem sein und mein Schutz oblag. »Aber Ihr habt unsere Königin zahllosen Gefahren ausgeliefert, darunter auch den Cokyriern! Ihr sind die Risiken nicht bewusst, die es bedeutet, die Stadt zu verlassen, aber Ihr solltet Besseres zu tun wissen, als sie sich selbst zu überlassen.«

Einen Moment lang schien der Kampf entschieden, und Cannan machte einen Schritt zurück, vermutlich um sich wieder in sein Dienstzimmer zu begeben. Doch das tat er nicht, und ich fragte mich, ob er noch mit einer Erwiderung seines Sohnes rechnete.

»Und was hätte ich machen sollen?«, schrie Steldor plötzlich und fuchtelte mit den Händen vor Cannan herum, der zurückgewichen war, um nicht getroffen zu werden. »Deine Worte ändern rein gar nichts an der Tatsache, dass sie einfach nicht mitkommen wollte! Hätte ich sie vielleicht bewusstlos schlagen oder auf ihr Pferd binden sollen? Sie ist einfach die dickköpfigste, enervierendste und unleidlichste Frau, die mir je begegnet ist!«

»Das spielt keine Rolle«, parierte Cannan, ohne auch nur mit der Wimper zu zucken. »Als es Euch nicht gelang, sie zur Rückkehr zu bewegen, hättet Ihr sofort Wachen zu ihrem Schutz aussenden sollen. Und natürlich hättet Ihr ihr erst gar nicht allein nachreiten sollen.«

Cannan wartete, wie das aufgenommen würde, und als Steldor keinen Versuch mehr unternahm, sich zu verteidigen, schien er bereit, zu seiner Unterredung zurückzukehren.

»Ich habe meine Bataillonskommandanten nun schon lange genug warten lassen. London, du kommst mit mir.« Er winkte dem Elitegardisten, der sich von der Wand abstieß und in Richtung Wachzimmer ging. Wenigstens dieses eine Mal gehorchte er einem Befehl. Dann wandte Cannan sich noch an den Haushofmeister.

»Galen, schickt die Wachen wieder auf ihre Posten. Und lasst einen Eurer Männer den königlichen Leibarzt holen. Sagt ihm, die Königin bedürfe der Behandlung.«

Galen nickte und trat durch die Haupttore nach draußen, während Cannan sich ein letztes Mal an seinen Sohn wandte.

»Steldor, du musst mit Alera sprechen.«

Ich musterte meinen Ehemann aus der Distanz, nachdem der Hauptmann in sein Dienstzimmer zurückgekehrt war, doch der blickte absichtlich weg und schien auf alles und jeden wütend zu sein. Schuldgefühle nagten an mir, obwohl ich eigentlich damit gerechnet hätte, Schadenfreude zu empfinden, wenn Steldor getadelt würde. London hatte mir den Eindruck vermittelt, ebenso schuldhaft gehandelt zu haben, doch der Hauptmann war auf mein Verhalten gar nicht eingegangen. *Ihr sind die Risiken nicht bewusst, die es bedeutet, die Stadt zu verlassen, aber Ihr solltet Besseres zu tun wissen, als sie sich selbst zu überlassen.* Ich persönlich hielt mich nicht für so schlecht informiert, wie Cannan das offenbar tat, und wusste ganz gut, dass es zwar unvernünftig von Steldor gewesen war, mich zurückzulassen, aber auch, dass er erwartet hatte, ich würde zur Stadt zurückgehen. Es war meine Sturheit gewesen, die mich veranlasst hatte, den ganzen weiten Weg bis zu Koranis' Landhaus und damit praktisch fast bis ins Feldlager der Cokyrier zu laufen. Steldor war die ganze Verantwortung für eine gefährliche Situation aufgebürdet worden, an deren Entstehung ich durchaus beteiligt gewesen war.

Galen kam, gefolgt von seiner Palastwache, wieder herein. Die beiden Männer nahmen links und rechts der großen Doppeltüren erneut ihre Posten ein. Dann verschwand Galen im Wachzimmer, um einen Wachmann loszuschicken, der den Leibarzt verständigen sollte.

Ich sah Steldor an und wagte nicht, das Wort an ihn zu richten, weil ich fürchtete, seinen Zorn auf mich zu ziehen. Gleichzeitig spürte ich die Blicke der Wachen in meinem Rücken. Wenn ich nichts sagte, würde wohl weiter geschwiegen. Mühsam suchte ich noch nach den passenden Worten, als Galen bereits zurückkam und uns beunruhigt musterte. Dann durchquerte er die Halle und wollte offensichtlich für diesen Tag den Palast verlassen.

»Warte«, bat Steldor ihn und hielt seinen Freund auf. »Ich komme mit dir.«

Galen nickte und wartete an der Tür, dabei warf er mir noch einen Blick zu und schien zu überlegen, ob er mir seine Hilfe anbieten sollte. Letztlich tat er es nicht, und die beiden Freunde machten sich auf den Weg. Sie ließen mich ziemlich bedrückt unter den neugierigen Blicken der Wachen allein zurück. Ich zog die Wolldecke, die London mir gegeben hatte, enger um mich und humpelte so würdevoll, wie es mir eben möglich war, die Prunktreppe hinauf. Dabei hoffte ich, der Arzt würde etwas Wirkungsvolleres als Wein parat haben, um meine Schmerzen zu lindern.

5. DIE KÖNIGIN

Es war bereits später Vormittag, bis ich mich am nächsten Tag zum Aufstehen zwingen konnte. Sahdienne hatte mir ein Bad bereitet, da ich nach meinem misslungenen Abenteuer nur noch zu einer Katzenwäsche in der Lage gewesen war. Als ich ins warme Wasser eintauchte, lief vor meinem inneren Auge noch einmal alles ab, was ich am Vortag erlebt hatte. Die Strapazen erschienen mir bereits geradezu unwirklich, doch meine schmerzenden Muskeln und lädierten Füße waren der Beweis dafür, dass ich das Ganze nicht bloß geträumt hatte. Entspannt aalte ich mich im Wasser, bis meine Gedanken zu meinen Verpflichtungen an diesem Morgen wanderten, und ich mir Sorgen über die bereits versäumten Pflichten machte.

Sahdienne war in die geschäftigen Küchen im Erdgeschoss gelaufen, wo man immer Essen für die wechselnden Dienstzeiten der Wachleute bereithielt. Dort hatte sie eine Mahlzeit für mich bestellt, die in einer Stunde im Teesalon serviert werden sollte. Als sie zurückkam, half sie mir beim Anziehen und trug die Salbe auf, die der Arzt für die Blasen an meinen Füßen gebracht hatte. Danach schob sie meine Füße in weiche Pantoffeln. Die ganze Zeit über knurrte mein Magen so heftig, dass es geradezu peinlich war. Aber schließlich hatte ich seit dem Mittagessen am Vortag nichts Richtiges mehr gegessen. Rasch flocht sie mein Haar noch zu einem Zopf, der mir über den Rücken fiel, und musterte mich abschließend. Da erst fiel ihr die Nachricht ein, die sie mir zu überbringen hatte.

»Der Hauptmann hat zuvor einmal vorbeigeschaut,

Mylady, als Ihr noch schlieft. Er wollte Euch nicht stören, bat mich aber, Euch auszurichten, dass er all Eure Verabredungen am Vormittag abgesagt hätte.«

»Ich danke dir«, sagte ich und wunderte mich, dass ausgerechnet der insbesondere angesichts des Kriegszustands meistbeschäftigte Mann des Reiches Zeit gefunden hatte, sich über den Zeitplan der Königin Gedanken zu machen. Es rührte mich sehr, dass er daran gedacht hatte, und wieder einmal fiel mir der Gegensatz zu seinem sonstigen Auftreten auf. Der starke, intelligente und entschlossene militärische Oberbefehlshaber wurde von jedermann respektiert und von den meisten sogar gefürchtet, doch mir gegenüber hatte er sich nun schon mehrmals sensibler und fürsorglicher gezeigt als mein eigener Vater oder irgendein anderer Mann in meinem Leben. Es kam mir jetzt geradezu seltsam vor, dass ich früher einmal Angst vor ihm gehabt hatte.

Für den Tag gerüstet stieg ich die Wendeltreppe zum Parterre hinunter, wandte mich dann nach rechts, um den Flur hinunterzugehen. Dabei war ich viel zu sehr in Gedanken, um die bunten Steinfliesen am Boden oder die aufwendigen Tapisserien, die die Wände schmückten, zu beachten. Ich betrat den Teesalon und setzte mich an den Tisch nahe am Erkerfenster, wo mich der Sonnenschein von draußen wärmte. Danach musste ich nicht lange warten, bis auch schon eine Dienerin mit einem gefüllten Teller erschien. Der köstliche Duft brachte meinen leeren Magen erneut in Aufruhr, und es kostete mich große Selbstbeherrschung, zu warten, bis das Mädchen wieder gegangen war, bevor ich mich auf die Fleischpastete stürzte, die sie mir serviert hatte. Es waren nur noch wenige Bissen übrig, als die Tür erneut aufging und ich neugierig den Kopf hob, um zu sehen, wer da meine Gesellschaft suchte. Als ich meinen Vater erblickte, erstarrte ich kurz und legte dann das Besteck nieder. Es kam mir mit einem Mal so vor, als hätte ich die sprichwörtliche Henkersmahlzeit zu mir genommen.

Er blieb mit hinter dem Rücken verschränkten Händen neben der Tür stehen. Seinen Augen fehlte der übliche fröhliche Glanz. Es war, als sei ein eisiger Windhauch mit ihm hereingeweht, und die Sonne, die mir immer noch in den Nacken schien, schien ihre Wärme verloren zu haben. Ich hatte mein Versprechen, ihn an diesem Morgen aufzusuchen, vergessen. Das allein hätte mir wohl schon seine Missbilligung eingebracht, doch im Lichte meiner übrigen Missetaten wurde diese Verfehlung nebensächlich. Ich machte mir keinerlei Hoffnung, dass er vielleicht nichts von meinem Abenteuer am Vortag wüsste, denn eine Szene wie die am vergangenen Abend in der Großen Halle musste den Klatsch im Palast und die Gerüchteküche nur so angeheizt haben. Ich stand auf und trat um den Tisch herum, dabei versuchte ich noch, mich gegen den bevorstehenden Angriff zu wappnen.

»Alera«, sagte mein Vater, und seine Stimme war voller Enttäuschung, »du hast große Schande über mich gebracht.«

Ich trat unbehaglich von einem Fuß auf den anderen und vermochte ihm nicht in die Augen zu sehen. Es war ihm anzumerken, dass er mich für diese Kränkung geschlagen hätte, wäre ich noch jünger und unverheiratet gewesen.

»Ich hatte ohnehin vor, mit dir über dein Verhältnis zu Koranis' Sohn zu sprechen, doch es scheint ja noch weitere Ungeheuerlichkeiten zu geben, die es aufzuarbeiten gilt.«

Er begann an der Stirnseite des Raumes auf und ab zu gehen, und die Finger seiner linken Hand wanderten automatisch zum Mittelfinger seiner rechten, um den Königsring zu drehen, der dort jahrelang gesessen hatte, inzwischen allerdings Steldor gehörte.

»Du hast mir einmal versichert, dass deine Zuneigung zu Narian rein freundschaftlicher Natur sei, doch nun sehe ich, dass du mich belogen hast. Deine Unehrlichkeit verletzt mich, Alera, und dein kindisches Benehmen beschädigt das Königreich. Steldor hat jedes Recht, zornig auf dich zu sein, insbesondere nach deinen gestrigen Eskapaden. Ich hatte ja befürchtet, dass du als Königin deinen Gatten von seinen Pflichten ablenken würdest, wie du es bereits einige Male getan hast. Doch nun hast du ihn getäuscht und blamiert. So wie du auch mich getäuscht und blamiert hast.«

Seine Worte trafen mich sehr, und ich versuchte sogleich, mich zu entschuldigen.

»Ich weiß nicht, was ich –«

»Als Erstes tätest du gut daran, mir nicht ins Wort zu fallen«, sagte er in scharfem Ton, drehte sich zu mir um und hob abwehrend die Hand. »Ich habe keine Geduld mehr für Ausreden und Lügen.«

Ich schloss meinen Mund und spürte einen kleinen Stich, weil er mir nun auch noch vorwarf, unhöflich zu sein. Dabei war es mir nicht so erschienen, als hätte ich seine Rede unterbrochen.

»Ich verstehe nicht, wie das passieren konnte«, beharrte mein Vater, nahm seine Wanderung wieder auf, unterstrich jedes Wort mit herrischen Gesten und echauffierte sich immer mehr. »Du wurdest anständig und im Hinblick auf deine späteren Pflichten erzogen, doch du benimmst dich nicht besser, als ich es von einem Bauerntrampel erwarten würde. Man hat dich gelehrt, wo dein Platz ist, aber du weigerst dich, ihn einzunehmen. Du kennst die Maßstäbe, die für eine anständige Königin gelten, aber du weigerst dich, ihnen Ehre zu erweisen.« Er blieb abrupt stehen und warf mir einen strengen Blick zu. »Ich bin entsetzt von deiner Affäre mit diesem cokyrischen Jungen.«

Die Kränkung, die bereits in mir aufgeflackert war, verwandelte sich in Zorn, als mein Vater Narian »diesen cokyrischen Jungen« nannte. Doch noch ließ ich mir davon nichts anmerken.

»Du hast dich heimlich mit ihm getroffen, ohne meine Erlaubnis und – dessen bin ich mir sicher – ohne Anstandsdame. Das alles ist inakzeptabel für eine junge Frau von Adel und erst recht für ein Mitglied der Königsfamilie. Ich hatte gehofft, dass du zumindest als gekrönte Königin erwachsen genug wärst, deinen Verpflichtungen nachzukommen. Doch eine Königin zieht sich nicht an wie ein Mann, stiehlt nicht das Pferd ihres Vaters und ist ihrem Ehemann gegenüber nicht ungehorsam.

Das kann so nicht weitergehen, Alera. Dein Verhalten hat Schande über mich gebracht, den König entehrt und das Königreich beschädigt. Ich würde es Steldor nicht verübeln, wenn er Konsequenzen zöge. Nicht einmal, wenn er dich wegsperren würde, bis du zu einem Benehmen fähig bist, das sich für seine Ehefrau geziemt.«

Nachdem er diese letzten Sätze ausgestoßen hatte, funkelte ich ihn mit unverhohlener Feindseligkeit an. Die Wut, die sich in mir aufgestaut hatte, schien sich zu verselbstständigen. Es kam mir vor, als würde ein Phantom in mir wachsen, das in jeder Pore meines Körpers hämmerte und verlangte, hinausgelassen zu werden. Die verletzenden Worte meines Vaters hallten in meinem Kopf wider und wurden zugleich von Cannans entkräftet: »Du bist die Königin, Alera. Du schuldest deinem Vater keine Rechenschaft mehr.«

Unsere so ähnlichen Augen hielten einander fest, während ich mich kerzengerade aufrichtete. Dann kamen

Worte aus meinem Mund, die der Situation durchaus angemessen waren.

»Wenn Ihr Euch beschämt fühlt, dann mag das an Eurer eigenen Torheit liegen, nicht an der meinen.«

Die Augenbrauen meines Vaters hoben sich vor Erstaunen.

»So redest du nicht mit deinem Vater!«

»So redet Ihr nicht mit Eurer *Königin*!«

Der ehemalige König war wie vor den Kopf gestoßen. Meine Rage war wie eine Mauer, mit der er unerwartet und schmerzhaft kollidiert war.

»Ihr wagt es, hierherzukommen und mir meine Unreife vorzuwerfen? Dass ich Euch enttäuscht hätte und inkompetent sei, obwohl *Ihr* zu eigensüchtig wart, um mir vor der Thronbesteigung mehr Zeit zu gewähren? Nachdem *Ihr* nicht hören wolltet, dass jeder Mann, den ich liebte, ein geeigneter König wäre? Nachdem *Ihr* mich in eine Ehe gezwungen habt, zu der ich nicht bereit war? All diese Dinge, die Ihr mir anlastet, habt Ihr ausgeheckt. Ich hätte mich nicht heimlich mit Narian treffen müssen, wenn ich davon hätte ausgehen können, dass Ihr ihn akzeptiert. Ich wäre keine unfähige Königin, wenn Ihr mich nicht auf den Thron gezwungen hättet. Und ich würde Steldor nicht von seinen Pflichten ablenken, hättet Ihr mich nicht zu der Ehe mit ihm genötigt.«

Ich hatte den Raum durchquert und stand nun vor meinem Vater, dessen Mund offen stand, als wolle er sich verteidigen. Doch er schien keine Worte zu finden.

»Ich wünsche mir vielleicht noch mehr als Ihr, dass Ihr diese Entscheidungen besser überdacht hättet«, fügte ich noch scharf hinzu. »Aber nun bin ich Eure Königin. Und *Ihr* werdet *mir* den gebührenden Respekt zollen. Fortan werdet Ihr nie mehr in diesem Ton zu mir sprechen.«

Seine erstaunten, leicht glasigen Augen suchten die

meinen. Ich wartete noch einen Moment ab, während er Unverständliches murmelte, dann ging ich um ihn herum und verließ das Zimmer.

An diesem Abend wartete ich in unserem gemeinsamen Wohnzimmer auf Steldor und versuchte mir, eingekuschelt in einem der Ledersessel, die Zeit mit einem Gedichtband zu vertreiben. Mein Mann war dem Abendessen ferngeblieben (ironischerweise ebenso wie mein Vater) und bisher noch nicht in unseren Gemächern aufgetaucht, obwohl es selbst für seine Verhältnisse bereits reichlich spät war. Ich wusste, dass er sich im Palast aufhielt, denn ich hatte im Verlauf des Tages ein- oder zweimal den seltsam blassen Galen gesehen. Und außerdem wäre das Getuschel innerhalb der Dienerschaft unüberhörbar gewesen, wäre der König seinen täglichen Verpflichtungen nicht nachgekommen. Stattdessen machten Gerüchte die Runde, der Haushofmeister litte unter selbst verschuldeten Beschwerden, wobei ich mir nicht sicher war, was genau das bedeuten sollte.

Ich merkte, dass ich las, ohne zu begreifen, weil meine Augen zwar die Buchseiten überflogen, meine Gedanken jedoch ganz woanders waren. Nach dem Streit mit meinem Vater hatte ich mich seltsam befreit gefühlt, denn künftig wäre ich von seinem Urteil und seinen Erwartungen unabhängig. Dieses Gefühl hatte mir so viel Selbstvertrauen geschenkt, dass ich zur Versöhnung mit Steldor bereit war.

Im Verlauf der letzten guten Stunde hatten jedoch wieder Zweifel an mir zu nagen begonnen. Mein Vater ging mir derzeit aus dem Weg, aber immerhin lebte er im Schloss und folglich würden wir uns fast täglich sehen. Wie sollte da unser Verhältnis aussehen? Wir könnten höflich miteinander verkehren, dessen war ich mir sicher.

Aber würden wir jemals wieder *liebevoll* zueinander sein? Oder hatte ich unumkehrbare Fakten geschaffen? Und wenn dem so sein sollte, war das dann zwingend etwas Negatives?

Ich legte mein Buch beiseite und versuchte, mich auf das Nächstliegende zu konzentrieren – was sollte ich zu Steldor sagen, wenn – nein, falls – er käme? Es war immerhin möglich, dass er diese Nacht wie schon die vergangene bei Galen verbrachte oder unsere Gemächer erst aufsuchen würde, wenn er sich sicher sein konnte, dass ich schon schlief. Beides würde bedeuten, dass er nicht mit mir reden wollte. Wenn ich an seine jüngsten Wutausbrüche dachte, dann war es unter Umständen auch kein Fehler, ihm aus dem Weg zu gehen.

Wie aufs Stichwort trat Steldor ein – und zwar so leise, dass ich ihn erst bemerkte, als er sich räusperte. Aus meinen Gedankenspielen gerissen schreckte ich hoch und sah zur Tür, von wo aus er mich angrinste, und kam mir vor wie ein Kind, das man beim Tagträumen erwischt, während es eigentlich lernen sollte. Als er aus dem Schatten ins Licht der Laterne trat, fiel mir seine ungewöhnliche Blässe auf, er sah regelrecht grau und kränklich aus. Ungewöhnlich müde ließ er sich schwer auf das Sofa fallen, streckte sich der Länge nach darauf aus und verschränkte die Arme hinter dem Kopf. Es gelang mir nicht, seine Stimmung einzuschätzen, aber ich vermutete, dass es ihm nicht besonders gut ging.

»Alles in Ordnung mit dir?«, fragte ich vorsichtig.

»Ging mir schon mal besser.«

»Du hast das Abendessen ausgelassen. Vielleicht könnte ich dir etwas –«

»Hab keinen Hunger.«

Ich schwieg verunsichert, da fiel mein Blick auf einen Krug mit Bier auf dem Tisch vor dem Sofa.

»Vielleicht würde dir ein Schluck Bier guttun«, schlug ich vor und wünschte, er würde darauf eingehen und mir sagen, was mit ihm los war.

»Bier ist sicher das Allerletzte, was mir jetzt fehlt«, verkündete er. Bevor ich mir einen Reim auf diese Äußerung machen konnte, fragte er schleppend: »Warum bist du denn noch auf und wartest auf mich?«

»Um mit dir zu reden«, antwortete ich und setzte auf Ehrlichkeit.

»Aha.«

Ich begann zu begreifen, dass ich wohl den Löwenanteil des Gesprächs zu bestreiten hätte.

»Ich möchte mich entschuldigen«, fuhr ich fort und schluckte den Kloß hinunter, der in meinem Hals zu stecken schien, »für mehrere Dinge.«

»Entschuldigung angenommen. Ich verzeihe dir.«

Ich runzelte die Stirn und rang die Hände in meinem Schoß, denn das Gespräch lief nicht besonders vielversprechend. »Ich habe doch noch nicht einmal gesagt, wofür ich mich entschuldigen will!«, protestierte ich.

Er stöhnte auf und presste sich als Reaktion auf meine erhobene Stimme eine Hand an die Stirn. Dabei rutschte sein Hemd bis zum Ellbogen und ich konnte den Verband um seinen Unterarm sehen.

»Ich bin ganz Ohr«, murmelte er und deutete mit dem Arm vage in meine Richtung. »Kein Grund laut zu werden. Dann entschuldige dich in Gottes Namen.«

Ich beschloss, am Anfang zu beginnen, und hoffte, zuversichtlicher zu klingen, als ich mich fühlte.

»Es tut mir leid, dass ich dir nichts von meinen Gefühlen für Narian erzählt habe. Es war falsch von mir, diese vor dir zu verbergen.«

Ich zögerte, ausgerechnet auf dieses Thema näher einzugehen, obwohl mir klar war, dass es vermutlich das

Wichtigste war, aber Steldor ging gar nicht darauf ein. Er schien vollauf damit zufrieden, mir zuzuhören. Also nahm ich meinen Mut zusammen und fuhr fort.

»Es tut mir leid, dass ich den Palast verlassen habe, ohne jemand davon in Kenntnis zu setzen und ohne Wachen mitzunehmen. Es tut mir auch leid, dass ich so unvernünftig war und mich geweigert habe, mit dir zurückzukommen, und …« Ich verzog schmerzlich das Gesicht, als die Reue mich wie ein Stich traf. »Es tut mir leid, dass ich dich gebissen habe.«

Steldor schwieg immer noch, allerdings empfand ich das inzwischen nicht mehr als Ermutigung, sondern als Verunsicherung. Dennoch sprach ich weiter.

»Und es tut mir schrecklich leid, dass du wegen meiner Halsstarrigkeit …« Ich stockte, weil ich nicht geradeheraus sagen wollte, dass der Hauptmann ihn gemaßregelt hatte, deshalb blieb ich letztlich eher vage: »Dass du und dein Vater eine Meinungsverschiedenheit hattet.«

Wieder erntete ich nur Schweigen und fragte mich schon, ob er vielleicht eingeschlafen war. Seufzend erhob ich mich, um mein Schlafgemach aufzusuchen, als seine gedämpfte Stimme mich innehalten ließ.

»Ich verzeihe dir«, sagte er und wiederholte damit die Worte, die er zuvor bereits geäußert hatte, nur dass sie diesmal ernst gemeint klangen.

Ich lächelte schwach und setzte den Weg in mein Zimmer fort. So naiv war ich nicht, dass ich im Gegenzug auch eine Entschuldigung von ihm erwartet hätte.

»Alera«, sagte er da und hielt mich zurück. Ich drehte mich um und sah, dass er sich aufgesetzt hatte. Seine braunen Augen wirkten verblüffend ehrlich. »Würdest du mir in Zukunft, bevor du fortgehst, Bescheid sagen …«

Er machte eine verlegene Pause, und ich überlegte, dass er es im Umgang mit Frauen wohl nur gewohnt war, diese zu bezaubern, zu beherrschen oder zu ignorieren. Ich bezweifelte, dass er je einen so respektvollen Ton angeschlagen hatte, um eine Frau um etwas zu bitten. Meines Wissens nach hatte Steldor sogar noch nie in seinem Leben so zögernd gesprochen. Etwas an dieser unerwarteten Verletzlichkeit brachte mein Herz zum Schmelzen. Und ohne die typische hochmütige Miene wirkten seine jugendlichen Züge doppelt reizvoll.

»Ich verspreche es«, sagte ich sanft und nötigte ihn dadurch nicht, seinen Satz zu beenden. Da ließ er sich wieder auf das Sofa zurückfallen, und ich betrat endlich mein Schlafzimmer. Zum ersten Mal empfand ich so etwas wie liebevolle Zuneigung zu meinem Ehemann.

Es waren noch drei Wochen, bis wir Mirannas Geburtstagsfest ausrichten würden, und in dieser Zeit entwickelten wir einen gewissen Lebensrhythmus. Nach dem Aufwachen pflegte ich in meinen Gemächern zu frühstücken, danach begab ich mich zum Morgengebet in die Kapelle, später traf ich die Bediensteten in meinem Salon. Falls nötig traf ich mich auch mit den Palastschreibern, um Briefe, Einladungen oder Bekanntmachungen schreiben und versenden zu lassen. An den Nachmittagen empfing ich Besucher oder gab kleine Gesellschaften im Palast, etwa zum Tee, abgesehen davon konnte ich tun, was mir beliebte – Einkaufen gehen, durch den Garten flanieren, lesen, sticken oder Zeit mit meiner Schwester und meiner Mutter verbringen. Das Abendessen pflegte ich mit meiner Familie einzunehmen. Und selbst mein Vater konnte sich irgendwann so weit überwinden, sich wieder an einen Tisch mit mir zu setzen. Allerdings blieb Steldor weiterhin zu beschäftigt, um uns dabei Gesellschaft zu leisten, was meine Eltern irritierte. Offenbar war mein Vater während seiner Regentschaft niemals derart okkupiert gewesen. Ich war mir nicht sicher, ob Steldor das nur als Ausrede vorbrachte, um mir aus dem Weg zu gehen, oder ob mein korpulenter Vater einfach schon immer eine größere Leidenschaft fürs Essen besessen hatte. Jedenfalls zog ich mich abends früh zurück, um am nächsten Morgen bei Sonnenaufgang mit dem Tagesablauf von vorn zu beginnen.

Von Steldors alltäglichen Pflichten wusste ich wenig, außer dass er ihnen zu äußerst unterschiedlichen Zeiten nachging. Manchmal kam er abends in unsere Gemächer, um sich noch einmal umzuziehen und ohne ein Wort wieder zu verschwinden. Niemals kehrte er dann zurück, bevor ich zu Bett ging. Trotzdem war er immer schon verschwunden, wenn ich morgens aufstand. An anderen Tagen erschien er sogar erst gegen Morgen, um sich frische Kleider anzuziehen und danach sofort wieder aufzubrechen und sich seinen Amtsgeschäften zu widmen. Als wäre es das Natürlichste der Welt, mehrere Tage hintereinander ohne Schlaf zu verbringen. Alles in allem sah ich ihn selten, und wenn sich unsere Wege kreuzten, sprachen wir bestenfalls flüchtig miteinander.

Trotz unserer seltenen Begegnungen hatte seine Gereiztheit mir gegenüber seit seiner sanftmütigen Reaktion auf meine Entschuldigung spürbar zugenommen. Fast schien es, als müsse er jede nette oder sensible Geste durch besonders gemeines Benehmen aufwiegen. Es versteht sich wohl von selbst, dass ein derart flatterhaftes Verhalten meinen Wunsch nach seiner Gesellschaft nicht gerade verstärkte. Und ebenso wenig schien er sich vorläufig nach mir zu sehnen. Ich überlegte hin und her, ob er mit jedem so launenhaft umging oder ob er diese Eigenart speziell für mich reserviert hatte.

Nur ein paar Tage vor Mirannas Geburtstag suchte ich meinen liebsten Rückzugsort auf, den Garten zwischen der Rückseite des Palasts und dem nördlichen Teil der umfriedeten Stadt. Um diese Jahreszeit erfüllte dort Blumenduft die Luft, während Ulmen, Eichen, Kastanien und Maulbeerbäume angenehmen Schatten spendeten. Ich schlenderte einen der Fußwege entlang, die den Garten in vier Bereiche teilten, lauschte dem Zwitschern der Vögel und ließ meine Gedanken schweifen. Schließlich blieb ich stehen, um einen der vier doppelstöckigen Marmorbrunnen zu betrachten, dessen sprudelndes Wasser im Sonnenschein glitzerte. Das Geräusch und die Bewegung hatten etwas geradezu Hypnotisierendes. Ich war völlig in Gedanken versunken und achtete gar nicht auf meine Umgebung, bis eine Stimme mich aus meinen Tagträumen riss.

»Da bist du ja!«, rief Miranna. Sie sprang den Weg herunter auf mich zu und sah überglücklich aus. Als sie mich erreicht hatte, packte sie mich am Arm und zog mich zum Palast zurück. Unterwegs redete sie so schnell auf mich ein, dass ich mich schrecklich konzentrieren musste, um auch nur ungefähr zu verstehen, wovon sie überhaupt sprach.

»Ich habe dich schon überall gesucht, Alera! Gerade habe ich mit Vater gesprochen, und er hat mich wissen lassen, dass er bei meinem Geburtstagsessen etwas bekannt geben möchte. Ich wage es ja kaum zu hoffen, aber ich glaube zu ahnen, was es sein wird. Und dann wird das ein unvergesslicher Geburtstag für mich!«

Ich versuchte gar nicht erst, sie zu nötigen, mir ihre Vermutung zu verraten, denn wenn sie es wollte, würde sie mich ohnehin einweihen. Angesichts ihrer Begeisterung war jedoch leicht zu erraten, dass es um Temerson ging, den schüchternen jungen Mann, für den sie schon seit fast einem Jahr schwärmte.

Sie führte mich den ganzen Weg bis zu ihren Gemächern und schnatterte die ganze Zeit über die Notwendigkeit, das perfekte Kleid zu finden, sich tadellos frisieren zu lassen, und darüber, dass sie beide Fragen gelöst haben musste, bevor man über das passende Diadem auch nur nachdenken konnte. Ihre Wangen waren gerötet und ihre blauen Augen glitzerten, während sie mir von ihren Sorgen berichtete. Ich amüsierte mich köstlich, während sie in ihr Schlafgemach stürmte, dass ihre rotblonden Locken nur so flogen. Wahrscheinlich war sie der einzige Mensch im ganzen Königreich, der sie nicht sowieso zu jeder Zeit für wunderschön hielt.

Nachdem wir ihre Kleider dreimal durchgesehen hatten, gelang es mir, sie davon zu überzeugen, welches Kleid ihr am besten stehen würde. Und es war kein Zufall, dass ich eines gewählt hatte, zu dem nur eines ihrer Diademe passte. Die Entscheidung über die Frisur würde noch warten müssen, da Ryla, die Kammerzofe, die ich erst kürzlich für sie eingestellt hatte, an diesem Aspekt der Vorbereitungen beteiligt sein sollte.

Auch wenn Miranna die Entscheidungen noch ein bisschen infrage stellte, war sie immerhin schon zufriedener als vorher. Als wir uns in ihren Salon begaben, setzte ich mich auf das Sofa, während sie sich in einen Lehnstuhl fallen ließ.

»Ich weiß gar nicht, wie ich es bis zum Fest noch aushalten soll«, sagte sie, vermochte dabei kaum still zu sitzen und riss mit solcher Heftigkeit an der Haarsträhne, die sie dauernd aufzwirbelte, dass ich begann, mir Sorgen um ihre Kopfhaut zu machen. »Jetzt habe ich Temerson schon seit fünf Wochen nicht gesehen! Kannst du dir das vorstellen? Es kommt mir vor wie fünf Jahre!«

»Dann ist er auf der Militärakademie wohl sehr beschäftigt?«, fragte ich, nur um Konversation zu machen, denn eigentlich wusste ich genau, dass dies der Grund war. Das Ausbildungsjahr dauerte von Anfang November bis Ende Juni. Der Grund, warum Miranna Temerson vor fünf Monaten gesehen hatte, war meine Hochzeit gewesen. Es war seltsam, sich vorzustellen, dass es auch Mirannas Hochzeit hätte sein können, wenn ich auf meinen Thronanspruch verzichtet und mich geweigert hätte, Steldor zu heiraten. Es war geradezu herzzerreißend, sich vorzustellen, was das für Temerson bedeutet hätte. In diesem Fall hätte er mit ansehen müssen, wie die Frau seiner Träume einen Mann ehelichte, der ihn stets übertroffen, eingeschüchtert und in den Schatten gestellt hatte und der sie in seinen Augen auch viel eher verdiente als er selbst.

Ich fragte mich, ob Narian – wo auch immer er gerade sein mochte – überhaupt wusste, dass ich Steldor geheiratet hatte. Wenn ja, was mochte er dann wohl von mir denken? Ich hatte Narian mein Herz geschenkt, mich dann jedoch einem Mann versprochen, von dem er wusste, dass ich ihn verabscheute. Narian selbst hatte mir versichert, dass ich Steldor entgehen könnte. Und auch wenn er geflohen war, glaubte ich, dass er das aus gutem Grund getan hatte und nach Hytanica zurückkehren würde, sobald es ihm möglich wäre. Warum nur hatte ich nicht auf ihn gewartet? In jedem Fall würde er bitter enttäuscht von mir sein. Schlimmstenfalls käme er überhaupt nicht zurück, weil er meinen Verrat nicht ertrüge. Aber letztlich wäre seine Meinung von mir ohnehin unerheblich, falls er überhaupt zurückkäme. Ich würde niemals mit ihm zusammen sein können, weil mein Ehegelübde uns auf ewig trennte.

Miranna plapperte weiter von ihrem »Liebsten«, wie sie Temerson inzwischen nannte, und schien meine geistige Abwesenheit gar nicht zu bemerken. Ich versuchte auch, meine trüben Gedanken beiseitezuschieben, damit meine Stimmung sie nicht beeinträchtigte.

»Aber am 30. Juni ist das Ausbildungsjahr dann endlich vorbei«, zwitscherte Miranna fröhlich. »Und dann haben wir einen ganzen gemeinsamen Sommer vor uns!« Plötzlich hörte sie abrupt auf, mit ihrem Haar zu spielen und ihre Stimme bekam einen furchtsamen Unterton. »Du denkst doch auch, dass er ihn mit mir verbringen wollen wird, nicht wahr?«

»Ich habe keinen Zweifel daran, dass er jede freie Stunde mit dir verbringen will.«

»Natürlich, du hast recht«, stimmte sie mir zu und errötete auf bezaubernde Weise. »Er ist hoffnungslos in mich verliebt.«

»Also, ich kenne durchaus noch jemanden, der hoffnungslos verliebt ist«, sagte ich lachend.

Sie ließ sich tiefer in den Sessel sinken. Ihr Gesicht strahlte vor Freude und sie phantasierte laut vor sich hin.

»Wäre das nicht wundervoll? Temerson heiraten, eine prächtige Hochzeit feiern – so prächtig wie deine! Und dann bekämen wir Kinder, ganz viele, und sie wären alle wunderhübsch und würden aussehen wie er.« Sie machte eine Pause und runzelte die Stirn. »Bis auf eines. Eines würde mir ähneln. Eines könnte doch wie ich aussehen, oder?«

»Ja, eines könnte wie du aussehen.«

»Ach, Alera«, stieß sie hervor und beugte sich zu mir. »Wie deine Kinder wohl aussehen werden? Du bist so hübsch, und mit Steldor als Vater …«

Sie verlor sich in Gedanken und schien von meinem künftigen Nachwuchs zu träumen. Ich wurde dagegen rot, weil mir klar war, dass es so, wie die Dinge lagen, noch sehr lange dauern dürfte, bis sich ein Thronfolger ankündigen würde.

Sie bemerkte meine veränderte Stimmung, riss die Augen auf und zog eine Schlussfolgerung, mit der ich keinesfalls gerechnet hätte.

»Alera, bist du vielleicht … vielleicht schon schwanger?«

»Ganz sicher nicht!«, platzte ich ein wenig zu heftig

heraus und bewies damit, wie abwegig diese Vorstellung war. Miranna setzte sich kerzengerade auf und wirkte von meiner Reaktion leicht irritiert. Ich versuchte, ihren Eindruck rasch mit einer etwas gelasseneren Äußerung zu relativieren.

»Nein, ich bin nicht schwanger. Noch nicht.«

»Da stimmt doch etwas nicht, Alera. Behandelt er dich etwa nicht gut?«

»Nein, nein, damit hat es nichts zu tun. Es ist alles in Ordnung, wirklich.« Ich bemühte mich um einen lockeren Ton, doch die Röte auf meinen Wangen wollte nicht verschwinden.

»Ist es wegen Narian?«, fragte sie und rutschte neben mich auf das Sofa. Die Sorge in ihrem Blick ließ mich innerlich zusammenzucken.

»Steldor ist darüber nicht mehr verärgert«, sagte ich und wandte den Blick ab, denn das Problem war ja nicht mein Ehemann, sondern ich. »Ich fürchte nur, dass ich nicht die Frau bin, die er sich vorgestellt hat.«

»Aber natürlich bist du die Frau, die er sich vorgestellt hat«, beharrte Miranna in erstauntem Ton. Einen Moment lang saß sie schweigend da und schien zu überlegen, dann wurde sie so rot wie ich. »Du benimmst dich doch wie seine Ehefrau, in jeglicher Hinsicht, meine ich?«

Ihre Direktheit schockierte mich, aber dass ich nicht widersprach, war ihr Antwort genug.

»Das tust du nicht. Meine Güte, das tust du nicht!«

Ich legte einen Finger an meine Lippen und warf einen Blick auf die Tür. Ich wollte auf keinen Fall, dass diese Information in die Gerüchteküche des Schlosses gelangte. Daraufhin sprach sie im Flüsterton weiter.

»Alera, was denkst du dir bloß dabei? Das ist sein Recht, und außerdem – außerdem deine Pflicht als verheiratete Frau!«

Ich starrte auf den Teppich hinunter, fühlte mich extrem unbehaglich und wusste, dass kein Grund, den ich ihr nennen könnte, meine Weigerung rechtfertigen würde.

»Und er hat dich nicht … nicht dazu gezwungen?«

»Nein«, sagte ich mit zitternder Stimme, weil sie damit eine meiner schlimmsten Befürchtungen angesprochen hatte. Meine folgenden Worte sollten eher mich beruhigen als sein Verhalten erklären. »Er liebt mich. Er möchte, dass ich es auch will, und … er hat noch nie die Hand gegen mich erhoben.«

»Aber er kann doch nicht einfach …« Meine Schwester tat sich schwer damit, den Satz zu beenden, und unsere glühenden Wangen schienen das Zimmer regelrecht aufzuheizen. »Er kann doch nicht einfach … gar nicht! Ein Mann hat doch schließlich … Bedürfnisse.« Ihrer Miene konnte ich ansehen, dass ihr noch ein weiterer schockierender Gedanke gekommen war. »Was, wenn er eine andere Frau hat?«

»Mira, pscht!«, bat ich sie und betete, dass draußen auf dem Gang keine neugierigen Wachen oder andere Bedienstete zugegen waren. »Da gibt es keine andere Frau, mach dich nicht lächerlich! Er würde doch niemals …«

Doch ich verstummte, während die Vorstellung in mir arbeitete. Würde er tatsächlich nicht?

Ich dachte an die ungewöhnlichen Zeiten, zu denen Steldor auftauchte. Die Möglichkeit war nicht zu leugnen, und die einzige Chance, ihn davon abzuhalten, bestand darin, ihn in mein Bett zu lassen. Das waren also meine Wahlmöglichkeiten: Mich ihm weiter verweigern und ihn so in die Arme einer Geliebten treiben und mich selbst demütigen, wenn die unvermeidlichen Gerüchte zu kursieren begännen; oder ihm seinen Willen zu lassen und ihn glauben machen, er könne mich besitzen. Diese Vorstellung war mir derart zuwider, dass mir ganz übel wurde.

»Vielleicht ... vielleicht sollte ich jetzt besser gehen«, murmelte ich, über meine eigene Lage entsetzt. Wir erhoben uns und Miranna ergriff meine Hände.

»Alera, ich werde immer für dich da sein, was auch geschieht, das weißt du ja.« Sie zögerte, dann fügte sie noch hinzu: »Aber du lebst jetzt an Steldors Seite, und daran wird sich auch nichts ändern. Ich bin überzeugt, dass er dir ein guter Ehemann sein könnte, aber du ... du musst es auch zulassen.«

Sie drückte noch einmal meine Hände, dann begleitete sie mich zur Tür. Mit dem Gefühl seelischer Erschöpfung trat ich auf den Flur und machte mich auf den Weg zurück zu meinen Gemächern. Dabei spürte ich, wie Miranna mir nachsah. Ich beschleunigte absichtlich meine Schritte, um meine Stimmung zu kaschieren, und erst als ich hörte, wie sie die Tür wieder schloss, ergab ich mich der Verzweiflung, die mir das Herz und alle Glieder schwer werden ließ. Ich folgte dem Flur, an der Bibliothek vorbei, mit niedergeschlagenen Augen, weil ich ohnehin mit niemand sprechen wollte. Ich war so in meinen Kummer vertieft, dass ich heftig erschrak, als plötzlich eine Männerstimme nur ein paar Schritte von mir entfernt an mein Ohr drang.

»Füße sind etwas Faszinierendes, Alera, aber es ist wichtig, dass Ihr auch aufpasst, wohin Ihr lauft.«

Steldor stand mit einem frechen, verwirrenden Grinsen vor der Tür unseres Salons, und zum x-ten Mal an diesem Tag spürte ich, wie ich rot wurde. Ich starrte ihn an und rang um eine geistreiche Erwiderung. Doch es wollte mir keine in den Sinn kommen.

»Wünscht Ihr etwas von mir, Mylord?«, sagte ich schließlich und zwang mich zu einem Lächeln, das sich wie eine Grimasse anfühlte.

»Ich wollte nur meine wunderschöne Frau sehen«, sagte er immer noch süffisant grinsend. Allerdings war der Blick seiner Augen weicher, und so nahm ich an, dass sein Kompliment ehrlich gemeint war. »Das Fest deiner Schwester ist in drei Tagen, und da habe ich mir erlaubt, zu diesem Anlass ein Kleid für dich anfertigen zu lassen. Du wirst es mit deinem Gold-und-Perlen-Diadem tragen und mit offenem Haar, denn wie du weißt, gefällt mir das am besten. Die Schneiderin bringt es am Abend zur letzten Anprobe. Also solltest du dann zugegen sein.«

Wie vor den Kopf geschlagen starrte ich ihn an. Da hatte er also eine Robe für mich in Auftrag gegeben, ohne mich auch nur ein einziges Mal zu konsultieren. Hatte er sich gar nicht überlegt, dass ich vielleicht plante, etwas anderes zu tragen? Nein. Hatte er meine Meinung zu Schnitt oder Material dieses Kleides eingeholt? Nein. Ich spürte, wie der Zorn in mir aufwallte, doch bevor ich ihn noch zur Rede stellen konnte, war er ohne Zögern an mir vorbei und den Flur hinunter verschwunden.

Als am Abend die Schneiderin in mein Schlafgemach kam, trug sie ein Kleid bei sich, wie ich noch nie eines gesehen hatte. Ich hatte zwar schon immer die edelsten Stoffe und aufwendigsten Schnitte getragen, die es für Geld zu kaufen gab, doch nie zuvor hatte ich mich so reich und schön gefühlt wie in diesem Gewand, das mein Ehemann speziell für mich hatte anfertigen lassen.

Daraus, wie nervös die Frau mit den Fingerspitzen trommelte, leitete ich ab, dass Steldor die Entstehung dieses Entwurfs höchstpersönlich überwacht hatte. Ein untrüglicher Beweis für seinen außergewöhnlichen Geschmack. Vermutlich hatte er die elfenbeinfarbene Seide für Rock und Mieder ausgewählt, ebenso die Goldbordüren. Auch die Ärmel, die bis zu meinen Ellbogen eng waren und dann glockenförmig bis über meine Hände fielen, waren wohl nach seinem Wunsch geschnitten. Der Stoff bedeckte nur knapp meine Schultern und ließ ein atemberaubend tiefes Dekolleté sehen. Es wirkte allerdings nicht unanständig, sondern vielmehr gewagt, neu und durchaus elegant. Der Schnitt war ideal, denn er betonte die Kurven meines Körpers und fiel dann üppig bis zum Boden. Das Einzige, was mir dazu noch fehlte, war der passende Halsschmuck. Als ich das Sahdienne gegenüber äußerte, eilte sie in den Salon und kam mit einer Schachtel zurück, in der sich eine besondere Goldkette befand. Sie verlief genau über dem Grübchen unter meiner Kehle. Von der Kette hingen in gleichmäßigen Abständen zahlreiche kurze Perlenschnüre.

»Seine Hoheit hat das für Euch dagelassen, Mylady«, erklärte Sahdienne und ihre Augen glitzerten vor Bewunderung für meinen Ehemann. Ich begab mich an meine Frisierkommode, damit sie mir auch noch mein Diadem aus Gold und Perlen aufsetzen konnte.

»Eure Majestät ...«, seufzte Sahdienne und war ganz bezaubert von meiner Erscheinung. »Ich glaube, ich habe in meinem ganzen Leben noch kein schöneres Kleid gesehen. Der König ist wirklich ein außergewöhnlicher Mann.«

Sofort begann sie, die Dinge auf meiner Frisierkommode zu ordnen und zurechtzurücken. Offenbar war ihr die vorlaute Bemerkung selbst peinlich.

»Ja, das ist er«, stimmte ich ihr zu, allerdings mit einer gewissen Bitterkeit, die ich nicht verhehlen konnte.

Dann durchquerte ich mit der Schneiderin den Salon und verabschiedete sie mit aufrichtigem Dank und Lob für ihre außerordentliche Arbeit. Anschließend kehrte ich in mein Schlafgemach zurück.

»Es tut mir schrecklich leid, dass ich Euch bekümmert habe, Mylady«, bekannte meine Zofe mit hochrotem Kopf, denn offenbar machte sie sich für meine Niedergeschlagenheit verantwortlich. »Das war zu vertraulich von mir.«

»Ach nein, du kannst nichts für meine schlechte Stimmung. Die hat der König zu verantworten. Und jetzt hilf mir bitte aus diesem Kleid.«

Sahdienne gehorchte unter weiteren gemurmelten Entschuldigungen. Dann ließ sie mich mit dem Prachtkleid allein, das auf mein Bett gebreitet dalag. Ich würde es nicht tragen. Ich konnte es nicht tragen. Plötzlich erinnerte ich mich an das Collier um meinen Hals. Nicht sehr behutsam nahm ich es ab. Ich konnte ja nicht leugnen, dass dies herrliche Geschenke waren, aber sie hatten ihren Preis. Das war also Steldors Art und Weise, die Herrschaft über mich zu gewinnen. Wenn ich zustimmte, dieses Kleid zum Geburtstag meiner Schwester zu tragen, dann würde er im Gegenzug etwas erwarten, weil er glaubte, unser seltsames kleines Spiel gewonnen zu haben. Und das konnte ich keinesfalls zulassen.

6. Jungen und Männer

Am Abend von Mirannas Fest zog ich eine weiße Bluse mit weißen, bauschigen Ärmeln unter ein himmelblaues Kleid mit vorne geschnürtem Mieder an. Es war weniger festlich als die Robe, die Steldor für mich in Auftrag gegeben hatte, aber trotzdem hübsch. Viel wichtiger war mir jedoch, dass es farblich so weit von Elfenbein und Gold weg war, wie nur möglich, denn dann würde es sich mit Steldors Garderobe – was auch immer er tragen mochte – ordentlich beißen. Mit verschlagener Miene musterte ich mein Spiegelbild über der Frisierkommode und war nicht nur mit meiner Kleidung, sondern auch mit meinem Haar zufrieden, das kunstvoll in einem Lockenbouquet auf meinem Hinterkopf aufgetürmt war und von einem Diadem aus Silber und Diamanten gekrönt wurde.

Zufrieden verließ ich mein Schlafgemach und trat in den Salon, wo Steldor auf dem Sofa saß. Seine Füße in blank polierten schwarzen Stiefeln lagen übereinandergeschlagen auf dem niedrigen Tisch. Als er mich sah, hob er die Augenbrauen. Ich begegnete trotzig seinem Blick und forderte ihn geradezu heraus, meine Aufmachung zu kommentieren.

»Liebling«, sagte er und klang geradezu kränkend nachsichtig. »Was hast du denn bloß die ganze Zeit gemacht, wenn du dich nicht für das Essen zu Ehren deiner Schwester umgezogen hast?«

»Ich bin bereit, unsere Gäste zu begrüßen, sobald Ihr es auch seid«, erwiderte ich freundlich, aber bestimmt. Ich durchquerte den Raum und blieb neben der Tür stehen. Steldor erhob sich und wirkte belustigt.

»Das da wirst du aber nicht tragen«, stellte er nüchtern fest.

»Doch das werde ich.«

»Nein, wirst du nicht.«

»Doch, werde ich.«

»Du wirst lächerlich aussehen.«

»Wie meint Ihr?«, sagte ich gekränkt.

»Es hat nichts mit dem Kleid zu tun oder damit, dass es dir nicht passen würde«, erklärte er und rollte dabei mit den Augen, als müsse er jemand, der begriffsstutzig war, eine Selbstverständlichkeit erklären. »Aber es passt einfach nicht.«

»Und warum nicht?«

»Weil deine Garderobe in keinster Weise zu meiner passt.«

Das war absolut richtig und mir eine große Genugtuung. Er trug schwarze Hosen und ein elfenbeinfarbenes Hemd unter einer eng anliegenden goldenen und smaragdgrünen Weste. Das Ensemble ließ ihn ärgerlicherweise geradezu göttlich gut aussehen. Neben Himmelblau wirkte es allerdings grässlich.

»Dann wird unser Äußeres eben unseren unterschiedlichen Persönlichkeiten entsprechen«, erwiderte ich.

Er seufzte und fuhr sich mit der Hand durch die dunklen Haare. »Geh und zieh dich um.«

»Das werde ich nicht tun.« Ich hatte die Hände in die Hüften geschoben und biss die Zähne zusammen.

»Sieh es doch einmal so, Alera«, begann er und ich konnte schon am Glitzern in seinen Augen sehen, dass er gleich versuchen würde, mich zu manipulieren. »Jeder wird annehmen, dass du unsere Kleidung für diesen Abend gewählt hast und dass es deine Absicht war, dass wir gut zusammenpassen. Wenn wir so gehen, wird man dich für diesen grässlichen modischen Fehltritt verantwortlich machen. Wenn du allerdings das Kleid anziehst, dass ich für dich habe machen lassen, dann überlasse ich dir den Ruhm und man wird dich für deinen großartigen Geschmack loben. Du hast die Wahl. Aber wie auch immer – mich wird keine Schuld treffen. Also sag selbst, ob du lieber die Verantwortung für einen Schandfleck oder für ein Kunstwerk übernimmst?«

Nachdem er geendet hatte, ließ er sich wieder träge aufs Sofa sinken, streckte die Arme auf der Lehne aus und grinste breit und selbstsicher. Ich hatte mein Vorgehen nicht wirklich zu Ende gedacht, so viel war klar, aber nachdem ich mich nun einmal darauf eingelassen hatte, kam ein Rückzieher für mich nicht mehr infrage.

»Du könntest dich ja umziehen. Das ginge viel leichter als bei mir.«

»Stimmt«, gab er mit einem Kichern zu. »Aber ich sehe bereits perfekt aus.«

»Also, ich bin mir sicher, dass du auch in etwas anderem perfekt aussehen kannst.«

»Ja, zweifellos, aber warum sollte ich etwas duplizieren, was bereits perfekt ist, wenn sich auch verbessern lässt, was es noch nicht ist?«

Ich hätte ihn am liebsten umgebracht. Damit dieser mich so maßlos verärgernde göttliche Mund ein für alle Mal geschlossen blieb. Und wenn das Beenden seines Lebens der einzige Weg dorthin wäre, dann hätte ich absolut nichts gegen diesen Schritt einzuwenden. Doch stattdessen holte ich tief Luft und unternahm einen neuerlichen Versuch.

»Wenn ich mich noch einmal umkleide, dann ist meine Frisur ruiniert.«

»Du weißt doch, Liebes, dass du deine Frisur sowieso noch einmal ändern solltest. Ich habe dir ja bereits gesagt, dass du es offen tragen sollst. Und dann nimm doch auch gleich ein anderes Diadem.«

»Wie die Dinge liegen, sind wir nur schon ziemlich spät dran«, polterte ich und gab mir Mühe, noch einigermaßen zivilisiert zu klingen, obwohl es in mir brodelte. »Du könntest dich viel rascher umziehen.«

»Nicht nötig. Du weißt ja bereits, was du anziehen wirst. Ich müsste erst nach etwas weniger Elegantem suchen, das zu dem Kleid passt, das du jetzt trägst, und trotzdem dem Anlass angemessen wäre. Und ganz ehrlich, hast du mich jemals etwas tragen sehen, das zu Himmelblau passen würde?«

Ich verfiel in ein ärgerliches Schweigen, denn sosehr ich es auch hasste, das zugeben zu müssen, sein Argument war stimmig. Meist trug er dunkle oder kräftige Farben, nie etwas, das auch nur entfernt zu meiner momentanen Kleidung passte. Ich hasste mich selbst für das, was ich nun tun musste.

»Ich werde warten«, sagte Steldor, der meine Miene perfekt gedeutet hatte.

Also stürmte ich in mein Schlafgemach zurück, warf mir das gold- und elfenbeinfarbene Kleid über, das ich trotz seiner unübertroffenen Schönheit entschlossen war zu hassen. Danach legte ich die Kette aus Gold und Perlen um und löste finster entschlossen meine Frisur. Zum Schluss knallte ich mir noch das von Steldor gewünschte Diadem auf den Kopf, marschierte durch den Salon und ohne auf ihn zu warten zur Tür hinaus.

Weil ich auf dem Flur meine Schritte beschleunigte, war ich weit vor Steldor an der Prunktreppe angelangt. Aber auch wenn ich auf diesem Gebiet nicht besonders bewandert war, wusste ich immerhin, dass die Königin in offizieller Funktion nicht einfach ohne den König antanzen konnte, also wartete ich vor Wut kochend auf ihn. Lässig kam er hinter mir hergeschlendert, offenbar erfreut, als Sieger aus unserer trivialen Auseinandersetzung hervorgegangen zu sein. Seine Haltung änderte sich jedoch, sobald er mich eingeholt hatte, denn er hielt mir mit einem gewinnenden Lächeln seinen Arm hin und legte den für ihn typischen Charme an den Tag, so wie jemand anders sich einen Umhang umlegte.

Ich reagierte missmutig und schob meine Hand grob in seine Armbeuge, um mich von ihm die Treppen hinunter und in den Speisesaal im Parterre führen zu lassen, wo unsere Gäste sich bereits versammelt hatten. Lanek erwartete uns schon, und auf Steldors Kopfnicken hin betrat er den Raum, um unser Eintreffen zu vermelden.

»Begrüßt allesamt König Steldor und seine Königin, Lady Alera.«

Ich ließ den Blick über die kleine Gästeschar schweifen, die vor uns knickste oder sich verneigte. Ich war diese Respektsbezeugung zwar gewohnt, aber es fühlte sich seltsam an, meine Eltern als Untertanen vor mir zu haben. Steldor schien solches Unbehagen nicht zu verspüren, sondern hatte sich offenbar schon erstaunlich gut an den Glanz seines Amtes gewöhnt.

Lanek machte Platz, und mein Gatte und ich betraten den Saal. Tadark, der mit London neben den Türen gestanden hatte, durch die wir gerade hereingekommen waren, sprang hinter Steldor her, während London blieb, wo er war. Mit vor der Brust verschränkten Armen an die Wand gelehnt. Bei solchen Gelegenheiten war es üblich, jedem Angehörigen der Königsfamilie einen Elitegardisten zuzuteilen, auch wenn die mögliche Gefährdung gering bis nicht vorhanden war. London war selbstverständlich für mich zuständig, und ich konnte mir nur vorstellen, dass Cannan sich ein bisschen hatte rächen wollen, als er Tadark Steldor zugeordnet hatte. Der Gardist mit dem kindlichen Gesicht war furchtbar anhänglich, geschwätzig und ziemlich nervös, trotz seines stets verkündeten Pflichtbewusstseins. Kurz gesagt, sollte es Probleme geben, wäre es weitaus wahrscheinlicher, dass Steldor Tadark hätte beschützen müssen als umgekehrt. Und wenn alles ruhig blieb, war es ziemlich wahrscheinlich, dass der enervierende Gardist Steldor verrückt machte. Auch dem Rest meiner Familie waren Elitegardisten zugeteilt worden: Destari und Orsiett, der einmal als Mirannas zweiter Leibwächter fungiert hatte, für meine Eltern, Halias war wie immer der Schatten meiner Schwester.

Die Männer standen am hinteren der beiden offenen Kamine im Saal, die Ehefrauen plauderten ein wenig abseits von ihnen. Meine Schwester und die jüngeren Gäste drängten sich vor dem großen Erkerfenster, von dem aus man den gesamten westlichen Innenhof überblickte.

Meine Eltern kamen als Erste auf uns zu, um uns persönlich zu begrüßen. Mein Vater wandte sich herzlich an Steldor, mir dagegen nickte er nur zu. Meine Mutter teilte ihre Aufmerksamkeit gerecht zwischen uns beiden auf. Steldor warf mir einen fragenden Blick zu, nachdem der ehemalige König sich entfernt hatte, doch ich ignorierte ihn und konzentrierte mich stattdessen auf die melodiöse Stimme meiner Mutter.

»Ich bin sehr stolz darauf, wie gut du dich in deine neue Rolle gefügt hast, Liebling«, sagte sie und schien meine jüngsten haarsträubenden Eskapaden außer Acht zu lassen. Sie streckte die Hand aus und strich mir übers Haar, obwohl ich vermutete, dass ihre liebevolle Geste in erster Linie dazu gedacht war, eine widerspenstige Locke zu bändigen, ohne mich in Verlegenheit zu bringen. Schließlich hatte ich nicht einmal mehr in den Spiegel geblickt, nachdem ich meine Frisur geändert hatte.

»Und ich muss dir zur Wahl deiner Garderobe gratulieren. Du hast ja nicht immer die nötige Geduld für Mode aufgebracht, aber heute Abend seht ihr beide, du und Steldor, großartig aus, und dein Kleid ist wirklich exquisit. Ihr gebt ein herrliches Paar ab.«

Meine Mutter hatte die von Steldor vorhergesagte Schlussfolgerung gezogen, aber ich konnte mich nicht dazu überwinden, das Kompliment zur Kenntnis zu nehmen. Daher sah sie mich ein wenig verblüfft an, bis Steldor an meiner Stelle das Wort ergriff.

»Alera besitzt tatsächlich einen tadellosen Geschmack«, stimmte er ihr ungemein großzügig zu, allerdings schmunzelte er dabei so, dass nur ich es bemerkte.

Meine Mutter wandte sich ab, und wir fuhren fort, auch mit den anderen Gästen ein paar Worte zu wechseln. Die Herren unterhielten sich mit Steldor, während die Damen mir überschwängliche Komplimente machten. Obwohl ich das nie zugegeben hätte, wusste ich, das Steldor recht gehabt hatte, als er darauf bestand, dass ich mich umzog. Außerdem entsprach es ganz dem Bild des Kavaliers, dass er mir das Lob zukommen ließ.

Als es um uns herum etwas leerer wurde, eilte Baronin Faramay zu ihrem Sohn. Cannan folgte ihr in normalem Tempo.

»Ach, Steldor, mein Engel, wie gut du wieder aussiehst«, rief sie aus und reckte sich, um unnötigerweise den Kragen seines Hemdes glatt zu streichen. Ihre dichten, schokoladenbraunen Locken fielen ihr kreuz und quer über die Schultern und unterstrichen ihre umwerfend schönen Züge und das strahlende Lächeln, das ihr Sohn von ihr geerbt hatte.

»Hallo, Mutter«, erwiderte Steldor mit einem kaum hörbaren resignierten Unterton in der Stimme. Er verschränkte die Arme und grub die Finger in die Muskeln seiner Oberarme.

»Ich habe dich schon seit der Krönung nicht mehr gesehen«, fuhr Faramay fort und die Bewunderung für ihr einziges Kind sprach aus ihren strahlend blauen Augen. »Dabei vermisse ich dich so. Ich wünschte, du würdest einmal die Zeit finden, mich zu besuchen. Sicher verdient deine Ehefrau nicht deine gesamte Aufmerksamkeit.«

Sie warf einen gekränkten Blick in meine Richtung, und ich war mir nicht sicher, ob ich beleidigt oder amüsiert reagieren sollte. Machte sie mich tatsächlich für ihren seltenen Kontakt mit Steldor verantwortlich? War sie gar eifersüchtig auf mich? Schon die Vorstellung war absurd.

»Genau genommen, Mutter, hat das Regieren des Reiches meine Aufmerksamkeit verdient«, sagte Steldor, und diesmal war sein Sarkasmus unüberhörbar.

Sie streckte die Hand aus, um ihm das Haar aus der Stirn zu streichen, während sie einen Schmollmund andeutete, doch er drehte seinen Kopf weg.

»Lass das«, giftete er.

In diesem Moment trat Cannan an Faramays Seite und begrüßte mich nur mit einem leichten Kopfnicken, bevor er einen Arm um die Taille seiner Frau legte.

»Faramay, ich denke, du hast jetzt lange genug mit dem Jungen geredet«, sagte er und versuchte, sie wegzulotsen, doch sie ignorierte ihn und wandte sich erneut an Steldor.

»Na komm, mein Schatz, sei nicht böse«, flehte sie und legte eine ihrer zarten Hände an seine Brust. »Du weißt doch, dass ich keinen Sinn für Politik habe.«

»Ja, natürlich«, sagte Steldor ungeduldig. »Ich verzeihe dir. Und jetzt geh.«

»Aber Katerchen …«

»Mutter, es ist alles in Ordnung, aber Alera und ich haben noch weitere Gäste zu begrüßen. Vielleicht finde ich später noch Gelegenheit, mich mit dir zu unterhalten.«

Faramay fügte sich mit einem vernehmlichen Seufzer, und legte ihren Arm auf Cannans. Bevor sie weitergingen, warf Steldor seinem Vater noch einen ärgerlichen Blick zu, als hätte der Hauptmann irgendeine Vereinbarung gebrochen, weil er seiner Mutter erlaubt hatte, sich ihm zu nähern. Cannan antwortete darauf mit einem kaum merklichen Schulterzucken, und ich versuchte mir vorzustellen, was Faramay dazu gebracht haben mochte, Steldor so übertrieben zu bemuttern. Mir fiel ein, dass Steldors jüngerer Bruder ja von Cokyriern aus seiner Wiege entführt und ermordet worden war. Ich spürte eine Welle der Sympathie gegenüber Faramay. Ein solcher Schlag genügte sicher, um eine Mutter überbesorgt werden zu lassen. Trotzdem war ihr Verhätscheln übertrieben, denn schließlich war ihr Sohn kein kleiner Junge mehr, der ihrer Fürsorge bedurfte.

Steldors charismatische Haltung kehrte zurück, als Galen seine Begleiterin, Lady Tiersia, um den großen länglichen Tisch herumführte, der die Mitte des Raumes einnahm. Steldors Cousinen, Lady Dahnath und Lady Shaselle, die Töchter von Cannans Bruder Lord Baelic und dessen Frau, Lady Lania, folgten ihnen. Während wir auf sie warteten, nutzte ich die kurze Gelegenheit, um nur ein einziges Wort zu sagen.

»Katerchen?«

Steldor blieb ganz Mann von Welt, denn er neigte sich nur ein wenig zu mir und ließ die Augen auf die sich nähernden Gäste gerichtet.

»Kraul mich an der richtigen Stelle, dann schnurre ich auch«, scherzte er.

Ich war vollkommen verblüfft, denn wie gut ich ihn auch zu kennen glaubte, ich war doch nie auf seine schalkhaften Abweichungen vom üblichen Benehmen adeliger Herren gefasst. Weil mir so spontan keine andere Erwiderung in den Sinn kam, ließ ich nur ein kurzes, ungläubiges Lachen vernehmen, auf das Steldor gewiss noch mit einer bissigen Bemerkung eingegangen wäre, wenn in diesem

Moment nicht bereits Galen und die jungen Damen bei uns angelangt gewesen wären.

Galen begrüßte mich mit einem Handkuss, dann begannen Steldor und er sich im Scherz zu zanken, während die jungen Damen über die jüngsten Ereignisse im Königreich tratschten. Shaselle, die mit ihren haselnussbraunen Augen und dicken, glatten braunen Haaren eine große Ähnlichkeit mit ihrer Mutter hatte, schob sich immer näher an die jungen Männer heran, weil sie ihren Cousin und dessen besten Freund offenbar interessanter fand als uns junge Damen. Tiersias sanfte grüne Augen blickten ebenfalls oft in dieselbe Richtung, wenn auch aus einem ganz anderen Grund – denn mit seinen aschblonden Locken und den warmen braunen Augen und der bernsteinfarbenen Weste sah Galen ausgesprochen gut aus. Ich war dankbar, dass zumindest Dahnath, Shaselles wissbegierige große Schwester mit dem kastanienbraunen Haar, sich auch nicht mehr als ich für Männer interessierte. So konnten wir uns eine kleine Weile aufs Angenehmste unterhalten.

Mirannas Auftritt ließ die Gespräche kurz verstummen. Sie rauschte mit Temerson und Semari im Gefolge heran. Dabei trug sie ein schillerndes blassblaues Kleid, das sie bei jeder Bewegung weich umspielte und mit einem gewagt geschnittenen Mieder versehen war. Es erinnerte daran, dass sie nun praktisch auch erwachsen war. Ihr Haar war aufwendig frisiert, doch das Gebilde hatte sich bereits ein wenig gelockert und einzelne Locken rahmten ihre zarten Züge ein. Immerhin war ihr goldenes Diadem mit den schimmernden Opalen noch am Platz. Ich begrüßte Miranna und ihre beste Freundin mit einem Wangenkuss, während Steldor Temerson so heftig auf die Schulter schlug, dass der arme Junge einen Schritt vorwärtsstolperte. Meine Schwester, die vor Aufregung schon ganz außer sich war, avancierte sogleich zum Mittelpunkt der allgemeinen Aufmerksamkeit und plauderte ohne Unterlass, bis es Zeit war, sich zu Tisch zu begeben.

Als wir an die mit feinstem Damast gedeckte Tafel traten, an der fünfundvierzig Menschen Platz gefunden hätten, die aber noch klein genug war, um eine trauliche Konversation zuzulassen, nahm Steldor als König vor Kopf Platz, ich zu seiner Linken, Galen zu seiner Rechten. Links von mir saß Shaselle, gefolgt von Semari, Miranna und Temerson. Ich hatte beschlossen, Baelic neben Temerson zu platzieren, denn ich verließ mich darauf, dass der Charme meines neuen Onkels dem jungen Mann etwas von seiner Nervosität nahm. Baelics Frau Lania saß zu dessen Linker, danach folgten Semaris Eltern, Baronin Alantonya und Baron Koranis. An der rechten Seite der Tafel hatte Tiersia neben Galen Platz genommen, daneben Dahnath, die erst kürzlich Tiersias Bekanntschaft gemacht hatte. Darauf folgten Lady Tanda und Leutnant Garreck, dessen gedrungene Gestalt Temerson geerbt hatte, wobei Garreck sehr viel gesetzter wirkte als sein Sohn. Neben Garreck hatte ich Cannan vorgesehen, denn ich nahm an, dass die beiden Militärs einander mehr zu sagen hätten als jedem anderen Gast. Faramay kam zwischen ihrem Gatten und meiner Mutter zu sitzen. Darauf folgte mein Vater, der also neben seiner Frau und gleich gegenüber von seinem guten Freund Baron Koranis saß; gleichzeitig war er damit so weit als möglich von mir entfernt.

Das Festmahl wurde in fünf Gängen auf goldenen Tellern serviert. Außerdem standen mit Wein gefüllte Pokale und Fingerschalen mit Rosenwasser auf dem Tisch, um sich zwischendurch die Hände zu reinigen. Den ersten Gang bildete eine feine Suppe, danach wurde ein Fleischgericht mit Brot serviert. Als Nächstes folgte Räucherfisch mit Spargel und schließlich Braten vom Schwein und

Lamm mit Rübchen, Bohnen und anderem Gemüse. Den letzten Gang bildeten Käse, Obst und kleine Süßigkeiten.

Während der gesamten Mahlzeit gab Steldor den perfekten Kavalier, der unsere Gäste mit seinem Witz bezauberte. Ich selbst sprach wenig und spielte eher die Rolle der höflichen, aber reservierten Königin und der fügsamen Gattin, wie ich bitter bei mir dachte. Meine Mutter lächelte mir oft zu, weil sie offenbar überzeugt war, ich hätte ihren Rat beherzigt und mich in mein Schicksal gefügt. Sie hatte wohl den Eindruck, ich sei mit meiner Rolle, wenn auch nicht überglücklich, so doch zufrieden. Als das Mahl sich dem Ende zuneigte, suchte der Blick meines Vaters Steldors Augen. Auf das Kopfnicken des Königs hin erhob er sich, um etwas bekannt zu geben.

»Meine lieben Freunde«, begann er strahlend und ließ die Augen über die Tafelrunde schweifen. »Viele von Euch gehören zu meiner Familie, sei es von Geburt an oder durch Heirat. Andere kenne ich schon so lange, dass es mir durchaus gerechtfertigt erscheint, auch sie dazu zu rechnen.«

Bei dieser Äußerung rückte Koranis sich demonstrativ in seinem Stuhl zurecht, als hätten er und seine Familie soeben eindrucksvoll an Ansehen gewonnen.

»Hocherfreut möchte ich an diesem 19. Juni unsere Hoffnung und Absicht kundtun, auch die übrigen Gäste in unsere Familie aufzunehmen. Lord Garreck und ich haben bereits gesprochen, und ich habe Lord Temerson gestattet, um meine Tochter Prinzessin Miranna zu werben.«

Miranna ließ ein wenig damenhaftes Quietschen hören, den ich, wären wir unter uns gewesen, nachgemacht hätte, um sie zu necken. Sie schlug sich rasch die Hand vor den Mund, und ihre Wangen färbten sich rosa. Angesichts der Freude, die aus ihren Augen strahlte, war ihr dieser Bruch der Etikette jedoch sofort verziehen. Sie wandte sich Temerson zu und begegnete seinem verlegenen Gesichtsausdruck mit einem breiten Lächeln. Da wirkte auch er erleichtert, als hätte er sich nicht sicher sein können, wie sie auf diese Neuigkeit reagieren würde.

Ich freute mich für das glückliche Paar, aber da war noch ein anderes Gefühl, das ich nicht sogleich zu definieren vermochte. Ein Stich, der wohl nur Eifersucht sein konnte. London hatte mir einmal gesagt, dass die Blicke, die Narian und ich getauscht hatten, es für jeden offensichtlich gemacht hatten, wie verliebt wir waren. Jetzt begriff ich, was er damit gemeint hatte.

»Wollen wir uns ein wenig im Garten ergehen?«, fragte Steldor und erhob sich.

Der Juniabend war warm, aber es wehte auch eine leichte Brise, die nicht nur angenehm erfrischte, sondern auch die Insekten fernhielt. Steldor hielt mir seinen Arm hin, und auch wenn das Protokoll ihm dies ohnehin gebot, meinte ich zu spüren, dass unsere Auseinandersetzung beigelegt war. Doch noch bevor ich sein Angebot annehmen konnte, kam Faramay herbeigeeilt und hängte sich an seinen Arm.

»Ich dachte mir, wir beide könnten miteinander gehen, Liebling«, zwitscherte sie. »Natürlich nur, falls die Königin nichts dagegen hat.«

Angesichts der Folgen, die es hätte, dieser hingebungsvollen Mutter den Zugang zu ihrem Sohn zu verwehren, stimmte ich mit einem entschuldigenden Blick zu Steldor zu. Er lächelte gequält und fügte sich ins Unvermeidliche.

Ich ließ meinen Blick durch den Raum schweifen und fühlte mich ohne den König an meiner Seite ziemlich verloren. Da erblickte ich Cannan und Baelic ins Gespräch vertieft. Ich war einen Moment verwundert, denn der sonst so gestrenge Hauptmann lachte und scherzte mit seinem so viel leutseligeren jüngeren Bruder. Cannan sah im selben Moment auf, wahrscheinlich weil er seine Frau suchte. Sein Gesichtsausdruck wurde säuerlich, als er sie an Steldors Seite entdeckte. Er wies Baelic darauf hin, der ihm aufmunternd mit einem herzhaften Lachen auf die Schulter schlug. Dann murmelte er etwas, das seinen älteren Bruder dazu brachte, zum zweiten Mal an diesem Abend mit den Augen zu rollen. Zu meinem Missfallen bemerkten die beiden meinen Blick, und ich wandte mich rasch ab.

Ein, zwei Augenblicke vergingen, da hörte ich sich nähernde Schritte, und als ich aufschaute, war es Baelic, ein ebenso dunkler Typ wie alle Männer seiner Familie. Er bot mir seinen Arm und schenkte mir sein gewinnendes Lächeln an.

»Im Unterschied zu uns anderen scheint Steldors Mutter sich ein wenig schwer damit zu tun, ihn loszulassen«, sagte er ironisch. »Darf ich Euch vielleicht begleiten?«

»Ja, vielen Dank«, erwiderte ich erstaunt, aber nicht enttäuscht. Ich hatte damit gerechnet, dass einer der beiden Brüder herüberkommen und mir seine Begleitung antragen würde, aber ich hätte eher Cannan erwartet. Der ging stattdessen mit Baelics Frau Lania, die sich in seiner Gesellschaft sichtlich wohlzufühlen schien.

Also nahm ich Baelics Arm, und wir folgten den anderen in den Garten auf der Rückseite des Schlosses. Im Gehen neigte sich mein neuer Onkel ein wenig zu mir.

»Ich habe aus sehr zuverlässiger Quelle erfahren, dass Ihr Euch gelegentlich am Reiten delektiert«, vertraute er mir an.

Ich lächelte unbehaglich und fragte mich, worauf er mit dieser Äußerung wohl hinauswollte.

»Ihr braucht Euch darüber keine Gedanken machen, Eure Hoheit«, schalt er mich sogleich. »Ich bin Kavallerieoffizier, schon vergessen? Ich könnte Euch vor Cannans und Steldors Augen eine ganze Pferdeherde besorgen, wenn Ihr es wünscht.«

»Was meint Ihr damit?«, fragte ich und schwankte zwischen Skepsis und guter Laune.

»Ich wollte Euch einfach nur wissen lassen, dass – auch wenn mein lieber Neffe und mein reizender Bruder traditionellen Vorstellungen anhängen – ich oft mit Shaselle und meinem Sohn Celdrid ausreite. Und wir würden uns überaus geehrt fühlen, wenn die Königin sich uns irgendwann einmal anschlösse.«

»Shaselle reitet?«, fragte ich und meine Augen weiteten sich beim Gedanken an den Geschmack der verbotenen Frucht. Gleichzeitig weckte er auch mein ausgeprägtes Interesse an seiner Tochter.

»Ja, Lania und ich fragen uns oft, ob nicht doch ein Junge an ihr verloren gegangen ist.« Baelic zog mich zu einem der Seitenausgänge und wollte das Thema offenbar abschließen, bevor wir den Palast verließen. »Lania hasst es, wenn ich ihr gegenüber nachsichtig bin, aber ich wäre schließlich auch außer mir, wenn mir jemand das Reiten verbieten wollte, also kann ich es meiner eigenen Tochter ja schlecht verwehren.«

»Sie muss Euch vergöttern«, sagte ich und war ganz aufgeregt über sein großzügiges und absolut ungewöhnliches Angebot. Nur wenige Männer wären wohl tolerant oder auch nur interessiert genug, um einer Tochter diese Chance zu bieten, die er Shaselle so nonchalant gewährte.

»Sie steht mir näher als ihrer Mutter«, gab er zu, dann zeigte mir sein schiefes Grinsen an, dass er auf das Thema zurückzukommen gedachte, mit dem er begonnen hatte. »Ihr müsst mir einfach nur eine Nachricht zukommen lassen, und schon sitzt Ihr im Sattel – ohne meinen Neffen auf den Fersen zu haben.«

Er zwinkerte mir zu, und ich vermutete, dass Cannan,

der offenbar ein enges Verhältnis zu seinem Bruder pflegte, ihm die Geschichte von meinem abenteuerlichen verhinderten Ausritt zugetragen hatte. Ich konnte mich, vor allem angesichts des Ergebnisses, ja eigentlich nicht beklagen, dass mein Schwiegervater meinen Onkel ins Vertrauen gezogen hatte. Außerdem fiel mir ein, dass dies auch eine Chance für mich wäre, Baelics Geschenk einzulösen, dass er mir an meinem Hochzeitstag gemacht hat – die Bereitschaft, mir Dinge über Steldor zu verraten, die nicht einmal Cannan wusste.

»Ich danke Euch und werde ganz sicher darauf zurückkommen.«

»Ich werde ungeduldig darauf warten, von Euch zu hören«, scherzte er, deutete auf die Schwelle und führte mich in den Garten. Mit einer leichten Verbeugung fügte er abschließend hinzu: »Mit Eurer Erlaubnis werde ich mich jetzt zurückziehen und damit fortfahren, meinen Bruder zu ärgern.«

»Aber selbstverständlich«, sagte ich laut lachend, und schon machte er sich auf den Weg zu Cannan, meinem Vater, Koranis und Garreck, die ein Stück nach rechts den Weg hinunter beisammenstanden und sich an dem gewürzten Wein gütlich taten, der dort serviert wurde.

Die älteren Damen hatten sich ebenfalls zusammengefunden und sprachen auch dem Wein zu, während sie entspannt miteinander plauderten. Auf dem Weg direkt vor mir waren Galen, Steldor, Temerson und die jungen Mädchen versammelt. Tadark, Steldors Leibwächter am heutigen Abend, klebte regelrecht an ihm, während Halias deutlich diskreter höfliche Distanz zu meiner Schwester wahrte. Temerson wirkte ziemlich desillusioniert. Ich vermutete, er hatte gehofft, Steldor würde aufhören, mit ihrer Zuneigung zu spielen, sobald er Miranna offiziell den Hof machen durfte. Doch das war offenbar nicht der Fall. Auch

Galen flirtete ziemlich ungeniert, und alle jungen Damen kicherten über die Scherze der beiden Freunde. Auch wenn ich wusste, dass Temerson das Herz meiner Schwester bereits erobert hatte, spürte ich Zweifel daran, ob es ihm gelingen würde, die Rolle als ihr Ehemann auszufüllen. Ich wusste nicht, ob es ihm je gelingen würde, in einer solchen Runde seinen Mann zu stehen.

Die Aussicht, Zeugin der ungebrochenen Beliebtheit meines Mannes zu werden, lockte mich nicht, also beschloss ich, mich zu meiner Mutter, Faramay, Alantonya, Lania und Tanda zu gesellen. Doch diese Entscheidung bereute ich bald, denn das Thema ihrer Unterhaltung behagte mir kein bisschen. Leider war es da schon zu spät, um sich abzuwenden, ohne unhöflich zu wirken.

»Koranis verbietet uns streng, auch nur seinen Namen in den Mund zu nehmen«, vertraute Baronin Alantonya den anderen gerade an, als ich näher kam. Sie klang traurig und besorgt. »Es ist schlimmer als vor seiner Rückkehr, als wir ihn noch für tot hielten. Aber es gelingt mir einfach nicht, so zu tun, als hätten wir nie einen weiteren Sohn gehabt, und zu wissen, dass er irgendwo lebt, macht mich ganz … Eure Hoheit!«

Alantonya brach ab, als sie mich bemerkte, und versank in einem tiefen Knicks. Die anderen Damen taten es ihr gleich, wobei Faramays Augen dauernd zu Steldor huschten. Sie schien jede seiner Bewegungen zu beobachten, und ich begann Steldors Reaktion auf sie zunehmend besser zu verstehen.

»Vielleicht kann Alera Euch ein wenig beruhigen«, sagte meine Mutter und nahm das Gesprächsthema wieder auf. Eindeutig war sie über meine wahre Beziehung zu Alantonyas Ältestem nicht im Bilde. »Sie war eng mit Narian befreundet und vermag Eure Sorgen vielleicht ein wenig zu zerstreuen.«

Alantonyas hoffnungsvolle azurblaue Augen taten mir im Herzen weh, und ich musste um meine Fassung ringen. Ich wollte in dieser Gesellschaft nicht über Narian reden. Meine Gefühle für ihn sorgten dafür, dass es mich bereits schmerzte, auch nur seinen Namen auszusprechen. Gleichzeitig konnte ich das Leid im Gesicht der Baronin nicht ignorieren, das meinem eigenen so sehr glich.

»Narian … nun, ich weiß auch nicht, warum er fortgegangen ist oder wohin«, presste ich hervor, und auf ihrem Gesicht breitete sich Enttäuschung aus. »Aber ich glaube, dass er irgendwann nach Hytanica zurückkehren wird – zumindest wissen wir ja, dass er nicht nach Cokyri zurückgekehrt ist. Und falls Euch das ein Trost ist – er hat immer gut von Euch gesprochen, und ich bin mir sicher, er weiß, dass Ihr Euch um ihn sorgt, wo auch immer er jetzt sein mag.«

Sowenig aufschlussreich sie auch waren, schienen meine Worte Alantonya dennoch zu trösten. Daher dankte sie mir von ganzem Herzen, bevor sie ihre andere Sorge ansprach.

»Koranis gestattet uns auch nicht, das Landgut zu besuchen. Er sagt, es liege zu nah an der cokyrischen Grenze. Ich verstehe ja, dass eine gewisse Gefahr besteht, aber ich habe Sorge, dass es noch geplündert werden könnte. Erinnert Ihr Euch an die Überfälle im letzten Krieg? Und es liegt ja so nah am Fluss …«

»Das Wichtigste ist doch, dass Eure Familie in Sicherheit ist«, wandte Temersons Mutter, Lady Tanda, sanft ein. Da fiel mir zum ersten Mal die Ähnlichkeit zwischen Mutter und Sohn auf. Ihr Haar war nur eine Schattierung dunkler als sein Zimtbraun, die warmen braunen Augen waren identisch.

»Ja, ja, natürlich. Und ich bin in der Tat dankbar dafür, dass wir unser Zuhause innerhalb der Stadtmauern besitzen. Allerdings musste ich einige Dinge, die mir lieb und teuer sind, zurücklassen und würde nun gern jemand schicken, sie zu holen.« Alantonya spielte nervös mit ihrem Ehering, als sie daran dachte, was sie verlieren könnte. »Doch Koranis erlaubt absolut niemand, sich dorthin zu begeben, nicht einmal einem Diener. Ich weiß also nicht, in welchem Zustand sich unser Anwesen befindet oder auch nur, ob eine echte Gefahr besteht.«

»London war kürzlich dort«, verriet ich und ließ das unerhebliche Detail weg, dass ich dabei gewesen war. »Ich werde ihn gleich herrufen – vielleicht vermag er Euch zu beruhigen.«

Ich drehte mich um und schenkte dem Eindruck, dass sich die Atmosphäre irgendwie verändert hatte, keine weitere Beachtung. Dann winkte ich meinem Leibwächter, der nur ein paar Schritte entfernt in seiner üblichen Haltung mit verschränkten Armen an die Schlossmauer gelehnt stand. Pflichtbewusst richtete er sich auf und wollte schon auf mich zukommen, als er plötzlich abrupt innehielt. Ich legte fragend den Kopf zur Seite und runzelte, verwirrt von seinem Verhalten, die Stirn. Mein Stirnrunzeln wurde zu einer finsteren Miene, als er fast unmerklich den Kopf schüttelte und zu seinem Platz an der Mauer zurückkehrte. Ich starrte ihn weiter an und konnte nicht glauben, dass er mir nicht gehorchte, aber er wich standhaft meinem Blick aus.

»Tut mir leid«, sagte ich zu Alantonya. »Ich weiß nicht, was London zu diesem Verhalten bewegt, aber …«

»Ist ja nicht so wichtig, Eure Hoheit«, beeilte sie sich, mir zu versichern, auch wenn das ihren Aussagen von vorher vollkommen widersprach. »Ich vertraue darauf, dass unser Besitz unversehrt ist.«

»Na-natürlich«, stammelte ich und war von ihrem Gesinnungswandel ebenso irritiert wie von Londons ungewöhnlichem Benehmen. Ich ließ meinen Blick über die anderen Frauen der Runde streifen: auf Faramay, die sich außer für ihren Sohn für nichts zu interessieren schien, auf Baelics Frau Lania, die ihre Schwägerin verwundert ansah, auf meine Mutter, die eine Hand besänftigend auf Tandas Oberarm gelegt hatte, und auf Tanda, die fast traurig dreinsah.

»Entschuldigt mich für einen Augenblick«, sagte ich, weil ich zum einen nicht wusste, wie ich das verlegene Schweigen überbrücken sollte, zum anderen, weil ich eine Erklärung von meinem widerspenstigen Gardisten verlangen wollte.

Ich verließ die Gruppe und machte ein paar Schritte auf das Schloss zu, nur um festzustellen, dass London sich von seinem Platz fortbewegt hatte. Ich kam mir töricht vor, weil ich die Damen verlassen hatte und nun allein dastand. Also schaute ich herum, um London wiederzufinden. Im schwindenden Abendlicht brauchte ich eine Weile, bis ich ihn bei Steldor, Galen und den jungen Damen entdeckte, die inzwischen alle neben einem der doppelstöckigen Marmorbrunnen standen. Ich sah, wie er sich zu Halias gesellte, der sich im Schatten der Bäume aufhielt. Mit einer gewissen Genugtuung entdeckte ich, dass Tadark immer noch an Steldor klebte, während Temerson alle Hoffnung aufgegeben zu haben schien und allein auf einer der Bänke saß, die das große Bassin des Brunnens umstanden. Es lag sicher nicht in der Absicht meiner Schwester, ihren jungen Brautwerber zu vernachlässigen, aber er wirkte dennoch traurig.

Ich ging den Weg entlang auf den Gardisten zu, der inzwischen zu Galen und Steldor getreten war und sich mit ihnen unterhielt, was es mir schwer machte, ihn zur Rede zu stellen. Er irritierte mich mit jedem Augenblick mehr.

»Wir haben ihn schon Haushofkellermeister genannt«,

hörte ich London frech zu Steldor sagen, während ich herankam.

Steldor brach in Gelächter aus und gab seinem besten Freund einen scherzhaften Stoß, den Galen mit einem Grinsen quittierte, obwohl man sich gerade auf seine Kosten amüsierte.

»Aber du weißt genau, dass du daran schuld bist! Ich konnte es wohl kaum zulassen, dass der König sich allein betrinkt!«

Galen verpasste Steldor einen Stoß, und Tadark trat hinter den Haushofmeister, vermutlich um einzugreifen, falls er zu grob würde. Er schien besorgt, dass mein Gatte Schaden nehmen könnte. Letztlich fürchtete Tadark aber wohl vor allem, als unzureichender Leibwächter dazustehen.

Jeder beobachtete amüsiert, wie der König und sein Haushofmeister in der Art Heranwachsender miteinander rangen. Ich sah, dass selbst Temerson sich neugierig aufgerichtet hatte. Wahrscheinlich erstaunte es ihn, dass er sich gerade besser betrug als die Männer, die ihn sonst immer in den Schatten stellten. Tiersia hatte staunend die Augenbrauen hochgezogen, und London grinste über das Durcheinander, das er angezettelt hatte – zumindest bis er die Entschlossenheit in meinem Blick sah.

Ich ging weiter auf meinen Leibwächter zu, und er seufzte, weil er wohl einsah, dass er mir nicht länger ausweichen konnte. In diesem Augenblick verpasste Steldor Galen mit einem durchtriebenen Glitzern im Blick einen mächtigen Stoß, der ihn gegen Tadark prallen ließ, der wiederum hilflos hintenüber und in den Brunnen stürzte.

Das stürmische Gelächter, das daraufhin ausbrach, erregte die Aufmerksamkeit aller übrigen Gäste, die herbeieilten, um zu sehen, was passiert war. Kurz glaubte ich, Steldor und Galen würden ebenfalls ins Wasser taumeln, aber es gelang ihnen, sich auf den Beinen zu halten. Der arme Tadark spuckte und schimpfte und versuchte mit schamrotem Gesicht, aus dem Becken zu klettern. Er wollte diese peinliche Vorstellung so rasch als möglich beenden und rutschte vor lauter Eifer mehrmals ab und fiel wieder zurück ins Becken. Niemand kam ihm zu Hilfe, bis Steldor schließlich wieder bei Atem war und ihm seine Hand hinstreckte. Damit zog er den tropfenden Gardisten mit der gedrungenen Statur gerade in dem Moment heraus, als Cannan auf der Bildfläche erschien.

»Ihr seid für heute entlassen, Leutnant«, sagte er gleichmütig. »Begebt Euch in Euer Quartier.«

»Jawohl, Sir, danke, Sir«, quäkte Tadark kläglich und warf seinem Hauptmann einen dankbaren Blick zu, bevor er zurück zum Palast tappte. Seine Würde war dabei ebenso von Wasser durchtränkt wie seine Uniform und seine Stiefel.

Cannan sah Steldor und Galen missbilligend an, die beide wieder zu lachen begonnen hatten. Er schien zu wissen, dass die beiden dafür verantwortlich waren. Irgendetwas an seiner Haltung verriet jedoch, dass auch er sich amüsierte. Steldor reagierte mit einem verlegenen, aber nicht sehr reumütigen Grinsen.

Kopfschüttelnd machte Cannan sich auf den Weg, den anderen Gästen zu versichern, dass alles in Ordnung sei. Außerdem begann die Gruppe sich ohnehin aufzulösen. Galen schlug Steldor ein letztes Mal auf die Schulter, dann bot er Tiersia seinen Arm an. Als sie ihn annahm, schlugen die beiden einen der Gartenwege ein und entwischten ohne Anstandsdame. Miranna entschied offenbar, ihrem Beispiel zu folgen, und sprang erwartungsvoll zu Temerson hinüber. Dabei lächelte sie ihn mit rosigen Wangen überaus gewinnend an. Temersons Miene hellte sich auf, und er nahm sie bei der Hand, um dieselbe Richtung wie

Galen und Tiersia einzuschlagen. Halias folgte ihnen in angemessenem Abstand. Kurz bevor sie außer Sichtweite waren, zog Temerson eine kleine Schachtel aus der Tasche seiner Weste, und ich fragte mich, welches Geschenk er wohl für sie haben mochte.

Semari, Dahnath und Shaselle begaben sich zu ihren Müttern, wobei Dahnath ihre Schwester am Ärmel regelrecht von ihrem inzwischen königlichen Cousin fortziehen musste, denn offensichtlich hatte das junge Mädchen viel mehr Interesse an Steldor als am Geplauder der älteren Damen. London war mir erneut entwischt, indem er sich aus meinem Blickfeld gestohlen hatte. So blieb ich allein mit dem König zurück, der nur wenige Schritte von mir entfernt stand. Ich überlegte kurz, Semari und den beiden Schwestern zu folgen, aber inzwischen war schon zu viel Zeit vergangen, als dass es ungezwungen gewirkt hätte. Weil ich Steldors Blicke auf mir spürte, trat ich unbehaglich von einem Fuß auf den anderen und fragte mich, was er so eingehend musterte.

»Hört auf, mich so anzustarren«, beschwerte ich mich und schaffte es, eher verwirrt als verlegen zu klingen.

Er kam immer näher, ohne mich aus den Augen zu lassen, und mein Herz begann zu rasen. »Ich kann nicht«, sagte er sanft und streckte eine Hand aus, um mit einer meiner Locken zu spielen. »Dein Anblick raubt mir den Atem.«

Ohne eine Antwort von mir abzuwarten, ließ er nur noch einmal seine perfekten weißen Zähne aufblitzen und folgte dann seinem Vater und seinem Onkel. Für mich sah es so aus, als würde das einer der irritierendsten Abende meines Lebens werden.

Als Steldor beschloss, das Fest zu beenden, winkten er und ich unseren Gästen noch einmal zum Abschied zu, dann zogen wir uns zurück und begaben uns in unsere

Gemächer. Er betrat den Salon nach mir, und ich überlegte noch, etwas zu ihm zu sagen, doch als ich mich umdrehte, war er bereits in seiner Schlafkammer verschwunden. Verärgert erwog ich, an seiner Tür zu klopfen, aber ich wollte nicht, dass er falsche Schlüsse hinsichtlich meines Interesses zog. Also wartete ich einige Momente, um zu sehen, ob er aus eigenem Antrieb noch einmal meine Gesellschaft suchen würde. Dabei kam ich mir ziemlich dumm vor, wie ich so allein mitten im Raum stand. Während ich noch überlegte, ob ich mich setzen und weiter warten oder mich gleich in mein Schlafgemach zurückziehen sollte, kam er wieder heraus und hatte sich etwas weniger Festliches angezogen. Mit einem leichten Nicken in meine Richtung machte er Anstalten, zu gehen, und band sich seinen Schwertgürtel wieder um. In Gedanken zog ich denselben Schluss wie Miranna es kürzlich getan hatte – dass Steldor vielleicht die Gesellschaft anderer Frauen suchte, weil ich ihm meine nicht gewährte.

»Wohin geht Ihr?«, rief ich nervös.

»Warum kümmert Euch das?«, fragte er und klang ehrlich neugierig, während er bereits die Tür öffnete.

»Weil i-ich … ich nur an Euer Versprechen denken musste, in dem Ihr mir auch die körperliche Treue gelobt habt.« Verlegen biss ich mir auf die Lippe und hoffte, er würde überhaupt darauf eingehen. »Da kann ich einfach nicht anders als mich fragen, wessen Gesellschaft Ihr sucht.«

Er drehte sich langsam um und sah mir ins Gesicht. Ich schaute verlegen auf und war auf eine zornige oder zumindest ärgerliche Reaktion gefasst. Stattdessen schien meine Äußerung ihn zu belustigen.

»Dann sorgst du dich also tatsächlich um mein Seelenheil, ja?«, fragte er. Ich rang erneut um Worte, aber er winkte bereits ab. »Das musst du nicht. Meine Seele wird nicht in Gefahr sein, bis wir nicht das Lager geteilt haben. Der Vollzug ist eine der Bedingungen der Ehe, weißt du das noch?«

Ich verzog das Gesicht, heftete meinen Blick auf das Teppichmuster und wünschte, ich hätte das Thema gar nicht angeschnitten. Ein Moment lang herrschte Schweigen, dann spürte ich seine Hand unter meinem Kinn. Als ich den Kopf hob, gab er mir einen langen und sinnlichen Kuss. Sein bezaubernder Duft umfing mich, und ich hatte das Gefühl, den Boden unter den Füßen zu verlieren. Er ging jedoch seiner Wege, als wäre nicht das Geringste zwischen uns vorgefallen. Die unerwarteten Empfindungen – Lust und zugleich schreckliche Verwirrung –, die sein Kuss bei mir ausgelöst hatte, ließen mich in mein Schlafgemach taumeln, wo ich mich rasch zu Bett begab. In der Rückschau wirkte der ganze Abend surreal: Baelics Angebot, mit mir auszureiten, Alantonyas Fragen nach Narian, Londons ungewöhnliches Benehmen, Steldors Kompliment, die Liebe, die ich in seinem Kuss gespürt hatte, meine Reaktion auf seine Avancen. Ich lächelte verwirrt, denn auch wenn ich völlig erschöpft war, fürchtete ich, mein rastloser Verstand und mein verschrecktes Herz würden mich noch stundenlang wach halten.

7. VERBINDUNGEN

Es dauerte nicht lange, bis ich auf Baelics Angebot, mich zu einem Ausritt mitzunehmen, zurückkam. Nur eine Woche nach Mirannas Festessen ließ ich ihm durch einen Diener meine Bitte ausrichten. Schon eine Stunde später kehrte der Mann mit der Nachricht zurück, dass ich noch am selben Nachmittag in Baelics Stadthaus willkommen sei und, wenn es mir beliebte, auch zum Abendessen bleiben solle.

Ich genoss meinen Tag, weil ich nun etwas hatte, worauf ich mich freute. Miranna, meine süße Schwester, die mitunter so flatterhaft und wenig ernsthaft wirkte, die aber immer wieder erstaunlichen Tiefgang bewies, war mir ansonsten die liebste Gesellschaft. Aber in letzter Zeit hatte sie von nichts anderem mehr gesprochen als von dem Jungen, der nun offiziell um sie werben durfte. Daher hatte ich begonnen, mich nach anderen Konversationsthemen zu sehnen. Und da kamen mir Baelic und seine Familie als Abwechslung gerade recht.

Am frühen Nachmittag ließ ich im königlichen Marstall Bescheid geben, dass man eine Kutsche bereit machen und vor das Haupttor bringen solle. Dann verließ ich mein Arbeitszimmer und kehrte nur noch kurz in mein Schlafgemach zurück, um meine Garderobe zu überprüfen und mir einen leichten Reiseumhang mitzunehmen. Danach eilte ich aus dem Palast. Als ich den Hof überquerte, fand ich die Fliederbüsche in voller Blüte und herrlich duftend, was perfekt zu meiner gehobenen Stimmung passte. Auch das Laub der Bäume und das Gras erschienen mir besonders grün.

Doch als ich mich dem Tor näherte, stutzte ich. Der Stallmeister und ein Stallbursche waren in eine heftige Diskussion verwickelt und blickten mir schuldbewusst entgegen. Ich stöhnte innerlich auf, weil ich wusste, dass irgendetwas nicht in Ordnung war, aber ich weigerte mich, mir meine gute Laune oder gar den geplanten Ausflug verderben zu lassen.

»Warum sehe ich hier keine Kutsche?«, fragte ich, sobald ich bei den beiden angelangt war. Es ärgerte mich, dass man meiner Anordnung nicht Folge geleistet hatte.

Die Männer traten verlegen von einem Bein aufs andere und vermieden es, mich anzusehen. Schließlich ergriff der Stallmeister das Wort.

»Wir haben keine vorbereitet, Eure Hoheit.«

»Dann tut dies sofort, damit ich mich nicht verspäte, denn das ginge dann auf eure Kappe.«

»Ja, ich will es schon auf mich nehmen, aber ich kann nun mal keine Kutsche für Euch bereitstellen, Mylady.«

»Und warum das? Was sollte dem denn entgegenstehen?«

Der Stallmeister wand sich und wollte offenbar nicht mit der Sprache heraus. Nachdem ich ein ungeduldiges Brummen von mir gegeben hatte, lieferte der Stallbursche mir schließlich doch eine Erklärung.

»Der König hat befohlen, Euch ohne seine ausdrückliche Erlaubnis weder Pferd noch Kutsche auszuhändigen.«

Vor Erstaunen blieb mir der Mund offen stehen, dann begann ich vor Wut zu kochen. Die Männer sahen einander warnend an, dann trat der Stallbursche, der mir die schlechte Nachricht überbracht hatte, Schutz suchend hinter den Stallmeister.

»Einer von euch bringt meinem Onkel, Lord Baelic, eine Nachricht«, befahl ich irritiert. »Teil ihm mit, dass ich aufgehalten wurde, aber rechtzeitig zum Abendessen eintreffen werde. Und jetzt werde ich ein Wörtchen mit dem König reden.«

Ich stapfte in den Palast zurück und stürmte durch die vorderen Tore. Ohne ein Wort zu irgendjemand marschierte ich durch die Halle, das Vorzimmer und den Thronsaal, schnurstracks bis in das Studierzimmer meines Mannes, wo ich die Türen aufriss, ohne anzuklopfen.

Mein Gemahl schien von meinem unangekündigten Erscheinen nicht sonderlich überrascht. Er sah eher so aus, als würde ihm gleich ein unerwartetes Amüsement zuteil. Er saß an seinem Tisch, die Füße in den Stiefeln auf der Tischplatte, den Stuhl weit zurückgeschoben und schien lässig in ein paar Pergamentbögen zu lesen, die er in der Hand hielt. Seine einzige wahrnehmbare Reaktion waren die gehobenen Augenbrauen und ein ungemein breites Grinsen.

»Ihr seid unglaublich!«, fauchte ich mit in die Seiten gestemmten Händen, aber er schnitt mir das Wort ab, bevor ich richtig loslegen konnte.

»Das höre ich allenthalben«, sagte er und schaffte es, mich mit diesem einen kurzen Satz völlig zu entwaffnen. »Wenn du mir schmeicheln willst, solltest du dir etwas überlegen, das nicht praktisch jede beliebige Frau in Hytanica schon zu mir gesagt hat.«

Ich hatte ihn offenbar gut gelaunt erwischt und hätte vor Wut am liebsten geheult. Da stand ich, zornesrot, und versuchte, ihn zur Rechenschaft zu ziehen, und stattdessen kam er mir mit den Lobeshymnen, die andere Frauen auf ihn sangen.

»Meist flüstern sie mir das zwischen leidenschaftlichen Küssen zu oder in der Ekstase meiner Umarmung«, fuhr er fort und ignorierte meine wachsende Verlegenheit. »Aber wenn du mir unbedingt genau dieses Kompliment machen willst, dann bin ich bereit, willens und in der Lage, dir diese Erfahrung zuteilwerden zu lassen.« Er nahm langsam die Füße vom Tisch und erhob sich. Mit einer Handbewegung nach links fuhr er fort: »Hier hätten wir gleich ein Sofa, falls du nicht warten willst. Ich sorge für eine Lücke in meinem Terminkalender, dann könnten wir –«

»Hör auf! Das hat nichts mit dem Grund zu tun, aus dem ich hier bin. Hör sofort mit diesem Gerede auf!«

Er grinste verschmitzt. »Ich wüsste schon, wie du mich zum Schweigen bringen könntest.«

»Du bist erbärmlich! Und ich verlange, dass du auf der Stelle den Marstall darüber verständigst, dass ich eine Kutsche bekommen kann, wann immer ich es wünsche!«

»Aaah«, machte er und zog den Laut verstehend in die Länge, während er sich wieder auf seinem Stuhl niederließ und lässig zurücklehnte. »Dann wolltest du also irgendwohin, ja?«

»Ja, das wollte ich!«

»Ich meine mich zu erinnern, dass du mir fürderhin Bescheid geben wolltest, bevor du ausgehst.«

Obwohl ich seinen herablassenden Ton hasste, erinnerte ich mich dadurch zum ersten Mal daran, dass ich in der Tat versprochen hatte, ihn über meinen Verbleib in Kenntnis zu setzen, sobald ich den Palast verließe.

»Ich hatte beabsichtigt, bei einer Palastwache Nachricht zu hinterlassen«, log ich, weil ich meine Verfehlung nicht zugeben wollte und sein Handeln ohnehin viel kränkender fand als meines.

»Und hast du das getan?«

»Das spielt doch jetzt überhaupt keine Rolle!«, fauchte ich und stampfte mit dem Fuß auf. »Hier geht es um den Respekt, der mir als Königin gebührt!«

Mit einer skeptischen Neigung seines Kopfes wandte er sich wieder den Unterlagen auf seinem Schreibtisch zu, als wäre unsere Unterredung damit beendet, was mich zusätzlich kränkte.

»Ihr habt kein Recht, meine Autorität derart zu untergraben!«, rief ich mit gesteigerter Lautstärke. »Habt Ihr eine Ahnung davon, wie sehr Ihr mich damit gedemütigt habt? Was wird als Nächstes kommen – wollt Ihr dem gesamten Königreich befehlen, die Anordnungen der Königin zu ignorieren?«

»Natürlich nicht«, sagte er unschuldig und klang eine Spur gelangweilt, jetzt wo unser Schlagabtausch praktisch beendet war. »Ich werde sofort eine Wache in den Marstall schicken, die dem Stallmeister ausrichten soll, Euch zu geben, was immer Ihr verlangt.«

Seine Antwort setzte mich matt, und ich starrte ihn nur an, weil ich mit einer scharfen, arroganten Erwiderung gerechnet hatte.

»Wünschst du sonst noch etwas, meine Liebe?«

»Nein«, murmelte ich und obwohl mir nicht klar war, warum ich ihm eigentlich Dankbarkeit schulden sollte, fügte ich im Gehen auch noch ein »Danke« hinzu.

Steldor hielt Wort, und eine gute Stunde später traf ich in Begleitung des üblichen Kontingents an Wachen vor Baelics Stadthaus ein. Ich schickte einen der Männer, meine Ankunft zu vermelden, während ein anderer mir aus der Kutsche half.

Baelic kam sogleich aus seinem großen zweistöckigen Haus und bot mir, nachdem er sich höflich verbeugt hatte, seinen Arm an, um mich zum Haupteingang zu geleiten. Den erreichte man über eine Veranda. Darüber befand sich eine Galerie für Musiker. Ich vermutete, dass man von dieser in einen Festsaal für Bankette und andere Feierlichkeiten kam. Das massive Steinhaus bestand aus zwei Flügeln, die vom Mitteltrakt abgingen, und einem Holzdach. Die

Dächer der Seitenflügel standen rechtwinkelig zu dem des Haupttrakts.

Lania wartete neben dem Eingang und sank in einen tiefen Knicks, als ihr Gatte und ich näher kamen. Ihr glattes, hellbraunes Haar war mit einem Band zu einem tiefen Zopf gebunden. Die sommerliche weiße Bluse und der grüne Rock waren schlicht, aber adrett. Einige der Palastwachen, die mich eskortiert hatten, bezogen links und rechts vom Eingang Posten, andere begaben sich auf die Rückseite des Hauses. Stallburschen versorgten die Reittiere der Wachen. Mein Kutscher kümmerte sich um die schwarzen Friesenpferde und die königliche Kutsche. Er würde warten, bis er Nachricht bekäme, dass ich den Rückweg antreten wolle.

»Eure Hoheit«, sagte Lania respektvoll. »Bitte kommt doch herein. Der Tee wird gleich im Salon serviert.«

»Zuerst wollte ich ihr aber die Pferde zeigen«, sagte Baelic und hielt Lania auf, die mich soeben hineinführen wollte.

Ich war von diesem Vorschlag angetan, Lania offenbar weniger. Sie wandte sich mit einem ärgerlichen Seufzer an ihren Mann und reagierte verstimmt, wenn auch nicht überrascht.

»Du kannst die Königin doch nicht in unsere Scheune führen, Baelic.«

»Wenn dir das lieber wäre, könnte ich die Pferde auch ins Haus bringen«, erwiderte er und zwinkerte mir dabei zu.

»Das wirst du nicht tun!«

Lania schien ernstlich erschrocken, als würde sie ihrem Mann dergleichen tatsächlich zutrauen, aber ich konnte ihren weichen, haselnussbraunen Augen ansehen, dass sie sich trotzdem amüsierte.

»Ehrlich gesagt würde ich die Pferde wirklich gerne sehen«, schaltete ich mich ein, obwohl ich ihren Schlagabtausch unterhaltsam fand.

»Na, was habe ich dir gesagt? Ich wusste, dass sie Lust darauf haben würde«, sagte Baelic und bot mir erneut seinen Arm, um mich zum Stall zu führen. Ich willigte ein, als Lania uns noch einmal zurückhielt.

»Baelic ... vergiss nicht, dass es bald Zeit zum Abendessen ist.«

»Keine Sorge – ich werde mich nicht mehr schmutzig machen.«

Kopfschüttelnd verschwand Lania im Haus.

Baelics Scheune war groß genug für mehrere Pferde, wobei ich noch nicht wusste, wie viele Tiere er besaß. Die Pferde, die auf einer kleinen Koppel in der Nähe grasten, gehörten den Palastwachen, die durfte ich also nicht dazuzählen, aber vielleicht hatte er auch ein paar eigene in der Kaserne stehen. Beim befehlshabenden Kavallerieoffizier war das immerhin gut denkbar.

Das Tor des gemauerten Stalls ging auf und Baelic führte mich in den erfrischend kühlen Raum, wo es nach Leder und Heu duftete. Sobald meine Augen sich an das gedämpfte Licht gewöhnt hatten, das durch die Fenster an beiden Seiten hereinfiel, merkte ich, dass ich in einem sauberen Mittelgang stand, von dem fünf Boxen abgingen – drei auf der einen Seite und zwei sowie eine Sattelkammer auf der anderen. Am Ende des Ganges befand sich eine geschlossene Tür, die wohl in einen anderen Teil der Scheune führte.

Baelic steuerte schnurstracks auf die erste Box auf der linken Seite zu, wo eine große, kraftvolle, kastanienbraune Stute stand und Heu aus einem Korb rupfte. Ihr kräftiger Körper kam dabei perfekt zur Geltung. Sie schaute auf, als sie uns kommen hörte, ließ ein zufriedenes Schnauben hören und drehte sich uns zu, um uns zu begrüßen.

»Das ist Briar, mein Liebling«, sagte Baelic und streichelte Nase und Ohren der Stute. »Sie ist gerade fünf geworden.«

»Sie ist wunderschön«, sagte ich bewundernd.

»Nicht wahr?«

Baelic stützte die Unterarme oben auf die Tür zur Box, nah genug, sodass Briars Atem sein Haar zerzauste, das die gleiche Farbe hatte wie ihr Fell. Ich musste lachen und fragte mich, ob er das Versprechen vergessen hatte, das er seiner Frau gegeben hatte, oder ob er es schlicht ignorierte. Sein schelmisches Grinsen verriet mir die Antwort.

»Insgeheim mag sie den Geruch von Pferden. Sonst hätte sie mich wohl kaum geheiratet.«

Er ging zur nächsten Box und hob die Hand, als ich ihm folgen wollte.

»Vielleicht ist es besser, wenn Ihr hier vorne bleibt und ich die Pferde auf den Gang führe. Lania wird ohnehin böse auf mich sein, aber nicht auszudenken, wenn ich eine Königin mit zurückbrächte, die auch nach Pferd riecht.«

Ich fügte mich und Baelic ging um mich herum und in die Sattelkammer rechts von mir. Kurz darauf kam er mit einem Halfter in der Hand zurück. Als er in der Box hinter der von Briar verschwand, musste ich an den Unterschied zwischen Baelic, Cannan und Steldor denken, und schon kamen mir die Gedanken ungezügelt über die Lippen.

»Alle Männer aus Eurer Familie sind extrem verwirrend.«

Ich erstarrte, denn das war ziemlich unverblümt gewesen. Zum Glück antwortete Baelic mit lautem Gelächter.

»Ich glaube, ich bin doch tatsächlich gerade beleidigt worden.«

»Nein!«, versicherte ich ihm eilig und wurde dunkelrot. »So habe ich das nicht gemeint –«

Baelic trat auf den Gang hinaus und führte einen weizenblonden Wallach am Halfter, dessen Beine aussahen, als trüge er weiße Strümpfe.

»Das wäre fast ein Kompliment geworden, liebe Nichte, hättet Ihr mich nicht zu der Narrentruppe gezählt.«

»Ihr wollt demnach den König und den Hauptmann der Garde als Narrentruppe bezeichnen?«, fragte ich mit hochgezogenen Augenbrauen und erfreute mich an diesem respektlosen Humor.

Er zuckte mit den Schultern und tätschelte den edel gebogenen Hals des Pferdes. Auch wenn ich einige Schritte entfernt war, schien der Wallach in etwa die gleiche Größe zu haben wie Tadarks Pferd, auf dem ich damals reiten gelernt hatte. Ich hoffte, Baelic hätte ihn für mich ausgesucht.

»Das ist Alcander. Er ist mein sanftmütigstes Pferd, abgesehen von dem meines Sohnes Celdrid, doch das Tier wäre zu klein für Euch.«

Ich machte einen kleinen Schritt nach vorn, um das Pferd zu streicheln, da fiel mir Baelics Rat ein.

»Ihr könnt Euch beim nächsten Mal mit ihm bekannt machen«, versicherte Baelic mir, nachdem er mein Zögern richtig gedeutet hatte.

»Selbstverständlich. Es ist nur schwer, ihm zu widerstehen.«

»Womit wir wieder bei den Männern aus meiner Familie wären«, scherzte er und brachte Alcander zurück in seine Box. »Vielleicht kann ich Euch das eine oder andere erklären. Mit wem wollen wir anfangen?«

Er überquerte den Gang, um das nächste Tier zu holen, und sah mich mit einem offenen Lächeln an. Dies war nun die Gelegenheit, auf die ich gehofft hatte, aber ich zögerte trotzdem, weil ich Angst hatte, ihn zu kränken. Schnell zerstreute er meine Bedenken.

»Macht Euch keine Sorgen. Ich weiß sehr wohl, dass

mein Neffe kein Engel ist. Und meinen Bruder kenne ich in- und auswendig. Fragt also ruhig.«

»Dann also zu Steldor«, entschied ich und musste an die bizarre Begegnung denken, die ich kurz vor meinem Besuch mit ihm gehabt hatte. »Ich weiß, dass er ein beängstigendes Temperament besitzt und habe es auch schon ein-, zweimal zu spüren bekommen, ehrlich gesagt, hatte ich seinen Zorn da auch verdient. Dennoch hat er noch nie die Hand gegen mich erhoben.« Ich runzelte nachdenklich die Stirn, bevor ich hinzufügte: »Ich weiß, dass mein Vater nach einigen meiner Eskapaden ohne Zögern zum Riemen gegriffen hätte.«

Baelic war aus der Box getreten, lehnte sich an die Tür und widmete mir seine ganze Aufmerksamkeit. Ich fühlte mich zwar ein wenig einfältig, aber dies war tatsächlich eine Frage, die ich gerne beantwortet haben wollte.

»Das ist leicht erklärt. Wie der Vater, so der Sohn. Steldor wird dich nie schlagen, weil auch sein Vater ihn und seine Mutter nie geschlagen hat.«

»Cannan hat Steldor nie geschlagen?«, wiederholte ich staunend.

Körperliche Züchtigung war in Hytanica so verbreitet, dass ein Mann, der seine Frau und seine Kinder nicht gelegentlich schlug, als alt, schwächlich oder verrückt galt. Ich selbst hatte gelegentlich Schläge von meinem für seine Sanftmütigkeit berühmten Vater bekommen, daher fiel es mir schwer zu glauben, dass ein so harter und geachteter Soldat wie Cannan sich dieser Methode nie bedient haben sollte.

»Und das bedeutet nicht, dass Steldor sich immer perfekt betragen hätte. Von den meisten anderen Vätern hätte er sicher einige Prügel bezogen, aber Cannan hat nie die Hand gegen den Jungen erhoben. Und damit wären wir dann wohl bei meinem Bruder angelangt.«

»In der Tat. Warum hat er seinen Sohn denn niemals geschlagen?« Ich trat näher an Baelic heran, als könnte ich die Antwort von seinem Gesicht ablesen.

»Sagen wir mal so, unser Vater hat von dieser Erziehungsmethode zu großzügig Gebrauch gemacht, daher hat Cannan sich geweigert, mit seinem Sohn ebenso zu verfahren. Er fand andere Wege, um Ungehorsam zu ahnden, kreativere, aber meiner Ansicht nach genauso wirkungsvolle. Das heißt nicht, dass Cannan Steldor nicht manchmal am liebsten den Hals umgedreht hätte. Der Junge hat den einzigen Spitznamen, den Cannan ihm je gegeben hat, mehr als verdient.«

»Spitznamen?«, sagte ich neugierig und spitzte die Ohren.

»Ich bin mir nicht einmal sicher, ob Steldor selbst überhaupt davon weiß«, antwortete Baelic glucksend, »also sollte ich ihn Euch vielleicht gar nicht verraten.«

»Umso eher sollte ich ihn kennen«, erwiderte ich mit einem schelmischen Grinsen, das ihn davon überzeugen sollte, sein Wissen preiszugeben.

»Also gut, ich denke auch, Ihr solltet ihn kennen. Wenn sein Sohn außer Hörweite ist, dann nennt Cannan den Jungen manchmal Höll-dor.«

Ich lachte vor Begeisterung über diesen Wissensvorsprung und malte mir schon aus, wie ich ihn bei Gelegenheit nutzen würde.

Baelic zeigte mir noch die übrigen Pferde: Shaselles Fuchsstute, einen kleineren dunkelbraunen Wallach, der seinem Sohn Celdrid gehörte, und, nachdem er mich durch die Tür am Ende der Scheune geführt hatte, seinen preisgekrönten Hengst, der mit majestätischer Anmut umhertänzelte und seinen Kopf herumwarf. Das Tier war deutlich größer als Briar und besaß ein glänzendes Fell mit unregelmäßigen weißen und schwarzen Flecken, kräftige

Beine und einen kompakten, muskulösen Körper. Baelic musste mich gar nicht erst ermahnen, Abstand zu ihm zu halten, obwohl er selbst den Hals des königlichen Tieres ohne Scheu streichelte.

Auf dem Rückweg durch die Scheune besprachen wir die nötigen Vorkehrungen für einen neuerlichen Besuch, bei dem Baelic mich auf einen Ausritt mitnehmen würde, und verabredeten uns für einen Tag in zwei Wochen.

»Shaselle würde liebend gern mitkommen, falls Ihr nichts dagegen habt. Sie hat schon seit einiger Zeit keinen Ausritt mehr gemacht. Eigentlich seit die Cokyrier am Fluss stehen. Es wird unser erster Ausritt aufs Land seit Langem sein.«

»Ich habe durchaus nichts dagegen«, sagte ich begeistert von der Idee, mich mit einer jungen Frau anzufreunden, mit der mich so viele Interessen zu verbinden schienen. Dann schlug ich einen erstaunten Ton an. »Aber warum ist es denn auf einmal wieder möglich, die Stadt zu verlassen?«

»Die Cokyrier haben sich heute am frühen Morgen zurückgezogen«, erklärte er und warf mir einen eigenartigen Blick zu. »Ich dachte, Ihr hättet bereits davon gehört.«

Ich schüttelte den Kopf, dann musste ich lächeln, denn nun verstand ich, warum Steldor einerseits so gut gelaunt gewesen war und sich andererseits so wenig Sorgen bezüglich meiner Aktivitäten gemacht hatte. War es möglich, dass der Feind beschlossen hatte, uns in Frieden zu lassen? Dieser neue Hoffnungsschimmer sorgte dafür, dass ich beschwingter zum Haus zurückkehrte, wo Lania mich in der großen Halle erneut begrüßte – und Baelic mit tadelnder Miene empfing.

»Du riechst wie ein Pferd.«

»Genau genommen wie mehrere Pferde«, erwiderte er grinsend.

Mit einem Seufzer bedeutete sie ihm, sich umzuziehen, und sah wohlwollend zu, wie er die offene Treppe hinauflief, die den Eingangsbereich von der großen Halle dahinter trennte. Dann bat sie mich, ihr den Gang links hinunterzufolgen, und ich wusste schon dank der verlockenden Düfte, dass sich in diesem Flügel die Küche befinden musste.

Wir bogen in den ersten Raum ab, und ich betrat durch üppig verzierte Doppeltüren aus Kirschholz einen hellen, luftigen Salon, von dem aus man einen Blick auf den vorderen Hof des Hauses genoss. Ich bewunderte die Tapisserien an den Wänden und amüsierte mich über das allgegenwärtige Sujet Pferde: Manche weideten, andere wurden zugeritten, wieder andere trugen Soldaten in die Schlacht. Ich nahm auf einem Sofa unter einem der Fenster Platz, während Lania sich in einen Sessel setzte. Nach wenigen Augenblicken brachte uns eine Zofe Rosenblütentee. Wir tranken und plauderten, während wir auf Baelics Rückkehr warteten, und wurden bald so vertraut miteinander, dass ich sie bat, mich beim Namen zu nennen, statt die formelle Anrede ›Eure Hoheit‹ zu benutzen.

Nachdem Baelic wieder zu uns gestoßen war, erschien auch bald eine Zofe, um uns zu Tisch zu bitten. Lania trug ihr auf, die Kinder aus einem anderen Teil des Hauses zu holen. Kurze Zeit später betraten Shaselle, Tulara, Lesette, Ganya und Celdrid – mit seinen zehn Jahren der Jüngste und zugleich der einzige Sohn – das Speisezimmer. Die älteste Tochter Dahnath war außer Haus, offenbar war sie schon länger verabredet gewesen.

»Sie isst mit Lord Drael zu Abend«, erklärte Lania, nachdem sie bemerkt hatte, dass mein Blick auf den leeren Stuhl gefallen war.

»Ja«, rief Celdrid, als er sich auf seinen Stuhl fallen ließ, während seine Schwestern gesitteter Platz nahmen. »Und sie findet ihn schrecklich gut aussehend.«

Er tauschte einen schnellen Blick mit Lesette und Ganya, die ihm altersmäßig am nächsten standen, und die beiden begannen zu kichern. Ich musste auch lächeln, weil er Baelic im Aussehen und in seiner Art so sehr ähnelte.

»Seid still, ihr beiden«, mahnte Tulara, die mehr auf gutes Benehmen zu achten schien als Shaselle. »Lord Drael ist reich und angesehen, und ihr Mädchen könnt froh sein, wenn ihr eines Tages so einen Mann heiratet.«

»Und du kannst froh sein, wenn du eines Tages überhaupt heiratest«, murmelte Shaselle mit einem Grinsen, das für ihren Bruder bestimmt war.

Tulara schien einen Moment lang zu schmollen, doch als Reaktion auf Lanias finsteren Blick, nahm sie wieder eine damenhafte Haltung ein.

Im Verlauf des Abendessens genoss ich nicht nur das köstliche Essen, sondern auch die Wärme dieser glücklichen Familie. Im Stillen bewunderte ich das tiefe Einverständnis zwischen Baelic und Lania. Würden Steldor und ich jemals solche Nähe erfahren? Ich hielt das für ziemlich unwahrscheinlich. Noch unwahrscheinlicher war, dass ich jemals ein Kind von ihm austragen würde, ungeachtet der Notwendigkeit, einen Thronfolger hervorzubringen.

Bevor ich meine Kutsche bestieg, um mich nach Hause bringen zu lassen, dankte ich Lania und Baelic von Herzen und wurde ein weiteres Mal von meinem Onkel bezaubert, der mir zum Abschied ein Paket überreichte.

»Ich denke, das werdet Ihr brauchen können«, sagte er, zwinkerte mir zu und bedachte seine Frau mit einem Schulterzucken. Ich nahm das Paket in Empfang, dann fuhr ich zurück in den Palast und war mit meinem Ausflug hochzufrieden. Als ich beschwingt den Steinweg hinaufspazierte, der den Schlosshof in zwei Teile schneidet und bis zu den Eingangstoren führt, stieß ich beinahe mit dem soeben aufbrechenden London zusammen. Er war wie immer in sein braunes Lederwams gekleidet und mit einem Langmesser an jeder Hüfte bewaffnet. Allerdings trug er diesmal auch einen Bogen und einen Köcher mit Pfeilen bei sich.

»Bist du schon wieder unterwegs?«, scherzte ich und bemerkte den Sack auf seiner Schulter. »Woran mag das nur liegen, dass wir einen so guten Mann nicht halten können?«

»Ich vermag den Bergen einfach nicht zu widerstehen«, erwiderte er und fuhr sich mit einer Hand durch sein widerspenstiges silbergraues Haar. Doch trotz seiner ironischen Antwort wusste ich sogleich, dass etwas nicht in Ordnung war.

»Nach Cokyri?« Der scherzhafte Ton war auf einen Schlag aus meiner Stimme verschwunden. »Was ist passiert?«

»Die Cokyrier haben sich heute Morgen vom Fluss zurückgezogen.«

»Aber ist das denn keine gute –«

Die niederschmetternde Erkenntnis nahm mir fast den Atem. London musterte mich mit Sorge in seinen indigofarbenen Augen. Ihm schien klar, dass ich die Tragweite dieser Entwicklung begriffen hatte.

»Bedeutet das … bedeutete das, dass sie Narian haben?«

»Genau das will ich herausfinden. Aber wie auch immer, der cokyrische Rückzug bedeutet: Sie wissen, dass er nicht mehr in Hytanica ist, obwohl wir uns größte Mühe gegeben haben, diese Kleinigkeit vor ihnen zu verbergen. Falls sie ihn nicht schon haben, dann werden sie jetzt alle erdenklichen Anstrengungen unternehmen, um ihn zu fassen.« London verlagerte sein Gewicht so ungeduldig wie ein Pferd, das endlich loslaufen will. »Ich muss fort, Alera. Du weißt so gut wie jeder andere, was es bedeutet, wenn Narian wieder in der Hand des Overlord ist. Sollte er bereits in Cokyri sein, dürfen wir keinerlei Zeit verlieren, um uns bereit zu machen.«

Ich nickte mutlos, hielt ihn aber dennoch ein letztes Mal zurück, bevor er die Schwelle zum Hof überschritt.

»Du wirst doch zurückkehren, nicht wahr?«

»Hytanicas Schicksal hängt davon ab«, sagte er mit Entschlossenheit im Blick. »Also werde ich zurückkehren.«

8. Heimliches Vergnügen

Nachdem London den Palast mit dem Ziel Cokyri verlassen hatte, stieg ich die Prunktreppe hinauf, um mich in die Gemächer zu begeben, die ich mit Steldor teilte. Ich war ziemlich erschüttert und erwartete, allein zu sein. Seltsamerweise fand ich jedoch meinen Gemahl in einem Buch lesend auf dem Sofa ausgestreckt vor. Er schaute auf, als ich eintrat und grinste wieder dieses unverschämte Grinsen, das ich inzwischen schon so verabscheute.

»Alera, leistest du mir endlich doch Gesellschaft«, sagte er frech, setzte sich auf und ließ das Buch auf den Sofatisch fallen. »Da schaffe ich es endlich einmal zum Abendessen, nur um festzustellen, dass du nicht da bist. Kann ich denn zumindest annehmen, dass du den Tag in der Stadt genossen hast?«

»Ja, das habe ich.«

Ich versuchte, gleichmütig zu klingen, dabei machte mich seine Gegenwart ziemlich nervös. Warum war er plötzlich hier, nachdem er die Abende wochenlang außerhalb unserer Gemächer verbracht hatte?

»Soll ich etwas zu essen für Euch bringen lassen?«

»Ich habe schon gespeist, aber danke, dass du fragst«, erwiderte er höflich.

»Verstehe.«

Ich steuerte auf meine Schlafkammer zu und wollte der Situation entfliehen, doch da ließ Steldors Stimme mich innehalten.

»Und wer ist in den Genuss deiner Gesellschaft gekommen?«

Weil ich mir nicht sicher war, wie er es aufnehmen würde, dass ich den Abend mit seinem Onkel verbracht hatte, vermied ich eine Antwort und versuchte, das Thema zu wechseln.

»Ich möchte Euch nicht mit den Einzelheiten meiner gesellschaftlichen Aktivitäten langweilen. Sagt Ihr mir doch lieber, welcher besondere Anlass Euch den heutigen Abend zu Hause verbringen lässt.«

»Ich staune ja nicht darüber«, erwiderte Steldor sichtlich amüsiert, »dass du dich weigerst, die Details deines Lebens mit mir zu teilen, sondern darüber, dass du tatsächlich glaubst, diese vor mir verbergen zu können.«

Ich vermochte ihm nicht in die Augen zu sehen und wartete einfach ab, welche Richtung diese Unterhaltung wohl nehmen würde.

»Angesichts der Natur deiner Geheimnisse, die kürzlich ans Licht gekommen sind, befremdet mich das. Also Liebes, wirst du mir nun sagen, mit wem du den Nachmittag verbracht hast?«

Ich fühlte mich wieder einmal herabgesetzt. Aufgebracht hob ich den Blick zu ihm und schüttelte stur den Kopf. Er antwortete mit einem verächtlichen Lachen.

»Egal. Ich habe andere Wege herauszufinden, was ich wissen will – vielleicht über deinen Kutscher?«

Er musterte mich ungeheuer blasiert, und ich hasste seine geradezu unheimliche Fähigkeit, immer das letzte Wort zu haben.

»Um deine Frage von vorhin zu beantworten«, sagte er gedehnt, »die Cokyrier haben sich heute zurückgezogen und scheinen uns eine kurze Atempause zu gönnen. Ich dachte mir, die könnte ich nutzen und ein wenig Zeit mit meiner Frau genießen. Also komm und setz dich zu mir.«

»Gewährt mir einen Moment, um mich frisch zu machen, Mylord«, sagte ich und ging sogleich in mein Schlafgemach, um das Paket, das Baelic mir gegeben hatte, so schnell wie möglich vor Steldors neugierigem Blick zu verbergen.

Nach kurzer Zeit kehrte ich in den Salon zurück und war bei der Vorstellung, meinem Ehemann so nah zu sein, weniger eingeschüchtert als sonst, da die Dinge, die Baelic mir verraten hatte, ihn mir ein wenig vertrauter gemacht hatten. Dennoch behagte mir die Vorstellung, er könne versuchen, körperliche Nähe zu mir zu suchen, nach wie vor nicht. Daher beschloss ich, mich am äußersten Ende des Sofas niederzulassen.

Er schien sich sichtlich darüber zu amüsieren, sagte aber nichts, sondern nahm sein Buch vom Tisch und legte es in meine Hände.

»Ich hätte gerne, dass du mir vorliest«, sagte er und wirkte müde. Da kam mir zum ersten Mal der Gedanke, dass das Amt des Königs ihn auch Kraft kosten mochte. Üblicherweise wurden die Könige Hytanicas frühestens mit Ende zwanzig gekrönt, also war Steldor ungewöhnlich jung für die Last der Verantwortung. Genau genommen war er sogar der jüngste König, der je den Thron bestiegen hatte.

Ich warf einen Blick auf das Buch und hoffte, es würde nicht von Waffen oder Schlachten handeln. Da entdeckte ich, dass es eine Geschichte der Königsfamilie, meiner Familie, war. Ich schlug es auf, und er legte sich zurück, drehte sich aber so, dass sein Kopf mit geschlossenen Augen in meinem Schoß ruhte. Während ich las, schaute ich immer wieder auf seine hübschen Züge hinunter, auf sein dunkles Haar, das von seinen Schläfen zurückfiel und seine ausgeprägten Wangenknochen betonte. Sein Gesichtsausdruck war so friedlich, dass ich das Verlangen spürte, sein Haar und sein Gesicht zu streicheln, doch ich unterließ es, weil er eine solche Geste von meiner Seite sicher missverstanden hätte.

Ich las etwa eine Viertelstunde, dann schwieg ich, weil ich mir sicher war, er sei eingeschlafen. Doch er öffnete die Augen wieder und setzte sich auf. Dann musterte er mich eindringlich, und die Zärtlichkeit, die ich für ihn empfand, wurde von Angst durchdrungen, denn er war mir viel zu nahe.

Er streckte sich nach mir und drehte meinen Körper zu sich, während er mir in die Augen sah, dann strich er mit den Fingern einer Hand an meinem Kinn entlang. Mit derselben Hand fuhr er anschließend unter mein Haar und über meinen Nacken. Schließlich beugte er sich zu mir und küsste mich weich, sanft, süß, und ich spürte, wie ich den Kuss erwiderte. Er löste sich von mir, um mir ins Gesicht zu sehen, und spielte mit einer meiner Haarsträhnen.

»Du bringst mich um den Verstand, Alera«, sagte er heiser. »Deine Stimme, dein Duft, dein Aussehen, deine Art, dich zu bewegen … Ich wünsche mir mehr als alles andere, wirklich dein Mann zu sein und dich wirklich als meine Frau zu besitzen.«

Er beugte sich wieder zu mir und strich leicht mit seinen Lippen über meine, dann begann er, zärtlich meinen Hals und mein Dekolleté zu küssen, wobei er mir das Haar hinter die Schultern strich.

»Steldor, ich bin noch nicht so weit«, murmelte ich und konnte nur mit Mühe sprechen.

»Ich würde behutsam sein«, versprach er und fuhr mit der Erkundung meines Körpers durch seine Lippen fort.

»Bitte nicht«, sagte ich und musste die Worte regelrecht aus meiner wie zugeschnürten Kehle pressen. Widerstrebend ließ er von mir ab. »Noch nicht. Es tut mir leid.«

Seine erst von Enttäuschung, dann von Zurückweisung sprechende Miene machte mir zu schaffen, aber bevor ich noch etwas sagen konnte, seufzte er und stand auf.

»Ich werde noch etwas ausgehen. Aber fühl dich nicht bemüßigt, auf mich zu warten.«

Ich nickte, weil ich nichts darauf zu sagen wusste. Im Hinausgehen hielt er auf der Schwelle noch einmal inne, legte die Hand an den Türrahmen und sah mich sehnsüchtig an.

»Bedenke doch vielleicht die Möglichkeit, dass dir meine Berührung auch gefallen könnte«, sagte er fast fröhlich, doch er vermochte den Schmerz hinter seinen Worten nicht zu verbergen.

Als er gegangen war, überfiel mich eine unerklärliche Traurigkeit, gepaart mit Unbehagen. Wo mochte er hingehen und, was noch viel wichtiger war, zu wem?

Das Wetter änderte sich, als der Frühling in den Sommer überging, und wurde heißer und feuchter. Das Verhältnis zu meinem Gemahl blieb unverändert. Zu meinem Missfallen verschwand er an den meisten Abenden, blieb beunruhigend lange fort, und mit jedem Tag, der verging, machte ich mir mehr Sorgen über sein Treiben. Ich musste wissen, ob ich Grund zur Sorge hatte, und überlegte mir eine andere Strategie, um eine Antwort auf meine Frage zu bekommen. Wenn Steldor mir nicht sagen wollte, wo er hinging, dann würde ich jemand anderen fragen müssen. Und es war nicht schwer zu erraten, an wen ich mich wenden würde. Galen, dessen war ich mir sicher, wusste alles, was es über Steldor zu wissen gab.

Nachdem ich am nächsten Tag früh im Teesalon zu Mittag gegessen hatte, kehrte ich am Nachmittag in mein Arbeitszimmer zurück und ließ Galen die Nachricht zukommen, dass ich ihn, so rasch es ihm möglich wäre, zu sprechen wünschte. Ich versuchte, mich auf diverse Angelegenheiten der Haushaltsführung im Palast zu konzentrieren, während ich auf ihn wartete, doch mit meiner

Konzentrationsfähigkeit war es nicht weit her. Die Zweifel an Steldor und meine wachsende Sorge um London und Narian störten meine Gedanken. Es war später Nachmittag, als der Haushofmeister schließlich auf der Türschwelle erschien.

»Ihr wolltet mich sprechen, Eure Hoheit?«

Ich nickte und deutete auf einen Stuhl neben dem Sofa, auf dem ich bereits saß. Obwohl ich darauf brannte, eine Antwort auf meine Frage zu bekommen, scheute ich mich, das Thema anzuschneiden und unternahm zunächst einen unbeholfenen Versuch, Konversation zu machen, nachdem er sich zu mir gesellt hatte.

»Wie steht es dieser Tage um Euch und Tiersia?«

»Sehr gut«, sagte er mit einem freundlichen Lächeln. »Aber ich bezweifle, dass Ihr mich hergebeten habt, um mit mir über meine Verlobte zu sprechen.«

»Das war nicht der vordringliche Grund. Aber ich gratuliere trotzdem. Ich wusste nicht, dass Eure Beziehung schon so weit gediehen ist.«

»Danke sehr«, sagte er und sah mich neugierig an. »Nach der Farbe Eurer Wangen zu urteilen, würde ich schätzen, dass es etwas mit *Eurem* Gemahl zu tun hat. Also warum sagt Ihr mir nicht unumwunden, was Ihr tatsächlich auf dem Herzen habt?«

»Na gut.« Ich holte tief Luft, warf meinen Stolz über Bord und kam sogleich zur Sache. »Steldor verlässt mehrmals pro Woche spätabends unsere Gemächer, aber er mag mir nicht sagen, wohin er geht oder wen er trifft. Da Ihr sein bester Freund seid, könnt Ihr mir da vielleicht weiterhelfen.«

Galen überraschte mich mit seinem Gelächter. »Darf ich fragen, was er Euch über seine Aktivitäten erzählt hat?«

»Wie schon gesagt, sehr wenig. Und dass er so heimlich tut, veranlasst mich zur Sorge.«

»Was befürchtet Ihr denn, das er tun könnte?«

Wieder errötete ich und ließ meinen Blick verlegen durchs Zimmer schweifen. Fast bereute ich schon die Entscheidung, dieses peinliche Gespräch überhaupt gesucht zu haben, und halbwegs wünschte ich mir einen Cokyrier herbei, der durch das Erkerfenster hinter mir hereinstürzte, nur um die Situation zu beenden.

»Ich kann nicht umhin, mich zu fragen, ob er die Zeit mit einer anderen Frau verbringt«, gestand ich schließlich.

Wieder lachte Galen auf. »Hat er Euch das glauben gemacht?«

»Er hat es nicht so direkt gesagt«, erwiderte ich kleinlaut und rang die Hände in meinem Schoß. »Aber er weicht jedes Mal meinen Fragen aus, wenn ich das Thema anschneide.«

Galen wurde wieder ernst, und ich wusste, dass er mir ehrlich antworten würde.

»Nun, Ihr braucht Euch nicht zu sorgen. Steldor verbringt die Zeit mit mir oder anderen Kameraden. Wir spielen Karten oder würfeln und trinken natürlich ein wenig Bier. Oft treffen wir uns in der Kaserne, aber manchmal spielen wir beide auch in seinem Studierzimmer Schach.«

Eine Welle ungeheurer Erleichterung überfiel mich, und ich nickte dankbar.

»Mylady«, neckte Galen mich gutmütig, »Ihr scheint mit einem Mann verheiratet zu sein, dem es beliebt, Euch glauben zu machen, er sei ein Frauenheld, aber glaubt mir, das ist er nicht. Er liebt eine einzige Frau, die Ihresgleichen sucht, und hat das Interesse an allen anderen verloren. Ich habe noch nie einen Mann so verliebt gesehen.«

Mein Herz wurde ganz leicht, und meine Stimmung hob sich. »Ich denke, Tiersia sollte gut auf Euch achtgeben, denn ich fürchte um Eure Sicherheit, sobald andere Frauen Euren Charme entdecken.«

»Keine Sorge«, sagte er, und seine braunen Augen leuchteten dabei. »Das ist ein wohlgehütetes Geheimnis. Aber jetzt entschuldigt bitte, weil mich die Pflicht ruft, oder zumindest der Hauptmann.«

»Ja, natürlich, aber ich will Euch erst noch danken. Für Euer Kommen wie auch für Eure Bereitschaft, meine Fragen zu beantworten.«

»Ich freue mich, dass ich Euch zu Diensten sein konnte.« Er stand auf und vollführte eine weit ausholende Verbeugung, bevor er auf den Flur hinaustrat.

Als ich an diesem Abend das Speisezimmer der Familie betrat, fand ich auf dem üblicherweise leeren Stuhl neben mir meinen Gemahl vor. Seine Anwesenheit traf mich völlig unvorbereitet, aber dennoch aß ich gut gelaunt, da Galen mir eine große Sorge genommen hatte. Es war auch das erste Mal seit langer Zeit, dass ich eine Mahlzeit mit meiner ganzen Familie genoss: mit meinen Eltern, meiner Schwester und meinem Gemahl. Auch wenn mein Vater mir gegenüber immer noch reserviert war, so hatte sich seine Stimmung zumindest verbessert und sein fröhliches Naturell kam langsam wieder zum Vorschein. Wenn es mir gelang, die nagende Furcht vor der schlechten Neuigkeit, die London bringen mochte, auszuklammern, dann war ich eigentlich sogar ausgesprochen guter Dinge.

Als die Mahlzeit beendet war, schlüpfte Miranna durch die Seitentür, denn so gelangte sie am schnellsten in ihre Gemächer. Meine Eltern, Steldor und ich benutzten die gegenüberliegende Tür. Nachdem wir uns von meiner Mutter und meinem Vater verabschiedet hatten, die sich über die Wendeltreppe zu ihren Räumlichkeiten im zweiten Stock begaben, wandte ich mich in Richtung der königlichen Gemächer. Steldor ging dagegen weiter den Flur hinunter Richtung Prunktreppe.

»Wo willst du hin?«, fragte ich, ermutigt von dem Wissen, das ich Galen verdankte.

»Ich habe eine Verpflichtung«, erwiderte er und winkte provozierend lässig mit der Hand ungefähr in meine Richtung.

»Ich dachte, du hättest uns Gesellschaft geleistet, eben weil du keine Verpflichtung hast.«

Er blieb stehen und drehte sich zu mir um. »Na gut, wenn du es genau wissen willst, ich gehe, um mir anderweitig Entspannung zu verschaffen.« Er hob vielsagend eine Augenbraue, und ich hatte das Gefühl, dieses Spielchen nicht länger mit ansehen zu können.

»Ach, hör doch auf«, sagte ich und verdrehte die Augen. »Ich weiß, dass du nur mit Galen zusammen bist. Kein Wunder, dass dein Vater dich Höll-dor nennt.«

Er starrte mich kurz mit gerunzelter Stirn an und schien abschätzen zu wollen, was ich tatsächlich wusste.

»Mein Vater nennt mich nicht so«, versicherte er mir dann gekränkt, aber offenbar unfähig, meine erste Behauptung abzustreiten.

»Ach nein? Tut der das nicht?« Ich bemühte mich heftig, nicht loszulachen. »Vielleicht solltest du ihn einfach mal danach fragen.«

Steldor musterte mich prüfend, und ich konnte ihm ansehen, wie seine Zuversicht schwand. Ich lächelte zuckersüß und schlug die Augen nieder. Als er dann auf dem Absatz kehrtmachte und ohne ein weiteres Wort davonstapfte, wäre ich beinahe in schallendes Triumphgelächter ausgebrochen. Endlich hatte ich einmal die Oberhand behalten.

Einige Tage später, zog ich am Vormittag des Tages, den Baelic und ich verabredet hatten, die Hose an, die mein Onkel mir am Ende meines Besuchs in besagtem Päckchen in die Hand gedrückt hatte. Ich zog noch einen Rock darüber, steckte meine Haare zu einem Knoten auf und machte mich auf den Weg zum vorderen Tor, wo ich Baelics Ankunft erwarten wollte. Ich wünschte nicht, mit ihm von Steldor oder Cannan im Palast gesehen zu werden, denn ich war mir sicher, dass sie mein Vorhaben nicht gutgeheißen hätten.

Als Baelic eintraf, waren an seine Kutsche hinten zwei gesattelte Pferde gebunden: die hübsche dunkelbraune Stute Briar und die zierliche Fuchsstute, von der ich wusste, dass sie Shaselle gehörte. Celdrid ritt auf einem Wallach, der so dunkel war wie Briar und führte Alcander, den für mich bestimmten goldblonden Wallach, fertig gesattelt am Zügel mit sich.

Ich stieg zu Shaselle in die Kutsche. Sie trug eine Hose, die kein Rock kaschierte. Es dauerte nicht lange, bis wir uns bestens unterhielten, denn sie besaß ein ebenso gewinnendes Wesen wie ihre Mutter. Ich fragte sie, wohin wir führen und erhielt eine unerwartete Antwort.

»Zum Landgut meines Onkel Cannan. Es ist wunderschön, und außerdem wagt sich niemand auf das Anwesen des Hauptmannes, was es aus der Sicht meiner Mutter perfekt macht. Sie möchte ja nicht, dass mich jemand reiten sieht.«

Die angenehme Gesellschaft ließ unsere Fahrt wie im Flug vergehen. Kaum waren wir angekommen, öffnete Shaselle den Wagenschlag und sprang heraus, ohne Hilfe abzuwarten. Eilig begab sie sich zu den Pferden und band sie los. Ich zog meinen Rock aus, sodass ich nur noch die Hose und meine Bluse trug, und ließ mir von Baelic beim Aussteigen helfen.

Cannans Besitz war atemberaubend, selbst in verlassenem und brachliegendem Zustand. Er befand sich am Fluss, und zwar dort, wo der Recorah von Süden nach Westen abbiegt und so unser Reich von zwei Seiten begrenzt. Der malerische Ort war weiter von der cokyischen Bedrohung entfernt als Koranis' Gut. Das zweistöckige Landhaus zwischen turmhohen Eichen wirkte groß und weitläufig. Die Mauern an der Nordseite waren von Weinreben berankt. Neben dem Haupthaus gab es noch ein gemauertes Gästehaus, Holzhäuser für die Bediensteten sowie einen großen Stall und mehrere umzäunte Weiden.

Baelic spannte die Kutschpferde aus und entließ sie auf eine kleine Koppel, dann bestiegen wir vier unsere Reittiere. Mein Onkel führte uns in gemächlichem Trab über ein weites Feld und versuchte wahrscheinlich erst einmal, meine Fähigkeiten als Reiterin einzuschätzen. Doch Alcander erwies sich als sehr fügsam. Nachdem wir etwa eine Viertelstunde lang so dahingeritten waren, ließ Baelic sich neben mich zurückfallen, und dann trieben wir alle unsere Pferde zu einem leichten Galopp an, bei dem Shaselle und Celdrid jeweils außen neben uns ritten.

Erst als Baelic die Hand hob, um uns anzuzeigen, dass wir die Tiere nun im Schritt gehen lassen sollten, fiel mir auf, dass ich wahrscheinlich schon einmal auf diesem Besitz gewesen war. Je länger ich den Blick über die riesigen Felder schweifen ließ, desto sicherer wurde ich mir, dass das missratene Picknick im Jahr zuvor mit Steldor, Miranna und Temerson irgendwo in dieser Gegend stattgefunden haben musste. Schließlich hatte mein Vater den Ort dafür sorgsam gewählt. Und welches Ziel hätte sich für die Prinzessinnen und ihre Eskorte besser geeignet als ein wundervolles Anwesen, das einer der Männer wie seine Westentasche kannte?

Zu meiner Freude verging der Großteil des Vormittags mit Baelics Anekdoten über Steldors Streiche als Kind. Die Geschichten sorgten für großes Gelächter, und ich hoffte, dass, falls ich jemals Kinder von Steldor bekäme, diese nach mir geraten würden, denn er war ein wirklich übermütiges Kind gewesen. Wenn man Baelic von seinem Neffen sprechen hörte, spürte man aber sowohl seine Zuneigung als auch eine gehörige Portion Stolz auf ihn.

Wir ritten noch etwa eineinhalb Stunden, bevor wir zum Gutshaus zurückkehrten, wo wir uns wuschen und im Schatten einer der Eichen picknickten. Als die Sonne begann, sich dem westlichen Horizont zu nähern, rüsteten wir uns für den Heimweg, und ich zog meinen Rock wieder an.

Als wir am späten Nachmittag wieder im Palast eintrafen, bot Baelic an, mich noch über den Innenhof zu begleiten, doch ich lehnte ab, weil ich nach wie vor lieber nicht mit ihm gesehen werden wollte. Normalerweise hätte ich schließlich nur über Steldor Kontakt zu meinem Onkel gepflegt, und ich wollte nicht, dass irgendwelche Fragen hinsichtlich unseres Verhältnisses aufkämen. Vor allem weil ich mir sicher war, dass mein Gemahl meinen Zeitvertreib nicht gutheißen würde.

Müde, aber glücklich trat ich durch die Vordertore und wollte mich sogleich die Prunktreppe hinaufbegeben, als Steldor aus dem Vorzimmer trat. Er musterte mich einen Moment lang, dann machte er eine Bemerkung, die unter anderen Umständen schrecklich unhöflich gewesen wäre, in diesem Fall jedoch zutraf.

»Ich glaube, du riechst wie ein Pferd.«

»Nur ein neues Parfum«, gab ich leichthin zurück und beeilte mich ein paar Stufen hinauf, von denen es hoffentlich nicht zu ihm hinunterzog.

»Ich glaube, da bevorzuge ich den Duft von Seife«, erwiderte er mit gehobener Augenbraue.

»Dann rieche ich sonst also nach Seife?«, fragte ich und war mir nicht sicher, ob ich gekränkt sein sollte.

»Gegen den Geruch von Seife ist ja wohl nichts einzuwenden«, sagte er ungeduldig. »Das ist ein ansprechender, sauberer Duft. Aber wenn das hier deine Vorstellung von einem Parfum ist, dann werde ich wohl auch auf diesem Gebiet für dich Entscheidungen treffen müssen.«

Nach einem letzten irritierten Blick auf mich ging er in Begleitung von zwei Elitegardisten nach draußen, während ich meinen Weg zu unseren Gemächern fortsetzte. Eigentlich hätte ich wütend über seine anmaßende Behauptung sein müssen, ein Parfum besser als ich aussuchen zu können, aber ich war stattdessen dankbar, dass er schließlich doch von dem Thema abgelassen hatte. Mit einem Grinsen schwor ich mir, von nun an nach dem Reiten mehr Zeit auf das Waschen zu verwenden.

Die nächsten Wochen verliefen ziemlich angenehm, da ich meinen alltäglichen Pflichten wieder nachkam und auch mehr über Steldor erfuhr. Er pflegte, früh aufzustehen und sich als Erstes mit Cannan zu treffen, um Berichte von Kundschaftern, Sicherheitsfragen und die Verteidigung des Königreiches zu besprechen. Danach konferierte er noch mit anderen Beratern und kümmerte sich um die tagtäglichen Angelegenheiten, die es im Palast zu regeln galt. Nach dem Mittagessen hielt er Audienzen und hörte sich Petitionen der Bürgerschaft an. Anschließend erschienen die Schreiber, um alle nötigen Briefe, Kundmachungen und Dekrete zu verfassen. Am Spätnachmittag verließ er oft auf seinem grauen Hengst die Stadt, meist in Begleitung von Galen und stets mit einem Kontingent an Wachen. Er besuchte die Besitzungen der königlichen Familie, inspizierte die Kaserne oder die Truppen und ging gelegentlich auch zur Jagd. Ich hatte allerdings das Gefühl, dass einige dieser Aktivitäten nur eine Ausrede waren, um kurzzeitig den Anforderungen seines Amtes zu entgehen. Als Offizier war er sehr viel unterwegs gewesen, und zweifellos fühlte er sich von den zahlreichen Besprechungen und administrativen Angelegenheiten, die er zu regeln hatte, eingeengt. Im Allgemeinen kehrte er erst am Abend in den Palast zurück, aß nach mir und meiner Familie zu Abend, kam danach in unsere Gemächer, zog sich um und ging wieder. Offen gestanden sah ich ihn also nicht gerade oft, doch vorläufig schien das uns beiden zu genügen.

Trotz der Sommerhitze ritt ich im Lauf des Julis noch zweimal mit Baelic, Shaselle und Celdrid aus. Wir nutzten wieder Cannans Anwesen, und langsam gewann ich den Eindruck, meinen Gemahl besser durch Baelics Geschichte kennenzulernen als durch Zeit, die ich mit ihm verbracht hatte. Erstaunlicherweise war meine größte Sorge, dass wir uns eines Tages zufällig begegnen würden. Ich konnte mir vorstellen, wie Steldor nachmittags ausritt und uns auf dem Rückweg traf. Ich versuchte mir auszumalen, wie so eine Begegnung verlaufen könnte, kam jedoch immer wieder zu dem Schluss, dass, wenn irgendjemand in einer solchen Situation mit Steldor umgehen könnte, das Baelic war. Auf alle Fälle genoss ich das heimliche Vergnügen des Reitens viel zu sehr, um es aufzugeben, auch wenn ich Gefahr lief, ertappt zu werden. Außerdem bereitete es mir eine größere Genugtuung als eigentlich angemessen, dass ich etwas tat, das mein Ehemann missbilligt hätte.

9. Eine rosafarbene Rose

»Alera!«

Eine erregte Stimme hielt mich zurück, als ich gerade meinen Salon betreten wollte. Ich drehte mich um und sah Miranna an der Ecke unmittelbar vor ihren Gemächern stehen und mich zu sich winken. Ich ging den langen Flur zu ihr und fühlte mich nach meinen ersten nachmittäglichen Ausritten mit Baelic in diesem Monat ein wenig steif. Eigentlich sehnte ich mich nach einem heißen Bad. Ich nickte Halias zu, der ebenfalls auf dem Gang stand, und ließ mich sodann von meiner Schwester über die Schwelle ziehen. Ihre rosigen Wangen zeugten von ihrer großen Aufregung.

»Du bist ja ganz aus dem Häuschen heute«, bemerkte ich, als sie aufs Sofa zusteuerte und mich mit sich zog.

»Das bin ich, ganz schrecklich sogar, unglaublich aufgeregt!«, keuchte sie, als wir beide saßen, sie meine Hände ergriff und vor lauter Nervosität fast auf und ab sprang.

»Das sieht man«, meinte ich lachend. »Möchtest du mir vielleicht den Grund dafür verraten?«

»Das möchte ich ja so gern, aber ich soll niemand etwas davon verraten. Wenn ich es dir also sage, musst du mir versprechen, keiner Menschenseele auch nur ein Sterbenswörtchen zu berichten!«

»Das verspreche ich dir. Also, worum geht's?«

»Um Temerson! Er will mich heute Abend in der Kapelle treffen. Ich denke, dass er mir vielleicht einen Heiratsantrag machen will!«

Ich schnappte nach Luft, wenn auch eher, um ihrer Erwartung gerecht zu werden, als vor Schreck. Daraufhin klatschte sie erfreut in die Hände.

»Ich soll ihn gleich nach Sonnenuntergang treffen. Und er möchte, dass ich allein komme, was es ja noch viel romantischer macht. Ach, Alera, ich habe schon seit meinem Geburtstag das Gefühl, dass er mich etwas fragen will, und heute Abend werde ich endlich erfahren, was!«

Ich lächelte übers ganze Gesicht, denn ihre Vorfreude war ansteckend. Dann fiel mir ein mögliches Hindernis ein.

»Aber was ist mit Halias? Er wird dich sicher nicht allein gehen lassen.«

»Ich muss aber ohne ihn gehen. Temerson würde vor Halias nie etwas so Wichtiges und Persönliches sagen!«

»Ganz bestimmt nicht«, pflichtete ich ihr bei und versuchte mir vorzustellen, wie der schüchterne junge Mann in Anwesenheit eines Elitegardisten seinen Antrag stotterte. »Aber wie willst du ihn abschütteln? Und selbst wenn dir das gelingen sollte, dann wird eine der Nachtwachen des Palasts darauf beharren, dich zu begleiten.«

»Ich habe einen Plan«, sagte sie mit einem verschlagenen Grinsen. »Ich werde Halias einfach sagen, dass ich früh zu Bett gehen will, und ihn entlassen, bevor die Nachtwache ihren Dienst antritt. Dann begebe ich mich sogleich in die Kapelle und warte dort auf meinen Liebsten.« Sie seufzte, dann presste sie die Hände auf ihr Herz und sah verträumt drein. »Habe ich dir schon erzählt, dass er mir mit der Nachricht, die Ryla mir überbracht hat, eine rosafarbene Rose geschickt hat? Er weiß, dass das meine Lieblingsblumen sind. Das ist so süß von ihm, findest du nicht auch?«

»Ja, das ist es«, stimmte ich ihr bereitwillig zu, doch dann konnte ich es nicht lassen, sie ein wenig zu necken. »Hast du dir denn schon überlegt, was du ihm antworten willst?«

»Ich werde natürlich Ja sagen!«, rief sie geradezu entrüstet aus.

»Dann werde ich heute Abend lange aufbleiben. Du musst ganz leise in meine Gemächer kommen, sobald du Temerson verlassen hast, und mir alles genau erzählen.«

Sie nickte heftig. »Das werde ich, und dann können wir gleich beginnen, die Hochzeit zu besprechen!«

Es war leicht, sich von ihrer Begeisterung anstecken zu lassen, doch mir fiel noch etwas anderes ein, als ich in ihr strahlendes Gesicht sah.

»Mira … Sei aber bitte nicht zu enttäuscht, wenn er dir keinen Antrag macht. Vielleicht will er dir einfach nur ein Geschenk geben.«

»Ach, red doch keinen Unsinn«, erwiderte sie und drückte mir beruhigend die Hand. »Er hat mir doch schon zum Geburtstag ein wunderschönes Medaillon mit einem Vergissmeinnicht geschenkt. Also besteht keine Notwendigkeit für ein Geschenk.« Sie sprang auf und ihre Augen glitzerten. »Und wenn schon, falls er es nicht tut, dann mach *ich ihm* einfach einen Antrag!«

Wir brachen in Gelächter aus, auch wenn ich mir nicht ganz sicher war, ob Miranna tatsächlich scherzte.

Nachdem ich an diesem Abend gebadet und mich umgezogen hatte, setzte ich mich in einen Sessel in meinem Salon und war ganz unruhig. War Mirannas Plan, die Wachen auszutricksen, aufgegangen? War Temerson erschienen? Und was hatten sie nun wirklich besprochen?

Steldor war unterwegs, und ich erwartete ihn auch nicht so bald zurück. Als die Sterne am sich verdunkelnden Himmel erschienen, war ich mir sogar ziemlich sicher, dass er die ganze Nacht ausbleiben würde, was mir nur recht war. Ich lief im Zimmer auf und ab und war so kribbelig vor Aufregung, dass ich kaum stillsitzen konnte. Temerson musste ihr einen Heiratsantrag gemacht haben, sonst hätte Miranna schon längst zurück sein müssen. Ich erwog sogar, Steldors Schlafgemach einen Besuch abzustatten, um mich zu zerstreuen. Ich war auch neugierig, ob ich dort noch mehr über meinen Gemahl erfahren würde. Daher blieb ich nach meiner dritten Runde durch den Raum vor der Tür stehen. Genau in diesem Moment öffnete jemand die Tür zum Salon und ich fuhr herum.

»Mira –«

Doch das war nicht Miranna, die auf der Schwelle stand, und ich klappte meinen Mund zu. Dann spürte ich, wie ich flammend rot wurde.

»Was tust du denn da?«, fragte Steldor und seine Augen verengten sich, weil er sah, wo ich stand.

»Ich bin auf und ab gegangen«, sagte ich ehrlich und fand, das war ein hinreichender Grund dafür, dass ich so nah an seiner Schlafzimmertür stand.

»Verstehe.«

Er nahm seinen Schwertgürtel ab und hängte seine Waffen an ihren angestammten Platz über dem Kamin. Dann musterte er mich misstrauisch, zog sein Wams aus und warf es auf einen Sessel.

»Warum bist du denn immer noch auf? Es ist doch schon fast Mitternacht.«

»Ich schätze, ich bin einfach noch nicht müde«, erwiderte ich ausweichend und fingerte an den Falten meines Rockes herum. »Aber wie auch immer, ich bin jedenfalls davon ausgegangen, dass der Salon uns beiden gehört. Daher dachte ich, ich könnte ihn ungeachtet der Uhrzeit nach Belieben benutzen.«

»Das stimmt natürlich. Vielleicht bleibe ich auch noch auf und leiste dir Gesellschaft.«

Ich zuckte zusammen, denn dieses Problem hätte ich vorhersehen müssen. Falls Miranna kam, während Steldor noch wach war, würde er wissen, dass ich nicht ehrlich zu ihm gewesen war. Seine Bemerkung nach meinem ersten Besuch bei Baelic, dass ich versuchen würde, Dinge vor ihm zu verheimlichen, klang mir noch in den Ohren. Ich befürchtete, dass er das zu den Gründen zählen würde, warum mir nicht zu trauen sei. Trotzdem wollte ich nicht mit ihm reden. Denn wenn Halias oder mein Vater herausfänden, was Miranna getan hatte, dann bekäme sie ernstliche Schwierigkeiten.

»Ihr hattet bestimmt einen langen Tag, Mylord«, stellte ich sanft fest. »Es ist auch nicht nötig, dass Ihr mir Gesellschaft leistet.«

Steldor warf mir einen verschlagenen Blick zu, während er sich auf das Sofa setzte und die Füße auf den niedrigen Tisch legte. »Nötig sicher nicht, aber Ihr seid so selten auf, wenn ich zurückkehre, da will ich die Gelegenheit, Eure Gesellschaft zu genießen, nicht versäumen.«

Ich biss mir auf die Lippe und sann auf einen Ausweg, während das Schweigen zwischen uns immer länger wurde.

»In Anbetracht der späten Stunde«, erwiderte ich schließlich und war mir des forschenden Blicks aus seinen dunklen Augen mehr als bewusst, »werde ich mich nun wohl doch zur Ruhe begeben. Ich wünsche Euch eine gute Nacht.«

Dann zog ich mich in mein Schlafgemach zurück und hoffte, er würde es mir gleichtun. Ich war mir sicher, dass er nur aufgeblieben war, um mich zu verunsichern, denn er wirkte ziemlich erschöpft. Ich schloss meine Tür, wartete und lauschte, bis ich ihn in sein Zimmer gehen hörte. Ich ließ ein wenig Zeit vergehen, dann öffnete ich langsam die Tür und sah zum Sofa hinüber. Als ich dort niemand sitzen sah, schlich ich mich zurück.

»Funktionieren solche Tricks bei anderen Leuten?«

Ich zuckte vor Schreck zusammen und fuhr herum. Da sah ich Steldor rechts von mir an der Wand lehnen. Diesmal glühte mein ganzer Körper vor Verlegenheit, zum einen weil ich geglaubt hatte, ihn erfolgreich hereingelegt zu haben, zum anderen weil seine Stimme mich dermaßen erschreckt hatte.

Er kam auf mich zu und hob mit seinem Zeigefinger mein Kinn an, sodass ich seinem forschenden Blick begegnen musste.

»Warum sagst du mir nicht, was tatsächlich los ist?«

Verärgert und gekränkt von seinem überheblichen Ton entzog ich mich ihm und wich ein paar Schritte zurück.

»Ich warte auf Miranna«, gab ich zu und begab mich zu einem cremefarbenen Brokatsessel neben dem Sofa, während ich ihm unentwegt bitterböse Blicke zuwarf.

Er folgte mir, trat hinter die Lehne des Sessels und begann mit meinem Haar zu spielen, das mir über den Rücken fiel.

»Und *warum* wartest du hier auf sie?«

Ich schnaubte, stand wieder auf und entzog ihm mein Haar. »Sie trifft sich mit Temerson in der Kapelle.«

Er sah mich erwartungsvoll an, schien unseren Schlagabtausch sichtlich zu genießen und ließ seine Hände auf der Lehne ruhen: »Und aus welchem Grund?«

»Er hat ihr über ihre Zofe eine Nachricht zukommen lassen, in der er sie bat, ihn heute Abend zu treffen. Alles sehr romantisch und geheimnisvoll – sie glaubt, dass er ihr einen Heiratsantrag machen will.«

Auch wenn ich ihm am liebsten gesagt hätte, dass ihn das nichts anging, hoffte ich, dass er mich nach einem schlichten Geständnis in Frieden ließe. Stattdessen änderte sich seine Miene, und er wirkte nicht mehr amüsiert, sondern angespannt.

Mit den Händen stieß er sich von der Rückenlehne ab und musterte mich misstrauisch. »Und wie wollte Temerson in den Palast gelangen?«

»Ich weiß nicht. Darüber habe ich nicht nachgedacht. Er muss wohl irgendeinen Weg gefunden haben.«

»Ist Halias bei ihr?«, fragte Steldor, und ich runzelte die Stirn, weil ich sein angespanntes Insistieren nicht verstand.

»Nein, Temerson hat ihr ausrichten lassen, sie solle allein kommen. Bitte sag Halias nichts davon, Miranna wollte doch nur –«

»In der Kapelle sagst du?« Die Dringlichkeit in seiner Stimme erschreckte mich, und ich nickte ängstlich, obwohl ich nicht einmal wusste, was ich fürchtete.

Steldor packte sich sein Schwert und den Dolch, band sich seinen Waffengurt um und stürmte zur Tür des Salons. Er stieß sie weit auf, schrie »Wachen!« und begann den Gang in Richtung Prunktreppe hinunterzulaufen.

Ich stürmte ihm nach und wurde von vier oder fünf Männern überholt, die seinen Ruf gehört hatten. Ich erreichte den Treppenabsatz, als Steldor schon die letzte Stufe in die Große Eingangshalle hinuntersprang.

»Warte!«, rief ich und stürzte ihm nach. Er blieb kurz am Wachzimmer stehen, von dem aus man zu Cannans Dienstzimmer kam, um noch mehr Soldaten mitzunehmen. Dort erwischte ich ihn am Arm.

»Wo willst du hin?«, versuchte ich es erneut. Meine Stimme hatte bereits einen verzweifelten Unterton. Er riss sich von mir los und antwortete nicht. Dann setzte er seinen Weg in den Ostflügel zur hölzernen Doppeltür der Kapelle am Ende des Ganges fort. Ein paar Elitegardisten, die der Aufruhr geweckt hatte, eilten vom nördlichen Flur, der zu ihren Wohnquartieren führte, zu uns. Unter ihnen war auch Destari, der sich zu mir durchdrängelte.

Steldor blieb vor der Tür stehen und zog sein Schwert, dann nickte er den Umstehenden zu. Die zogen daraufhin ebenfalls ihre Waffen. Er griff nach dem Riegel, drückte gegen das Holz der Tür, doch die rührte sich nicht.

»Von innen verbarrikadiert«, murmelte eine Wache, und Steldor begann Leute heranzuwinken, um sie aufzubrechen. Das Geräusch von splitterndem Holz erfüllte die Luft, bis ein beherzter Tritt des Königs die Tür nach innen aufspringen ließ. Dabei brach das Holz, das sie blockiert hatte. Die Kapelle lag fast komplett im Dunkeln wie verbotenes Terrain vor uns. Miranna konnte hier nicht sein und Temerson auch nicht. Nicht ohne das Licht einer Laterne oder Kerze. Übelkeit überkam mich, aber noch mischte meine Vernunft sich ein. Vielleicht waren sie hier gewesen, aber inzwischen wieder fort. Zu einem Spaziergang im Mondschein. Der Zugang zum östlichen Innenhof war ganz nah – vielleicht hatten sie beschlossen, die erfrischende Abendluft zu genießen.

Ich trat näher zu Steldor, der auf der Schwelle stehen geblieben war und wartete, dass man ihm eine Fackel reichte. Eigentlich wollte ich ihm sagen, dass er sich keine Sorgen machen solle, doch dann erstarrte ich, als ich auf einmal diesen durchdringenden metallischen Geruch wahrnahm. Ich hielt mir eine Hand vor Mund und Nase.

»Was ist das?«, stotterte ich, blinzelte in die Dunkelheit und spürte, wie Übelkeit mich überfiel.

Bevor Steldor antworten konnte, wurde draußen eine Wolke weitergetrieben und ließ den Mond durch das Buntglasfenster scheinen. So fiel blassbuntes Licht auf die Szenerie. Mit dem Gesicht nach unten lag im Gang zwischen den Bänken in einer dunklen Pfütze, die sich auf dem blaugrauen Stein wie ein unheimlicher Feind ausnahm, eine Gestalt. Die Gliedmaßen waren eigenartig verdreht, der ganze Körper zu starr, um noch lebendig zu sein.

Ein Schmerzensschrei entrang sich meiner Kehle, und das Bild vor mir verschwamm, als würde Nebel meinen Blick verschleiern. Meine Knie gaben nach, aber Steldors starke Arme umfingen mich in der Taille und hoben mich auf. Der Raum wurde wieder schärfer erkennbar, und ich sah, dass der hölzerne Altar zerschlagen war und überall Holztrümmer herumlagen. Auch das zerbrochene Kreuz entdeckte ich am Boden. Mein Blick senkte sich wieder auf den Stein, ich nahm die zähflüssige Textur des Blutes wahr, den seltsam verdrehten Hals, aus dem es geflossen war, den eisigen Hauch des Todes.

»Miranna …«, röchelte ich.

»Nimm sie«, sagte Steldor zu jemand, aber ich wehrte mich gegen meinen Gemahl, weil ich zu meiner Schwester wollte.

»Sieh mich an«, sagte er daraufhin streng und drehte mich vom Schauplatz weg. »Das ist nicht deine Schwester. Und jetzt musst du Platz machen.«

Destari trat vor und erleuchtete das Innere der Kapelle mit einer Fackel. Da bemerkte auch ich das dünne weiße Haar, das den Kopf des Opfers bedeckte, und das Priestergewand. Erleichterung versetzt mit Schuldbewusstsein überkam mich, denn hier war zwar ein Leben ausgelöscht worden, aber nicht das mir teuerste.

Nachdem ich mich wieder ein wenig gefangen hatte und Steldor mich soeben in die Obhut einer Palastwache geben wollte, nahm mir ein neuer Schrecken den Atem. Der entweihte Altar war nicht zufällig zerstört worden – es gab dort einen Tunnel. Ich wollte in den hinteren Teil der Kapelle stürzen, doch Steldor hielt mich fest.

»Wo ist meine Schwester?«, kreischte ich und Tränen schnürten mir die Kehle zu.

Zwischen meinen Schluchzern hörte ich Steldors kurze Anweisungen.

»Schickt nach meinem Vater und Galen. Trommelt alle verfügbaren Wachen zusammen und durchkämmt alles, um die Eindringlinge zu finden. Durchsucht auch den

Marstall, vielleicht können wir sie da noch aufspüren. Und läutet die Glocke, damit die Stadt abgeriegelt wird.«

Ohne Umschweife schob Steldor mich zu einer Wache hin und drang tiefer in die Kapelle vor, begleitet von Destari und einigen weiteren Männern. Alle stiegen über den Leichnam hinweg. Weil ihm schnelles Handeln offenbar wichtiger war als seine eigene Sicherheit, schob mein Gemahl sein Schwert in die Scheide zurück, näherte sich rasch dem Altar und machte Anstalten, in das daneben gähnende Loch zu springen. Destari packte ihn an der Schulter, um ihn zurückzuhalten. Wenigstens einer also, der daran dachte, dass der König sich nicht unnötig in Gefahr begeben sollte. Steldor schien das einzusehen und bedeutete einigen Wachmännern, in den Tunnel zu steigen. Dann kam er in Richtung Gang zurück, und ich spürte es kaum, als er mich wieder in seine Arme nahm und mir die Sicht auf den ermordeten Priester und den Eingang zum Tunnel versperrte, durch den die Cokyrier – wie auch immer es ihnen gelungen war, in den Palast einzudringen – Miranna verschleppt hatten.

Der Hauptmann und der Haushofmeister waren schon zur Stelle und bereits über die Entführung informiert, auch wenn ich bezweifelte, dass sie viele Details kannten. Cannan nahm Steldor und mich sowie Galen und Destari zur Lagebesprechung mit in sein Wachzimmer. Er setzte sich hinter den Schreibtisch, Galen und Destari zu seiner Rechten, während Steldor mich in einen Ledersessel drückte und mich stützte, weil ich am ganzen Leib zitterte. Sobald ich saß, übernahm der Hauptmann das Kommando.

»Ich habe erfahren, dass Prinzessin Miranna vermisst wird. Und ich muss genau wissen, was hier heute Abend vorgefallen ist.«

»Ich weiß, dass Miranna über ihre Zofe eine Nachricht erhalten hat, und dass sie sich in dem Glauben, sie würde

Temerson dort treffen, in die Kapelle begeben hat«, gab Steldor, der immer noch neben mir stand, bereitwillig Auskunft.

»Wer ist Mirannas Zofe? Und wann hat die Prinzessin die Nachricht erhalten?«, verlangte Cannan entschlossen, aber ruhig zu wissen.

Ich hatte bis dahin nur mit nassen, eiskalten Wangen auf den Fußboden gestarrt, doch jetzt ging Steldor vor mir auf ein Knie und suchte meine Aufmerksamkeit. Mit vor Sorge gerunzelter Stirn ergriff er meine Hände.

»Wer ist Mirannas Zofe?«, fragte er sanft. »Ich brauche ihren Namen.«

Ich war so betäubt, dass ich seine Worte kaum verstand, und versuchte, die Lippen zu bewegen, aber sie gehorchten mir nicht.

»Du musst uns helfen, Alera. Mirannas ... Sicherheit ... hängt davon ab.«

Selbst in meinem desorientierten Zustand bemerkte ich, dass er es absichtlich vermieden hatte, zu erwähnen, dass Mirannas Leben in Gefahr oder sogar bereits genommen war. Ein Schluchzer nahm mir den Atem bei dem schrecklichen Gedanken, dass meine Schwester, mein kleines Schwesterchen, vielleicht schon tot war, dass ihr Lächeln, ihr unschuldiges Kichern, ihr sorgloses Benehmen womöglich unwiederbringlich verloren wären.

»Ryla«, keuchte ich.

»Wohnt Ryla im Palast?«, fasste Cannan nach, und ich nickte.

Der Hauptmann wandte sich an Galen. »Schickt eine Wache, Temerson zu holen, und schafft diese Zofe herbei.«

Der Haushofmeister nickte knapp und verschwand, um die Anweisung auszuführen. Steldor erhob sich, aber ich umklammerte seine Hand, als wollte ich mich an irgendetwas festhalten. Und so blieb er an meiner Seite ...

»Also, um welche Zeit –«

Cannan wurde unterbrochen, weil die Zimmertür an die Wand knallte, als Halias hereinstürmte. Seine blauen Augen blickten wild um sich.

»Wo ist Miranna?«, verlangte er zu wissen, stützte beide Hände auf den Schreibtisch und funkelte seinen Hauptmann wütend an.

Ein Schatten der Missbilligung fiel über Cannans Gesicht, als er sich erhob, um seinen Elitegardisten streng zur Ordnung zu rufen.

»Wegtreten, Hauptmannstellvertreter. Der Verbleib der Prinzessin ist noch zu klären, aber wir sind gerade dabei, alles in unserer Macht Stehende zu tun.«

Kurzfristig herrschte eine angespannte Stille, in der es schien, als würde Mirannas Leibwächter den Gehorsam verweigern, doch dann stieß er sich von der Tischplatte ab und bezog hinten an der Wand Stellung, wobei jeder seiner Muskeln gespannt war. Destari trat neben ihn und legte beruhigend eine Hand auf seine Schulter, während der Hauptmann sich wieder setzte.

»Um welche Zeit wollte Miranna Temerson treffen?«, erkundigte Cannan sich und konnte damit endlich seine Frage stellen.

»Sie hat mich gleich nach dem Abendessen für heute entlassen«, sagte Halias ungeduldig und blickte immer wieder zur Tür, als müsse er unverzüglich die Suche nach ihr aufnehmen. »Wahrscheinlich hat sie ihre Gemächer kurz danach verlassen, auf jeden Fall aber bevor die Nachtwachen mit ihren Patrouillen auf den Gängen begannen.«

Steldor drückte meine Hand.

»Stimmt das, Alera?« Auf mein schwaches Nicken hin forschte er weiter: »Kannst du uns sagen, wann sie Temerson treffen sollte?«

»Gleich nach Einbruch der Dunkelheit«, sagte ich und schmeckte salzige Tränen in meinen Mundwinkeln.

»Das bedeutet, dass sie sie vor ein paar Stunden in ihre Gewalt gebracht haben«, stellte Cannan grimmig fest. »Falls die Cokyrier dahinterstecken, werden wir sie in der Stadt nicht mehr finden.«

Er sah Destari an und befahl dann schroff: »Alarmiert unsere Grenzpatrouillen. Möglicherweise haben die Entführer unser Land noch nicht verlassen.«

Ich gab einen Laut zwischen Schreien und Schluchzen von mir. Destari warf mir einen mitfühlenden Blick zu, bevor er ging, während Steldor wieder vor mir kniete, um mich in den Arm zu nehmen. Ich klammerte mich an seine Schultern, als wären sie das Leben selbst. Durch meine Tränen hindurch sah ich Galen zurückkommen und schaute auf, um zu erfahren, ob er Ryla mitgebracht hatte.

»Die Zofe ist nicht in ihrem Zimmer«, berichtete er unbehaglich. »Man hat sie seit dem frühen Abend nicht mehr gesehen, und niemand wusste etwas über ihre Herkunft.«

»Was wissen wir denn überhaupt von diesem Mädchen?«, fragte Cannan.

Halias begann ungeduldig mit dem Fuß zu tappen, und ich hob den Kopf von Steldors Schulter. Die Erkenntnis presste meinen Brustkorb derart zusammen, dass mein Herz kaum noch schlagen konnte. Meine Tränen wurden dadurch wie von einem Damm zurückgehalten.

»Ich habe sie vor fast drei Monaten eingestellt. Mitte Mai«, gestand ich.

Da klopfte es, und ein Wachmann führte den zerzausten und verstörten Temerson und seinen Vater, Leutnant Garreck, ins Zimmer.

»Habt Ihr Miranna heute im Verlauf des Tages eine Nachricht zukommen lassen?«, kam der Hauptmann ohne Umschweife zur Sache.

»N-n-nein, Sir«, erwiderte Temerson und ließ seine angsterfüllten Augen über alle Anwesenden schweifen: Halias, der aussah, als würde er gleich den Verstand verlieren; Steldor am Boden, die Arme um seine untröstliche Frau geschlungen; Galen, voller Sorge und Misstrauen; und schließlich Cannan, dessen leicht zusammengezogenen Augenbrauen das einzige Anzeichen von Missbilligung waren, das er je offenbarte.

»Demnach hattet Ihr also nicht vor, sie heute Abend zu treffen?«

»N-nein, Sir.«

»Dann wartet im Zimmer des Haushofmeisters«, sagte der Hauptmann und winkte die beiden hinaus. Während Temerson und sein Vater noch nicht draußen waren, kam Destari schon wieder zurück. Cannan wandte sich erneut an Galen.

»Holt König Adrik und Lady Elissia. Sagt Ihnen noch nicht, was passiert ist. Ich werde Ihnen die Nachricht selbst überbringen. Und lasst auch den Doktor kommen. Ich kann mir vorstellen, dass einige Menschen heute keinen Schlaf finden werden.«

Galen ging, und der rastlose Halias stieß sich von der Wand ab und begann im hinteren Teil des Raumes auf und ab zu gehen. Kurze Zeit beobachtete Cannan ihn schweigend.

»Setz dich, Halias«, sagte er schließlich. »Du kannst im Moment nichts tun.«

»Ich könnte sie aufspüren«, gab Halias grimmig zurück und ignorierte die Anordnung des Hauptmannes. »Wir wissen doch alle, dass sie inzwischen den Fluss überquert haben. Aber wir könnten sie noch einholen, bevor sie Cokyri erreichen.«

»Sie haben einen enormen Vorteil«, sagte Cannan sachlich und folgte mit dem Blick seinem Stellvertreter, der weiter auf und ab lief. »Sie kommen in der Dunkelheit viel schneller voran, als wir ihren Spuren folgen können.« Nach einigen Augenblicken, in denen alle schwiegen, wiederholte er: »Setzt Euch hin. Das ist ein Befehl.«

Nach einem flüchtigen Blick zu dem Holzstuhl vor dem Schreibtisch, auf den Cannan gedeutet hatte, verpasste Halias dem Sitzmöbel plötzlich einen Tritt, sodass es an Steldor und mir vorbeirutschte und gegen die Wand krachte. Steldor ließ mich los und stand auf. Auf einen Schlag war er in Bereitschaft, Destari ebenso. Nur Cannan wirkte völlig ungerührt.

»Ihr könntet mich zumindest versuchen lassen, sie einzuholen!«, schrie Halias, was Destari veranlasste, sicherheitshalber einen Schritt näher an ihn heranzutreten. »Ich bin ihr Leibwächter – es war meine Pflicht, sie zu beschützen, und ich habe bereits versagt. Ich war immer bereit, mein Leben für sie zu geben, und heute Abend hätte ich sie beschützen oder bei dem Versuch, es zu tun, sterben sollen.« Seine Stimme wurde noch gequälter, als er ein letztes Ansinnen vorbrachte. »London ist in Cokyri. Lasst mich ihn finden, und gemeinsam könnte es uns gelingen, sie nach Hause zu bringen.«

»Nein«, sagte Cannan entschieden. »Wir werden ihr nicht blindlings ins Feindesland folgen.« Einen Moment lang musterte er seinen aufgebrachten Stellvertreter. »Begreift doch, dass wenn die Cokyrier beabsichtigt hätten, Miranna zu töten, sie das getan hätten, ohne sie aus dem Palast zu schaffen. Dann hätten sie auch nicht vor Monaten eine Cokyrierin als ihre Zofe eingeschleust. Sie haben etwas anderes vor, als ihr das Leben zu nehmen, und uns gibt das die Chance, bedachtsamer zu reagieren.«

»Vielleicht werdet *Ihr* sie nicht verfolgen«, sagte Halias durch seine zusammengebissenen Zähne. Er drehte sich um und stampfte wütend aus dem Büro, und seine drohende Befehlsverweigerung hallte wie ein Echo nach. Cannan sandte einen scharfen Blick zu Destari, der Halias sogleich folgte und anscheinend verstanden hatte, dass es nun an ihm war, Halias von irgendwelchen unüberlegten Aktionen abzuhalten.

Als die beiden Männer gegangen waren, blieben nur Cannan, Steldor und ich im Dienstzimmer des Hauptmannes zurück. Steldor stellte den Stuhl wieder auf, den Halias weggetreten hatte und schob ihn an seinen Platz vor dem Schreibtisch seines Vaters zurück.

»Was sollen wir hinsichtlich des Tunnels tun?«, fragte er.

»Der ist nutzlos«, stellte Cannan sachlich fest. »Wir werden ihn verschließen müssen. Irgendwie haben die Cokyrier von ihm erfahren. Ich habe Männer ausgeschickt, den anderen Tunnel zu kontrollieren, der aus unseren Stadtmauern hinausführt. Falls die Cokyrier auch den entdeckt haben, dann stehen wir vor einem ernsten Sicherheitsproblem. Gar nicht davon zu reden, dass wir dann keinerlei potenzielle Fluchtroute für den Bedarfsfall mehr haben.«

»Wie könnten sie davon erfahren haben?«, fragte Steldor stirnrunzelnd.

Kurz herrschte Schweigen, aber kein nachdenkliches.

»Narian muss es ihnen verraten haben«, sagte Cannan heftig. »Das ist die einzig logische Erklärung.«

»Nein!«, mischte ich mich ein und wollte verzweifelt seine Meinung ändern. »Narian würde uns niemals verraten. Nie würde er ihnen diese Information geben –«

»Besaß Narian diese Information denn?« Scharfsinnig stellte Steldor mir diese Frage, und hilflos spürte ich, wie mir erneut die Tränen kamen.

»Ich habe sie ihm gegeben«, murmelte ich und musterte die düsteren Züge der beiden fähigen Militärstrategen, die jetzt zu meiner Familie gehörten. Ich betete darum, dass sie mich nicht verdammen würden.

Keiner der beiden zeigte eine Reaktion auf meine Enthüllung. Im Raum herrschte Stille. Kein Scharren eines Schuhs, kein hörbares Atmen. Schließlich beendete Cannan das bedrückende Schweigen.

»*Ihr habt sie ihm gegeben?*«, wiederholte er, und dieses eine Mal traten Unglaube und Wut an die Stelle seiner Unerschütterlichkeit. »Ihr habt einem *Cokyrier* verraten, dass ein Tunnel in den *hytanischen* Palast führt, und es nicht für nötig erachtet, mich oder sonst jemand davon in Kenntnis zu setzen?«

Heiße Tränen quollen aus meinen Augen.

»Vater …«, sagte Steldor bittend, vielleicht weil er fürchtete, ich könne unter der Anschuldigung zusammenbrechen. Doch ich unterbrach ihn, um mich zu erklären und mein Handeln in gewisser Weise zu verteidigen.

»Er hat ihn selbst entdeckt.« Meine Stimme klang müde und elend, als ich versuchte, mich an die Details meiner Unterhaltung mit Narian vor so vielen Monaten im Marstall zu erinnern. »Er ist von allein auf den Tunnel gestoßen oder auf das, was er für einen Tunnel hielt, und hat mich gefragt, wo er hinführe. Da habe ich es ihm gesagt. Aber er würde diese Information niemals preisgeben. Nie würde er Hytanica in Gefahr bringen.«

Cannan sah ausnahmsweise aus, als wäre er zu einer harschen Erwiderung bereit, doch in diesem Moment schwang die Tür auf, und er wurde unterbrochen. Als meine Eltern, gefolgt von Galen, eintraten, schloss er kurz die Augen und holte tief Luft, um sich bereit zu machen, die schreckliche Nachricht zu überbringen.

Mein Vater ging einen Schritt auf den Schreibtisch zu, wo Steldor beiseitetrat, um ihm Platz zu machen. Meine Mutter, die gleich gesehen hatte, dass ich weinte, kam direkt zu mir. Sie legte eine Hand auf meine Schulter und streichelte beruhigend mein Haar, auch wenn sie noch nicht wusste, was mir solchen Kummer verursachte.

»Was ist geschehen?«, fragte mein sichtlich beunruhigter Vater. »Das ganze Schloss ist ja in Aufruhr.«

»Ihr solltet Euch erst setzen«, empfahl Cannan, und mein Vater gehorchte. Langsam ließ er sich auf einen der Holzstühle vor Cannans Schreibtisch sinken. Galen schob einen davon näher zu mir, und meine Mutter nahm ebenfalls Platz, ließ aber eine Hand auf meinem Arm liegen. Dann zog der Haushofmeister sich in den hinteren Teil des Raumes zurück, und meine Eltern starrten Cannan mit der Vorahnung, sogleich etwas Schreckliches zu hören, an.

»Es fällt mir nicht leicht, das zu sagen«, begann der Hauptmann überaus gefasst, obwohl ich bereits wieder schluchzte. »Cokyrier, wir wissen nicht wie viele, sind heute Abend in den Palast eingedrungen und haben Prinzessin Miranna entführt.«

Meine Mutter gab einen Schreckensschrei von sich, der mich zusammenzucken und meine Tränen noch heftiger fließen ließ. Danach schlang sie fassungslos die Arme um mich und drückte mich heftig an sich. Mein Vater schien auf seinem Stuhl zusammenzusinken, erbleichte und wirkte auf einen Schlag sichtlich gealtert. Seine Lippen formten ein »Nein«, doch es war kein Laut zu hören, denn die schreckliche Nachricht des Hauptmannes hatte ihm den Atem genommen.

»Die Stadt wurde so rasch wie möglich abgeriegelt«, informierte Steldor meine Eltern mit einem Seitenblick auf seinen Vater, bevor er fortfuhr. »Aber wir haben Grund zu der Annahme, dass man sie schon einige Stunden, bevor wir wussten, dass sie in Gefahr war, aus dem Palast verschleppt hat.«

»Nein!«, weinte meine Mutter laut. »Nicht meine Kleine!«

Ihr Kummer schnitt mir ins Herz, ließ mich meinen eigenen vergessen und meinen Tränenstrom versiegen. Jetzt war ich es, die versuchte, sie zu trösten. Bei meinem Vater dagegen konnte man die Gefühle an seiner Haltung ablesen – reglos, bleich und stumm saß er da.

»Wenn Euch das vielleicht ein gewisser Trost ist, ich gehe nicht davon aus, dass die Cokyrier sich die Mühe gemacht hätten, Miranna aus dem Palast zu schaffen, wenn sie beabsichtigt hätten, sie zu töten«, sagte Cannan und wiederholte damit, was er bereits zu Halias gesagt hatte. »Ich glaube sogar, dass sie im Moment außer Gefahr ist, obwohl wir natürlich alle erdenklichen Anstrengungen unternehmen werden, sie nach Hause zu holen.«

»Warum Miranna?«, flüsterte mein Vater, der seine Stimme offenbar wiedergefunden hatte, mit weit aufgerissenen, geröteten Augen. »Sie war die leichteste Beute, das am schwächsten bewachte und naivste Mitglied der Königsfamilie«, erklärte Cannan. Seine folgenden Worte sollten einen gewissen Trost spenden. »Wenn es uns nicht gelingt, ihre Häscher zu fassen, dann werden die Cokyrier mit Sicherheit über ihre Herausgabe verhandeln wollen. Obwohl ich mir nicht vorzustellen vermag, was sie verlangen könnten.«

Ein Klopfen an der Tür kündete von Bhadrans Eintreffen, und Galen ließ ihn herein. Der grauhaarige Arzt, der meine Familie schon behandelte, solange ich denken konnte, ließ seinen Blick verwirrt durchs Zimmer schweifen und schien noch nicht zu begreifen, was vorgefallen war. Der Hauptmann setzte ihn rasch ins Bild und wies ihn an, meinen Eltern und mir etwas zu verabreichen, damit wir schlafen könnten. Bhadran, der von der Neuigkeit selbst erschüttert schien, gab jedem von uns ein Beruhigungsmittel. Cannan schlug vor, dass wir zu Bett gingen, da in dieser Nacht nichts weiter unternommen werden könnte. Daraufhin zog mein Vater meine weinende Mutter an sich und führte sie hinaus. Steldor half mir aufstehen, um dann festzustellen, dass meine Beine mich nicht trugen. Mühelos nahm er mich auf seine Arme und trug mich aus dem Zimmer und in Richtung Prunktreppe. Noch bevor er die erste Stufe genommen hatte, war ich meiner Erschöpfung erlegen.

10. DÜSTERE MORGENDÄMMERUNG

Als ich erwachte, fiel das stärker werdende Morgenlicht durch die nur zum Teil geschlossenen Vorhänge und erhellte die dunklen Winkel des Zimmers. Ich lag eingerollt auf der Seite unter meinen Decken, blickte unbeteiligt auf meine blassen Hände, die auf dem Kissen ruhten, und versuchte, mich an die Ereignisse des vergangenen Abends zu erinnern.

Ich dachte an den seltsamen Traum zurück, den ich offenbar durchlebt hatte, während die Nachwirkungen des Beruhigungsmittels dafür sorgten, dass ich mich auf eigenartige Weise benommen fühlte. Ich strich mir mit den Fingern übers Gesicht und spürte die eingetrockneten rauen Tränenspuren, in dem Moment fiel mir auf einen Schlag alles wieder ein.

In meinem Kopf tauchten Bilder von Mirannas so mädchenhaftem Schlafgemach auf: ihr mit Bändern geschmücktes Himmelbett, die pastellfarbenen Stoffbahnen an den Wänden, ihre unzähligen Puppen. Die Vorstellung, dass sie vielleicht nie mehr dort schlafen würde, schnürte mir die Kehle zu, und ich kniff die Augen zusammen, um meine Erinnerungen auszusperren. Erst als ich sie wieder aufschlug, bemerkte ich Steldor auf dem Stuhl links neben mir. Er schlief fest und schien die ganze Nacht bei mir gewacht zu haben. Sein Kopf war von mir abgewandt, an seine Schulter und den Sessel gelehnt. Ein Arm hing über die Lehne herab, sodass seine Finger fast den Boden berührten. Sein dunkles Haar und seine Kleidung waren ungewöhnlich unordentlich, aber dennoch wirkte er so engelhaft, wie man es nur Schlafenden nachsagt. Seine langen, ebenholzschwarzen Wimpern berührten beinahe seine Wangen. Irgendwie empfand ich den so überaus friedlichen Ausdruck seiner ebenmäßigen Züge als tröstlich.

Ich zog die Decke fester um mich und beobachtete eine Weile, wie seine Brust sich unter seinem sanften Atem gleichmäßig hob und senkte. Ich wollte ihn nicht wecken, wollte den Zauber nicht brechen, der die Zeit anzuhalten schien. Wenn er erwachte, würden wir Cannan aufsuchen und erfahren, ob die nächtliche Suche irgendetwas ergeben hatte. Außerdem würden wir entscheiden müssen, was zu tun war, um diesen Albtraum durchzustehen. Doch für den Moment wollte ich all das noch aus meinem Bewusstsein verbannen.

Anscheinend drang mein Blick jedoch in die Tiefen von Steldors Schlaf vor, und er bewegte sich unruhig, wobei sein Kopf auf die andere Seite rutschte. Nachdem er eine Hand an seine gerunzelte Stirn geführt hatte, schlug er endlich die Augen auf und betrachtete mich sogleich forschend. Er schien sich zu fragen, in welcher Verfassung ich mich befand oder wie ich seine Anwesenheit in meinem Zimmer auffasste. Schließlich stand er auf und räusperte sich leise.

»Mein Vater wird uns sehen wollen. Ich werde nach deiner Zofe schicken, damit sie dir beim Ankleiden hilft.«

Ich setzte mich auf, nickte und folgte ihm mit den Augen zur Tür. Eigentlich wollte ich nicht, dass er ging, aber ich wusste, dass es unvermeidlich war.

»Danke, dass du bei mir geblieben bist«, sagte ich leise.

Er hielt in der offenen Tür kurz inne und nickte mir schwach zu, bevor er seinen Weg fortsetzte.

Gleich danach erschien Sahdienne und half mir in ein schlichtes, cremefarbenes Kleid. Sie bürstete mein Haar, wie sie es jeden Morgen tat, und das Alltägliche ihrer Tätigkeit schmerzte mich, denn Mirannas Morgen würde alles andere als alltäglich sein. Nachdem sie mein Haar zu einem lockeren Knoten aufgesteckt hatte, machte sie sich noch an ein paar losen Strähnen zu schaffen.

»Eure Majestät, ich habe gehört …«, murmelte sie, aber ich war zu sehr vom Schmerz betäubt, um darauf zu reagieren. Ich starrte mein Bild im Spiegel über der Frisierkommode an, mein Gesicht war leer und blass. Unter den rot geränderten Augen lagen dunkle Ringe. Ich bat stumm darum, dass Sahdienne aufhören möge, doch sie wollte trotz des heiklen Themas wohl um jeden Preis Gewissheit.

»Ist – ist es wahr?«, stammelte sie schließlich.

»Ja, das ist es«, sagte ich tonlos.

»Und – und war ihre Zofe … war Ryla darin verwickelt?«

»Ja.«

Die Zofe, die ich eingestellt hatte. Die Zofe, die ich in Mirannas Gemächer gebracht hatte. Die Zofe, die uns beide glauben gemacht hatte, letzte Nacht würde die bislang glücklichste im Leben meiner Schwester. Sicher hatte es an ihrem allerersten Tag Anzeichen ihrer Falschheit gegeben, die mir entgangen waren. Und warum hatte ich die Gefahr nicht sofort erkannt, als Miranna mir von Temersons Nachricht erzählte? Wäre ich doch nur so wachsam wie Steldor gewesen, dann hätte ich sie vielleicht retten können.

»Ich muss gehen«, sagte ich abrupt und stand von meinem Hocker vor der Frisierkommode auf. Sahdienne schreckte zurück und senkte respektvoll den Kopf.

Ich betrat den Salon, wo Steldor mich in frischer Kleidung erwartete. Sein Haar war wie üblich lässig perfekt. Um seine Nervosität zu vertreiben, warf er seinen Dolch wieder und wieder in die Luft. Doch sogleich schob er die

Waffe in ihre Scheide und geleitete mich auf den Gang hinaus. Im Gehen informierte er mich darüber, dass er bereits kurz mit seinem Vater gesprochen hätte.

»Die nächtlichen Suchtrupps waren erfolglos«, sagte er. Ich bemühte mich, nicht zu weinen, und er versuchte, mich ein wenig zu trösten. »Es gibt aber noch Hoffnung, Alera. Mein Vater beruft eine Versammlung ein, um zu besprechen, was als Nächstes zu tun ist.«

»Wann?«

»Jetzt. Er hat die anderen rufen lassen, als er erfuhr, dass du wach bist.« Auf meinen erstaunten Blick hin erklärte er: »Mein Vater vermutete, dass man dich ohnehin nicht von der Besprechung hätte ausschließen können, und da du in den Vorfall verwickelt bist, ist es möglicherweise sogar wichtig, dass du zugegen bist.«

Ich nickte und konnte mir doch eine Frage nicht verkneifen, die so beständig wie mein Herzschlag in meinem Kopf pochte. Ich packte Steldor am Ärmel, um ihn zum Stehenbleiben zu veranlassen.

»Werden wir sie zurückbekommen?«

Sein Zögern war mir Antwort genug, und ich verlor jedes Vertrauen, das ich möglicherweise in seine ausstehende Antwort gesetzt hätte.

»Wir werden alles tun, was in unserer Macht steht.«

Er blieb stehen und wartete klaglos, bis ich meine Fassung wiedergefunden hatte. Nach ein paar tiefen Atemzügen nahm ich seinen Arm und ließ mich die Wendeltreppe ins Erdgeschoss hinunterführen.

Ich erwartete, dass er mich ins Dienstzimmer des Gardehauptmannes bringen würde, doch stattdessen durchquerten wir den Salon des Königs gleich gegenüber der Treppe und den Thronsaal, bis wir den Besprechungsraum an dessen Ostseite erreichten, der zwischen Cannans Dienstraum und dem Arbeitszimmer des Königs lag. In dem großen rechteckigen Raum saßen zwölf Männer rund um einen großen Eichentisch. Cannan befand sich an der Stirnseite, weil er die Besprechung leiten würde. Gleich links von ihm standen zwei leere Stühle für Steldor und mich. Daneben saßen mein Vater, Galen, Destari und Halias. Rechts von Cannan hatten Cargon, der Major der Aufklärungseinheit, und Marcail, der Waffenmeister der Stadtwache, Platz genommen. Auf den übrigen Stühlen saßen die anderen Hauptmannstellvertreter. Cannan, Galen, Halias und Destari sahen alle aus, als hätten sie seit Beginn dieses Dramas kein Auge zugetan. Dennoch war hinter ihrer Erschöpfung auch Entschlossenheit sichtbar.

Aller Augen richteten sich auf uns, dann erhoben sich die Männer und verbeugten sich ehrerbietig, als Steldor und ich in ihre Mitte traten. Ich folgte dem König zu unseren Plätzen und war mir dessen bewusst, dass die meisten der Männer meine Anwesenheit als seltsam empfanden. Aber ich war emotional zu erschöpft, um verlegen zu sein, weil ich die einzige Frau unter ihnen war. Cannan ergriff das Wort, nachdem wir unsere Plätze eingenommen hatten.

»Nicht alle von Euch sind über die Ereignisse von gestern Abend im Bilde, also will ich einen kurzen Abriss geben. Irgendwann nach Einbruch der Dunkelheit wurde Prinzessin Miranna aus dem Schloss entführt, und zwar ganz offensichtlich von cokyrischen Eindringlingen.«

Rund um den Tisch erhob sich ein Murmeln angesichts dieser Nachricht, doch Cannan fuhr fort, ohne abzuwarten, bis die Stimmen verstummten.

»Wir glauben, dass es dem Feind gelungen ist, eine junge Cokyrierin als Kammerzofe der Prinzessin einzuschleusen. Wir konnten sie bisher noch nicht dingfest machen und wissen kaum etwas über ihre Vergangenheit. Wie es scheint, ist es ihr gelungen, Ihre Hoheit in die Kapelle zu locken, wo man sie festhielt und durch den Tunnel, der in den Marstall führt, verschleppte.

Es wurde die ganze Nacht hindurch gesucht, aber keiner der Beteiligten gefunden. Wir durchkämmen weiterhin die Ausläufer des Gebirges und auch die Grenzpatrouillen sind alarmiert, doch wahrscheinlich befand sich die Prinzessin, als man ihr Verschwinden entdeckte, bereits außerhalb der Stadt, wenn nicht sogar schon außerhalb des Königreiches. Ich hege keine Hoffnung mehr, dass wir sie so noch finden. Meine Männer glauben, die Stelle entdeckt zu haben, an der die Cokyrier den Fluss überquerten. Davon ausgehend ist es wahrscheinlich, dass sie sich längst in die Berge abgesetzt haben.

Der Zweck dieser Zusammenkunft ist, über unser weiteres Vorgehen zu entscheiden. Ich denke, dass wir dafür dreierlei Optionen haben. Nummer eins: Wir schicken Männer hinter ihr her. Das würde bedeuten, nach Cokyri einzudringen, und wäre ein ziemlich komplexes Unterfangen. Londons Erfahrung wäre dafür unersetzlich, doch gegenwärtig ist er als Kundschafter unterwegs.

Variante Nummer zwei: Wir warten, bis wir etwas von den Cokyriern hören. Der Feind verfolgte eine Absicht, als er unsere Prinzessin raubte, und ich glaube, dass er versuchen wird, mit uns über ihre Rückgabe zu verhandeln. Dafür müssten wir uns ernsthaft überlegen, zu welchen Konzessionen im Austausch für ihr Leben wir bereit wären.«

Mein Vater ließ einen kurzen, herzzerreißenden Laut vernehmen und schlug sich eine Hand vor den Mund. Offenbar ertrug er den Gedanken an den Tod seiner jüngeren Tochter kaum. Cannan warf ihm einen flüchtigen Blick zu. Doch das war keine mitleidige Geste, sondern nur eine Reaktion auf das Geräusch, das seine Aufmerksamkeit erregt hatte. Der Hauptmann verhielt sich im Moment genau so, wie er mir immer erschienen war: als ein

Mann von unberechenbarer Kraft, der stets handelte, anstatt sich zu sorgen oder zu trauern.

»Unsere dritte und letzte Option wäre meiner Ansicht nach, Verhandlungen mit Cokyri zu initiieren. Das würde uns den Vorteil verschaffen, aus der Offensive heraus zu agieren, aber wir dürfen dabei nicht vergessen, dass Cokyri berüchtigt für die Behandlung unserer Abgesandten ist. Daher favorisiere ich persönlich diese Variante nicht.«

Jeder am Tisch kannte die Geschichte des Krieges gegen Cokyri: Vor über einem Jahrhundert hatte Hytanica seinen Kronprinzen ausgesandt, um der cokyrischen Kaiserin ein Handelsabkommen vorzuschlagen. Sie hatte seine Unkenntnis ihrer Kultur als Beleidigung aufgefasst. Dafür hatte sie ihn hinrichten lassen, und als die Nachricht davon dem hytanischen König zu Ohren kam, hatte dieser einen Krieg entfacht, der fast hundert Jahre lang gedauert hatte. Daher war seither niemand darauf erpicht, eine bedeutende Persönlichkeit ins Lager des Feindes zu schicken.

»Ich stelle dieses Thema zur Diskussion«, schloss Cannan.

»Wir sollten ihr sofort folgen«, ereiferte sich Halias als Erster, und mein Vater nickte zustimmend. »Das hätten wir schon letzte Nacht tun sollen – schließlich ist sie in Gefahr und verlässt sich darauf, dass wir sie retten.«

»Das wäre doch Selbstmord«, erwiderte Destari müde, und ich hatte den Eindruck, er hätte schon die ganze Nacht hindurch so argumentiert. »Wir brauchen Londons Ortskenntnis auf cokyrischem Gebiet, um einen geeigneten Plan zu fassen. Daher sage ich, wir müssen zumindest warten, bis London zurück ist.«

»Aber wer weiß, wann das sein wird?«, brummte mein Vater und trommelte mit den Fingern auf den Tisch. Aus seiner Stimme war Panik herauszuhören, als er fortfuhr:

»Er könnte noch wochenlang ausbleiben, und bis dahin könnte Miranna ... Sie könnte ...«

»Tot sein«, beendete Halias in harschem Ton seinen Satz.

»Dann lasst uns jemand ausschicken, London zu suchen«, schlug Steldor vor und warf Halias für seine Unverblümtheit einen finsteren Blick zu. »Ich stimme Destari darin zu, dass es katastrophal wäre, blindlings in Cokyri einzufallen, aber wir brauchen auch nicht untätig darauf zu warten, dass London von sich aus zurückkehrt. Vielleicht könnte Cargon einige Kundschafter ins Vorgebirge schicken, um ihn dort aufzuspüren.«

»Das werde ich sogleich tun«, sagte Major Cargon. Steldor und Cannan nickten zustimmend. »Ich werde meine Männer auch die Festung der Cokyrier ausspähen lassen, damit wir die günstigsten Stellen für ein mögliches Eindringen kennen.«

»Dann sind wir uns in diesem Punkt einig?«, fragte Cannan und sah nacheinander alle am Tisch an. »Wir werden Kundschafter entsenden, die London suchen sollen, aber bis und solange er nicht gefunden ist, werden wir keinen Befreiungsversuch unternehmen. Für die Prinzessin wäre es ebenso gefährlich, wenn wir mit einem nicht ausgereiften Plan losschlagen, als wenn wir warten. Ich denke, wir können davon ausgehen, dass sie nicht in akuter Lebensgefahr schwebt. Und falls Cokyri ein Angebot machen sollte, bevor wir einen konkreten Befreiungsplan haben, dann werden wir die Lage neu bewerten.«

Bis auf zwei Anwesende nickten alle zum Zeichen ihrer Zustimmung. Die angsterfüllten braunen Augen meines Vaters begegneten Halias' wütenden hellblauen, und beiden war anzusehen, dass sie diese Entscheidung nicht guthießen. Obwohl auch ich außer mir vor Sorge war, vertraute ich doch dem Urteilsvermögen der Mehrheit. Halias war zu sehr in seine Schuldgefühle verstrickt, und mein Vater war kein Soldat. Und der Rest schien mit klarem Kopf davon überzeugt, dass Miranna gegenwärtig keine allzu große Gefahr drohte. Dennoch konnte ich ein gewisses Unbehagen nicht unterdrücken, nachdem Cannan seine Vermutung ausgesprochen hatte, wonach sie nicht »in akuter Lebensgefahr« schwebe. Wie viele Arten von Gefahr mochte es wohl geben? Und auch wenn sie nicht in Lebensgefahr schwebte, was drohte ihr dann?

»Wie lange glaubt Ihr, wird es dauern, bis die Cokyrier Kontakt zu uns aufnehmen, um zu verhandeln?«, fragte Galen und zwang mich, meine Aufmerksamkeit wieder auf das Hier und Jetzt zu richten.

»Ich weiß es nicht«, erwiderte Cannan. »Aber die Cokyrier lieben es, Schrecken und Verunsicherung zu erzeugen, und die Zeit ist auf ihrer Seite. Sie werden uns in der richtigen Verfassung haben wollen, damit wir zu Zugeständnissen bereit sind, daher werden sie wohl eher später als früher mit uns in Verbindung treten. Wir müssen das zwar heute noch nicht entscheiden, aber jeder von uns sollte sich Gedanken darüber machen, zu welchen Angeboten wir für ihre sichere Rückkehr bereit wären.«

Cannan schwieg und suchte erneut den Blick jedes einzelnen Mannes, um die Bedeutung seiner letzten Äußerung zu unterstreichen.

»Es gilt noch einen zweiten Punkt zu besprechen. Wir hatten eine gravierende Schwachstelle in unserer Sicherheitswahrung, auf die wir unverzüglich reagieren müssen. Ich habe bereits Männer beauftragt, den Tunnel zuzuschütten, durch den die Prinzessin entführt wurde, aber es gibt noch weitere Maßnahmen, die vonnöten sind.

Als Erstes wird jeder Palastangestellte, der innerhalb des letzten Jahres eingestellt wurde, überprüft. Ich bin nicht bereit, Cokyri den Vorteil zu gönnen, vorausplanen zu können. Galen, ich beauftrage Euch mit der Durchführung der Nachforschungen. Ich will Geburtsort, Familie, Lebensgeschichte – alles was beweist, dass jemand loyaler Hytanier ist. Wenn auch nur das Geringste verdächtig scheint, will ich sofort informiert werden. Außerdem werden alle, die künftig eine Anstellung bekommen sollen, ebenso überprüft.

Außerdem verlange ich, dass jede Nachricht oder Einladung, die sich an ein Mitglied der Königsfamilie richtet, wie nebensächlich, harmlos oder erwartet sie auch sein mag, zuerst mir vorgelegt wird. Es kümmert mich nicht, ob es ein Zettel für Königin Alera von ihrer Mutter ist, auf dem diese sie in ihrer eigenen Handschrift zum Tee bittet – bevor, in welcher Form auch immer, darauf reagiert wird, will ich dieses Stück Papier sehen.

Und zum Dritten muss die Zahl der Wachen innerhalb des Palastes erheblich erhöht werden. Ab sofort wird jeder, der das Schloss betritt, von einer Palastwache kontrolliert, die auch dafür verantwortlich ist, darauf zu achten, dass derjenige wieder herauskommt. Das umfasst alle Gäste, aber auch Lieferanten, die den Eingang für die Bediensteten benutzen, und selbst Angehörige des Militärs, die nicht direkt im Palast stationiert sind. An den Hoftoren und jedem Eingang wird jegliches Kommen und Gehen schriftlich festgehalten, und schon der geringste Hauch eines Verdachts ist mir persönlich zu melden. Für den nicht zu erwartenden Fall, dass eine solche Information mir verspätet zugetragen wird, kann der Verantwortliche sich auf ein Verfahren wegen Befehlsverweigerung gefasst machen. Galen, ich überlasse es Euch, Eure Männer dafür einzuteilen und sie auf das neue Verfahren einzuschwören.«

»Ja, Sir«, sagte Galen und nickte kurz.

Auch wenn alle von der Entschlossenheit des Hauptmannes ein wenig überrumpelt waren, sagte niemand ein

Wort, denn wie streng solche Maßnahmen auch erscheinen mochten, so sah doch jeder ihre Notwendigkeit ein. Immerhin war eine Prinzessin aus dem Palast entführt worden, und zwar von einem Feind, der von allen unerkannt monatelang unter uns gelebt hatte, Informationen gesammelt und womöglich jeden ausspioniert hatte. Wer vermochte schon zu sagen, welche Geheimnisse die Frau aus Cokyri zurück in ihre Heimat mitgenommen hatte? Wer konnte wissen, wie viele ihrer Landsleute sich noch in der Stadt aufhielten?

»Vergleichbare Kontrollposten werden auch an den Stadttoren eingerichtet«, fuhr Cannan fort und wandte sich an den Waffenmeister. »Marcail, ich überlasse es Euch, Eure Männer zu informieren und einzuweisen.«

»Jawohl, Sir.«

»Gut. Als Letztes werde ich nun noch stellvertretende Hauptmänner zu persönlichen Leibwächtern aller Mitglieder der Königsfamilie ernennen. Destari, Ihr kehrt auf den Posten als Leibgardist von Königin Alera zurück. Davan und Orsiett, Ihr wacht über König Adrik und Lady Elissia. Euch, Casimir, teile ich dem König zu.«

Steldor, der sich offenbar nicht zu den Mitgliedern der Königsfamilie gerechnet hatte, richtete sich kerzengerade auf und wollte sogleich protestieren.

»Was –?«

»Nein«, unterbrach der Hauptmann ihn und hob warnend einen Finger, ohne auch nur einen Blick auf seinen Sohn zu werfen. Steldor schien verdutzt, ließ sich aber wieder in seinen Stuhl sinken und versuchte nicht einmal mehr zu argumentieren.

»Damit gilt diese Zusammenkunft als beendet«, verkündete Cannan und erhob sich. An Galen und Marcail gewandt fügte er noch hinzu: »Ich erwarte bis zum Ende des heutigen Tages, Eure Berichte zu hören.«

Steldor und ich verließen den Besprechungsraum als Erste. Gefolgt von Destari und Casimir, die bereits ihren neuen Aufgaben nachkamen. Casimir war ein stoischer Charakter, und ich wusste, dass er versuchen würde, im Hintergrund zu bleiben. Trotzdem vermochte ich nicht vorherzusehen, wie Steldor darauf reagieren würde, dass ihm stets ein Schatten folgte. Schon als wir den Thronsaal durchquerten, warf mein Gemahl immer wieder grimmige Blicke über seine Schulter.

Auch wenn er nicht ganz so hochgewachsen war wie sein Kamerad und die meisten anderen Elitegardisten, so war Casimir doch so groß wie mein Gemahl und besaß die muskulöse Gestalt eines Soldaten. Er hatte braunes Haar – nicht so schwarzbraunes wie Steldor, aber dunkleres als Galen – und rauchgraue Augen. Er war auch jünger als Destari, London und Halias, doch ich kannte ihn nicht besonders gut, weil er meist in Cannans Auftrag andere Königreiche bereist hatte.

Ich stieg bereits die ersten Stufen der Prunktreppe hinauf, als ich merkte, dass Steldor an ihrem Fuße stehen geblieben war.

»Ich muss noch ein paar Dinge mit meinem Vater besprechen«, erklärte er, und ich fragte mich, ob er auch die Notwendigkeit eines eigenen Leibwächters noch einmal ansprechen würde.

Das nervöse Flattern meines Magens bei dem Gedanken daran, dass er mich verlassen könnte, erstaunte mich. Ich holte tief Luft, ermahnte mich selbst zur Vernunft, konnte mein anfängliches Unbehagen aber nicht unterdrücken. Daran änderte sich auch nichts, als ich ihm steif zunickte. Er machte einen Schritt auf mich zu und strich mir eine Locke hinters Ohr. Offenbar sah er mir meine Gefühle deutlich an. Ich schloss die Augen, als er mich berührte, und versuchte, etwas von seiner Zuversicht in mich aufzunehmen. Dann war er fort und Casimir mit ihm.

Ich warf Destari einen Blick zu und eilte die restlichen Stufen hinauf, weil ich den mitleidigen Blick seiner tintenblauen Augen nicht ertrug. Ich wollte kein Mitleid. Von niemand. Vielmehr wollte ich, dass alle so taten, als sei nichts geschehen, als sei das eine einzige Scharade. Ich hasste jeden bedauernden Blick, weil er mich schmerzhaft daran erinnerte, dass dieser Schrecken Realität war. Daran, dass meine Schwester sich in Cokyri befand, wo die Hohepriesterin und der erbarmungslose Overlord herrschten. Ihnen war Miranna jetzt auf Gedeih und Verderb ausgeliefert.

Destari blieb an der Tür zum Salon stehen und schien nicht zu wissen, ob er hereinkommen sollte, damit ich nicht allein wäre, und so bat ich ihn näher zu treten. Ich war zwar nicht zum Reden aufgelegt, aber meine Furcht war wohl offensichtlich. Miranna war gegen ihren Willen aus unserem wohlbehüteten und vermeintlich unantastbaren Zuhause verschleppt worden. Wer konnte mir garantieren, dass mir nicht das gleiche widerfuhr? Gab es irgendeinen Ort, der für den Feind unerreichbar war?

Ich zog mich in mein Schlafgemach zurück und ließ Destari im Salon zurück. Dann schloss ich die Tür und die schweren Vorhänge, um das Tageslicht auszusperren. Schließlich ließ ich mich aufs Bett fallen und kroch, ohne mein Kleid auszuziehen, unter die Decken. Dort blieb ich stundenlang und fiel immer wieder in Schlaf. Am liebsten hätte ich die ganze Welt ausgesperrt, um nicht ein Teil dieses Wahnsinns sein zu müssen.

Sehr viel später drangen gedämpfte Stimmen aus dem Salon an mein Ohr, und ich versuchte, mich zu konzentrieren, um einzelne Worte zu verstehen, doch das gelang mir nicht. Ich hörte, wie sich die Tür zum Salon öffnete und schloss, danach näherten sich Schritte meinem Schlafgemach.

»Alera«, hörte ich Steldor leise rufen und vorsichtig anklopfen.

Ich warf die Decken zurück, weil ich ihn unbedingt sehen wollte, und beeilte mich aus dem Bett, um ihm die Tür zu öffnen. Seine Augen glitten über meine Gestalt und das Zimmer hinter mir. Er schien meinen derangierten Zustand, die zugezogenen Vorhänge und das ungemachte Bett zu bemerken.

»Hast du den ganzen Tag über geschlafen?«, fragte er.

»Ich habe auch ein bisschen geschlafen«, sagte ich schüchtern. »Die meiste Zeit habe ich aber nur geruht.«

Ein sorgenvoller Schatten fiel über sein Gesicht, aber er stellte mir keine weiteren Fragen.

»Ich habe etwas für dich«, sagte er und bedeutete mir, ihm zu folgen. Da sah ich, dass Destari den Salon verlassen hatte, vermutlich hatte er sich auf den Gang zu Casimir gesellt.

Wie ein verängstigtes Tier, das man aus seinem Bau gezwungen hat, ging ich zum Sofa und setzte mich. Dann griff ich zögernd nach dem zugedeckten Korb, den Steldor auf dem Tisch davor abgestellt hatte. Er sah mir neben dem Kamin stehend zu, wie ich langsam den Deckel abnahm.

Aus der Öffnung schob ein winziges grau-schwarz geflecktes Kätzchen seinen Kopf und miaute mich mit neugierig aufgerissenen grauen Augen überraschend laut an. Während es versuchte, aus dem Korb zu entkommen, entdeckte ich, dass alle vier Pfoten und sein Bauch weiß waren. Es dauerte nicht lange, bis es ihm gelungen war, eine Pfote über den Rand des Korbes zu schieben, dann purzelte das kleine Fellknäuel unbeholfen auf meinen Schoß, wo es erneut miaute und unsicher aufstand. Als es einen Buckel machte, sah man seinen kugelrunden kleinen Bauch umso besser.

Ich nahm das vorwitzige Kätzchen auf den Arm und drückte es an meinen Hals, bis es sich freikämpfte und auf meine Schulter kletterte, wo es mutig herumbalancierte. Es vergrub sein Köpfchen in meinem langen Haar und schlug mit den winzigen Pfötchen danach. Offenbar schien es meine Haare für eine seltsame Beute zu halten. Da trat Steldor zu mir und hob das flauschige Baby hoch, das fast genau in seine Handfläche passte.

»Es wird in nächster Zeit chaotisch zugehen«, sagte er und kraulte das Tierchen hinter den Ohren, bevor er es auf meine Knie setzte. »Da möchte ich nicht, dass du zu viel Zeit allein verbringst. Deshalb dachte ich, dass ein Gefährte, und sei er auch noch so klein, eine gute Ablenkung sein könnte.«

»Danke«, sagte ich nur, sah ihn bewundernd an, denn mir wurde klar, dass er sich trotz all der wichtigen strategischen Überlegungen die Zeit genommen hatte, an mich zu denken. Er wollte nicht, dass ich mich vernachlässigt fühlte, und versuchte, mir Sicherheit zu geben. Auch wenn er es mir gegenüber noch nie gesagt hatte, konnte ich an seinem Verhalten ablesen, dass er mich liebte.

Die nächsten paar Tage verbrachte ich mit dem neuen Haustier in meinen Gemächern. Ich wollte nicht hinaus, denn meine bis dato unstillbare Neugier auf die Palastpolitik schien mit meiner Schwester verschwunden zu sein. Meine Mahlzeiten nahm ich im Salon ein, denn ich wusste, dass Miranna mir im Speisezimmer der Familie noch mehr fehlen würde. Ich hielt mich auch von den Gängen fern, denn es gab keine Chance, ihr dort zufällig zu begegnen. Irgendwie konnte ich leichter mit meinen Schuldgefühlen und meiner Trauer umgehen, wenn ich nicht andauernd an ihre Abwesenheit erinnert wurde.

Steldor kam und ging, aber ich wusste von den Gesprächsfetzen, die ich von seinen Unterhaltungen mit Destari mitbekam, dass meine selbst auferlegte Isolation ihn bekümmerte. Ein wenig beruhigte ihn wohl die Tatsache, dass mein Leibwächter mir im Salon Gesellschaft leistete, anstatt auf dem Gang Wache zu stehen.

Eine Woche nach Mirannas Entführung suchte mich nachmittags meine Mutter auf. Die dunkeln Ringe unter ihren blauen Augen ließen mich vermuten, dass sie seit Beginn dieses Unheils kaum geschlafen hatte. Ich konnte nicht anders, als mich zu fragen, ob auch an mir die gleichen Zeichen der Erschöpfung sichtbar waren, da ich meinem Äußeren in den vergangenen Tagen kaum Aufmerksamkeit geschenkt hatte. Sorge und Trauer schienen die einzigen Gefühle zu sein, zu denen ich noch fähig war. Meine Mutter saß neben mir auf dem Sofa, lächelte schwach über das Kätzchen, das zu ihren Füßen spielte, und nahm schließlich meine Hände in die ihren.

»Wie geht es dir, Liebes?«, fragte sie sanft, wobei ihre Stimme rauer klang als sonst. Der Kummer hatte ihr den lyrischen Klang genommen.

Sie suchte meinen Blick, und ich spürte, dass die Sorge darin mir galt. Die Vorstellung, dass ich ihr zusätzlich Sorgen verursachte, war mir fast unerträglich.

»Ich gebe mir Mühe, Mutter«, murmelte ich, während sie geduldig auf eine Antwort wartete. »Steldor tut, was er kann, um mir zu helfen.« Ich deutete auf das Kätzchen und fügte hinzu: »Er möchte nicht, dass ich allein bin.«

Sie nickte und strich mir eine Locke aus der Stirn.

»Ich werde dich jetzt um etwas bitten, Alera. Etwas, das dir schwerfallen wird. Dennoch ist es wichtig, dass du es versuchst.«

»Ja, Mutter, alles, was Ihr wollt.«

»Bis wir nicht mit Sicherheit wissen, dass – was Gott

verhüten möge – deine Schwester tot ist, müssen wir uns so verhalten, als wäre sie am Leben. Wir dürfen uns nicht der Verzweiflung hingeben, und selbst wenn das der Fall sein sollte, dürfen wir es uns nicht anmerken lassen. Unsere Wachen und militärischen Befehlshaber müssen sich unseres Vertrauens und unserer Zuversicht sicher sein können, und auch unsere Untertanen müssen sehen, dass wir stark sind.«

Ich entdeckte einen Funken Entschlossenheit in ihren müden Augen und konnte ihre unvermutete Stärke spüren. Sie ergriff noch einmal meine Hände, bevor sie fortfuhr.

»Alera, ich bitte dich, deine normalen Aktivitäten wieder aufzunehmen und deinen Pflichten nachzukommen. Ich bitte dich zu versuchen, ein normales Leben zu führen.«

»Ich habe die Hoffnung nicht aufgegeben«, versicherte ich ihr rasch. Dann fügte ich noch leise hinzu: »Aber ich weiß nicht, ob ich das vermag, worum du mich bittest.«

Sie sah lange aus dem Fenster, als überlege sie, wie sie mich davon überzeugen könne, das scheinbar Unmögliche zu leisten. Schließlich richtete sie ihre Aufmerksamkeit erneut auf mich und sah mich melancholisch an.

»Ich habe schon einmal schwere Zeiten durchgemacht. Das macht die heutigen Umstände nicht leichter erträglich, aber irgendwie gelingt es einem zu überleben. Wie du ja schon lange weißt, kam meine Familie bei einem cokyrischen Überfall ums Leben, als ich fast noch ein Kind war. Danach wohnte ich im Palast, bis die Zeit für mich reif war, den Sohn des Königs zu heiraten. Während ich hier lebte und auf meine Hochzeit wartete, verliebte ich mich leidenschaftlich und unwiderruflich in ihn. Was du aber vielleicht nicht weißt, ist, dass ich mit Kronprinz Andrius verlobt war, nicht mit deinem Vater.«

Sie seufzte und kurz trat ein sehnsüchtiger Ausdruck auf ihr Gesicht.

»Du hast deinen Onkel nie kennengelernt, aber er war Cannan sehr ähnlich, nur vielleicht etwas humorvoller.«

Sie lächelte flüchtig, offenbar weil sie sich an diese glücklichere Zeit erinnerte.

»Doch wir waren damals im Krieg, und alle jungen Männer waren fort, um zu kämpfen. Irgendwie gelang es Andrius, den König davon zu überzeugen, dass auch er sich ihnen anschließen musste. Er verlor sein Leben, und ich wollte ebenfalls sterben. Aber mit der Zeit erholte ich mich und wurde mit deinem Vater verlobt, denn schließlich war ich dazu erzogen worden, später Königin zu sein.«

Ich saß stumm neben ihr und war ungemein betroffen von dieser Neuigkeit. Ich hatte gewusst, dass der ältere Bruder meines Vaters, der erstgeborene Thronerbe, im Krieg gefallen war, aber dieser Teil der Geschichte war mir neu.

»Ich habe dir das erzählt, weil zu irgendeinem Zeitpunkt das Leid in das Leben eines jeden Menschen tritt. Nur geht jeder einzelne anders damit um. Du erinnerst mich an Andrius – daher weiß ich, wie viel Kraft du besitzt. Was ich von dir verlange, mag hart klingen, aber schließlich bist du die Königin von Hytanica. Die Menschen schauen auf dich, um ihren Glauben und ihren Mut nicht zu verlieren. Genauso, wie sie auf den König schauen. Und jedes Mal, wenn du dich so zeigst, egal ob du es tatsächlich empfindest oder nicht, wird es dir bei der nächsten Gelegenheit schon ein wenig leichterfallen.«

Ich sah meine wunderschöne Mutter forschend an und erkannte erstmals, dass viel von ihrer Anmut aus der Tragödie geboren war.

»Ich will es versuchen«, versprach ich, und sie nahm mich in die Arme und drückte mich so fest, wie sie es getan hatte, als ich noch klein war. So ging ein wenig von ihrer Entschlossenheit auf mich über.

11. Waffenbrüder

Von einem Klopfen an der Tür meines Salons aufgeschreckt schaute ich vom Sofa, wo ich saß und meinem Kätzchen ein Band zum Spielen hinhielt, zu Destari hinüber. Es war ein paar Tage nach dem Besuch meiner Mutter, und ich erwartete keinerlei Gäste. Auf mein Nicken hin öffnete der Leibwächter die Tür und ließ einen Sergeanten der Elitegarde herein.

»Eure Majestät, ich bin gekommen, um Destari als Euren Leibwächter vorläufig abzulösen«, sagte er und verbeugte sich. »Der Hauptmann muss ihn sprechen und wollte Euch in der Zeit nicht unbeschützt wissen.«

Ich sprang auf und war schon bei der bloßen Vorstellung von Destaris Abwesenheit von Panik erfüllt. Flüchtig musterte ich den Mann, den Cannan als Ersatz für den großen und kräftigen Gardisten geschickt hatte, der mich neben sich wie ein Kind erscheinen ließ. Da der magere Sergeant mich nur um wenige Fingerbreit überragte und sehr jugendlich wirkte, wusste ich sogleich, dass ich mich in seiner Gegenwart nicht sicher fühlen könnte. Ich brauchte Destari, dem ich vertraute, mit dem ich aufgewachsen war und dessen Eignung und Fähigkeiten außer Frage standen.

Destari verstand meine Miene zu deuten und sprach in meinem Namen.

»Die Königin und ich würden es beide vorziehen, wenn ich hierbliebe. Hat der Hauptmann gesagt, in welcher Angelegenheit er mich zu sprechen wünscht?«

Die Augen des Sergeanten richteten sich auf mich. Er

schien sich nicht sicher, ob er in meiner Anwesenheit offen sprechen könne, und nahm Destari beiseite.

»Die Kundschafter haben ein Pferd gefunden«, vertraute er ihm mit leicht gedämpfter, aber immer noch gut verständlicher Stimme an.

»Ein Pferd?«, wiederholte Destari unbehaglich. Mir selbst war die Bedeutung der Worte noch völlig rätselhaft.

Der Sergeant nickte. »Es war eines der unseren und streunte reiterlos durchs Gelände. Blutverkrustet.«

»Vermochte man es zu identifizieren?«

Der Soldat nickte grimmig und Destari runzelte seine dichten schwarzen Brauen, als hätte er die denkbar schlechteste Nachricht erhalten.

»Wessen Pferd war es?«, fragte ich ahnungsvoll.

Der Sergeant sah zwischen Destari und mir hin und her und schien sich zu fragen, ob er darauf antworten sollte, doch mein Leibwächter war in Gedanken versunken und machte keinerlei abschlägige Geste.

»Londons«, lautete die Antwort des Sergeanten, der es nicht gewagt hatte, seine Königin zu ignorieren.

Mein Magen revoltierte, und ich musste den Drang, mich zu übergeben, unterdrücken. Meine Knie drohten nachzugeben, und Destari legte stützend den Arm um mich. Doch ich schob ihn beiseite, weil ich wusste, dass er lieber rasch gehen würde.

»Ich begleite dich zu Cannan«, keuchte ich.

Destari nickte nur kurz. Wir verließen meine Gemächer umgehend und begaben uns, gefolgt vom Sergeanten, über die Wendeltreppe hinunter ins Parterre. Als wir durch den Salon des Königs den Thronsaal betraten, sahen wir Galen, Casimir, Cargon und einige andere Elitegardisten dicht beieinander und ins Gespräch vertieft neben der Empore stehen. Steldor saß mit besorgter Miene auf dem Thron. Cannan stand an seiner Seite.

Der König schien einen Moment lang überrascht, als er mich bei Destari erblickte. Die übrigen Männer runzelten die Stirn über mein Erscheinen, nahmen ihre Unterhaltung jedoch rasch wieder auf, bis Steldor ihnen mit erhobener Hand Schweigen gebot.

»Alera, ich weiß, dass Ihr Euch um London sorgt, aber dies sind militärische Angelegenheiten. Ich kann Euch daher entweder in Euren Salon eskortieren lassen, oder Ihr wartet in meinem Arbeitszimmer auf mich.«

Ich sah ihn forschend an und traute meinen Ohren nicht. Eigentlich hatte ich erwartet, dass er mich des Saales verweisen würde, doch stattdessen bot er mir die Gelegenheit zu lauschen. Als unsere braunen Augen sich begegneten, wusste ich, dass dies sein Ziel gewesen war.

»Ich werde mich in Euer Arbeitszimmer begeben, Mylord«, sagte ich bescheiden und deutete einen Knicks an.

Anschließend zog ich mich in den Raum rechts von der Empore zurück und ließ die Tür halb offen, damit ich jedes Wort, das nebenan gesprochen wurde, verstand. Ich rückte mir einen der gepolsterten Stühle vom Kamin heran und setzte mich, um zu lauschen.

»Angesichts der Menge Blut, mit der das Tier bedeckt war, müssen wir annehmen, dass London heftig blutete, als er gen Hytanica ritt.« Cannans kräftige Stimme war im Arbeitszimmer leicht zu verstehen. »Es ist anzunehmen, dass er sich bereits auf unserem Territorium befand, als er von seinem Pferd stürzte, da das Tier schon fast in die Stadt gelangt war. Cargons Männer haben die Gegend, in der das Pferd entdeckt wurde, bereits durchkämmt, aber bislang keine Spur von London entdeckt. Die Frage, die sich uns jetzt stellt, ist, ob wir einen Suchtrupp losschicken sollen.« Der Hauptmann machte eine Pause, bevor er mit seiner Analyse fortfuhr. »Offen gestanden ist es wahrscheinlich, dass London inzwischen tot ist.«

Cannans Worte fühlten sich an wie ein Schlag in die Magengrube, doch ich zwang mich, weiter zuzuhören.

»Er muss ernstlich verletzt worden sein, und wir können nicht sagen, wann es passiert ist, weil wir nicht wissen, wie lange das Pferd schon umherstreift. Einen Suchtrupp loszuschicken, könnte einige unserer Männer unnötigerweise in Gefahr bringen.«

Es war Steldor, der als Erster auf Cannans Einschätzung der Lage reagierte.

»Aber falls London noch am Leben ist, dann könnte er Entscheidendes über Mirannas Entführung oder hinsichtlich unserer Verteidigung gegen die Cokyrier wissen.«

»Eine Suche auf unserer Seite des Recorah wäre mit verhältnismäßig geringer Gefahr für unsere Soldaten verbunden«, fügte Galen hinzu.

»Das stimmt«, sagte ein Mann, dessen Stimme ich nicht erkannte. »Doch falls wir ihn auf unserem Gebiet nicht finden, wäre es dann klug, Männer auf cokyrisches Territorium zu schicken?«

»Das würde diese einem beträchtlichen Risiko aussetzen, und ich bin dagegen, wenn die Chance so gering ist, London noch lebend zu finden«, antwortete Galen.

»Dann sollten wir aber zumindest die Gegend auf unserer Seite des Recorah absuchen«, entschied Steldor. Dann wandte er sich an Destari.

»Ihr habt Euch noch nicht dazu geäußert, was Ihr von der Suche jenseits des Recorah haltet.«

»Der Grund dafür ist, dass ich mich auf die Suche nach ihm machen werde, egal wie diese Diskussion ausgeht«, stieß Destari hervor und zeigte damit uneingeschränkte Loyalität gegenüber seinem besten Freund und Kameraden. »Ich verlange nicht, dass Ihr mir jemanden zur Seite stellt, aber ich muss gehen, schon deshalb, weil er im umgekehrten Fall ebenso handeln würde.«

»Ich vermute, dass es noch andere gibt, die Destari bereitwillig begleiten werden«, bemerkte Cannan. »Ist jemand bereits dazu entschlossen?«

Ein Chor von Stimmen erhob sich und zwang Steldor, die Diskussion zu beenden.

»Damit haben wir also einen Beschluss. Ich werde keinen Mann über den Recorah schicken, um dort nach London zu suchen, aber ich werde einen kleinen Trupp Freiwilliger auch nicht davon abhalten.«

»Ich würde nur einen oder zwei Männer benötigen«, erklärte Destari. »Je kleiner unsere Gruppe, desto größer sind unsere Chancen, unbemerkt auf feindliches Territorium zu kommen.«

»Dann lasst mich mitkommen«, sagte Galen, und ich stellte mir vor, dass sich in dem darauf folgenden Schweigen aller Augen auf den Haushofmeister richteten. Als Galen weitersprach, klang er geradezu defensiv. »Ich habe die nötige Ausbildung für diesen Auftrag und bin jung genug, um an unseren Erfolg zu glauben. Und falls ich eines Tages tatsächlich Hauptmann der Elitegarde werden sollte, kann ich nur dann erwarten, dass die Männer mir ebenso folgen, wie sie das bei Cannan tun, wenn ich Erfahrung von vorderster Front vorzuweisen habe.«

»Dann ist es damit entschieden«, gab Steldor bekannt und nahm den Standpunkt seines Freundes ein, in dem er schon immer einen Bruder gesehen hatte.

Cannan überließ es Destari, den Suchtrupp für die hytanische Seite des Flusses zusammenzustellen. Wenn sie London nicht fänden, würden die Männer zurückkehren und nur Destari und Galen weiter auf cokyrisches Territorium vordringen, um dort weiterzusuchen.

Da die Besprechung beendet war, schob ich meinen Sessel an seinen ursprünglichen Platz zurück, gerade rechtzeitig, denn schon öffnete Steldor die Tür.

»Ich vermute, Ihr habt alles gehört«, sagte er, als er über die Schwelle trat.

»Ja.«

Er schien erschöpft, obwohl er sich in letzter Zeit gar nicht mehr so spät in unseren Gemächern einfand. Wir unterhielten uns dann noch eine Weile, bevor auch er, wie ich vermutete, zu Bett ging. Ich nahm an, dass sich seine Arbeitsbelastung enorm gesteigert hatte, während ich in den vergangenen Tagen unverhältnismäßig viel geschlafen hatte. So kam zu meinen ohnehin schon vorhandenen Schuldgefühlen noch ein zusätzliches schlechtes Gewissen.

»Wahrscheinlich werden wir in den nächsten paar Tagen noch nichts von ihnen hören. Du bekommst jedenfalls einen neuen Leibwächter oder auch drei oder so viele du eben haben möchtest. Was auch immer du benötigst, um dich in Destaris Abwesenheit sicher zu fühlen –«

»Ich möchte eine Waffe.«

Diese Äußerung war mir ganz spontan über die Lippen gekommen, aber als ich an den schmächtigen Gardisten dachte, den man mir als Ersatz für Destari geschickt hatte, und an den Vorfall vor einem Jahr mit Narian am Fluss, als Tadark zu weit entfernt von mir gestanden hatte, um ihn davon abzuhalten, meinen Rock abzuschneiden, da wusste ich, dass eine Waffe das Einzige wäre, das mir ein gewisses Gefühl von Sicherheit geben könnte. Leibwachen waren eben nur bis zu einem bestimmten Grad wirkungsvoll. Hätte Halias Miranna zur Kapelle begleitet, dann aber davor auf sie gewartet, wäre sie immer noch allein und damit ungeschützt gewesen. Und wenn jemand neben mir einen Dolch zückte, um mir etwas anzutun, dann musste ich zu mehr in der Lage sein als nur zum Schreien.

»Eine Waffe?«, echote Steldor mit hochgezogenen Augenbrauen, und aus seinen Worten klang ein wenig von der Arroganz, die ich in letzter Zeit so gar nicht an ihm vermisst hatte. »Also wirklich, Alera, ich weiß, dass du Angst hast, aber damit würdest du dich entweder selbst verletzen oder man würde die Waffe gegen dich verwenden. Du weißt doch gar nicht damit umzugehen …«

Er verstummte, und ich schlug verlegen die Augen nieder. Ich wusste, dass er jetzt an meine wenigen Unterrichtsstunden in Sachen Selbstverteidigung bei Narian dachte, von denen er auf irgendwelchen Kanälen erfahren hatte. Ich war sicher keinesfalls besonders gewandt, aber ich wusste durchaus, wie man eine Waffe führt, was Steldors Hauptargument entkräftete. Allerdings war alles, was mit Narian zusammenhing, ein heikles Thema, und ich vermochte Steldor in dieser Hinsicht im Moment nicht einzuschätzen.

»Am besten setzt du deinen Tag wie gewohnt fort«, sagte er mit sorgsam kontrollierter Stimme.

Ich verließ den Raum ohne ein weiteres Wort und war dankbar, ungescholten davongekommen zu sein. Mit mir kamen zwei Elitegardisten, die Steldor offenbar ausgewählt hatte. Als ich den Thronsaal durchschritt, sah ich Casimir dort auf den König warten.

Im Laufe der nächsten paar Tage verließ mich alle Hoffnung. Ich sehnte mich wie nie zuvor nach der Stimme meiner Schwester, nach ihrem aufblitzenden Lächeln, dem Anblick ihrer rotblonden Locken, die auf ihrem Rücken hüpften. Aber zusätzlich verfolgten mich jetzt auch noch die Gedanken an London, der sich – sofern er überhaupt noch am Leben war – allein und schwer verletzt irgendwo in der Wildnis befand. Und zu allem Überfluss umgab mich die Furcht wie eine zweite Haut. Sie begleitete mich ebenso wie die beiden Leibwächter, die mir keinen Augenblick Sicherheit vermittelten, überallhin.

Cannan hatte inzwischen Destari und Galen die Erlaubnis erteilt, den Fluss zu überqueren und auf cokyrisches Gebiet vorzudringen, um nach London zu suchen. Die Wahrscheinlichkeit, ihn überhaupt noch zu finden, schwand kontinuierlich, und meine permanente Sorge verwandelte sich in vorzeitige Trauer. London hatte sein Leben so oft riskiert und war dem Tod vielmals entgangen, aber sein Glück konnte doch nicht ewig dauern. Vielleicht hatte er bereits alle Chancen, die das Schicksal ihm zu gewähren bereit war, verbraucht. Ich rang darum zu akzeptieren, dass er möglicherweise nie gefunden, nie von denen, die ihn liebten, begraben und die Geschichte von seinem Ende nie bekannt würde.

In meiner gegenwärtigen Verfassung sehnte ich mich des Abends geradezu verzweifelt nach Steldors Gesellschaft, da ich mich dann etwas sicherer fühlte. Er wurde jedoch zunehmend reizbarer – die Verantwortung seines Amtes, der drohende Krieg, seine eigenen Sorgen um Miranna, London und nun auch noch Galen forderten ihren Tribut. Und selbst wenn ich all das verstand, so empfand ich doch eine gewisse Kränkung, wenn er ohne ersichtlichen Grund wieder einmal die Geduld mit mir verlor. Vor allem wenn es um das Kätzchen ging, auf das er zunehmend ungehalten reagierte.

»Würdest du ihm vielleicht einfach einen Namen geben?«, sagte er eines Abends aufgebracht, während er seine Waffen über den Kamin hängte.

»Was ist denn so schlimm daran, ein Kätzchen ›Kätzchen‹ zu nennen?«, fragte ich vom Boden aus, wo ich gerade mit dem kleinen Fellknäuel spielte.

»Es ist ein Kater, das ist es«, ließ Steldor mich wissen, setzte sich aufs Sofa und legte seine Füße mitsamt den Stiefeln übergeschlagen auf den niedrigen Tisch. »Der Kater braucht einen Namen, damit er kein verwöhntes Milchgesicht wird.«

»Ich glaube nicht, dass *Kätzchen* sich etwas daraus macht, verwöhnt zu werden«, bemerkte ich und setzte das Tierchen auf meinen Schoß. »Warum bekümmert dich das denn so?«

»Es bekümmert mich nicht!«, fauchte Steldor und fuhr sich mit einer Hand durch seinen dunklen Schopf. Er schloss die Augen und holte langsam tief Luft, um sich zu beruhigen. Dann stand er auf und holte sich seine Waffen, obwohl er unsere Gemächer doch gerade erst betreten hatte.

»Ich muss gehen«, sagte er, ohne mich anzusehen. »Ich brauche frische Luft.«

Ich nickte, und er ging zur Tür, doch als er sie öffnete und auf dem Gang den wartenden Casimir entdeckte, knurrte er vor Wut und knallte sie wieder zu. Stattdessen zog er sich in sein Schlafgemach zurück, dessen Tür er mit der gleichen Heftigkeit schloss.

»Der König ist aber sehr dünnhäutig«, murmelte ich halblaut, konnte aber gleichzeitig Steldors Verfassung gut nachvollziehen, denn die schwerwiegenden Ereignisse, um die er sich zu kümmern hatte, machten ihm zweifellos großen Kummer.

Zwei Nächte später schlief ich unruhig und gequält von den eigenartigen Träumen, die mich inzwischen allnächtlich heimsuchten, bis ich von einem leisen, aber wiederholten Klopfen geweckt wurde. Ich erhob mich vom Bett, schlüpfte in meinen Morgenmantel und öffnete die Tür. Dort entdeckte ich Steldor in erregtem Gespräch mit einem Gardisten. Sein nackter Oberkörper ließ mich vermuten, dass auch er aus dem Schlaf gerissen worden war. Der Wachmann ging, Steldor wandte sich um und entdeckte mich.

»Destari und Galen sind zurück«, sagte er unumwunden, ging in sein Zimmer und kam schon nach wenigen Augenblicken voll bekleidet wieder heraus.

»Haben sie London bei sich?«, fragte ich mit hämmerndem Herzen.

»Ja, aber ich weiß nicht, in welchem Zustand er ist.«

»Aber er lebt, oder?«

Steldor nickte, legte seinen Waffengürtel um und augenblicklich erfüllte mich unbeschreibliche Erleichterung.

»Wo ist er? Kann ich ihn sehen?«, rief ich mit vor Aufregung schriller Stimme.

»Man hat ihn in eines der Gästezimmer im zweiten Stock gebracht, aber Alera …« Er verstummte und sah mich bekümmert an. »Es geht ihm nicht gut, Alera. Du musst das verstehen – die Tatsache, dass man ihn nach Hause gebracht hat, bedeutet nicht, dass der Tod ihm nichts anhaben könnte.«

Ich nickte und wiederholte entschlossen meine Frage: »Kann ich ihn sehen?«

Steldor musterte mich zögernd. Ich hatte keine Vorstellung davon, was mich erwartete, wenn ich London sehen würde, wie schrecklich seine Verwundung sein mochte oder wie ich seinen Zustand aufnehmen würde. Aber ich wusste, dass ich zu ihm musste.

»Ich rate dir davon ab, aber ich werde es dir nicht verbieten«, sagte Steldor schließlich.

Ich dankte ihm, bevor er auf den Flur hinaustrat, dann begab ich mich zurück in mein Schlafgemach, um mein Nachthemd und meinen Schlafrock auszuziehen. Sobald ich mich angekleidet hatte, eilte ich gefolgt von meinen beiden Leibwächtern über die Wendeltreppe, die der königlichen Familie vorbehalten war, in den zweiten Stock hinauf. Oben angekommen hörte ich bereits Stimmen und sah schwaches Licht aus der offenen Tür eines der Gästezimmer auf der Rückseite des Palasts dringen. Die

Gemächer meiner Eltern lagen am anderen Ende des Ganges. Ich lief schnell näher und trat ein ohne anzuklopfen.

Cannan, Galen, Steldor und Destari unterhielten sich ein paar Schritte von dem verletzten Elitegardisten entfernt und versperrten mir so die Sicht auf den im Bett Liegenden. Angesichts der Schwere seiner Verletzungen war das vielleicht sogar gut. Steldor hatte mich kommen hören, drehte sich um und führte mich sogleich zu einem Sessel neben dem brennenden Kaminfeuer auf der anderen Seite des Raumes. Von dort sah ich, dass Bhadran, der langjährige königliche Leibarzt, sich über das Bett beugte.

»Er lebt, wurde aber von mehreren Pfeilen durchbohrt«, sagte Steldor leise und offenbar verunsichert, wie ich diese Neuigkeit aufnehmen würde. »Er hat überaus viel Blut verloren und ist sehr geschwächt. Der Arzt entscheidet gerade, ob man versuchen sollte, die Pfeile zu entfernen.«

Ich erbleichte und versuchte dann unwillkürlich, um ihn herumzugehen.

»Das möchtest du lieber nicht sehen«, sagte Steldor und fasste mich am Arm. »Bleib einfach hier sitzen. London würde deine Nähe ohnehin nicht bemerken – er ist vor Schmerz und Schock ohnmächtig.«

Ich gehorchte und versuchte, meine Gefühle im Zaum zu halten. Wenn ich die Möglichkeit bekam, doch mit London zu sprechen, musste ich für ihn stark sein, so wie er stets für mich stark gewesen war. Steldor kehrte zu den anderen zurück und nahm das Gespräch wieder auf, das seit meinem Eintreffen leiser geführt wurde. Ich wartete wie alle anderen auf Bhadrans Einschätzung, während London so unbeweglich und stumm dalag, dass mir die ganze Situation geradezu grotesk vorkam. Fast als hätte er meine Gedanken gehört, vernahm ich plötzlich Londons Stimme. Schwach und erschöpft, aber dennoch unverwechselbar.

»Will mir nicht endlich jemand diese verdammten Pfeile aus dem Leib ziehen?«

Ich sprang von meinem Platz auf, um ihn zu sehen, doch Steldor hob die Hand und hielt mich auf. Destari war im selben Moment an Londons Seite, während ich mich widerstrebend wieder setzte, allerdings nur auf die Kante des Sessels. Ich nahm es als gutes Zeichen, dass er bei Bewusstsein war.

»Bleib ruhig liegen«, riet Destari seinem Freund. »Der Arzt wird entscheiden, was zu tun ist.«

Cannan trat ebenfalls näher an das Bett, wenn auch mit anderer Absicht.

»Was gibt es für Neuigkeiten aus Cokyri?«, fragte er so unumwunden wie immer.

»Nach wie vor ein Mann weniger Worte«, erwiderte London. Er sprach langsam und unter großen Mühen. »Ihr fürchtet wohl, ich könnte Euch wegsterben. Also besser die Information noch rasch aus mir herauszerren.«

Er lachte leise, musste husten, und ich hörte, während mein Magen sich verkrampfte, dass sein Atemgeräusch in einem seltsamen Gurgeln unterging. Kurz darauf zwang er sich weiterzureden.

»Die Cokyrier ziehen ihre Truppen zusammen und holen zum Großangriff aus. Zahlenmäßig sind sie uns weit überlegen … und sie haben Narian. Er wird den Angriff anführen.«

»Nein!«, rief ich unwillkürlich, kam auf die Füße und drängte mich vor, denn Londons Worte klangen zu schrecklich, um wahr zu sein. Steldor fing mich in der Nähe des Bettes ab und zog mich an seine Brust, aber er war nicht schnell genug, sodass ich einen Blick auf Londons Wunden erhaschte.

London lag auf dem Rücken, bleich, schwitzend und verdreckt. Sein Hemd war bis zur Mitte aufgeschnitten, aber nicht ganz entzwei. Aus getrocknetem Blut und Schmutz ragten die Schäfte von drei Pfeilen heraus, einer in der Schulter, einer in seiner Brust und einer aus dem Bauch. Alle wirkten wie seltsam verdrehte Nägel. Rund um die Einstichstellen war die Haut geschwollen, verfärbt und erinnerte an Spinnennetze.

Der Anblick verschlug mir den Atem, und ich klammerte mich hilflos an Steldor. Mein Gemahl schlang seine Arme noch fester um mich, und ich vergrub meinen Kopf an seiner Schulter, um nichts mehr sehen zu müssen.

»Ich berichte nur, was ich selbst gesehen habe«, fügte London hinzu, und ich wusste, dass diese Worte an mich gerichtet waren. Cannan kam ohne Umschweife und ohne auf meine Reaktion einzugehen zum eigentlichen Thema zurück. »Wie lange werden sie noch brauchen, um zum Angriff gerüstet zu sein?«

Ich schaute auf und versuchte, nur in Londons Gesicht zu blicken. Er mühte sich, seine Position zu verändern und schrie auf, bevor er wieder still dalag. Dann erbleichte er und schien erneut das Bewusstsein zu verlieren. Nachdem er noch einmal mühsam Luft geholt hatte, beantwortete er jedoch die Frage.

»Sie machten sich zur Truppenverlegung bereit, als ich aufbrach«, sagte er mit noch gequälterer Stimme. »Ich hatte ein wenig Probleme bei meinem geordneten Rückzug. Wir werden noch eine gute Woche Zeit haben, bis sie den Recorah überqueren werden.«

Es herrschte Schweigen, während die militärisch bewanderten Männer die Nachricht verarbeiteten. Kurz darauf bedeutete Cannan dem Arzt, mit ihm beiseitezutreten, doch London rief sie beide zurück.

»Lasst ihn sagen, was er denkt. Ich habe ein Recht zu erfahren, wie schwer verletzt ich bin.«

Bhadran trat unbehaglich von einem Fuß auf den anderen und sah Cannan fast bittend an, denn offensichtlich wollte er dem Sterbenden die schlechten Nachrichten nicht ins Gesicht sagen.

Nachdem er geseufzt und sich den Nacken gerieben hatte, erstattete der betagte Arzt widerstrebend Bericht.

»Ein Pfeil hat sein linkes Schulterblatt zertrümmert, daher kann er seinen Arm nicht mehr benutzen; der zweite hat einen Lungenflügel durchbohrt, wodurch seine Atmung erschwert wird; der dritte steckt in seinem Bauch und hat schwere innere Blutungen verursacht. Der einzige Grund, aus dem er noch am Leben ist, besteht darin, dass alle drei Pfeile wundersamerweise lebenswichtige Organe verfehlt haben. Dennoch müsste er inzwischen eigentlich verblutet sein, aber die Wunden haben sich um die Pfeilschäfte herum geschlossen und so den Blutverlust gestoppt. Dafür entwickelt sich jetzt eine Infektion, worauf die Schwellung und Rötung und auch sein Fieber hindeuten.«

Nachdem er einen Blick, aus dem tiefstes Mitleid und Bedauern sprach, auf London geworfen hatte, beendete Bhadran seine Einschätzung.

»Man kann die Pfeilspitzen nicht herausziehen. Die einzige Möglichkeit, sie zu entfernen, bestünde darin, sie herauszuschneiden. Allerdings würde das nicht nur die Wunden erneut öffnen, sondern auch weiteren Schaden und unbeschreibliche Schmerzen hervorrufen. Zudem wäre es sinnlos, denn er würde noch während der Operation verbluten. Der einzige Rat, den ich noch geben kann, ist, es ihm so leicht wie möglich zu machen, bis er der Infektion, den inneren Blutungen oder dem Wundstarrkrampf erliegt.«

Erst herrschte Schweigen, dann lächelte London mühsam. »Er scheint einer Meinung mit Euch zu sein, Cannan. Auch er glaubt, dass ich sterben werde.«

Ich hatte Mühe, Luft in meine Lungen zu bringen, und

merkte erst jetzt, dass mir Tränen in Strömen über die Wangen liefen. Ich biss die Zähne zusammen, fühlte mich erbärmlich und schwach, weil ich genau wusste, dass es nichts gab, was ich tun konnte. London sah mich mit seinen verschleierten indigofarbenen Augen an, denen man anmerkte, dass er nur noch mit Mühe etwas wahrnehmen konnte.

»Ich will, dass diese Pfeile jetzt herausgezogen werden«, befahl er barsch und mit erstaunlicher Entschlossenheit.

Der Arzt starrte ihn ungläubig an, dann wandte er sich an die anderen Männer im Raum.

»Versucht Ihr, ihm gut zuzureden. Ich werde ihm etwas gegen die Schmerzen geben und damit er zur Ruhe kommt, aber ich will nicht grausam sein. Zu mehr bin ich nicht bereit.«

Bhadran stellte ein Fläschchen auf den Nachttisch, verneigte sich vor Steldor und mir und zog sich zurück. Steldor geleitete mich zurück zu dem Sessel am Kamin und half mir, mich hinzusetzen, denn meine Füße verweigerten mir ihren Dienst. Als ich dort saß, versuchte ich den Schwindel durch langsames Atmen zu vertreiben, aber ich war froh, dass Steldor an meiner Seite blieb und mir eine Hand auf den Arm legte.

London würde sterben. Diese abscheulichen Wunden hatten ihm die Cokyrier zugefügt. Wunden, von denen ich mir wünschte, sie nie gesehen zu haben, würden ihm den Tod bringen. Ein Gefühl tiefer Verlassenheit überkam mich. Bald würde ich zwei lebenslange Begleiter verloren haben – erst Miranna, dann London. Noch dazu war der Mann, den ich liebte, schon lange verschwunden und würde jetzt für seinen ruchlosen Meister kämpfen. Am liebsten hätte ich geschrien und das Schicksal angeklagt, weil alles, was bis vor Kurzem noch meine Welt ausgemacht hatte, so schrecklich aus dem Lot geraten war.

»Destari«, rief London seinen Freund näher zu sich. »Destari, wenn der Arzt sie nicht herausholt, musst du es tun.«

Der imposante Elitegardist zuckte bei dem Vorschlag sichtlich zurück.

»Der Schmerz wäre unerträglich«, argumentierte Destari und schüttelte den Kopf. »London, es tut mir leid, aber ich will nicht derjenige sein, der für deinen –«

»Der Schmerz wird nachlassen, wenn sie erst draußen sind, und egal, was der Arzt meint, ich habe jedenfalls die Absicht durchzukommen«, brummte London. »Ich kann nicht ... Ich werde bald wieder das Bewusstsein verlieren, also werde ich sowieso nicht viel spüren. Du musst das für mich tun.«

Destari zögerte und kämpfte mit diesem schrecklichen Dilemma – entweder fügte er seinem Freund grässliche Schmerzen zu oder er ignorierte dessen Bitte, auch wenn es vielleicht die letzte war, die er je an ihn richten würde.

»Es hat keinen Sinn, länger zu warten«, sagte London mit zusammengebissenen Zähnen. »Wenn ich schon sterben muss, dann will ich es wenigstens bei dem Versuch tun zu überleben.«

Destari reckte sich und gab nach. »Also gut.« Dann wandte er sich an Cannan. »Sir, ich brauche viel Alkohol und Lappen, um die Blutung zu stoppen. Außerdem benötige ich einige Leute, die ihn niederhalten – ich werde die Pfeilspitzen regelrecht aus dem Fleisch graben müssen. Wenn er es überlebt, brauchen wir Verbände und frisches Bettzeug.«

»Galen und ich werden Euch zur Seite stehen«, bot Steldor an, woraufhin ihn der Haushofmeister mit erschrocken hochgezogenen Augenbrauen ansah, jedoch nicht widersprach. Mit einem Seitenblick auf seinen Vater fügte Steldor noch hinzu: »Jemand sollte Alera hinausbegleiten.«

»Ich werde mich um alles kümmern«, versicherte der Hauptmann, sowohl an seinen Sohn als auch an Destari gerichtet.

Als Cannan zu mir trat, war ich bereits aufgestanden und ging vor ihm auf den Flur hinaus. Ich ließ ihn passieren, damit er Casimir die von Destari genannten Dinge holen lassen konnte. Gleich vor dem Zimmer rutschte ich mit dem Rücken an der Wand entlang zu Boden und war nicht gewillt, mich weiter zu entfernen. In meinen Gemächern hätte ich ohnedies keinen Schlaf mehr gefunden, und falls es mit London zu Ende ginge, wollte ich bei ihm sein, wenn er starb. Cannan warf mir einen mitfühlenden Blick zu, bevor er gemeinsam mit Casimir die Treppe hinunterlief.

Bald darauf kehrte Casimir mit einer Dienstmagd zurück. Gemeinsam trugen sie die benötigten Utensilien. Doch nur der Leibwächter des Königs betrat das Zimmer und schaffte alles hinein. Daraufhin verschwand das Mädchen eilig wieder und ließ mich mit Casimir und meinen Leibwächtern, die alle respektvollen Abstand zu mir wahrten, auf dem Gang zurück.

Ich hörte London stöhnen und vermutete, dass Destari zuerst die Wunden desinfizierte, dann war es bedrückend still. Einen Augenblick später hätte ich alles gegeben, um die Ruhe zurückzuholen, denn ein halb unterdrückter Schrei zerriss die Stille. Ich umschlang mit den Armen meine Knie und biss mir auf die Lippe, bis sie blutete. Außerdem widerstand ich dem Verlangen, den Kopf in meinen Armen zu begraben, damit ich nichts mehr hören musste. Da ertönte der nächste Schmerzensschrei, dann ein weiterer und immer so fort, bis mein eigenes Schluchzen gar nicht mehr zu hören war. Ich sehnte das Ende dieser Qual herbei, doch als die letzten Schreie verstummt waren, packte mich neue Furcht. Ob Destari sein Gemetzel unterbrochen oder London seinen Wunden wohl erlegen war?

Eine Stunde verging, in der mir außer den Wachen nur die Schatten in dem schwach erleuchteten Gang Gesellschaft leisteten. Gelegentlich schauderte ich, denn nur die darunterliegenden Räume brachten ein wenig Wärme in diesen Teil der zweiten Etage. Zudem hatte ich nicht daran gedacht, einen Umhang mitzunehmen. Aber die Kühle war mir sogar ganz recht, denn sie half ein bisschen gegen die Übelkeit.

Endlich ging die Tür auf und Galen erschien, gefolgt von Steldor. Beide waren an Händen, Armen und Oberkörper blutbefleckt. Der Haushofmeister taumelte gegen die Wand, hinterließ einen roten Fleck, wo er sich abgestützt hatte, und krümmte sich schließlich würgend auf dem Holzboden.

Ich stand auf, als Galen sich den Mund abwischte und ich in sein grünliches Gesicht sehen konnte. Steldor trat zu ihm und legte eine Hand auf die Schulter des Freundes, dann schaute er mich mitleidig an.

»Du hättest nicht hierbleiben sollen, Alera. Es gab keinen Grund für dich, das mit anzuhören.«

»Wie geht es ihm?«

Just in diesem Moment kam Destari auf den Flur. Er war nicht nur blutbefleckt wie die beiden anderen, sondern regelrecht blutüberströmt. Ich würgte und musste die Augen schließen, damit es mir nicht wie Galen erging. Als mein Magen sich beruhigt hatte, wischte Destari sich gerade das Blut von Unterarmen und Händen. Das Hemd hatte er bereits ausgezogen. Er war kreideweiß, seine Haltung angespannt, meine Anwesenheit schien er gar nicht zu bemerken. Wahrscheinlich hatte er zu viel damit zu tun, die Bilder der vergangenen eineinhalb Stunden zu verarbeiten, um auf meine Befindlichkeit zu achten.

»Destari, wie geht es ihm?«, fragte ich und wandte mich damit an denjenigen, der wohl am besten Bescheid wusste.

Der Gardist sah Steldor und Galen fragend an, die jedoch beide schwiegen. Frustriert schob ich mich an den dreien vorbei und wollte in Londons Zimmer.

»Nein, Alera«, sagte Steldor, packte mich um die Taille und zog mich zurück.

»Da drinnen sieht es ziemlich schlimm aus«, sagte Destari zu mir und sah aus, als hätte er eine Reise in die Hölle und zurück hinter sich. »Lass uns erst das Ärgste beseitigen.«

Auf mein Nicken hin kehrten Destari und Galen in das Zimmer zurück, doch Steldor schien mich nicht schon wieder allein auf dem Gang mit den Leibwächtern, die ich kaum kannte, zurücklassen zu wollen.

»Warum holst du nicht eine Dienstmagd, die Galens Hinterlassenschaft wegputzt?«, schlug er vor, wohl um mir eine Aufgabe zu geben. »Ansonsten können wir jetzt nichts anderes tun, als zu warten.«

Er küsste mich auf die Wange und folgte dann den beiden anderen. Ich ging die Wendeltreppe hinunter, um nach einer Bediensteten zu suchen und stellte fest, dass inzwischen die Sonne aufgegangen war. Dann kehrte ich auf den Gang vor Londons Zimmer zurück und schritt dort auf und ab, während der Boden geschrubbt wurde. Ich wünschte, es hätte noch irgendetwas Nützliches für mich zu tun gegeben. Nach einer Zeitspanne, die mir unendlich lang erschien, öffnete Steldor endlich die Zimmertür und winkte mich herein.

London lag bewusstlos auf dem Bett. Seine Brust hob und senkte sich kaum merklich. Das Hemd hatten sie ihm komplett ausgezogen, und sein Rumpf war mit weißen Bandagen fest verbunden. Die Farbe seiner Haut hatte fast denselben Ton. Das Bett war frisch bezogen, und die alten

Laken waren hinausgebracht worden, um sie zu verbrennen.

Ich trat an Londons Bett, wo Destari mir sogleich einen Stuhl hinschob, dann legte ich meine Hand auf seine Stirn. Die Hitze, die von dort ausging, überraschte mich, denn angesichts seiner Blässe hätte ich Kühle erwartet. Aber der Arzt hatte recht gehabt, als er London Fieber attestiert hatte. Ich strich ihm seine silbergrauen Stirnfransen aus den Augen und wusste, dass, wo auch immer er gerade sein mochte, er in diesem Moment seinen geschundenen Körper nicht spürte. Und ganz gewiss war ihm nicht klar, dass, sobald er erwachen würde – falls er überhaupt erwachte –, der Schmerz sich verzehnfacht haben würde.

12. Antworten

Ich blieb den ganzen Tag über an Londons Seite, abgesehen von einem kurzen Gang in die Bibliothek, um mir ein paar Bücher zu holen. Steldor und Galen hatten fortgemusst, um ihren Pflichten nachzukommen. Mein Gemahl hatte dafür gesorgt, dass mir das Essen in Londons Zimmer gebracht wurde. Destari leistete mir in den langen Stunden Gesellschaft und kümmerte sich immer wieder um das Kaminfeuer. Wir wechselten nicht viele Worte, während wir darauf warteten, dass unser Freund, abgesehen von seiner schwachen Atmung, weitere Lebenszeichen äußerte. Irgendwann legte ich den Kopf auf den Rand der Matratze und schlief nach einem Gebet, dass er sich bewegen möge, mit einer Hand auf Londons Arm ein.

Zeitig am nächsten Morgen erwachte ich und merkte, dass jemand mich bequemer in den Sessel zurückgelehnt und eine Decke über mich gebreitet haben musste. Einen Augenblick lang wusste ich nicht, wo ich mich befand, bis ein leises Stöhnen von London mich hellwach werden ließ. Seine Augen waren nach wie vor geschlossen, aber seine Brauen gerunzelt. Ich legte eine Hand auf seine Stirn, um zu fühlen, ob er fieberte, und freute mich, dass sie schon deutlich kühler war als am Vortag.

Destari war sofort an meiner Seite, als ich leise Londons Namen rief und so versuchte, ihn ins Bewusstsein zurückzubringen. Es dauerte nicht lange, bis er mühsam die Lider hob und seinen trüben Blick auf mich richtete. Er schien schwach über meine besorgte Miene zu lächeln, aber selbst das strengte ihn sichtlich schwer an.

»Wie geht es dir?«, fragte ich, was eine nicht ganz passende Frage war, aber ich war einfach so froh, nachdem ich gespürt hatte, dass sein Fieber gesunken war.

Ohne zu überlegen, versuchte London mit den Schultern zu zucken, schrie aber sogleich auf und verzog das Gesicht zu einer Grimasse des Schmerzes.

»London …«, sagte ich hilflos und strich ihm das Haar zurück, als könne ich so den Schmerz beseitigen.

»Nur die Ruhe«, riet Destari ihm mit einem Grinsen zu. »Heute musst du nirgendwo mehr hin.«

Nach einem fast unsichtbaren Nicken sah London wieder mich an und ein Funke seines Sarkasmus kehrte zurück.

»Alera, du solltest gehen und dich ausruhen. Du siehst schrecklich aus.«

Ich musste lachen und war dankbar dafür, die bedrückende düstere Anspannung, die im Raum herrschte, sprengen zu können.

»*Ich* sehe schrecklich aus?«, fragte ich zurück und schüttelte den Kopf. Mir fiel wieder ein, dass meine Kleidung mit getrocknetem Blut befleckt war, weil ich mich an Steldor vorbeigedrängt hatte. »Dass ich das ausgerechnet von dir hören muss, kränkt mich aber gehörig.«

Er deutete ein Lachen an, wurde jedoch wieder von Schmerzen überwältigt. Dabei sah er meine verängstigte Miene und versuchte, mich zu beruhigen.

»Ich werde schon wieder, Alera.« Sein Blick wanderte zu seinem Kameraden, während er hinzufügte: »Destari ist nämlich ein erstaunlich guter Wundarzt.« Einen Augenblick lang schien er abzudriften, doch er zwang sich zu einem weiteren Satz. »Du solltest wirklich gehen und morgen wiederkommen. Wahrscheinlich werde ich ohnehin den ganzen Tag verschlafen.«

Langsam fielen ihm die Augen wieder zu, aber ich blieb. Wenig später erschien Cannan, um nach seinem verwundeten Stellvertreter zu sehen. Er nahm Destari beiseite, um einige Worte mit ihm zu sprechen, bevor er sich an mich wandte.

»Alera, ich werde mit Bhadran sprechen und einen Heilkundigen kommen lassen, der bei London bleibt. Dann solltet Ihr gehen und Euch ausruhen. Sollte es ihm schlechter gehen, werde ich dafür sorgen, dass Ihr sogleich Nachricht erhaltet.«

Ich nickte dankbar und Cannan ging wieder. Allerdings blieb ich bei London, bis der angekündigte Heilkundige erschien, um meinen Platz einzunehmen. Destari, der nun wieder als mein Leibwächter fungierte, begleitete mich, und so kehrten wir in meine Gemächer zurück. Er ließ sich im Salon nieder, während ich in mein Nachthemd schlüpfte und dann in mein Bett. Bis zum späten Nachmittag schlief ich, dann machte ich mich frisch und suchte das Speisezimmer meiner Familie auf.

Seit Mirannas Entführung hatte ich keine Mahlzeit mehr mit meinen Eltern eingenommen, denn ich hatte den leeren Stuhl meiner Schwester nicht sehen wollen. Meine Eltern erschienen kurz nach mir, und das Haar meines Vaters schien mir deutlich grauer als vor Beginn dieses Albtraums. Sein Gesicht wirkte verhärmt. Im Unterschied dazu, sah meine Mutter in ihrem Kummer sogar noch würdevoller aus.

Nachdem Diener die Platten mit den Speisen serviert hatten, legte sich Schweigen über uns. Jeder sehnte sich nach ein wenig Normalität, doch gleichzeitig brachte keiner die Kraft zu einer simplen, erbaulichen Konversation auf. Als wir zu essen begannen, brach das leise Klirren des Bestecks auf den Tellern die ansonsten lähmende Stille. Das eintönige Geräusch senkte sich so tief in mein Bewusstsein, dass ich wusste, ich würde es noch lange nach dieser Mahlzeit hören.

Nach dem Essen ließ mein Vater verlauten, dass er sich nun zur Ruhe begäbe, aber er verließ den Tisch deutlich langsamer als sonst, um sich in seine Gemächer im zweiten Stock zu begeben.

»Es ist gut, dass du gekommen bist, Liebes«, sagte meine Mutter aufrichtig, während sie sich anschickte, ihrem Gemahl zu folgen. Sie schenkte mir ein kleines Lächeln und fügte noch hinzu: »Wie ich höre, geht es London besser.«

»Ja, das tut es, und wenn er zu Kräften kommt, wächst auch die Hoffnung auf Mirannas Rettung.«

Ich wollte ihre Qual und Traurigkeit wenigstens ein klein wenig lindern, doch stattdessen linderte sie die meine.

»Ich habe die Hoffnung nicht verloren, nur die Zeit, die ich mit ihr hätte verbringen können. Ich bin so froh, dass du wieder unter uns weilst – ich möchte nicht auch noch Zeit mit dir verlieren.«

Sie umarmte mich flüchtig und überließ mich dann meinen Gedanken. Ich kehrte in meine Gemächer zurück und fühlte mich ein wenig besser. Zum einen, weil ich mich ausgeruht hatte, zum anderen, weil ich London auf dem Wege der Besserung sah. Kätzchen begrüßte mich freudig, und so verbrachte ich den Abend mit meinem flauschigen Haustier und einem guten Buch in einen der Ledersessel vor dem Kamin gekuschelt.

Am darauffolgenden Tag ging es London deutlich besser. Seine Stimme klang fester, er atmete leichter. Natürlich brauchte er noch sehr viel Schlaf, also nahm ich mir vor, meinen Besuch kurz zu halten. Während Destari und ich uns mit ihm unterhielten, erschien Bhadran, um nach seinem Patienten zu sehen. Wahrscheinlich hatte er erwartet, auf eine Leiche zu treffen, stattdessen musste der völlig perplexe Arzt zugeben, dass der Gardist sich auf dem Wege der Besserung befand und die Infektionskeime offenbar bei der Entfernung der Pfeilspitzen herausgeblutet waren. Als er kurz darauf wieder ging, schlossen sich Destari und ich ihm an und überließen London wieder der Pflege der heilkundigen Hilfskraft.

Am nächsten Nachmittag saß London bereits gegen einen Stapel Kissen gelehnt, hatte einen Pergamentbogen auf dem Schoß und mehrere Kreidestückchen auf der Decke um sich herum verteilt. Der Heilkundige war nicht mehr zugegen, was darauf schließen ließ, dass Bhadran seinen Patienten bereits besucht und ihm weitere Fortschritte attestiert hatte. Destari nahm auf dem Gang Aufstellung, um mir ein wenig Zeit unter vier Augen mit meinem früheren Leibwächter zu gewähren.

»Wie fühlst du dich?«, fragte ich, während ich neben seinem Bett Platz nahm und neugierig war zu sehen, was er da machte. Als ich noch ein kleines Mädchen war, hatte er oft für mich gezeichnet, meist Bilder von Tieren, doch seither hatte ich keines seiner Werke mehr zu Gesicht bekommen.

»Du solltest dir eine neue Frage ausdenken«, sagte er, und ich freute mich über seinen scherzhaften Ton. »Denn das fragst du mich jedes Mal, wenn du durch diese Tür kommst.«

»In Anbetracht der Umstände scheint sie mir auch berechtigt, aber wenn ich Rückschlüsse aus deiner Stimmung ziehen darf, dann geht es dir tatsächlich besser.«

»Das tut es, aber leider wächst mit zunehmender Genesung auch meine Langeweile. Ich fürchte, den Müßiggang nie gelernt zu haben.« Er konnte sich einen kleinen Seitenhieb auf seinen Vorgesetzten nicht verkneifen und fügte noch hinzu: »Natürlich ist es völlig unverständlich, dass Cannan und der Arzt darauf bestehen, dass ich weiter das Bett hüte.«

»Du scheinst dich doch recht gut zu beschäftigen.« Ich

zeigte auf den obersten Pergamentbogen eines ganzen Stapels und ignorierte seine Bemerkung bezüglich Cannan und Bhadran. »Hast du schon viel gezeichnet?«

»Ein paar Sachen. Das einzig Gute ist, dass nur mein linker Arm getroffen wurde.«

»Darf ich sie sehen?«

»Wenn du möchtest«, antwortete er und klang ein wenig müde.

Ich griff nach dem Stapel und begann die Bilder durchzublättern. Als Sechsjährige war ich nicht in der Lage gewesen, das Talent hinter den Zeichnungen zu erkennen, die er zu meiner Unterhaltung angefertigt hatte, und so staunte ich jetzt über das, was ich sah. Auch wenn es sich nur um Skizzen handelte, so waren die Landschaften und Gebäude mit erstaunlicher Detailliertheit und unglaublich naturgetreu wiedergegeben. Die Ansicht einer großen, ausgedehnten Stadt von weit oben musterte ich eingehend.

»Ist das Hytanica?«, fragte ich und dachte mir gleichzeitig, wie überflüssig diese Frage war, doch seine Antwort überraschte mich.

»Das ist Cokyri.«

Ich nickte, weil ich darauf nichts zu sagen wusste. Wahrscheinlich hatte die lange Zeit, die er jüngst allein in den Bergen zugebracht hatte, das Land des Feindes in sein Bewusstsein gebracht.

»Die meisten der Bilder zeigen Cokyri«, sagte er geistesabwesend und lehnte den Kopf an die Kissen hinter sich.

Nachdem ich mir alle Zeichnungen angesehen hatte, legte ich die Pergamentbögen wieder an ihren Platz zurück und wollte schon eine Bemerkung zu seiner offensichtlichen künstlerischen Begabung machen, als mir ein weiteres Bild, das auf dem Nachttisch lag, ins Auge fiel.

»Was ist denn das?«, fragte ich und griff danach, noch bevor London ein Wort dazu sagen konnte. Da ich es nun schon in Händen hielt, erstarb jeglicher Protest, den er vielleicht hatte vorbringen wollen, doch dafür durchbohrte mich sein Blick.

Es war die Zeichnung einer hübschen, vielleicht zwanzig Jahre alten Frau, deren Züge mir seltsam vertraut erschienen.

»Das ist wunderschön, London«, sagte ich aufrichtig. »Wer ist sie?«

»Nur jemand, den ich einmal gekannt habe.« Seine Antwort war bewusst unbeteiligt und unverbindlich.

Ich sah ihn einen Moment lang an, und eine Unterhaltung mit Destari vor mehr als einem Jahr kam mir in den Sinn. Damals hatte Destari mir erzählt, dass London mit einem Mädchen adeliger Herkunft verlobt gewesen war, bevor die Cokyrier ihn gefangen genommen hatten. Man hatte ihn für tot gehalten, und die Eltern hatten das Mädchen gezwungen, einen anderen zu heiraten. Die Frau auf dem Bild, dessen war ich mir fast sicher, musste seine ehemalige Verlobte sein. Von welcher Frau sonst würde er ein Bild von so umwerfender Schönheit zeichnen?

London riss mich mit einem kurzen Lachen aus meinen Gedanken. »Was denn? Du bist eben nicht die einzige Frau in meinem Leben, Alera.«

»Ich weiß«, sagte ich. »Es ist nur so, dass man daraus, wie du sie gezeichnet hast, fast sicher schließen kann, dass du sie geliebt haben musst.«

Einen Moment lang herrschte Schweigen, und ich lief wegen meiner eigenen Verwegenheit dunkelrot an. Gerade als ich zu einer Entschuldigung ansetzen wollte, schenkte er mir ein schiefes Grinsen und schüttelte den Kopf.

»Es ist bloß eine Zeichnung.«

»Natürlich«, stimmte ich ihm hastig zu, aber dann fiel mir noch eine Möglichkeit ein, meinen Verdacht zu überprüfen. »Darf ich sie behalten?«

Weil er mich misstrauisch musterte, fühlte ich mich zu einer Erklärung genötigt.

»Du zeichnest ja nie mehr etwas für mich, und dieses Bild hier ist so schön.«

»Wenn du es unbedingt willst«, sagte er mit einem Achselzucken, das mich nicht überzeugte.

Wir unterhielten uns noch ein Weilchen, dann lud ich Destari ein, dazuzukommen, denn natürlich wollte auch er sich ein Bild davon machen, wie es London ging. Als es langsam Zeit zum Abendessen wurde, verabschiedete ich mich von London und wünschte ihm noch einen angenehmen Tag.

»Der angenehmste Teil meines Tages geht soeben zu Ende«, erwiderte er.

Ich aß wieder gemeinsam mit meinen Eltern, aber diesmal steckte eine andere Absicht dahinter. Ich wusste, dass meine Mutter mir meine Fragen in Bezug auf London würde beantworten können. Was die Antworten betraf, war ich neugierig und hoffte zudem auf ein wenig Ablenkung. Also betrat ich das Speisezimmer, nahm meinen Platz ein und legte die Zeichnung auf meinen Schoß. Als meine Eltern sich nach dem Essen erhoben, bat ich meine Mutter, noch einen Augenblick bei mir zu bleiben.

»Ich möchte Euch gerne etwas fragen, Mutter.«

Ihre blauen Augen, die mich so sehr an Mirannas erinnerten, strahlten nicht, sahen mich aber aufmunternd an. Sie nickte und setzte sich wieder zu mir. Ich legte Londons Zeichnung vor ihr auf den Tisch, und sie nahm sie nachdenklich in die Hand.

»Kennt Ihr diese Frau?«, fragte ich, als hätte ich selbst keinerlei Vermutung, was ihre Identität anging. Sie musterte den Pergamentbogen sorgsam und runzelte konzentriert die Stirn.

»Ich glaube, das ist Lady Tanda in jungen Jahren«, murmelte sie und bestätigte damit meinen Verdacht. Lady Tanda und meine Mutter waren enge Freundinnen, wenn also jemand so ein Urteil zustand, dann war es die Frau, die gerade neben mir saß.

»Woher hast du das?«, fragte sie und schob das Bild wieder zu mir zurück.

Ich antwortete ihr wahrheitsgemäß: »London hat das gezeichnet und mir erlaubt, es mitzunehmen.«

»Das hat London gezeichnet?«, wiederholte sie, aber aus ihrer Stimme klang mehr als Erstaunen, nämlich regelrechter Unglaube.

Ich nickte und bat sie stumm, sie möge mir mehr erzählen, doch sie schien der Ansicht zu sein, dass es ihr nicht zukam, mehr darüber zu sagen.

»Er besitzt ein gutes Gedächtnis«, sagte sie nur, als wäre die makellose Ähnlichkeit mit der jugendlichen Tanda das einzig Erstaunliche an dieser Sache.

»Aber warum sollte er Lady Tanda zeichnen?«

Meine Mutter blickte zur Tür und drückte so gleichzeitig ihr Unbehagen und die Überflüssigkeit meiner Frage aus.

»Es war schon immer schwer zu sagen, was in Londons Kopf vorging«, sagte sie abweisend, aber ich hatte erfahren, was ich wissen wollte.

Als ich London am nächsten Morgen aufsuchte, waren gerade Cannan und Bhadran bei ihm. Destari gesellte sich sogleich zu den beiden Männern, während ich mich im Hintergrund hielt, um sie ihr Gespräch beenden zu lassen.

»Im Moment spüre ich nur ein Kribbeln«, erklärte London. »Aber ich denke, dass ich meine Finger bald wieder bewegen kann.«

»Das ist unmöglich!«, rief der überaus erfahrene Medikus aus. »Euer Schulterblatt war zertrümmert – die Verletzung müsste Euch für den Rest Eures Lebens beeinträchtigen!«

»Ich scheine aber ganz gut damit zurechtzukommen«, bemerkte London, und zusammen mit seinem Körper schien auch sein alter Sarkasmus sich zu regenerieren.

»Ganz gut«, echote der Arzt lachend. »In der Tat. Dabei solltet Ihr eigentlich tot sein – und das schon mehrfach.«

Einen Moment lang herrschte Schweigen, denn alle erinnerten sich daran, wie London bereits zweimal dem Tod ein Schnippchen geschlagen hatte. Zum ersten Mal, als er vor siebzehn Jahren aus Cokyri geflohen war und die schreckliche Krankheit überstanden hatte, die er von dort mitgebracht hatte. Beim zweiten Mal hatte ihn kurz vor dem letzten Weihnachtsfest ein vergifteter Pfeil durchbohrt. Ganz zu schweigen davon, dass er etwa eine Woche mit drei Pfeilen, die tief in seinem Fleisch steckten, in den Bergen überlebt hatte, bis Destari und Galen ihn schließlich gefunden hatten.

»Ich hatte eben Glück«, sagte London. Nachdem er zunächst den Kopf geschüttelt und dann mir zugenickt hatte, trat Bhadran auf den Flur hinaus. Als ich näher kam, bemerkte ich Londons irritierte Miene.

»Wo ist eigentlich Miranna? Oder ist mein Anblick so furchterregend, dass man sie davon abhält, mich zu sehen?«

Londons Frage verschlug mir den Atem. Cannan und Destari tauschten einen Blick, und mir kam der Gedanke, dass die beiden gehofft hatten, Mirannas Entführung vor ihm geheim zu halten, bis sein Gesundheitszustand stabil wäre. Ich vermochte London nicht in die Augen zu sehen. Sollte ich diejenige sein, die ihm antwortete? Und wenn, würde es mir dann gelingen, die Fassung zu wahren? Er spürte die veränderte Atmosphäre im Raum und wiederholte seine Frage.

»Wo ist Miranna? Ist sie krank?«

Ich sah überallhin, nur nicht zu meinem ehemaligen Leibwächter, und wünschte, dass einer der beiden anderen ihm antworten würde. Schließlich war es der Hauptmann, der ihm die Nachricht unumwunden mitteilte.

»Sie ist nicht da. Der Feind ist in den Palast eingedrungen, und es ist ihm gelungen, eine junge Cokyrierin zu Mirannas Kammerzofe zu machen. Bis uns ein diesbezüglicher Verdacht kam, war die Prinzessin bereits in eine Falle gelockt und entführt. Wir glauben, dass sie noch am Leben ist und in Cokyri gefangen gehalten wird.«

London wurde blass und starrte Cannan mit einer Mischung aus Enttäuschung und Schrecken an. »Warum habt Ihr das vor mir verheimlicht? Und was wurde bis jetzt zu ihrer Rettung unternommen?«

Destari trat vor, als sein Freund so heftig reagierte. Wohl um zu verhindern, dass er aus dem Bett sprang und sich neuerlich verletzte. Doch da ergriff Cannan bereits wieder das Wort.

»Wir warten auf die Forderungen des Feindes. Man hätte reichlich Gelegenheit gehabt, sie zu töten, wenn das beabsichtigt gewesen wäre, daher halten wir ihr Leben nicht für gefährdet. Man hat sie aus einem bestimmten Grund verschleppt, und den wird man uns sicher demnächst mitteilen.«

»Es gibt weitaus Schlimmeres als den Tod«, fauchte London mit vor Wut blitzenden Augen. »Oder wisst Ihr etwa nicht, in wessen Hand sie sich befindet?«

Das fast unsichtbare Zusammenbeißen seiner Zähne verriet mir, dass Cannan dieser Gedanke durchaus bereits gekommen war.

»Ich werde nach Cokyri zurückkehren«, verkündete London und versuchte, sich mit seinem rechten Arm in eine aufrechtere Position hochzuschieben.

»Das kannst du nicht, London«, erwiderte Destari aufgebracht und packte seinen Freund an der Schulter. »Denk nicht einmal daran. Aus diesem Grund haben wir es dir auch nicht gesagt. Wir wussten, dass du im selben Augenblick nicht mehr an dein eigenes Wohlergehen denken würdest. Aber wir brauchen dich gesund. Hier steht noch deutlich mehr auf dem Spiel als Mirannas Leben.«

London sah Destari finster an, dann ließ er sich in die Kissen zurückfallen und brummte resigniert.

»Wann ist es passiert?«, fragte er schließlich grimmig.

Cannan antwortete bereitwillig. »Vor 18 Tagen.«

London zuckte zusammen, als hätte ihn ein Schlag getroffen. »Und seither keinerlei Nachricht aus Cokyri?«

Das nachfolgende Schweigen war ihm Antwort genug.

»Sie werden bald Kontakt zu uns aufnehmen«, versicherte London. »Denn ihre Truppen sind jetzt bereit, ihre Forderungen zu untermauern. Unabhängig von meinem Gesundheitszustand werdet Ihr mich dann brauchen.« Da fiel ihm noch etwas ein. »Wo ist Halias?«

»Er steht unter Hausarrest«, antwortete der Hauptmann. »Er war nicht imstande, mit der Situation angemessen umzugehen.«

»Ich will mit ihm sprechen.«

»Das lässt sich einrichten.« Aus Cannans Stimme sprach unser aller Hoffnung, dass es London gelingen möge, durch die tiefen Schichten irrationaler Schuldgefühle zu Halias durchzudringen.

Da es weiter nichts zu sagen gab, machte Cannan auf dem Absatz kehrt und ließ seine beiden Stellvertreter zurück. Sie starrten einander nur an, und London schien immer noch verärgert, weil man ihn über Mirannas Verschleppung im Dunkeln gelassen hatte.

»Es ist meine Entscheidung, nach Cokyri zurückzukehren, sobald mein Zustand es zulässt«, teilte er Destari nüchtern mit.

»Nein, es ist die des Hauptmannes«, erwiderte Destari unnachgiebig.

London warf ihm einen bitterbösen Blick zu. »Lass mich allein«, fauchte er.

Destari schüttelte den Kopf, hob resigniert die Hände und verließ den Raum. Das Stapfen seiner Schritte ließ deutliche Rückschlüsse auf seine Stimmung zu. Ich saß nach wie vor im Sessel neben Londons Bett und schaute betreten auf meine Hände hinunter. Ich kämpfte mit mir, ob auch ich gehen und was ich noch sagen sollte.

»Soll ich bleiben?«, fragte ich vorsichtig.

London wirkte angespannt und grüblerisch.

»Bleib, wenn es dir beliebt, doch ich will dir ehrlich sagen, dass ich nicht gerade in Plauderstimmung bin.«

Ich nickte, auch wenn er mich gar nicht ansah, und ging zur Tür.

»Alera?« Seine Stimme ließ mich innehalten. Als ich mich umdrehte, entdeckte ich das tiefe Mitgefühl in seinem Blick. »Es tut mir leid. Aber ich verspreche dir, dass ich einen Weg finden werde, sie zurückzubringen.«

Ich nickte erneut und spürte Tränen in mir aufsteigen. Rasch trat ich auf den Gang hinaus, wo Destari mich erwartete. Ich hätte London so gern geglaubt, aber es wollte mir nicht recht gelingen.

13. EINE NACHRICHT FÜR IHRE HOHEIT

London ging es im Verlauf der nächsten Woche immer besser, und er konnte seinen linken Arm fast schon so gut wie vor der Verwundung benutzen. Er war zwar noch empfindlich, ließ sich aber bereits normal bewegen, und auch die Finger konnten wieder greifen. Die meiste Zeit über war er auf, weil er es im Bett nicht mehr aushielt. Alle staunten darüber, vor allem aber Bhadran. Der würdevolle Doktor schien fast gekränkt über Londons unerwartete Genesung, wahrscheinlich weil der Gardist sein Urteil so deutlich widerlegt hatte.

Das war die gute Nachricht. Gleichzeitig war das fortdauernde Schweigen der Cokyrier schwer erträglich. Ich hatte begonnen, Cannans Einschätzung in Zweifel zu ziehen, wonach sie Forderungen stellen würden, denn wenn sie das vorhatten, worauf warteten sie dann? Gleichzeitig versicherte mir allerdings jeder, den ich darauf ansprach – Destari, Steldor, Galen, London und auch der Hauptmann selbst –, dass dies genau dem üblichen Vorgehen der Cokyrier entsprach. Sie wollten uns offenbar derart zermürben, dass wir, sobald sie sich rührten, bedingungslos auf alle Forderungen eingingen.

Ich besuchte London weiterhin täglich, da es ihm noch nicht gestattet war, sein Zimmer zu verlassen. Zwischen den Visiten begann ich, mich wieder in den Palastalltag einzufinden. So suchte ich Tag für Tag mein Arbeitszimmer auf und kam meinen Verpflichtungen nach. Die Untergebenen, mit denen ich zu tun hatte, benahmen sich mir gegenüber zunächst befangen, erkannten jedoch bald, dass mir an der Rückkehr zur Normalität gelegen war, und reagierten entsprechend.

Als das kühlere Septemberwetter die letzten Spuren des Sommers verwischte, vertiefte ich mich in die gewaltige Aufgabe, meine liegen gebliebene Korrespondenz aufzuarbeiten. Ich hatte schon beinahe zwei Stunden mit Feder und Tinte am Schreibtisch in meinem Arbeitszimmer zugebracht, doch der Stapel der zu beantwortenden Briefe schien nicht im Geringsten kleiner zu werden. Da klopfte es eindringlich an der Tür. Bevor ich darauf reagieren konnte, war Destari bereits ins Zimmer getreten.

»Eure Hoheit, Ihr müsst Euch sogleich mit mir in Eure Gemächer begeben. Befehl vom Hauptmann.« Verwirrt von dieser Anordnung erhob ich mich und folgte ihm auf den Gang hinaus, wo mich zwei zusätzliche Wachen erwarteten.

»Was hat das zu bedeuten?«, fragte ich besorgt.

»Das werde ich Euch erklären, sobald Ihr in Euren Gemächern in Sicherheit seid«, erwiderte Destari und geleitete mich in Richtung Prunktreppe.

Wir stiegen in den ersten Stock hinauf und meine schlimmen Vorahnungen wuchsen mit jeder Stufe und jedem Moment, in dem mein Leibwächter schwieg. Als wir unser Ziel erreicht hatten, blieben die beiden Palastwachen auf dem Gang, während Destari und ich den Salon betraten. Als die Tür hinter uns ins Schloss fiel, musterte ich ihn und erinnerte mich, dass eine solche Vorsichtsmaßnahme erst ein Mal ergriffen worden war. Damals hatte die Hohepriesterin um eine Audienz beim König ersucht. Hatten also die Cokyrier endlich den Kontakt zu uns gesucht?

»Nun red schon«, drängte ich.

»Einer unserer Soldaten, die an der Brücke patrouillieren, hat die Nachricht überbracht, dass eine Cokyrierin unterwegs ist, um mit dem König zu sprechen.«

Erleichtert ließ ich mich auf das Ledersofa fallen, wo Kätzchen sich sofort zu mir gesellte und sich an meiner Hand rieb. Doch ich war viel zu abwesend, um ihm meine Aufmerksamkeit zu schenken.

»Und das bedeutet was? Werden wir jetzt endlich erfahren, warum sie Miranna entführt haben?«

»Sehr wahrscheinlich«, sagte Destari, und einen Moment lang schien es, als wolle er dem noch etwas hinzufügen, vielleicht Worte der Beschwichtigung, doch er schwieg. Jetzt, wo es so weit war, fiel es schwer, an die gemachten Prognosen zu glauben.

Quälend langsam verging eine Stunde. Destari blieb neben dem Kamin und stocherte gelegentlich im Feuer, während ich abwechselnd meine Hände oder den Teppich zu meinen Füßen betrachtete. Lautes Klopfen schreckte mich auf. Ich sah meinen Leibwächter an und war auf einmal noch nicht bereit, die Nachricht zu hören, die die Person vor der Tür für mich hätte. Immerhin konnten das die letzten Momente sein, in denen ich mich noch »Schwester« nennen durfte.

»Das wäre viel zu früh …«, murmelte Destari und begab sich zur Tür, um aufzumachen. Ich erhob mich und sah Cannan hereinkommen.

»Eure Majestät, wir befinden uns in einer ungewöhnlichen Lage.«

Ich machte ein paar Schritte auf ihn zu, versuchte meine zitternden Hände ruhig zu halten und wartete auf weitere Erklärungen. Er wirkte nicht, als hätte er schlechte Neuigkeiten. Andererseits, warum sollte er mich sonst persönlich aufsuchen?

»Die cokyrische Gesandte ist eingetroffen und verlangt, die Königin zu sehen. Sie sagt, ihre Nachricht sei allein für Euch bestimmt, und sie würde sie niemand sonst überbringen. Sie hat uns des Weiteren mitgeteilt, dass ihr nur drei Stunden bleiben, um in ihr Feldlager auf der anderen Seite des Flusses zurückzukehren. Sonst würden die Cokyrier davon ausgehen, dass wir kein Interesse an Gesprächen hätten.«

»*Ich* muss mit ihr sprechen?«

»Ja, und zwar bald. Ihr werdet sie im Thronsaal empfangen. Ich werde zugegen sein, ebenso Steldor und zahlreiche Wachen, aber die Nachricht wird sich direkt an Euch richten. Ich vermag nicht mit Gewissheit zu sagen, worum es sich handeln wird, aber ich vermute, dass es den Cokyriern um Zeitpunkt und Ort von Verhandlungen geht. Alles, was *Ihr* zu tun habt, ist, Euch die Nachricht anzuhören. Danach können Steldor und ich uns um alles Weitere kümmern. Wenn es Euch möglich sein sollte, wäre es aber wohl besser, wenn unsere Erwiderung von Euch käme. Falls sie ein Treffen vorschlägt, und Ihr beschließt, darauf zu antworten, versucht eine Frist von mindestens drei Tagen für uns herauszuhandeln. Und Alera, jetzt kommt das Wichtigste: Verlangt, dass sie Miranna dorthin mitbringen.«

Ich ließ kurz den Kopf hängen, denn ich fühlte mich nicht einmal imstande zu nicken. Daraufhin sah Cannan Hilfe suchend zu Destari. Der Gardist trat vor, legte beruhigend eine Hand auf meinen Arm und führte mich hinter seinem Hauptmann auf den Gang hinaus. Wir benutzten die Privatstiege der Königsfamilie anstatt der Prunktreppe, denn die abgesandte Cokyrierin wartete im Vorzimmer und würde den Thronsaal durch das Arbeitszimmer des Königs betreten. Der Thronsaal war von seltsam starren Palastwachen in ihren königsblauen und goldfarbenen Uniformen gesäumt. Links und rechts der Thronsessel hatte das übliche Rund von Elitegardisten Aufstellung genommen. Ich bemerkte London unter ihnen. Er stach wie immer als Einzelgänger hervor, da er nicht das eigentlich verpflichtende königsblaue Wams trug. Offenbar hatten Cannan und Bhadran ihm endlich erlaubt, sein Krankenzimmer zu verlassen.

Ich erklomm die Empore und blieb kurz vor meinem Thron stehen. Eigentlich war ich mir fast sicher, mich in einem seltsamen Traum zu befinden. Destari postierte sich zu meiner Linken, Cannan, der seine schwarzlederne Soldatenuniform trug, begab sich an die rechte Seite des Königs. Der ebenfalls schwarz gekleidete Steldor wirkte ebenso imposant wie sein Vater, nicht zuletzt wegen der Königskrone auf seinem dunklen Haar. Er sah mich aufmunternd an, doch auch das bewirkte nicht, dass ich mich der Aufgabe gewachsen fühlte, die mir bevorstand. Ich wünschte, ich wäre etwas majestätischer gekleidet gewesen oder trüge zumindest meine Krone, doch für solche Vorbereitungen war ebenso wenig Zeit gewesen wie für irgendeinen Protest.

Ich versuchte, mir im Geiste noch einmal Cannans Anweisungen zu vergegenwärtigen, doch da wurden auch schon von zwei Palastwachen die Türen zum Vorzimmer geöffnet. Eine zierliche und dennoch auf seltsame Weise herrisch wirkende Frau trat hervor. Sie war wie alle cokyrischen Soldaten in Schwarz gekleidet, trug ein Schwert an der Hüfte sowie einen Bogen und einen Köcher mit mehreren Pfeilen auf dem Rücken. Aus einem ihrer kniehohen Lederstiefel ragte ein Dolch, und in dem Anhänger um ihren Hals verbarg sich gewiss ein weiterer mit einer kleineren Klinge, denn die Cokyrier hatten ein Faible für intelligente und ungewöhnliche Waffen. Ihr goldblondes Haar war nur eine Spur dunkler als ihr Teint und fiel ihr in anmutigen Locken bis über die Schultern. Dieser Anblick erinnerte mich schmerzlich an meine Schwester.

Während die Botschafterin näher kam, richtete ich mich hoch auf und stimmte meinen Atemrhythmus unwillkürlich auf das Geräusch ihrer Schritte ab. Sie blieb etwa zehn Schritte vor der Empore stehen, fiel kurz auf eines ihrer Knie, erhob sich wieder und richtete ihre ganze Aufmerksamkeit auf mich, ohne dem König auch nur einen Blick zu gönnen. Ich erinnerte mich an die Haltung meines Vaters, als die Hohepriesterin höchstpersönlich unseren Palast aufgesucht hatte, und ahmte diese bewusst nach: Mit strenger Miene richtete ich meinen Blick unablässig auf das Gesicht der Frau.

»Eure Majestät, Königin von Hytanica«, begann sie mit klarer, kräftiger Stimme, und ihr Akzent erinnerte mich an Narian. »Ich komme mit einer Nachricht von meiner ruhmreichen Herrscherin, der Hohepriesterin von Cokyri, zu Euch.«

Sie schwieg, und ich brauchte einen Moment, bis ich begriff, dass sie auf meine Erlaubnis, fortzufahren, wartete.

»Dann teilt uns diese wie befohlen mit«, sagte ich und hoffte, meine Stimme würde nichts von meiner Nervosität verraten.

»Die Hohepriesterin geruht, Euer Ersuchen um die Freilassung Eurer Prinzessin anzuhören.«

Sie griff in einen Beutel an ihrer Seite, was einige Wachen veranlasste, enger zusammenzurücken, doch sie reckte sogleich eine Hand in die Höhe, um uns ihrer friedlichen Absichten zu versichern. Ohne ein Wort zog sie sodann eine lange, rotblonde Locke hervor und hielt sie hoch, damit alle sie sehen konnten. Ich rang um meine Fassung.

»Dies bringe ich Euch, damit Ihr sicher sein könnt, dass sie sich in unserer Gewalt befindet. Um ihre Sicherheit zu gewährleisten, habt Ihr meinen Anweisungen genau Folge zu leisten. In fünf Tagen von heute an, also bei Vollmond, wird die Hohepriesterin zur Brücke kommen und Euch dort mit ihren Wachen erwarten. Sie wird, wie auch ich, ausschließlich mit der Königin sprechen. Sollte die Königin nicht erscheinen, wird die Hohepriesterin jegliche Verhandlungen verweigern.«

Danach war im Thronsaal ein leises Murren zu vernehmen, das Cannan mit einem bösen Funkeln jedoch sogleich verstummen ließ. Steldor saß angesichts der cokyrischen Bedingungen wie erstarrt, doch ich schenkte ihm keinerlei Aufmerksamkeit. Ich dachte rasch nach und rief mir ins Gedächtnis, was Cannan mir als wichtigsten Punkt eingeschärft hatte. Dann überkam mich eine tiefe Ruhe, und ich hob gelassen zu meiner Erwiderung an.

»Sehr gut – ich werde Eure Herrscherin treffen. Allerdings unternehme ich diese Reise nur, wenn Prinzessin Miranna dies auch tut.«

Die Cokyrierin verzog missbilligend den Mund.

»Ihr gefährdet das Leben der Prinzessin, indem Ihr solche Spielchen spielt«, warnte sie mich und schloss eine Faust um Mirannas Locke, als wolle sie das Risiko demonstrieren.

»Wagt es nicht, mir vorzuwerfen, ich würde ihr Leben gefährden! Ihr habt mir nicht einmal den Beweis dafür erbracht, dass sie überhaupt noch am Leben ist – die Haarlocke könnte man auch einer Toten abschneiden. Ich willige jedenfalls in keinerlei Verhandlungen ein, solange ich nicht die Gewissheit habe, dass meine Schwester lebt.«

Die Botschafterin antwortete geradezu peinlich lange nicht darauf, und ich wollte verzweifelt gern Blickkontakt mit Cannan aufnehmen. Doch ich widerstand, weil ich zum einen nicht wankelmütig erscheinen wollte und zum anderen fürchtete, in seinem Gesicht nicht die erhoffte Zustimmung zu sehen.

»Kommt zur Brücke und nehmt an der Zusammenkunft Teil, Königin von Hytanica«, sagte die Cokyrierin schließlich in nicht zu deutendem Ton. »Ich werde Euer Anliegen der Hohepriesterin vortragen.«

»Sorgt dafür, dass sie ihm nachkommt.«

Die Frau starrte mich finster an, dann fiel sie widerwillig auf ein Knie, um ihren Respekt zu bezeugen, bevor sie aus dem Thronsaal stolzierte.

Sobald sich die Türen des Vorzimmers hinter ihr geschlossen hatten, begann ich zu zittern und alle Kraft verließ mich. Steldor streckte seine Hand aus, um mich zu stützen, London trat neben mich und legte mit triumphierendem Lächeln eine Hand auf meinen Arm. Auch Cannan kam zu mir und hatte als seltenes Zeugnis seiner Überraschung die Augenbrauen gehoben. Steldor blieb sitzen und musterte mich mit eigenartigem Blick.

»Ihr habt Euch sehr gut geschlagen«, lobte der Hauptmann. »Ich bin beeindruckt.«

»Daran bestand ja wohl kein Zweifel«, fügte der sichtlich stolze London hinzu.

Cannan ließ seine Augen durch den mit Dutzenden von Wachen bevölkerten Thronsaal wandern und entschied, dass wir in privaterer Atmosphäre reden mussten.

»Es gibt viel zu besprechen«, sagte er und winkte uns zu dem Strategiesaal an der Ostseite der Halle.

Cannan, London, Destari, Steldor, Casimir und ich verließen die Empore. Halias, dem man wie London die Rückkehr in den Dienst gestattet hatte, begleitete uns ganz selbstverständlich. Cannan winkte auch Galen mitzukommen. Im Raum selbst suchte jeder sich einen Sitzplatz, dann schloss der Hauptmann nachdrücklich die Tür, um das Stimmengewirr der im Thronsaal Zurückgebliebenen auszusperren. Danach trat er entschlossen an den Tisch, um den wir uns versammelt hatten.

»Es gilt jetzt zu überlegen, was die Cokyrier verlangen werden und zu welchen Zugeständnissen wir bereit sind. Außerdem müssen wir entscheiden, wer uns bei der Zusammenkunft vertreten soll.«

»Das muss Alera tun«, erklärte London unumwunden, bevor irgendein anderer das Wort ergreifen konnte.

»Nein, das wird sie nicht«, schaltete Steldor sich ein und der Ton seiner Stimme weckte Unbehagen in mir.

London ging gar nicht auf den Widerspruch des Königs ein, sondern ignorierte dessen Autorität und fuhr fort, seinen Standpunkt zu erklären.

»Es ist unerlässlich, dass wir die grundlegende Bedingung der Cokyrier erfüllen. Die Hohepriesterin hat da keine leere Drohung ausgesprochen. Sie wird sich auf kein Gespräch einlassen, sofern die Königin nicht zugegen ist.«

»Glaubt Ihr wirklich, dass sie die Verhandlungen aufs Spiel setzen wird, nur weil wir eine Bedingung nicht erfüllen, von der wir *wissen*, dass sie nicht von ihr selbst stammt?«

Steldor glaubte also offenbar, dass Narian hinter dieser Forderung steckte, und ich spürte ein seltsames Flattern meines Magens bei der Vorstellung, dass er aller Wahrscheinlichkeit nach anwesend sein würde. London hatte gesagt, ich *müsse* persönlich erscheinen, doch auf einmal *wollte* ich das auch. Meine Gedanken und Gefühle in Bezug auf diesen jungen Mann waren so verwirrend, doch ihn zu sehen, wäre eine Gelegenheit, herauszufinden, inwiefern er sich verändert hatte. Die Tatsache, dass man nach der Königin verlangt hatte, bedeutete mit großer Wahrscheinlichkeit, dass er um meine Ehe wissen musste. Vielleicht war Narian, was mich betraf, ebenso verstört wie ich in Bezug auf ihn.

Ich erwartete betretene Stille als Reaktion auf Steldors Bemerkung, doch Cannan fuhr ohne Umschweife fort.

»Die Forderung mag von Narian stammen oder auch nicht, wir müssen uns jedenfalls so verhalten, dass Mirannas Sicherheit gewährleistet ist. Wir können nicht riskieren, dass die Hohepriesterin nicht Wort hält, insbesondere da die Erfüllung dieser Bedingung relativ leicht ist.«

»Ihr habt recht«, sagte Steldor mit zusammengebissenen Zähnen und traf damit eine Entscheidung als König, nicht als Ehemann. »Dann muss sie also mit uns kommen.«

Cannan, London und Destari tauschten Blicke, die Steldor entgingen, aber ich konnte spüren, wie die Stimmung im Saal umschlug, als würden die Männer sich gegen einen aufziehenden Sturm wappnen.

»Es wird nur vonnöten sein, dass ein Mitglied der Königsfamilie zugegen ist. Also besteht kein Grund, den König *und* die Königin in Gefahr zu bringen.«

Der ganze Raum schien den Atem anzuhalten und alle warteten darauf, ob Steldor mit einem seiner berüchtigten Temperamentsausbrüche auf Cannans Feststellung reagieren würde.

»Ich *werde* zugegen sein«, versicherte Steldor und starrte Cannan geradezu ungläubig an. »Vater?«, fügte er noch hinzu, während der Hauptmann lediglich seinem Blick standhielt und bei seiner Meinung blieb.

»Ich werde nicht zugegen sein«, gab der König nach. Er schien erstaunt und verstimmt, lehnte sich zurück und war bemüht, sich nicht anmerken zu lassen, wie sehr diese Entwicklung ihn kränkte. Als Soldat wollte er an der Operation natürlich beteiligt sein, aber gleichzeitig musste er sich auch eingestehen, dass Cannan recht hatte: Es wäre unklug, beide Herrscher Hytanicas gleichzeitig einem Risiko auszusetzen. Und da es offenbar unvermeidlich war, dass ich daran teilnahm, würde er es demnach nicht tun.

Der Hauptmann kam zum nächsten Punkt und war gewiss froh, das heikle Thema hinter sich zu lassen.

»London wird in unserem Namen verhandeln«, sagte Cannan, und ich wusste, dass sein Stellvertreter ohnehin davon ausgegangen war. »Er ist besser als wir alle imstande, die Cokyrier zu durchschauen. Was wir nun noch überlegen müssen, ist, was der Feind von uns fordern könnte und was wir ihm zuzugestehen bereit wären.«

»Nichts«, meldete London sich sogleich zu Wort. »Wir können ihm nichts anbieten.«

»Aber was wird dann aus Miranna?«, platzte ich dazwischen, aus Angst, die anderen würden ihm im nächsten Moment zustimmen. »Wir müssen doch etwas tun, um ihr zu helfen!«

London musterte mich mit beunruhigend mitleidigem Blick, bevor er sich wieder an den Hauptmann wandte.

»Nichts, was wir ihnen anbieten könnten, würde Mirannas Rückkehr sicherstellen. Die Cokyrier sind ruchlos, wie jeder der hier Anwesenden weiß. Wir könnten ihnen unser ganzes Königreich anbieten, doch sobald sie es hätten, würden sie sich nicht im Geringsten dazu verpflichtet fühlen, ihrem Teil der Vereinbarung nachzukommen. Der Overlord würde Miranna ohne Zögern töten und dabei noch über unsere Dummheit lachen.«

Entsetzt schnappte ich nach Luft, aber niemand widersprach Londons Einschätzung der Lage. Es war Destari, der sich schließlich zu Wort meldete.

»Sollten die Cokyrier Miranna also tatsächlich zu der Zusammenkunft mitbringen, bleibt uns nichts anderes, als zu versuchen, sie zu befreien.«

London nickte. »Ja. Für den Fall, dass sie anwesend ist, brauchen wir einen Plan. Halias und ich werden diese Aufgabe übernehmen.«

Der Hauptmann nickte und brachte damit die Besprechung zu einem beunruhigenden und unbefriedigenden Ende. Das war zumindest mein Standpunkt, denn die langersehnten Verhandlungen mit den Cokyriern schienen meiner Schwester die Rückkehr keinen Schritt näher zu bringen.

Von den folgenden Besprechungen wurde ich ausgeschlossen, weil es sich, wie man mir mitteilte, um strategische Themen handelte. Und auch wenn meine Hoffnung auf die Heimkehr meiner Schwester geschwunden war, ließ das meinen Glauben an die Männer, die ihre Rettung planten, seltsamerweise unberührt. Cannan und seinen Stellvertretern traute ich offenbar alles zu.

Steldor war in dieser Zeit unerträglich launisch. Er schien mir die Schuld daran zu geben, dass meine Anwesenheit bei den Verhandlungen unerlässlich war. Seiner Ansicht nach war der Grund dafür wohl mein großer Fehler – hätte ich mich nicht auf Narian eingelassen, wäre es den Cokyriern nicht eingefallen, auf mein Erscheinen zu bestehen. Seine Gereiztheit über Kätzchens Namen oder besser: das Fehlen eines solchen hielt ebenfalls an. Ich verdrehte ständig die Augen, sobald er mir den Rücken kehrte, und stand immer wieder kurz davor, selbst einen Unmutsausbruch zu erleiden.

Einen Tag vor der anberaumten Unterredung mit dem Feind suchte London mich am frühen Nachmittag auf und erklärte mir, welche Rolle ich spielen sollte.

»Wenn wir auf die Brücke zugehen, wirst du unter schwerer Bewachung stehen. Du trittst mit Cannan, Destari, mir und einigen weiteren ausgewählten Gardisten vor, brauchst aber kein Wort zu sprechen. Wir wollen damit nur der Hohepriesterin deine Anwesenheit signalisieren. Dann wird Destari dich zu deiner Kutsche zurückeskortieren, und Cannan und ich regeln den Rest.«

Ich nickte automatisch, doch dann kam ich auf seinen letzten Satz zurück.

»Ich kann aber auch reiten«, sagte ich und musste an die kämpferischen, selbstbewussten cokyrischen Frauen denken und daran, was sie von einer Königin in einer Kutsche halten mochten.

London fuhr sich mit der Hand durch die Haare und musterte mich zögernd.

»Ich habe den Unterricht fortgesetzt«, murmelte ich kleinlaut und rechnete mit seinem Widerspruch. Daher empfand ich Dankbarkeit, als er lediglich mit den Schultern zuckte.

»Wenn du es tatsächlich kannst, sollten wir das nutzen, schon allein weil es praktischer ist. Brauchst du ein Paar Reithosen?«

»Nein, ich habe welche, die ich nehmen kann.«

»Passen die auch?«

Ich vermutete, dass er an das viel zu weite Paar dachte, das ich mir von Steldor geborgt und getragen hatte, als er mich auf Koranis' Gut entdeckte.

»Mehr oder weniger«, gestand ich errötend. »Baelics Tochter Shaselle hat sie mir geliehen.«

»Sei's drum. Jedenfalls brauchst du welche, die dem Anlass entsprechen«, sagte er und seine gehobene Augenbraue verriet, dass er sich nun auch zusammenreimen konnte, wer mich zum Reiten mitgenommen hatte. »Ich werde dir eine Schneiderin schicken, die dafür Maß nimmt – auch wenn ich bezweifle, dass sie schon jemals eine Reithose für eine Frau angefertigt hat.«

Meine Mundwinkel hoben sich, als ich den Schalk in seinen Augen aufblitzen sah. Seltsamerweise setzte aber auch gleichzeitig die Furcht ein, die mich noch die ganze Nacht hindurch quälen sollte. London musste mein plötzliches Unbehagen gespürt haben, denn seine folgenden Worte waren wieder ernst.

»Du hast dich bereits als viel stärkere Persönlichkeit erwiesen, als man es von dir erwartet hätte, Alera. Ich vertraue daher ganz darauf, dass du uns gut vertreten wirst.«

Londons Worte bedeuteten mir viel. Er vertraute auf mich ebenso wie ich auf ihn. Egal, wie verängstigt und verunsichert ich mich fühlen mochte, London würde mich nicht im Stich lassen.

Er betrachtete seinen Auftrag als erledigt, verneigte sich kurz und wandte sich zum Gehen.

»Lass mich Cannan von der Reithose in Kenntnis setzen«, ließ er mich über seine Schulter hinweg auf seine unverwechselbare Art grinsend noch wissen, bevor er auf den Gang hinaus verschwand.

Schneller als ich erwartet hatte, nämlich nach nicht einmal einer Stunde, kehrte London mit zwei Näherinnen zurück, die rasch Maß nahmen und mir mehrere Stoffproben vorlegten. Nachdem ich mich mit dem Material für Hosen kein bisschen auskannte, überließ ich alle Entscheidungen ihnen. Ich merkte, wie ungewöhnlich sie diesen Auftrag fanden, andererseits war es wohl eine reizvolle Herausforderung für sie. Als alles Nötige besprochen war, sammelten sie ihre Utensilien zusammen und gingen mit dem Versprechen, die Hose am nächsten Morgen abzuliefern. London hatte gewartet und unbeteiligt aus dem Fenster gesehen, während die Frauen das Nötige mit mir besprochen hatten.

»Ich bin heute Temerson begegnet«, bemerkte er wie nebenbei, als er sich wieder zu mir umwandte, doch ich wusste, dass er nicht nur Konversation machen wollte.

»Wie geht es ihm?«, fragte ich und schämte mich für meine Selbstsucht, denn bislang hatte ich keinen Gedanken an den jungen Mann verschwendet, der um meine Schwester gefreit hatte – nein, der immer noch um sie freite.

»Nicht schlechter als allen anderen, die von diesem Unheil betroffen sind. Aber ganz sicher auch nicht besser. Er macht sich schreckliche Sorgen, aber da er ja nicht im Palast wohnt, weiß er viel weniger über die gegenwärtige Lage. Ich habe ihn auf den neuesten Stand gebracht, wofür er sehr dankbar war.«

»Ich danke dir auch dafür.«

»Dann sollte ich jetzt wohl besser gehen. Versuch zu schlafen, der morgige Tag wird eine Herausforderung sein.«

Nachdem London gegangen war, gesellte ich mich zu meinen Eltern ins Speisezimmer, doch mein nervöser Magen erlaubte mir nur wenige Bissen zu essen. Steldor war nicht zugegen, aber ich war zu sehr mit mir selbst beschäftigt, um mir Gedanken über seinen Verbleib zu machen. Als ich in unsere Gemächer zurückkehrte, sah ich Casimir vor der Tür stehen – ein sicheres Zeichen für die Anwesenheit des Königs. Ich schlüpfte in den Salon und war auf der Hut vor meinem unberechenbaren Gemahl, denn ausgerechnet vor dieser Nacht wollte ich einen Streit vermeiden.

Steldor saß nachdenklich mit einem Krug Bier in einem der Ledersessel neben dem Kamin und sah aus, als wünschte er, allein zu sein. Ich beschloss, ihn am besten nicht zu stören und durchquerte den Raum, um mich sogleich zu Bett zu begeben und ihn in Frieden zu lassen. Doch dann richtete er das Wort an mich.

»Morgen wird es gefährlich werden«, sagte er und starrte weiter auf die Scheite im Kamin. »Und ich wollte nicht nur wegen Narian an deiner Stelle gehen.«

»Ich weiß«, sagte ich leise. »Ich werde mich vorsehen.«

Er drehte sich zu mir, und ich wartete, weil ich glaubte, er wolle noch etwas sagen, aber was auch immer es sein mochte, kam ihm doch nicht über die Lippen.

»Dann also gute Nacht«, murmelte er schließlich und wandte seine Aufmerksamkeit wieder dem Feuer zu.

»Gute Nacht«, gab ich zurück und betrat mein Schlafgemach. Dort betete ich noch darum, dass auf eine gute Nacht auch ein guter Tag folgen mochte.

14. Glücksspiel

Am nächsten Tag war ich trotz einer ruhelosen Nacht nicht müde. Bei Sonnenaufgang stand ich auf und ging in meinem Schlafgemach auf und ab, hörte, wie Steldor unsere Gemächer verließ, und wusste, dass mir noch reichlich Zeit blieb. Sahdienne erschien eine Stunde später mit meinem Frühstück. Außerdem half sie mir, einen schlichten Rock und eine Bluse anzuziehen. Das Haar flocht sie mir zu einem langen Zopf, der mir auf den Rücken hing. Die Bluse, für die ich mich entschieden hatte, war einfach im Schnitt, aber dennoch elegant. Dazu würde ich einen prächtigen Umhang in den Farben Königsblau und Gold tragen, der mit dem Wappen der königlichen Familie bestickt war.

Ich entließ meine Kammerzofe und begab mich in den Salon, wo ich nur wenig frühstückte und auf die Zofe wartete, die meine Reithose bringen würde. Nach einer weiteren Stunde brachte ein Mädchen das Kleidungsstück, und ich zog es anstelle des Rockes an. Ich war zufrieden mit ihrem Sitz und mit meiner gesamten Erscheinung. Dann drückte ich Kätzchen noch einmal, bevor ich mit dem Cape über dem Arm auf die Tür zuging. Kaum hatte ich den Riegel in der Hand, fiel mir ein, dass ich etwas vergessen hatte. Also kehrte ich in mein Schlafgemach zurück, kniete mich vor die Truhe an der gegenüberliegenden Wand und hob langsam den schweren Deckel an. Auf einem Samtkissen lag die offizielle Krone der Königin. Vorsichtig nahm ich sie heraus, trat an den Spiegel und setzte sie mir – seit der Krönung zum ersten Mal – aufs Haupt. Zufrieden mit meinem Spiegelbild als Herrscherin wandte ich mich ab und ging auf den Flur hinaus, wo Destari mich bereits erwartete.

Als mein Leibwächter und ich den oberen Absatz der Prunktreppe erreichten, sah ich gut dreißig Männer, die sich in der Eingangshalle versammelt hatten. Einige trugen die Uniform der Elitegardisten, andere die der Palastwachen. Steldor stand in angespannter Haltung und mit verschränkten Armen an der östlichen Wand, neben ihm Galen.

Gerade als ich die Stufen hinabschritt, erschien Cannan aus dem Vorzimmer, dicht gefolgt von London. Zu meiner Überraschung kam hinter ihm mein Vater mit gerunzelter Stirn. Seine Gesten unterstrichen seine Missbilligung. Ich verzog keine Miene, als er angesichts meiner Garderobe den Kopf schüttelte, denn ich wollte mich von seinen zu erwartenden Äußerungen nicht entmutigen lassen.

Cannan nahm meine Anwesenheit mit einer kleinen Verbeugung zur Kenntnis, dann trat London an mich heran. Die Miene meines Vaters verfinsterte sich weiter, je länger er mich musterte, dann eilte er dem Hauptmann nach, der inzwischen mit Halias und einigen anderen Männern sprach.

»Du kommst genau zum richtigen Zeitpunkt«, sagte London und nickte Destari wohlwollend zu. »Wir werden in Kürze aufbrechen.« Er grinste, dann fügte er noch hinzu: »Ich wollte schon eine Zofe schicken, dich zu wecken.«

Mit einem Blick auf die zahlreichen Soldaten fragte ich ihn, was ich ohnehin schon vermutete.

»Kommen sie alle mit uns?«

»Sie und noch ein Trupp der Kavallerie. Wenn die Verhandlungen scheitern, wollen wir nicht zahlenmäßig unterliegen.«

Zum ersten Mal wurde mir die Gefahr, in die ich mich

begab, voll bewusst, und ich spürte, wie sich auf meinen Armen eine Gänsehaut bildete. Ich hatte einerseits Angst, andererseits war ich auch aufgeregt, weil ich in diese politische und militärische Angelegenheit einbezogen wurde. Denn ansonsten waren diese Dinge bei uns reine Männersache.

Cannan kam zurück, und Destari trat an seine Seite. Halias hatte den anderen Soldaten »Habt acht!« befohlen und führte sie nun durch die Palasttore und über den langen Weg durch den Innenhof.

»Wir sind zum Aufbruch bereit, Eure Hoheit«, ließ der Hauptmann mich wissen, und ich begriff, dass an diesem Tag alles streng nach Protokoll ablaufen würde. Er und seine Stellvertreter geleiteten mich zu den Doppeltüren und bildeten dabei ein Dreieck rund um mich. Als wir an Steldor und Galen vorbeigingen, schlug Cannan, der ihnen am nächsten kam, seinem Sohn aufmunternd auf die Schulter. Steldor zeigte keinerlei Reaktion, sondern hielt seinen Blick starr auf mich gerichtet. Gerade wollte ich über die Schwelle treten, als er meinen Namen rief.

»Alera, warte.« Er kam auf mich zu, langte hinauf und nahm mir die Krone vom Kopf. »Diesmal nicht«, sagte er und blickte mir dabei tief in die Augen. »Es ist nicht nötig, dich noch deutlicher als Zielscheibe zu kennzeichnen. Ich werde sie bis zu deiner Rückkehr für dich aufbewahren.«

Ich nickte dankbar und trat mit meiner Eskorte nach draußen. Meine Lungen brannten von der unerwartet scharfen Morgenluft, als wir uns den Toren näherten, vor denen fünfzig Kavalleriesoldaten in ordentlicher Formation uns erwarteten. Halias und seine Truppe standen ebenfalls mit ihren Pferden bereit, wie auch die Stallburschen mit den Reittieren für mich und die drei Kommandanten, die den ganzen Tag an meiner Seite bleiben sollten.

Ein Pferd war für mich mit einem verzierten Ledersattel

vorbereitet, der auf einer kostbaren Decke in den hytanischen Farben Königsblau und Gold lag. Das Tier selbst war größer als jedes, das ich bisher geritten hatte, aber es stand ganz ruhig neben dem Stallburschen. Ich nahm ein wenig mehr Schwung als sonst, um in den Sattel zu kommen, da so viele Augen auf mir ruhten und ich nicht im Geringsten ungeeignet für diese Art der Fortbewegung erscheinen wollte.

Sobald alle aufgesessen waren, begann unsere Prozession durch die Stadt, die entlang der breiten Durchgangsstraße viele Schaulustige anlockte. Ich ritt unmittelbar hinter Cannan und London. Destari, Halias und andere hochrangige Gardisten schützten mich von hinten.

In grimmigem Schweigen passierten wir die Stadttore, beschleunigten dann unser Tempo, und ich spürte, wie wieder viele Männer ihre Augen auf mich richteten, um zu sehen, ob ich stürzte. Ich packte die Zügel fester und war entschlossen, nicht zu wanken, auch wenn ich fürchtete, allein der Gedanke daran in so vielen Köpfen könne es geschehen lassen. Nicht lange nachdem wir die Stadt hinter uns gelassen hatten, trennte sich Halias mit den Männern unter seinem Kommando von uns und ritt gen Osten. Ich wusste, dass ihnen die Aufgabe zukam, Mirannas Rettung zu versuchen, falls man sie tatsächlich zu der Zusammenkunft mitbrachte.

Beinahe zwei Stunden lang ritten wir in gleichmäßigem Tempo in Richtung Süden auf den Fluss zu. Dabei zog ich meinen Umhang fest um mich, um die Kälte abzuwehren. Als die Brücke in Sichtweite kam, begann mein Herz nicht allein von der körperlichen Anstrengung heftig zu klopfen. Die Cokyrier blickten uns vom gegenüberliegenden Ufer entgegen, keine hundert Meter vom Fluss selbst entfernt. Wir machten Halt, und das Rauschen der Bäume im Wind steigerte meine schlimmen Vorahnungen von lauernder

Gefahr. Ich blinzelte gegen die Herbstsonne und versuchte bereits, meine Schwester unter den feindlichen Truppen zu entdecken, die uns zahlenmäßig nur knapp unterlegen waren.

Beide Truppenkontingente nahmen einander über den an dieser Stelle beachtlich breiten Recorah in Augenschein, während Cannan sogleich Bogenschützen auf unserer Uferseite verteilte. Dann winkte der Hauptmann uns, weiterzureiten, und so lenkten wir unsere Pferde langsam über die schmale Brücke.

Vor der scheinbar massiven Mauer schwarz gekleideter Cokyrier blieben wir stehen, während sich unsere Männer in unserem Rücken weiter auffächerten. Der Mann und die Frau an der Spitze der Feinde lösten sich mit einer Eskorte von zehn Wachen und ritten auf uns zu. Ich erkannte die Hohepriesterin sogleich an ihrem flammend roten Haar. Der Mann an ihrer Seite war mir nicht auf Anhieb bekannt. Mein erster erschreckender Gedanke war, dass der Overlord gemeinsam mit seiner Schwester erschienen war. Doch als sich die kleine Gruppe näherte, wurde sein Gesicht deutlicher, und mein Herz begann wie eine Trommel zu schlagen. Narian war also persönlich anwesend.

Die Cokyrier saßen auf halber Strecke zwischen ihren und unseren Truppen ab, dann trat eine der Wachen der Hohepriesterin vor, um uns zu begrüßen.

»Wir treten unbewaffnet vor, um in Frieden mit der Königin von Hytanica zu sprechen. Erweist uns die Ehre, es uns gleichzutun.«

Am Rande meines Gesichtsfeldes sah ich Sonnenstrahlen auf Cannans und Londons Schwertern blitzen. Wir saßen ab und ein Dutzend Wachen, die uns begleiten würden, folgte unserem Beispiel. Ohne ein Wort reichte jeder Mann aus unserer Verhandlungsgruppe jeweils einem unserer Berittenen seine Waffen. Ich warf London einen fragenden Blick zu, da er den in seinem Stiefel verborgenen Dolch nicht ausgehändigt hatte. Einerseits wunderte ich mich darüber, andererseits war ich ihm dankbar, weil er unserem Feind offenbar nicht wirklich traute. Dann gingen wir allesamt weiter, bis uns nur noch gute zehn Meter von den Cokyriern trennten.

Aus der feindlichen Verhandlungsgruppe lösten sich vier Menschen, die Hohepriesterin und Narian eingeschlossen, und machten einige Schritte vorwärts. Dabei bauschten sich ihre rot gesäumten schwarzen Umhänge hinter ihnen im stürmischen Wind. Cannan, London, Destari und ich folgten ihrem Beispiel und bewegten uns auf sie zu. Während ich mich dem Mann näherte, dessen Gesichtszüge ich stundenlang studiert, durch dessen dickes Haar ich mit meinen Fingern gefahren war, den ich öfter geküsst hatte, als ich zählen konnte, war ich wie vor den Kopf geschlagen von der Veränderung, die in gerade einmal sechs Monaten mit ihm vorgegangen war. Er war gewachsen und deutlich breitschultriger geworden. Er war kein Junge mehr, sondern etwa ebenso groß wie Steldor und konnte es auch von seiner Statur her mit meinem Gemahl aufnehmen. Ich fragte mich, welch hartem Training er sich im vergangenen halben Jahr wohl hatte unterziehen müssen, um eine derart dramatische Veränderung zu bewirken. Nur seine durchdringenden stahlblauen Augen waren unverändert. In ihnen suchte ich nach Mitgefühl, das dem warmen Ton seiner goldblonden Haare entspräche, doch die Liebe darin, an deren Anblick ich mich gewöhnt hatte, war durch kalte Zurückhaltung ersetzt, wie ich sie von unseren ersten Begegnungen in Erinnerung hatte.

Obwohl ich mit ihr gerechnet hatte, traf mich Narians Anwesenheit doch tief, und ich konnte die Augen nicht von ihm lassen. Ich fragte mich, ob man mir meine Gefühlsverwirrung wohl ansah. Dieses fast nicht zu bändigende Verlangen, zu ihm zu laufen. Doch gleichzeitig war da die bittere Erkenntnis, dass er jetzt, wie London es gesagt hatte, der Feind war. Dieser Eindruck wurde von der Tatsache verstärkt, dass er mir nun Schulter an Schulter mit den Menschen, die meine Schwester verschleppt hatten, gegenüberstand.

Narian unter den Cokyriern zu sehen, machte Cannans quälende Vermutung plausibel, dass er derjenige gewesen war, der die Existenz des Tunnels verraten hatte. Eine schreckliche Verwirrung bemächtigte sich meiner. Konnte ich Narian lieben, wenn die Vernunft mir doch unmissverständlich gebot, ihn zu hassen? Aber konnte ich ihn hassen, wenn ich selbst jetzt noch panisch auf eine Möglichkeit sann, seine Unschuld an all diesem Unheil zu beweisen? Ich zwang meine Gedanken, zu dem Thema zurückzukehren, das momentan am vordringlichsten war – zu meiner Schwester.

»Habt Ihr Prinzessin Miranna mitgebracht?«, fragte London frostig, als wir gute fünf Meter von den Cokyriern entfernt stehen blieben. Ich bemerkte, dass die grünen Augen der Hohepriesterin wie gebannt auf meinem ehemaligen Leibwächter, ihren früheren Gefangenen, gerichtet waren, obwohl sie meine Anwesenheit verlangt hatte.

Mit einem Wink brachte Nantilam eine ihrer Wachen dazu, neben sie zu treten.

»Ich bin keine Närrin«, verkündete Nantilam und behielt ihren Blick fest und ein wenig anklagend auf London gerichtet. »Wenn Ihr Eure Prinzessin zurückhaben wollt – sie wartet in Cokyri auf Euch. Aber ich habe einen Beweis für ihr Wohlergehen mitgebracht.«

Die Last zerschlagener Hoffnungen drückte schwer auf mein Gemüt, denn folglich würde es heute keinerlei Rettungseinsatz geben. Ich rang um meine Fassung, und nur das Versprechen der Hohepriesterin auf ein Lebenszeichen von Miranna hielt mich davon ab, zusammenzubrechen. Außerdem machte mir die Intensität, mit der Narian mich anstarrte, schwer zu schaffen.

»Was für einen Beweis?«, fragte London, und ich konnte an der Anspannung in der Haltung jedes Hytaniers um mich herum erkennen, dass diese Begegnung bereits jetzt keine günstige Wendung für uns nahm.

»Mein Leutnant hat hier einen Brief von Prinzessin Miranna an Eure Königin. Die Prinzessin war angewiesen, darin ihr Befinden kundzutun. Ich versichere Euch, dass sie das Schriftstück mit eigener Hand verfasst hat und es Einzelheiten enthält, die belegen, dass es erst gestern geschrieben wurde.«

Nantilams Untergebene machte mit einer kleinen Pergamentrolle in der Hand einige Schritte in unsere Richtung. Es herrschte Schweigen, während London die Hohepriesterin misstrauisch anstarrte, die darauf zu warten schien, dass sich ein Hytanier näherte.

»Ich bewundere Eure Vorsicht«, bemerkte Nantilam schließlich, als keiner von uns sich rührte. »Euer aller Vorsicht. Aber Ihr werdet im Dunkeln bleiben, wenn Ihr nicht lest, was auf diesem Pergament steht. Wenn Ihr es nicht holen wollt, London, dann vielleicht Euer Freund.« Ihre Augen wanderten kurz zu Destari, der in Londons Nähe stand, dann weiter zu Cannan. »Oder möglicherweise Euer Hauptmann?« Zuletzt richtete sie ihren Blick auf mich. »Oder wird gar Eure Königin vortreten müssen, wenn Ihr Männer alle nichts als Feigheit an den Tag legt?«

Die Spannung, die auf ihre geringschätzige Herausforderung folgte, war unerträglich, denn ich war die Einzige unter den versammelten Hytaniern, die sie nicht beleidigt hatte. Cannan und London schienen jedoch für ihre Kränkung unerreichbar, was mich mit Dankbarkeit erfüllte. Mit einem Blick war die Sache zwischen ihnen entschieden.

Cannan trat vor, da Destari mir verpflichtet war und London, wie die Hohepriesterin, Verhandlungsführer war. Die Schritte des Hauptmannes schienen sich zu verlangsamen und Geschichten über die Durchtriebenheit des Feindes wirbelten mir durch den Kopf und weckten den Verdacht, dass das hier nicht so laufen würde, wie es den Anschein hatte. Andererseits würde Cannan sich sicher nicht wehrlos in eine gefährliche Lage bringen – es sei denn, er wäre zu dem Schluss gekommen, dass es keine Alternative gab. Ich musterte der Reihe nach die Gesichter der Cokyrier und fragte mich, ob hinter ihren undurchdringlichen Mienen Verrat lauerte. Gleichzeitig versuchte ich, mir einzureden, dass dem nicht so war. Als die Reihe an Narian kam und ich an die Zärtlichkeit und das Mitgefühl dachte, die ich hinter seiner kalten und distanzierten Fassade entdeckt hatte, da wusste ich, dass dieser Feind alles verbergen könnte.

Etwa drei Meter vor uns blieb der Hauptmann stehen und wartete darauf, dass die feindliche Soldatin die Lücke schlösse. Als sie näher kam, streckte er die Hand aus, um die Rolle in Empfang zu nehmen.

»Cannan, zurück!«, schrie London da, und der Hauptmann machte sofort einen Satz nach hinten und sah ihn erschrocken an. Der Elitegardist tat einen Sprung nach vorn und stach gleichzeitig mit dem Dolch aus seinem Stiefel auf den Leutnant der Hohepriesterin ein. Der Dolch traf die Soldatin an der Kehle und Blut spritzte in hohem Bogen auf Cannans Wams und Gesicht. Sie keuchte, gab gurgelnde Laute von sich und griff sich in vergeblichem Ringen an den Hals, bevor sie gegen ihn fiel. Dabei glitt etwas zu seinen Füßen auf den Boden – ein Dolch. Für ein geplantes Attentat.

Cannan stieß die sterbende Soldatin von sich weg, als auch schon die Hölle losbrach. Die Cokyrier griffen an und zogen Waffen aus allen Falten ihrer Gewänder, während der Hauptmann Destari, der ohnedies schon an meiner Seite war, zubrüllte, mich fortzuschaffen. London und einige andere stellten sich dem Feind, obwohl ja auch die Hytanier eigentlich unbewaffnet hätten sein sollen. In dem Augenblick, bevor Destari mich unsanft packte und in Richtung der Pferde fortriss, sah ich Cannan noch einen Dolch aus einer Scheide ziehen, die an seinen Unterarm gebunden war. Ich konnte nur vermuten, dass die übrigen ebenso bewaffnet waren.

Destari warf mich regelrecht auf sein Pferd, sprang dann hinter mich und rief nach Wachen zum Schutz der Königin. Ich warf noch einen Blick zurück auf das Kampfgetümmel und sah, dass Cannan gemeinsam mit einigen anderen zu den Pferden hastete. Unsere Männer galoppierten auf die Brücke zu, während die Pfeile unserer Bogenschützen auf die Feinde niederprasselten. Panisch hielt ich nach London Ausschau, den ich nirgends entdecken konnte. Und aus Destaris Zögern schloss ich, dass es ihm ebenso erging.

»Destari!«, brüllte Cannan, um seinen Stellvertreter anzutreiben.

Gerade als mein Leibwächter sich zur Flucht entschloss, löste sich der Pulk der Cokyrier auf, und wir sahen mehrere feindliche Soldaten den sich wehrenden London niederhalten. Damit war klar, dass sie ihn zurück in das Reich des Overlords verschleppen würden. Einen Arm fest um meine Taille geschlungen, trieb Destari das Pferd mit einem kurzen Stoß seiner Fersen an, und wir galoppierten in die entgegengesetzte Richtung davon.

Mit zerzaustem Haar und derangierter Kleidung stolperte ich zum Entsetzen der in der Großen Halle postierten Wachen durch die Tore in den Palast. Dicht gefolgt von Destari. Reste unserer Truppe folgten heftig untereinander diskutierend, um sich darüber klar zu werden, was überhaupt passiert war und was als Nächstes zu tun sei.

Gerade als Steldor, Galen und einige Wachen der königlichen Garde von dem Durcheinander alarmiert aus dem Vorzimmer gestürmt kamen, drängte Cannan sich an die Spitze der Heimkehrer, und seine mit Blut besudelte Kleidung zog alle Blicke der Zurückgebliebenen auf sich. Bevor Steldor das Wort ergreifen konnte, trat Destari vor und stellte mit gefährlich funkelndem Blick seiner schwarzen Augen den Hauptmann zur Rede.

»Wir haben London zurückgelassen«, donnerte er los. »Wir haben ihn in die Hände der Cokyrier fallen lassen, nachdem er Euch das Leben gerettet hat!«

»Was ist passiert?«, ging Steldor dazwischen und stellte sich an die Seite seines Vaters.

»Es lag nicht in meiner Absicht, London zu verlieren –«, erwiderte Cannan in heftigem Ton.

»Und warum habt Ihr dann keine Leute zurückgeschickt, ihn zu befreien?!« Destari unterbrach seinen Vorgesetzten und schrie dabei fast vor Wut und Enttäuschung.

Steldor runzelte die Stirn und versuchte offenbar verzweifelt, sich zusammenzureimen, was bei der Zusammenkunft geschehen sein mochte, die anscheinend so gründlich gescheitert war.

»Würde mir auf der Stelle irgendjemand berichten, was –?«

»Die Cokyrier haben versucht, den Hauptmann zu töten«, informierte Destari den König kurz und bündig, dann begann er so aufgebracht auf und ab zu laufen, wie es eigentlich gar nicht seine Art war.

»Ich habe die Pergamentrolle«, stieß Cannan hervor und ignorierte Steldors plötzliche Blässe. Destari hielt inne. Ich trat einen Schritt vor, und das Gemurmel der Gespräche in der Halle rückte in weite Ferne, als er die Rolle aus der Innenseite seines Uniformwamses zog.

»Öffnet sie«, platzte Destari heraus und erntete dafür einen missbilligenden Blick von Cannan.

Obwohl Steldor sichtlich irritiert war, sprach er kein Wort, während sein Vater das Lederband aufknüpfte, das der Feind um die Rolle gebunden hatte. Er entrollte das Pergament und knüllte es sogleich zusammen.

»Was?«, fragte Steldor, während Destari sofort begriff und eine verächtliche Grimasse schnitt.

»Leer«, sagte Cannan nur, und das Gemurmel aller, die ihn gehört hatten, nahm dramatisch an Lautstärke zu, da die Männer nun von Neuem zu debattieren begannen und ihre Enttäuschung aus jedem Wort herausklang.

In der vollen Halle schien die Temperatur zu steigen, und es half nichts, dass ich meinen Umhang ablegte. Außerdem sehnten sich mein Körper und meine Seele nach Stille, damit ich überdenken konnte, was geschehen war. Das vorgeblich zu Verhandlungen anberaumte Treffen war nichts weiter gewesen als ein Trick, um einen Anschlag auf Cannan zu verüben und London erneut gefangen zu nehmen. Damit wären die beiden für unsere Verteidigung wichtigsten Militärs außer Gefecht gesetzt. Vielleicht war auch schon Mirannas Verschleppung ein Teil dieses Plans gewesen. Und es war durchaus möglich, dass meine Schwester bereits an dem Tag getötet worden war, als man sie uns entrissen hatte. Denn außer als Köder hatte sie in dem cokyrischen Vorgehen keine Rolle gespielt.

Plötzlich fühlte ich mich von der Hitze, dem Lärm, dem Gestank nach Schweiß und Blut derart überwältigt, dass ich mich durch das Gedränge schob und unbemerkt die

Prunktreppe hinaufeilte. Gänzlich undamenhaft rannte ich über die Gänge zu meinen Gemächern und bemühte mich, meine Tränen noch zurückzuhalten. Schließlich wollte ich erst im Refugium meiner Schlafkammer meiner Verzweiflung freien Lauf lassen.

Doch das gelang mir nicht ganz. Nachdem ich die Tür zum Salon aufgerissen hatte, stürzte ich in die Mitte des Raumes, ließ mich auf dem Wollteppich auf die Knie fallen und während bereits Tränen auf meine Hände fielen, begann ich zu weinen. Ich hatte so gehofft, dieses Treffen würde meine Schwester nach Hause bringen, ich hatte mir ausgemalt, sie zu sehen und in meine Arme zu schließen, warm und sehr lebendig. Stattdessen schüttelte mein Körper sich jetzt unter heftigen Schluchzern, denn es schien sehr wahrscheinlich, dass ich sie für immer verloren hatte.

Während ich mich bemühte, meiner Gefühle wieder Herr zu werden, hörte ich, wie hinter mir die Tür geschlossen wurde. Da wusste ich, ich war nicht mehr allein. Angesichts der Vorstellung, dass Destari oder vielleicht auch Steldor mir gefolgt waren, um nach mir zu sehen, holte ich zitternd tief Luft, erhob mich langsam und drehte mich um. Ich erstarrte, als ich das Gesicht des Mannes sah, der jetzt vor mir stand, denn auch wenn ich lange sehnsüchtig davon geträumt hatte, ihn wiederzusehen, konnte ich nun nicht anders, als mich vor ihm zu fürchten.

»Alera«, sagte er nur und ging einen Schritt auf mich zu. Obwohl er bei dem Treffen noch ganz in Schwarz gekleidet gewesen war, trug er jetzt die königsblaue Tunika der Palastwache. Ich fragte mich, von wem er sie genommen und in welchem Zustand er denjenigen zurückgelassen haben mochte.

Unwillkürlich wich ich vor ihm zurück und wusste doch, dass wenn er noch näher käme, ich weder in der Lage wäre fortzulaufen noch um Hilfe zu schreien, da ich schon jetzt kaum atmen konnte. Doch er blieb stehen, und seine hypnotisierenden blauen Augen beruhigten mich auf rätselhafte Weise.

»Du kannst mich anhören oder nach deinen Wachen rufen«, sagte er gelassen und schien sich des Risikos seiner Anwesenheit hier im Palast völlig bewusst zu sein. »Die Entscheidung liegt bei dir.«

»Narian«, flüsterte ich ungläubig staunend. »Was tust du hier?«

»Ich habe nicht viel Zeit, weil bald jemand kommen und nach dir sehen wird. Aber wir müssen miteinander reden.«

»Jetzt?«, murmelte ich und hatte Mühe, mich zu konzentrieren. Hastig wischte ich mir zumindest die Tränenspuren aus dem Gesicht.

»Nein, morgen Nacht, auf Koranis' Gut. Und komm allein.«

Ich starrte ihn an und war mir nicht mehr sicher, mit wem ich es überhaupt zu tun hatte. Denn mir war schmerzlich bewusst, dass er sich mit dem Feind verbündet haben musste.

»Vertrau mir noch dies eine Mal, so wie ich dir vertraue.« Sein Blick hielt den meinen fest und mir blieb nur eine einzige Antwort.

»Ich werde kommen«, versprach ich atemlos, auch wenn ich nicht wusste, wie ich es bewerkstelligen würde. Ich wusste nur, dass ich es einfach tun musste.

Ohne die Augen von mir zu lassen, kam er langsam näher und schob dabei seinen linken Ärmel hoch, sodass darunter ein an seinen Unterarm befestigter Dolch zum Vorschein kam. Ich wich nicht zurück, was vielleicht dumm war, weil ich mich schließlich noch allzu gut an die zahlreichen Waffen erinnerte, die er an seinem Körper zu tragen pflegte. Dann blieb er direkt vor mir stehen und band die Scheide von seinem Arm.

»Ich möchte, dass du das hier an dich nimmst. Es könnte der Zeitpunkt kommen, an dem du es brauchst.« Seine Stimme und seine Haltung waren so gefasst, als böte er mir irgendeine unwesentliche Kleinigkeit an.

Ich überlegte und erinnerte mich daran, wie Steldor mich abgefertigt hatte, als ich ihn um eine Waffe gebeten hatte. Narian wusste besser als jeder andere, welche Gefahr Hytanica drohte, was mir und meinen Landsleuten zustoßen konnte, denn er würde das Unheil im Namen des Overlord über uns bringen. Dennoch bewaffnete er mich, zu meinem eigenen Schutz. Und auch wenn ich vieles in Bezug auf sein Verhalten nicht verstand, so wusste ich doch ohne jeden Zweifel, dass sein Herz die ganze Zeit über unerschütterlich geblieben war.

Sanft ergriff er meinen linken Arm, und ich erzitterte, denn ich spürte das unerwartet starke Verlangen in mir, ihn zu berühren, mich in seine Arme zu werfen, so zu tun, als habe sich zwischen uns nichts geändert. Ich rührte mich jedoch nicht, als er den Ärmel meiner weißen Bluse hochschob und den Dolch befestigte. Nachdem er meinen Ärmel wieder herabgezogen hatte, um die Waffe zu verbergen, hob er die Augen noch einmal zu mir.

»Trag ihn immer bei dir«, wies er mich an, dann streckte er die Hand aus, um über mein Haar zu streichen, und ohne nachzudenken, machte ich einen Schritt auf ihn zu und legte meinen Kopf an seine Brust.

»Miranna«, flüsterte ich, als er die Arme um mich legte.

»Sie ist am Leben.«

Erleichterung erfasste mich wie eine Welle, und zum ersten Mal, seit dieser Albtraum begonnen hatte, empfand ich so etwas wie Frieden. Nach wenigen Augenblicken ergriff Narian sanft meine Arme und schob mich von sich. Eine schmerzliche Mischung aus Scham und Bedauern bemächtigte sich meiner Zunge.

»Ich bin inzwischen verheiratet«, stieß ich hervor, obwohl offensichtlich war, dass er das bereits wissen musste.

»Morgen, nach Einbruch der Dunkelheit«, sagte er, als hätte er meine Äußerung überhört. »Allein.«

»Ja, ich werde dort sein«, wiederholte ich und verschwendete keinen Gedanken an die Gefahr, in die ich mich damit begeben würde. Wie blind oder unklug es auch sein mochte – ich hatte absolutes Vertrauen in ihn.

Bevor er mich ganz losließ, beugte er sich herab und berührte meine Lippen mit den seinen. Dann wandte er sich ab und ging zur Tür. Doch er blickte sich noch einmal zu mir um, als könne er seine Gefühle nicht bezähmen. Ich machte einen Schritt vorwärts und wollte ihn, so widersinnig das auch war, nicht fortlassen, doch er öffnete bereits die Tür und spähte auf den Gang hinaus. Dann schlüpfte er hinaus und war meinem Blick entschwunden.

Ich hatte mir bislang keine Gedanken darüber gemacht, wie er in den Palast gelangt sein mochte, genauso wenig sorgte ich mich jetzt, wie er ihn wieder verlassen würde. Denn ich wusste, er besaß die Gabe, nach Belieben zu kommen und zu gehen. Während der Wintermonate war er mehrere Male über das Dach bis auf meinen Balkon geklettert, um mich aus dem Palast zu schmuggeln.

Meine Augen blieben an die Stelle geheftet, an der er zuletzt gestanden hatte. Gleichzeitig durchdrangen mich bis ins Mark der Kummer und die Trauer darüber, dass ich den Mann, den ich liebte, entbehren musste. Allerdings war ich auch ein wenig erleichtert angesichts der Aussicht, bald mehr über Mirannas und vielleicht auch Londons Schicksal zu erfahren. Mitgenommen von den Ereignissen des Tages schleppte ich mich in mein Schlafgemach. Ohne auf meine Zofe zu warten, entkleidete ich mich, zog die schweren Vorhänge zu, um das schwindende Licht des frühen Abends auszusperren, und kroch unter die Decken.

Nur wenig später hörte ich Steldor den Salon betreten und realisierte, dass er nur etwas früher hätte auftauchen müssen, um Narian Aug' in Auge gegenüberzustehen. Mein Herz pochte vor Angst heftig bei dem Gedanken, wie diese Begegnung hätte ausgehen können. Als ich die sich nähernden Schritte meines Gemahls hörte, schloss ich die Augen und stellte mich schlafend, obwohl mein Körper so angespannt war wie eine Bogensehne. Er klopfte sachte an meine Tür, öffnete sie und trat ein. Ich spürte seinen Blick auf mir.

»Alera«, rief er leise.

Ich lag bewegungslos und hoffte verzweifelt, er würde keine weiteren Anstalten machen, mich zu wecken, denn ich war mir sicher, er würde in meinen Augen lesen, dass ich ihn erneut verraten hatte. Doch nach kurzer Zeit ging er, offenbar zufrieden, gesehen zu haben, dass mit mir alles in Ordnung war. Nur ich wusste, wie weit entfernt ich in Wirklichkeit von diesem Zustand war.

15. Ehre in Zeiten des Krieges

Am nächsten Morgen stand ich vor einem Problem. Ich musste mich am Abend mit Narian treffen, um ihn nach meiner Schwester, nach London und danach zu fragen, warum er im vergangenen Frühjahr ohne ein Wort zu irgendjemand verschwunden war und nun eingewilligt hatte, auf Seiten der Cokyrier zu kämpfen. Ich verzehrte mich nach Antworten auf diese Fragen, und Narian bot mir die Gelegenheit, die Wahrheit zu erfahren. Doch um Koranis' Gut zum vereinbarten Zeitpunkt zu erreichen, musste ich das Palastgelände noch in der Dämmerung verlassen, und zwar zu Pferde, sowie die Stadttore unbehelligt passieren. Das alles zusammen schien angesichts der gegenwärtigen Sicherheitsstufe unmöglich.

Der Nachmittag brach an, und als die Sonne himmelabwärts wanderte, musste ich mir widerstrebend eingestehen, dass es nur eine Lösung gab. Ich nahm all meinen Mut zusammen, öffnete die Tür meines Salons und bat Destari herein. Er folgte mir zum Erkerfenster, wo ich mich in einem der Polstersessel niederließ, die meine Mutter immer so gemocht hatte. Ich forderte ihn auf, sich ebenfalls zu setzen, aber er weigerte sich und zog es vor, seinem Rang entsprechend, zu stehen.

Ich konnte die Erschöpfung in seinen Augen sehen, auch wenn sie nicht an seiner Haltung abzulesen war. Was er dachte, vermochte ich nicht zu erraten. Allerdings war er bereits Soldat gewesen, als London vor siebzehn Jahren nach zehn grauenhaften Monaten aus dem Kerker des Feindes geflohen war. Ohne Zweifel hatte er eine entscheidende Rolle bei der Genesung seines Freundes gespielt. Jetzt dagegen, und das war uns allen klar, würde London, selbst wenn es ihm auf wundersame Weise gelänge, seine zweite Gefangenschaft bei den Cokyriern zu überleben, vielleicht nicht einmal mehr als ein Schatten seiner Selbst zurückkehren. Diese Vorstellung genügte, um mir die Kehle zuzuschnüren, aber ich schluckte heftig und sah meinem Leibwächter in die Augen.

»Destari, ich brauche deine Hilfe.«

»Selbstverständlich, Eure Hoheit. Was kann ich für Euch tun?« Seine Antwort war automatisch erfolgt, doch ich bemerkte einen Schatten von Besorgnis in seinem Blick.

»Ich werde dir nur anvertrauen, was mich bewegt, wenn du mir versprichst absolutes Stillschweigen darüber zu bewahren. Das Folgende muss unter uns bleiben.«

Leicht erschöpft ließ sich Destari nun doch auf dem zuvor von mir angebotenen Sessel nieder.

»Alera, falls es etwas ist, das zu melden ich verpflichtet bin, wäre es wohl das Beste, Ihr würdet es mir gar nicht erst sagen.«

Ich starrte unbehaglich auf meine Hände und wählte meine Worte sorgsam. Was ich jetzt tun musste, gefiel mir nicht, doch mir blieb einfach keine andere Möglichkeit.

»Du hast nicht die Pflicht zu melden, was ich dir jetzt sagen werde«, ließ ich ihn wissen, und seine verhohlene, aber dennoch ersichtliche Erleichterung verursachte mir Schuldgefühle. »Noch vor deinem Hauptmann schuldest du mir Loyalität, also ist es sogar deine Pflicht, wie von mir gewünscht Stillschweigen zu bewahren.«

Ich sorgte mich nicht, dass Destari mit der Information, die ich ihm geben würde, zu Steldor ginge. Ich hatte eher Bedenken, dass er sich Cannan anvertrauen würde. Aber wenn das Ausnützen meiner Position die einzige

Chance war, mein Geheimnis als solches zu erhalten, dann musste es eben so sein.

Ich hatte erwartet, dass er mich wie ein Betrogener ansehen würde, denn in Wirklichkeit hatte ich ihn in eine Falle gelockt. Stattdessen sprach aus seinem Blick die pure Neugier.

»Worum geht es, Alera? Offensichtlich bedrückt Euch etwas.«

»Narian war hier. Im Palast.«

»Was?«, rief er, und ich bedeutete ihm hastig, leiser zu sprechen. Daraufhin keuchte er: »Wann?«

»Gestern Abend. Als alle in der Großen Halle debattierten. Er will mich heute Abend auf dem Landgut seines Vaters treffen, allein. Aber ich brauche ein Pferd, um dorthin zu gelangen. Du musst mir helfen, an eines zu kommen – und den Palast wie auch die Stadt ungehindert zu verlassen. Danach werde ich allein weiterreiten.«

»Ich werde Euch nicht allein dorthin lassen«, erklärte er und an seiner Miene war abzulesen, dass er mich offenbar für verrückt hielt.

»Aber ich muss. Narian wird mir Informationen sowohl über Miranna als auch über London liefern. Informationen, die ich, die wir brauchen. Und er hat darauf bestanden, dass ich allein komme. Ich soll niemanden mitbringen.«

»Das sollte Miranna laut Temersons Nachricht damals auch nicht.«

Trotz der Eiseskälte in seiner Stimme musste ich anerkennen, dass er recht hatte. Destari hatte Narian nie ganz über den Weg getraut, und das konnte ich auch jetzt nicht von ihm erwarten. Ebenso wenig konnte ich davon ausgehen, dass er verstand, warum ich das noch tat, wo Narian doch bei den vermeintlichen Verhandlungen neben der Hohepriesterin gestanden hatte. Ich hätte wissen sollen, dass Destari mich niemals unbewacht zu jemand lassen würde, in dem er eine Bedrohung sah. Und zwar unabhängig davon, ob er seinem Hauptmann darüber Bericht erstattete oder nicht.

»Na gut. Dann komm eben mit mir, wenn du willst.«

Zwar schien es mir das Beste, wenn Destari mich begleitete, aber ich machte mir dennoch Sorgen. Würde Narian bereit sein, offen zu reden, wenn einer der Männer zugegen war, die ihm während seiner Zeit in Hytanica am heftigsten misstraut hatten?

Destari nickte feierlich und erhob sich. »Wartet hier auf mich. Ich werde die Pferde besorgen und mich dann Casimirs Hilfe bedienen, um Steldor andernorts im Palast zu beschäftigen, wenn ich Euch holen komme.«

»Ich danke dir«, sagte ich leise, woraufhin Destari sich verneigte und ging.

Als es so weit war, warf ich mir rasch einen schwarzen Umhang über die Reithose und die Bluse, die ich angezogen hatte, bevor ich Destari die Tür öffnete. Noch im Gehen steckte ich mein Haar zu einem tief sitzenden Knoten auf. Mein Leibwächter brachte mich durch den Dienstbotenausgang aus dem Schloss, sodass wir westlich der Gartenmauer ins Freie traten. Ich zerbrach mir nicht lange den Kopf darüber, wie Destari es geschafft haben mochte, dass in diesem Bereich keine Palastwache auf dem Posten war, aber ich vermutete, als Hauptmannstellvertreter hätte er durchaus Mittel und Wege.

»Man darf uns nicht sehen«, ermahnte er mich. »Sonst würden Fragen gestellt.«

Die sinkende Sonne warf orange- und rosafarbene Schlieren an den Himmel und Destari führte mich gen Westen, weg vom Palast und in den kleinen Obstgarten, der zwischen dem Schlosspark und der Kaserne lag. Zwischen den Bäumen versteckt warteten dort zwei Pferde auf uns. Wir saßen auf und ritten in unverdächtigem Tempo nach Süden in Richtung Marktviertel. Ich begriff, dass Destari möglichst lange die Hauptstraße meiden wollte, die die Stadt in zwei Hälften teilte.

In den meisten Läden, die wir passierten, war zu so später Stunde keine Kundschaft mehr, aber ich verbarg mein Gesicht dennoch unter der Kapuze meines Umhangs, um nicht erkannt zu werden. Destari dagegen nickte den wenigen, ohnehin beschäftigten Menschen, an denen wir vorüberritten, freundlich zu.

Endlich führte aber auch unsere Gasse auf die noch ziemlich stark bevölkerte Hauptstraße. Wir hielten uns am Rand und bewegten uns in flottem Trab, bis wir das Stadttor erreichten. Die Gitter waren bereits herabgelassen, und nur wer einen Passierschein mit dem Siegel des Königs vorweisen konnte, durfte zu so später Stunde die Stadt noch verlassen oder betreten.

»Uns schickt der Hauptmann der Garde«, sagte Destari schroff zu den Posten, die auf beiden Seiten des Gitters standen. Zu meiner großen Erleichterung signalisierten sie ihren Kameraden auf den Türmen, die spitz endenden Gitter sogleich hinaufzuziehen, und wagten es nicht, dem Hauptmannstellvertreter oder seinem Begleiter eine Frage zu stellen. In diesem Moment war ich dankbar dafür, dass Destari sich geweigert hatte, mich allein reiten zu lassen. Ich war mir nämlich nicht sicher, ob die Garde ihrer Königin ebenso bereitwillig gehorcht hätte, denn ich wusste nicht genau, wessen Befehl sie unterstand. Höchstwahrscheinlich hätte man in jedem Fall Cannan von meiner Aktion berichtet.

Im weichen grauen Licht des frühen Abends ritten wir übers Land, und je schneller wir wurden, desto deutlicher war die aufkommende Kälte zu spüren. Ich zog meinen

Umhang enger um mich und schmiegte mich an den wärmenden Stoff meiner Kapuze. Der gleichmäßige Hufschlag von Destaris Pferd musste mir als Orientierung genügen. Als wir auf Koranis' Gut eintrafen, war es fast schon zu dunkel, um unsere Umgebung überhaupt noch zu erkennen. Furcht erfasste mich, weil ich kein anderes Pferd auf dem Gelände entdecken konnte. Waren wir vor Narian eingetroffen? Oder wartete er am Saum des Waldes, um zu sehen, ob ich mein Versprechen gehalten hatte und allein gekommen war? Wenn das der Fall war, befände er sich dann jetzt bereits enttäuscht von mir auf dem Rückweg ins cokyrische Feldlager? Der letzte Gedanke genügte, sodass ich am liebsten laut nach ihm gerufen hätte, aber ich unterdrückte das Verlangen und saß ab, um mit Destari auf das Haus zuzugehen.

Die Vordertür war unverschlossen, und ich musste daran denken, wie London mich vor ein paar Monaten hier gefunden hatte. Koranis wäre sicher indigniert gewesen, wenn er um die Verletzlichkeit seines repräsentativen Anwesens gewusst hätte. Destari brachte mich allerdings rasch wieder in die bedrohliche Gegenwart zurück, als er mit gezücktem Schwert vor mir über die Schwelle trat. Da niemand zu sehen war, ließ die Anspannung seines Körpers ein wenig nach.

»Ich habe damit gerechnet, dass dich jemand begleitet.«

Destari machte einen kleinen Satz, als Narians Stimme durch den dunklen Raum schnitt, dann streckte er rasch einen Arm aus, um mich am Weitergehen zu hindern.

Narians Gestalt war fast nicht zu erkennen, bis er die Laterne in seiner Hand entzündete. Er war ganz in Schwarz gekleidet und hatte eine Kapuze über sein blondes Haar gezogen. Ohne ein weiteres Wort bedeutete er uns, durch einen Rundbogen zu treten, der ins Speisezimmer des Hauses führte. Ich wollte schon vorausgehen, doch mein

Leibgardist hielt mich erneut zurück, denn er wollte offenbar vermeiden, dem Feind den Rücken zu kehren.

Narian zuckte kurz mit den Schultern und ging voran, wohl um uns seine guten Absichten zu beweisen. Dann stellte er die Laterne auf die polierte Tischplatte und setzte sich. Destari und ich nahmen gegenüber von ihm Platz.

»Sicher habt ihr Fragen an mich«, sagte er unumwunden und schob seine Kapuze zurück.

»Wie geht es Miranna?«, stieß ich sofort hervor.

»Es geht ihr gut«, antwortete er und senkte den Blick ein wenig.

Ich verlor die letzten Spuren von Angst, die mich noch umgetrieben hatte, nachdem er mir beim letzten Mal nur versichert hatte, meine Schwester sei am Leben. Es fühlte sich an, als könne ich endlich wieder frei atmen, nachdem ich quasi die Luft angehalten hatte, seit sie verschwunden war. Doch dann sah ich den Schmerz in Narians Blick und wusste, dass es noch mehr zu wissen gab.

»Was ist? Worin besteht das Problem, wo ist sie?«

»Du brauchst dich nicht um ihre Sicherheit sorgen. Sie ist im Tempel der Hohepriesterin untergebracht und wird in etwa so behandelt wie ich zu meiner Zeit als Gefangener hier in Hytanica.«

»Aber das ergibt doch keinen Sinn«, erwiderte ich und runzelte die Stirn, während ich versuchte, mich daran zu erinnern, was ich über die Taktik unseres Feindes wusste. »Warum behandelt man sie so gut? Welchem Zweck dient sie denn überhaupt?«

»Sie erfüllt ihren Zweck bereits. Und man behandelt sie wegen mir so gut.«

Ich sah ihn verwirrt an und machte mir noch mehr Sorgen, als ich zu Destari blickte, dessen Miene schmerzliches Begreifen spiegelte. Weil er bemerkte, dass ich nicht verstand, holte Narian zu einer Erklärung aus.

»Ich habe mich dem Befehl des Overlords unterstellt, um dafür zu sorgen, dass Miranna nichts geschieht. Sollte ich ihm nicht gehorchen, wird sie getötet.«

Meine Kraft verließ mich, während grenzenloser Kummer über mich kam. Der Overlord würde sie töten. Und der einzige Weg für Narian, mir zu ersparen, dass ich meine Schwester verlor, bestand darin, mein Königreich anzugreifen und zu zerstören. Ich war ihm dankbar, dass er mich nicht fragte, was er tun sollte – denn welche Antwort hätte ich ihm darauf schon geben können? Es wäre eigensüchtig und unvernünftig gewesen, ihn zu bitten, Miranna zu schonen, doch der Gedanke, sie wofür auch immer zu opfern, war mir ebenso unerträglich.

Tränen traten mir in die Augen, denn es gab nichts, was ich tun konnte. Miranna würde am Leben gelassen, solange Narian gehorchte. Doch wohin würde sie am Ende zurückkehren, falls man sie überhaupt freiließe? In ein gefallenes Königreich, eine zerstörte Heimat. Sie würde sich aus den Fängen des Feindes in die Fänge des Feindes begeben.

»Warum hast du uns überhaupt verlassen?«, klagte ich, obwohl ich wusste, dass das ohnedies keine Rolle mehr spielte. »Wärst du in Hytanica geblieben, wären du und Miranna noch in Sicherheit.«

»Meine Sicherheit war niemals gewährleistet, an keinem Ort«, erwiderte Narian in so resigniertem Ton, als hätte er sich schon vor langer Zeit in sein Schicksal gefügt. »Ich verließ Hytanica, weil ich glaubte, der Hauptmann würde mich in Kenntnis der Legende eher töten als zu riskieren, dass ich nach Cokyri zurückkehrte. Er begriff eher als ich, dass der Overlord niemals aufhören würde, nach mir zu suchen, dass er seinen Anspruch auf mich niemals aufgeben würde. Damals dachte ich noch, ich könnte meinem Schicksal entrinnen. Also floh ich in die Berge und versteckte mich dort, bis die Cokyrier mich aufspürten und zur Rückkehr zwangen. Jetzt weiß ich, dass es kein Entkommen gibt – ich werde niemals frei sein, bis ich meine Bestimmung nicht erfüllt habe.«

Du hast immer eine Wahl, hatte Narian einst zu mir gesagt. Und nun hatte er seine Wahl getroffen – und entschieden, meine Schwester zu beschützen.

Destari saß stumm und reglos neben mir, er hatte sich während meiner Unterhaltung mit Narian nicht gerührt, schien aber in Habtachtstellung zu sein.

»Und London?«, fragte ich mit gedämpfter Stimme. »Er ist jetzt wohl auch in der Gewalt deines *Gebieters.*«

»Nein«, sagte Narian und zeigte keinerlei Reaktion auf meine veränderte Stimmlage. Ich beobachtete ihn, doch er schien seine Aufmerksamkeit auf Destari gerichtet zu haben, der sich, zumindest soweit ich erkennen konnte, immer noch nicht geregt hatte.

»London wurde von der Hohepriesterin in ihren Tempel gebracht. Der Overlord weiß nicht einmal von seiner Anwesenheit in Cokyri.«

»Und warum?«, fragte ich irritiert.

»Das entzieht sich auch meiner Kenntnis. Jedenfalls war es der Befehl der Hohepriesterin, den Overlord darüber in Unkenntnis zu lassen.«

Narians stählerne Augen huschten wieder zu Destari, was auch mich veranlasste, den Hauptmannstellvertreter genauer in Augenschein zu nehmen. In dem zähen Schweigen, das folgte, ließen mich Geräusche von draußen, raschelnde Äste und ein brechender Zweig, zusammenzucken und instinktiv blickte ich um mich, doch in dem Raum, in dem wir uns befanden, gab es kein Fenster.

Mein Atem beruhigte sich wieder und ich lehnte mich erneut zurück. Narian und Destari schienen dagegen angespannt. Die beiden Männer starrten einander an, Narian berechnend, Destari undurchdringlich, und ich spürte, dass etwas nicht in Ordnung war. Ich konnte mir nicht vorstellen, was, und ich wagte nicht, es direkt anzusprechen, doch ihre Körpersprache beunruhigte mich.

»Zu wievielt seid ihr gekommen?« Narians kontrollierte, aber wissende Stimme zerschnitt die Spannung im Raum wie ein Messer.

Destari antwortete nicht, aber seine rechte Hand schloss sich langsam um den Griff seines Dolches. In meiner Verzweiflung antwortete ich für ihn und weigerte mich, die Botschaft, die seine Körperhaltung ausdrückte, zur Kenntnis zu nehmen.

»Niemand ist mit uns gekommen«, sagte ich hastig und warf meinem Leibwächter einen drängenden Blick zu, meine Worte zu bestätigen. Doch weder er noch Narian schenkten mir Beachtung.

»Wir sind allein«, beharrte ich. »Genau, wie ich es dir versprochen –«

Ein weiteres leises Geräusch von draußen, vielleicht das Schnauben eines Pferdes, machte meine Worte überflüssig.

»Destari?«, fragte ich ungläubig.

»Wenn du freiwillig mitkommst, werden sie dir vielleicht nichts tun«, sagte der Elitegardist schroff zu Narian. Dessen leises Ausatmen konnte ein Seufzer oder Lacher sein. »Das Haus ist umstellt. Solltest du versuchen zu fliehen, so hat der Hauptmann den Männern Befehl gegeben, dich, auf welche Weise auch immer, aufzuhalten.«

»Nein!«, schrie ich, sprang auf und drehte mich zu meinem Leibwächter. »Du hast mir Gefolgschaft geschworen. Du hast mir versprochen, weder mit Cannan noch mit sonst jemand darüber zu sprechen. Du unterstandest meinem Befehl –«

»Ich habe niemals irgendetwas geschworen. Und was Eure Befehle angeht, Ihr konntet nicht klar denken, Alera –«

»Nenn mich nicht Alera! Ich bin deine Königin, und du bist nichts als ein Verräter.«

Destaris Antwort darauf war, dass er aufstand. Und obwohl ich meinen Zorn immer noch berechtigt fand, gelang es mir nicht, der brennenden Kränkung in seinem Blick standzuhalten.

»Es wäre das Beste für Eure Männer, wenn Ihr mich in Frieden gehen ließet.«

Diesmal funkelte Destari nicht mich, sondern Narian an, und dessen Vorschlag schien ihm nicht zu gefallen.

»Du bist uns unterlegen, Narian. Und du wirst hier nicht lebend herauskommen, solltest du irgendetwas Unüberlegtes versuchen.«

»Hytanisches Blut wird vergossen werden«, warnte Narian. »Wenn nicht jetzt, dann in der Zukunft. Es liegt an Euch, ob dies von meiner Hand oder von der des Overlords geschieht. Ihm wird es Freude bereiten, er wird es verlängern und so viele Menschen töten wie nur möglich. Und nicht nur Soldaten, sondern jeden, der in seine Fänge gerät. Wenn ich jedoch die Truppen anführe, dann werde ich alles in meiner Macht Stehende tun, um die Zahl der Toten klein zu halten.«

»Händige mir deine Waffen aus, und dann werde ich dich hinausführen«, sagte Destari brüsk und ignorierte die Worte des jungen Mannes.

Kurz darauf zuckte Narian mit den Achseln, stand auf und hob besänftigend die Hände.

»Dann entwaffnet mich.«

»Leg deine Waffen auf den Tisch«, befahl Destari, zog sein Schwert, das im Laternenschein glitzerte, und richtete es auf den Jüngeren.

Narian tat, wie ihm geheißen, nahm Schwert und Dolch aus ihren Scheiden und legte sie auf den Tisch.

»Jetzt den Gürtel.«

Wieder gehorchte Narian, öffnete den Gürtel und legte ihn hin. Damit entledigte er sich der Giftpfeile, die als Stickerei getarnt darin verborgen waren, sowie des daran befestigten Säckchens mit explosivem Pulver. Wachsam beobachtete er Destari, der seine Waffe noch nicht gesenkt hatte.

»Und die Stiefel«, brummte der Hauptmannstellvertreter ungeduldig.

»Bei allem Respekt, meine Stiefel werde ich nicht ausziehen, *Sir.*«

»Die Stiefel oder die Klingen«, feuerte Destari zurück.

Mit einem Seufzer zog Narian zwei dünne Dolche mit gezackten Klingen aus versteckten Scheiden in den Absätzen und Sohlen seiner Stiefel und ließ sie zu den übrigen Waffen auf den Tisch fallen. Nach einem Wink mit Destaris Schwert folgte noch ein Dolch, der in einem seiner Stiefelschäfte verborgen gewesen war.

»Und jetzt roll die Hemdsärmel auf.«

Wieder gehorchte Narian und offenbarte einen Dolch, der mitsamt seiner Scheide auf seinen rechten Unterarm gebunden gewesen war. Destari schien zufrieden, nachdem Narian auch den abgeliefert hatte, denn er senkte nun sein Schwert und winkte seinem Gefangenen mit der Linken, sich zum Durchgang hinüberzubegeben.

»Ich warne Euch noch mal«, hob Narian an, als er um den Tisch herumkam. »Eure Männer sind in Gefahr, solltet Ihr versuchen, mich gefangen zu nehmen.«

»Ruhe jetzt«, fauchte Destari. »Alera – *Eure Hoheit* – Ihr geht vor und öffnet langsam die Vordertür, dann tretet Ihr sofort zurück.«

Ich nickte, aber mein Gehirn arbeitete fieberhaft. Ich durfte mit meiner Dummheit nicht Narians Tod verschulden – und man würde ihn töten, dessen war ich mir sicher. Narian die Flucht zu ermöglichen, das war die einzige

Möglichkeit, um Mirannas Unversehrtheit zu gewährleisten. Hatte Destari das etwa vergessen?

Langsam öffnete ich die Tür, trat jedoch entschlossen als Erste in das helle Licht von einem halben Dutzend Fackeln. Als meine Augen sich an das Licht gewöhnt hatten, erkannte ich dreißig bis vierzig Männer auf Pferden mit Pfeil und Bogen, die genau auf mich zielten. Ich war nicht das von ihnen erwartete Ziel, aber ihr Anblick ließ mich dennoch erschauern, denn ich wusste, dass die tödlichen Spitzen ihrer Pfeile dazu gedacht waren, Narian zu zerfleischen, sobald er sich zeigte.

»Bitte«, stieß ich hervor und konzentrierte mich auf Cannan, der in vorderster Linie stand. Der Hauptmann hielt keinen Bogen in der Hand, bot aber auf seinem großen, kräftigen Ross dennoch ein eindrucksvolles Bild. Mit strenger Miene und erhobener Hand hielt er seine Männer davon ab, zu schießen.

»Geht zur Seite«, schrie er, als er mich sah, denn ich hatte mich in eine sehr gefährliche Lage gebracht. Seine Männer gehorchten.

»Bitte«, wiederholte ich. »Lasst ihn gehen.«

»Alera, hier herüber«, befahl Cannan, als Destari und Narian auftauchten. Mein Leibwächter stand rechts von mir und hielt Narian fest am linken Arm gepackt. Ich schüttelte stur den Kopf. Ich wusste nicht, was ich mit meinem Verhalten erreichen würde, aber ich hegte die schwache Hoffnung, dass Cannan zögern würde, die Königin derart zu übergehen, oder dass die Verwirrung, die ich stiftete, Narian Gelegenheit zur Flucht gäbe.

»Er ist unbewaffnet«, rief Destari.

Cannan nickte. »Alera, Ihr müsst beiseitetreten.«

Als ich mich nicht rührte, gab er Halias einen Wink, der mir genau gegenüber auf seinem Pferd saß. Halias sprang herunter und schien mich holen zu wollen, aber ich duckte mich hinter Destari und stellte mich neben Narian, dessen rechten Arm ich fest umklammerte.

»Es gibt Fakten, die Ihr noch nicht kennt«, rief ich Cannan mit vor Aufregung schriller Stimme zu. Verzweifelt sandte ich Destari einen Hilfe suchenden Blick, doch der schüttelte nur mitleidig den Kopf.

»Halt, Alera.«

Es war Narians ruhige Stimme, die meinen Starrsinn schließlich durchdrang. Ich schwieg, weil ich hören wollte, was er zu sagen hätte. Gelassen sah er mich an und begann meine Hand von seinem Arm zu lösen. Als er ihn zurückzog, spürte ich, wie der an meinem linken Unterarm befestigte Dolch aus seiner Scheide glitt, und in einer einzigen fließenden Bewegung in seinem Hosenbund verschwand.

»Cannan hat recht«, fuhr er sachlich fort, aber mit leiser Stimme, die offenbar nur für meine Ohren bestimmt war. »Du musst mit Halias gehen.«

Ich starrte ihn ungläubig an und sah, dass Destari, der als Einziger nah genug stand, um mitzuhören, ihm einen dankbaren Blick zuwarf.

»Ich werde nichts davon vergessen, was zwischen uns gewesen ist, Alera, aber du musst es vergessen. Verteidige mich nicht, versuch nicht, mir zu helfen. Ich bin nicht mehr, wer ich war. Ich bin jetzt dein Feind.«

Der Schrecken stand mir zweifellos ins Gesicht geschrieben, dann umfing mich Schwärze. Meine Augen sahen nichts, meine Ohren hörten nichts. Ich konnte nicht einmal atmen. Ich fühlte mich schrecklich allein und gescheitert. Als Halias zu mir trat und einen Arm um meine Taille legte, wehrte ich mich nicht. Er führte mich in Cannans Richtung, dessen Gestalt vor meinen Augen verschwamm. Allerdings sah ich noch, wie er den Arm hob, um seine Männer aufzufordern, die Bogen wieder anzulegen. Mein Schwächeanfall ebbte ab, ich erkannte das

Haus wieder deutlich und sah auch, wie Destari versuchte, Narian an der Schulter vorwärtszuschieben, doch der rührte sich nicht. Ich spürte, wie die Männer links und rechts von mir begierig auf den Befehl warteten, endlich ihre Pfeile abzuschießen.

Doch der Hauptmann gab ihnen kein Signal dazu, sondern stellte dem trotzig vor ihm stehenden Siebzehnjährigen stattdessen eine einfach Frage.

»Wirst du dich freiwillig in meinen Gewahrsam begeben, Junge?«

»Werdet Ihr mich zum Wohle Eurer Truppen ziehen lassen?«

Cannan musterte Narian kritisch, dann gab er ihm die Antwort, mit der alle gerechnet hatten.

»Man wird dich nicht ziehen lassen.«

»Das bedaure ich.«

»Tritt aus freien Stücken vor –«

»Und ich bedaure auch das hier.«

Aus dem nichts heraus schoss eine Flamme empor und bildete rasch eine Feuerwand, die uns von Destari und Narian trennte. Pferde wieherten und scheuten, manche gingen durch und nahmen ihre Reiter mit, andere warfen sie ab. Halias zog mich vom Feuer weg, gerade als Cannans Ross vor Schreck stieg, letztlich aber doch seinem Herrn gehorchte und sich nur einmal um sich selbst drehte, aber am Schauplatz blieb. Männer schrien und rissen ihre Umhänge herunter, um die Flammen damit auszuschlagen. Ich presste mein Gesicht Schutz suchend an Halias Brust.

»Wo ist er?«, brüllte Cannan zornig die durcheinanderstürmenden Soldaten an. »Findet ihn! Durchkämmt den Wald, weit kann er noch nicht sein.«

Ich hob den Kopf und sah, dass die Flammenwand verschwunden war. An ihrer Stelle war nur noch graue Dunkelheit, und es roch nach Rauch. Die Männer beeilten sich, dem Befehl nachzukommen, denn die Enttäuschung ihres Hauptmannes war unüberhörbar. Während Cannan mit den Augen die Frontseite des Hauses absuchte, entdeckte ich aber noch etwas anderes in seinem Blick – Sorge. Wo war Destari?

Nachdem er sein Pferd einigermaßen beruhigt hatte, saß Cannan ab, nahm einem seiner Männer die Fackel und lief in Koranis' Haus, um drinnen nach seinem Stellvertreter zu suchen. Ich riss mich von Halias los und folgte ihm ebenso beunruhigt. Meinem Leibwächter blieb nichts anderes übrig, als mir nachzulaufen.

Es dauerte nicht lange, da hatte der Hauptmann Destari gefunden. Er war nur wenige Schritte entfernt an eine Wand gesunken. Aus der Ferne wirkte er wie eine Puppe, die man einfach abgesetzt hatte, aber ich verscheuchte diesen Gedanken rasch wieder und eilte zu meinem Leibwächter.

Cannan kniete bereits neben ihm, und Destari nahm eine blutverschmierte Hand von seinem Bauch. Selbst in dem schwachen Licht konnte ich sehen, wie sich der dunkle Fleck auf seinem Wams ausbreitete.

»Wie schwer seid Ihr verletzt?«, fragte der Hauptmann.

»Könnte schlimmer sein«, erwiderte Destari stöhnend. Er ließ den Hinterkopf gegen die Mauer fallen. Sein Gesicht war blass und von Schweiß überzogen. Er presste seine Hand erneut auf die Wunde. »Es ist … Ich habe versucht, ihn an der Flucht zu hindern. Ich dachte er wäre … aber er bleibt immer bewaffnet.«

Mein Herz schlug heftig, weil ich wusste, wessen Waffe Narian benutzt hatte. Ich hatte Mühe, mich meinen Schuldgefühlen zum Trotz nicht selbst anzuklagen, denn obwohl er Destari verwundet hatte, war ich froh, dass Narian entkommen war.

»Ich schicke Euch jemand, der sich um Euch kümmert.«

Cannan erhob sich und winkte einen Soldaten heran. Als der Mann näher kam, trug der Hauptmann ihm auf, Verbandsmaterial zu bringen, bevor er sich wieder an Destari wandte.

»Könnt Ihr reiten?«

»Bis in die Stadt werde ich es schaffen.«

»Gut.«

»Man muss ihm zugutehalten, Sir, dass er mich auch hätte töten können.«

Cannan musterte seinen Elitegardisten einen Moment lang, erwiderte aber nichts darauf. Stattdessen kehrte er zu seinem Pferd zurück und saß wieder auf. Er rief ein paar Soldaten Befehle zu, schickte sie zur Brücke und trug ihnen auf, die Patrouillen zu alarmieren, die Augen nach Narian offen zu halten. Allerdings klang aus seinen Befehlen kein großer Optimismus.

Halias und ich blieben bei Destari, bis jemand mit Verbandszeug erschien, dann folgten wir Cannan. Ich war nah genug, um die Worte eines Soldaten zu verstehen, der kam, um Bericht zu erstatten.

»Sir, es gibt keine Spur von ihm. Wir haben den Wald so gut es ging durchkämmt, aber in der Dunkelheit finden sich keine Spuren. Vielleicht könnten wir die Verfolgung aufnehmen, wenn wir am Morgen wiederkommen –«

»Dann ist es zu spät«, sagte der Hauptmann kurzangebunden. »Ruf die anderen zusammen. Wir kehren in die Stadt zurück.«

Sobald Destari verbunden und in den Sattel gehievt worden war, brachen wir auf. Ich saß vor Halias auf seinem Pferd und hatte mit keinem Wort widersprochen. Denn ich war erschöpft und mein Kopf schmerzte von dem Versuch, zu verarbeiten, was alles passiert war. Viel schlimmer war jedoch der Schmerz in meinem Herzen, das Narian mit seinen letzten Worten so verwundet hatte.

16. Zur Hölle mit der Heimlichtuerei

Die Stadt war seltsam friedlich, als wir unter den Spitzen der Eisengitter hindurchritten, die das Tor sicherten. Auch die Durchgangsstraße war vollkommen verwaist. Kurz bevor wir den Palast erreichten, entließ Cannan seine Soldaten, damit sie in die Kaserne zurückkehren konnten. Einem der Männer gab er Befehl, Destari auf der Krankenstation abzuliefern. Zwei andere Elitegardisten blieben bei uns, und es schien mir, als sei der Hauptmann bemüht, jegliches Aufsehen zu vermeiden. Zum ersten Mal, seit ich am frühen Abend den Palast verlassen hatte, dachte ich an Steldor. Da wurde mir klar, dass er höchstwahrscheinlich in diese militärische Operation gar nicht eingeweiht gewesen war. Destari hatte ihm gewiss nichts gesagt, weil er geahnt haben musste, wie Steldor dazu stand. Das Gleiche galt wohl auch für Cannan. Sollte Steldor es herausfinden, war der Ärger unvermeidlich.

Leider stand der Ärger schon unmittelbar bevor, denn Steldor, Galen, Casimir und zwei Palastwachen hielten sich zum Zeitpunkt unserer Rückkehr in der Eingangshalle auf. Sobald die Türen aufgingen, richtete sich Steldors Blick auf mich. Aus ihm sprachen Enttäuschung, Wut und Sorge. Ich erkannte in den Palastwachen jene, die oft an den Eingängen Dienst taten, und schloss daraus, dass Cannan sie von ihrem Posten abgezogen haben musste, damit Destari mich unbemerkt hinausschmuggeln konnte. Ein Blick auf die fünf Männer genügte, um zu erraten, worüber sie gesprochen und was sie sich zusammengereimt hatten.

Steldor trat, gefolgt von Galen, sogleich auf seinen Vater zu. Die Besorgnis in seiner Miene war nun verschwunden.

»Was zum Teufel geht hier vor?«, fragte er.

Die Elitegardisten, die bereits auf dem Weg zu ihren Quartieren waren, verlangsamten ihre Schritte.

»Hier ist nicht der richtige Ort dafür«, erwiderte Cannan kurzangebunden. »In meinem Dienstzimmer.«

Steldor funkelte ihn an und machte keinerlei Anstalten, ihm zu folgen, bis Galen ihm seine Hand auf den Oberarm legte und ihn so in die richtige Richtung schob. Bevor Cannan ihnen folgte, gab er Halias noch einen Befehl.

»Bringt Alera in ihre Gemächer.«

Steldor blieb stehen, drehte sich zu seinem Vater und hob sogleich dessen Anordnung auf.

»Nein, bring sie auch ins Dienstzimmer.«

Cannan begegnete dem wütend funkelnden Blick seines Sohnes mit unerschütterlicher, strenger Miene, aber Steldor blieb hart.

»Sie hat offenbar auch mit dieser undurchsichtigen Angelegenheit zu schaffen, wenn wir uns also darüber unterhalten, kommt *jeder* mit.«

Nach einem Moment der Anspannung nickte Cannan Halias zu und winkte Steldor und Galen weiterzugehen. Mit gewisser Bestürzung bemerkte ich, dass er auch Casimir und den beiden Elitegardisten, die sich schon hatten zurückziehen wollen, bedeutete mitzukommen.

Als wir uns alle in seinem Dienstzimmer befanden, begab der Hauptmann sich hinter seinen Schreibtisch, blieb dort jedoch stehen. Steldor baute sich ihm gegenüber auf, während wir anderen uns im Hintergrund hielten und wohl unbewusst auf Abstand zu Vater und Sohn gingen.

»Nun?«, fragte Steldor angriffslustig.

»Wir hatten eine Gelegenheit, Narian aufzulauern. Aber wie man sieht, ist es nicht so verlaufen wie erhofft.«

»Weil Ihr Narian nicht gefasst habt? Oder weil ich dahintergekommen bin?«

Der Hauptmann atmete resigniert aus. »Du wirst es weder verstehen noch akzeptieren, aber es war wichtig, dass du –«

»O, ich verstehe ganz gut. Es war offensichtlich Voraussetzung, vor dem König zu verheimlichen, dass Ihr die Königin als Köder benutzt habt. Denn das war doch wohl ihre Rolle, nicht wahr?«

Zum ersten Mal überhaupt sah ich Cannan um eine Antwort ringen, denn er vermochte wohl seinem Sohn nicht ins Gesicht zu lügen, wollte aber anscheinend auch nicht die Wahrheit sagen und mich in Schwierigkeiten bringen. Das kurze Zögern genügte, um Steldor misstrauisch zu machen. Er starrte seinen Vater an, und ich betete, dass er nicht von allein darauf käme. Ich hatte nämlich keine Ahnung, was in diesem Falle mit mir passieren würde.

Steldor starrte Cannan weiter an, während die Zeit verging.

»Sie wollte ihn treffen«, erklärte er schließlich mit gepresster Stimme, als er begriff. »Sie wollte ihn aus freien Stücken treffen, und Ihr habt Euch ihre Dummheit zunutze gemacht.«

Ich konnte nur hoffen, dass Steldors Aufmerksamkeit weiter auf Cannan gerichtet blieb. Und auf die Tatsache, dass sein Vater etwas vor ihm verheimlicht hatte. Mein Mund war trocken, und ich versuchte, nicht zu atmen, am liebsten wäre ich in der Wand hinter mir verschwunden. Mein einziger Schutz war Halias, der neben mir stand, kräftig und beruhigend und in der Lage, mich zu beschützen, sollte mein Gemahl die Kontrolle verlieren.

Steldor schloss die Augen, wohl um seinen Zorn im Zaum zu halten. Er stützte sich mit den Handflächen auf den Schreibtisch des Hauptmannes und senkte den Kopf, obwohl sein Körper angespannt blieb. Das Schweigen ließ sich mit Händen greifen, wirkte aber zugleich zerbrechlich und furchterregend.

»Wie?«, fragte er gedehnt. »Wie wurde dieses Treffen arrangiert? Wann hast du mit ihm gesprochen? Bei der Zusammenkunft?«

Nur an seinem »Du« merkte ich überhaupt, dass er mit mir sprach. Doch ich war zu verängstigt, um zu antworten, und hatte furchtbare Angst, ihn mit jedem Wort, das ich sagte, noch stärker zu reizen. Gleichzeitig schien seine Wut aber mit jedem Augenblick, der verstrich, zu wachsen.

»N-Narian …« Ich holte tief Luft und wollte das Zittern aus meiner Stimme vertreiben. Während ich noch zögerte, ergriff Cannan an meiner Stelle das Wort.

»Narian hat sich nach der Zusammenkunft irgendwie Zugang zum Palast verschafft, während wir noch in der Eingangshalle diskutierten. Er und Alera haben in euren Gemächern miteinander gesprochen.«

Cannans Antwort erstaunte mich, denn ich hatte, angesichts des Gemütszustandes seines Sohnes nicht erwartet, dass er so offen sprechen würde.

Steldor schaute nicht auf und veränderte auch seine Haltung nicht, doch sein Körper erzitterte regelrecht, während er darum kämpfte, seine Wut im Zaum zu halten. Er schien gefährlich nah an einem Wendepunkt zu sein, und ich fürchtete, was danach kommen würde.

»In *meinen* Gemächern. Er war in meinen Gemächern, und sie hat nicht Alarm geschlagen. Er war hier, *im Palast*, und sie hat nicht nach der Wache gerufen oder auch nur einen Mucks gemacht.«

Steldor schien zu niemand bestimmtem zu sprechen, sondern nur zu versuchen zu begreifen, was er soeben erfahren hatte. Er lachte auf, aber sein Lachen war ohne Fröhlichkeit, dann drehte er sich endlich zu mir um. Ich schob mich näher an Halias, denn die Wut in seinem Blick beunruhigte mich heftig

»Hast du ihn geküsst?«, fragte er, nachdem sein Lachen verklungen war.

Ich stieß ein paar Geräusche aus und wusste nicht, welche Schlüsse er ziehen würde, wenn ich diese Frage unbeantwortet ließ.

»Hast du ihn geküsst?!«, donnerte er, und ich zuckte zusammen.

In seinem Blick fehlte etwas, etwas, das mir gesagt hätte, dass er sich tief in seinem Inneren daran erinnerte, dass ihm eigentlich an mir lag. Und mit einem Mal verstand ich, warum Cannan so viele Gardisten mitgenommen hatte. Und ich wusste auch, dass ich mich immer weiter in Gefahr brachte, indem ich nicht antwortete. Gleichzeitig war mir klar, dass er mir eine Lüge ansehen würde. Ich betete, dass Halias und die anderen in der Lage sein würden, ihn falls nötig zurückzuhalten.

»Nein ... und ja. Denn er hat mich geküsst«, bekannte ich zögernd, und es gelang mir nicht mehr, das Zittern in meiner Stimme zu unterdrücken.

»Und du hast ihn natürlich abgewehrt, nicht wahr?«

»Also, nein, ich meine ... genau genommen ...« Meine Stimme erstarb, während meine Wangen dunkelrot anliefen. »Aber es spielt ohnehin keine Rolle mehr, denn –«

»Es wird jeden Tag eine Rolle spielen, bis du als Ehebrecherin zur Hölle fährst, du kleine –«

»Steldor!«, bellte Cannan dazwischen und unterbrach seinen Sohn, bevor der vollends die Nerven verlor. »Reiß dich zusammen!«

Aber Steldor hörte nicht auf ihn. Mit einer Armbewegung wischte er die wenigen Dinge, die auf dem Schreibtisch des Hauptmannes standen, zu Boden, dann packte er den ihm am nächsten stehenden Holzstuhl und drosch ihn mit solcher Wucht auf den Steinboden, dass das Holz splitterte. Er griff sich ein abgebrochenes Stuhlbein und schleuderte es in den Vitrinenschrank, in dem sein Vater seine Waffen aufbewahrte, sodass das Glas zerbrach. Ich schnappte nach Luft, drückte mich an die Wand und Halias schirmte mich mit seinem Körper ab. Auch Casimir und die beiden anderen Wachen waren auf der Hut. Cannan dagegen verschränkte nur die Arme vor der Brust, machte einen Schritt nach hinten und sah mit stoischer Ruhe zu, wie der Sohn sein Dienstzimmer verwüstete. Ich bezweifelte, dass Steldor überhaupt merkte, was er tat, als er die Bücherregale zertrümmerte, Bücher zerfetzte und noch mehr Glas zerschlug. Am Ende trat er, was von den Waffenschränken noch übrig war, mit den Füßen zusammen.

Dann war der Ausbruch zu Ende, und es herrschte beklemmende Stille. Ich spähte aus meinem Versteck hervor und sah Steldor wieder vor dem Schreibtisch seines Vaters stehen. Er atmete schwer, seine Haltung drückte immer noch Wildheit aus, und der einzige Grund, aus dem er aufgehört hatte, war wohl, dass es hier nichts mehr zu zerschlagen gab. Der Hauptmann musterte ihn, kaum irritiert und sichtlich nicht verängstigt.

»Bist du fertig?«, fragte er und schien immer noch Herr der Lage, trotz der Verwüstung, die gerade stattgefunden hatte. »Wenn nicht, stünde noch *dein* Dienstzimmer zur Verfügung.«

Vater und Sohn starrten einander an, und obwohl Steldor immer noch angespannt wirkte, schien eine körperliche und emotionale Erschöpfung über ihn zu kommen. Zu meiner großen Erleichterung hatte der Ausbruch ihn wohl ein wenig ruhiger werden lassen, auch wenn ich mir nicht sicher war, ob ich mich gefahrlos in seiner Nähe aufhalten konnte.

Fast unmerklich gab Cannan Halias mit einer Kopfbewegung zu verstehen, er solle mich aus dem Raum bringen. Ohne ein Wort fasste der Elitegardist mich am Oberarm und schob mich rasch durch die Tür rechts von uns ins Wachzimmer und von dort in die Große Halle hinaus.

Stumm ließ ich mich von ihm die Treppen hinauf und in meine Gemächer führen, wo er mich zögernd zurückließ. Ich wusste, dass er am liebsten gefragt hätte, ob Narian irgendetwas von Miranna erwähnt hatte, aber aus Rücksicht auf meinen erschöpften Zustand bezähmte er seine Neugier und nahm draußen auf dem Gang seinen Posten ein. Rasch begab ich mich in mein Schlafgemach und ließ mich auf die Bettkante fallen.

Ich war starr vor Schreck ob der Seite meines Gemahls, die ich soeben erlebt hatte. Jeder wusste, dass er ein heftiges Temperament besaß, aber mit einem derart gewalttätigen Ausbruch hätte ich trotzdem nicht gerechnet. Wie konnte ich bei unserer nächsten Begegnung eine ähnliche Reaktion verhindern? In Cannans Zimmer hatte er mich nicht körperlich attackiert, aber was würde er tun, wenn wir allein waren? Wozu wäre er dann in der Lage? Trotz meiner Erschöpfung konnte ich mich nicht hinlegen. Zum Schlafen war ich ohnedies viel zu aufgebracht und verängstigt.

Und was war mit Narian? Wie war es zu dem Feuer auf Koranis' Gut gekommen? Hatte Narian es hervorgezaubert? Die Vorstellung erschien mir abwegig, war aber zugleich die einzige Erklärung, die mir einfiel. Ich zwang meinen müden Verstand, sich anzustrengen, und kam noch auf eine andere Idee. Vielleicht hatte er das explosive Pulver benutzt und damit noch vor unserer Ankunft eine Linie auf dem Boden gezogen, für den Fall, dass er fliehen müsste. Aber das klang mir auch nicht sehr wahrscheinlich. Wer rechnete schon damit, eine Feuerwand zu brauchen? Wenn überhaupt jemand, dann wohl Narian, aber das beantwortete noch nicht die Frage, wie er das Pulver genau im richtigen Moment am richtigen Ort hatte entzünden können. Da erinnerte ich mich an meine erste Unterhaltung mit London über Cokyri. Damals hatte er mir erzählt, unsere Soldaten glaubten, der Overlord könne Menschen mit einem Wink seiner Hand töten. War es möglich, dass Narian über ähnliche Kräfte verfügte? Aber wenn ja, wie hatte er diese Kräfte dann erworben?

In meinem Kopf drehte sich alles, während ich versuchte, die vielen Eindrücke zu verarbeiten. Narian rettete also das Leben meiner Schwester mit jedem Befehl, den er befolgte. Wenn er sich den Anordnungen seines Gebieters widersetzte, hätte das ihren Tod zur Folge, würde aber gleichzeitig den Angriff auf Hytanica auch nicht verhindern. Er hatte zu verstehen gegeben, der Overlord würde uns mit oder ohne seine Hilfe attackieren und ein schreckliches Gemetzel anrichten. Er schien überzeugt, dass es besser wäre, wenn er den Angriff auf unser Königreich anführte. Dass er das hytanische Volk am besten schützen könne, indem er uns eroberte. In gewisser Weise ergab das sogar einen Sinn – und zwar dann, wenn wir uns noch vor Kriegsausbruch ergaben.

Doch an diesem Abend war alles schiefgelaufen. Destari hatte mich hintergangen; Narian hatte mir aufgetragen, alles zu vergessen, was je zwischen uns gewesen war, und so weiterzuleben, als wären wir uns nie begegnet; und der Mann, dem ich angetraut worden war, schien bereit, mich zu erwürgen.

Ich hörte, wie sich die Tür zum Salon öffnete, und als sie gleich darauf zuknallte, konnte kein Zweifel daran bestehen, dass Steldor soeben hereingekommen war. Ich wagte kaum zu atmen, weil ich fürchtete, er würde mich aufsuchen oder zu sich rufen, aber nichts von beidem geschah. Stattdessen hörte ich als Nächstes, wie auch die Tür zu seinem Schlafgemach wütend zugeschlagen wurde. Erleichtert atmete ich aus und gestattete mir endlich, in meine Kissen zu sinken.

Das Wetter am nächsten Tag stand in vollkommenem Gegensatz zu meiner Stimmung. Strahlender Sonnenschein fiel durch das Fenster meines Schlafgemachs, und ich konnte die Vögel auf das Herrlichste zwitschern hören. In Anbetracht der Ereignisse am Vorabend war eine solche Idylle geradezu quälend. Ich fühlte mich immer noch müde, als ich mich aus dem Bett hochraffte, um mir von Sahdienne beim Ankleiden helfen zu lassen. Mein Verstand schien längst nicht alles verarbeitet zu haben und funktionierte nur träge.

Am meisten wünschte ich mir, alles wäre endlich vorbei. Ich wollte Miranna und London wieder bei mir haben, und dazu den Frieden, der noch vor knapp zwei Jahren geherrscht hatte. Ich wünschte, unverheiratet zu sein und mich nicht mit Steldors Eifersucht und Zorn auseinandersetzen zu müssen, und ich wollte Narian, um … Hier endete mein stummer Monolog, denn ich wusste nicht, wie ich den Satz hätte beenden sollen. Am einfachsten wäre es, mir zu wünschen, ich wäre ihm nie begegnet, so wie er es sich zu wünschen schien. Doch wenn ich an ihn dachte, vermochte ich mir das nicht zu wünschen. Im Gegenteil wünschte ich mir dann nichts anderes, als dass wir fern von all den Sorgen, die uns wie eine Seuche befallen hatten, zusammen sein könnten. Am liebsten wäre ich vor diesem schrecklichen Leben davongelaufen, aber ich hatte keine andere Wahl, als es in der schwachen Hoffnung zu ertragen, dass sich doch noch alles zum Guten wenden würde.

Ich begab mich in den Salon, setzte mich aufs Sofa und scheuchte Sahdienne hinaus. Die völlige Stille hinter Steldors geschlossener Schlafzimmertür bedeutete wohl, dass er schon fort war, was mir nur recht sein konnte. Ich selbst wollte nirgendwohin und fragte mich besorgt, was dieser Tag mir bringen mochte, als es an der Tür klopfte.

»Komm herein«, rief ich und glaubte, Sahdienne hätte etwas vergessen. Steif erhob ich mich, weil mir von dem gestrigen Ritt noch die Muskeln schmerzten und der Schlaf mir kaum Erholung gebracht hatte.

Ich erschrak, als Cannan über die Schwelle trat. Er verneigte sich nur knapp, und sein Blick wanderte schnell durch den Raum.

»Ist Steldor in seiner Schlafkammer?«, fragte er.

»Ich dachte, er sei schon fort, aber er könnte auch noch da sein. Wenn ja, dann hat er zumindest keinen Laut von sich gegeben.«

Es gelang mir nicht, Cannan in die Augen zu schauen, denn ich war mir sicher, dort einen Vorwurf zu entdecken. Erst vor ein paar Monaten, als er erstmals von meiner Beziehung zu Narian erfahren hatte, war ich außer mir vor Sorge gewesen, was er von mir halten würde. Jetzt erschien mir allein der Gedanke daran unerträglich.

Cannan trat an die Tür seines Sohnes und klopfte dreimal laut.

»Steldor!«, rief er, bekam jedoch keine Antwort.

»Ich hatte vermutet, er wäre im Thronsaal oder bei Euch.«

Der Hauptmann warf mir einen kurzen Blick zu, öffnete dann die Tür, ging hincin und blieb wie angewurzelt stehen.

»Was ist denn?«, fragte ich und bekam auf einmal Angst.

Ohne mich zu beachten, machte Cannan auf dem Absatz kehrt und marschierte zurück durch den Salon.

»Halias, Casimir!«, schrie er und befahl damit die beiden Gardisten, die auf dem Gang Posten standen, zu sich.

Die Tür schwang auf, und ich bemerkte ihre alarmierten Gesichter.

»Das Fenster steht offen«, sagte Cannan barsch und kniff sich mit zwei Fingern in den Nasenrücken, während er kurz die Augen schloss. »Er ist fort.«

»Anzeichen eines Kampfes, Hauptmann?«, erkundigte sich Casimir sogleich. »Sicher hätten die Königin oder die Palastwachen etwas gehört –«

»Es gab keinen Kampf«, antwortete Cannan matt und mit einem Anflug von Verzweiflung. »Das Zimmer ist unberührt, nur einige seiner Waffen fehlen. Also ist er aus freien Stücken aufgebrochen. Was hat er nach der Unterredung in meinem Dienstzimmer gestern Abend noch gemacht?«

»Er begab sich direkt in seine Gemächer, Sir«, erwiderte Casimir, der den König begleitet hatte.

»Dann hat er mindestens acht Stunden Vorsprung, sofern er die Stadt verlassen hat«, rechnete Halias.

»Er befindet sich außerhalb der Stadt«, bekräftigte Cannan.

Halias und Casimir tauschten einen Blick und hoben fragend die Augenbrauen. Woher konnte der Hauptmann das wissen?

»Sir?«, fragten sie im Chor.

»Aus dem Stall meines Stadthauses fehlte heute Morgen ein Pferd. Ich dachte an Diebstahl, aber Steldor war natürlich klug genug, nicht sein eigenes Pferd zu nehmen. An dem hätte ihn jedermann sogleich erkannt. Und er hätte sich bestimmt kein Pferd besorgt, wenn es nicht in seiner Absicht gelegen wäre, die Stadt zu verlassen.«

Cannan trat um die beiden Männer herum und verschwand eilends auf dem Gang.

Casimir folgte ihm, nur Halias musste zurückbleiben, da er ja zu meinem Schutz abkommandiert war. Doch ich verlor keine Zeit und eilte den beiden nach. Und auch meinen Leibwächter schien diese Neugier nicht zu stören. Mit Schuldgefühlen und Sorge ringend lief ich in die Halle hinunter. Wie wütend hatte ich ihn wohl gemacht? War ich der Grund für sein Verschwinden oder war gestern Nacht noch etwas anderes vorgefallen?

Cannan war bereits um die Ecke verschwunden und nahm vermutlich die Prunktreppe. Ich beschleunigte meine Schritte, und als ich den Absatz erreicht hatte, war er bereits unten angelangt und rief nach Galen. Der Haushofmeister mit dem lockigen Haar sah gerade noch Cannans Rücken entschwinden, dann eilten er und Casimir ihrem Vorgesetzten durch das Wachzimmer der Garde in sein Dienstzimmer nach. Ich ärgerte mich, dass mir so die Möglichkeit zu lauschen genommen war, und beschloss zu warten, bis sie wieder herauskämen, in der Hoffnung, dann den einen oder anderen Fetzen ihrer Unterhaltung aufschnappen zu können. Für den Moment setzte ich mich ziemlich würdelos auf die oberste Treppenstufe und wartete. Halias bezog hinter mir an die Wand gelehnt Posten.

Was ich schließlich mitbekam, war Folgendes: Steldor hatte unter einem Umhang mit tief ins Gesicht gezogener Kapuze unerkannt die Stadt verlassen. Dabei hatte er eines der Pferde des Hauptmannes geritten und einen Passierschein mit dem Siegel des Königs vorgezeigt, was ihm natürlich einen beträchtlichen Vorsprung gegeben hatte. Cannan hatte entschieden, Galen und Casimir an der Spitze eines diskreten Suchtrupps in die Berge zu schicken. Dabei sollte Galen die Männer an alle Plätze führen, die er und Steldor in ihrer Jugend aufgesucht hatten. Der Haushofmeister hatte argumentiert, sein bester Freund würde gewiss keinen dieser Orte aufsuchen, da er ja nicht gefunden werden wollte, doch Cannan hatte darauf beharrt, dies sei für den Anfang das logischste Vorgehen.

Nachdem der Suchtrupp aufgebrochen war, begab ich mich in meinen Salon im Parterre, von dem aus ich die Männer aus der Halle kommen hören würde. Es dauerte nicht lange, da suchte Cannan mich auf, um sicherzustellen, dass ich wie gewohnt meinen Alltagsbeschäftigungen nachging. Er wollte nicht darauf vertrauen, dass in der Stadt keine cokyrischen Spione wären, und fürchtete, die Suche würde in einen Wettlauf ausarten, sobald bekannt würde, der König sei unbegleitet unterwegs. Er mahnte auch Halias, an meiner Seite zu bleiben, denn für ihn war ebenso leicht zu sehen wie für mich, dass der Gardist sich am liebsten an der Suchaktion beteiligt hätte.

Stunden vergingen ohne Nachricht, und ich begann, mich verzweifelt nach irgendeiner Neuigkeit zu sehnen. Ich entschied, unter dem Vorwand, ein Tuch aus meinem Schlafgemach zu benötigen, am Thronsaal vorbeizugehen, und hoffte, dabei meinem Schwiegervater zu begegnen. Also schlenderte ich durch die Eingangshalle, die seltsam verwaist lag, und schlich so langsam wie möglich die Treppe hinauf. Oben angekommen tat ich sogar so, als wäre mir ein Schuh von der Ferse gerutscht, und vertrödelte einige Zeit damit, ihn wieder richtig anzuziehen, in der Hoffnung, inzwischen möge sich irgendetwas von Bedeutung zutragen.

Halias, der bislang noch kein Wort gesagt hatte, brach endlich sein Schweigen und meinte in sarkastischem Ton: »Ich denke nicht, dass Ihr Euer Tuch hier finden werdet, Eure Hoheit.«

Ich seufzte und wandte mich stirnrunzelnd von ihm ab, denn er durchschaute mich genau. Mit unverhohlener Neugier beugte ich mich weit über das Geländer. Es war schon spät, und ich fragte mich, ob der Suchtrupp heute überhaupt noch zurückkäme. Aber mit Sicherheit würde einer der Männer zurückkehren, um Cannan Meldung zu machen, selbst wenn der Rest von ihnen in den Bergen blieb.

In diesem Moment stürmte ein Soldat durch die doppelten Eingangstore des Palastes und humpelte in die Eingangshalle. Sein Gesicht war von Schmutz und Schweiß verschmiert, und er rief nach dem Hauptmann. Die Palastwachen am Eingang blieben auf ihren Posten, während ich erstarrte und Halias an meine Seite trat. Alle warteten wir auf Cannan.

»Berichte«, forderte dieser, als er aus dem Wachzimmer kam und den ramponierten Soldaten erblickte, der trotz seiner Erschöpfung Haltung annahm.

»Sir, die Cokyrier sind am Fluss. Wir benötigen Verstärkung.«

Bei diesen Worten begannen die Palastwachen, gedämpft miteinander zu flüstern, und mir drehte sich der Magen um. Der Krieg hatte von Neuem angefangen. Mir war, als hätte ein Todesmarsch begonnen, der nur eine einzige Frage aufwarf: Wer würde sterben und wann.

»Verstärkung wird entsandt«, erwiderte Cannan knapp, aber dann legte er besänftigend eine Hand auf die Schulter des Mannes. »Steh bequem und erzähl mir, wie es stand, als du aufgebrochen bist.«

»Wir hatten nicht mit ihrem Angriff gerechnet, Sir«, gab der Soldat unumwunden zu. »Wir wurden von ihnen überrumpelt –« das leichte Stirnrunzeln des Hauptmannes machte klar, dass auch er selbst nicht mit einem Angriff gerechnet hatte – »und die Cokyrier hätten uns vermutlich überwältigen können, wenn sie mit vollem Einsatz gekämpft hätten. Zu dem Zeitpunkt, als ich losritt, um Verstärkung zu holen, drängten unsere Leute sie bereits zurück. Ehrlich gesagt denke ich, dass sie uns auf die Probe stellen wollten, Sir. Der nächste Angriff wird gewiss weitaus schlimmer sein.«

»Zweifellos. Ist das alles?«

»Ja, Sir.«

»Dann seid Ihr damit entlassen. Meldet Euch auf der Krankenstation und lasst Euer Bein untersuchen.«

»Aber Sir, ich sollte zurück –«

»Das war ein Befehl«, sagte Cannan scharf, und man merkte ihm die Härte des bisherigen Tages an. »Übermüdet und verletzt wärt Ihr keine Hilfe.« Es dauerte einen Augenblick, bis er zu seiner unerschütterlichen Haltung zurückfand. »Ich werde zusätzliche Männer schicken. Geht jetzt.«

»Jawohl, Sir.«

Der Soldat war sichtlich bekümmert darüber, seinen Hauptmann verärgert zu haben, und humpelte geknickt durch die Eingangstore hinaus in Richtung Kaserne.

Die Männer, die Cannan als Hilfstrupp zum Fluss geschickt hatte, erwiesen sich als überflüssig, denn der Soldat, der ihm über den cokyrischen Angriff Bericht erstattet hatte, hatte mit seiner Einschätzung über die Absichten des Feindes recht behalten. Sie stellten uns auf die Probe, spielten beinahe mit uns und griffen nur halbherzig an. Sogar die Dienerschaft und das Wachpersonal scherzten darüber, dass unsere Truppen auf dem Schlachtfeld einmal kämpften und dann wieder ein Nickerchen hielten. Bei alledem fragte ich mich, ob Narian dahintersteckte, der mit dieser Taktik versuchte, uns zu demütigen und zu piesacken.

Von Steldor fehlte immer noch jede Spur, und es wurde zunehmend schwierig, den Anschein zu wahren, alles sei in Ordnung. Als Galen schließlich am frühen Nachmittag des nächsten Tages zurückkehrte – ohne den König und auch ohne eine Idee, wo er noch stecken könnte –, da begann mir klar zu werden, dass Steldor tatsächlich verschollen war. Jeder hatte angenommen, dass er inzwischen wieder da wäre, aber trotz der diskreten Suchtrupps, die Cannan in alle Himmelsrichtungen ausgesandt hatte, gab es keinerlei Hinweise auf seinen Verbleib. Galen wies schließlich darauf hin, dass Steldor als tadellos ausgebildeter Offizier in der Lage wäre, seine Spuren so zu verwischen, dass man ihn erst fände, wenn er das wollte. Cannan befahl seinen Männern jedoch, weiterzusuchen, und hielt dagegen, dass jeder auch noch so gut Ausgebildete Spuren hinterließ. Ich konnte dem Hauptmann ansehen, dass er seit dem Verschwinden seines Sohnes kein Auge mehr zugetan hatte.

Am späten Nachmittag desselben Tages ging ich allein in meinem Salon auf und ab und verspürte seltsamerweise das Verlangen nach der Gesellschaft meines Gemahls. Trotz unserer Auseinandersetzungen wünschte ich sehnlichst, er würde im nächsten Moment hereinkommen und unversehrt sein. Als ich nicht weiter auf und ab laufen konnte, suchte ich die Kapelle auf. Es war das erste Mal seit Mirannas Entführung. Obwohl es mich schmerzte, die Schwelle zu übertreten, sehnte ich mich nach dem Frieden, den ich zwischen diesen Mauern stets empfunden hatte. Der Altar war inzwischen repariert und kein Zeichen der Tragödie zurückgeblieben, sah man einmal davon ab, dass nun ein neuer Priester meiner Familie beistand. Ich setzte mich in eine der Bänke und ließ meinen Befürchtungen freien Lauf, als ich an Steldor dachte, den nun schon die zweite Nacht an gänzlich unbekanntem Ort erwartete. Möglicherweise verletzt, sicher aber in Gefahr. *Komm nach Hause*, seufzte ich mit geschlossenen Augen. *Sei unversehrt. Bitte, sei unversehrt und komm nach Hause.*

Als ich die Kapelle verließ, um in meine Gemächer zurückzukehren, erwartete Destari mich auf dem Gang.

Offenbar war er auf seinen Posten als meine Leibwache zurückgekehrt.

»Eure Hoheit«, begrüßte er mich höflich, verwendete dabei allerdings meinen Namen nicht, was mir nur recht war. »Der Hauptmann hält mich für gesund genug, in Eure Dienste zurückzukehren. Ich werde jedoch um Versetzung ansuchen, solltet Ihr damit nicht einverstanden sein.«

»Ich habe deine Fähigkeiten als Leibwächter nie infrage gestellt«, erwiderte ich kühl und war insgeheim erleichtert, dass seine Wunde nicht gefährlicher gewesen war. »Ich bezweifle allerdings deine Eignung als Freund.«

Er schnitt eine verlegene Grimasse, und ich stolzierte an ihm vorbei. Ich war immer noch wütend darüber, wie er mich an dem Abend, als ich Narian getroffen hatte, getäuscht hatte. Aber konnte ich ihm sein Verhalten wirklich verübeln? Ich verstand ja durchaus, dass die Männer recht hatten, in Narian unseren Feind zu sehen. Und würde ich Destari sein Verhalten verübeln, wenn es sich um die Hohepriesterin oder den Overlord gehandelt hätte? – Nein. Und doch konnte ich Destari nicht verzeihen, einfach weil das bedeutet hätte, jede Hoffnung darauf zu begraben, dass Narian immer noch der junge Mann war, der einst versprochen hatte, mir niemals wehzutun. Und dazu war ich nicht bereit.

Am nächsten Morgen stand ich zeitig auf und lief ins Parterre. Mein unablässiges Grübeln und meine Nervosität hatten mich sowieso um einen erholsamen Schlaf gebracht. Weil ich unbedingt wissen musste, ob es Neuigkeiten gab, klopfte ich an die Tür des Hauptmannes.

»Herein«, rief er mürrisch.

Das Dienstzimmer war, nachdem Steldor seinen Zorn daran ausgelassen hatte, bereits wiederhergestellt worden.

Die Glasvitrinen mit den Waffen waren neu, die Bücherregale wieder aufgerichtet. An der Stelle des Stuhls, den Steldor zertrümmert hatte, stand ein anderer. Der Hauptmann blieb hinter seinem Schreibtisch und bedeutete mir, mich zu setzen.

»Nichts«, sagte er nur und rieb sich sein ungewöhnlich dunkles, weil unrasiertes Kinn. Ich setzte mich.

»Werden wir ihn finden?«, fragte ich ängstlich, denn ich wollte die Antwort nur hören, wenn sie meinem Wunsch gemäß ausfiele.

»Ja.«

»Seid Ihr Euch dessen gewiss?«

»Das muss ich sein.«

Ich wusste nicht, was ich daraus ableiten sollte, also harrte ich einen Moment in dem unbehaglichen Schweigen aus. Gerade als ich mich fragte, ob es besser wäre, wieder zu gehen, begann Cannan, in seinen Sessel zurückgelehnt, zu erzählen.

»Als Heranwachsender war Steldor mitunter sehr schwierig, und er ist mehr als einmal einfach verschwunden. Er kennt das Land und ist ein gut ausgebildeter Soldat, in dieser Hinsicht mache ich mir also keine Sorgen um ihn. Was er aber offenbar nicht sieht, ist den Unterschied zwischen einem Jungen, der einfach einmal weglaufen muss, und einem König von Hytanica. Wegen seines Amtes ist das Risiko, sowohl für ihn, als auch für uns, viel größer. Wenn kein Feind ihn entdeckt, dann werden entweder wir ihn finden oder er wird von allein zurückkommen. Wenn er allerdings entdeckt wird oder das schon geschehen ist …« Cannan machte eine Geste, die lässig gewirkt hätte, wenn ich nicht gleichzeitig seine Schlaflosigkeit gesehen hätte. »Nun, dann kann ich es auch nicht sagen.« Er schwieg kurz, bevor er fortfuhr. »Es ist leichter, weiterzumachen, wenn ich Ersteres glaube.«

Ein Tumult am Eingang kam meiner Antwort zuvor, denn Cannan sprang sogleich auf. Unsere Blicke trafen sich, dann durchquerte er das Wachzimmer, um nachsehen zu gehen, und ich nahm mir die Freiheit, ihm einfach zu folgen. Galen stand mit ein paar anderen Männern beisammen. Alle rangen nach Luft, als seien sie in scharfem Galopp geritten.

»Was ist los?«, rief Cannan und steuerte direkt auf den Haushofmeister zu.

»Ein Ablenkungsmanöver, Sir«, keuchte Galen und wischte sich den Schweiß von der Stirn.

»Was?«

Der Hauptmann wartete ungeduldig, dass Galen zu Atem kam, und fuhr sich ungewöhnlich nervös durchs Haar.

»An der Brücke. Wo die Cokyrier angreifen. Sie wollen damit nur unsere Aufmerksamkeit fesseln. Wir sind dem Fluss, auf der Suche nach Steldor, bis hinauf in die Berge gefolgt und dort auf cokyrische Truppen gestoßen, die auf unser Gebiet vordringen. Sie ziehen Kräfte zusammen, bereiten sich auf den Abstieg vom Gebirge vor und werden uns im Schutz des Waldes angreifen.«

»Schickt nach meinen Bataillonskommandanten«, befahl Cannan lautstark. »Wir müssen Truppen zu unserer Verteidigung in den Norden entsenden.« Mit Blick auf die entkräfteten Soldaten vor ihm fügte er noch hinzu. »Und gönnt Euren Männern ein wenig Ruhe.«

»Habt acht!«, knurrte Galen, und die müden Kämpfer richteten sich auf. »Zieht Euch in Eure Quartiere zurück. Ihr habt sechs Stunden.«

Dann begab sich Galen ins Wachzimmer, um andere anzuweisen, die Bataillonskommandanten zusammenzurufen.

Ich starrte Cannan an und mir war klar, dass es jetzt

keine so abwegige Sache mehr war, dass unser König in die Hände der Cokyrier fiele.

Die Soldaten zogen sich zurück, einige in Richtung ihrer Unterkünfte in der Kaserne, andere zu ihren Quartieren im Ostflügel, wieder andere folgten Galens anderslautenden Befehlen. Als die Halle sich geleert hatte, richtete Cannan noch einmal das Wort an seinen Haushofmeister.

»Zur Hölle mit der Heimlichtuerei«, sagte er, und allein schon die Tatsache, dass er fluchte, sprach Bände über den Grad der Gefahr, den er nun vermutete. »Steldor muss gefunden werden, auf der Stelle. Es ist an der Zeit für eine größere Truppenverlegung.«

»Eure Hoheit!«

Ich hörte den Ruf und sah mich unwillkürlich um, konnte aber niemanden entdecken, der nach meiner Aufmerksamkeit verlangte. Als die Palasttore weit aufschwangen, erkannte ich, dass der Ruf von draußen gekommen und gar nicht an mich gerichtet gewesen war.

Steldor stapfte herein und machte Anstalten, an uns vorbei und die Prunktreppe hinaufzugehen. Dabei reagierte er auf unser ungläubiges Starren gerade mal mit einem Kopfnicken. Sein Erscheinen war so unwirklich, dass ich beinahe damit rechnete, die Einzige zu sein, die ihn sehen konnte. Es hätte mich nicht gewundert, wenn Cannan und Galen ihre Unterhaltung darüber, wie er aufzuspüren wäre, wieder aufgenommen hätten, sobald er die Stufen hinaufverschwunden war.

Ich stand wie erstarrt und erwartete, dass Cannan seinen Sohn aufhielt, doch zu meinem Erstaunen war es nicht der Hauptmann, der vortrat und Steldor ansprach. Es war Galen.

»Wo *zur Hölle* willst du hin?«

Galen blieb ein paar Schritte vor dem Treppenabsatz stehen und funkelte wütend zu seinem besten Freund hinauf. Steldor drehte sich um und ging langsam wieder herunter. Ich nahm an, Cannan würde sich einmischen und den Haushofmeister davon abhalten, den König zur Rede zu stellen. Aber das schien ihm nicht in den Sinn zu kommen.

»In die Hölle, in die es mir beliebt«, erwiderte Steldor merklich dünnhäutig und erschöpft.

»Mit *mir* redest du nicht so.« Der ebenso erschöpfte Galen nahm an Steldors Antwort Anstoß. In kaum verhohlenem Zorn ballte er die Fäuste und biss die Zähne zusammen. »Es ist mir vollkommen gleich, wie du mit jedem anderen redest, aber nicht mit mir, nicht nach allem, was du uns angetan hast.«

»O Verzeihung«, erwiderte Steldor mit falscher Freundlichkeit. »Wie wär's denn damit? Du bist aus allen Diensten entlassen.«

Einmal ausgesprochen ließen sich die Worte nicht mehr zurücknehmen. Ob Steldor sie überhaupt bedauerte, war schwer zu sagen, denn sein Ausdruck blieb kampflustig. Galen war inzwischen noch aufgebrachter als zuvor und schien am ganzen Körper zu zittern. Als die Anspannung in der Halle so groß war, dass man meinte, die Wände bersten zu hören, verlor Galen vollends die Beherrschung.

»Du Bastard!«, brüllte er, und dann krachte eine seiner Fäuste auf Steldors Kiefer und schickte den König zu Boden.

Ich holte erschrocken Luft und warf einen raschen Blick auf Cannan, der keinerlei Anstalten machte, etwas zu unternehmen, sondern das ganze Spektakel lediglich mit gehobener Braue betrachtete. Galen stand über seinem Freund und keuchte vor Anstrengung, während er sich mühte, seinen Zorn im Zaum zu halten und Steldor sich ungläubig das Kinn rieb und zu schockiert schien, um zu irgendeiner Entgegnung in der Lage zu sein.

»Du bist selbstsüchtig bis ins Mark!«, polterte Galen, und zu meiner Überraschung blieb Steldor liegen und starrte ihn nur stumm an. »Du entziehst dich allem, wenn die Dinge ein wenig komplizierter werden, als es dir zusagt, und lässt uns dein Verschwinden verheimlichen, damit nicht das ganze Tal sofort weiß, dass Hytanica – verdammt noch mal – soeben seines Königs verlustig gegangen ist. Inzwischen dringen die Cokyrier im Norden auf unser Gebiet vor, sodass es ziemlich wahrscheinlich ist, dass du ihnen direkt in die Arme läufst. Wir haben da draußen Männer, die immer noch nach dir suchen, Männer, die eigentlich helfen sollten, die Nordgrenze zu sichern – um dafür zu sorgen, dass du nächste Woche überhaupt noch ein Königreich zum Regieren besitzt. Und du nimmst dir derweil dreist heraus, hier so hereinzuspazieren und dich wie ein ignoranter Mistkerl aufzuführen! Ich schwöre dir, Steldor, wenn wir nicht jemand bräuchten, der auf diesem Thron sitzt, dann würde ich dir jetzt eigenhändig den Hals umdrehen!«

Die beiden jungen Männer starrten einander an. Galen schien Steldor zu einer Antwort zwingen zu wollen, doch der wirkte zu verdattert. Schließlich winkte der Haushofmeister wütend ab, stampfte in sein Dienstzimmer und donnerte die Tür hinter sich zu.

In dem Schweigen, das danach herrschte, wurde mir die wahre Bedeutung des Wortes »peinlich« bewusst. Steldor stand nicht auf, und seine Augen schimmerten seltsam glasig. Ich fühlte mich vollkommen überflüssig, aber es gab keine Chance auf einen eleganten Abgang für mich. Die Palastwachen, die zur Anwesenheit gezwungen waren, suchten mit den Augen die Wände, den Boden, die Decke und was sonst noch irgendwie von Interesse hätte sein können ab, um nur ja nicht dabei ertappt zu werden, wie sie ihren König anglotzten.

Endlich trat Cannan einen Schritt vor, um seinem Sohn die Hand hinzustrecken. Er zog ihn wieder auf die Füße.

»Ich gehe mich umkleiden«, erklärte Steldor knapp und klang nun ehrlich betroffen. »Wir sehen uns in einer halben Stunde im Thronsaal.«

Cannan nickte und schien den Sinneswandel seines Sohnes sichtlich zu begrüßen. Steldors Blick zuckte nur kurz in meine Richtung, aber er sagte nichts, sondern machte sich auf den Weg die Treppe hinauf. Ich beschloss, ihm nicht zu folgen, sondern mich lieber in meinen privaten Salon zu begeben. Mit Sicherheit war ich der letzte Mensch, mit dem er jetzt zu sprechen wünschte.

17. KRIEG UND TEE

Nach der Rückkehr des Königs und in Anbetracht dessen, was wir inzwischen über die Taktik des Feindes wussten, nahmen die Aktivitäten rund um den Palast dramatisch zu. Dauernd trafen Soldaten zur Berichterstattung vom Schlachtfeld ein. Kundschafter brachten neue Erkenntnisse, und Cannans Bataillonskommandanten gehörten bald zu den vertrauten Gesichtern. Marcail, der diensthabende Waffenmeister der Stadtwache, war ebenfalls oft zugegen, denn ihm war die Aufgabe zugeteilt, Nahrungsmittel und andere Vorräte für den Fall einer Belagerung zu horten.

Die Lage meines privaten Salons im Ostflügel – nur ein Stück den Gang hinunter von der Großen Halle – erwies sich als strategisch günstig, da sich die Halle wegen der Nähe zum Thronsaal und den Diensträumen von Cannan und Galen sowie dem Wachzimmer zum Zentrum aller Aktivitäten entwickelte. Ließ ich meine Tür offen, konnte ich sogleich hören, wenn wichtige Personen eintrafen, um Informationen zu überbringen. Während Cannan und Galen Angehörige des Militärs rasch in ihre Diensträume oder durch das Vorzimmer zu Steldor führten, gelang es mir fast immer, Bruchstücke der Gespräche aufzuschnappen, sodass ich eine ungefähre Vorstellung davon hatte, was vor sich ging. Daher wusste ich etwa, dass der Angriff am Fluss eher taktisch als brutal gewesen war. Ein Ablenkungsmanöver, um Kräfte zu binden, während die Cokyrier eine groß angelegte Offensive im Norden vorbereiteten. Es war geradezu eine Ironie des Schicksals, dass das Verschwinden des Königs uns zufällig mit den Plänen des Feindes vertraut gemacht hatte. So erhielten wir die dringend benötigte Zeit, unsere Verteidigung vorzubereiten.

Destari blieb bis auf Weiteres mein Leibwächter, auch wenn ich mir sicher war, dass er insgeheim glaubte, an anderer Stelle nützlicher sein zu können. Ich vermutete, dass Cannan das ähnlich sah, aber Steldor darauf bestand, dass der Hauptmannstellvertreter auf seinem Posten blieb. Ich wusste nicht, ob ich das als positives Signal meines Gemahls verstehen sollte, da er natürlich wusste, dass ich mich bei Destari, abgesehen von London, sicherer als bei jedem anderen Gardisten fühlte. Oder war es eher ein Zeichen des Misstrauens, da Destari einer der Leibwächter war, die mich besonders gut kannten, und mich daher auch gut im Auge behalten konnten? Aber was auch immer der Grund dafür sein mochte, ich fühlte mich mit diesem Arrangement relativ wohl, da Destari schon längst von dem Standpunkt abgerückt war, die Angelegenheiten des Königreiches gingen mich nichts an. Im Gegenteil, er hielt mich nun sogar über unsere militärischen Fortschritte auf dem Laufenden.

So erfuhr ich auch über Destari von Cannans geplanter Truppenverteilung entlang unserer nördlichen Grenze, beginnend am Westufer des Recorah und weiter entlang des Waldrands. Der Hauptmann glaubte, die Cokyrier wüssten noch nicht, dass sie den Überraschungsvorteil verloren hätten, und kämen den Fluss entlang vom Gebirge herunter, denn das war der leichteste und am besten zugängliche Weg. Unsere besten Kundschafter beobachteten den Feind, und als bekannt wurde, dass die Cokyrier sich in Marsch gesetzt hatten, verteilten sich unsere Bogenschützen entlang des Flusses, um ihr Fortkommen so effektiv wie möglich zu stören. Außerdem machte Cannan sich zunutze, dass unsere Männer den Wald besser kannten als alle anderen. Sie installierten Fallen zwischen den Bäumen. Diese Taktik sollte den Feind schwächen, war aber vor allem dazu gedacht, uns mehr Zeit zu verschaffen, um unsere zentrale Verteidigungslinie aufzubauen. Hytanische Soldaten und Dorfbewohner fällten Bäume, um den Bereich zu blockieren, in dem der Feind das Flussbett verlassen würde. Der Plan war, die cokyrischen Truppen aufzuhalten und damit auch die Kämpfe auf diese Region zu beschränken. Das sollte den Feind davon abhalten, unser ganzes Land zu überrennen. Wie lange uns das gelingen würde, war ungewiss.

Als ich Destari fragte, wie es um die Kämpfe am Fluss stünde, erklärte er mir, dass unsere Stellungen im Osten und Süden verstärkt worden waren und die Natur uns half, diese Grenzen leichter zu verteidigen. Der rasch fließende Recorah war ein potenzielles Grab, während das vornehmlich offene, flache Terrain auf der Seite des Feindes kaum Deckung bot. Im Osten war das Gelände besonders unwirtlich und grenzte an die cokyrische Wüste, die bis zu den Ausläufern des Gebirgszugs reichte. Im Süden war die Anzahl der Truppen, die die einzige Brücke über den Recorah sicherten, beträchtlich erhöht worden. Außerdem hatte man Barrikaden errichtet, die einen cokyrischen Ansturm abhalten sollten. Unsere Männer hatten Baumstämme zusammengebunden, deren angespitzte Enden auf die Feinde gerichtet waren, und diese in regelmäßigen Abständen auf der Brücke verteilt. Außerdem versicherte Destari mir, dass Cannan die Brücke in Brand stecken ließe, wenn zu befürchten stand, dass wir sie nicht halten könnten. Als ich eines Tages Rauch im Wind roch, erklärte der Elitegardist mir, der Hauptmann habe unseren Bogenschützen Befehl gegeben, die Bäume am jenseitigen Ufer in Brand zu stecken, damit der Wald dem Feind kein Material böte, um daraus Floße zu bauen.

Ich war dankbar, von den Maßnahmen zu erfahren, die Cannan ergriff, aber nicht naiv genug zu glauben, sie würden unseren Sieg garantieren. Denn wenn die Legende sich bewahrheitete, dann sollte Hytanica unter einem von Narian geführten Angriff fallen, und Narian würde den Angriff führen, solange Miranna sich in der Hand des Feindes befand. Daher war ich der Meinung, der richtige Weg zur Rettung Hytanicas bestehe nicht im Errichten von Verteidigungsanlagen, sondern in der Rettung meiner Schwester. Nachdem ich ihm diese Theorie vorsichtig erläutert hatte, staunte Destari nicht schlecht. Weil er mir ein gutes Verständnis für militärische Strategie zutraute, erzählte er mir, dass Cannan, Steldor und der Kommandant der Kundschaftereinheit bereits an einem Befreiungsplan arbeiteten, aber durch Londons Abwesenheit stark eingeschränkt wären. Denn er war der einzige Hytanier, der je lange genug in Cokyri gewesen war, um sich die baulichen Gegebenheiten der Stadt einzuprägen – und der noch dazu überlebt hatte und seine Informationen zurück nach Hause bringen konnte.

Drei Tage später nahmen die Kämpfe am Fluss zu und der Angriff von Norden begann. Destari fungierte erneut als meine Informationsquelle und versicherte mir, dass Cannans Strategie an der neuen Front aufginge, da die Cokyrier Schwierigkeiten hätten, sich am Fluss entlang vorzuarbeiten. Er berichtete mir zudem stolz, dass unsere Bogenschützen entlang der Grenze am Fluss höchst wirkungsvoll wären. Dort schossen sie von hölzernen Plattformen, die sie in den Bäumen am Ufer gebaut hatten, auf sie herab. Gleichzeitig gab es auch Pfeilregen vom Boden aus. Dort fanden unsere Männer Deckung in Unterholz und kleinen Mulden. Erstmals empfand ich Hochachtung für die Genialität der Leute, die unsere Verteidigungsstrategie entwickelt hatten. Und nun verstand ich auch, warum man Cannan, dem damals erst 24-Jährigen und frisch ernannten Hauptmann der Garde, zugutehielt, die Cokyrier im letzten Krieg zurückgeworfen zu haben. Häufig fanden Besprechungen unter der Beteiligung des Hauptmannes, des Königs, der Hauptmannstellvertreter, des Haushofmeisters, des Stadtkommandanten, des Obersten Kundschafters und diverser Bataillonskommandanten im Strategieraum statt.

Steldor und ich hatten seit seiner Rückkehr nicht mehr miteinander gesprochen, so blieb neben den Sorgen aufgrund des Krieges noch die Tatsache, dass ich versucht hatte, Narian heimlich zu treffen, unangesprochen. Ich fühlte mich wie eine Närrin und bereute mein Verhalten zutiefst, dennoch hatte ich Angst, das Thema ihm gegenüber anzuschneiden. Vielleicht war es mir auch viel eher ein Anliegen als ihm, den Vorfall abzuschließen, denn natürlich hatte er andere, viel drängendere Probleme, die seiner Aufmerksamkeit bedurften – unter anderem die Versöhnung mit Galen.

Als Cokyri knapp ein Jahr zuvor versucht hatte, sich Narian zurückzuholen, hatte ich einen kurzen Vorgeschmack auf das Leben in einem Königreich bekommen, das sich im Krieg befand. Und auch wenn ich damals unter den Umständen schon ebenso gelitten hatte wie jeder andere, war das wirklich kein Vergleich zu den gegenwärtigen Zuständen. Dieser Tage sah man kaum einen Mann mehr lächeln. Immer mehr Frauen verloren Ehemänner, Brüder und Söhne, und ich meinte, auch wenn mir das niemand so direkt sagte, zu erkennen, dass die Kämpfe zunehmend brutaler wurden. Die Bevölkerung wusste nicht, was wir, der innerste Zirkel im Palast, wussten, aber dennoch verbreitete sich die Befürchtung, die Legende könne sich bewahrheiten. Dann wäre dies der Anfang vom Ende Hytanicas.

Mitten in der stetig wachsenden Anspannung kam meine Mutter mit einem Vorschlag zu mir. Sie besuchte mich in meinem Salon, der nun mein Arbeitszimmer war, davor jedoch jahrelang ihr selbst als solches gedient hatte. Ich nahm neben ihr auf dem Sofa vor dem Erkerfenster Platz und hatte keine Ahnung, was sie von mir wollen mochte. Traurig stellte ich fest, dass ihr honigblondes Haar seinen seidigen Schimmer eingebüßt hatte und auch ihre blauen Augen nicht mehr wie früher strahlten.

»Wie schön, Euch zu sehen, Mutter«, eröffnete ich die Unterhaltung, doch sie blickte nur abwesend an mir vorbei in den östlichen Innenhof. Ich fragte mich, ob sie dort etwas anderes sah als den bewölkten Himmel, kahle Bäume und verwelkte Blumen.

»Es war schon immer die Aufgabe der Königin, die jungen adligen Damen des Reiches zusammenzubringen«, begann meine Mutter und wandte mir ihren Blick wieder zu. »Das letzte derartige Ereignis fand kurz vor deiner Hochzeit statt, also wäre es vielleicht an der Zeit zu überlegen, ob du nicht selbst als Gastgeberin in Erscheinung treten möchtest. Ich hielte eine Einladung zum Tee für angemessen.«

Meine Mutter hatte oft zu gesellschaftlichen Anlässen gerade an dem Ort eingeladen, den sie vorhin so traumverloren betrachtet hatte, im stattlichsten der drei Innenhöfe. Dort bildete ein großer zweistöckiger Springbrunnen den Mittelpunkt einer mit bunten Steinen gepflasterten kreisförmigen Terrasse. Diese war exakt zu diesem Zweck angelegt worden und schon Schauplatz zahlreicher Gartenfeste, Verlobungsfeiern, Picknicks und Sommerkonzerte gewesen. Gleichzeitig war mir die Pikanterie einer gesellschaftlichen Veranstaltung in Zeiten des Krieges deutlich bewusst, und ich konnte nicht anders als mich fragen, ob die Trauer meiner Mutter ihr Urteilsvermögen beeinträchtigt hatte. Oder hatte möglicherweise die Nachricht von Mirannas relativ menschlicher Behandlung in Cokyri ihr Gemüt so weit aufgeheitert, dass ihr eine sonst übliche Veranstaltung angemessen erschien? Als hätte sie meine Gedanken gelesen, lieferte sie mir sogleich eine Erklärung.

»Wir Frauen können ja nichts zur Verteidigung unseres Landes beitragen, aber wir vermögen auf andere Weise Trost zu spenden. In Zeiten wie diesen verspürt schließlich jeder das Bedürfnis, Freunde und andere liebe Menschen um sich zu scharen.«

Es stimmte, ich hatte seit der Entführung meiner Schwester keine meiner Freundinnen mehr gesehen, und so betrachtet war der Zeitpunkt für ein solches Ereignis richtig gewählt. Viele der Mädchen waren inzwischen verlobt. Es hatte eine regelrechte Welle gegeben, unmittelbar nachdem Steldor den Junggesellenstand verlassen hatte.

»Ich werde darüber nachdenken, Mutter«, versprach ich ihr.

Sie blieb noch einen Moment lang schweigend sitzen, dann erhob sie sich, um zu gehen.

»Nicht alle Schlachten werden mit Waffen geschlagen, mein Liebes«, sagte sie noch und ihre Stimme klang auf einmal wieder so melodiös, wie ich es lange nicht mehr gehört hatte.

Als ich weiter über den Vorschlag meiner Mutter nachdachte, kam mir auch in den Sinn, dass ich mit einer solchen Einladung sehr effizient gegen den wachsenden Stapel unerledigter Korrespondenz vorgehen konnte. Denn eine Bekannte nach der anderen hatte mir nach dem Verschwinden meiner Schwester geschrieben. Jedes Wort voller Mitgefühl und Bedauern, doch ich hatte mich geweigert, auch nur eine von ihnen zu empfangen. Nachdem mir der Sinn immer noch nicht nach Geselligkeit stand, schien eine Einladung zum Tee jedoch der geeignete Weg, mit der Situation umzugehen.

Und noch aus einem weiteren Grund fühlte sich der Zeitpunkt richtig an. Im Verlauf des Oktobers hätte das Königreich eigentlich von der Vorfreude auf das alljährliche Erntefest samt Turnier erfüllt sein sollen. Angesichts des Krieges fielen die Feierlichkeiten natürlich aus, und so war es der erste Herbst ohne dieses so überaus beliebte Ereignis.

Also entwarf ich die Einladung, schrieb eine kurze Entschuldigung für mein Schweigen und bat den Schreiber, sie am Ende jedes Pergamentbogens hinzuzufügen. Für die Vorbereitungen beraumte ich eine Woche an, in der ich versuchte, mich davon zu überzeugen, dass dieses gesellschaftliche Ereignis mir und allen anderen, die daran teilnähmen, guttun würde, da es einerseits eine willkommen Abwechslung darstellte und andererseits Gelegenheit zur Anteilnahme bot.

Als der Tag und die Stunde der Festlichkeit gekommen waren, begab ich mich zu meinen Gästen in den Teesalon im Westflügel, wo mehrere kleinere Tische mit weißem Damast eingedeckt waren. Das Wetter war sonnig, aber kühl, und im Kamin loderte ein Feuer, um das die meisten sich geschart hatten. Es fühlte sich seltsam an, einem solchen Anlass ohne meine Schwester beizuwohnen und anstelle meiner Mutter Gastgeberin zu sein. Lanek gab mein Eintreffen bekannt, und die Mädchen (oder Damen, denn das waren wir inzwischen wohl alle), knicksten tief, als ich eintrat. Ich nahm ihre neugierigen Gesichter zu Kenntnis und staunte darüber, wie verändert sie mir vorkamen. Von meinen engeren Freundinnen waren Kalem und Reveina zugegen, zwei brünette junge Frauen, die noch ein wenig gewachsen waren und die letzte kindliche Rundlichkeit verloren hatten. Insbesondere Reveina hatte sich zu einer umwerfenden Schönheit herausgemacht, obwohl ich in ihrem Gesicht eine leichte Verfärbung an einer Wange und dem linken Auge bemerkte, die wie eine Prellung aussah. Sie hatte drei Monate zuvor geheiratet, während Kalem einen Verlobungsring trug. Ich wusste allerdings nicht, wem sie versprochen worden war.

Galens Verlobte Tiersia, deren jüngere Schwester Fiara, die mit Steldors Cousin Warrick verheiratet und offensichtlich schwanger war, sowie einige weitere seit Kurzem verlobte oder frisch verheiratete junge Damen von Adel waren ebenfalls anwesend. Ich konnte nicht anders, als einen Blick auf Fiaras wohlgerundeten Bauch werfen und mir vorstellen, wie es wäre, ein Kind zu erwarten. Ich wusste, dass das gesamte Königreich den Tag herbeisehnte, an dem Steldor und ich die Geburt eines Thronfolgers bekannt gäben. Darüber hinaus wären sicher alle neugierig auf Steldors Sprösslinge. Man würde natürlich auf einen Sohn hoffen, der genauso wäre wie sein Vater und Großvater. Mein Magen verkrampfte sich vor lauter Nervosität, weil ich den unsichtbaren Druck und die Augen des gemeinen Volkes auf mir zu spüren glaubte. Gleichzeitig fielen mir Steldors Worte aus unserer Hochzeitsnacht wieder ein: *Ob es dir gefällt oder nicht, du hast als Ehefrau und Königin die Pflicht, einen Erben zu gebären.* Sofort versuchte ich diese bedrückenden Gedanken zu verdrängen und beschloss, mein Leben lieber von einem Tag auf den nächsten zu leben. Vielleicht käme dann irgendwann einmal der Tag, an dem es mir nicht mehr so widerstreben würde, Steldor in mein Bett zu lassen, oder an dem mir gar keine andere Wahl mehr bliebe, als ihm dieses Recht zu gewähren.

Freundlich begrüßte ich nacheinander all meine Gäste und begab mich schließlich zu meinem Platz an einem der Tische. Die anderen jungen Damen taten es mir nach, setzten sich jedoch erst, nachdem ich den für mich bereitgestellten verzierten Sessel eingenommen hatte. Ich hatte Reveina, Kalem und Tiersia am Tisch der Königin platziert, und während wir an unseren Teetassen nippten und am Gebäck knabberten, fand ich die beiden Letzteren seit meiner Hochzeit unheimlich verändert.

Die lebenslustige Kalem, die stets ohne Punkt und Komma über jeden verfügbaren (und manchmal auch nicht verfügbaren) Mann im Königreich geplappert hatte, redete jetzt nur noch von dem Mann, den sie heiraten sollte. Als ich erfahren hatte, um wen es sich handelte, hatte ich Mühe, ein amüsiertes Grinsen zu unterdrücken, weil ich mir einfach nicht vorstellen konnte, wie jemand so für Tadark schwärmen mochte.

Reveina dagegen war seltsam still. Sie war immer die Vorwitzigste in unserem Kreise gewesen, hatte das große Wort geführt und die Unterhaltung manchmal auf Themen gebracht, die wir übrigen uns anzuschneiden nicht getraut hätten. Sie war diejenige gewesen, die es irgendwie möglich gemacht hatte, sogar über Skandale zu sprechen, und ich hatte durchaus damit gerechnet, dass sie uns einen völlig unangemessen detaillierten Bericht ihrer Hochzeitsnacht liefern würde. Doch sie wirkte schweigsam und irgendwie unterwürfig. Und ich wunderte mich erneut über die seltsamen Flecken in ihrem Gesicht.

»Ja, und Tadark hat schon so viele wunderbare Dinge für das Leben nach unserer Hochzeit geplant«, sagte Kalem gerade mit geröteten Wangen und verträumtem Blick ihrer hellgrauen Augen. »Er gehört zur Elitegarde, müsst ihr wissen, und ist finanziell gut situiert, und er hat schon ein herrliches Haus für uns, für unsere Familie ausgewählt. Er möchte nämlich so viele Kinder wie möglich, wisst ihr. Er ist ja an eine große Familie gewöhnt – bei acht älteren Brüdern, könnt ihr euch das vorstellen?«

»Da wünsche ich dir schon mal viel Glück bei der Erziehung.« Tiersia lachte. »Und ich hoffe für dich, dass keine Zwillinge darunter sind! Ich fürchte nämlich, es wird mir nie gelingen, Galens Schwestern auseinanderzuhalten – dauernd korrigiert er mich, und ich komme mir so dumm vor!«

»Und wie sagt dir die Ehe zu, Reveina?«, fragte ich und ergriff die Initiative, nachdem meine Freundin sich so befremdlich benahm.

»Oh, gut, wirklich. Danke der Nachfrage.«

»Und welcher Arbeit geht dein Gemahl nach?«

»Lord Marcail ist Soldat.«

»Marcail? Der Stadtkommandant?«

»Ja, er arbeitet in der Stadt und kommt fast jeden Abend nach Hause. Das ist ein Glück für ihn.«

Reveinas Antworten waren zwar höflich, doch ihr Ton irgendwie gedämpft, auch schien sie meinem Blick auszuweichen. Angesichts ihres offensichtlichen Widerwillens, über ihre Ehe zu sprechen, verfolgte ich das Thema nicht weiter, glaubte ihr allerdings auch keinen Moment lang die Fröhlichkeit, die sie sich vorzugeben bemühte. Wie konnte ein Mann aus dem so verwegenen, zauberhaften und selbstbewussten Mädchen, mit dem ich aufgewachsen war, diese Frau machen, die nur mehr ein furchtsamer Schatten ihrer selbst war?

Die Unterhaltung plätscherte weiter, und ich erfuhr, dass für Galens und Tiersias Hochzeit ein Datum im November festgesetzt worden war. Die brünette Tiersia mit ihren grünen Augen erzählte begeistert von den Vorbereitungen, und dass Steldor Galens Trauzeuge würde, nachdem ja Galen bereits Steldors Trauzeuge gewesen war. Ihr Bericht ließ auf keine Kenntnis von einem Bruch zwischen den beiden Männern schließen. Ich fragte mich, ob sie überhaupt von deren Auseinandersetzung wusste oder ob die beiden den Streit so rasch beigelegt hatten, dass er ihr gänzlich entgangen war. Ich vermochte mir ohnehin nicht vorzustellen, dass sie einander lange Gram waren, denn schließlich hörte ich Steldor immer noch an den meisten Abenden unsere Gemächer verlassen, um sich andernorts zu zerstreuen. Dann blieb als einziges noch verbliebenes Problem wohl, dass der König und die Königin begännen, wieder miteinander zu sprechen.

»Du musst doch selig sein, Alera«, sagte Kalem, dann korrigierte sie rasch, wie sie mich angesprochen hatte. »Ich bitte um Verzeihung! Eure Hoheit. Ihr müsst so glücklich sein, *Eure Hoheit. Eure königliche Majestät.* Ihr seid ja jetzt Königin! Und Lord Steldor ist doch bestimmt ein ganz besonders schöner König.«

Ihre Augen glitzerten schelmisch und sie klang so albern, dass ich mich kein bisschen unbehaglich fühlte.

»Was sich zwischen mir und Seinen Gnaden zuträgt, das bleibt selbstredend zwischen mir und Seinen Gnaden«, erwiderte ich und ging ganz auf ihren Ton ein. Seltsamerweise fand ich Gefallen daran – und sei es auch nur für ein paar Augenblicke – so zu tun, als führte ich eine normale Ehe. Und meine Antwort schien sie anzustacheln.

»Das ist ja nicht fair, dass du ihn ganz für dich hast und nicht einmal ein paar Geheimnisse mit uns teilen willst«, erwiderte sie schelmisch.

Ich musste über ihre Vorwitzigkeit lächeln, fühlte mich zugleich aber wieder wie ein junges unverheiratetes Mädchen.

»Na gut, aber nur ein Einziges«, sagte ich, beugte mich vor und senkte meine Stimme. »Wir alle wissen ja, dass Seine Hoheit überaus beredsam und charmant ist, aber nur ich weiß genau, wie ich diesen hübschen Mund zum Schweigen bringe.«

Kalem schnappte nach Luft und schien erfreut, dass ich

etwas so Ungeheuerliches gesagt hatte. Insgeheim versicherte ich mir selbst, nicht gelogen zu haben – immerhin passierte es ja oft genug, dass Steldor aus dem Zimmer stürmte und sich tagelang weigerte, mit mir zu sprechen. Wenn das nicht auch heißen konnte, seinen Mund zu verschließen, was dann?

Die stets korrekte Tiersia schien leicht bekümmert über die Richtung, die unsere Unterhaltung genommen hatte. Dennoch zeigten ihre Mundwinkel nach oben. Und sogar Reveina gestattete sich ein zögerliches Lachen. Kalem hatte sofort Gefallen an dem neuen Spiel gefunden und verlangte von den anderen am Tisch ebenfalls ein Geheimnis im Austausch für ihres, das, wie sie uns schwor, diesen Preis wert sei. Reveina schien von der Idee eher beunruhigt, doch Tiersia war sogleich begeistert bei der Sache.

»Was ich euch jetzt verrate, dürft ihr keiner Menschenseele je weitererzählen«, murmelte sie, und wir nickten alle. »Na gut, also dann, Galen ist entsetzlich kitzelig.«

Sie sagte »entsetzlich«, aber ich konnte daran, wie sie jetzt errötete, sehen, dass ihr diese Eigenschaft durchaus zusagte. Wir kicherten und neckten sie, bevor wir uns Reveina zuwandten, die sofort abwehrte.

»O nein, ich sollte das nicht tun. Ich könnte auch nicht. Mein Herr würde es nicht gutheißen, wenn ich über ihn spräche.«

Einen Moment lang herrschte verlegenes Schweigen, in dessen Verlauf Reveina uns der Reihe nach ansah, bevor sie ihre besorgten braunen Augen wieder auf das Tischtuch senkte.

»Na gut«, sagte Kalem munter in dem Versuch, die Stimmung wieder aufzulockern. »Dann zu meinem Geheimnis.« Sie grinste anzüglich und bedeutete allen, sich näher zu ihr zu beugen. »Tadark hat eine Tätowierung auf dem linken Schulterblatt«, verriet sie und war sich bewusst, dass allein schon die Tatsache, dass sie seinen nackten Rücken bereits gesehen hatte, verwegen genug war. »Aber das Beste kommt noch. Ratet mal, wer ihn dazu überredet hat?« Sie wartete, um die Spannung zu steigern und stieß dann flüsternd hervor: »Der König und der Haushofmeister!«

Ich runzelte irritiert die Stirn und fragte mich, wann Steldor und Galen wohl Zeit mit Tadark verbracht hatten. Doch dann kam mir die Lösung, als mir einfiel, dass Steldor in der Zeit, als er um mich gefreit hatte, stets so genau über all meine Aktivitäten Bescheid gewusst hatte. Mein zeitweiliger Leibwächter hatte ihm offenbar als Informationsquelle gedient, denn wahrscheinlich war er verzweifelt bemüht gewesen, sich mit den beiden meistbewunderten jungen Männern Hytanicas gutzustellen.

»Eines Abends sind sie gemeinsam zechen gegangen«, fuhr Kalem fort und freute sich ganz offensichtlich darüber, wie männlich ihr Verlobter in dieser Schilderung wegkam. »Und irgendwann haben Steldor und Galen dann wohl von *ihren* Tätowierungen erzählt. Anschließend haben sie Tadark überredet, sich eine ebensolche stechen zu lassen – gleiches Bild, gleiche Stelle, alles gleich.«

Tiersia warf mir einen fragenden Blick zu. Ich wusste, dass auch sie noch keinerlei Tätowierung an ihrem Verlobten entdeckt hatte. Es war natürlich möglich, dass Galen so etwas besaß und sie nichts davon wusste, denn gewiss hatte sie seinen nackten Rücken noch nicht gesehen. Ich dagegen kannte Steldors Körper, und auch wenn wir das Bett noch nicht miteinander geteilt hatten, so hatte ich ihn doch bereits häufiger ohne Hemd gesehen. Ich hatte nicht einmal ein Muttermal, viel weniger eine Tätowierung auf seinem perfekten Torso entdecken können. Ich zuckte zusammen bei der Vorstellung, dass Tadark die vermeintlichen Tätowierungen wohl nicht zu Gesicht bekommen hatte. Und ich konnte nur hoffen, dass die Männer, mit denen Tiersia und ich verbunden waren und die im Ruf standen, gelegentlich argen Unfug zu treiben, ihrem naiven, des Lateinischen kaum kundigen Kumpan nicht zu arg mitgespielt hatten. Denn auch wenn ich Tadark schier unerträglich fand, so hatte er es doch nicht verdient, von Steldor und Galen verspottet zu werden. Besondere Ironie dieser Geschichte war noch, dass zum Zeitpunkt des beschriebenen Vorfalls Tadark im Rang sogar über den beiden gestanden hatte.

»Und was stellt diese Tätowierung dar?«, fragte Tiersia zögernd.

»Es ist ein lateinisches Wort – *virgo.*«

Ich konnte mit Gewissheit sagen, dass weder Steldor noch Galen sich jemals dieses Wort irgendwo auf ihren Körper hätten tätowieren lassen. Tadark war nicht von Adel und hatte daher wahrscheinlich nicht einmal die Grundzüge der lateinischen Sprache gelernt, während Kalem ihren Lektionen nie viel Aufmerksamkeit geschenkt hatte. Daher war es unwahrscheinlich, dass sie je dahinterkäme, was ihr Liebster sich da hatte verpassen lassen.

»Ich glaube, das bedeutet Mann oder männlich«, endete Kalem, die Vergnüglichkeiten immer den Vorrang vor Bildung gegeben hatte, stolz.

Reveina blieb zurückhaltend, doch Tiersia und ich pressten uns die Hände vor den Mund, um unsere Erheiterung zu verbergen. Kalems Versehen war ein leichtes und verzeihliches. *Viro* bedeutete »dem Manne«, *Virgo* dagegen »Jungfrau«. Steldor und Galen hatten das natürlich ebenso gut gewusst wie Tiersia und ich.

»Wie wundervoll«, sagte Tiersia, die sich als Erste wieder im Griff hatte und offenbar der Überzeugung war, es käme ihr nicht zu, Kalem aufzuklären. Ich hütete ebenso meine Zunge.

Indem ich mich von meinem Platz erhob, gestattete ich meinen Gästen, es mir gleichzutun und sich nach Belieben im Raum zu verteilen. Ich mischte mich unter die Plaudernden, sprach meine Glückwünsche anlässlich von Verlobungen und Hochzeiten aus und lauschte den Neuigkeiten aus den diversen Familien. Als sich langsam Müdigkeit breitmachte, gab ich Destari ein Zeichen, dass ich wünschte, die Gesellschaft zu beenden. Er wiederum winkte Lanek, der hereinkam, um die Gäste davon in Kenntnis zu setzen, dass ich mich zurückzuziehen gedachte.

»Edle Damen, Ihre Majestät Königin Alera verabschiedet sich mit den besten Wünschen für Euer weiteres Wohlergehen.«

Die Damen knicksten, und ich zog mich zurück. Auf dem Gang erteilte ich Destari noch eine Anweisung, bevor ich mich in meinen Privatsalon im Ostflügel begab. Nicht viel später erschien Reveina an meiner Tür.

»Ihr wünschtet mich zu sprechen, Eure Majestät?«, fragte sie zögerlich.

»Ja, ich dachte mir, hier wären wir ungestört.«

Ich kam um meinen Schreibtisch herum und bedeutete ihr, sich mit mir vor das Erkerfenster zu setzen, wo wir nebeneinander auf dem Sofa Platz nahmen.

»Du hast dich verändert«, meinte ich und war mir unsicher, wie ich das Gespräch fortführen sollte.

»Ich bitte um Verzeihung, Eure Hoheit, wenn meine Verfassung Euch missfallen hat«, erwiderte sie und richtete den Blick auf ihre im Schoß gefalteten Hände.

»Entschuldige dich doch nicht«, sagte ich und machte mir ernstlich Sorgen um sie. »Dafür gibt es keinen Grund. Ich würde nur gern den Grund dafür erfahren.«

»Ich bin jetzt verheiratet«, sagte sie, als würde diese Tatsache allein alles erklären. »Es war an der Zeit, kein kleines Mädchen mehr zu sein.«

»Natürlich, aber verheiratet zu sein bedeutet doch nicht, dass man unglücklich sein muss.«

Meine einfache Feststellung schien sie zu beunruhigen, und ihr Blick ging für einen Moment auf den Innenhof hinter dem Fenster hinaus und verriet mir, dass sie vor dieser Situation wohl am liebsten geflohen wäre.

»Wie kommt Ihr darauf, dass ich unglücklich sein könnte?«, stotterte sie schließlich.

»Bist du es denn nicht?«

Sie begann am Stoff ihres Rockes zu zupfen. Ein Zeichen von Nervosität, das mir nur zu vertraut war. Eine riesengroße Traurigkeit erfasste mich, denn ich konnte in ihr kaum noch Spuren des Mädchens erkennen, das sie bis vor wenigen Monaten gewesen war.

»Ich – ich bin verheiratet«, sagte sie erneut, und ich hatte den Eindruck, das sei nun ihre Routineantwort auf die Frage nach ihrem Wohlbefinden. »So bin ich jetzt eben.«

»Liegt es an deinem Ehemann?«, drängte ich und nahm ihre Hände in meine.

Kaum dass ich sie berührte, ging ihr Atem rasch und flach, und sie rang um Fassung. Sanft legte ich die Arme um sie, und sie verlor den Kampf und brach in Tränen aus. Dann bedeckte sie ihr Gesicht mit den Händen und ich strich ihr übers Haar, bis sie sich ein wenig beruhigt hatte. Schließlich versuchte ich es erneut, obwohl ich wusste, dass meine Frage eine schlimme Zudringlichkeit darstellte.

»Misshandelt dein Mann dich?«

»Er bestraft mich, um mich Disziplin zu lehren«, presste sie hervor, richtete sich auf und holte noch leicht schluchzend Luft. »Ich versuche – gehorsam zu sein, aber es gibt viel mehr Regeln, als ich mir merken kann. Es sind einfach zu viele, ich schaffe es nicht. Ich werde es nie schaffen. Alera … Es tut mir leid.«

»Dir tut es leid?«

Ich war perplex und erschrocken und ungeheuer wütend. Wie konnte ein Mann von Adel, ein Soldat oder irgendein Mann seine Frau derartig schlecht behandeln? Viele Ehemänner waren zwar der Ansicht, dass ihre Frauen hin und wieder eine Ohrfeige verdienten, aber so etwas? Plötzlich war ich von Dankbarkeit für meinen eigenen Gemahl erfüllt, dem gegenüber ich es manchmal am gebührenden Respekt fehlen ließ, der aber dennoch bis dato nicht die Hand gegen mich erhoben hatte.

»Reveina, sag nicht, dass es dir leidtut. Das hat nichts mit Disziplin zu tun. Das ist Grausamkeit.«

»Ich weiß nicht, was ich tun soll, um ihm zu Gefallen zu sein. Ich fürchte mich, wenn er nach Hause kommt, dabei sollte ich ihn doch fröhlich willkommen heißen. Er ist kein schlechter Mann. Innerhalb des Militärs ist er hoch angesehen, und er ist auch ein guter Ernährer. Ich weiß, wenn ich ihm eine bessere Frau sein könnte, dann würde er mich nicht so behandeln.«

Bei ihren Worten drehte sich mir der Magen um, denn die Vorstellung, dass sie seine Behandlung verdiente, war unerträglich. Sie sah mich verzweifelt an, und ich hätte sie so gern vor ihm beschützt.

»Ich bitte um Verzeihung, Eure Majestät, aber jetzt sollte ich wirklich gehen. Ich muss zu Hause sein, bevor Lord Marcail am Ende eines Tages nach Hause kommt.«

Ich nickte, weil ich ihr keine weiteren Schwierigkeiten bereiten wollte. Also stand ich auf, was sie ebenfalls tat.

»Ich weiß nicht, was ich tun könnte, aber ich werde versuchen, einen Weg zu finden, dir zu helfen, Reveina. So solltest du jedenfalls nicht leben müssen.«

»O nein, bitte nicht«, flehte sie und packte mich am Arm, während wir beide in Richtung Tür gingen. »Dann würde er nur erfahren, dass ich mich über ihn beklagt habe.«

Sanft löste ich ihre Finger. »Ich schwöre dir, dass ich dich nicht in Gefahr bringen werde.«

Nachdem Reveina gegangen war, blieb ich noch lange in meinem Salon und dachte über ihre schlimmen Enthüllungen nach. Ich hatte gesagt, ich würde tun, was ich könnte, um ihr zu helfen, doch was stand tatsächlich in meiner Macht? Ihr eine Schulter zum Ausweinen anzubieten? Eine gelegentliche Zuflucht? Eine solche Hilfe konnte man nur schwach nennen, und sie änderte nichts an der Tatsache, dass sie ihren Ehemann nicht verlassen konnte. Denn das würde ihren Ruf ruinieren. Ich hasste den Gedanken, dass ich ein offenbar leeres Versprechen gegeben hatte.

Dann versuchte ich zu überlegen, wer mir helfen könnte. An wen hatte ich mich in der Vergangenheit gewandt? An London? Doch der war fort und wurde in Cokyri festgehalten. Eine schreckliche Vorstellung, Narians Beteuerungen zum Trotz. Meine Mutter? Sie war seit Mirannas Verschleppung nicht mehr wirklich sie selbst, außerdem hätte sie in diesem Zusammenhang ohnehin wenig vermocht. Mein Vater? Nach wie vor waren wir nicht besonders gut aufeinander zu sprechen, und seine Ansichten von Frauen waren dergestalt, dass er sich im Zweifelsfall immer auf die Seite des Mannes geschlagen hätte. Dann fiel mir endlich jemand ein, und ich eilte den Gang entlang.

Durch das Vorzimmer betrat ich den Thronsaal, wandte mich dann nach rechts und klopfte an die Tür des Hauptmannes. Mit großer Erleichterung hörte ich, wie er mich hereinbat. Er saß hinter seinem Schreibtisch, den Federkiel in der Hand, und schrieb kratzend eilig Worte auf den vor ihm ausgebreiteten Pergamentbogen. Ich wusste, was für ein Glücksfall es war, ihn allein anzutreffen. Flüchtig blickte er auf.

»Gibt es etwas, das ich für Euch tun kann, Eure Hoheit?«

Er legte den Federkiel beiseite und lehnte sich in seinem Stuhl zurück.

»Ja«, sagte ich und durchquerte den Raum, bis ich vor seinem Schreibtisch stand. »Ich benötige Euren Rat … vielleicht auch Eure Hilfe.«

»Selbstverständlich.« Er erhob sich, bot mir einen Stuhl an, und ich nahm Platz, während auch er sich wieder setzte.

»Der Stadtkommandant, Lord Marcail«, begann ich und vergeudete keine Zeit mit langem Herumreden, denn mir war durchaus bewusst, wie selten die Gelegenheit war, in so schweren Zeiten für das Königreich die volle Aufmerksamkeit des Gardehauptmannes zu genießen. »Er scheint ein strenger Mann zu sein.«

»Er ist ein guter Soldat. Habt Ihr eine Auseinandersetzung mit ihm?«

»Nein«, sagte ich rasch und korrigierte mich sogleich. »Oder doch. Nicht persönlich, aber … doch.«

Ich schaute auf meine Hände hinunter, verunsichert, wie ich fortfahren sollte. Wie Cannan bereits angedeutet hatte, war Marcail ein geschätzter Offizier. Es lag mir fern, den Hauptmann mit dem, was ich vorzubringen gedachte, zu kränken, doch ausschließen konnte ich es nicht. Dennoch hatte ich Grund zu der Hoffnung, dass er sich in Reveinas Situation würde versetzen können. Denn immerhin hatte Baelic mir anvertraut, dass ihr gemeinsamer Vater »von dieser Methode allzu freizügig Gebrauch gemacht hatte«.

Der Hauptmann drängte mich nicht, sondern wartete geduldig, bis ich meine Gedanken sortiert hatte, auch wenn es wahrscheinlich eine Menge Dinge gab, die er lieber erledigt hätte.

»Lord Marcail hat sich in diesem Frühsommer eine Frau genommen, meine Freundin Lady Reveina«, sagte ich endlich, da ich wusste, dass er ein Freund unumwundener Offenheit war. »Nun mache ich mir Sorgen darüber, wie er sie behandelt. Ich glaube, er geht zu hart mit ihr um.«

»Verstehe. Und in welcher Weise?«

»Ich habe sie erst vor einer Stunde gesehen. Sie hatte blaue Flecken im Gesicht, und als ich mich nach ihrem Wohlbefinden erkundigte, geriet sie ganz außer sich. Sie wollte nicht schlecht von ihrem Gemahl sprechen, doch sie hat mir gestanden, dass er ihr Angst macht und dass sie tagtäglich seine abendliche Heimkehr fürchtet. Er schlägt sie öfter als er sollte, das weiß ich. Nun möchte ich ihr helfen, doch ich weiß nicht, wie.« Ich schwieg kurz, dann nahm ich meinen ganzen Mut zusammen. »Könntet Ihr –«

»Ich begreife zwar, in welcher Lage sie sich befindet«, sagte Cannan, beugte sich vor und legte einen Ellbogen auf den Tisch, wie um meine Bitte abzuwehren. »Doch ich kann mich nicht in die Familienangelegenheiten eines anderen Mannes einmischen.«

Seine Antwort traf mich wie ein Pfeil, und ich musste mit den Tränen kämpfen. Hastig suchte ich nach einer Möglichkeit, ihn von der Dringlichkeit der Situation zu überzeugen. Davon, dass es unumgänglich war, Reveina zu helfen.

»Sie ist jetzt schon nicht mehr sie selbst. Und er ist auf dem besten Wege, sie völlig zu zerstören. Ich allein vermag nichts zu tun, aber sie hat sonst niemand, an den sie sich wenden könnte. Ich bin mir sicher, dass Ihr in der Lage seid irgendetwas zu unternehmen.«

Cannan antwortete mit einem minimalen Kopfschütteln und wandte den Blick nicht von meinem Gesicht.

»Ich bedaure, aber die beiden sind verheiratet. Es ist seine Familie. Und es liegt bei ihm, wie er die Dinge in seinem Haus regelt. Es ist nicht an mir und nicht an Euch, sich da einzumischen.«

»Ich weiß ja, dass es seine Familie und sein Haus ist, aber es ist doch auch das ihre. Warum soll sie in Angst leben müssen? Sie wird seine Fäuste jeden Tag zu spüren bekommen und darunter leiden. *Jeden Tag.* Während wir hier sitzen und sagen, dass wir uns nicht einmischen können. Lord Marcail *ist* der Herr in seinem Haus. Es *ist* sein Recht, seine Frau zu bestrafen. Doch wenn sie sich perfekt und gehorsam verhält, und er sie dennoch schlägt, was dann? Ich bitte Euch ja nicht, ihn unter Arrest zu stellen oder von seinem Posten zu entlassen. Alles, worum ich Euch bitte, ist, zu überlegen, ob ihr nicht über Mittel verfügt, ihr das Leben zu erleichtern. Bitte. Ich flehe Euch an.«

Ich wartete nach dieser ergreifenden Rede schweigend auf eine Reaktion von ihm, und obwohl ich eine Spur von Mitgefühl in seinem Gesicht zu entdecken meinte, war es unmöglich zu sagen, ob er dies für mich oder für Reveina aufbrachte.

»Alera«, sagte er schließlich, und der sanfte Ton seiner Stimme sprach Bände. »Ich heiße die Behandlung, die Ihr beschrieben habt, nicht gut, aber Ihr überschätzt meinen Einfluss in dieser Angelegenheit. Ich kann wirklich nichts tun.«

Ich wollte argumentieren. Wollte ihm sagen, dass er als Hauptmann der Garde doch Marcails Vorgesetzter sei und daher in dieser Situation nicht hilflos. Doch seine Haltung vermittelte mir, dass er die Unterredung für beendet hielt. Daher hatte ich keine andere Wahl, als das zu akzeptieren. Ich erhob mich und ging hinaus. Dabei war mein Herz voller Kummer über diese Niederlage. In meinem Kopf wetterte ich über die Ungerechtigkeit einer Welt, in der meine liebenswerte Freundin in die Hände eines solchen Mannes fallen konnte.

18. EINE ZWECKEHE

Ich wischte mir über die Augen, als ich das Dienstzimmer des Hauptmannes verließ, und verbot mir strikt das Weinen. Tränen hätten nichts genützt, sondern nur mein Bemühen untergraben, ernst genommen zu werden. Destari sah mich zwar forschend an, fragte jedoch nicht danach, was ich mit Cannan zu besprechen gehabt hatte. Er trat nur einen Schritt vor, um die Tür hinter mir zu schließen.

Ich ließ meinen Blick durch den Thronsaal schweifen und wunderte mich, ihn verwaist vorzufinden, aber andererseits stellte der Krieg eben jede Routine auf den Kopf. Nachdem ich beschlossen hatte, in der Ruhe und Abgeschiedenheit der Bibliothek weiter nachzudenken, ging ich auf den Salon des Königs zu. Ihn wollte ich nur durchqueren, um zur Wendeltreppe zu gelangen, die mich in den ersten Stock hinaufführen würde. Als ich an der Empore mit den Thronen vorbeikam, hörte ich eine Tür aufgehen. Steldor kam soeben, dicht gefolgt von Casimir, aus seinem Arbeitszimmer. Er bemerkte mich im selben Augenblick und verscheuchte seinen Leibwächter. Casimir musterte den König zwar skeptisch, verschwand dann aber doch im Zimmer des Hauptmannes. Nun schickte Steldor auch noch Destari fort, der den Salon durchquerte und im Flur auf mich warten würde. So blieb ich mit meinem Gemahl allein.

Steldor kam in meine Richtung und lehnte sich an die Brüstung der Empore. Zerstreut verstellte er die Lederschienen an seinen Unterarmen, während ich verunsichert wartete, ob er wohl das Wort an mich richten würde. Ich war bereits niedergeschlagen und hatte kein Bedürfnis danach, mich noch schlechter zu fühlen, daher war ich weniger denn je dazu aufgelegt, mich mit ihm zu unterhalten. Ich begann, meine Herzschläge zu zählen. Bei zehn plante ich, an ihm vorüberzuhuschen, falls er mich bis dahin nicht ansprach.

Sieben … acht … neun … zehn! Ich deutete einen Knicks in seine Richtung an, danach eilte ich zur Tür und hoffte, dass unsere Begegnung damit beendet wäre.

»Weißt du, du kannst aufhören, dich wie ein verschrecktes Kaninchen zu benehmen«, sagte er und zwang mich stehen zu bleiben und mich zu ihm umzudrehen. »Ich werde dir nichts tun.«

Ich wusste nicht, was ich dazu sagen oder was ich darauf erwidern sollte, also schob ich mich einfach zentimeterweise in Richtung Tür vor.

»Ich meine es so«, betonte er, und ich spürte, dass es ihn ärgerte, dass ich immer noch Fluchtbereitschaft signalisierte.

»Ich danke Euch, Mylord«, murmelte ich. »Ich bin sicher, ich werde fortan ruhiger schlafen.«

Er sah von mir weg Richtung Decke, dann zu Cannans Dienstzimmer hin, dann wieder auf seine Armschienen, um zu richten, was längst gerichtet war. Irgendetwas an meiner Äußerung schien einen Nerv getroffen zu haben, während ich doch gehofft hatte, ihn versöhnlich zu stimmen.

»Ich muss mir dir reden«, sagte er und richtete die dominanten dunklen Augen, die er von seinem Vater hatte, auf mich. »Und es ist wichtig, dass du aufrichtig zu mir bist.«

»Habt Ihr nicht einen Termin mit dem Hauptmann?«, fragte ich, weil mir der Ton seiner Worte nicht behagte und ich annahm, dass Casimir nur vorausgegangen war.

»Der kann warten.«

Ich nickte, fügte mich ins Unvermeidliche und kam zögernd näher.

Wieder wandte er den Blick von mir ab, dann zog er einen Dolch aus seinem Stiefel und drehte ihn in seinen Händen, als hätte er soeben einen gänzlich neuen Aspekt entdeckt. Auch er schien sich zu wünschen, seine Aufmerksamkeit auf etwas anderes zu lenken als auf das, was ihn eigentlich beschäftigte.

»Du hast ihn aufgesucht«, stieß er hervor und meinte natürlich Narian.

»Ja.«

Meine Stimme überraschte mich selbst, denn sie war fast unhörbar – dieses eine Wort in diesem Zusammenhang auszusprechen war bedeutend schwerer gewesen, als ich es vermutet hätte. Er verzog schmerzlich das Gesicht, und ich wusste, diese Unterhaltung war für uns beide gleichermaßen qualvoll. Egal wie zwingend es war, dass wir sie führten. Wir mussten einfach Frieden schließen.

»Warum?«, fragte er gepresst.

Es gab eine Vielzahl von Antworten auf diese Frage, und er hatte sie wahrscheinlich alle bereits erraten.

Nervös fingerte ich an den Falten meines Rockes herum und wählte die, die mir am wenigsten konfliktträchtig schien.

»Narian hatte Neuigkeiten über Miranna, die ich auf keine andere Weise hätte in Erfahrung bringen können. Ich musste wissen, ob es ihr gut ging.«

»Hättest du ihn auch aufgesucht, wenn Miranna nicht in Gefahr gewesen wäre?«

Nervös biss ich mir auf die Lippe und fürchtete mich vor seiner Reaktion. Dennoch antwortete ich wahrheitsgemäß.

»Ja, denn ich hätte sehen wollen, wer er geworden ist.«

»Und wenn er dich *heute* um ein Treffen bäte, würdest du dann immer noch hingehen?«

Mein Zögern war eigentlich schon Antwort genug, doch erstaunlicherweise wurde er nicht wütend. Vielmehr beobachtete er mich und schien den Kampf, den ich mit mir selbst führte, sehr genau zu registrieren. Dabei konnte ich tief in seinen braunen Augen ein Gefühl entdecken, das mir das Herz brach.

»Ich werde dir nicht böse sein«, versprach er. »Sag es ruhig.«

Ich holte tief Luft, um Mut zu fassen, dann sah ich ihm fest in die Augen.

»Ja, ich würde ihn treffen. Ich kann nicht sagen, dass ich es nicht täte. Ich – ich liebe ihn. Es tut mir leid.«

»Es kann einem nicht leidtun, jemand zu lieben«, erwiderte er unwirsch und warf den Dolch in die Luft, bevor er ihn wieder in seine Scheide schob. Eigentlich war ich darauf gefasst, dass er nun den Saal verlassen würde, doch er ging an mir vorüber, machte wieder kehrt und blieb einige Schritte vor mir stehen. »Du kannst nicht anders, auch wenn du dir damit schadest. Das musste ich wissen.«

Die Bemerkung traf mich, obwohl er mich damit sicher nicht hatte kränken wollen. Unbehaglich trat ich von einem Fuß auf den anderen, und wünschte mir das Ende dieser Unterhaltung herbei. Er seufzte und wich dann zurück, um sich auf den Rand der Empore zu setzen.

»Ich kann so nicht weitermachen, Alera. Ich kann mir nicht länger einreden, dass du deine Gefühle für ihn verlieren und dich mir hingeben wirst. Und ich kann nicht weiter darauf hoffen, dass du freiwillig in mein Bett kommen wirst.«

Er stand erneut auf, denn offenbar war ihm das Thema zu schwer, um dabei ruhig sitzen zu können. Ich hatte bisher nie versucht, die Dinge aus seiner Perspektive zu betrachten, doch jetzt, da er mich dazu zwang, erkannte ich, dass ich nicht die Einzige war, deren Eheleben nicht so verlief, wie sie sich das gewünscht oder erwartet hatte.

»Von nun an«, fuhr er fort und seine Stimme klang gepresst vor unterdrückten Gefühlen, »werde ich unsere Ehe als Zweckehe betrachten, die nur eingegangen wurde, damit ich den Thron besteigen konnte. Ich werde dir meine Gesellschaft nicht aufzwingen und nicht mehr erwarten, dass du meinen Bedürfnissen nachkommst. Ich werde es dir überlassen, zu entscheiden, ob und wann unsere Beziehung voranschreiten soll. Alles, worum ich dich bitte, ist, bei öffentlichen Anlässen die Rolle der Gemahlin und Königin zu spielen.« Er musterte mich eingehend und fügte noch hinzu. »Ich denke, dass wir mit dieser Regelung beide glücklicher sein werden.«

Meine Augen weiteten sich vor Erstaunen. Ich war von seinem Angebot überwältigt. Von dem Opfer, das zu bringen er bereit war. Wenn er Wort hielte, wäre ich damit so frei, sofern das unter diesen unabänderlichen Umständen überhaupt möglich war. Doch zu meiner Erleichterung gesellten sich rasch Schuldgefühle, denn seine Miene war fast nicht zu ertragen: distanziert und gefasst verriet sie mir doch, wie weh er sich selbst damit tat.

»Ich danke dir«, sagte ich leise und fragte mich, ob mein Herz wohl für immer darüber traurig wäre. Jede Lösung schien eben ihren Preis zu haben.

»Nicht«, wehrte er ab, klang dabei allerdings nicht verärgert. »Dank mir nicht.«

Er riss seinen Blick von meinem Gesicht los und verließ mit schnellen Schritten den Thronsaal. Er durchquerte das Vorzimmer und sagte kein Wort zu seinem Vater, den er doch offensichtlich hatte treffen sollen, und machte auch keine Anstalten, seinen Leibwächter mitzunehmen. Zweifellos war er nicht in der Stimmung, irgendjemand zu sehen.

Im Verlauf der nächsten Tage wurde mein Verhältnis zu Steldor tatsächlich besser. Die Spannung zwischen uns war beseitigt, denn wir hatten unser Verhältnis endlich geklärt, selbst wenn das nicht so ausgegangen war, wie er es sich wohl gewünscht hätte. Dennoch konnten wir zivilisierter und entspannter miteinander umgehen, als es lange Zeit der Fall gewesen war.

Nun war zwar die Belastung in meinem Privatleben kleiner geworden, der Druck des Krieges jedoch nicht. Die Cokyrier hatten noch nicht versucht, den Recorah zu überwinden, allerdings hatten sie inzwischen genügend Truppen in dieser Region zusammengezogen, sodass wir diese Möglichkeit nicht mehr ausschließen durften. Angesichts der Länge des Flusses, die überwacht werden musste, benötigten wir an dieser Front weitaus mehr Soldaten als der Feind, denn wir konnten es uns nicht erlauben, die Stelle, an der sie das Wasser überqueren würden, falsch zu erraten. Daher blieben unsere Streitkräfte zersplittert.

Im Norden behielten unsere Truppen weiter die Oberhand, obwohl der Feind auch Soldaten ausgeschickt hatte, die versuchen sollten, unsere Bogenschützen zu umgehen. Wenn es den Cokyriern gelänge, unsere Männer aus der Schlucht, die der Fluss auf dem Weg vom Gebirge herab bildete, zu verdrängen, dann wären ihre eigenen Truppen nicht länger in dem schmalen Tal eingekeilt. Cannans Kundschafter hatten jedoch wieder gute Arbeit geleistet, sodass wir von den Bewegungen des Feindes fast schon wussten, bevor er sie unternahm. Fußsoldaten und Berittene stellten sich dem Feind in den Wäldern entgegen, und die Fallen, die unsere Männer installiert hatten – tiefe mit Zweigen und Laub bedeckte Fallgräben, gespannte Drähte, an denen man sich den Fuß oder das Genick brechen konnte oder Steinbrocken und beschwerte Pfeile, die von oben herabfielen –, richteten auch beträchtlichen

Schaden an. Diese Vorrichtungen nützten aber natürlich nur, bis sie allesamt verbraucht waren, danach gab es lediglich noch den Kampf Mann gegen Mann, um unseren Bogenschützen Deckung zu geben. Da bekannt war, wie gut trainiert die cokyrischen Soldaten waren und was für ungewöhnliche und tödliche Waffen sie bei sich trugen, wusste ich, dass es nur eine Frage der Zeit wäre, bis sie weiter vordringen würden.

Ein Teil unserer Erfolge hing sicher damit zusammen, dass Narian in der Kriegsführung noch unerfahren war, doch alle wussten, dass dieser Vorteil für uns nicht von Dauer sein würde. Cannan hatte bereits widerwillig einräumen müssen, dass die cokyrische Strategie, über den Fluss zu kommen, brillant war, denn so gelang es ihnen, mit einer kleinen Anzahl von Soldaten einen großen Teil der unseren zu binden. Langsam begann sich der Eindruck zu verfestigen, dass wir wenig ausrichten konnten, um den Ausgang des Krieges zu beeinflussen, denn dazu hätten wir das Schicksal selbst ändern müssen.

Es gab noch einen Aspekt des Krieges, den ich nicht vorhergesehen hatte, der allerdings bittersüß und wunderschön war. Denn in ganz Hytanica wurde in einem geradezu beängstigenden Ausmaß geheiratet. Die jungen Frauen fürchteten, ihre Männer im Kampf zu verlieren, während die jungen Männer heiraten und nach Möglichkeit noch einen Erben zeugen wollten, bevor womöglich ein früher Tod sie ereilte. Unter den vielen Paaren, die vor den Traualtar traten, waren auch Galen und Tiersia, deren im November bevorstehende Hochzeit ebenfalls etwas Dringliches an sich hatte. Die Trauung würde in einer der Kirchen Hytanicas stattfinden, der anschließende Empfang im Ballsaal des Palastes – eine Ehre, die nur wenigen zuteilwurde, aber schließlich war Galen der Haushofmeister, inoffiziell der zweite Mann nach dem Gardehauptmann und der beste Freund des Königs. Angesichts des fortdauernden Ausnahme- und Belagerungszustands würde es jedoch kein Festmahl geben, sondern man würde nur im Ballsaal kleine Erfrischungen reichen.

Der Nachmittag des herbeigesehnten Hochzeitstages war windig und kühl, der bedeckte Himmel drohte mit Regen. Meine Sorge, das würde die festliche Stimmung dämpfen, war jedoch unbegründet – nie hatte ich ein glücklicheres Paar gesehen. Tiersia wurde in einem elfenbeinfarbenen Kleid von ihren Eltern den Mittelgang hinunterbegleitet, wie auch meine Eltern das bei mir getan hatten. Nur dass sie keine Vorbehalte dagegen hatte, den Arm des Bräutigams zu ergreifen. Galen trug einen goldbestickten schwarzen Uniformrock und schwarze Reithosen und empfing sie mit seiner Mutter und Cannan, der ihm seit seinem dritten Lebensjahr den Vater ersetzt hatte. Trotz der Bemühungen des Haushofmeisters, gefasst und würdevoll zu erscheinen, wie es einem hochrangigen Offizier zukam, musste er immer wieder unverhohlen grinsen. Steldor stand als Trauzeuge in prächtigem Dunkelrot und Schwarz neben ihm, wirkte jedoch leicht melancholisch, was daran liegen mochte, dass er an unsere Hochzeit und die daraus hervorgegangene wenig harmonische Ehe dachte.

Nachdem das Paar die einleitenden Fragen des Priesters beantwortet hatte, trat es vor den Altar, und Fiara, die aussah, als könne sie jeden Moment niederkommen, stellte sich an Tiersias Seite. Es dauerte nicht lange, da brachte Fiaras Mann ihr einen Stuhl, auch wenn das dem Protokoll widersprach, sonst hätte sie sich vermutlich nicht mehr lange auf den Beinen halten können. Warrick war gerade erst von einem militärischen Einsatz zurück, zu dem er nur vier Tage nach seiner eigenen Hochzeit aufgebrochen war. Das wiedervereinte Paar tauschte Blicke, die keinen Zweifel daran ließen, wie verliebt die beiden waren.

Als der Priester zum Ablegen der Ehegelöbnisse aufforderte, spürte ich, wie sich die Atmosphäre änderte, als hätte die Feierlichkeit des Anlasses und die damit verbundene Freude auf die Hochzeitsgäste übergegriffen. Von meinem Platz ganz vorne in der Kirche aus konnte ich sehen, wie der betagte Geistliche Tiersias rechte Hand mit Galens linker verband, dann wandte das Paar einander die Gesichter zu und schien die Anwesenheit aller anderen selig vergessen zu haben.

»Versprecht Ihr, diese Frau zu Eurer Gattin zu nehmen, sofern die Heilige Kirche dem zustimmt?«, fragte der Priester Galen.

»Ja, das verspreche ich. Ich nehme dich als die Meine, auf dass du meine Gemahlin wirst und ich dein Gemahl«, sagte Galen und schaffte es kaum, seine Bewegtheit zu verbergen. »Und ich gelobe dir die Treue meines Leibes und will zu dir halten in Gesundheit und Krankheit, in guten wie in schlechten Tagen bis …«

Seine Stimme erstarb plötzlich, als sei ihm die Möglichkeit, wie kurz sein Leben sein konnte, gerade erst zu Bewusstsein gekommen. Einen schrecklichen Moment lang fürchtete ich, er würde nicht imstande sein, den Satz zu beenden, doch da trat Steldor an seine Seite, legte ermutigend den Arm um seine Schulter, und so vollendete er sein Gelöbnis.

»In guten wie in schlechten Tagen will ich bei dir sein bis ans Ende aller Tage.«

Galens unerwartete Mühe hatte mir die Realität des Krieges und seine harten Konsequenzen auf unerbittliche Weise in Erinnerung gebracht. Vielen anderen in der Kirche mochte es ähnlich ergehen.

Dann wandte sich der Priester an Tiersia. »Versprecht

Ihr, diesen Mann zu Eurem Gatten zu nehmen, sofern die Heilige Kirche dem zustimmt?«

»Ja, das verspreche ich. Ich nehme dich als den Meinen«, begann sie und errötete allerliebst, »auf dass du mein Gemahl wirst und ich deine Gemahlin. Und ich gelobe dir die Treue meines Leibes und will zu dir halten in Gesundheit und Krankheit, in …«

Wie zuvor Galen verstummte sie, aber an ihren vor Schreck geweiteten Augen konnte man ablesen, dass sie einfach vor Aufregung die Worte vergessen hatte. Als sie zunehmend rot wurde, hörte ich Galen, der sich zu ihr herübergeneigt hatte, leise sagen: »Versprich einfach, mich zu lieben.«

»Und ich werde dich lieben bis zu dem Tag, an dem ich sterbe«, endete Tiersia, und alle verziehen ihr die leichte Abwandlung, die sie an dem traditionellen Gelöbnis vorgenommen hatte.

Als Nächstes waren die Ringe an der Reihe. Dazu löste Galen seine rechte Hand aus Tiersias, hob ihre Linke mit der Handfläche nach unten und schenkte ihr ein liebevolles Lächeln.

»Mit diesem Ring eheliche ich dich«, sagte er und schob den Ring ein Stück weit über ihren Daumen. »Dies Gold geb ich dir«, und er schob den Ring über ihren Zeigefinger. »Mit meinem Leib will ich dich verehren«, der Ring glitt auf ihren Mittelfinger. »Und mit all meinen weltlichen Gütern will ich dich ausstatten«, mit diesen Worten steckte er ihr den Ring an den Ringfinger, wo er verblieb.

Nachdem das Paar den ersten Segen als Eheleute erhalten hatte, endete die Trauungszeremonie und Galen schloss die Braut in seine Arme, um sie lang und leidenschaftlich zu küssen. Die Gäste reagierten mit Jubel darauf. Dann kamen die Frischvermählten rasch den Mittelgang herunter, gefolgt von Fiara an Warricks Seite sowie

Steldor und mir. Ich konnte spüren, wie mein bis dahin so gelöster Gemahl sich versteifte, als würde es ihm im Herzen wehtun, mir so nahe sein zu müssen.

Von der Kirche begaben wir uns zum Palast, wobei die Mitglieder der Königsfamilie in der königlichen Kutsche fuhren, begleitet von Elitegarde und Palastwache. Es ging die Hauptstraße entlang, und ich empfand auf einmal einen seltsamen Frieden. Zum ersten Mal seit langer Zeit freute ich mich auf einen Empfang im Schloss, denn es würde kaum Erwartungsdruck auf mir lasten. Die Spannungen zwischen meinem Gemahl und mir waren beseitigt, und ich war genau genommen eigentlich selbst Gast bei diesem Fest.

Steldor und ich betraten den Ballsaal über eine kleine Bühne, die wir durch das angrenzende Zimmer der Würdenträger erreichten. Dort pflegte das Königspaar sich vor seinem offiziellen Auftritt aufzuhalten. Lanek verkündete wie üblich unser Erscheinen, und die Gäste entboten uns den erwarteten Respekt. Gleich danach löste ich mich von Steldor und begann mich ungezwungen unter die Leute zu mischen. Als ich Tiersia fröhlich mit ihren Brautjungfern und einigen anderen jungen Frauen plaudern sah, beschloss ich, mich ihnen anzuschließen. Ein Grund dafür war, dass ich auch Reveina dort entdeckt hatte. Zwischen den vielen aufgeregten Glückwünschen für die Braut und reichlich Gekicher gelang es mir, Marcails unglücklicher Ehefrau eine einfache Frage zu stellen.

»Wie ist es dir in letzter Zeit ergangen?«

Ich erwartete eine ausweichende Antwort, doch zu meinem Erstaunen schien sie wirklich glücklich zu sein.

»Besser. Mein Gemahl und ich haben großes Glück.«

»Das freut mich für dich«, erwiderte ich und fragte mich, was sich an ihren Lebensumständen wohl so Grundlegendes geändert haben mochte. »Was ist geschehen?«

»Mein Herr wurde zum Bataillonskommandanten befördert. Das ist zwar vom Rang her keine Veränderung, doch es bedeutet höhere Besoldung. Außerdem war er vom Vertrauen des Gardehauptmannes in seine Fähigkeiten geschmeichelt.« Sie lief dunkelrot an, bevor sie mir bekannte: »Und ich bin aus einem anderen Grund froh, denn seine neue Position sorgt dafür, dass er wochenlang von zu Hause fort ist.«

Hier endete unsere Unterhaltung, weil sie wieder in das Gezwitscher der anderen einstimmte, doch ihre Worte blieben mir im Gedächtnis. Nachdem ich Tiersia von Herzen gratuliert hatte, entschuldigte ich mich in diesem Kreis und suchte den Saal nach dem Hauptmann ab, den ich schließlich in einiger Entfernung mit Baelic zusammenstehen sah. Ich schlug zwar ihre Richtung ein, aber nicht um mich mit meinem Schwiegervater zu unterhalten. Allein sein Anblick genügte mir, um meine Vermutung zu bestätigen. Cannan hatte Marcail für einen fähigen Stadtkommandanten gehalten, dennoch hatte er ihn ohne ersichtlichen Grund auf einen Posten befördert, der ihm kaum freie Zeit ließ. Vielleicht hatte ihn das, was ich ihm berichtet hatte, doch zum Handeln bewogen.

Während ich Cannan gedankenverloren betrachtete, merkte ich nicht, dass Baelic wiederum mich ansah, und so lief ich rot an. Dennoch nickte ich ihm würdevoll zu und rechnete damit, dass er die Begrüßung erwidern und sich danach wieder der Unterhaltung mit seinem Bruder zuwenden würde. Doch stattdessen gab mein Onkel Cannan nur einen abschließenden Klaps auf die Schulter und kam auf mich zu.

»Wisst Ihr denn nicht, meine Liebe«, sagte er, kaum dass er an meiner Seite war, »dass es unhöflich ist, gebrechliche Menschen so anzustarren?«

»Genau darum habe ich Euch ja auch kaum eines Blickes gewürdigt«, erwiderte ich lächelnd, denn inzwischen hatte ich mich bereits an seinen Humor gewöhnt.

Lachend führte er mich an einen der Tische mit den Erfrischungen.

»Ich wollte mich bei Euch entschuldigen, Eure Majestät. Denn ich habe mein Versprechen vernachlässigt, Euch zum Reiten mitzunehmen.«

»Seien Sie nicht albern. Ihr wart wohl wahrlich mit wichtigeren Dingen beschäftigt. Beispielsweise mit dem Krieg.«

»Ach, meine liebe Königin, es gibt niemals etwas Wichtigeres als Zeit mit einer wunderschönen Dame zu verbringen – nicht einmal die Rettung des Königreiches.«

Nun war es an mir zu lachen, und mit einem schiefen Lächeln nahm er zwei Weingläser vom Tisch vor uns und reichte mir eines davon.

»Sir, Ihr seid einfach ein unverbesserlicher Charmeur«, neckte ich ihn und nahm mit einem leichten Kopfnicken den gläsernen Pokal in Empfang. »Aber ich meine dort vorne Eure Frau zu sehen, und sie scheint nach Euch Ausschau zu halten.«

»Wirkt sie verärgert?« Er legte ganz leicht eine Hand auf meinen Unterarm und beugte sich näher zu mir. »Wenn nicht, dann sucht sie vermutlich jemand anderen. Aber für den Fall, dass ich mich irren sollte, will ich doch lieber zu ihr gehen.«

Er nahm meine Hand und küsste sie, während er sich verneigte.

»Bis zum nächsten Mal, werte Dame.«

Mit einem jungenhaften Grinsen ging er davon, um Lania zu suchen.

Allein gelassen hielt ich nach Tiersia Ausschau, die mit unseren beiden Ehemännern zwischen den Doppeltüren direkt vor dem Balkon stand. Steldor und Galen schienen miteinander zu scherzen, wobei Galen glücklicher wirkte, als ich ihn je gesehen hatte. Tiersia stand daneben und errötete immer wieder. Ich konnte nicht widerstehen und ging auf die drei zu. Steldors Haltung änderte sich nicht, als ich dazukam. Er begrüßte mich vielmehr, als sei zwischen uns nichts geschehen, was zumindest für den Moment ja auch zuzutreffen schien. Grinsend nahm er mir das noch fast volle Glas aus der Hand.

»Ich denke, Wein ist nicht nach Eurem Geschmack. Da wäre es doch eine Schande, einen so kostbaren Tropfen an einen unsensiblen Gaumen zu verschwenden.« Träge ließ er die Flüssigkeit im Pokal kreisen, dann leerte er das Gefäß in einem Zug und drückte es einem vorüberkommenden Diener in die Hand.

Danach plauderten wir vergnügt, obwohl man bei Steldor und Galen eher davon sprechen konnte, dass sie einander aufzogen, denn sie waren nicht zuletzt aufgrund ihres Weinkonsums sehr aufgekratzt. Tiersia und ich gingen bereitwillig darauf ein, bis Warrick zu uns herüberkam. Ich erwartete, dass er mit Steldor sprechen wolle, doch stattdessen wandte er sich an mich und warf meinem Gemahl und Galen nur einen düsteren Blick zu. Ich hatte das unmissverständliche Gefühl, dass diese jungen Männer ihrer Verwandtschaft zum Trotz in der Jugend keine guten Freunde gewesen waren.

»Eure Hoheit«, sagte Warrick, »gibt es wohl einen ruhigen Ort, an dem meine Gemahlin sich ein wenig hinlegen könnte? Sie fühlt sich nicht ganz wohl.«

»Aber natürlich. Ich werde mich sofort darum kümmern. Soll ich auch den Arzt rufen lassen?«

»Ich danke Euch, Majestät, aber dazu besteht kein Anlass. Sie ist wohl nur übermüdet und ein wenig überreizt.«

Ich winkte Destari herbei und wies ihn kurz an, Lady Fiara, die ziemlich blass neben einem der Tische mit den

Erfrischungen saß, in meinen privaten Salon zu geleiten. Er bot ihr sogleich seine Hilfe an, und ich hoffte, dass Warricks Vermutung richtig und sie tatsächlich nur überanstrengt war.

»Vielleicht sollte ich sie begleiten«, sagte Tiersia zu Warrick und runzelte besorgt die Stirn, doch ihr Schwager schüttelte nur den Kopf.

»Du solltest deine Hochzeit genießen.« Er drückte ihre Hand, und ich nahm an, er selbst würde seine Gemahlin begleiten.

In diesem Moment tauschten Galen und Steldor einen listigen Blick, und irgendetwas in meinem Hinterkopf warnte mich.

»Glückwunsch zur Schwangerschaft deiner Frau«, sagte Steldor freundlich. »Du wirst sicher ein stolzer Vater sein.«

Warrick nickte ihm nur kurz zu, wobei er jedoch so finster dreinblickte, als ob er sich über die guten Wünsche des Königs ärgerte. Dennoch wirkte er weiter, als wolle er eigentlich gehen, bis auch Galen sich in das Gespräch einschaltete.

»Im wievielten Monat ist sie jetzt?«, fragte er, weil er sich offenbar nicht mehr daran erinnerte, wann die Schwester seiner Frau geheiratet hatte.

»Im fünften«, sagte Warrick in irgendwie lauerndem Ton. »Wie du weißt, war die Hochzeit im Juni.«

»Erst im fünften?«, hakte Galen nicht mehr ganz so unschuldig nach.

Es war getratscht worden, natürlich – Lady Fiara war schon sehr viel rundlicher, als sie es eigentlich hätte sein sollen, wenn man das Datum ihrer Hochzeit bedachte – doch keinem Angehörigen des Adels wäre es eingefallen, eine so ungehörige Feststellung in aller Öffentlichkeit kundzutun. Außer, wie es schien, den beiden weinseligen Gaunern hier vor uns.

»Dann erwartet sie wohl entweder Zwillinge oder Ihr müsst Euch mit den Daten vertan haben, Cousin«, bemerkte mein Gemahl schamlos.

»Ich weiß nicht, was Ihr damit sagen wollt –«

»Oh, ich will gar nichts sagen. Aber eigentlich hätte die Hochzeit doch im Herbst stattfinden sollen, nicht wahr? Daher kann ich gar nicht anders, als mich zu fragen, was da wohl zuerst kam, die Ehe oder die Schwangerschaft?«

Tiersia und ich erstarrten – einerseits aus Verlegenheit, andererseits aus Faszination. Warrick lachte zunächst noch ungläubig über Steldors Frechheit, bevor er die Frage mit einer schneidenden Bemerkung parierte.

»Ach, jetzt verstehe ich, worum es hier geht. Ihr seid wohl verbittert, weil ich meine Frau innerhalb von Tagen beglücken konnte, und Ihr schon – wie lange ist es jetzt her? – sechs Monate lang verheiratet seid. Braucht Ihr etwa ein wenig Nachhilfe?«

Der Zorn flammte so rasend schnell auf, dass niemand ihn kommen sah, am allerwenigsten Warrick. Doch er bekam ihn zu spüren, denn Steldor ballte seine Faust und verpasste ihm einen so heftigen Kinnhaken, dass er zu Boden ging. Tiersia und ich wichen angesichts des gefährlichen Glitzerns in den Augen des Königs einen Schritt zurück, während der die Unbotmäßigkeit seines Cousins in eben der Weise zurückzahlte, wie der Haushofmeister das vor nicht allzu langer Zeit bei ihm getan hatte. Galen trennte die beiden Männer hastig und versuchte Steldor mit seinem Arm, den er ihm vor die Brust hielt, zurückzudrängen.

»Lass es gut sein«, murmelte Galen. »Lass es einfach, er ist es nicht wert.«

Steldor kämpfte nicht weiter, antwortete Galen aber auch nicht. Casimir, der ganz in der Nähe stand, wirkte angespannt und sprungbereit. Zum Glück standen wir etwas abseits von der übrigen Gästeschar, und nur wenige hatten die Köpfe umgewandt. Ich hoffte inständig, mein Gemahl würde es bei dem finsteren Blick bewenden lassen und das Fest nicht ruinieren. Als Warrick sich endlich von dem Schlag erholt hatte und wieder auf die Füße kam, schüttelte Steldor Galen ab und bewegte sich auf mich zu. Sein bester Freund gab ihm noch einen wohlwollenden Klaps auf die Schulter. Doch als ich Warrick schnauben hörte, wusste ich, dass das Ganze noch nicht ausgestanden war.

»Da hab ich wohl einen wunden Punkt getroffen, was?«, neckte ihn der werdende Vater und sicherte sich damit – als hätte er noch nicht genug – erneut Steldors Aufmerksamkeit. Warrick wischte sich mit dem Handrücken das Blut aus dem Mundwinkel, blieb aber angriffslustig, wie er war. Ich schluckte heftig, weil mir klar war, dass gleich ein Donnerwetter folgen würde. »Woran liegt es denn – kannst du nicht oder hast du die königlichen Unterhosen noch gar nicht heruntergelassen?«

Ich stand wie vom Blitz getroffen und presste vor Schreck die Hände auf mein Herz, denn so war ich in meinem ganzen Leben noch nicht beleidigt worden. Warrick hatte wohl nur beabsichtigt, Steldor zu provozieren, aber dennoch war auch ich entsetzt und gekränkt. Und dieses eine Mal wünschte ich mir, dass mein heißblütiger Ehemann unbesonnen reagierte. Steldor enttäuschte mich nicht und sprang seinen Cousin regelrecht an. Doch Galen packte ihn und, riss ihn zurück. Zu meinem Erstaunen hatte er aber offenbar nicht eingegriffen, um einen Kampf zu verhindern, sondern eher, um sich den König aus dem Weg zu räumen, damit er selbst loslegen konnte. Galen schob seinen Freund beiseite und stürzte sich sogleich mit erhobenen Fäusten auf Warrick. Im nächsten Augenblick rollten der Bräutigam und sein frischgebackener Schwager über den Boden des Ballsaals.

Es war schwer zu sagen, ob Steldor sich auch noch ins Getümmel gestürzt hätte, doch Casimir zog ihn beiseite, als auch schon Verstärkung in Gestalt von Cannan, Baelic und Destari eintraf. Letzterer hatte Lady Fiara offenbar schon hinausbegleitet. Andere Gardisten näherten sich ebenfalls und drängten die uns anstarrenden Gäste zurück. Doch trotz dieser ganzen Aufmerksamkeit machten die beiden jungen Männer nicht den Anschein, voneinander ablassen zu wollen. Galen hatte ein paar gezielte Schläge einstecken müssen, schien jetzt aber obenauf zu sein, als Cannan und mein Leibwächter ihn an den Oberarmen packten und auf die Füße zogen. Er wehrte sich heftig, und es gelang ihm sogar noch, seinem Gegner einen schnellen Tritt in die Seite zu verpassen, bevor Baelic und Tiersias Vater, Baron Rapheth, Warrick wegzerrten und so die Rauferei endlich beendeten.

Warrick keuchte, Blut lief aus einer Platzwunde über seinem Auge, die der Verlobungsring an Galens rechter Hand ihm zugefügt hatte. Er schien angeschlagen und verletzt genug, um den Kampf als beendet zu sehen. Der junge Haushofmeister war jedoch nicht so leicht zu befriedigen.

»Lasst mich los!«, brüllte er und versuchte immer noch, Cannan und Destari abzuschütteln. »Ich war noch nicht damit fertig, ihn umzubringen!«

»Stillgestanden!« Der strenge Befehl des Hauptmannes dröhnte durch den Saal und hallte offenbar erst durch die Ohren eines jeden schockierten Zuschauers, bevor er endlich in Galens Bewusstsein drang. »Heute wirst du ihn nicht umbringen.«

Galen hörte auf, sich gegen die Hände, die ihn festhielten, zu wehren, auch wenn er immer noch furchterregend wild dreinblickte. Inzwischen sorgten die umstehenden Wachen noch für genug Aufsehen. Nachdem Cannan ihn losgelassen hatte, postierte er sich zwischen den beiden

Kampfhähnen, mit kontrollierter Miene, aber so blass vor Zorn, dass ich erzitterte. Destari behielt Galens Arm fest im Griff, als traue er dem Frieden noch nicht ganz.

»Jetzt beeilst du dich besser, mir zu erklären«, sagte er in gefährlichem Ton an Galen gewandt, »warum mein Haushofmeister eine Schlägerei anzettelt – und ich hoffe für dich, dass es eine plausible Erklärung sein wird.«

Galens Blick huschte kurz zu Warrick, bevor er den Hauptmann streitlustig anstarrte.

»Bei allem gebotenen Respekt, Sir, er hat es verdient. Fragt ihn doch selbst, was er gesagt hat.«

»Ich habe keinen Zweifel daran, dass es besser nicht wiederholt werden sollte, aber sein Benehmen interessiert mich im Moment auch nicht, sondern deines.«

Hinter dem Hauptmann hörte man Warrick kurz auflachen, was Galen und Steldor gleichzeitig Anstalten machen ließ, sich erneut auf ihn zu stürzen. Casimir und ein anderer Gardist hielten Steldor zurück, der sich knurrend fügte und wütend hinter der lebenden Absperrung, die die zwei bildeten, auf und ab zu gehen begann. Destari legte einen Arm um Galens Brust, fast als wolle er ihn umarmen, was dank der alle überragenden Größe des Elitegardisten auf bewährte Weise funktionierte.

Nun funkelte Cannan Warrick an, der am lädiertesten war, und gab Baelic einen Wink, ihn wegzuschaffen. Nachdem Baelic den Heißsporn auf den Gang hinausgebracht hatte, konzentrierte sich der Hauptmann erneut auf Galen.

»Du hast dich selbst in eine sehr armselige Position manövriert, mein Sohn«, sagte er mit strenger, aber so leiser Stimme, dass die Umstehenden ihn kaum verstanden. »Das ist nun schon das zweite Mal innerhalb von sechs Monaten, dass du deine Ehre und die deines Amtes beschädigt hast. Galen, ich kann keinen undisziplinierten

Haushofmeister gebrauchen. Dein Verhalten muss allezeit und in jeglichem Zusammenhang tadellos sein, damit du den Respekt deiner Männer und des ganzen Volkes genießt. Wenn du dieser Erwartung nicht gerecht zu werden vermagst, dann bist du vielleicht doch nicht der richtige Mann auf diesem Posten.«

Galen biss die Zähne zusammen, sagte aber nichts dazu.

»Deine Hochzeit ist nicht der geeignete Ort für mich, darüber zu befinden, also steht es dir nun frei, zu gehen. Aber du wirst dich morgen Nachmittag in meinem Dienstzimmer melden.«

Damit drehte Cannan sich um und verließ mit langen Schritten den Ballsaal. Vermutlich um sich Warrick vorzuknöpfen, der nicht das Glück hatte, für den Moment als Bräutigam aus dem Schneider zu sein. Destari ließ von Galen ab, der sich seine aufgeschlagenen und blutenden Handknöchel rieb, und Steldor schob sich an Casimir vorbei, um an die Seite seines besten Freundes zu kommen. Als er Galens blutverschmiertes Hemd sah, führte Steldor ihn durch die Menge zur Empore und ins Zimmer der Würdenträger, von wo aus sie rasch zu den Privatgemächern des Königs und der Königin gelangen konnten, damit Galen sich umkleiden konnte.

Nachdem die Aufregung vorüber war, bemerkte ich Tiersia, die mit aufgerissenen Augen und vor den Mund geschlagener Hand an der Wand lehnte. So war sie offenbar zu Beginn der Auseinandersetzung erstarrt.

»Möchtest du dich setzen?«, fragte ich sie. Sie war sehr behütet aufgewachsen und hatte ein derartiges Betragen vermutlich noch nie zuvor mit angesehen.

»Oh – oh nein«, stammelte sie. »Mir geht es gut. Es ist nur …« Sie lachte kurz und gequält auf.

»Ja?«

»Jetzt – jetzt habe ich ihn schon geheiratet.«

Sie sah mich an und brach in erleichtertes Gelächter aus. Ich lachte mit ihr, denn diese Aussage deckte sich vollkommen mit meinen Empfindungen.

19. DAS ENDE

Zwei Wochen später roch ich erneut Rauch im Wind, und als die Nacht hereinbrach, schimmerte das Glas vor dem Fenster meines Schlafgemachs rötlich. Flammen loderten im Nordosten wie ein Höllenschlund, der immer näher kam, um uns zu verschlingen. Die Barrikaden, die unsere Soldaten westlich des Flusses errichtet hatten und die von dort aus weiter nach Norden verliefen, waren in Brand gesteckt worden. Cannan hatte unseren Truppen befohlen, das Holz mit Pech zu tränken und es hinter dem Feind anzuzünden, sodass es für so viele wie möglich zur tödlichen Falle würde, wenn die Schlacht für uns schlecht ausginge. Die meisten Cokyrier würden verbrennen, andere ertrinken, und nur wenigen sollte die Flucht gelingen. Bei dem Gedanken an das Schicksal der Soldaten – auch wenn es Feinde waren – drehte sich mir den Magen um, und ich war froh, dass über die lauten, wie Peitschen knallenden Geräusche der Flammen keine Schreie zu hören waren.

Das Großfeuer erlosch im Laufe der Nacht, was nicht zuletzt am kalten Regen lag. Unsere Truppen formierten sich hinter dem verkohlten Gelände und warteten auf die unvermeidliche nächste Angriffswelle der Cokyrier. Um unsere Streitkräfte zusammenziehen zu können, hatte Cannan die Brücke im Süden in Brand stecken lassen und die Männer von dort abgezogen – die Bogenschützen in die Stadt, Kavallerie und Fußsoldaten in den Nordosten geschickt. Irgendwann würde sich unser ganzes Heer hinter die steinernen Wälle zurückziehen und unsere letzte Gegenwehr leisten müssen.

Cannan wollte den cokyrischen Soldaten in keiner Weise Hilfe gewähren, und so wurden die Felder, die man nicht mehr hatte abernten können, angezündet, die Brunnen in den Dörfern vergiftet und die Tiere geschlachtet. So lag das Land hinter den Stadtmauern wie tot da – alles verödet und zum Stillstand gekommen.

Die Stadt pulsierte dagegen in den ersten Dezemberwochen nur so vor Leben. Kirchen, Versammlungshallen, größere Stallungen, Schulen – jedes Gebäude, das sich irgendwie verteidigen ließe, wurde bereit gemacht, um Bürger für den Fall zu schützen, dass die Cokyrier die Stadtmauern überwinden würden. Die unteren Fenster und die Balkontüren des Palastes wurden zugenagelt, um Pfeilen wie Soldaten den Zugang zu erschweren. Das Glas der oberen Fenster würde, wenn es so weit wäre, herausgeschlagen, um unseren Bogenschützen bessere Stellungen zu verschaffen. Waffen, Verbandszeug, Feuerholz und Nahrungsvorräte wurden in jedes mögliche Bollwerk gebracht.

Das erste Anzeichen für den bevorstehenden Rückzug unserer Truppen in die Stadt war die beträchtlich steigende Zahl der Verwundeten. Außerdem kamen immer mehr Witwen mit Kindern zum Palast und suchten beim König um Unterstützung und Schutz an. Steldor hatte mich gebeten, ihm an den Nachmittagen im Thronsaal zur Seite zu stehen, wenn solche Petitionen vorgebracht wurden, und so kam mir erst richtig zu Bewusstsein, wie beschwerlich das Leben unserer Untertanen geworden war. Leider gab es auch keine tröstenden Worte, die wir den Bittstellern bieten konnten, nur ein offenes Ohr und ein paar Münzen. Wieder einmal hatte ich das Gefühl, meinen Gemahl mit neuen Augen zu sehen, denn das von ihm gezeigte Mitgefühl und seine Geduld erstaunten mich. Kurz vor Weihnachten erfuhr ich dann, dass unseren Bürgern kein Einlass in den Palast mehr gewährt würde.

Steldor befand sich soeben im Thronsaal, als ich ihn aufsuchte, um eine Erklärung dafür zu bekommen, denn selbst Destari hatte sich geweigert, mir zu sagen, was vorgefallen war. Cannan, Galen und Casimir waren bei ihm, ebenso das übliche Halbrund weiterer Elitegardisten, doch keiner reagierte erstaunt auf mein Eintreten. Es war, als hätte man bereits mit meinem Erscheinen gerechnet. Steldor erhob sich und kam mir auf den Stufen der Empore entgegen. Dann nahm er meine Hände in die seinen, was mir genügte, um zu ahnen, dass etwas Schreckliches passiert sein musste.

»Alera«, sagte er und warf einen kurzen Blick auf seinen Vater, »wir haben unsere Männer zurück in die Stadt beordert und bereiten uns darauf vor, die Stadtmauern zu verteidigen. Anders als im vergangenen Winter wird Cokyri jedoch nicht versuchen, uns auszuhungern. Man hat bereits unsere Kapitulation verlangt, und bald wird der Großangriff beginnen.«

»Haben wir die Kapitulation in Erwägung gezogen?«, fragte ich und spürte, wie das Blut heftig in meinen Schläfen pochte. Es war der Hauptmann, der meine Frage beantwortete.

»Nein. Offen gesagt wollen wir lieber im Kampf sterben, als Gefahr zu laufen, hingerichtet zu werden. Wenn der Zeitpunkt zur Kapitulation gekommen ist, werden wir versuchen, die besten Bedingungen für unser Volk zu verhandeln. Dabei wissen wir jedoch, dass der Overlord keine Gnade kennen wird und die Menschen bestenfalls auf ein Leben in Sklaverei hoffen dürfen.«

Als er den Schrecken in meinem Gesicht sah, führte Steldor mich die Stufen hinauf und ich ließ mich auf den Thron der Königin sinken. Er setzte sich jedoch nicht, sondern blieb neben mir stehen.

»Und die Schließung des Palastes?«, fragte ich.

»Gewisse Teile unserer eigenen Bevölkerung könnten uns gefährlich werden. Eines der Gebäude auf dem Kasernengelände wurde zur Anlaufstelle für beunruhigte Bürger umfunktioniert, damit die Menschen sich von ihrem Herrscher nicht im Stich gelassen fühlen, doch direkten Zugang zum König kann ich ihnen nicht mehr gewähren.« Hinter Cannans gefasstem Ton war dennoch die Resignation zu hören.

»Aus demselben Grund musst auch du nun unablässig im Palast bleiben. Begib dich nicht einmal mehr in den Garten oder einen Innenhof«, mahnte Steldor. »Und du sollst wissen, dass meine Mutter und Tiersia bereits Zuflucht in diesen Mauern gefunden haben. Sie sind im zweiten Stock untergebracht.«

Ich blickte in Galens aschfahles Gesicht und machte mir klar, dass dieses Privileg nur seiner Frau, nicht aber seiner Mutter und seinen Schwestern zuteilgeworden war.

»Was ist mit Lania?«, flüsterte ich, und der Kummer in Steldors Gesicht hätte mir schon genug verraten, doch Cannan beantwortete meine Frage dennoch.

»Ich habe mit Baelic gesprochen, aber wir haben beide den Eindruck, dass jetzt nicht der richtige Zeitpunkt für ein solches Vorgehen wäre. Wir befürchten, eine Panik könne ausbrechen. Wir fürchten, die Bevölkerung würde den Palast stürmen, wenn sie bemerkte, dass wir solche Maßnahmen ergreifen. Ich habe jedoch Wachen entsandt, die die Familie meines Bruders beschützen, und sobald die Cokyrier die Stadtmauern durchbrechen, wird man sie unverzüglich hierherbringen.«

»Sobald?« Meine Stimme war fast unhörbar, denn die Endgültigkeit in diesem einzigen Wort war wie ein eisiger Hauch.

»Ja«, sagte der Hauptmann, die Augen voller Mitgefühl, und Steldor legte mir seine Hände auf die Schultern. »Es ist nur noch eine Frage der Zeit. Ich sage Euch das, weil ich glaube, Ihr besitzt die Kraft, damit umzugehen. Und weil Ihr das Recht habt, die Wahrheit zu erfahren. Solange Narian ihre Truppen anführt, ist unsere Niederlage unabwendbar. Er wird die Mauern zertrümmern. Er besitzt die Fähigkeit dazu. Ich erwarte auch, dass er große Teile der Stadt in Brand steckt. Er scheint auch diese Fähigkeit zu haben, mit oder ohne flammende Pfeile.«

Er schwieg und schüttelte den Kopf, als ringe er um Verständnis oder eine Erklärung.

»Er ist im Besitz ungeheurer Macht, Alera – Zauberei. Ihr wart zugegen, als er das Feuer auf Koranis' Gut entfacht hat. Art und Umfang seiner Kräfte übersteigen unser Vorstellungsvermögen, und wir wissen nicht, wie wir uns dagegen verteidigen sollen.«

»Dann wird die Legende also wahr?«

»Es sieht sehr danach aus.«

Alle im Saal Anwesenden schwiegen, und ich erhob mich steif und schüttelte Steldors Hände ab. Zu meiner eigenen Überraschung hatte ich nicht das Bedürfnis zu weinen, sondern verspürte vielmehr eine große Entschlossenheit, dem Schicksal in gleicher Weise wie unsere tapferen Männer zu begegnen.

»Danke«, sagte ich mit fester Stimme. »Ich werde nach Tiersia schauen und ihr jede erdenkliche Hilfe anbieten. Und ich werde meine Mutter bitten, sich um Faramay zu kümmern. Denn das wenigste, was ich tun kann, ist wohl, sie davon abzuhalten, Euch zu behelligen.«

Ich hatte nicht beabsichtigt, ironisch zu klingen, doch alle lächelten, als wären sie dankbar für einen kleinen Lichtblick in der nervenzehrenden Anspannung, wie kurz er auch sein mochte.

Die unmittelbar vor der Stadt zusammengezogenen cokyrischen Truppen waren zum Angriff bereit, und doch passierte noch nichts. Stattdessen herrschte eine erstaunliche Ruhe. Zunächst schien das keinen Sinn zu ergeben, dann begriff ich mit einem kurzen Anflug von Dankbarkeit, dass Narian uns nicht zu Weihnachten angreifen würde. Auch wenn ich wusste, dass er selbst den Feiertag nicht beging, so war ihm doch bekannt, dass wir das taten, und er gewährte uns offenbar aus Respekt diesen Aufschub. Auch wenn ich selbst den Palast nicht verließ, so konnte ich doch aus der Ferne sehen, wie die Menschen auf die Hauptdurchgangsstraße strömten, um einander im Geiste des Festtages zu begrüßen. Ich wusste, dass sie die Kirchen und Kapellen füllen würden, um den Festtag zu begehen, obwohl ich gleichzeitig nicht anders konnte, als den Wert von Gebeten infrage zu stellen. Dennoch fühlte sich allein die kurzfristige Verschonung vom Lärm und der Anspannung des Krieges wie ein Geschenk des Himmels an, und ich genoss es dankbar. Schließlich war das vermutlich der letzte Frieden, den wir für lange Zeit erleben würden.

Der Angriff auf die Stadt begann am ersten Tag des neuen Jahres. Mir schien es eine Ironie des Schicksals zu sein. Im Schutz der Dunkelheit begannen die Cokyrier, unsere Mauern an mehreren Stellen gleichzeitig zu untergraben. Vermutlich wollten sie explosives Pulver zum Ein satz bringen, um den Stein zu sprengen und einen Durchlass für ihre Soldaten zu schaffen. Cannan hatte befohlen, Schalen mit Wasser auf jeden Turm zu schaffen, und dort, wo die Wasseroberfläche sich kräuselte, wusste man, dass gegraben wurde, und ergriff Gegenmaßnahmen. Die Cokyrier wurden mit Pfeilen, siedendem Wasser und Steinen attackiert, und als der Morgen dämmerte, zogen sich die Grabenden zurück. Unsere Soldaten taten ihr Bestes, die Tunnel wieder zuzustürzen, und doch wussten wir, dass der Feind mit jeder der folgenden Nächte ein Stückchen weiter vordringen würde, bis er unsere Mauern unvermeidlich zum Einsturz brächte.

Im Norden fällten die feindlichen Soldaten Bäume, um die Stämme als Rammböcke zu nutzen. Aus dem Osten griffen sie uns mit eigens dafür errichteten Katapulten an, die sie mit Felsbrocken aus dem Vorgebirge oder dem Fluss bestückten. Der fortwährende Beschuss klang wie rhythmischer Donner.

Die Cokyrier schossen auch brennende Pfeile über unsere Mauern, um Kräfte durch die andauernden Löscharbeiten zu binden. Von den höher gelegenen und einigermaßen geschützten Posten unternahmen unsere Bogenschützen ihr Möglichstes, um die Aktivitäten des Feindes zu stören, doch es waren einfach zu wenige.

Die Explosionen, die Teile der Stadtmauer zum Einsturz brachten, erfolgten schließlich Mitte Januar und genügten, um den Fußboden erzittern und die Kronleuchter klirren zu lassen. Tiersia befand sich zu dem Zeitpunkt gerade mit mir in meinem Privatsalon, und in ihren Augen spiegelte sich der Schrecken, den ich selbst empfand. Destari kam sogleich herein, um uns über die Ereignisse zu informieren, doch die Sorge in seiner Stimme verhinderte, dass er meine Ängste zerstreute. Ich hob Kätzchen auf meinen Schoß, während Tiersia Tränen über das angespannte, bleiche Gesicht rannen. Wir lehnten uns aneinander, verschränkten die Arme und saßen eine Weile schweigend da, denn mir fehlten die Worte, sie zu trösten.

»Ich will ihn nicht verlieren«, murmelte sie mit belegter Stimme.

»Ich weiß. Aber das liegt nicht in unserer Hand.«

Dann schwiegen wir wieder, und jede war in ihrem eigenen Kummer gefangen. Meine Gedanken wanderten zu

Steldor, dem ich ebenfalls kein Leid geschehen lassen wollte. Aber ich wusste, dass er alles opfern würde, um die Menschen zu beschützen, die er liebte, mich eingeschlossen. Die Tatsache, dass Galen, Steldor und so viele andere junge Männer, deren Leben doch gerade erst richtig begonnen hatte, vielleicht den nächsten Tag nicht mehr erleben würden, machte mich ganz krank. Ich schauderte, versuchte, solche Gedanken zu verdrängen, und zwang mich selbst, an Narians Versprechen zu glauben, dass er seine Soldaten zurückhalten würde. Da nun Teile der Stadtmauer geborsten waren, hatte der Krieg bereits die Straßen erreicht. Unsere unermüdlichen Soldaten kämpften, um zu verhindern, dass die Cokyrier den Palast einnahmen. Tag und Nacht hörte ich Schreie und dazu das Klirren von Schwertern und Rüstungen. Die Bevölkerung von Hytanica hatte begonnen, sich in die Kirchen, Stallungen und Schulen zu flüchten, die man zuvor zu Bollwerken ausgerüstet hatte. Viele versuchten auch, im Palast Zuflucht zu finden, in der massivsten und am besten verteidigten Festung. Die dicken Mauern und die Entschlossenheit unserer Männer hatten bislang die Cokyrier abgewehrt, obwohl die geschickten Krieger aus den Bergen auch Anstalten machten, die gut zehn Meter hohe rückwärtige Mauer zu erklimmen, die den Garten umgab. In meinem kostbaren Refugium war bereits Blut geflossen, und etliche Männer hatten ihr Leben verloren.

Noch nie hatte ich in meinem Zuhause so viele Menschen gesehen. Es schien, als hätte sich die halbe Stadt hereingedrängt. Die Leute kletterten auf der panischen Suche nach Schutz einer über den anderen. Und täglich wuchs ihre Zahl. Der Lärm war unerträglich. Eltern versuchten, ihre Kinder nicht aus den Augen zu verlieren, Männer riefen nach Freunden und Verwandten, die sie in dem Durcheinander verloren hatten, Babys schrien und

Offiziere riefen Befehle, versuchten alle zu beruhigen und eine gewisse Ordnung in das Chaos zu bringen.

Ich wusste, dass Cannan sich eingeschaltet haben musste, als plötzlich Elitegardisten eingriffen und Frauen und Kinder in den Ballsaal und den königlichen Speisesaal im ersten Stock führten. Gleichzeitig wurden alle gesunden, aber noch unbewaffneten Männer in den Thronsaal gerufen, um dort mit Waffen aus dem Arsenal ausgerüstet zu werden. Schließlich brachte man noch die Verletzten und Gebrechlichen in die Versammlungshalle neben dem Arbeitszimmer des königlichen Leibarztes, wo man alle Heilkundigen des Königreichs zusammengezogen hatte.

Ich bahnte mir meinen Weg durch die Gänge im zweiten Stock, ohne eigentlich zu wissen, wohin ich wollte. Je weiter ich ging, desto hilfloser und bedrängter fühlte ich mich. Das Schloss schien aus allen Nähten zu platzen, und überall verlangte man nach Hilfe und Trost. Ich kämpfte mich durch eine Menschentraube am oberen Absatz der Prunktreppe und hielt mir die Ohren zu, um den Lärm auszusperren, der mir Kopfschmerzen verursachte. Dabei versuchte ich, all denen auszuweichen, die die Stufen heraufstiegen, um unten Platz für Neuankömmlinge zu schaffen. Ich konnte kaum noch einen klaren Gedanken fassen. Und in all diesem Wahnsinn konnte ich weder Sinn noch Hoffnung ausmachen. Hytanica würde fallen. Heute oder morgen, oder nächste Woche, oder eben dann, wenn wir die Feinde nicht mehr abwehren konnten. Doch der Fall Hytanicas war unabwendbar. Was würde dann mit mir werden? Mit den Menschen, die ich liebte? Mit allen in der Stadt? Und mit all jenen, die mich im Palast umgaben? Als ich Schreie vom Eingangstor vernahm, sah ich, wie Wachen die Knaufe ihrer Schwerter benutzten, um den Durchgang freizubekommen. Ich war davon überzeugt, dass die Cokyrier nun auch unsere letzten Barrikaden überwunden hatten, doch dann schaute ich genauer hin und erkannte, dass bereits gegen unsere eigene Bevölkerung gekämpft wurde, gegen Menschen, die wir nicht mehr beschützen und aufnehmen konnten. Als die Männer es schließlich doch schafften, das Tor zu schließen, wurde der Balken davorgelegt, um es zu versperren. Von der anderen Seite waren Schreie zu hören. Doch niemand antwortete. Stattdessen wurden Möbel und alles, was man finden konnte, aufgetürmt, um den Zugang weiter zu blockieren.

Ich presste mich ans Geländer, um den durcheinanderlaufenden Menschen Platz zu machen, und mir wurde richtiggehend schwindelig – wahrscheinlich wäre ich zu Boden gesunken, doch dafür fehlte einfach der Platz. Die Hitze, die diese Hunderte von Menschen verströmten, war unerträglich.

Ich stöhnte auf, wenngleich niemand mich hörte oder mir Beachtung schenkte, und ich fragte mich, wie ich wohl von Destari getrennt worden war und ob er versuchte, mich wiederzufinden, oder angesichts der drohenden Gefahr irgendwo anders im Einsatz war. Ich schloss die Augen und hob eine Hand, um mir damit über die feuchte Stirn zu wischen, doch da verschränkte jemand seine Finger mit den meinen.

Ich schlug die Augen wieder auf und sah Steldor neben mir, bereit, mich aus dieser Menge zu retten. An seine Hand geklammert stolperte ich ihm nach, während er sich dank seiner Größe und imposanten Statur einen Weg über die Stufen hinab zum Parterre bahnte. Auf das Ansehen unseres Amtes gab da schon niemand mehr etwas.

Gemeinsam schoben wir uns durch den Thronsaal, in dem jetzt Männer behelfsmäßig als Soldaten bewaffnet und notdürftig mit dem Gebrauch der Waffen vertraut gemacht wurden. Im Vorüberlaufen sah ich eine Schwangere zusammenbrechen und einen Mann, der den Respekt vor dem Gesetz vergessen zu haben schien und sich eine der Preziosen aus meinem Heim in seine Tasche stopfte.

Ein anderer taumelte gegen Steldor, der ihn jedoch sogleich am Kragen packte und beiseitestieß. Doch keinen Augenblick lang ließ mein Gemahl meine Hand los. Schließlich betraten wir die Halle der Könige und eilten in Cannans Dienstzimmer, wo der Hauptmann und seine hochrangigen Elitegardisten sich bereits versammelt hatten.

»Ich habe sie«, verkündete Steldor, knallte die Tür hinter uns zu und sperrte so den unablässigen Lärm ein wenig aus.

»Gut«, sagte Cannan, der hinter seinem Schreibtisch saß, kurzangebunden und bedeutete uns, dass wir uns setzen sollten. »Galen?«

»Ich habe ihn nicht gesehen, aber er muss irgendwo da draußen sein. Ich denke, er wird uns finden.«

Wie aufs Stichwort stürmte der Haushofmeister herein. Steldor zog mich gerade noch rechtzeitig beiseite, um mich vor der auffliegenden Tür zu schützen. Dankbar ließ ich mich auf einen Stuhl sinken. Galen keuchte und war verschwitzt, wie die meisten Männer um mich herum.

»Da draußen herrscht der blanke Wahnsinn, Sir. Sie bringen einander um. Wir brauchen dazu nicht einmal mehr die Cokyrier.«

»Wir tun unser Bestes, um die Ordnung aufrechtzuerhalten«, erwiderte Cannan kurzangebunden. »Doch nun, da der König und die Königin anwesend sind, haben wir einige Entscheidungen zu treffen.«

»Gibt es noch irgendetwas, das wir zu unserer Verteidigung tun können, Sir?« Das war Casimir gewesen, einer der sechs Stellvertreter des Hauptmannes im Raum.

Cannan stand auf und antwortete unumwunden: »Wir sitzen in der Falle. Der Feind hat bereits die Stadt eingenommen, und es wird nicht mehr lange dauern, bis sie im Palast –«

»Sie sind schon auf dem Gelände.« Mein Leibwächter, der einzige Stellvertreter, der noch gefehlt hatte, schien unbemerkt eingetreten zu sein. Alle nahmen seine düstere Meldung kommentarlos zur Kenntnis. »Sie sind im Innenhof. Die Soldaten, die die Mauern verteidigt haben, sind entweder tot oder haben sich ergeben. Es ist vorbei.«

Cannan biss fast unmerklich die Zähne zusammen, zeigte ansonsten jedoch keinerlei Reaktion. »Versuchen sie, die Tore zu durchbrechen?«

»Nein, Sir«, antwortete Destari und rieb sich den Nacken. »Sie feiern. Und sie warten.«

Cannan verstand sofort, sprach seine Schlussfolgerung aber auch laut aus. »Er wird selbst kommen.«

Destari nickte, und alle Gesichter im Raum nahmen einen stoischen Ausdruck an. Bis auf meines, das vor Schreck wie starr war. Steldor trat neben meinen Stuhl, und ich klammerte mich an seine Hand, als würde die allein mich davor bewahren, den Verstand zu verlieren.

»Narian hat die Stadt in Richtung Cokyri verlassen«, sagte Destari noch und klang bereits wie jemand, der sich in sein Schicksal ergeben hat. »Die Belagerung ist zu Ende, und der Overlord will den exakten Moment unserer Kapitulation mit eigenen Augen sehen. Narian wird ihm mitteilen, dass der Zeitpunkt dafür gekommen ist.«

Das war es dann also: Das Ende schien gekommen.

In derselben Nacht herrschte eine willkommene Trägheit. Man hatte den Menschen nicht gesagt, was genau passiert war, denn das schien barmherziger. Und es sorgte dafür, dass die fragile Ordnung, die herzustellen Cannan gelungen war, nicht in Panik umschlug. Ich blieb im Dienstzimmer des Hauptmannes, wo ständig Männer kamen und gingen, nicht zuletzt Cannan selbst. Aber es war der einzige Ort, an dem ich mich ohne beständige Furcht um meine Sicherheit aufhalten konnte. Steldor führte mich in die kleine Kammer, die sich hinten an das Dienstzimmer seines Vaters anschloss, und forderte mich auf, die Liege zu benutzen, die dort stand, und vielleicht ein wenig zu schlafen. Der Raum war dunkel, fast leer und irgendwie friedlich, denn der Lärm aus dem Rest des Palastes war hier ausgesperrt.

Ich döste in einem seltsamen traumartigen Zustand, während Stimmen an mein Ohr drangen, Gesprächsfetzen einer Unterhaltung im Dienstzimmer, die ich gar nicht verstehen wollte, bis schließlich in mein Bewusstsein drang, dass es darum ging, den König und die Königin aus dem Palast zu bringen. Es gab noch einen Fluchttunnel, der intakt war. Den, der nach Norden führte, aus der Stadt heraus. Ich lag auf meinem geliehenen Lager, starrte an die pechschwarze Decke und lauschte angestrengt.

»Es ist nur noch eine Frage von Stunden«, sagte Cannan mit leiser, aber für mich doch verständlicher Stimme. »Euch beide hierzubehalten, ist völlig sinnlos.«

»Es gab Gefechte im Wald jenseits der nördlichen Mauer.« Ich erkannte Casimirs Stimme und wusste, dass er und vielleicht auch noch einige andere Männer sich mit Cannan und Steldor im Raum aufhielten. »Denken Sie, es wäre sicher, die königliche Familie dorthin zu bringen, wo vielleicht noch cokyrische Truppen stehen?«

»Schick Kundschafter aus, die Gegend zu durchkämmen«, erwiderte Cannan. »Wir brauchen eine Vorstellung davon, was uns dort erwartet. Aber letztlich werden wir gar keine andere Wahl haben, als jegliches Risiko einzugehen.«

Ich hörte, wie die Tür sich öffnete und wieder geschlossen wurde, und nahm an, dass Casimir gegangen war.

»Sir, unser Plan zur Zerstörung –«, hörte ich Destari ansetzen, doch er wurde sogleich von meinem Gemahl unterbrochen.

»Ich werde nicht gehen«, stieß Steldor hervor.

Cannan reagierte heftig und ohne Umschweife auf diese Aussage.

»Das Reich ist gefallen, Steldor. Das Einzige, was uns vielleicht noch bleibt, ist, dich und Alera zu beschützen.«

»Nehmt Alera, den früheren König und die Königin, aber ich werde nicht fliehen.«

Ein Stuhl scharrte, und ich wusste, dass der Hauptmann aufgestanden war.

»Wenn der Overlord eintrifft, wird er dich töten. Begreifst du das? Und es wird weder ein rascher noch ein würdevoller Tod sein.«

»Und was ist daran würdevoll davonzulaufen?« Steldors Stimme war lauter und leidenschaftlicher geworden. »Ihr sagt, ich sei der König und dass Ihr mich beschützen müsstet, aber selbst wenn ich ginge, wovon wäre ich denn dann noch König? Es wird kein Königreich mehr geben, in das ich zurückkehren könnte.« Kurz herrschte Schweigen, und ich konnte Vater und Sohn direkt vor mir sehen, wie sie einander anstarrten, bis Steldor genauso entschlossen seine Entscheidung bekannt gab. »Ich sterbe mit meinem Volk.«

Es folgte neuerliches Schweigen, dann wechselte Cannan das Thema. »Wir werden das besprechen, sobald die Kundschafter zurück sind. Destari, Euer/Dein Bericht?«

Ich erinnerte mich daran, dass der Elitegardist etwas hatte sagen wollen, als Steldor die Auseinandersetzung mit seinem Vater begonnen hatte.

»Sir, ich habe an unsere Notfallstrategie gedacht. Wenn es ein paar Männern gelingen würde, die Ziele zu erreichen, dann wäre jetzt wohl der Moment dafür gekommen.«

»Ihr habt recht«, sagte Cannan, und ich hörte, wie er sich wieder setzte. »Trotzdem wäre es ein Wagnis, Männer in dieser Situation loszuschicken. Der Palast ist umstellt, und in der Stadt wimmelt es von feindlichen Soldaten. Und so gern ich dem cokyrischen Sieg etwas von seiner Süße nehmen würde, so dringend muss ich meine Männer, insbesondere meine Stellvertreter, mit anderen Aufgaben betrauen. Ich kann keine Soldaten zu einer so gefährlichen Mission entsenden, wenn es nicht absolut notwendig ist.«

»Ja, Sir.«

Vom Gang her waren Geräusche zu hören, als dann die Tür zum zweiten Mal auf- und wieder zuging, wusste ich, dass der kräftige Gardist gegangen war, um einen Auftrag zu erfüllen.

Niemand sprach mehr, sodass ich annahm, Steldor und sein Vater waren allein zurückgeblieben. Als das Schweigen andauerte, erhob ich mich, setzte vorsichtig meine nackten Füße auf den Boden und schob die Tür ein winziges Stückchen auf, um in das Dienstzimmer hineinsehen zu können.

Steldor hatte sich auf den gepolsterten Sessel in der entferntesten Ecke gesetzt. Sein Kopf ruhte an der Lehne und er hielt die Augen offen, obwohl es ihm sichtlich an Schlaf mangelte. Cannan saß, wie ich es vermutet hatte, hinter seinem Schreibtisch und hatte den Blick auf seinen Sohn gerichtet. Ich konnte nicht enträtseln, was im Kopf eines Mannes, der für die Sicherheit so vieler Menschen die Verantwortung trug, vorgehen mochte.

»Du solltest schlafen«, sagte der Hauptmann schließlich, doch Steldor antwortete mit keinem Wort. Cannan sprach ihn nicht noch einmal an, sondern wartete geduldig auf eine Reaktion. Als Steldor schließlich das Wort ergriff, klang seine Stimme gequält.

»Vater, was wird mit uns geschehen?«

Cannan hielt einen Augenblick lang inne, und ich sah, wie er die Zähne zusammenbiss. Dann antwortete er so ehrlich, wie er es vermochte.

»Wenn der Overlord eintrifft, wird er unsere Kapitulation verlangen, und seine Bedingungen werden gnadenlos sein. Er wird die führenden Köpfe Hytanicas foltern und töten – dich, falls du noch da bist; Alera, sofern sie zugegen ist. Vielleicht beginnt er auch mit Adrik und Elissia, um an ihnen ein Exempel zu statuieren. Darüber hinaus … ich weiß es nicht.«

Mein Puls begann bei Cannans Worten zu rasen, und ich fürchtete, der Schrecken, der mich durchfuhr, würde mir das Herz zerreißen und mir so einen gnädigeren und weniger schmerzhaften Tod bereiten. Steldors Brust hob und senkte sich einige Male heftig, während er die Worte seines Vaters überdachte. Dann drehte er den Kopf so zur Seite, dass weder Cannan noch ich sein Gesicht sehen konnten.

»Und dich auch?«

Der Rest der Frage blieb unausgesprochen, aber Cannan verstand auch so. Er wartete, bis sein Sohn ihn wieder anblickte, und in dem Moment, als er das tat, da wusste ich, dass der junge König Hytanicas zumindest für den Moment nicht mehr tapfer sein konnte.

»Wahrscheinlich.«

Dieses eine Wort traf mich fast so hart wie Steldor, und ich schlich mit einem seltsamen Geräusch in den Ohren auf die Liege zurück. Wie viele von uns würden einen langsamen, quälenden Tod sterben? Cannan hatte mir Mut bescheinigt, aber der genügte nicht, um ein solches Ende würdevoll zu ertragen. Und wie sollte das meinen Eltern gelingen? Oder überhaupt irgendjemand? Endlich verstand ich den Grund für die schrecklichen Mythen, die sich um den Overlord rankten. Endlich begriff ich die Furcht und den Schrecken, die die bloße Erwähnung seines Namens auslösten.

20. Nur ein einziger Mann

Am nächsten Morgen fand ich mich allein in dem Dienstzimmer wieder und machte mich zu einem letzten Rundgang durch den Palast auf. Die Atmosphäre war nicht länger von Furcht geprägt, sondern von etwas noch schlimmerem – Verzweiflung. Kinder bettelten darum, nach Hause zu gehen, während die Eltern ihnen nicht einmal mehr versichern konnten, dass dieses Zuhause noch existierte. Familienangehörige hielten einander in den Armen, um ihre letzten Stunden wenigstens in der Nähe der von ihnen geliebten Menschen zu verbringen.

Ich hatte Steldor nicht mehr gesehen, seit ich nach seinem Gespräch mit seinem Vater eingeschlummert war – jetzt musste er irgendwo in der Menge verschwunden sein. Wahrscheinlich suchte er verzweifelt nach etwas Ruhe zum Nachdenken. Ich bezweifelte, dass er sie finden würde.

Die Kundschafter, die Cannan ausgesandt hatte, um unsere Fluchtroute zu kontrollieren, waren, soweit ich wusste, noch nicht zurück. Ich fragte mich, ob – für den Fall, dass sie überhaupt zurückkehrten – mein Gemahl tatsächlich die Flucht verweigern würde. Und ich dachte an all die Menschen, die ich würde zurücklassen müssen. Angehörige und Freunde, die mir lieb und teuer waren. Konnte ich sie alle im Stich lassen? Der Feigling in mir antwortete mit Ja, natürlich. Doch würde ich ein Leben ohne sie ertragen können? Diese Frage war schon schwerer zu beantworten.

Über die Prunktreppe stieg ich in den ersten Stock hinauf, wo immer noch hektisches Treiben herrschte, und stahl mich in meine alten Gemächer, wo die Erinnerungen an meine Kindheit und an Narian auf mich lauerten. Nostalgische Erinnerungen und dazu das Wissen, dass ich diese Gänge, diese Räume vielleicht nie wieder betreten würde, hätten mich in hemmungsloses Schluchzen ausbrechen lassen, wenn ich meinen Gedanken freien Lauf gelassen hätte. Die Vorstellung von Narian, dem starken, mutigen, zärtlichen jungen Mann, in den ich mich verliebt hatte, und als dunkles Gegenbild dieses finstere Wesen, das meine Heimat in seine Gewalt gebracht hatte – solche Überlegungen hätten mich um den Verstand gebracht.

Die Räume, die seltsamerweise nicht von der hereindrängenden Masse geplündert worden waren, befanden sich noch genau in dem Zustand, in dem ich sie zurückgelassen hatte, als ich in die Gemächer des Königs und der Königin umgezogen war. Ich spazierte durch den Salon und in mein altes Schlafgemach. Dort fand ich selbst persönliche Dinge, die ich zurückgelassen hatte – Schreibpapier, Spielzeug aus Kindertagen, Bücher und eine alte Haarbürste –, unberührt vor. Da verspürte ich das Bedürfnis, mich auf das nackte Bett zu legen und so zu tun, als sei ich noch ein kleines Mädchen und die Welt noch im Lot.

Aber ich ignorierte diese Gefühle und trat an die vernagelte Balkontür, dann spähte ich durch das Fenster rechts daneben in den westlichen Innenhof hinunter. Die Bäume und Sträucher hatten ihr Laub bereits verloren, doch ich starrte mit einer Mischung aus Faszination und Grauen auf die sich dort tummelnden feindlichen Soldaten hinunter: Männer und Frauen, die herumliefen, lachten, tranken und ein Festmahl mit den Speisen hielten, die vermutlich aus dem großen Vorratsspeicher der Stadt stammten. Destari hatte also recht gehabt, als er berichtet hatte, die Cokyrier würden feiern.

In Friedenszeiten hätte ich von hier aus über die Stadtmauern hinweg und bis auf die Felder dahinter schauen können. Doch jetzt verschleierten Rauch und Schmutz die Luft, wofür ich sogar geradezu dankbar war, denn ich wollte den Schaden nicht sehen, den unsere eigenen Truppen gezwungen gewesen waren, anzurichten, um dem Feind zu schaden.

Ich zuckte zurück, als mir klar wurde, dass ich einige Stunden zuvor dort unten wahrscheinlich die Leichen einiger unserer Soldaten gesehen hätte, denn in dem Innenhof war gekämpft worden. Inzwischen schien sich der Feind der Gefallenen jedoch bereits entledigt zu haben. Ihre Leichname würden niemals den trauernden Familien übergeben, viele würden niemals Gewissheit über das Schicksal ihrer Angehörigen bekommen. Ich seufzte schwer und gab letztlich doch dem Verlangen nach, mich auf das Bett zu legen. Dann schloss ich die Augen, um die Erkenntnis auszuschließen, dass ich eine Gefangene in meinem eigenen Zuhause war.

Als ich erwachte, wusste ich nicht, wo ich mich befand. Mein Kopf war an eine Schulter gelehnt, und man trug mich über den etwas weniger lauten, aber immer noch dicht bevölkerten Flur. Ohne aufzublicken wusste ich, in wessen Armen ich geborgen war, denn sein kräftiger Moschusgeruch und sein Gang waren mir vertraut. Als Steldor mich die Prunktreppe hinuntertrug, bemerkte er, dass ich den Kopf gehoben hatte.

»Ich wollte dir böse sein, weil du einfach so verschwunden bist«, tadelte er mich leise. »Aber ich bin zu froh, dass dir nichts zugestoßen ist.«

Ich nickte und wollte noch nicht ganz aus dem lethargischen Kokon heraus, in den ich mich geflüchtet hatte. Ohne ein weiteres Wort trug er mich ins Dienstzimmer des Hauptmannes, ging an den Männern vorbei, die sich dort versammelt hatten, und legte mich auf die Liege, die

Cannan mir überlassen hatte. Dann begab er sich zu den anderen zurück, und ich blieb noch kurz liegen. Doch kaum war die Benommenheit des Schlafes ganz von mir abgefallen, verschwand auch der Wunsch, allein zu sein, und so schlüpfte ich in das Dienstzimmer und setzte mich mit dem Rücken zur Wand auf den Boden.

Auch wenn Cannans Zimmer kein Fenster hatte, so wusste ich doch von unserem Gang durch die Große Halle, dass die Sonne inzwischen untergegangen war und eine zweite Nacht quälender Ungewissheit vor uns lag. Die Aktivitäten im Palast waren nahezu zum Erliegen gekommen, und es gab ohnehin nicht mehr viel, das man noch hätte tun können. Die Menschen waren verängstigt und beunruhigt. Sie gierten danach, unseren finalen Plan zu erfahren, den geheimen Weg, auf dem wir doch noch triumphierend aus diesem tragischen Chaos hervorgehen würden. Denn sie wussten nicht, dass ein solcher Plan nicht existierte.

Als am Abend die Kundschafter so viel später eintrafen, als Cannan das erwartet hatte, brachten auch sie keine beruhigenden Neuigkeiten. Obwohl es bestens ausgebildete Aufklärungsspezialisten waren und sie sich im Schutz des Waldes hatten bewegen können, war es ihnen doch nur unter größten Schwierigkeiten gelungen, auf die andere Seite der nördlichen Stadtmauer zu gelangen. Der Feind war überall und sah alles. Eine Frau oder vielleicht sogar zwei durch den Wald und bis zu den Ausläufern des Gebirges zu bringen, schien praktisch ausgeschlossen oder an Selbstmord zu grenzen. Und wahrscheinlich war es sogar riskanter als meine Mutter und mich im Palast zu belassen und zu versuchen, uns verkleidet unter dem gemeinen Volk zu verstecken.

»Verdammt«, murmelte Cannan. »Ihr nehmt doch nicht an, dass sie –«

»Der Ausgang des Tunnels war nicht speziell bewacht, also denke ich nicht, dass er verraten wurde, Sir«, unterbrach ihn einer der Kundschafter. »Und wir haben natürlich auch nichts unternommen, um die Cokyrier auf seine Existenz aufmerksam zu machen.«

Ich konnte nicht anders, als mich zu fragen, ob es – nachdem ja auch London früher Kundschafter gewesen war – schlicht zu den Gepflogenheiten unter diesen Männern gehörte, dass sie ihren Vorgesetzten ins Wort fielen. Aber wie auch immer, Cannan schien sich nicht daran zu stören, sondern entließ die drei nur mit einem Wink, wobei er einem von ihnen noch auftrug, ihm seine Stellvertreter zu schicken.

»Wird sie bald jemand fortbringen?«, fragte Steldor distanziert und offenbar in der Annahme, dass sein Vater die diesbezüglichen Pläne nicht geändert hatte. Dabei klang mein Gemahl so erschöpft, als könne er sich kaum noch konzentrieren. Er kehrte zu dem Sessel in der Ecke zurück und ließ dort wieder den Kopf gegen die Lehne sinken.

»Ja. Der Ausgang mag ungewiss sein, aber uns bleibt keine andere Wahl. Sobald meine Stellvertreter eintreffen, werde ich die Flucht derjenigen veranlassen, die gehen *sollten.*«

Ich wusste, dass diese Betonung für Steldor gedacht gewesen war, doch dieser reagierte nicht darauf. Er rieb sich die Augen und versuchte wohl, wach zu bleiben. Doch als er die Hand fortnahm, blieben seine Lider geschlossen und sein Kopf rutschte zur Seite. Offenbar hatte der Körper den Widerstand des Geistes gebrochen. Cannan beobachtete ihn eine ganze Weile, und ich stellte mir vor, dass er in seinem Gedächtnis Erinnerungen hortete, da ungewiss war, wie viel Zeit mit seinem Sohn ihm noch blieb.

Einer nach dem anderen traten die Stellvertreter ein, in der Reihenfolge, in der die Kundschafter sie ausfindig gemacht hatten, bis sechs von ihnen zugegen waren. Steldor schlief weiter, und Cannan machte keinerlei Anstalten, ihn zu wecken, bevor er sich an seine engsten Vertrauten wandte.

»Zwei von Euch werden die Königin so bald wie möglich an den sicheren Ort eskortieren. Davan, Ihr werdet einer davon sein – denn ich will mindestens einen Gardisten, der früher Kundschafter war, um sie zu schützen und zu führen. Sucht zusammen, was immer Ihr dafür braucht. Und wo ist Destari?«

»Man konnte ihn noch nicht finden, Sir«, erwiderte Halias.

»Er sollte Königin Alera ebenfalls begleiten. Doch wenn er nicht rechtzeitig auftaucht, dann werdet Ihr, Halias, an seiner Stelle gehen.«

»Ja, Sir.«

Cannan warf einen kurzen Blick auf den nach wie vor schlafenden Steldor.

»Ich werde noch einmal versuchen, ihn davon zu überzeugen, freiwillig zu gehen. Falls er das nicht tut, nehmen wir ihn mit Gewalt mit – selbst wenn wir ihn dafür bewusstlos schlagen müssen.«

Die Stellvertreter widersprachen nicht, denn sie schienen damit gerechnet zu haben.

»Davan, meldet Euch hier bei mir zurück, sobald Ihr alles vorbereitet habt. Es gibt keine Zeit zu verlieren. Und falls irgendjemand Destari sehen sollte, schickt ihn –«

In diesem Augenblick erschütterte ein heftiges Beben den Palast bis in seine Grundfesten, brachte Cannan zum Schweigen und ließ Steldor hochschrecken. Die Erschütterung dauerte nur wenige Augenblicke, aber noch lange danach waren Schreie und Rufe von draußen zu hören.

»Was war das?«, fragte der Hauptmann, schickte jedoch

keinen seiner Männer los, denn er wusste, dass man ihn ohnehin informieren würde.

Es dauerte auch nur einen Wimpernschlag, da stürmte bereits ein Kundschafter herein und sprudelte aufgeregt: »Das Zeughaus, Sir. In der Kaserne. Es wurde … wurde zerstört!«

»Was?«

Der Hauptmann schien ehrlich bestürzt. Steldor war aufgesprungen, und alle anderen redeten wild durcheinander. Ich blieb am Boden sitzen und versuchte, keinerlei Aufmerksamkeit auf mich zu ziehen, um zu erfahren, was genau passiert war. Plötzlich schien es Cannan zu dämmern.

»Findet Destari«, befahl er und suchte Steldors Blick. »Der Notfallplan. Er ist der Einzige unter uns, der hier nicht anwesend ist und ihn kennt.«

Im selben Moment kam der Gesuchte auch schon durch die Tür.

»Habt Ihr nun doch entschieden, dem Plan zu folgen, Sir?«, fragte er und runzelte die Stirn, als er die erstaunten Mienen seiner Kameraden bemerkte. »Sir, was geht hier vor?«

Eine zweite Erschütterung, etwas weniger heftig, aber immer noch deutlich spürbar, ließ den Boden unter unseren Füßen erzittern. Cannan packte den Kundschafter, der die Nachricht vom Zeughaus gebracht hatte, am Kragen und schob ihn zur Tür hinaus.

»Sieh nach, ob dies das Spital war. Los!«

Der Mann verschwand eilig, und der Hauptmann wandte sich wieder den anderen zu.

»Ich habe keinen Befehl erteilt, diese Strategie zu verfolgen. Und nur uns hier sollten die Details seiner Ausführung bekannt sein. Hat einer von Euch das ohne mein Wissen veranlasst?«

»Nein, Sir«, kam die Antwort im Chor.

»Hauptmann, angesichts der Kraft der Explosionen – nur die Cokyrier besitzen die Mittel zu solcher Zerstörung«, sagte Halias. »Obwohl es ja gar keinen Sinn ergäbe, wenn sie so etwas täten.«

»In der Kaserne sind noch Leute von uns, Baelic zum Beispiel«, erinnerte Steldor. »Kluge Köpfe, die vielleicht von sich aus beschlossen haben, solche Ressourcen nicht dem Feind zu überlassen. Und sie könnten sich das Explosionspulver der Cokyrier etwa von einem toten feindlichen Soldaten genommen haben.«

»Sowohl das Zeughaus wie auch das Spital, wenn wir mit unseren Vermutungen überhaupt richtigliegen, befinden sich auf dem Gelände der Kaserne, also könnten Männer dort an diese Ziele gekommen sein«, stimmte Destari leicht zweifelnd zu. »Doch falls die Theorie des Königs zutrifft, dann wird keines der anderen Ziele mehr getroffen werden. Das wäre unmöglich.«

»Wir warten noch ab«, erwiderte Cannan entschlossen.

Die Zeit verstrich in bleiernem Schweigen, dann eilte der Kundschafter herein, um zu bestätigen, dass in der Tat das Spital zerstört worden war. Bevor jemand darauf antworten konnte, erfasste die bislang schwerste Erschütterung den Palast. Gegenstände stürzten zu Boden und die Männer stolperten bei dem Versuch, sich auf den Beinen zu halten. Schreckensschreie hallten durch die Gänge.

»Was zur Hölle geht da vor?«, brüllte Cannan und stürmte hinaus. Ich sprang auf, um ihm in die Große Halle hinauszufolgen. Steldor war sogleich an meiner Seite. Auch Destari kam mit, die anderen Gardisten blieben unschlüssig über die Absichten ihres Hauptmannes zurück.

Während Cannan gerade seine Soldaten um eine Erklärung angehen wollte, schrie ein Mann vom oberen Stockwerk, wo die Fenster eine bessere Aussicht boten, zu uns herunter.

»Die Mühle und das große Depot! Mit einem Streich in die Luft gejagt! Der Feind ist offenbar von Sinnen!«

Ich konnte sehen, wie Destaris Verstand auf Hochtouren arbeitete, und das Gleiche tat wohl auch Cannan.

»Wer?«, fragte er nur, und seine dunklen Augen versuchten, die düstere Miene seines Stellvertreters zu durchdringen.

»Nur ein Mensch, der noch von dem Plan weiß, ist nicht hier bei uns. Es ist auch die einzige Person, die wüsste, mit dem cokyrischen Pulver umzugehen. Und die einzige, die sich unbemerkt unter den Feinden bewegen könnte. Ich würde sagen ... das muss London sein, Sir.«

Der Hauptmann machte ein finsteres Gesicht, weil er einerseits wusste, dass das nicht sein *konnte*, und gleichzeitig einsehen musste, dass die Teile sich nur so zu einem schlüssigen Ganzen fügten.

»Wie ist das möglich?«, sagte ich fast flüsternd, weil ich Destaris Worten nicht glauben konnte und doch verzweifelt hoffte, er würde recht behalten, denn der Gedanke an Londons Rückkehr schenkte mir eine irrationale Hoffnung. Doch niemand antwortete mir.

»Nimm jemand mit und begib dich zum Marstall«, ordnete Cannan schließlich an. »Falls du recht hast, müssen wir London in den Palast schaffen, und ich vermute, er befindet sich gerade auf dem Weg zum letzten Ziel.«

Destari nickte knapp und verschwand. Cannan sah mich an, nahm mich beim Arm und führte mich, gefolgt von Steldor, in sein Zimmer zurück.

Sobald auch die anderen Stellvertreter informiert waren, erhob sich ein nicht zu unterdrückendes Stimmengewirr, denn die Männer besprachen die Möglichkeiten, die sich daraus ergaben. Manches wies darauf hin, dass wir die Wahrheit womöglich nie erfahren würden. Destari konnte unverrichteter Dinge zurückkehren. Und man durfte nicht vergessen, dass er dort draußen auch dem eigenen Tod begegnen konnte. Denn rund um die mächtige steinerne Festung, die der Palast noch darstellte, herrschte die allergrößte Gefahr.

Es brauchte nicht ausgesprochen zu werden, dass diejenigen von uns, die sich in Sicherheit bringen und fliehen sollten, Destaris Rückkehr abwarten würden. Falls er London bei sich hätte, konnte er wertvolle Informationen liefern. Außerdem würden alle erfahren wollen, wie es ihm gelungen war, den Cokyriern ein zweites Mal zu entkommen.

Dann spürten wir sie – die vierte Explosion erschütterte den Boden unter unseren Füßen. Ich schlug die Augen nieder und verabschiedete mich stumm vom königlichen Marstall. Ich betete darum, dass sich keine Pferde mehr darin befunden hatten, wusste aber auch, dass die Zerstörung der Kutschen, Sättel und des Zaumzeugs von großer Bedeutung waren. Außerdem sagte ich meinen bittersüßen Erinnerungen Lebewohl, denn es war im Marstall gewesen, wo Narian zum ersten Mal offen mit mir gesprochen hatte. Dort hatte ich ihm aber auch von dem Tunnel erzählt und so unabsichtlich den Weg für die Verschleppung meiner Schwester geebnet.

Heftiger als alle Explosionen erfasste mich Furcht, als ich wagte, daran zu denken, was der Overlord Miranna jetzt, wo alles vorbei war, antun mochte. Mein schweres Herz sagte mir, dass ich sie niemals wiedersehen würde, dass sie bereits tot sein konnte. Dann malte ich mir ein noch viel schlimmeres Schicksal aus für den Fall, dass sie noch am Leben wäre. Nachdem sie ihren Zweck erfüllt hatte, würde der Overlord sie vielleicht als Teil seiner Kriegsbeute betrachten und sein grausames Spiel mit ihr treiben.

Destari benötigte nur eine halbe Stunde, um in das Dienstzimmer des Hauptmannes zurückzukehren, denn der Feind war infolge der Explosionen abgelenkt. Wundersamerweise trat hinter ihm London durch die Tür. Er hatte sich Destaris Umhang über eine cokyrische Uniform geworfen. Neben ihm kam eine junge Frau herein, die sich fest an seine Hand zu klammern schien. Sie trug schwarze Hosen und einen dunklen Umhang im Stil der Cokyrierinnen, doch an ihrer Identität konnte kein Zweifel bestehen.

»Miranna«, keuchte ich und wäre vor Erleichterung fast ohnmächtig geworden. Dann vergaß ich alles andere um mich her und stürzte auf sie zu, um sie in meine Arme zu schließen. Sie antwortete nicht und erwiderte meine Umarmung auch nicht, trotzdem hielt ich sie fest. Als ich sie schließlich losließ, starrte sie mich mit seltsam leeren, blauen Augen an. Körperlich schien sie in guter Verfassung – ich entdeckte keine Narben an ihr, und sie schien sich schmerzfrei zu bewegen; auch war sie nicht abgemagert, und selbst ihr lockiges rotblondes Haar wirkte gesund. Es musste ein andersgeartetes Trauma sein, das sie wirken ließ, als sei sie nicht sie selbst.

»Sie steht unter Schock«, sagte London zu mir, während er die Tür schloss. »Sie hat viel durchgemacht.«

Ich nickte und meine Augen schwammen in Tränen. Ohne mich um Rang und Schicklichkeit zu kümmern, oder um Londons kühles Wesen, fiel ich ihm um den Hals, und er erwiderte meine Umarmung sogar kurz.

»Danke«, brachte ich mit Mühe heraus. »Danke, dass du sie nach Hause gebracht hast.«

Ich kehrte zu meiner Schwester zurück, führte sie zu einem Stuhl, umarmte sie erneut und wollte sie am liebsten nie mehr loslassen. Halias starrte von der anderen Seite des Raumes zu uns herüber und widerstand wohl dem

Verlangen, sich ebenso wie ich auf sie zu stürzen. Anscheinend hatte er bereits gefolgert, dass sie mit mir an einen sicheren Ort fliehen würde. Sie schien seine Gegenwart allerdings nicht einmal zu bemerken, und so versuchte er wohl, es sich selbst nicht unnötig schwer zu machen. Hauptsache, sie war am Leben.

»London«, sagte Cannan und in seiner typischen Art fasste er jede erdenkliche Frage in einem einzigen Wort zusammen. »Berichtet.«

»Wir haben noch etwa acht Stunden, bis der Overlord eintreffen wird.«

Diese klare Feststellung schien förmlich durch den Raum zu fliegen, und man konnte an den Mienen der Männer regelrecht ablesen, wann sie davon getroffen wurden. Cannan blieb dennoch so stoisch wie immer.

»Wir wussten, dass er kommen würde«, konstatierte er lakonisch.

»Narian hat mich laufen lassen«, fuhr London fort. »Damit ich zurückkehren und Alera durch den verbliebenen Tunnel zur Flucht verhelfen könne. Er wird versuchen, seine Truppen nach Möglichkeit von dort abzuziehen, ohne Verdacht zu erregen – er steht nämlich unter scharfer Beobachtung.«

»Er weiß von dem zweiten Tunnel?« In Cannans Stimme schlich sich eine Spur Unbehagen, und das Murmeln, das bei der Erwähnung von Narians Namen eingesetzt hatte, steigerte sich.

»Ja, aber er hat niemand davon erzählt und wird das auch nicht tun, das kann ich beschwören.« London sah Cannan direkt in die Augen und fügte hinzu: »Ich vertraue ihm, Hauptmann.«

Ob es die Überzeugung in Londons Stimme war oder seine seltene Respektsbezeugung, vermochte ich nicht zu sagen. Aber jedenfalls schienen alle anderen Londons Meinung zu akzeptieren. Nur die Antwort des Hauptmannes stand noch aus. Schließlich nickte Cannan.

»Und Miranna?« Das war Halias, der den Blick immer noch nicht von seinem Schützling abwenden konnte. »Wie ist es möglich, dass sie mit dir gekommen ist?«

»Ich habe sie geholt, nachdem Narian mich freigelassen hatte«, antwortete London und klang extrem gehetzt. »Ich konnte sie nicht zurücklassen. Aber mit ihr war ich auch langsamer unterwegs und traf daher erst später hier ein als geplant. Und aus diesem Grund sollten wir jetzt auch nicht die geringste Zeit verlieren.«

Der Hauptmann trat hinter seinem Schreibtisch hervor und schien ebenfalls bereit, zu handeln.

»Wir haben schon Vorbereitungen getroffen, die königliche Familie durch den Tunnel fortzubringen«, ließ er London wissen. »Unser Plan war, in zwei Gruppen aufzubrechen, mit einigem zeitlichen Abstand, und dann auf unterschiedlichen Wegen das Versteck aufzusuchen. Du kannst mit Alera, Miranna und Davan als Erste gehen; ihr seid beide ausgebildete Kundschafter, dann kann Destari bleiben und mir hier noch zur Hand gehen. Galen und ich werden mit Steldor folgen, und sobald wir außer Reichweite des Feindes sind, werde ich zurückkehren.«

»Aber, Sir –«, hob Destari an und schien Cannans Absicht zur Rückkehr kritisieren zu wollen.

»Ich werde meine Truppen nicht im Stich lassen«, unterbrach dieser ihn brüsk und ließ keinen Raum für Diskussionen mehr.

»Ihr braucht gar nicht erst zu gehen. Denn wie ich Euch bereits gesagt habe, werde ich nicht fliehen.« Steldors Blick drückte seine Entschlossenheit aus, ebenso seine kampfbereite Haltung.

»Hör mir zu, mein Sohn«, sagte Cannan und ging zu ihm hinüber. Aus seiner Stimme klang beinahe so etwas wie Verzweiflung. Er legte eine Hand fest an Steldors Hinterkopf und vergrub seine Finger in dessen dunklem Haar. »Solange es einen König gibt, gibt es ein Hytanica. Solange du am Leben bleibst, besteht die Hoffnung, dass wir eines Tages wieder aufstehen werden.«

»Ein toter König nützt niemand etwas. Ein lebendiger König ist gefährlich, und dein Überleben wird den Sieg des Overlords ein wenig schmälern«, fügte London hinzu. »Aber uns bleibt kaum Zeit, Euch davon zu überzeugen. Also vertraut doch dem Urteil von uns Erfahrenen.«

Steldor starrte seinen Vater an, und seine Entschlossenheit wankte. Cannan legte kurz seine Hand auf den Nacken seines Sohnes. Er wusste, dass die Entscheidung gefallen war.

Daraufhin begleitete man Steldor und mich in unsere Gemächer, damit wir uns umkleiden konnten. Mein Gemahl gab mir ein braunes Hemd und einen dunkelgrünen Umhang, den ich über der Hose anzog, die ich bei der Zusammenkunft mit der Hohepriesterin getragen hatte. Mein Haar steckte ich zu einem festen Knoten auf. Als ich zurück in den Salon kam, wagte sich Kätzchen aus seinem Versteck. Ich nahm es hoch und drückte es an mich. Als Steldor, ebenfalls in dunkle Farben gekleidet, aus seinem Zimmer kam, setzte ich das Tier traurig aufs Sofa, denn mir war klar, dass ich es nicht mitnehmen konnte. Zu meiner Überraschung trug mein Gemahl einen kleinen Dolch bei sich, den er mir anbot. Zu seiner Überraschung schob ich ihn in die Scheide, die Narian mir um den linken Unterarm gebunden hatte und die ich trotz ihrer zeitweiligen Nutzlosigkeit weiter getragen hatte. Dennoch verlor keiner von uns ein Wort darüber. Wir verließen unsere Gemächer, in die wir aller Wahrscheinlichkeit nach nie mehr zurückkehren würden, und ich ließ absichtlich die Tür auf, damit Kätzchen, der in den letzten paar Monaten beachtlich gewachsen war, die Möglichkeit hatte, sich allein durchzuschlagen.

Wir trafen uns im Dienstzimmer des Hauptmannes wieder, wo unsere Gardisten sowie Galen uns erwarteten. Alle trugen nun die braunen Lederwamse der Kundschafter und schwarzen Capes gegen die Kälte. Cannan ordnete an, dass wir paarweise gehen sollten, um so wenig Aufsehen wie möglich zu erregen, denn es gab so viele verzweifelte, verängstigte Bürger, die uns mit Sicherheit gefolgt wären, wenn sie von einem Tunnel, der aus der Stadt hinausführte, erfahren hätten. Das dann ausbrechende Chaos würde unvorstellbar sein. Ich ging als Erste mit Davan. Wir schoben uns durch die in der Halle der Könige versammelte Menge, bis wir die Tür zum Kerker erreichten, durch die wir sogleich hindurchschlüpften, um am oberen Absatz einer steilen, schmalen Treppe zu stehen. Dort erwartete uns ein Elitegardist, der bereit war, falls nötig die Tür hinter uns zu verriegeln. Er reichte Davan eine Fackel, und wir warteten in angespanntem Schweigen auf London und Miranna.

Die Treppe war nur schwach beleuchtet. Es war kalt, stickig und bedrückend. Wir würden uns unter die Erde begeben, an einen Ort, an den man Menschen sonst nur zur Strafe, zur Folter oder zum Sterben schickte. Als wir uns auf den Weg hinuntermachten, ebbte der Lärm aus dem Palast langsam ab, und ich konnte mich des Gefühls nicht erwehren, dass wir eine Gruft betraten. Als Davan und ich unten angekommen waren, war ich froh zu sehen, dass die Treppe in einen größeren Raum mündete. Offenbar der Ort, wo die Kerkerwachen sich sonst versammelten. An den Wänden entlang brannten Fackeln, sicherlich auf Cannans Geheiß hin. Allerdings schienen keine Männer im Dienst zu sein. Ich drehte mich um und sah London und Miranna die Treppe herunterkommen und lief rasch zu meiner Schwester, die sich an den Elitegardisten klammerte und ihr Gesicht an seiner Brust barg. Mir wurde mit Schrecken klar, dass sie vermutlich im Kerker des Overlords gewesen war. Umso mehr tat es mir im Herzen weh, dass sie nun zwar wieder bei uns, aber noch längst nicht in Sicherheit war. Ich nahm sie in meine Arme, um London zu befreien, der auf eine der vielen schweren Holztüren zuging, die wiederum zu einer Reihe von Zellen führte.

Als die zweite Gruppe die Treppe herunterkam, nahm Cannan sich eine Fackel aus der Wandhalterung und schloss sich London an. Nach einem kurzen Austausch führten die beiden uns in den Gang hinter dieser Tür. Die Zellen zu beiden Seiten sahen aus, als seien sie schon lange nicht mehr benutzt worden, doch ich bekam dennoch eine Gänsehaut, als Cannan uns in eine davon führte. London trat in die Mitte und begann mit dem Fuß Dreck beiseitezuscharren, bis schließlich eine Falltür sichtbar wurde. Damit war klar, warum speziell diese Zelle nicht benutzt worden war. Das Risiko wäre wohl zu groß gewesen, dass ein Gefangener das Geheimnis entdeckt hätte.

London zog die Holzklappe auf und leuchtete mit seiner Fackel hinunter, damit wir bis auf den Grund sehen konnten. Davan sprang sofort hinab und verschwand aus unserem Blickfeld, um kurz darauf zu vermelden, dass der Tunnel – soweit man das von hier aus beurteilen konnte – nicht blockiert oder entdeckt schien.

»Alles klar«, rief er ein paar Augenblicke später.

»Alera, reich mir deine Hände«, sagte London.

Auch wenn mich fast der Mut verließ, fügte ich mich darein, die Nächste zu sein. Es gefiel mir nicht, aber es war sinnvoll. London würde mir und meiner Schwester hinunterhelfen, dann selbst springen. Miranna musste immer bei jemand sein, den sie kannte, besonders unter diesen Bedingungen. Also würde ich den Anfang machen. Wir mussten sie unter allen Umständen ruhig halten, denn wenn sie hysterisch würde, konnte das den Feind auf unseren Verbleib aufmerksam machen. Ich setzte mich also auf den Rand der Öffnung und verfluchte mit in der Luft baumelnden Beinen denjenigen, der sich diese Konstruktion ausgedacht hatte, weil er den Zugang zum Tunnel nicht ein wenig leichter begehbar gebaut hatte. Dann gab ich London die Hände.

Vorsichtig ließ er mich hinab, wodurch mir kurz Zeit blieb, mich an die schale Luft zu gewöhnen, bevor meine Füße den Boden berührten. Es war eiskalt, noch kälter als im Kerker. Bei jedem Atemzug brannte es in meiner Nase und meinem Hals, und ich hätte mich beinahe übergeben. Ich bewegte mich ein kleines Stück in den schmalen Tunnel hinein, um Platz für Miranna zu schaffen. Hoffentlich würde es nicht so eng bleiben, denn dann konnten wir nur einzeln hintereinander hergehen.

»N-nein«, hörte ich da von oben und erkannte die Stimme meiner Schwester. »Nicht da hinunter, zwingt mich nicht, da hinunterzusteigen.«

»Mira«, rief ich und stellte mich wieder so hin, dass sie mich sehen konnte. »Es ist nicht gefährlich hier unten. Wir wollen nur zu einem Versteck.«

»Alera«, sagte sie da mit rauer Stimme und schaute mit ihrem bleichen Gesicht zu mir hinab. »Ich – ich – ich habe Angst. Ich will nicht ...«

»Ich weiß«, antwortete ich. Auch ich hatte Angst, alles mir Vertraute zurückzulassen. Ich hatte Angst vor dem, was uns am Ende dieses Tunnels erwarten würde, denn Cannans Kundschafter hatten es ja für wahrscheinlich gehalten, dass man uns dort fassen und alle töten würde. Doch ich hatte auch Angst vor dem Überleben, denn ich wusste nicht, wie lange wir uns würden verstecken und in einem Unterschlupf hausen müssen. Ich fürchtete außerdem um meine Zukunft, denn ich hatte keine Vorstellung davon, wo wir enden würden. Ich wusste nur, dass es keine hytanische Heimat mehr gab, in die wir zurückkehren könnten.

»Ich werde genau hier stehen bleiben«, sagte ich und versuchte, überzeugend zu klingen und meine eigene Unsicherheit zu überspielen. »Schau einfach immer nur mich an, und gleich wirst du neben mir stehen.«

Endlich stimmte sie zu und London ließ sie herab. Ich umarmte sie, dann rief Davan nach uns und drängte uns, ihm rasch zu folgen. Ich ging Miranna voran und hörte hinter uns die dumpfen Geräusche der herabspringenden übrigen Männer.

Nach einer Weile wurde der Tunnel etwas breiter, sodass wir zu zweit nebeneinander gehen konnten. Dann wurde auch die Decke so hoch, dass selbst Cannan, der größte unter den Männern, aufrecht stehen konnte. London hatte sich mit Davan an die Spitze gesetzt, gleich dahinter folgten Miranna und ich, deren Kopf an meiner Schulter ruhte. Danach gingen Steldor und Galen. Den Schluss bildete Cannan.

Man konnte weiterhin nur schwer atmen, während man einen Fuß vor den anderen setzte, und obwohl Davan vor uns und Cannan am Ende jeder eine Fackel trugen, war der Weg dunkel und feucht und schien kein Ende zu nehmen. Meine Furcht wuchs parallel zu meinem Verlangen nach frischer Luft und nach der Gewissheit, dass die Welt über uns weiter existierte. Und obwohl mir mein Verstand signalisierte, dass ich den modrigen Geruch dieses Tunnels keinen Moment länger ertragen könne, holte ich mit jedem Schritt schneller Luft.

»London, wann werden wir –«, begann ich, aber er

brachte mich sogleich zum Schweigen und deutete nach oben.

»Sie sind über uns«, flüsterte er. »Wir sind fast am Ende angelangt.«

Ich lauschte angestrengt und konnte tatsächlich fernes, gedämpftes Stampfen hören. Wahrscheinlich waren das Hufschläge über unseren Köpfen.

Endlich fiel das Licht von Londons Fackel auf eine Wand aus Erde, und da wusste ich, dass es an der Zeit war, nach oben zu klettern. Möglicherweise unserem Tod entgegen. Ich sah mich unter den Männern um, die mich begleiteten, und begriff, dass jeder einzelne von ihnen bereit wäre, sein Leben zum Schutz von Miranna und mir zu opfern. Wenn dies unser Ende sein sollte, dann würde ich wenigstens inmitten der besten und tapfersten Männer Hytanicas sterben. Diese Gewissheit stärkte meinen eigenen Mut und meine Entschlossenheit.

21. Fähige Männer

Als der Tunnel gebaut worden war, hatte man eine hölzerne Leiter als Ausstiegshilfe zurückgelassen. Im Laufe der Jahre waren die Sprossen jedoch vermodert und machten inzwischen keinen allzu stabilen Eindruck mehr. London veränderte den Anstellwinkel und prüfte die erste Sprosse, die nachgab, noch bevor er sein ganzes Gewicht daraufgestellt hatte.

»Das kann ja interessant werden«, murmelte er und drehte sich mit einem schiefen Grinsen zu uns um. »Jemand muss sie festhalten.«

Da trat Davan vor und tat, wie London ihm geheißen, während der ehemalige Kundschafter behände nach oben kletterte und dabei so wenig Gewicht wie möglich auf die einzelnen Sprossen kommen ließ, indem er sich rasch bewegte und die Füße möglichst nahe an den Holmen aufsetzte. Glücklicherweise war die letzte Sprosse, auf der er balancieren musste, während er versuchte, die Abdeckung aufzudrücken, stabiler als die erste. Doch leider ließ sich der Tunnel nicht öffnen. Egal, wie sehr London drückte und rüttelte, nichts rührte sich.

»Erde, Gras, vielleicht sogar Baumwurzeln müssen darüber sein«, murmelte London, nachdem er wieder heruntergesprungen war. Er sprach kurz mit dem Hauptmann und erklomm die Leiter erneut, während Davan und Steldor Galen hochhoben, sodass sich beide gegen den Holzdeckel stemmen konnten, aber auch das war vergebens.

»Wir müssen den Ausgang freisprengen«, sagte London mit ernster, leiser Stimme. »Es gibt kein Zurück mehr.«

»Selbst wenn Narian seine Truppen von hier abgezogen hat, wird der Lärm den Feind anlocken, also machen wir am besten schnell«, stimmte Cannan ihm zu. Dann wandte er sich mit leiser Stimme an Miranna und mich. »Begebt Euch ein Stück weit in den Tunnel zurück, bis wir eine Öffnung haben. Aber bleibt vor den anderen, damit wir Euch rasch hinaufheben können.«

Also wichen Steldor, Galen und Davan zurück und schirmten uns nach hinten ab. Gleichzeitig holte London ein Säckchen aus seiner Tasche und kletterte rasch erneut die Leiter hinauf. Mit zwei Fingern nahm er vorsichtig etwas von dem Pulver und verteilte es sorgsam auf dem Rand der Abdeckung. Anschließend sprang er wieder herunter, duckte sich und berührte gleichzeitig mit der Fackel die Tunneldecke. Ich hielt mir die Ohren zu, aber der Lärm in dem schmalen Tunnel war dennoch ohrenbetäubend. Holz und Erde prasselten auf den Gardisten herunter, löschten seine Fackel und begruben ihn fast unter Geröll. Als der Staub sich gelegt hatte, streckte er sich und starrte in die Dunkelheit, bis er das Licht des Mondes entdeckte. Er warf einen Blick zu Cannan, der die zweite Fackel auslöschte, dann kletterte er noch einmal die Leiter hinauf, um sich durch die Öffnung nach draußen zu schieben.

»Beeilung«, drängte er und sah zu uns herunter. »Hebt Miranna herauf.«

Cannan legte seine Hände um die Taille meiner Schwester und hob sie mit solcher Leichtigkeit, als wäre sie eine Puppe. London griff rasch nach ihren Armen und zog sie ganz heraus.

»Jetzt Alera«, befahl mein ehemaliger Leibwächter.

Steldor nahm meine Hand und trat vor, doch als er mich um die Taille gefasst und so hochgehoben hatte, dass London mich erreichen konnte, schien er nicht loslassen zu wollen.

»Wir sehen uns bald wieder«, fühlte ich das Bedürfnis, ihm zu versichern, bevor London mich ganz aus dem Tunnel zog.

Davan folgte als Letzter, und dann sprach London noch einmal mit Cannan.

»Ich höre Reiter, die sich nähern, also geht jetzt besser.«

Dann führten er und Davan uns in den Schutz des Waldes, von wo aus unser gefährlicher Marsch in die Sicherheit seinen Anfang nahm.

Zwei Stunden später war ich erschöpft, aber wir eilten weiter. Zwischen dicht stehenden Bäumen hindurch und durchs Unterholz, das mich dauernd zum Stolpern brachte. Die ganze Zeit über ging es nur bergauf. Manchmal war es so dunkel, dass ich meine Begleiter kaum noch sehen konnte, dann schien wieder der Mond durchs kahle Geäst und brachte vereinzelte Schneeflecken auf unheimliche Weise zum Leuchten. Mein Umhang war dick, aber nicht dick genug, um die eisige Winterluft daran zu hindern, meine Finger und Zehen gefühllos zu machen. Ich fror bis ins Mark hinein. Miranna erging es keinen Deut besser.

Ich hatte keine Vorstellung davon, wohin wir marschierten, doch London schien sich sicher zu sein, während Davan die Nachhut bildete. Notwendigerweise bewegten wir uns langsam voran. Mehr als einmal ließ London uns im unheimlichen, furchterregenden Schattenreich zurück, um das Gebiet vor uns zu erkunden.

Einige Male rissen unsere Führer uns auch auf den Waldboden herab, wenn Stimmen mit deutlichem cokyrischem Akzent und Hufschläge an unsere Ohren drangen. Jedes Mal verspürte ich eine unbeschreibliche Angst, während ich mir ausmalte, wie scharfe Schwerter auf uns niederfuhren. Ich war nicht in der Lage, mir vorzustellen, wie es wäre, von einer Klinge durchbohrt zu werden. Würde der Tod schnell eintreten? Würde ich es noch spüren, wenn die Klinge aus meinem Fleisch gezogen wurde? Die Aussicht auf ein blutiges Ende, das noch vor Kurzem unvorstellbar gewesen wäre, schien jetzt erschreckend nah.

Wenn die Feinde an uns vorübergeritten waren, zogen die Elitegardisten Miranna und mich wieder auf die Füße. Ich schaute mich um und fragte mich, ob dieselben Cokyrier auch dem König begegnen würden, und ob die andere Hälfte unseres Trupps ebenso viel Glück hätte. Wenn ich an Londons Abschiedsworte an Cannan dachte, schien es mir, als schwebten sie sogar in noch größerer Gefahr als wir.

Die ersten Sonnenstrahlen kletterten über den Horizont, und zwischen den nackten Ästen breitete sich langsam eine trübe graue Morgendämmerung aus. London befahl uns, zu rasten. Miranna und ich ließen uns sogleich auf die kalte Erde der kleinen Lichtung fallen, auf der wir gerade standen. Dann warf er uns einen Sack mit Brot und Dörrfleisch und einer Wasserflasche zu.

»Esst und schlaft, so schnell ihr könnt«, sagte er, blieb stehen und suchte mit den Augen die Umgebung ab. »Wir werden dann über eine Stunde lang nicht haltmachen. Ich bewege mich zwar nicht gern bei Tageslicht, aber in diesem Fall bringt uns jeder Schritt Richtung Westen einen Schritt fort von der Gefahr.«

Davan, der offenbar lieber zuhörte als selber zu sprechen, sagte nichts dazu, bezog jedoch Posten auf der anderen Seite.

»Werden die anderen uns einholen?«, fragte ich und stopfte mir gleichzeitig Essen in den Mund. Miranna aß nur sehr wenig, was mir Sorgen machte, denn ich fürchtete, dass sie in ihrer Verfassung nicht mehr lange durchhalten würde. Aber immerhin trank sie ebenso gierig wie ich.

»Nein«, erwiderte London und schenkte mir, auch

wenn Davan ebenfalls Wache stand, nicht seine gesamte Aufmerksamkeit. »Sie nehmen einen etwas anderen Weg. Wir werden einander nicht vor dem Ziel begegnen.«

»Was genau ist denn die sichere –«

»Das wirst du früh genug erfahren«, schnitt er mir das Wort ab, aber nicht aus Verärgerung, sondern weil er uns wahrscheinlich instinktiv ruhig halten wollte. »Nutz die Zeit, die dir bleibt, lieber zum Schlafen.«

Ich nickte und riss mir noch ein Stück Brot ab, bevor ich den Rest wieder in den Sack zurückstopfte. Dann hoffte ich, dass das Zittern meiner Schwester aufhören würde, wenn ich sie mit meinem Körper wärmte. Daher schmiegte ich mich eng an sie und fiel sofort in einen leichten Schlummer.

»Alera, wach auf.«

Londons Stimme klang leise, aber drängend, und er hatte eine Hand über meinen Mund gelegt, als ich mich zwang, die Augen zu öffnen. Neben mir saß Miranna, sichtlich alarmiert. Davan kümmerte sich um sie. Er stellte sie auf die Füße und zog sie sogleich ins Unterholz, fort von der Lichtung.

»Folg ihnen«, befahl London mir. »Jetzt gleich. Wir haben Gesellschaft.«

Ich richtete mich mit klopfendem Herzen auf, während laute Stimmen von oberhalb des bewaldeten Hügels an mein Ohr drangen. Im Näherkommen hörte ich auch Pferdehufe durch trockenes Laub rascheln. Die Reiter waren Cokyrier, aber ihren Stimmen nach zu schließen, mussten sie einen Gutteil der Nacht mit dem Feiern ihres Sieges verbracht haben. Ich eilte meiner Schwester in den Wald nach, konnte aber nicht sehen, wo Davan sie hingebracht hatte. Plötzlich zog er mich mit einer Hand knapp über meinem Knöchel zu Boden. Meinen Sturz hätten die Feinde vermutlich nicht bemerkt, doch der kurze Schreckensschrei erregte ihre Aufmerksamkeit.

»Still«, befahl eine Frau. »Habt ihr das gehört?«

»Was gehört?« Das Kichern ihrer männlichen Kumpane drang bis zu uns. »Ich glaube, du hast zu viel Bier getrunken.«

»Pscht, du Mondkalb, da ist jemand«, beharrte die Frau, doch der Mann, der zuvor schon gesprochen hatte, schien unbeeindruckt.

»Dann sind wir eben nicht die Einzigen, die sich haben zurückfallen lassen, um zu feiern«, sagte er abwehrend. »Überrascht dich das? Der Junge hat offenbar noch nicht kapiert, dass der Krieg zu Ende ist. Es steht ihm gar nicht zu, uns noch weiter Befehle zu erteilen, nachdem wir schon gewonnen haben. Das Einzige, was vielleicht noch zu tun bleibt, ist ein paar versprengte Hytanier zu töten, die versuchen zu fliehen.«

»Recht hast du!«

Nachdem ihnen das klar geworden war, versuchten die Männer, so gut es in ihrem angetrunkenen Zustand eben ging, ihrer Pflicht nachzukommen. Sie stiegen von den Pferden und suchten zu Fuß, aber unsystematisch den Hügel nach unten ab. Als sie in Sichtweite kamen, hörte ich Davan seine Langmesser ziehen.

Doch wo war London? Von meinem Versteck aus konnte ich ihn nicht sehen. Und als ich die Lichtung verlassen hatte, hatte ich nicht darauf geachtet, wohin er sich gewandt hatte. Die Cokyrier waren jetzt ganz nah, zu nah. Einer von ihnen, ein groß gewachsener, stämmiger Mann, beugte sich gerade über die Stelle, an der Miranna und ich gelegen hatten, und inspizierte die Abdrücke, die wir hinterlassen hatten. Der zweite, etwas kleinere, besah sich die Stelle ebenfalls und folgte dann mit den Augen der Spur, die ich hinterlassen hatte.

»Sucht ihr mich?«

London hatte sich ein Stück bergauf versteckt, trat jetzt hinter einem Baum hervor, packte die Cokyrierin an ihren Haaren und presste ihr einen Dolch an die Kehle. Daraufhin drehten sich die Männer mit geballten Fäusten von uns weg, halb von Sinnen vor Ärger, so überrumpelt worden zu sein.

»Bleibt mit den Köpfen unten«, flüsterte Davan Miranna und mir zu, während er selbst vorsichtig aufstand. Sofort gruben wir unsere Gesichter in unsere Armbeugen.

Davan schlich sich zur Lichtung zurück, und da hob ich den Kopf, denn meine Neugier, zu sehen, was weiter passieren würde, war größer als meine Furcht. Ich sah, wie der Elitegardist sich den beiden Männern von hinten näherte, wobei die Cokyrierin ihre Kameraden nicht sehen konnte, weil sich der Hügel zu unseren Gunsten neigte und London ihren Kopf in die richtige Richtung gedreht festhielt.

»Lass sie los«, knurrte einer der feindlichen Soldaten, doch das sollten seine letzten Worte sein. Davan stieß je ein Langmesser in die Kehlen der beiden und riss seine Arme mit einem Ruck auseinander. Sie hatten mir die Rücken zugewandt, doch vor ihnen spritzte dickes, dunkles Blut wie Regen auf die Erde. Die Männer röchelten und sanken bereits zu Boden, als ich das mir Übelkeit verursachende Knacken hörte, das nur bedeuten konnte, dass London der Feindin einen schnellen Tod bereitet hatte, indem er ihr das Genick brach.

Mein früherer Leibwächter stieß den cokyrischen Leichnam zur Seite, wo er zwischen die Bäume fiel, und sprang rasch zu der Lichtung herunter. Ich rappelte mich auf und kämpfte gegen die aufsteigende Übelkeit, als ich Davan seine Klingen im Gras abwischen sah. Gemeinsam mit London zog er dann die beiden toten Männer außer

Sichtweite. Miranna kauerte immer noch am Boden und schien nichts gesehen zu haben. Aber sie zitterte, als hätte sie doch etwas von den Maßnahmen unserer Wachen mitbekommen. London hob sie sanft vom Boden auf, dann wurde seine Miene wieder streng.

»Wir müssen hier weg, sofort«, erklärte er unnötigerweise, denn ich wäre auch freiwillig nicht geblieben.

Davan winkte uns, ihm zu folgen. Den Arm um Miranna gelegt folgte ich ihm und kümmerte mich nicht um die Erschöpfung, die uns alle quälte. London war erneut verschwunden, tauchte jedoch nach kurzer Zeit wieder auf. Er führte die Reittiere der getöteten Cokyrier am Zügel, und ich war wieder einmal froh, mich in seiner Obhut zu befinden.

Davan hob Miranna in den Sattel des Pferdes, das er selbst reiten würde, während London mir ein eigenes Tier zuteilte. Ich war ein wenig beunruhigt, weil ich noch nie in so felsigem Gelände geritten war, aber ich sagte nichts, sondern war zufrieden damit, dass er mir so viel zutraute.

London hatte mit seiner Prophezeiung recht gehabt, als er gemeint hatte, wir würden, je weiter wir kämen, umso weniger Cokyriern begegnen. Als wir das Vorgebirge im Nordwesten erreichten, wurde der Weg noch steiler, aber auch zunehmend ereignisloser. Die Cokyrier hatten keine Veranlassung, sich so weit von unserem und ihrem Königreich entfernt aufzuhalten.

Wir ließen die kahlen Laubbäume hinter uns und bewegten uns nun zwischen Nadelbäumen. Der felsige Untergrund war zunehmend mit losen Gesteinsbrocken und Schneefeldern bedeckt. Ich war dankbar für den Schutz, den uns die immergrünen Riesen gegen den mit der Höhe beständig auffrischenden Wind boten.

Das Gelände war jetzt so steil, dass wir uns in Serpentinen bewegen mussten, was viele Meilen bedeutete, um eine geringe Höhe zurückzulegen. Am späten Nachmittag erreichten wir die Spitze einer steilen Erhebung, die zu erklimmen selbst den Pferden schwergefallen war. Nun befanden wir uns auf einem schmalen Vorsprung vor einer rot geäderten Felswand, die so riesig war, dass sie einen Großteil des Berges unterhalb in Schatten tauchte. London saß ab, und ich war mir sicher, dass wir uns irgendwo entlang des Weges verirrt hatten. Als Davan ebenfalls abstieg und Miranna vom Pferd hob, folgte ich zögernd.

Imposante Föhren schienen wie riesige Wächter den blanken Felsen zu behüten. Ihre tief herabhängenden Zweige waren eng verflochten. London schob sich zwischen zweien davon hindurch und tauchte kurze Zeit später wieder auf.

»Der Zugang ist sicher«, erklärte er.

Da schoben er und Davan die Zweige auseinander, sodass eine große, vertikale Felsspalte sichtbar wurde. Sie begann etwa auf halber Höhe der Wand und verbreiterte sich nach unten.

Ohne ein weiteres Wort winkten die Männer uns herein, und ich duckte mich, Miranna fest an meiner Hand, zwischen den Bäumen hindurch. Am Fels entlangstreifend schob ich mich durch den Spalt und zog meine Schwester hinter mir her. Dann blieb ich stehen, bis meine Augen sich an die Dunkelheit gewöhnt hatten, denn die einzige Beleuchtung im Innern waren dünne Fäden des schwindenden Tageslichts, die von außen hereinfielen. Mein erschöpfter Verstand registrierte auch das Geräusch von fallenden Wassertropfen.

London, der hinter uns kam, schob mich vorwärts, aber ich wollte nicht weiter, bis er nicht mit Feuerstein und Zunder eine Fackel entzündet hatte. Er ging herum und leuchtete die Felswände der Höhle ab, die mindestens zehn Meter tief und etwa sechs Meter breit war. Die Decke erreichte wohl dreimal meine Größe. Hier drinnen war es deutlich wärmer als draußen, einerseits weil kein Wind ging, zum anderen weil das ausgestreute Stroh besser gegen die Kälte isolierte. Überraschenderweise war es auch nicht so muffig wie in dem Tunnel, und ich spürte einen leichten Luftzug. Als Davan, der die Pferde versteckt hatte, auch zu uns gestoßen war, entzündete London eine zweite Fackel und reichte sie ihm. Mit einer Handbewegung bedeutete er uns, ihm zu folgen, und führte uns in die Tiefe unseres Verstecks. Dort beleuchtete die Flamme einen kleinen Wasserlauf, der in ein natürliches Becken an der rechten Wand mündete.

»Willkommen in eurem neuen Zuhause«, kommentierte mein ehemaliger Leibwächter ironisch. Dann ging er auch hier mit seiner Fackel herum und meine Augen entdeckten Fässer, die wohl Getreide und Alkohol enthielten, Büschel getrockneter Kräuter und Früchte, Stapel mit Tierhäuten und Fellen, eine Menge Decken und noch diverse andere Lebensmittel und sonstige Vorräte, die an der rechten Wand gestapelt waren. In einer Vertiefung zu meiner Linken erspähte ich Waffen und ein Stückchen weiter eine ganze Wand aus Brennholz. Ganz offensichtlich war dieser Unterschlupf für uns vorbereitet worden, wahrscheinlich nach und nach im Verlauf der letzten sechs Monate.

»Ich werde heute Nacht noch kein Feuer machen«, sagte London in einem Ton, der keinen Widerspruch duldete. »Also solltet ihr euch ein paar Felle und Decken nehmen, um euch ein Lager zu richten. Wir werden das Brot und etwas von dem Dörrfleisch essen. Und, wie ihr seht, haben wir genug frisches Wasser. Ansonsten rate ich euch zu schlafen. Morgen früh wird es genug zu tun geben.«

Er steckte seine Fackel in einen Felsspalt, öffnete seinen Reisesack und warf mir die erwähnten Vorräte zu. Ich packte mir einen Arm voll Felle und breitete einige davon an der rechten Höhlenwand als Unterlage und zum Wärmen aus. Dann holte ich noch Decken, um meine Schwester und mich zuzudecken, und schließlich zog ich sie neben mich auf unsere behelfsmäßige Schlafstatt und gab ihr zu essen. London wandte sich inzwischen an Davan.

»Ich werde die erste Wache übernehmen«, bot er an. »Du solltest auch essen und schlafen.«

Im Vorbeigehen griff London sich noch eine Handvoll Dörrfleisch und verschwand durch den von meiner Warte aus kaum sichtbaren Höhlenausgang. Davan bot uns Wasser an, dann bereitete er sich auf der anderen Seite, nahe dem Brennholz, ein eigenes Lager und versuchte, uns durch den Abstand ein wenig Privatsphäre zu lassen. Ich legte mich neben meine Schwester und fiel vor lauter Erschöpfung sofort in Schlaf.

Irgendwann wachte ich auf, weil ich Stimmen hörte. Voller Hoffnung, dass Steldor und Galen eingetroffen wären, setzte ich mich auf. Cannan würde dann bereits auf dem Rückweg nach Hytanica sein – vielleicht war er sogar schon wieder dort eingetroffen. Mein Magen zog sich zusammen, als ich mich daran erinnerte, was der Hauptmann seinem Sohn über seinen wahrscheinlichen eigenen Tod und den meiner Eltern als abschreckendes Exempel gesagt hatte. Mein Vater und ich hatten unser belastetes Verhältnis nie wieder ganz bereinigen können, und keiner meiner Eltern war darüber informiert worden, dass Miranna lebte. Vielleicht war es nun für beides zu spät.

Ich sah mich im schwachen Schein der Fackel mit meinen immer noch müden Augen um und entdeckte, dass es nur London war, der gekommen war, um sich von Davan ablösen zu lassen. Während er sich auch ein Lager nahe am Höhleneingang machte, zwang ich mich, vernünftig zu denken. Immerhin waren wir vor den anderen aufgebrochen. Ihre Route mochte mehr Zeit beanspruchen, außerdem hatten wir einen Gutteil des Weges zu Pferd zurückgelegt. Ich verdrängte meine pessimistischen Gedanken und legte mich wieder hin, denn London döste bereits friedlich – ein sicheres Zeichen dafür, dass es noch keinen Grund zur Sorge gab. So dauerte es auch nicht lange, bis ich wieder einschlief.

Als der Morgen anbrach, fielen einzelne Sonnenstrahlen durch den Spalt in der gewölbten Höhlendecke und beleuchteten kleine Teile des Verstecks hell, während alles andere im Dunkeln blieb. Ich fühlte mich zwar steif, und meine Muskeln schmerzten, aber zugleich war ich durchaus ein wenig erfrischt und neugierig auf meine Umgebung. Meine Schwester schlief noch, und weder London noch Davan befanden sich in der Höhle, also begann ich, mich ein wenig umzusehen.

Es würde ein bisschen Mühe kosten, den Unterschlupf gemütlicher zu machen, aber die nötigen Utensilien waren ja vorhanden – außer dem Brennholz, den Tierfellen und den Nahrungsmittelvorräten, die ich schon am Vorabend gesehen hatte, entdeckte ich jetzt noch medizinisches Material wie Verbände, Nadeln, Fäden und Sehnen zum Nähen, dazu einiges an Kleidung, wie Hosen, Hemden, Röcke und Umhänge, und schließlich Fässer mit Bier und Wein. Ich freute mich, ganz hinten eine Feuerstelle zu entdecken, fast ein natürlicher Herd, sogar mit einem Abzug durch den Spalt in der Decke. Ich hoffte, dass das kleine Feuer, das dort glimmte, ein Hinweis auf ein warmes Frühstück, das wir später zu uns nehmen würden, war.

Nachdem ich noch einen Blick auf meine schlafende Schwester geworfen hatte, die wohl so bald nicht aufwachen würde, eilte ich zum Ausgang und schob mich durch die Föhrenzweige auf den Felsvorsprung hinaus. Von hier aus konnte man gut den steilen Berg überblicken, den wir am Vortag erklommen hatten.

Sofort entdeckte ich Davan und London. Ersterer saß auf einem Pferd und nahm gerade die Anweisungen seines Kameraden entgegen. Davan schaute auf, als er mich kommen sah. London fuhr erschrocken herum und runzelte leicht die Stirn.

»Gibt es etwas Neues?«, fragte ich in der kalten Morgenluft zitternd, obwohl klar war, dass nicht einer der beiden Männer losreiten würde, wenn es keine Schwierigkeiten gäbe.

»Steldor und Galen sind noch nicht da«, informierte London mich. »Vielleicht kommen sie nur langsamer voran, aber zwölf Stunden sind genug gewartet. Davan wird ihnen entgegenreiten und sehen, ob er sie findet.«

»Denkst du, dass ihnen etwas zugestoßen ist?«

Meine Gedanken rasten, als ich mich an die Gefahr erinnerte, der wir auf unserem Weg nur knapp entronnen waren. Aber sicher waren Steldor und Galen ebenso geschickt wie London und Davan. Noch dazu hatten sie den Vorteil, anfangs noch Cannan bei sich zu haben. Der Hauptmann hatte ja beabsichtigt, erst dann den Rückweg anzutreten, wenn er sie in Sicherheit wusste.

»Sie sind fähige Männer«, sagte London voller Überzeugung, als hätte er meine Gedanken gelesen. »Vielleicht tauchen sie ja schon bald auf.« Dann schien seine Stimme etwas von ihrem Optimismus zu verlieren: »Unverwundbar sind aber auch sie nicht.«

»Ich werde sehen, was ich tun kann«, versprach Davan.

Damit gab London dem Pferd einen Klaps, und die beiden machten sich an den beschwerlichen Abstieg, während mein ehemaliger Leibwächter und ich in den Unterschlupf zurückkehrten.

Miranna erwachte kurz danach, stand aber nicht auf. Sie setzte sich auf den Fellen nur auf und zog die Knie an die Brust. Ein wenig später zeigte London mir, wo wir uns waschen und ein wenig frisch machen konnten, und ich half meiner Schwester dabei.

Ich hatte richtig vermutet, dass das Feuer ein warmes Frühstück verhieß, allerdings kein Rührei, wie ich es gewohnt war. Stattdessen erklärte London mir, wie man Grütze aus Hafer zubereitete, von dem wir reichlich hatten. Man brauchte eigentlich nur Wasser hinzufügen und das Ganze über dem Feuer kochen. Mit Milch wäre es sicher besser gewesen, aber auf die würden wir noch eine Weile verzichten müssen. London zeigte mir auch, wie ich das Feuer in Gang, aber klein halten sollte, damit am Tag möglichst wenig Rauch nach außen drang, der uns verraten konnte. Ich verstand, dass ich wohl fürs Kochen zuständig sein sollte – wenigstens ein Bereich, in dem ich mich nützlich machen konnte.

So verbrachten wir den Tag in der Höhle und sprachen kaum ein Wort. Ich räumte die Vorräte aus der hinteren rechten Ecke, um es Miranna etwas gemütlicher zu machen und ihr ein Gefühl von mehr Sicherheit zu geben. Dann räumte ich die Pelze und Decken, auf denen wir geschlafen hatten, beiseite.

Miranna schien sich in dem Winkel tatsächlich besser zu fühlen, denn sie döste den ganzen Nachmittag lang auf ihrem Lager. London hielt Wache, sah gelegentlich nach uns, blieb aber immer in der Nähe des Felsvorsprungs. Einige Male sah ich ihn zu seinem Jagdbogen blicken, denn wir hatten keine Fleischvorräte mehr, aber natürlich konnte er uns nicht allein lassen. Also aßen wir uns an Hafergrütze, Zwieback und Trockenobst satt.

Zu gerne hätte ich von Miranna etwas über ihre Erlebnisse in Cokyri erfahren, aber sie reagierte kaum, egal, welches Thema ich ansprach. Narian hatte mir gesagt, sie hätte im Tempel der Hohepriesterin gelebt, und aus dem hatte London sie auch befreit, aber trotz dieser relativ zivilisierten Behandlung schien sie nicht mehr sie selbst zu sein. Natürlich hätte schon die Verschleppung allein genügt, sie völlig zu verstören. Ihr fortdauerndes Schweigen schürte meine Befürchtungen. Was mochte zwischen ihrer Ankunft in Cokyri und dem Pakt, den Narian zu ihrem Schutz mit dem Overlord geschlossen hatte, vorgefallen sein? Was hatte man ihr angetan? Solange sie sich mir nicht anvertraute, würde ich nie erfahren, was sie durchgemacht hatte, und ihr kaum helfen können. Was auch immer passierte, ich würde sie immer lieben, aber ich bezweifelte, dass meine offenherzige und vor Lebensfreude sprühende Schwester jemals wieder zum Vorschein käme. Und diese Vorstellung erfüllte mich mit unbeschreiblicher Trauer.

Als die Nacht anbrach, war ich zu unruhig, um schlafen zu können, während Miranna nichts anderes zu wollen schien. Auch London wirkte nervös. Mein früherer Leibwächter ging auf und ab. Manchmal stocherte er im Feuer, um die Kälte zu bannen, oder lehnte sich mit verschränkten Armen an die Wand der Höhle. Es dauerte zu lange. London hatte bereits nach zwölf Stunden den Verdacht gehegt, etwas könnte schiefgelaufen sein. Nach 24 Stunden musste man das mit Sicherheit annehmen. Steldor und Galen waren in Schwierigkeiten.

Während ich wach neben meiner Schwester lag, hätte ich London am liebsten mit sinnlosen Fragen gelöchert. Waren sie tot? Hatten die Cokyrier sie gefasst? Würde Davan überhaupt eine Spur von ihnen finden? Doch ich hielt meine Zunge im Zaum, da ich wusste, London wäre weder zu meinen rhetorischen Fragen aufgelegt, noch würde er Antworten darauf wissen.

Ich schloss die Augen und versuchte, meiner Schwester in das Vergessen zu folgen, doch als der Schlaf mich endlich überkam, war es ein ruheloser, und ich wachte fast stündlich daraus auf. In meinen Träumen quälten mich Bilder von Tod und Verletzung: London grausam verwundet, cokyrische Soldaten mit durchschnittenen Kehlen, ein blutüberströmter Cannan. Und dazwischen immer wieder das Gesicht meines Gemahls, den ich nie geliebt hatte.

22. FLUCHTEN

Als der Morgen dämmerte und wieder ein paar Sonnenstrahlen in unsere Höhle krochen, bemerkte ich, dass London fort war. Wahrscheinlich hielt er wieder nach den anderen Ausschau. Ich streckte mich, um meinen steifen Rücken etwas zu dehnen, dann erhob ich mich von meinem Lager, weil ich Stimmen hörte. Sofort waren meine Wehwehchen vergessen. Angestrengt horchend eilte ich zum Höhlenausgang.

»Der Tunnel kann nicht mehr benutzt werden. Es gelang uns zu fliehen, aber sie folgten uns meilenweit anhand der Blutspur, bis Davan uns fand und die Cokyrier mit einer falschen Fährte ablenkte. Ich denke, es muss ihm gelungen sein, denn uns hat niemand überrannt.«

Ich schob die Deckung der Zweige auseinander und stolperte ins gleißende Tageslicht hinaus, weil ich erkannt hatte, dass es der Hauptmann war, der da sprach.

Als meine Augen sich an das Licht gewöhnt hatten, erkannte ich Galen, der sich zerlumpt und erschöpft am Zügel eines dunkelbraunen Pferdes festhielt. Hinter ihm standen London und Cannan zu beiden Seiten des Tieres und banden die Beine eines Reiters von den Steigbügeln los. Noch bevor ich sein Gesicht sah, wusste ich, dass es Steldor war. Weil er nicht mehr festgebunden war, sackte er in Richtung seines Vaters herab, der ihn auffing und unter den Schultern fasste, während London um das Pferd herumging, um Steldors Beine zu nehmen.

»Galen, bring das Pferd weg«, befahl Cannan, und der elend aussehende Haushofmeister gehorchte. Da erst sah ich den dunklen, verkrusteten Fleck auf dem Widerrist des Tieres, der über dessen Schulter und die ganze Vorderhand hinunterreichte.

London und Cannan kamen auf mich zu. Sie trugen Steldor, der kaum noch bei Bewusstsein war, und ich bog rasch die Zweige auseinander, damit sie den Unterschlupf leichter betreten konnten. Sie brachten ihn ans äußerste Ende, wo das Licht am besten war, und ich folgte ihnen. Bevor sie ihn ablegten, breitete ich rasch noch ein paar Tierhäute auf dem Boden aus und warf einen Blick auf Miranna, die glücklicherweise immer noch schlief.

»Wir haben versucht, die Blutung zu stoppen«, sagte Cannan, der jetzt an einer Seite Steldors kniete, zu London. Sie schlugen die beiden Umhänge zurück. Der eine gehörte Steldor, der andere stammte von seinem Vater. »Aber wir mussten weiter. Ich habe keine Ahnung, wie viel Blut er verloren haben mag.«

London zog seinen Dolch aus der Scheide und schnitt die Reste von Steldors inzwischen dunkelrotem Hemd auf. Dadurch wurde die blutdurchtränkte Bandage sichtbar, die der Hauptmann und Galen um seine Taille gewickelt hatten. Die Verletzung befand sich an seiner rechten Seite, aber das Blut hatte sich auf seinem ganzen Rumpf, der Hose und den beiden Umhängen ausgebreitet. Wenn ich jetzt auch noch an das Blut dachte, das auf dem Pferd geklebt hatte, konnte ich kaum glauben, dass er überhaupt noch am Leben war.

Ich stand nur wenige Schritte hinter London, als dieser mit einer raschen Bewegung auch noch den Verband aufschnitt. Obwohl ich den Blick abwandte, spürte ich an Londons gespannter Haltung, dass es schlimm sein musste.

»Wir konnten nichts anderes tun als etwas daraufbinden und versuchen, die Blutung so zu stoppen. Um die Wunde zu säubern oder gar zu nähen, fehlte uns die Zeit«, sagte Cannan düster, fast zornig, als er meines Schreckens gewahr wurde. »Sie waren zu dicht hinter uns.«

Ich folgerte aus seinen Worten, dass Galen und er versucht hatten, mit Stofffetzen Druck auf die Wunde auszuüben. Ohne ein Wort begann London, die Stoffstücke abzunehmen. Steldor holte scharf Luft, biss die Zähne zusammen, schrie aber nicht. Ich war mir nicht sicher, ob ich ihn trösten oder lieber in Ruhe lassen sollte. Die beiden über ihn gebeugten Männer nahmen mir die Sicht auf die Wunde, doch Steldors gequälte Miene und sein keuchender Atem ließen mich folgern, dass London entschlossen war, die Wunde auch noch vom letzten Faden zu säubern.

»Die Klinge hat seine unterste Rippe getroffen und muss von da abgerutscht und tiefer eingedrungen sein«, murmelte der Gardist. »Der Stich ist tief, und die Klinge war gezackt, sonst hätte sie sein Fleisch beim Rausziehen nicht derart zerfetzt.« Nachdem er seine Untersuchung beendet hatte, sah London den Hauptmann nachdenklich an. »Wir müssen diese Blutung stoppen.«

Cannan stand auf und sah sich um, bis sein Blick auf die brennenden Scheite des Feuers fiel.

»Wir könnten sie mit einer glühenden Klinge ausbrennen.«

London schüttelte den Kopf. »Wir hätten Probleme, sie exakt aufzubringen. Die Gefahr, ihm weitere Verletzungen zuzufügen, wäre zu groß. Aber ich weiß, was funktionieren wird.«

Sein Ton ließ mich innehalten. Er klang, als gefiele ihm selbst nicht, was er nun vorhatte. Er erhob sich und gab dem soeben eingetroffenen Galen Anweisungen.

»Bring alles, was wir zur Wundversorgung haben. Wir brauchen Alkohol. Reichlich Alkohol. Verbände und etwas zum Nähen. Wasser und noch mehr Alkohol.«

Galen nickte und verwirrt irrte sein Blick durch die

Höhle. Ich winkte ihm, mir zu folgen, während ich schon auf dem Weg zu unseren Vorräten war. London ging sich inzwischen die blutigen Hände waschen.

»Gib ihm zu trinken«, sagte London dann und warf Cannan eine Weinflasche zu.

Der Hauptmann hockte sich auf seine Fersen, berührte Steldor an der Schulter und sah in das gequälte Gesicht seines Sohnes.

»Ich muss dich ein wenig aufrichten, damit du schlucken kannst.«

Steldor nickte und zuckte zusammen, als Cannan die Hände unter seine Achseln schob und ihn vorsichtig so weit hochzog, dass er sich an die Brust seines Vaters lehnen konnte. Dann stützte der Hauptmann seinen bleichen Sohn, während er trank. Galen und ich suchten alles Nötige zusammen und legten es neben Steldor auf den nackten Boden.

»Wir werden eine Weile warten, damit der Wein seine Wirkung tut«, sagte London, als er wieder zu uns trat. »Außerdem brauche ich noch etwas Zeit zum Experimentieren. Denn was ich vorhabe, muss sehr präzise ausgeführt werden.«

Er durchquerte die Höhle und ging zu seinem Reisesack. Dann kam er mit dem Beutelchen zurück, von dem wir alle wussten, dass es das explosive Pulver enthielt. Er begab sich an eine Stelle, an der Steldor ihn nicht sehen konnte, einige Schritte hinter dem Hauptmann, nahe der Feuerstelle. Dort öffnete er den Beutel und holte eine kleine Menge des grauen Pulvers mit den Fingern heraus und streute es vorsichtig auf einen flachen Stein vor sich. Als er merkte, dass ich ihm zusah, gab er mir eine kurze Erklärung.

»Das ist alles, was ich noch übrig habe, aber mehr als genug, um die Wunde zu veröden. Ich muss nur herausfinden, wie viel ich dafür benötige. Es muss genug sein, um die Wunde zu verschließen, darf aber auch nicht zu reichlich verwendet werden, damit es ihn nicht in Stücke reißt.«

Cannan wandte sich bei diesen Worten um. Verstehend setzte er die Flasche noch ein wenig steiler an Steldors Lippen, sodass ein wenig Wein aus dessen Mundwinkeln lief.

Ich vermochte mich im Moment nicht auf meinen Gemahl zu konzentrieren, so fasziniert war ich von Londons Tätigkeit. Galen, der jetzt alle Utensilien beisammen hatte, kam ebenfalls herüber, um besser sehen zu können. Er erbleichte, als ihm klar wurde, was der Hauptmannstellvertreter vorhatte.

London holte ein kleines Stück Holz, das an einem Ende glühte, aus dem Feuer und berührte damit das auf den Stein gestreute Pulver. Es knallte und zischte, verlosch aber fast sofort. Also nahm er für den nächsten Versuch ein wenig mehr von dem flüchtigen Stoff. Und so verfuhr er mehrmals, bis er ziemlich genau zu wissen meinte, welche Menge ihren Zweck erfüllen und dabei nicht zu großen weiteren Schaden anrichten würde. Dann trat er an Steldors Seite.

»Ihr müsst ihn festhalten«, sagte er zum Hauptmann, der seinen Sohn gerade wieder hinlegte.

»Alkohol«, verlangte er von Galen und streckte eine Hand danach aus. »Ich muss das desinfizieren, bevor ich anfange.«

Galen reichte ihm eine Flasche und der Elitegardist goss großzügig Wein in die Wunde, was dafür sorgte, dass Steldor sich vor Schmerz wand und stöhnte. Ich erinnerte mich daran, dass bei mir Kratzer und kleinere Schnittwunden als Kind so gesäubert worden waren. Schon die Reinigung eines aufgeschlagenen Knies hatte schrecklich gebrannt, daher schauderte ich bei dem Versuch, mir die

Schmerzen vorzustellen, die Steldor soeben zu ertragen hatte.

London griff nach einem Lappen, tauchte ihn in den Eimer, den Galen bereitgestellt hatte, und wischte getrocknetes und frisches Blut fort, damit er besser sehen würde, was er tat. Als er damit fertig war, gab er Galen das rot verfärbte Tuch und nahm sein Säckchen zur Hand.

»Ich werde ganz vorsichtig vorgehen«, versicherte er Steldor, als er merkte, wie sich die Atmung des jungen Königs beschleunigte. »Und ich werde es noch nicht anzünden. Ich streue es erst an die richtige Stelle.«

Steldor schnitt eine Grimasse, während London das Pulver sorgsam in seinem aufgeschlitzten Bauch deponierte. Schließlich stand er auf und ging zum Feuer, um sich einen Span zu holen, der an einem Ende glühte. Wieder kniete er sich neben den jungen Mann und nickte Cannan und London zu.

»Haltet ihn.«

Meine Unsicherheit, ob ich versuchen sollte, Steldor Beistand zu leisten, verflüchtigte sich, und ich ließ mich neben ihm zu Boden gleiten, um seinen Kopf in meinen Schoß zu legen. Während Cannan links neben Steldor blieb und Galen zu seinen Füßen, begann ich mit den Händen das Haar meines Gemahls zu streicheln. Der Hauptmann öffnete seinen eigenen Ledergürtel, faltete ihn zusammen und schob ihn Steldor zwischen die Zähne. Dann beugte er sich über ihn, um seine Arme niederzuhalten, während Galen seine Beine fixierte.

»Bring's hinter dich«, knurrte Steldor. Nach dieser Ermutigung berührte London mit dem glühenden Holz das Pulver, das mit einem lauten Knall aufflammte, bevor es sich zischend in Rauch auflöste.

Steldor hätte seinen Aufschrei mit nichts verhindern können. Als der Übelkeit erregende Geruch von verbranntem Fleisch meine Nase erreichte, wehrte mein Gemahl sich wie irr gegen die Griffe von Cannan und Galen. Gleichzeitig brüllte er so laut, dass ich mir durchaus vorstellen konnte, Cokyrier würden uns hören und aufspüren. In gewisser Hinsicht war es sogar gut, dass Steldor so viel Blut verloren hatte – wäre er davon nicht so geschwächt gewesen, hätten zwei Männer ihn wohl niemals niederhalten können.

Cannan schien fast so sehr zu leiden wie sein Sohn, und ich fühlte meine Hände, die Steldors Gesicht umfassten, tränennass werden. Diese Tränen waren meine eigenen. Irgendwann erstarben die Schreie des Königs, und er fiel in eine willkommene Ohnmacht.

Weder der Hauptmann noch der Haushofmeister rührten sich, bis das Pulver ganz erloschen war, obwohl Steldor nun reglos dalag. London ließ noch einige Zeit verstreichen, bis er nachsah, ob die Wunde weiterhin blutete. Als es nicht danach aussah, verlangte er erneut nach Wein, um den nun verödeten klaffenden Schnitt nochmals zu desinfizieren.

Ich hatte Steldors Wunde immer noch nicht aus der Nähe betrachtet, weil ich zu viel Angst vor meiner eigenen Reaktion hatte. London schien das zu spüren und gab mir leise die Erlaubnis, mich zurückzuziehen.

»Alera, er bemerkt unsere Anwesenheit nicht mehr. Und ich denke, Miranna braucht dich gerade mehr als er.«

Nach einem unsicheren Blick auf Cannan, der schwach nickte, bettete ich Steldors Kopf behutsam auf sein Lager aus Tierfellen. Dabei fiel mein Blick auf den Talisman in Form eines Wolfskopfes, den er immer trug. Er lag verrutscht auf seiner Brust und war blutbefleckt. Weil ich wusste, wie viel er ihm bedeutete, hatte ich plötzlich das Bedürfnis, ihn zu hüten.

»Darf ich das an mich nehmen?«, sagte ich zu Cannan und strich mit den Fingern über die Kette.

»Er ist Euer Gemahl, also könnt Ihr es ruhig nehmen.«

Ich nickte und nahm ihm den Talisman ab. Nach einem letzten Blick auf Steldors hübsches Gesicht erhob ich mich und ging den Anhänger waschen, bevor ich ihn um meinen Hals legte.

Miranna war offenbar aufgewacht, als wir uns um Steldor gekümmert hatten. Jetzt saß sie da und presste noch immer die Hände auf ihre Ohren, obwohl die Schreie längst verstummt waren. Ich ging zu ihr und versuchte, sie, so gut ich es vermochte, zu trösten, auch wenn sie kein Interesse an einem Gespräch zeigte. Inzwischen nähte London die Wunde zu. Galen stand auf, um ein sauberes Hemd und neue Decken zu holen. Die anderen beiden versuchten anschließend, Steldor notdürftig von Blut und Schmutz zu reinigen und es ihm ein wenig bequemer zu machen. Nachdem sie seinen Bauch frisch verbunden hatten, hoben sie den immer noch bewusstlosen König vorsichtig auf und betteten ihn auf sauberen Tierhäuten links neben dem Feuer. Schließlich deckten sie ihn noch zu.

Während London, Cannan und Galen sich wuschen und ihre mit Blut und Ruß verschmutzten Kleider wechselten, beeilte ich mich, Grütze zu kochen. Sie versammelten sich, um jeder eine Schüssel mit dem unansehnlichen Brei in Empfang zu nehmen und schlangen diesen wortlos noch im Stehen herunter. Zu meinem Erstaunen begann Galen danach zu schwanken. Ich fürchtete schon, meine Kochkünste wären so schlecht, dass er davon krank wurde.

»Schlaf ein wenig, Galen«, befahl Cannan und fasste den jungen Mann am Arm, damit er nicht fiel. Mir war klar, dass die vermeintliche Krankheit, unter der er litt, nur die reine Erschöpfung war.

Galen nickte, zwang sich jedoch noch so lange wach zu

bleiben, um sich ein paar Decken und Felle an der linken Höhlenwand auszubreiten, in der Nähe von Davans Lager, aber nur ein paar Schritte von Steldor entfernt. Dann schlief er, noch bevor er sich richtig hingelegt hatte, und ich wusste, dass er sehr lange schlafen würde.

In dieser friedlichen Atmosphäre winkte London Cannan, ihn zum Eingang zu begleiten. Ich warf noch rasch einen Blick auf Miranna, die sich mit einer Schüssel Grütze auf ihr Lager zurückgezogen hatte, dann folgte ich den beiden. Die Männer bemerkten mein Näherkommen, aber glücklicherweise versuchte keiner von ihnen, mich fortzuschicken. London lehnte sich an die Höhlenwand und verschränkte die Arme vor der Brust, bevor er die Frage stellte, die auch mich schon die ganze Zeit über gequält hatte.

»Was ist passiert?«

»Wir waren kaum aus dem Tunnel, als die Cokyrier uns angriffen. Drei von ihnen kamen auf einen von uns, aber Steldor und Galen kämpften für zwanzig. Als der letzte Cokyrier gefallen war, konnte Galen drei ihrer Pferde einfangen. Damit gelang uns die Flucht, bevor der Feind unsere Verfolgung aufnehmen konnte. Erst da entdeckten wir, was vorher nur Steldor gemerkt hatte – dass er schwer verwundet war.«

Cannan schaute kurz beiseite und schüttelte ungläubig den Kopf.

»Ich weiß nicht, wie der Junge danach noch weiterkämpfen konnte, aber wenn es ihm nicht gelungen wäre, hätte keiner von uns überlebt. Ich presste also rasch etwas auf die Wunde und verband sie notdürftig, dann ritten wir los. Wir wollten haltmachen und sie besser versorgen, sobald wir einen gewissen Abstand zwischen uns und den Feind gebracht hätten. Doch sie hatten unsere Fährte nahezu umgehend aufgenommen.«

Ich starrte den Hauptmann verblüfft an, der so sachlich von ihrem Leidensweg berichten konnte, als sei es eher eine Trainingseinheit gewesen als ein Kampf auf Leben und Tod. Sein Inneres musste in Aufruhr sein, doch von außen sah man ihm nichts davon an. Fest stand, dass Steldor sie gerettet hatte. Ich betete darum, dass London und Cannan dasselbe für ihn tun konnten.

»Galen und ich wechselten uns damit ab, kehrtzumachen und zu versuchen, die Cokyrier abzuwimmeln, doch das sind gut ausgebildete Fährtenleser. Unablässig verfolgten sie uns und kamen mit jeder Stunde, die verstrich, ein wenig näher. So wagten wir nicht, auf direktem Wege hierherzukommen, und wollten uns gerade trennen, als Davan uns fand. Dann versuchten wir es mit einer List und gaben ihm zwei unserer Pferde, denn die Cokyrier suchten ja nach drei Reitern. Er schnitt sich selbst in den Arm und blieb hinter uns zurück, um den Feind mit seiner Blutspur in die Irre zu leiten.« Der Hauptmann schwieg lange, bevor er fortfuhr. »Da Davan bis jetzt nicht wieder zu uns gestoßen ist, fürchte ich, dass sein Plan zu gut funktioniert hat. Vielleicht hat er unsere Leben gerettet, indem er seines verlor.«

Nachdem er mit seinem Bericht geendet hatte, herrschte bedrücktes Schweigen, denn die Verluste, die wir zu beklagen hatten und noch zu beklagen haben würden, waren schrecklich. Cannan schaute einen Moment lang zu seinem Sohn, dann wandte er seine Aufmerksamkeit wieder London zu.

»Und wie ist Euch die Rückkehr nach Hytanica gelungen?«, fragte er in seinem unnachahmlich sachlichen Ton.

»Narian ließ mich frei – er ermöglichte mir die Flucht. Ich wurde im Tempel der Hohepriesterin festgehalten, denn sie glaubte wohl, sich meine Kooperationsbereitschaft durch Freundlichkeit sichern zu können. Zumindest wusste sie vom letzten Mal noch, dass Folter bei mir nicht funktionieren würde. Sie muss meine Anwesenheit vor dem Overlord geheim gehalten haben, denn sonst hätte er mich zweifellos getötet. Er und ich sind vor siebzehn Jahren nicht gerade in bestem Einvernehmen voneinander geschieden.«

Die Erwähnung von Narians Namen und die Tatsache, dass er London befreit hatte, bestätigte mir, woran ich nie ernsthaft gezweifelt hatte: die Unerschütterlichkeit seiner Liebe und seiner Loyalität gegenüber Hytanica, selbst wenn er auf der Seite des Overlord gekämpft hatte. Ich schloss einen Moment lang die Augen und holte tief Luft. Dabei wurde mir klar, dass London noch nie mehr über seine Gefangenschaft in Cokyri im Verlauf des letzten Krieges erzählt hatte.

»Ich hatte Miranna bereits gesehen und wusste, wo sie festgehalten wurde«, fuhr London fort. »Ohne sie zu fliehen, wäre für mich nicht infrage gekommen, also überwältigte ich ihre Bewacher und nahm sie mit. Sobald wir die Mauern des Tempels überwunden hatten, stahl ich ein Pferd und wir ritten, praktisch ohne zu rasten, nach Hytanica zurück.«

Ich nutzte das folgende Schweigen, um selbst eine Frage zu stellen.

»Was denkst du, ist ihr in Cokyri geschehen?«

London musterte mich einige Zeit, und ich hatte den Eindruck, er überlege, was mir zuzumuten sei, dann stieß er sich von der Wand, an der er lehnte, ab und stand vor mir.

»Lass mich dir berichten, was ich beobachtet habe. Miranna befand sich in den Händen der Hohepriesterin, und Nantilam gab ihr ein annehmbares Zimmer, anständiges Essen und eine akzeptable Behandlung. Sie wurde innerhalb der Tempelmauern in keinster Weise verletzt.«

»Das hast du beobachtet. Aber was glaubst du?« Mein Herz hämmerte vor Aufregung schmerzhaft in meiner Brust.

London seufzte tief, bevor er zögernd fortfuhr.

»Na gut, lass mich dir sagen, was ich vermute. Als ich sie holen kam, war es Nacht, und ich trug einen schwarzen Umhang, und sie hatte Angst vor mir. Sie hat auf unserem Rückweg nach Hytanica sehr wenig gesprochen und noch weniger geschlafen, und sie hatte große Angst vor der Dunkelheit. All das bringt mich zu der Annahme, dass sie zunächst vor den Overlord gebracht worden ist. Ich glaube, dass sie so lange in seiner Gewalt war, bis er sie benutzt hat, um Druck auf Narian auszuüben. Vorher dürfte sie in seinem Kerker gewesen sein. Darüber hinaus will ich keine Spekulationen anstellen.«

Ich rang nach Atem, weil meine Lungen sich einfach nicht ausreichend weiten wollten.

»Sie wird sich erholen, mit der Zeit«, versprach er und war dabei der einzige Mensch, dem ich bereit war, das zu glauben.

Die beiden Männer sprachen weiter, während ich in den Unterschlupf zurückkehrte, um nach meiner Schwester zu sehen. Es dauerte nicht lange, bis auch London kam und sich seinen Reisesack holte. Cannan gesellte sich zu mir.

»Wenn Steldor zu sich kommt, muss er essen. Weckt dann einfach Galen. Ich werde draußen Wache halten.«

Der Hauptmann sagte das in ganz normalem Ton, doch seine Augen flogen immer wieder zu seinem bewegungslos daliegenden Sohn. Ich wusste, dass er mindestens so müde sein musste, wie der Haushofmeister, der kaum noch auf seinen Beinen hatte stehen können, und ich fragte mich, was ihn wohl aufrecht hielt.

Doch ich nickte nur zustimmend, und Cannan und London gingen gemeinsam hinaus. London nahm seine

Dolche, seinen Jagdbogen und Köcher mit. Ich brauchte einen Moment, bis ich begriffen hatte, dass, da nun alle Männer entweder abwesend, beschäftigt oder außer Gefecht gesetzt waren, ich für den Moment die Verantwortung übernehmen musste.

Das tat ich gern, weil ich mich so zumindest nützlich machen konnte. Bislang war ich außer für die Haushaltsführung des Palastes noch nie für etwas verantwortlich gewesen und machte somit soeben eine ganz neue Erfahrung. Ich fühlte mich stark.

Das Brennholz war noch an der Wand gestapelt, aber fast alles andere war durcheinandergeworfen. Also räumte ich als Erstes die medizinischen Hilfsmittel weg, die wir zu Steldors rascher Versorgung gebraucht hatten. Ich hob auch das auf, was London nach dem Reinigen der Wunde auf den Boden geworfen hatte. Dann wickelte ich Bandagen wieder auf, korkte Flaschen zu und zog den Faden aus der Nadel, mit der London Steldor genäht hatte. Nachdem ich all diese Dinge aufgeräumt hatte, hob ich die blutigen Kleidungsstücke auf und warf sie ins Feuer. Ich wusste nicht, ob man die Umhänge waschen konnte, also legte ich sie erst einmal beiseite. Die Tierhäute waren ebenfalls blutbefleckt, konnten aber vielleicht auch gereinigt werden, also packte ich sie zu den Umhängen. Bei der Arbeit plauderte ich mit meiner Schwester und erzählte ihr einfach, was ich gerade tat. Ich hoffte, sie würde sich irgendwann vielleicht am Gespräch beteiligen.

»Hast du Hunger?«, fragte ich sie schließlich, weil ich wusste, dass sie am Morgen nicht viel gegessen hatte. »Ich sollte sowieso noch einmal Grütze kochen, falls Steldor aufwacht.«

Ich schaute zu meinem Gemahl, der neben dem Feuer lag, und bezweifelte, dass er in nächster Zeit zu Bewusstsein kommen würde.

»Nein«, murmelte Miranna und senkte den Kopf. »Ich habe keinen Hunger.«

Ich beobachtete sie und sah eine Träne auf den felsigen Boden tropfen.

»Mira, was hast du?«, drängte ich sie sanft und hoffte, sie würde mehr sagen.

Doch sie schluchzte nur ein-, zweimal auf. Es war so seltsam für mich, meine sonst immer so vergnügte Schwester weinen zu sehen, dass mir kein Wort des Trostes für sie einfiel. Also kniete ich mich nur neben sie und strich mit meinen Fingern durch ihre verfilzten Locken.

»Ich bin so durcheinander, Alera. Ich – ich weiß nicht, wo wir sind und warum. Ich weiß nicht einmal ... Ich kann mich nicht erinnern, was passiert ist.«

»Wir sind ein ganzes Stück nördlich der Stadt, in einem Höhlenversteck«, erklärte ich und fühlte mich durch die Tatsache, dass sie wenigstens einen vollständigen Satz gesprochen hatte, ein wenig ermutigt. »Wir mussten uns hier in Sicherheit bringen. Unser Zuhause ... Hytanica ist in die Hände der Cokyrier gefallen.«

»Und Vater und Mutter?«

Mein Hals schnürte sich zusammen, und ich biss mir auf die Lippe. Dann legte ich die Arme um ihre Schultern und wusste nicht, wie ich ihre Frage beantworten sollte. Ich wusste nicht einmal, wie ich sie mir selbst beantworten sollte. Nach einer Weile wiederholte sie die Frage und klang noch besorgter.

»Mama und Papa?«

»Sie mussten zurückbleiben«, presste ich hervor und bemühte mich, gefasst zu klingen, um sie nicht noch mehr zu beunruhigen.

»Und was ... was ist mit mir passiert?«, fragte sie traurig und kuschelte sich wie ein kleines Kind in meine Arme. »Alles ist so durcheinander. Ich erinnere mich noch daran, dass ich die Kapelle aufgesucht habe. Ich dachte … ich dachte, Temerson würde da sein. Aber es war alles dunkel … und jemand packte mich … und ich habe nach Luft gerungen.« Sie zitterte und die Tränen liefen ihr nur so über die Wangen. »Ich hatte solche Angst. Danach weiß ich nicht mehr viel, nur noch, dass ich zur Hohepriesterin kam. Und dass London mich mitgenommen hat.«

Ihre Stimme bekam einen hysterischen Ton, und ich hielt sie noch fester. Am liebsten hätte ich mit ihr geweint, aber ich nahm mich zusammen und legte stattdessen meine Gefühle in unsere Umarmung. Als sie sich ein wenig beruhigt hatte, versuchte ich, ihr gut zuzureden.

»Wir haben jetzt Anfang Februar, bald wird der Frühling kommen. Ich weiß, dass du dir das jetzt nicht vorstellen kannst, und bestimmt wird es noch eine Weile dauern, aber es ist vorbei, und du bist in Sicherheit. Und ich bin hier, um dir zu helfen.«

Sie antwortete nicht, aber ich blieb bei ihr, bis sie gleichmäßig atmete und schließlich wieder einschlummerte. Ich wünschte, ich hätte aufhören können, mich um sie zu sorgen, aber sie war immer müde und aß zu wenig.

Jetzt war ich als Einzige wache. Galen hatte sich, seit er auf sein Lager gefallen war, noch kein einziges Mal gerührt. Er lag mit offenem Mund halb auf der Seite, halb auf dem Bauch. Steldor hätte wie tot gewirkt, wenn sich seine Brust nicht rasch gehoben und gesenkt hätte.

Langsam schob ich meine Schwester von meinem Schoß und auf den Boden, bevor ich ein paar Tierfelle holte, die ich zwischen sie und den harten Höhlenboden stopfte. Danach nahm ich mir einen Kochtopf, den ich mit Wasser füllte, um Grütze zu kochen. Als ich mir Hafer holte, suchte ich Trockenfrüchte, die dem faden Brei etwas Geschmack geben würden. Ich entdeckte Rosinen und nahm eine großzügige Portion davon.

Ich kochte genug für Miranna und mich und noch ein wenig mehr, falls Steldor aufwachte. Dann goss ich eine Portion der wässrigen Mischung in eine Schale und streute ein paar Rosinen darüber. Ich aß schweigend und dachte darüber nach, dass das Ganze etwas eingedickt besser schmecken musste. Die Rosinen waren aber jedenfalls schon eine spürbare Verbesserung. Schließlich setzte ich mich mit dem Rücken an die Wand gegenüber von Galen, sodass ich Miranna und Steldor gleichzeitig im Blick hatte. Und dann gab ich mir Mühe, die Dinge zu glauben, die ich zuvor meiner Schwester gesagt hatte.

23. PRAKTISCHE ENTSCHEIDUNGEN

Endlich rührte sich jemand. Ich hörte ein Stöhnen und richtete mich sofort kerzengerade auf. Mein Blick fiel auf meinen verletzten Gemahl. Er versuchte, seine Position zu verändern, und stieß dabei einen kleinen Schrei aus. Ich eilte zu ihm und wollte sehen, was ich für ihn tun konnte, bevor ich Galen weckte. Wenn es nicht nötig war, wollte ich den Offizier lieber weiterschlafen lassen.

Leise rief ich Steldors Namen, bemühte mich, ihn ganz zu Bewusstsein kommen zu lassen, und als er die Augen aufschlug, sah er mich mit verschwommenem Blick an. Ich legte eine Hand auf seine Stirn, um zu fühlen, ob er fieberte. Noch von Londons Verletzung wusste ich, dass eines der größten Risiken die Infektion der Wunde war.

»Wie fühlst du dich?«, fragte ich und war erleichtert, weil er nicht übermäßig warm war.

Er antwortete nicht gleich, sondern starrte mich verwirrt an. Endlich wurde sein Blick klarer, und er schien meine Frage zu verstehen.

»Ich fühle mich ...«, hob er an und hatte offenbar Schwierigkeiten zu sprechen. Dann holte er langsam und tief Luft, bevor er herausbrachte: »Ich fühle mich, als wäre mein Bauch aufgeschlitzt und in Brand gesetzt worden.«

Ich musste der ernsten Situation zum Trotz lächeln, weil ich so ungeheuer erleichtert war, dass er anders als Miranna noch er selbst zu sein schien. Mein Lächeln verschwand jedoch schnell, als ich sah, wie er unter krampfartigen Schmerzen die Hände an seinen Seiten zu Fäusten ballte. Er wandte das Gesicht von mir ab, aber sein Atem ging heftig. Ich wollte ihn berühren, ihn trösten, doch schon ein Blick auf seinen Hinterkopf verriet mir, dass er nicht wollte, dass ich seine Pein sah.

»Ich brauche etwas«, presste er nach einiger Zeit mit gequälter Stimme hervor. »Gegen den Schmerz. Bring mir was, irgendwas.«

Ich ging zu unseren Vorräten und schaute die verschiedenen Kräuter durch, die ich dort gesehen hatte. Dann erinnerte ich mich an Cannans Weisung, Steldor solle essen. Der Hauptmann hatte nichts über schmerzlindernde Mittel gesagt, und ich wollte dem König keinen Schaden zufügen, indem ich ihm etwas Falsches gab. Plötzlich wusste ich nicht mehr, ob ich der Situation gewachsen wäre.

»Dein Vater sagte, es sei wichtig, dass du isst.« Ich warf einen Blick zu Galen und dachte, dass ich ihn eigentlich wecken sollte, aber er schlief immer noch wie ein Stein. Die Vorstellung, den jungen Mann aus dem so dringend benötigten Schlaf zu reißen, widerstrebte mir so sehr, dass ich es bleiben ließ. »Ich denke, es wäre wirklich am besten, wenn ich dir ein bisschen Grütze bringen würde.«

Steldor seufzte kläglich und seine dunkelbraunen Augen blickten flehentlich.

»Alera, glaub mir. Ich werde nicht essen können, bis ich –« Er atmete scharf ein und sein Nacken wölbte sich in dem Versuch, ein Stöhnen zu unterdrücken. »Gib mir einfach, was wir haben. Jetzt.«

Seine Miene verscheuchte meine Unentschlossenheit und ich beeilte mich, alles an getrockneten Pflanzen herbeizuschaffen, was ich finden konnte.

»Was brauchst du denn?«, fragte ich neben ihm sitzend und durchsuchte das Sortiment in meinem Schoß. »Wie wäre es hiermit?«

Ich nahm mir ein Gefäß und las das Etikett.

»Wäre Belladonna richtig?«

»Das ist ein Gift, Liebes. Ich wäre dir dankbar, wenn du mir das nicht geben würdest.« Sein trockener Humor schien selbst die schreckliche Verwundung überlebt zu haben.

Rasch legte ich den Behälter beiseite und wollte ihn nicht einmal mehr berühren.

»Hier steht Eichenrinde«, fuhr ich fort und betrachtete ein kleines Säckchen.

Steldor hob einen Finger, um mir zu signalisieren, dass ich etwas Nützliches gefunden hatte.

»Gut, und was mache ich jetzt damit?«

Ich schob die anderen Behälter, Säckchen und Kräuterbüschel von meinem Schoß und wartete auf seine Anweisung.

»Misch es mit Wein und bring es mir.«

»Und wie viel?«

»Viel.«

»Aber ich will dir nicht zu viel –«

»Alera, ich übernehme die Verantwortung dafür.«

Er schloss die Augen wieder, und ich stand rasch auf, weil ich fürchtete, er könne wieder ohnmächtig werden, bevor er gegessen hätte.

Ich griff nach einer Flasche Wein und schüttete hinein, was ich für eine großzügig bemessene Dosis der braunen Substanz hielt. Dann korkte ich die Flasche zu und schüttelte sie, um alles gut zu vermischen. Gerade wollte ich ihm die Flasche geben, da fiel mir noch etwas ein.

»Wird dich das zum Schlafen bringen?«

Er brummte und strich sich sichtlich widerwillig das Haar aus der Stirn.

»Vielleicht. Ich hätte jedenfalls nichts dagegen.«

»Dein Vater hat gesagt, sobald du aufwachst, musst du essen. Also kann ich dich nicht wieder einschlafen lassen, bevor du das getan hast.«

»Verdammt«, murmelte er, und ich wusste, dass sein Unmut weniger mit dem Essen zu tun hatte, als mit der Qual, die ich in seinen Augen verlängerte. »Wo ist mein Vater denn?«

»Er hält Wache. Irgendwo draußen.«

Er ließ die Hand fallen und atmete schwer. Offensichtlich bemühte er sich, in Ruhe nachzudenken.

»Gib mir einfach den Wein, danach esse ich. Ich werde davon ja nicht sofort einschlafen.«

Das klang vernünftig, also drückte ich ihm die Flasche in die Hand und wartete, ob er meine Hilfe verlangen würde. Er sagte jedoch nichts.

»Dann hole ich inzwischen die Grütze«, sagte ich und überließ ihn sich selbst.

Den Topf mit der Grütze hatte ich über dem schwach flackernden Feuer gelassen. Jetzt füllte ich ein paar Löffel davon in eine hölzerne Schale und streute, wie bei meiner Portion, ein paar Rosinen darüber. Als ich mich umdrehte, hatte er sich – zweifellos musste ihm diese Anstrengung zusätzliche Schmerzen bereitet haben – auf seinen linken Ellbogen gestützt und trank von dem Wein. Er trank, bis die Flasche leer war, dann warf er sie beiseite und winkte mir ungeduldig. Offenbar wollte er sich nicht wieder zurücklegen, bis er gegessen hätte. Ich konnte sehen, welche Mühe es ihn kostete, und mir wäre es lieber gewesen, er hätte sich nicht so gequält, aber mir fiel auch kein Weg ein, ihm zu helfen, ohne ihn zu kränken.

Misstrauisch musterte er, was ich ihm da servierte, aber ihm fehlte eindeutig die Kraft, sich zu beklagen. Er begriff wohl, dass es wichtig war zu essen, damit er wieder zu Kräften kam, also zwang er sich zu ein paar Löffeln. Ich versuchte, ihm dabei nicht zuzusehen und stocherte stattdessen ein wenig im Feuer herum. Als ich hörte, wie er sich zurückfallen ließ, sah ich, dass er die halb volle Schale stehen gelassen hatte. Ich konnte ihm angesichts seines Zustands den fehlenden Appetit nicht zum Vorwurf machen, gleichzeitig war ich mir nicht sicher, ob Cannan, damit zufrieden sein würde. Aber immerhin hatte er nun noch etwas anderes außer Wein in seinem Magen.

Nach etwa einer Viertelstunde zeigten der Alkohol und die Eichenrinde Wirkung, und Steldor fiel erneut in einen tiefen Schlaf. Wieder blieb ich mir selbst überlassen, aber nun hatte ich kaum noch etwas zu tun. Ich kehrte also zur Feuerstelle zurück, rührte die Grütze um und gab noch etwas Wasser dazu, damit sie nicht zu sehr eindickte. Zum Glück dauerte es nicht lange – höchstens eine halbe Stunde – bis Cannan in den Unterschlupf zurückkehrte. Er blieb neben Galen stehen und stupste ihn mit dem Stiefel leicht an der Schulter an, um ihn wachzurütteln.

»Genügend Schönheitsschlaf«, sagte Cannan, als Galen mühsam die Augen öffnete. »Zeit, eine Wachschicht zu übernehmen.«

Galen kam taumelnd auf die Füße und schien nicht im Mindesten ausgeschlafen, während sein Hauptmann bereits zu mir kam und einen Blick auf seinen verwundeten Sohn warf.

»Steldor?« Seine Stimme klang erschöpft, ruppig und besorgt.

»Er war wach. Ich habe mit ihm gesprochen, und er hat ein bisschen gegessen. Nicht sehr viel, aber ein bisschen.«

»Schien er bei sich zu sein?«

»Ja. Erschöpft und von Schmerz gepeinigt, und nicht besonders zufrieden mit mir, also war er eindeutig bei sich.«

Plötzlich erinnerte ich mich an das Schmerzmittel, das ich ihm gegeben hatte, und ich holte schnell das Säckchen, um es dem Hauptmann zu zeigen.

»Er hat danach verlangt. Eichenrinde. Also habe ich etwas davon in Wein aufgelöst. Es scheint geholfen zu haben, und dann ist er wieder eingeschlafen. Ich hoffe, das war in Ordnung.«

Cannan nickte, noch bevor ich zu Ende gesprochen hatte. »Gut. Dann vermute ich, Ihr seid ohne Galen zurechtgekommen.«

Der Haushofmeister stand jetzt vor dem kleinen Wasserfall und spritzte sich kaltes Wasser ins Gesicht. Er schien kein Wort mitbekommen zu haben.

»Ich glaube, ich hätte ihn ohnehin nicht wachbekommen«, sagte ich mit mitfühlender Stimme. »Er war etwa so weit weg wie Ihr.«

Der Hauptmann ging zu Steldor, ließ sich neben ihm auf ein Knie sinken und berührte mit dem Handrücken seine Wange, um die Temperatur zu fühlen. Ich beobachtete sein Gesicht, um zu sehen, ob ich darin Anzeichen für Probleme entdeckte. Aber ich fand keine. Er strich nur rasch mit der Hand über Steldors Haar, bevor er ihn weiter ruhen ließ.

»Seid Ihr hungrig?«, fragte ich ihn, doch er schüttelte den Kopf.

Galen trat ans Feuer und schaute gierig auf den Kochkessel. Ich wusste, dass ich ihn nicht fragen brauchte, ob er Appetit hätte.

»So weit scheint es ihm gut zu gehen«, sagte Cannan im Vorbeigehen, bevor er sich nahe dem Höhleneingang ebenfalls ein Lager richtete.

Ich löffelte Grütze für Galen in eine Schale, gab ein paar Rosinen dazu, und er schlang alles hinunter.

»Der beste Brei aller Zeiten«, sagte er grinsend und wischte sich mit dem Handrücken über den Mund. »Danke.«

Dann machte er sich auf den Weg hinaus, um Wache zu

halten. Er ging am Hauptmann vorbei, der sich bereits zu seiner längst nötigen und so lange aufgeschobenen Rast niedergelegt hatte.

»Weckt mich, sobald Steldor sich regt«, rief er noch, bevor er sich endlich selbst etwas Ruhe gönnte.

Die Worte des Hauptmannes bedeuteten, dass ich, wieder einmal, zu wachen hatte. Und sie bedeuteten, dass ich in unserer dämmrigen, feuchten Zuflucht wieder auf mich selbst gestellt war. Ich war dankbar, für die paar Sonnenstrahlen, die von oben hereinfielen, aber sie beleuchteten den Boden eben nur an wenigen Stellen, und sie wanderten mit dem Stand der Sonne. Unsere Fackeln und das Feuer reichten mit ihrem Licht auch nicht weit, und es gab viele düstere Stellen an den Wänden und in den Ecken. Die Stille im Inneren des mächtigen Gesteins war auch anders, viel reiner, weil man keine Vögel oder raschelnden Zweige oder Schritte hörte. Was für ein kühles und trostloses Dasein uns hier bevorstand.

Ich hatte kaum etwas zu tun, und die Zeit schlich dahin. Ich begann nachzudenken und fragte mich unweigerlich, ob mein Königreich noch existierte. Ich konnte gar nicht anders, als an meine Eltern, meine Freunde, mein Volk zu denken. Und dann wanderten meine Gedanken unweigerlich zu Narian, der London und meine Schwester gerettet hatte, dem es jedoch wahrscheinlich an Macht fehlte, um noch andere, womöglich sich selbst, vor dem Overlord zu schützen.

Dann fiel mir Galens Hochzeit ein, die erst kurze Zeit zurücklag – er hatte sich nichts anmerken lassen, aber innerlich musste er vor Sorge schier umkommen. Daheim in der Stadt würde Tiersia, sofern sie überhaupt noch am Leben war, nicht wissen, wo Galen war. Wahrscheinlich hielt sie ihn für tot. Das würde sie in unnötige Trauer stürzen. Aber wäre sie tatsächlich unnötig? Waren wir in dieser

Höhle nicht so gut wie tot? Wir würden niemals mehr zurückkönnen. All diese Tatsachen waren mehr, als ich ertragen konnte.

Also stand ich auf und war entschlossen, mir eine Beschäftigung zu suchen, die mich vor dem Verzweifeln bewahrte. Weil ich mir ausmalte, mich besser zu fühlen, wenn ich ein wenig sauber gemacht hätte, erhitzte ich zunächst einmal Wasser – mein Haar musste dringend gewaschen werden. Ich fuhr mir mit der Hand über den Kopf und blieb mit den Fingern in einzelnen Locken hängen, die sich aus dem Knoten gelöst hatten, den ich mir kurz vor unserer Flucht aufgesteckt hatte. Vorsichtig versuchte ich, die übrigen Locken zu lösen, doch ich musste mehrmals daran reißen, bis ich das Haar endlich offen hatte. Was mir dabei ausging, warf ich ins Feuer.

Als das Haar mir über Schultern und Rücken fiel, schauderte ich richtig. Es war schrecklich schmutzig, mit Blättern und Zweigen darin, und richtig verfilzt. Selbst wenn ich mir größte Mühe gäbe, würde ich einige verknoteten Strähnen abschneiden müssen. Ich zog den Dolch, den Steldor mir gegeben hatte, aus der Scheide an meinem Unterarm. Da wurde mir klar, wie unpassend es wäre, ausgerechnet diese Waffe, die er mir nur widerwillig überlassen hatte, zu benutzen, um die Locken zu kürzen, mit denen er stets so gern gespielt hatte.

Ich trug den Topf mit dem heißen Wasser zu dem Becken am Fuß des Wasserfalls und gab ein wenig kaltes Wasser dazu, um die richtige Temperatur zu erzielen, während ich überlegte, wie ich am besten vorgehen sollte. Ich hatte nichts, um mein Haar auszubürsten, und nur warmes Wasser, um es zu säubern. Wütend schnappte ich mir den Dolch und schnitt eine meiner vorderen Locken auf Schulterlänge ab. Achtlos ließ ich den Rest zu Boden fallen. Dann hob ich die braune Locke, die mir leblos und ohne Glanz erschien, aber doch auf, und fällte eine pragmatische Entscheidung.

Ich warf die Locke wieder fort, packte mir ein neues Büschel und kappte auch das. So verfuhr ich weiter und kürzte mein gesamtes Haar auf die Länge der ersten Strähne. Nachdem ich mein Spiegelbild im Wasser betrachtet hatte, griff ich erneut zu der Waffe und schnitt alles von schulter- auf kinnlang. Das war die Länge, in der auch die Hohepriesterin ihr Haar getragen hatte. Ein Keuchen hinter mir erschreckte mich. Als ich herumwirbelte, sah ich, dass Miranna aufgewacht war und zu mir gelaufen kam.

»Alera, was tust du da? Dein Haar!«

Ich legte mahnend einen Finger an die Lippen.

»Ich musste, Mira. Komm, schau es dir an, es ist gar nicht so schlecht geworden.«

Sie fiel neben mir auf die Knie und hob eine Locke vom felsigen Boden auf.

»Aber kurzes Haar …«, begann sie mit zitternder Stimme.

»Es wird doch wieder nachwachsen.«

Miranna hatte mich daran erinnert, was es in unserem Königreich bedeutete, wenn eine Frau ihr Haar kurz trug. Das Haar kürzer als schulterlang zu schneiden, war eine gängige Strafe für Prostitution oder andere schwere Vergehen. So sollten die Frauen dem Spott preisgegeben und ausgegrenzt werden. Ich begann zwar etwas unruhig bei der Vorstellung zu werden, was andere dazu sagen mochten, aber ich wusste doch gleichzeitig, dass ich das Richtige und Notwendige getan hatte. Wenn wir erst ein paar Wochen hier gehaust hätten, wäre mein Haar ohnehin nicht mehr zu retten gewesen, und abgesehen davon – welche Gesellschaft hätte mich denn noch verurteilen sollen?

»Mira, ich denke … Um ehrlich zu sein …«

Ich streckte die Hand aus und versuchte, einige ihrer

eigenen ziemlich schmutzigen Locken zu entwirren, doch sie entriss mir ihr Haar, weil sie begriffen hatte, was ich ihr vorschlug.

»Nein«, sagte sie und klang ehrlich verzweifelt.

»Es sind doch nur Haare«, sagte ich sanft und versuchte, sie zu überreden. »Du wirst es viel bequemer haben, wenn sie kürzer sind. Du kannst das, was ich abschneide, ja flechten und aufheben.«

Tränen traten ihr in die Augen, und ich verstand, warum. Miranna hatte ihr Haar schon immer geliebt. Es war springlebendig und wunderschön, ob frisiert oder offen, und sie spielte dauernd damit, wickelte es um ihre Finger. Jungen bewunderten es, wenn sie an ihnen vorüberlief, ihre Freundinnen frisierten es mit Hingabe, und unsere Mutter hatte es unablässig gepriesen. Miranna war klug genug zu wissen, dass wir sie vielleicht nie mehr wiedersehen würden. Trotzdem nickte sie und wandte mir den Rücken zu, als ich sie unerbittlich ansah. Dabei liefen ihr die Tränen übers Gesicht, und ihre Unterlippe zitterte wie bei einem kleinen Mädchen.

Ich griff erneut zum Messer und begann zu schneiden, allerdings nicht so kurz wie bei mir. Schulterlang würde es auch gehen und ihr ein bisschen mehr von ihren kostbaren Locken lassen. Sie weinte stumm, während ich Strähne um Strähne kürzte, bis ich endlich fertig war. Dann fuhr ich mit den Händen durch das, was übrig geblieben war und fasste es mit dem Band zusammen, das ich für meinen Knoten benutzt hatte. Ich selbst würde es für eine ganze Weile nicht brauchen.

»So«, verkündete ich. »Damit wirst du viel leichter zurechtkommen, und es ist noch nicht einmal schrecklich kurz.«

Sie fasste an ihren Hinterkopf und fühlte, was ich getan hatte, dabei schniefte sie immer noch und musterte zugleich ihr Spiegelbild im Wasser. Ich wartete darauf, dass sie etwas sagen würde, doch sie nahm nur die rotblonden Locken, die ich für sie zusammengesammelt hatte, und zog sich auf ihr Bett in der Ecke zurück. Dort rollte sie sich, die kostbaren Locken umklammernd, ein und blieb reglos liegen.

Ich beobachtete sie eine Weile voller Bedauern und Mitleid. Dann wusch ich meinen Kopf mit dem noch warmen Wasser. Nachdem ich es mit den Fingern gekämmt hatte, fand ich es einigermaßen annehmbar. Mein Nacken fühlte sich zwar ungewöhnlich kühl an, aber die Erfahrung war neu und aufregend, das war in unserer gegenwärtigen Lage ja zumindest etwas. Es kam mir fast vor, als hätte ich mich mit dem Abschneiden meiner Locken von der verwöhnten Prinzessin und späteren Königin, die ich in Hytanica gewesen war, in eine andere verwandelt. Hier draußen konnte ich einen Beitrag leisten und fühlte mich respektiert.

Dann sortierte ich mein abgeschnittenes Haar, flocht und band die am wenigsten verfilzten Strähnen zusammen und stopfte sie in die Tasche meiner Reithose, um sie nicht zu verlieren. Ich war mir sicher, Miranna würde es, nachdem sie sich von dem Schock erholt hätte, ebenso machen.

Nach einer kurzen Weile gesellte ich mich zu meiner Schwester und schaffte es schließlich sogar, sie in ein Gespräch zu verwickeln. Wir erinnerten uns an unsere Kindheit, obwohl es sich so anfühlte, als sei gerade jemand gestorben. Wir konnten nicht in Erfahrung bringen, wer gefallen sein mochte, aber alles, was bisher unser Leben ausgemacht hatte, existierte nicht mehr. Wir hatten also einen schrecklichen Verlust erlitten. Dennoch sprachen wir nur über glückliche Zeiten, denn ich war mir nicht sicher, was ihre geistige Verfassung aushalten würde. Außerdem waren die schlechten Zeiten ohnehin nicht erinnernswert.

Als ich hörte, dass Steldor sich rührte, entzog ich Miranna meine Aufmerksamkeit. Ich sah, wie er rastlos den Kopf von einer Seite zur anderen warf. Sofort war ich bei ihm und streckte die Hand aus, um seine Stirn zu befühlen. Da schlug er die Augen auf und sah mich ungehalten an.

Ich war mir nicht sicher, was ich tun sollte, denn jetzt kam er mir deutlich unbehaglicher vor als bei seinem letzten Erwachen. Er zog mit dem linken Arm an den Decken, als versuche er vergeblich, sie loszuwerden.

»Steldor?«, sagte ich, um zu sehen, ob er ansprechbar wäre.

»Was?« Das klang so schnippisch, dass ich mir sicher war, mit seinem Bewusstsein sei alles in Ordnung.

»Wie geht es dir?«

»Mir ist zu warm.«

Er drehte sich so weit, wie seine Wunde es zuließ, schien aber keine bequeme Position finden zu können. Ich machte mir Sorgen, er könne Fieber bekommen haben.

»Lass mich deinen Vater holen«, sagte ich rasch, bevor mir klar wurde, dass Cannan bereits auf den Beinen war. Er kam sofort herüber, kniete sich an Steldors andere Seite und legte ihm die Hand an die Stirn.

»Mir ist zu warm«, wiederholte Steldor, diesmal für Cannan.

»Vielleicht liegst du zu nah am Feuer«, überlegte der Hauptmann und nahm die Decken fort, dic Stcldor offenbar nicht mehr wollte. »Aber allein kann ich dich nicht weiter wegrücken.«

»Wo ist Galen?«

Während die beiden miteinander sprachen, sah ich Steldor prüfend an. Er schwitzte nicht. Vielleicht hatte Cannan recht, und er war wirklich zu nah am Feuer.

»Mit Galen ist alles in Ordnung«, antwortete Cannan, und Steldors Miene verriet, dass er die Frage nicht aus eigenem Unbehagen gestellt hatte, sondern aus Sorge. »Er hält gerade Wache.«

Steldor schluckte und nickte. »Und alle anderen?«

»Die anderen sind heil hier angekommen, nur Davan ist zurückgeritten, um uns zu suchen. Dann hat er die Cokyrier, die uns verfolgten, auf eine falsche Fährte gelockt.« Cannan schwieg kurz, dann sagte er mit rauer Stimme. »Er ist nicht zurückgekehrt.«

Steldor nickte, erwiderte jedoch nichts. Daraufhin richtete der Hauptmann seine Aufmerksamkeit auf mich. Kurz erschien ein fragender Ausdruck auf seinem Gesicht, als er mein abgeschnittenes Haar bemerkte.

»Alera, bringt ihm etwas zu trinken«, sagte Cannan und kommentierte meine Frisur mit keinem Wort.

Ich eilte zu der Wasserstelle, nahm mir auf dem Weg noch einen Becher, und war froh, dass der Hauptmann jetzt die Verantwortung trug. Während ich den Becher füllte, hörte ich, wie er wieder mit seinem Sohn sprach.

»Du hast vorhin nicht viel gegessen. Aber Nahrung ist wichtig, damit du gesund wirst.«

»Ich weiß«, antwortete Steldor und klang ungewohnt verletzlich. »Ich bin nur nicht …«

Er verstummte und schien zu große Schmerzen zu haben und zu müde zu sein, um sich mit Ausreden abzugeben.

»Verstehe«, lenkte Cannan ein. »Trotzdem.« Sein Ton ließ keinen Zweifel daran zu, dass er von Steldor erwartete, dass er möglichst reichlich aß.

»Gibt es irgendwas anderes als Grütze?«

»Keine große Auswahl. London ist auf die Jagd gegangen, aber bis er zurückkommt, haben wir Brot, Grütze, ein paar getrocknete Früchte und Zwieback. Such dir etwas davon aus.«

Außer dem Becher füllte ich noch einen Eimer mit Wasser und brachte Cannan beides. Zum zweiten Mal griff er seinem Sohn unter die Achseln und zog ihn vorsichtig in eine halb sitzende Position hoch, doch Steldor schrie vor Schmerz auf und rang keuchend nach Atem.

»Ganz ruhig, mein Junge«, besänftigte Cannan ihn und legte den rechten Arm als Stütze um seine Brust. Mit der linken Hand strich er ihm das dunkle Haar aus der Stirn. »Ganz ruhig. Alles wird gut.«

Steldor schien vom liebevollen Ton seines Vaters tatsächlich ruhiger zu werden, nur sein Atem ging noch unregelmäßig. Ich reichte Cannan den Becher, und er half seinem überhitzten Sohn, ihn auszutrinken. Dann gab er ihn mir zurück, damit ich ihn in dem Eimer erneut füllte. Nachdem er mir aufgetragen hatte, etwas Trockenobst, Grütze und einen Lappen zu bringen, half er Steldor erneut beim Trinken. Als ich alles gebracht hatte, tauchte er das Tuch in den Eimer und wischte seinem Sohn damit über Gesicht und Hals. Nachdem er Steldor in seiner Position stabilisiert hatte, nötigte er ihn, etwas zu essen und war dabei erfolgreicher als ich zuvor. Als er mit der verzehrten Menge zufrieden war, half der Hauptmann Steldor, sich wieder auf den Fellen auszustrecken, damit er weiterschlafen konnte.

»Denkt Ihr, er ist auf dem Wege der Besserung?«, fragte ich ängstlich und war mir nicht sicher, ob Cannan jetzt, wo Steldor ihn nicht hörte, offen zu mir wäre.

»Er ist schneller abgekühlt, als es der Fall gewesen wäre, hätte er Fieber gehabt«, erwiderte der Hauptmann und befühlte gleich noch einmal Steldors Stirn. Ich wandte den Blick ab, als er sein Hemd hinaufschob, um den Verband zu prüfen und nach der Wunde zu sehen. »Die Wunde selbst ist leicht gerötet, aber das ist noch kein Grund zur Sorge.«

Ich sagte nichts dazu, dass er das Wort »noch« verwendet hatte. Er schob die Verbände und das Hemd seines Sohnes wieder zurecht. Dann deutete er mit dem Kopf zu meiner Schwester, die auf ihrem Lager saß und bewegungslos ins Leere starrte.

»Und wie geht es ihr?«

»Sie ist … anders. Verändert.«

»Dann ist sie auf Euch angewiesen?«

Ich gab ein Geräusch von mir, das Zustimmung signalisierte, und war gleichzeitig von seiner irgendwie seltsamen Frage irritiert.

»Ich überlege nur gerade, wer im Notfall ohne Hilfe durchkäme«, erklärte er, als hätte er meine Gedanken gelesen, und meine Haut begann unangenehm zu kribbeln.

»Rechnet Ihr mit einem Notfall?«

»Ja. Ständig. Denn das ist die einzige Möglichkeit, darauf vorbereitet zu sein. Ich glaube allerdings nicht, dass man uns hier aufspüren wird.«

Bevor ich darauf antworten konnte, erhob er sich und kehrte zu dem Lager zurück, das er sich bereitet hatte.

»Steldor dürfte noch eine Weile schlafen. Ich werde versuchen, das Gleiche zu tun.« Er sah mich einen Moment lang an, und dann zeigte sich ein vollkommen unübliches Lächeln auf seinem Gesicht. »Und Alera, kurze Haare sind durchaus nicht immer ein Zeichen der Schande.«

24. FÜR HYTANICA STERBEN

Als London Stunden später zurückkehrte, war er nicht allein. Galen hatte seinen Wachposten verlassen, um das Fleisch – ein Reh – in die Höhle zu bringen, doch als mein ehemaliger Leibwächter durch den Spalt im Fels trat, folgte ihm der junge Lord Temerson. Er wirkte erschöpft und sah schmutzig aus, und an seinem Körper hing seine Kleidung in Fetzen, darüber, halb verrutscht, trug er einen dunklen Umhang.

»Ich habe ihn weit weg durch den Wald irrend gefunden«, ließ London uns wissen und zog ihn weiter in unseren Unterschlupf. »Aber er ist nicht mehr ganz da«, fügte der Gardist hinzu und machte eine vage, aber bezeichnende Geste vor seinem eigenen Kopf.

Tatsächlich schien Temerson so benommen wie Miranna, doch als sein Blick auf sie fiel, änderte sich seine Miene. Unerwartet riss er sich von London los und stolperte auf mich und meine Schwester zu, die aufgestanden war und ein paar Schritte in seine Richtung machte.

»Mira«, murmelte er, als er unmittelbar vor ihr stand. Ich wunderte mich, dass er den Kosenamen benutzte, den ich ihr immer gab. Er senkte den Kopf und sein zimtbrauner Pony fiel ihm ins Gesicht. Miranna streckte die Hand aus und strich ihm die Haare zurück. Dabei begegneten sich ihre Blicke. Er schien kurz davor, in Tränen auszubrechen, und ich versuchte nicht einmal, mir vorzustellen, was er durchgemacht haben mochte, bevor London auf ihn gestoßen war.

Die Männer waren jetzt über die ganze Höhle verteilt –

London in der Mitte, Galen bei den Essensvorräten und der Hauptmann, der wohl aufgewacht war, als die anderen eintrafen, stand neben seinem Schlaflager. Sie alle starrten den Neuankömmling an und versuchten offenbar, sich seine Anwesenheit zu erklären. Nur Steldor schlief, und zwar sichtlich ruhiger, jetzt, wo er nicht mehr so fest zugedeckt war. Ich vermutete, Cannan würde nun nicht mehr versuchen, ihn an eine andere Stelle zu rücken.

Miranna und Temerson blieben, wo sie waren, sprachen jedoch kein Wort. Sie berührte nur sein Haar, und er schaute in ihre Augen. Ich fühlte mich unwohl dabei, ihnen so zuzusehen, aber unter unseren gegenwärtigen Lebensumständen gab es eben keine Privatsphäre mehr. Nach ein paar Minuten kehrte Miranna mit dem Mann, der einst um sie gefreit hatte, in ihre Ecke zurück und Cannan ging zu London.

»Was ist mit ihm passiert?«, murmelte er.

»Ich weiß es nicht. Er war ja noch nie besonders gesprächig, und die jüngsten Ereignisse dürften ihn in dieser Hinsicht nicht gerade verändert haben. Ich habe auch noch nicht versucht, ihn auszufragen. Erst einmal wollte ich ihn in Sicherheit bringen.«

»Wenn wir jetzt eines haben, dann ist es Zeit«, erwiderte Cannan. »Da können wir es uns leisten, ihm ein wenig davon zu gewähren.«

»Und Steldor?«

»Er ist vor ein paar Stunden aufgewacht und hat sich beklagt, ihm sei zu warm.«

London suchte Cannans Blick und schien die Bedeutung dieser scheinbar nebensächlichen Bemerkung zu verstehen.

»Er hat ein bisschen gegessen, aber nicht genug«, fuhr Cannan fort. »Jetzt schläft er ganz friedlich. Auch bei ihm muss die Zeit heilen.«

»Soll ich die nächste Wache übernehmen?«

»Nein, das mache ich. Es wird mir guttun, ein bisschen aus der Höhle herauszukommen. Einfach …«

»Ich weiß, seht vorher noch mal nach Steldor.«

Cannan nickte, und London ging zu Galen, um ihm beim Zerlegen des Wildes seine Hilfe anzubieten. Ich folgte ihm, weil ich etwas zu tun brauchte und Temerson und Miranna ein bisschen Zeit für sich lassen wollte. Als ich mich ihnen näherte, musterten beide Männer mich mit hochgezogenen Augenbrauen. Sie schienen meine neue Frisur bemerkt zu haben.

»Lange Hosen, Reiten, kurze Haare … Und was kommt als Nächstes?«, fragte London mit neckendem Unterton.

»Ich hoffe, das Talent, mehr als Grütze zu kochen«, erwiderte Galen.

Wir lachten alle drei, dankbar, dass die Anspannung ein wenig nachließ. Ich warf London einen Blick zu und fragte mich, was er tatsächlich davon halten mochte, und er nickte anerkennend.

»Seien wir ehrlich, Galen«, sagte er dann wieder ernst. »Wir müssen alle Kämpfer nehmen, die wir kriegen können. Und jetzt lasst uns endlich etwas Anständiges kochen.«

Das frisch zubereitete Fleisch wirkte wie ein Wunder. Als ich es auf meiner Zunge schmeckte, merkte ich erst, um wie viel besser es war als Grütze und irgendwelche harten, getrockneten Vorräte. Wir versammelten uns ums Feuer und saßen auf großen Steinen, die die Männer als eine Art Hocker herangerückt hatten. Sogar Cannan hatte seinen Posten verlassen, um sich uns anzuschließen. Gelegentlich wanderte sein Blick zu seinem ruhig daliegenden Sohn, aber er weckte ihn nicht. Schließlich konnte Steldor auch später noch essen.

Miranna und Temerson saßen so dicht beieinander, wie zwei Vögel mit gebrochenen Flügeln, die sich einen Ast teilen und einander geräuschlos Mut machen. Er hatte sich gewaschen und frische Kleidung angezogen, was seine äußere Erscheinung, nicht jedoch seine seelische Verfassung verbessert hatte.

Als wir unsere Mahlzeit beendet hatten, schoss Temersons Blick zwischen den anderen drei Männern am Feuer hin und her, denn er wusste, sie würden bald anfangen, ihn auszufragen. Er schien darauf gefasst und hatte die Finger zur Sicherheit und Ermutigung mit Mirannas verschlungen.

»Willst du uns erzählen, wie es kam, dass du allein im Wald herumgeirrt bist?«, fragte Cannan, und aus seiner Stimme klang weder Druck noch Erwartung. Schließlich durfte man dem Jungen keine Angst einjagen, ihn nicht nervös machen.

Temerson saß lange reglos da, starrte nur auf Mirannas Hand in seiner, und niemand versuchte, ihn anzutreiben. Schließlich hob er den Kopf und zeigte uns ein erstaunlich entschlossenes Gesicht.

»Ich bin davongelaufen«, berichtete der dem Hauptmann ohne Scheu und ohne sein sonst typisches Stottern. »Der Overlord ist nach Hytanica gekommen, so wie alle es vorhergesagt hatten.«

Beim Namen unseres gefürchteten Feindes ließ Miranna ein kleines Wimmern vernehmen, und Temerson drückte ihre Hand noch fester. Ich spürte das Blut in meinen Schläfen heftig pochen und war einerseits begierig, andererseits graute es mir davor, Temersons Geschichte zu erfahren.

»Narian war an seiner Seite, als er verlangte, den König und die Königin zu sehen, um unsere Kapitulation auszuhandeln. König Adrik und Lady Elissia kamen in die

Große Halle, um für uns zu sprechen, nachdem die Soldaten des Overlord die Tore aufgebrochen hatten.

Er war furchterregend, wie der Teufel. Groß, bedrohlich, ganz in Schwarz gekleidet. Er schlug jeden, der ihm im Weg stand, mit einem unsichtbaren Zauber seiner Hände nieder. König Adrik versuchte, mit ihm zu sprechen, aber der Overlord schäumte vor Zorn. Er sagte, er hätte sich darauf gefreut, unseren kindlichen König zu zerbrechen, und dass die Abwesenheit Seiner Majestät, seine Feigheit, nicht gerade sein Mitleid fördere. Dann fragte er König Adrik, was wir mutig genug wären zu opfern. Daraufhin erwiderte der König, wir würden alles geben, um unschuldige Leben zu retten.

Aus irgendeinem Grund sah der Overlord Narian an, bevor er dem König antwortete. ›Ich habe bereits geschworen, die Unschuldigen zu schonen‹, sagte er. Dann befahl er dem König, alle Offiziere unserer Armee antreten zu lassen. Er sagte, deren Leben seien verwirkt, andernfalls würde er unseren gesamten Truppen gegenüber keine Gnade walten lassen.«

Alle in der Höhle schienen den Atem anzuhalten. Der Offiziersrang umfasste alle Elitegardisten, jeden Bataillonskommandanten, eben jeden Soldaten vom Leutnant an aufwärts. Das Versprechen des Overlords, die Unschuldigen zu verschonen, war zweifellos auch Narian zu verdanken, doch er hatte wohl nicht vorhergesehen, wie sein Herr und Meister mit den Soldaten verfahren würde, die sich ergeben hatten.

Temersons Haltung wirkte angespannt, und etwas wie Wut schien in ihm zu wachsen.

»Wir waren ihm vollkommen ausgeliefert. König Adrik blieb keine andere Wahl, als alle Offiziere aus dem Palast und der Kaserne rufen zu lassen, und sie kamen alle. Der Overlord gestattete dem König, allein mit ihnen zu konferieren. In der Zwischenzeit wurden wir anderen, die sich in den Palast geflüchtet hatten, in den Innenhof getrieben. Als die Offiziere aus dem Thronsaal marschierten, wirkten sie entschlossen und gefasst. Mein Vater entdeckte mich und sagte zu mir ...«

Er zögerte, erlaubte sich aber sonst keinerlei Schwäche. Er schien entschlossen, fortzufahren, ohne sich von seinen Gefühlen überwältigen zu lassen.

»Er ließ mich wissen, König Adrik habe es jedem von ihnen freigestellt zu fliehen. Sie würden danach nicht als Deserteure gelten. Mein Vater bat mich, und wenn ich der Einzige wäre, der das täte, nie zu vergessen, dass keiner von ihnen sich zur Flucht entschlossen hätte. Sie entschieden vielmehr, gemeinsam für ihr Königreich zu sterben, um das Volk und ihre Soldaten zu schützen.

Die Offiziere marschierten auf den Exerzierplatz, und wir wurden hinter ihnen hergetrieben. Das Feld war umgeben von der hytanischen Bevölkerung, die man ebenfalls dorthin gezwungen hatte. Dann befahl der Overlord, die Offiziere sollten sich in einer Exekutionslinie auf dem Hügelkamm oberhalb des Feldes aufstellen, sodass alle sie sehen konnten. Wir mussten dabei zusehen – Ehefrauen, Kinder, Geschwister, Eltern. Auch ich habe zugesehen. Mein Vater starb als siebzehnter.«

Jetzt verschlug es ihm vor lauter Grauen doch die Sprache. Die Grausamkeit des Overlords war legendär, doch trotzdem hätte keiner von uns eine solche Herzlosigkeit erwartet, nachdem sein Sieg ihm unbenommen war und wir zu keinerlei Gegenwehr mehr imstande waren. Die Art, in der Temerson von der Ermordung seines Vaters gesprochen hatte, so nüchtern – das war unaussprechlich grauenvoll. Der junge Mann räusperte sich und fuhr fort.

»Bevor er anfing, suchte er Euch – Euch alle. Er wusste, dass der König und die Königin fort waren, aber er wollte den Hauptmann, den Haushofmeister, vor allem auch London, um ihn besonders zu quälen. Als er keinen von Euch entdeckte, wurde ihm klar, dass Ihr mit dem Königspaar entkommen sein musstet. Also verlangte er nach den Leibwächtern der Königsfamilie, die die Lage Eures Verstecks kennen mussten. Sonst würde er jeden Einzelnen so langsam und qualvoll wie nur irgend möglich töten.

Nachdem er die ersten beiden Offiziere zu Tode gefoltert hatte, stellten Halias, Destari und Casimir sich freiwillig für die Verhöre zur Verfügung, um den raschen Tod ihrer Kameraden zu bewirken. Da brachte man sie fort, zurück in den Palast.«

Noch während ich dem grausigen Bericht lauschte, würde mir klar, dass die stellvertretenden Hauptmänner sich selbst ausgeliefert hatten, obwohl Narian mühelos mindestens zwei von ihnen hätte identifizieren können. Er hatte mir zugesagt, so viele Leben wie möglich zu retten, so gut er es vermochte, Gnade walten zu lassen, und nun versuchte ich mir einzureden, dass er sein Wort gehalten hatte. Gleichzeitig spürte ich Wut in mir aufsteigen, darüber, dass er mehr hätte tun müssen, um seinem Herrn und Meister in den Arm zu fallen.

»Dann schritt er die Reihe ab«, sagte Temerson tonlos, »brachte alle Männer dazu, aufzuschreien und hinzustürzen. Er metzelte sie mit einer unsichtbaren Waffe nieder. Bei den meisten ging es schnell. Sie starben praktisch auf der Stelle im Zuge seiner Machtdemonstration. Der Einzige, den er …«

Temersons braune Augen suchten kurz die des Hauptmannes, und seiner undurchdringlichen Miene zum Trotz wusste Cannan, was der Junge sagen würde.

»Er erkannte Euren Bruder, Sir. Er hielt Baelic kurz für Euch. Narian korrigierte ihn, sagte, dass er sich irre. Doch die Verwandtschaft war ja offensichtlich, und …«

»Er ließ sich bei ihm Zeit«, beendete Cannan den Satz mit versteinertem Gesicht. Seine Augen waren allerdings verändert, glühten in einem Zorn, wie ich ihn noch nie gesehen hatte. Sein Bruder war wegen einer unglückseligen familiären Ähnlichkeit schrecklich bestraft worden, wegen Cannans Rang und weil Cannan nicht dort gewesen war, um die Rache selbst über sich ergehen zu lassen. Das Erste und Beherrschende im Blick des Hauptmannes war Zorn, aber dort brannten auch Schuld und Trauer, die kein anderes Ventil fand. Wie vermochte er sich nur derart im Zaum zu halten?

Ich hatte eine Hand vor den Mund geschlagen und Tränen liefen mir über die Wangen, während ich mit dieser fürchterlichen Nachricht rang.

»Nicht Baelic«, stieß ich hervor. »Das ist so falsch, nicht Baelic, er kann nicht … er darf nicht …«

Der Onkel, den ich doch erst seit wenigen Monaten hatte, konnte einfach nicht tot sein. Unmöglich, sich seinen leblosen Körper vorzustellen. Bestimmt konnte nichts sein dauerndes Lächeln, die Liebe zu seiner Familie, seine hoffnungslose Zuneigung zu den Pferden, die Lania so widerstrebend tolerierte, auslöschen. Was würden Lania und die Kinder ohne ihn machen? Es war einfach unfassbar, dass jemand, der so dringend gebraucht wurde, tot sein sollte. Und der Overlord hatte keinen Gedanken darauf verschwendet, keinen einzigen. Ihn scherte weder die Familie, die er zerstört hatte, noch der wundervolle Mann, dem er ungerechtfertigt das Leben genommen hatte.

Galen, den Baelic wie Steldor als Neffen behandelt hatte, war blass geworden und biss die Zähne zusammen. Er sah zu Cannan hin und bemühte sich, es mit dessen unglaublicher Tapferkeit aufzunehmen. Ich spürte, dass er sich instinktiv am liebsten aus unserem Kreis zurückgezogen hätte, um allein zu sein, aber er widerstand diesem Drang, nahm sich ein Beispiel an Cannan und kämpfte seine Gefühle nieder.

»Ich – ich lief davon, als es vorbei war«, sagte Temerson, starrte in die Tiefen der Höhle und schien sich am liebsten dort verkriechen zu wollen. »Der Overlord sah es, aber er lachte nur und sagte seinen Soldaten, sie sollten mich laufen lassen, ich sei doch nur ein Kind. Das Nächste, woran ich mich erinnern kann, ist, dass London mich gefunden hat.«

Als er mit seinem Bericht fertig war, stand Temerson auf, und als niemand Anstalten machte, ihn zurückzuhalten, nahm er Miranna bei der Hand und die beiden wankten zurück in die Ecke der Höhle.

»Gib ihm etwas für ein Lager«, sagte Cannan mit heiserer Stimme zu Galen und deutete mit dem Kopf in Temersons Richtung. Irgendwie wusste ich, dass er das tat, um den Haushofmeister an unsere gegenwärtigen Lebensumstände zu erinnern, an die Notwendigkeit von Disziplin. Es war eine seltsame Form von Trost.

Galen nutzte die Gelegenheit, um ein wenig für sich zu sein, doch ich fürchtete mich vor dem Alleinsein. Gesichter kamen mir in den Sinn, jeder einzelne der Ermordeten, und das machte diesen Albtraum noch unerträglicher: Baelic natürlich, Baron Rapheth, Tiersias Vater, Temersons Vater, Lord Garreck, Tadark und all die anderen Elitegardisten. Und die drei, die sich freiwillig zum Verhör ausgeliefert hatten – der unbekümmerte und hingebungsvolle Halias, der stoische und zuverlässige Destari, Londons bester Freund, und der selbst unter schwierigsten Bedingungen stets loyale Casimir. Sie alle würden umsonst leiden, denn keiner von ihnen würde unser Versteck verraten. Und die vielleicht schlimmste Vorstellung war, dass seit der Massenexekution nun schon einige Tage vergangen waren, in denen die Familien diese unbeschreibliche

Trauer zu erdulden hatten. Auch konnten inzwischen weitere Gräueltaten begangen worden sein, wie etwa der Tod der Männer, die aus der Reihe der Exekutionsopfer geholt worden waren, um ein noch schlimmeres Schicksal zu erleiden.

Ich brauchte Trost. Ich brauchte jemand, der mich davon überzeugte, dass Temersons Geschichte nur die Erfindung eines verwirrten, verängstigten Jungen war. Ich sehnte mich nach meinen Eltern, die, sofern ich Temerson richtig verstanden hatte, noch am Leben waren. Mehr noch als nach meiner Mutter und meinem Vater, sehnte ich mich jedoch danach, um das Feuer herumzukriechen und mich in Londons starke Arme zu flüchten. Er bedeutete Sicherheit, das war schon immer so gewesen. Er musste all das doch ungeschehen machen können. Aber London hatte eine Hand auf die Schulter seines Hauptmannes gelegt, denn trotz der hierarchischen Kämpfe, die die beiden oft ausgetragen hatten, bot er Cannan nun seine Unterstützung, sein Mitgefühl und seine Hochachtung an.

Mit verschwommenem Blick und dem Gefühl von Verlorenheit ließ ich meine Augen durch unseren Unterschlupf wandern und meine Haut wurde eiskalt, als ich zum ersten Mal, seit wir uns zum Essen gesetzt hatten, zu Steldor hinübersah. Er schlief nicht mehr friedlich, sondern warf sich in permanenter Unruhe hin und her. Selbst auf diese Entfernung konnte ich sehen, dass seine Haut gerötet war. Er schien verzweifelt, dass es keine Decken mehr gab, die er hätte wegstoßen können, um der Hitze zu entfliehen, die seinen Körper erfasst hatte.

»Nein«, murmelte ich und riss mich aus der Trance meiner Trauer. Ich taumelte in seine Richtung und wiederholte immer nur dieses eine Wort. Cannan und London reagierten sofort.

Das erste Ziel des Hauptmannes war es, Steldor zu wecken. Leicht, aber eindringlich schlug er seinem Sohn auf die Wangen und rief wieder und wieder dessen Namen, jedes Mal ein wenig lauter. Endlich gab Steldor ein leises Geräusch von sich und hob seine flackernden Lider.

»Vater«, murmelte er, als er den über sich gebeugten Mann erkannte.

London und ich starrten die beiden an, während Galen sich im Hintergrund hielt, sicher ebenso besorgt, aber anscheinend wollte er Vater und Sohn nicht zu nahetreten. Steldor warf sich unruhig herum, und sein Hemd klebte an dem dünnen Schweißfilm, der seine Haut überzog.

»Vater«, sagte er noch einmal, aber diesmal waren seine Augen zugekniffen, und er schien Cannan zu bitten, etwas zu tun, ihm zu helfen, den Schmerz zu lindern.

»Steldor, bleib wach«, befahl der Hauptmann.

Wieder schlug er seinem fiebernden Sohn auf die Wangen und holte ihn so ins Bewusstsein zurück, dann verloren er und London keine Zeit, sondern rissen dem König das Hemd vom Leib. Der Eimer und der Lappen, den der Hauptmann zuvor schon benutzt hatte, standen noch da, und er wischte damit wieder über den Nacken und die Brust seines Sohnes, um dessen Temperatur zu senken, bevor sie lebensbedrohlich würde. Inzwischen entfernte London die Verbände, um sich die Wunde anzusehen. Ich fuhr zurück, und stattdessen trat Galen vor, der beim Anblick der Verletzung das Gesicht verzog.

»Was soll ich dir bringen?«, fragte er London.

»Schafgarbe, um die Entzündung zu bekämpfen. Und frische Verbände – wir werden die Wunde aufstechen müssen.«

Ich sah nicht hin, während sie Steldor behandelten, sondern hatte mich wieder ans Feuer zurückgezogen, aber ich wusste sehr wohl, was sie taten. Aufstechen bedeutete, den Bauch erneut zu öffnen. Sie mussten einen Teil dessen, was sie zugenäht hatten, wieder aufschneiden, damit so viel Eiter wie möglich abfließen konnte.

Cannan blieb noch lange, nachdem London fertig war, bei seinem Sohn und versuchte, ihn davon abzuhalten, sich zu viel zu bewegen. Denn instinktiv versuchte Steldor, vor dem Schmerz zu fliehen. Ihn zu kühlen, schien ein wenig zu helfen, denn der Hauptmann fuhr fort, den heißen Leib seines Sohnes mit dem feuchten Lappen abzuwischen, und sprach dabei beruhigend auf ihn ein. Und sobald der König drohte einzuschlafen, bemühte er sich, ihn wach zu halten und mit ihm zu sprechen.

London kam und ging und sah oft nach Steldor, während er sich inzwischen um andere Dinge kümmerte. Gemeinsam mit Cannan versuchte er unter anderem, ihm eine Brühe einzuflößen, die er aus dem Wild gekocht hatte, doch mein Gemahl wandte den Kopf ab und war durch nichts dazu zu bringen, den Mund zu öffnen.

Schließlich kniete London sich gegenüber von Cannan hin und sie hatten den schlafenden Steldor zwischen sich. Sein Lager war nun weiter vom Feuer weggerückt, und obwohl seine Temperatur, die der Hauptmann regelmäßig fühlte, nur ein klein wenig zu fallen schien, lag er nun etwas ruhiger da. Ich wusste, dass Cannan und London versucht hatten, genau diese Verschlechterung seines Gesundheitszustandes mit allen Mittel zu verhindern, und dass nun nicht mehr gewiss war, ob er durchkäme.

»Ich will irgendetwas tun«, sagte Cannan zu London und warf mir einen raschen Seitenblick zu. Bewusst starrte ich auf die brennenden Scheite in der Feuerstelle, weil er nicht merken sollte, dass ich zuhörte. Inzwischen war die Nacht hereingebrochen, und Miranna und Temerson schliefen in der hinteren rechten Ecke der Höhle nebeneinander. Normalerweise wäre das unschicklich gewesen, doch unter den gegebenen Umständen hatten sie ja lediglich im Sinn, einander Trost und Wärme zu spenden. Galen hatte schon lange wieder draußen Posten bezogen und schien nichts anderes als allein sein zu wollen. Ich fragte mich, wie er damit zurechtkam.

»Am liebsten würde ich diesen Kerl zum Krüppel schlagen«, hob Cannan erneut an und schien mein gesenktes Haupt als Zeichen dafür zu nehmen, dass ich nicht zuhörte.

»Ich fühle genauso«, antwortete London. »Aber im Moment sind wir hilflos. Selbst wenn uns eine Möglichkeit einfiele, um dem Overlord seinen Sieg zu vergällen, haben wir nicht genug Männer dafür. Wir können die Frauen und Temerson nicht ohne ausreichend Schutz allein lassen, und auch Steldor muss versorgt werden.«

Der Hauptmann wirkte ungewöhnlich angespannt, er schien regelrecht zu kochen, weil er zum Nichtstun verurteilt war und sich mit der gegenwärtigen Lage abfinden musste.

»Doch unser Tag wird kommen«, versicherte London ihm mit kaum hörbarer Stimme. »Und dann wird es ihm noch leidtun. Wir werden dafür sorgen, dass es ihm leidtut.«

Cannan erwiderte nichts darauf, sondern befühlte zum tausendsten Mal die Stirn seines Sohnes und ließ eine längere Gesprächspause entstehen. London beobachtete seinen Hauptmann und schien eine Frage auf der Zunge zu haben.

»Werdet Ihr ihm von Baelic erzählen?«, fragte er schließlich.

Cannan antwortete erst nach kurzem Zögern. »Nein. Er muss es nicht wissen. Es zu erfahren würde ihn zerreißen, und in dieser Hinsicht haben die Cokyrier ohnehin schon gute Arbeit geleistet.«

London nickte und schien Cannans Entscheidung zu

respektieren. Dann verfielen beide Männer in tiefes, brütendes Schweigen. Nach einiger Zeit merkte ich, dass ich meine Augen kaum noch offen halten konnte, und trotz der schrecklichen Albträume, die ich fürchtete, machte ich mich zu meinem Schlaflager auf. Mir waren nur wenige Stunden Schlaf vergönnt, dann weckte mich Steldors Unruhe und ich trat zu ihm. Cannan und London waren immer noch neben ihm und versuchten, ihn zu kühlen, hatten jedoch nur wenig Erfolg damit. Er lag im Delirium und schlug um sich, um ihre Hände loszuwerden, mit denen sie ihn niederhalten mussten, damit er seine Wunde nicht noch vergrößerte. Mit ihm zu reden, war sinnlos, obwohl Cannan es trotzdem tat. Steldor schien nichts zu hören und schon gar nicht zu verstehen. Die Laute, die zwischen kläglichen Schreien über seine ausgetrockneten Lippen kamen, ergaben keinerlei Sinn. Irgendwann erfasste mich eine morbide Neugier und ich streckte die Hand aus, um ihn zu berühren, doch ich fuhr schon vorher zurück, weil ich die trockene Hitze, die er ausstrahlte, bereits spüren konnte.

»Wenn es nicht bald nachlässt, wird sein Verstand dauerhaften Schaden nehmen«, sagte London und wirkte über die Maßen besorgt.

»Ich weiß«, knurrte Cannan. »Glaubt Ihr, ich weiß das nicht?«

Ohne ein Wort sprang London auf.

»Wo wollt Ihr hin?«, verlangte der Hauptmann zu wissen, während Steldor ein langes, herzzerreißendes Wimmern ausstieß, das ich ihm niemals zugetraut hätte.

»Schnee«, erwiderte London nur, schnappte sich den fast leeren Eimer, der neben Cannan stand und eilte aus der Höhle.

Ich stand hilflos daneben und überlegte, ob ich vielleicht zu meinem Platz am Feuer zurückkehren sollte, aber eigentlich machte ich mir dafür zu große Sorgen um Steldor. Cannan warf mir einen raschen Blick zu, sagte aber nichts, sondern gab mir nur stumm die Erlaubnis dazubleiben. Also drückte ich mich an die Wand, um nicht im Weg zu stehen.

Nach etwa zehn Minuten kehrte London mit einem Eimer voller Eis zurück, das draußen stellenweise den Boden bedeckte. Cannan nickte anerkennend über Londons Einfallsreichtum, nahm sich sogleich eine Handvoll davon und fuhr damit seinem Sohn über den Nacken und die nackte Brust. Es war viel kälter als das Wasser zuvor, aber es schmolz sofort, was genug über Steldors Körpertemperatur verriet. Es dauerte nicht lange, da war der Eimer leer, und London machte sich auf, ihn erneut zu füllen. Im Gehen warf er Cannan noch eine Bemerkung zu.

»Ich schicke Galen rein.«

Der Haushofmeister hatte die ganze Zeit über Wache gehalten, und an den Mienen der beiden Männer konnte ich ablesen, dass sie sich um ihn sorgten. Auch wenn der junge Offizier anscheinend in Ruhe gelassen werden wollte, war das sicher nicht gut für ihn, außerdem würde er inzwischen auch wieder Schlaf brauchen. Wenn ich diesen Gedanken weiterdachte, musste ich mich zwangsläufig fragen, wann Cannan und London sich selbst etwas Ruhe gönnen, wann sie aufhören würden, unser Wohl über das ihre zu stellen.

Galen nahm Londons Platz ein. Mit dem gefüllten Eimer in der Hand ließ er sich seinem Ersatzvater Cannan gegenüber auf die Knie fallen und sah seinen besten Freund besorgt an. Cannan bediente sich sogleich von dem Schnee und schien davon auszugehen, dass London Galen bereits über Steldors Zustand informiert hatte.

»Was kann ich tun?«, fragte der junge Offizier vor Erschöpfung und Kummer zitternd. Aber immerhin hoffte er offenbar noch, dass Cannan daran glaubte, es gäbe überhaupt etwas zu tun.

»Leg dich hin«, erwiderte Cannan barsch und sah nicht einmal auf.

Die Antwort kam postwendend. »Ich kann nicht.«

»Du musst. Du musst auf dich selbst achten, bevor du dich um andere kümmerst.«

Galen sah Cannan verzweifelt an. Er wollte nicht untätig bleiben, während wenige Schritte von ihm entfernt das Leben seines Freundes auf dem Spiel stand.

»Vielleicht solltest du deinen eigenen Rat beherzigen«, antwortete er.

»Lass es, Galen. Tu einfach, was ich sage.«

Die Selbstbeherrschung des Hauptmannes hing an einem seidenen Faden. Seine Haltung war starr, und er warf immer noch keinen Blick in die Richtung des Jüngeren. Er war so kurz davor, die Fassung zu verlieren, dass der Augenkontakt vielleicht schon zu viel sein konnte. Wir alle spielten dieses heikle Spiel und vermieden Kleinigkeiten, die unvermeidlich zum Zusammenbruch geführt hätten, während wir versuchten, mit den größeren Problemen zurechtzukommen.

Galen gab sich wenig Mühe, seine Enttäuschung zu verbergen, doch immerhin stand er langsam auf, kehrte dem stöhnenden und sich qualvoll windenden Steldor den Rücken zu und begab sich zu seinem Lager aus Fellen und Decken. Nach ein paar weiteren Minuten setzte ich mich wieder ans Feuer, obwohl ich wusste, dass auch ich vernünftigerweise lieber hätte schlafen sollen. Aber ich wollte nicht und fühlte mich außerdem irgendwie verpflichtet, Cannan beizustehen. Irgendwann erkannte ich, welches Gefühl mich quälte – Schuld. Weil ich keine so gute Ehefrau war wie Cannan ein guter Vater.

25. Zeit der Vergeltung

Irgendwann musste ich gegen meinen Willen eingeschlafen sein. Vielleicht hatte ich meine schweren Lider für einen Augenblick geschlossen, weil meine Augen so brannten, und dann war es mir wohl nicht gelungen, sie wieder zu öffnen. Doch egal, wie es passierte, jedenfalls wachte ich unbequem zusammengekauert an der inzwischen erloschenen Feuerstelle auf, als das Licht der Vormittagssonne schon durch die Spalten in der Decke der Höhle fiel. Jemand musste eine Decke über mich geworfen haben, aber als ich mich bibbernd aufrichtete, wurde mir nur zu klar, um wie viel behaglicher es mit einem brennenden Feuer war.

Cannan schlief vor der gegenüberliegenden Wand, London war nirgends zu sehen. Entweder hatte er die ganze Nacht hindurch Wache gehalten, oder er war für einige Stunden zum Ruhen da gewesen, während ich geschlafen hatte. Mein Blick ging zu Steldor, der nach dieser langen Zeit immer noch vom Fieber geplagt schien und sich wieder unruhig hin und her warf. Immerhin murmelte er dabei nicht mehr, was ich als gutes Zeichen deuten wollte. Bei ihm saß mit dem Rücken an die Wand gelehnt Galen und hatte den Kopf auf seine angezogenen Knie gelegt. Neben ihm stand der leere Eimer – hatten sie die Behandlung also aufgegeben?

Während ich die beiden jungen Männer beobachtete, holte Steldor scharf Luft und schlug seine dunklen Augen auf. Erschrocken blickte er um sich. Galen riss den Kopf hoch und ließ dann eine beruhigende Hand auf die Schulter seines Freundes fallen. Er schien sich nicht ganz sicher, ob der Kranke tatsächlich bei sich war.

»Steldor?«, sagte er und klang ein wenig furchtsam, während er dem keuchenden Atem des Verwundeten lauschte. Sein Blick ging zu den Umrissen des schlafenden Hauptmannes, dann zu mir, und er schien ein wenig erleichtert, als er sah, dass ich ebenfalls wach war und Cannan falls nötig wecken konnte. Das erwies sich jedoch als unnötig, denn Steldor schien nach und nach zu sich zu kommen.

»Galen?«, fragte er mit rauer Stimme.

»Ja, ich bin es«, bestätigte der Freund und rückte näher. Er drückte kurz Steldors Arm und wagte in seiner Verzweiflung ein schwaches Lächeln. Die Trauer in seinem Blick machte meine Hoffnungen zunichte, denn offenbar war das Fieber zwar etwas zurückgegangen, aber nicht wirklich gewichen.

Ich wollte nicht, dass Steldor starb. Nie hätte ich es über mich gebracht, ihm den Tod zu wünschen. Noch vor einigen Monaten hätte ich die Unvermeidlichkeit des Todes vielleicht eher hingenommen, hätte weniger getrauert, nachdem er eingetreten wäre. Jetzt wünschte ich mir von Herzen, er bliebe am Leben, genauso, wie ich mir vor Ausbruch des Krieges Narians Rückkehr nach Hytanica gewünscht hatte. Er konnte einfach nicht sterben. Die Vorstellung war noch unerträglicher und ebenso unfassbar wie Baelics Verschwinden von dieser Welt. Steldor war noch so jung, so voller Leben. Auch wenn er die Fähigkeit besaß, mich mit schöner Regelmäßigkeit zu ärgern, so war er doch auch mutig, loyal und im Grunde seines Herzens ein guter Mensch mit dem Potenzial, noch so vieles zu bewegen. Ich hatte den Ehestand mit ihm stets verachtet, aber auch wenn ich ihn niemals so lieben könnte wie Narian, glaubte ich jetzt, dass sich meine Gefühle in dieser Hinsicht ändern könnten – falls er am Leben blieb.

»Mir ist heiß … und ich bin durstig«, stöhnte Steldor, und der Schweiß stand ihm auf der Stirn.

Auf Galens Blick hin ging ich Wasser holen und das gleich zweimal, weil Steldor den ersten Becher sogleich hinunterstürzte. Den zweiten leerte er genauso, aber Galen bedeutete mir, ihn nicht erneut zu füllen. Er versuchte, seinen Freund zu bremsen – er war offensichtlich wie ausgedörrt, aber zu viel Wasser auf einmal konnte sich auch schlecht auf seine Verfassung auswirken. Steldors Gier nach mehr zu trinken erschwerte dieses Unterfangen jedoch.

Dann herrschte Schweigen, und ich wollte die beiden nicht stören, sondern kümmerte mich um Holz, damit man das Feuer wieder in Gang bringen konnte. Trotzdem verstand ich Steldors raue Stimme, als er das Wort ergriff.

»Es steht nicht gut um mich, nicht wahr?«

Galen antwortete überzeugend lässig. »Ich habe schon Schlimmeres gesehen.«

»Ja, bei einem Toten.«

Galen wandte den Blick kurz ab, bevor er ihm antwortete. »Red nicht so.«

»Tut mir leid.«

»Du brauchst dich auch nicht entschuldigen.«

Steldor lachte bitter. »Würdest du mir dann vielleicht einfach sagen, was ich tun darf?«

Galen musste grinsen, auch wenn er dabei weiterhin traurig aussah, denn das klang wie der Anfang eines ihrer üblichen Geplänkel.

»Klar – du kannst die Klappe halten.«

Steldor grinste ebenfalls, doch dann verzog er das Gesicht, als ein unerwarteter Schmerz ihn durchfuhr. Neuer Schweiß trat auf seine Stirn.

»Steldor –«, begann Galen, wieder ganz ernst und

machte eine unentschlossene Handbewegung in seine Richtung. Steldor schlug seine Hand so heftig weg, wie er es eben vermochte.

»Nein«, knurrte er und biss die Zähne zusammen. »Ignorier es. Ich will nicht daran denken.«

Der Haushofmeister nickte, obwohl er unbehaglich dreinsah. »Dann sag mir einfach, was ich tun soll«, meinte er dann mit leiser Stimme.

»Mir noch mal sagen, ich soll die Klappe halten.«

Weil er wohl verstand, dass sein Freund sich nach Normalität sehnte, tat Galen wie ihm geheißen, und schließlich stellte sich fast so etwas wie eine unbeschwerte Atmosphäre ein. Ich hörte unauffällig zu, als sie Geschichten austauschten, so wie Miranna und ich es erst kürzlich getan hatten. Der Unterschied war nur, dass meine Schwester und ich noch die Möglichkeit hätten, neue zu erleben. Wenn das Fieber wieder aufflammte, würde er wieder fort sein, und es war kein Geheimnis, dass er dann vielleicht nicht wiederkehrte. Diese beiden jungen Männer, die einander wie Brüder verbunden waren, erinnerten sich jetzt noch einmal gemeinsam, damit Galen nicht vergäße, sollten sie für immer getrennt werden.

»Steldor?«, sagte Galen drängend und mein Blick war sofort bei ihnen. Ich sah den Offizier auf den Knien, weit über Steldor gebeugt, wie er seinen Freund am Hinterkopf packte und nicht besonders sanft schüttelte. Ich stolperte hinüber, als ich begriff, dass Steldor erneut, fast ohne Vorwarnung, das Bewusstsein verloren hatte. Als Reaktion auf Galens Bemühungen wachte der König noch einmal auf, aber er murmelte etwas, dem man keinen Sinn entnehmen konnte.

»Steldor!«, schrie Galen da, und ich stand hilflos daneben, während mein Gemahl versuchte, sich zu konzentrieren, doch er stieß nur den Freund beiseite, dessen Nähe er nicht aushielt, weil die Entzündung das Fieber wieder in die Höhe trieb.

Galens Schrei hatte den Hauptmann alarmiert, der in dem Moment auf den Beinen war, als der junge Offizier zum Zeichen seiner qualvollen Niederlage das Kinn auf die Brust fallen ließ. Als Cannan näher kam, sprang Galen plötzlich auf, wandte sich um und schlug seine offene Hand mit einem unterdrückten Schrei gegen den Fels. In dieser Geste steckten so viele Gefühle – Wut, Hilflosigkeit, Verzweiflung, Angst, Trauer.

Cannan war da, um ihn aufzufangen, als Galen zu Boden glitt. Er ging ebenfalls auf die Knie, um den weinenden jungen Mann in einer festen Umarmung an seine Brust zu drücken. Mir schnürte sich der Hals zu, und ich spürte heiße Tränen über meine eigenen Wangen laufen, doch seltsamerweise gab Cannan nichts von seinen Gefühlen preis, ergab sich nicht in den Schmerz, der ihn zweifellos fast in Stücke riss. Stoisch wie immer hielt er nur Galen. Selbst als das Weinen des jungen Mannes längst verebbt war, blieb er an Ort und Stelle, sagte kein Wort, sondern tröstete den Ziehsohn nur stumm in seinen starken Armen. Weil ich mich wie ein Eindringling fühlte, ging ich, um einen Kessel mit Wasser zu füllen, und versuchte auf diese Weise, Galen und Cannan so viel Abgeschiedenheit zu geben, wie das unter unseren beengten Verhältnissen eben möglich war.

Ich kehrte an die Feuerstelle zurück, und Miranna kam, um mir beim Kochen zu helfen. Ohne genau zu wissen, was ich tat, begann ich eine Art Eintopf aus dem Wild zuzubereiten, denn der würde zumindest besser schmecken als Grütze. Während ich die Zutaten in den Topf gab, drangen gedämpfte Stimmen an mein Ohr. Galen hatte sich aufgerichtet, sein Gesicht war immer noch tränennass, und die beiden Männer sprachen an Steldors Seite miteinander. Ich versuchte, nicht zu lauschen. Als ich fertig war, hatten die zwei sich erhoben, und Cannan legte Galen für einen Moment die Hand auf den Rücken, bevor der Offizier hinausging, um London auf seinem Posten abzulösen und Trost in der Einsamkeit zu suchen.

Der Tag schleppte sich dahin, und Steldors Fieber wütete. Ich hütete das Feuer und hielt Essen bereit, da die Männer ihren Wachen entsprechend zu verschiedenen Zeiten aßen. Temerson kümmerte sich weiterhin um Miranna, und die zwei schienen sich selbst völlig zu genügen.

London und Cannan übergossen Steldor erneut mit Eiswasser, tränkten sein Haar damit und jeden Zentimeter seiner nackten Haut, aber das Fieber wollte nicht zurückgehen. Ich war mir sicher, London hätte ihn hinaus in die Kälte gebracht, wenn man ihn hätte bewegen können, aber das Risiko war zu groß, dabei seine Wunde weiter aufreißen zu lassen – falls das, wie ich bitter bei mir dachte, überhaupt noch eine Rolle spielte.

London und Cannan versuchten häufig, den delirierenden Steldor zum Trinken zu bringen, doch sie hatten selten Erfolg. Dennoch war der Versuch unerlässlich, weil seine hohe Temperatur ihm so viel Flüssigkeit entzog. Da er schrecklich schwitzte, war jeder Tropfen, den sie ihm einflößen konnten, wichtig. Die Nacht kam wie eine schwere Last, und ich hieß den Schlaf, der mich zu übermannen drohte, nicht willkommen.

»Es kommt jemand!«

Galen war ganz außer Atem, als er in die Höhle stürzte und mich mit seinen Worten aufschreckte. Draußen herrschte noch Dunkelheit, und als ich mich umsah, entdeckte ich, dass sich Temerson ebenfalls kerzengerade aufgerichtet hatte. London war aufgesprungen und gürtete sich bereits seine Waffen um. Auch Cannan hatte Steldors

Seite verlassen und trat auf den Haushofmeister zu. Miranna rührte sich, aber Temerson legte ihr eine Hand auf die Schulter, und so schien sie in ihre Träume zurückzugleiten.

»Cokyrier?«, fragte Cannan, während auch ich mich erhob.

»Das konnte ich nicht erkennen«, erwiderte Galen. »Es ist noch zu dunkel. Ich vermochte ja kaum die sich bewegende Gestalt zu sehen.«

»Hat man dich gesehen?« Das war London.

Galen schüttelte den Kopf. »Aber wer auch immer es sein mag, er bewegte sich so, als würde er sein Ziel ganz genau kennen.«

»Bleibt hier, Ihr beide«, befahl London und kommentierte Galens Beobachtung nicht weiter. »Wenn da jemand kommt, wollen wir ihn gebührend empfangen.«

London war schon dabei, sich noch weitere Waffen aus seinem Reisesack zu holen, und dieses eine Mal mokierte Cannan sich nicht über seinen Befehlston. Dann bemerkte ich, dass der Blick des Hauptmannes auf dem reglosen Steldor ruhte, und verstand, warum er keine Einwände gegen die Entscheidung seines Elitegardisten vorgebracht hatte.

»Ich werde sehen, was ich herausfinden kann«, sagte London abschließend, kam mit seinem Bogen in der Hand zu den anderen zurück und warf sich noch ein großes Bündel Pfeile über die Schulter.

Dann ging er hinaus, um den potenziellen Feind aufzuspüren, und löschte zuvor noch die Fackel nahe am Eingang der Höhle. So blieben wir mit dem Licht des flackernden Feuers und der Fackel, die dicht neben Steldor brannte, zurück. Ich überlegte fieberhaft, wie wir vorgehen sollten, falls wir fliehen müssten. Man müsste Steldor tragen, wozu man zwei Männer bräuchte. Die Aufgabe,

Miranna und Temerson im Auge zu behalten, würde wahrscheinlich mir zufallen. Und wenn London nicht zurückkehrte? Wer würde uns dann auf unserer weiteren Flucht beschützen? Und wohin konnten wir überhaupt noch fliehen?

Aus Cannans und Galens Verhalten schloss ich, dass sie, wenn es nötig wäre zu fliehen, fast alles zurücklassen würden. Sie bereiteten nichts zum Aufbruch vor, sondern redeten in gedämpftem Ton miteinander, wobei ich Galen mehrmals wiederholen hörte, dass er nur eine einzige Person gesehen hätte. Einen einzelnen Feind zu überwältigen, wäre ja nicht so schwer und würde unsere Sicherheit auch nicht gefährden. Allerdings bestand natürlich das Risiko, dass dieser Einzelne nur der Kundschafter eines größeren Trupps war.

Trotz allem konnte ich es mir nicht erlauben, in Panik zu geraten. Cannan scheuchte inzwischen Temerson auf und drückte ihm bereits ein Schwert in die Hand, als Miranna gerade erst erwachte. Er winkte mich heran und trug mir auf, dafür zu sorgen, dass meine Schwester still blieb. Dann begab sich der Hauptmann zur Beobachtung an den Höhleneingang und überließ es Galen, nach Steldor zu schauen.

Während wir warteten, wurde kein Wort gesprochen. Die einzigen Geräusche waren die in das Becken plätschernden Wassertropfen, unser ängstliches Atmen und das gelegentliche Stöhnen von meinem Gemahl. Ich ging davon aus, dass Galen bereit war, es falls nötig mit seiner Hand zu ersticken. Miranna hatte sich in meinen Armen vergraben und wimmerte von Zeit zu Zeit. Jedes Mal schossen Cannans Augen warnend in meine Richtung, doch es gab wenig, das ich tun konnte, um sie zum Schweigen zu bringen.

Die Zeit verging quälend langsam, bis irgendwann ein

Schrei an unsere Ohren drang. Er klang wie der Ruf eines Vogels, nur lauter, und mir war keine Vogelart vertraut, die solche Geräusche machte. Cannan trat näher zu uns und warf einen verwirrten Blick in Galens Richtung, dessen Schulterzucken die Bestätigung dafür war, dass hier etwas Seltsames vor sich ging.

Galen stand auf und näherte sich Cannan. Ich fragte mich, was die beiden wohl wussten und wovon ich keine Ahnung hatte. Was mutmaßten sie? Ein Tier? Cokyrier, die einander Zeichen gaben? Stammte der Schrei vielleicht von London, und überlegten sie, auf ihn zu antworten oder gerade nicht? Doch nichts geschah. Sie lauschten nur weiter, bis der Ruf erneut ertönte, diesmal leicht verändert.

»Das ist London«, murmelte Cannan voller Überzeugung. »Warte«, sagte er streng, als Galen schon den Mund aufmachte, um ihn zu erwidern.

Mir schien, als würde der Hauptmann die Augenblicke zählen, die verstrichen, dann erklang noch einmal der erste Ruf und zwar offenbar genau dann, als er es erwartet hatte.

»Das ist einer unserer Männer«, verkündete er.

»Das kann doch nicht sein!«, rief Galen ungläubig aus. »Temerson sagte doch, sie seien alle gestorben, außer –«

»Es ist einer von uns. Ich weiß nicht, wer, aber einer von uns.«

Galen fand sich widerwillig mit dieser vagen Antwort ab. Doch er musste nicht lange warten. Kurze Zeit später waren von draußen Geräusche zu hören, die von Londons Rückkehr kündeten. Dann traten er und ein weiterer Mann in die Schatten am Eingang. Das Licht, das unseren Teil der Höhle schwach erhellte, tauchte zunächst London in ein unheimliches Licht, dann erschien Halias neben ihm und sah aus, als käme er geradewegs aus der Hölle.

Wir waren starr vor Staunen, zum einen über seinen

Zustand, zum anderen über sein unerwartetes Auftauchen. Er wirkte hager, der Blick seiner blauen Augen leer. Seine Kleidung war zerrissen und schmutzig, an der linken Schulter war sein Hemd blutgetränkt. Das lange blonde Haar, das er stets zu einem lässigen Zopf gebunden hatte, war im Nacken abgeschnitten und hing ihm in unterschiedlich langen Strähnen bis zum Kinn. Ich fragte mich, ob er das aufgrund der gleichen Überlegungen, die auch ich angestellt hatte, selbst gewesen war oder ob die Cokyrier es ihm abgeschnitten hatten. Aber eigentlich spielte es keine Rolle – wichtiger war die schreckliche Wahrheit, dass schon ein paar Tage in der Gewalt des Overlords einen Menschen derart zugrunde richten konnten.

Miranna zitterte, hatte aber den Kopf nicht gehoben. Das war auch gut so, denn ich bezweifelte, dass sie ihren Leibwächter in seiner derzeitigen Verfassung überhaupt erkannt hätte. Ich versuchte, mich nicht zu bewegen oder ihr sonst einen Hinweis zu geben, dass sie aus meiner Umarmung auftauchen sollte, doch dann suchte Temerson meinen Blick, kniete sich neben mich und zog sie sanft in seine Arme.

»Mit mir ist alles so weit in Ordnung«, murmelte Halias als Antwort auf unser ungläubiges Starren. »Haben alle anderen es wohlbehalten hierhergeschafft?«

»Davan ist gefallen«, antwortete Cannan und vermied jede Ungewissheit bei diesem Thema, auch wenn aus seiner Stimme der angemessene Respekt für den Toten klang. »Steldor ist verwundet, aber alle anderen sind unverletzt.«

Ich hatte mich schon zur Feuerstelle begeben und war deshalb nah genug, um Halias' sorgenvoll gefurchte Stirn zu sehen, als sein Blick auf den König fiel. Er war erfahren genug, um sofort zu wissen, dass Steldors Verletzung sehr ernst war.

»Wird er durchkommen?«

Cannan schwieg kurz und biss die Zähne zusammen, während er den Blick abwandte.

»Ich glaube nicht«, antwortete er schließlich ganz offen, wobei seine Stimme vor lauter unterdrückten Gefühlen ganz rau klang.

Halias nickte und suchte den Blick des Hauptmannes, dann versammelten sie sich ums Feuer und setzten sich auf die Felsbrocken, die uns als Hocker dienten. Ich rührte in dem Eintopf, den wir warm gehalten hatten, denn unser Neuankömmling schien einiges zu brauchen, auch eine anständige Mahlzeit. Halias winkte London zu sich, deutete auf seine Schulter und zog sein Hemd aus, unter dem eine hässlich klaffende Wunde zum Vorschein kam. London holte das Verbandszeug und machte sich sogleich ans Werk. Er reinigte die Wunde zunächst mit Alkohol und nähte sie anschließend. Ich gab mir Mühe, nicht darauf zu achten, was London tat, sondern schöpfte etwas Eintopf in eine Schüssel und brachte sie Halias, der hungrig aß. Dann kamen die unvermeidlichen Fragen.

»Wir haben Temerson im Wald gefunden«, begann Cannan mit einer Stimme, die so kalt und hart klang wie Stahl. »Er hat uns berichtet, was sich in Hytanica zugetragen hat. Dass der Overlord Euch, Destari und Casimir ausgesondert und unsere restlichen Offiziere allesamt ermordet hat. Wie seid Ihr geflohen?«

»Das will ich Euch erklären«, sagte Halias mit fester Stimme und niedergeschlagenem Blick. Da setzte ich mich neben London, denn einerseits fürchtete ich, was ich zu hören bekäme, andererseits musste ich es einfach erfahren.

»Erst hat er uns einzeln gefoltert«, sagte Halias, hob den Kopf und brach das bedrückende Schweigen mit dieser gnadenlosen Offenheit. »Ich weiß nicht, wie lange. Ich konnte die anderen hören, als er …« Er räusperte sich. »Er wollte wissen, wo die königliche Familie sei, aber die von ihm gewählte Methode bewirkte nichts, also ließ er uns alle zusammentreiben. Dann wählte er Casimir aus, um ihn vor Destari und mir zu quälen.«

Halias zitterte vor Zorn und Schrecken, während er sich daran erinnerte, und Londons Hand blieb in der Luft über der Wunde hängen, die er doch eigentlich hätte schließen sollen. Er umklammerte die Nadel deutlich fester als nötig. Cannan beobachtete Halias und forderte ihn stumm zum Fortfahren auf. Ich fragte mich, ob er dabei mit der gleichen aufsteigenden Übelkeit zu kämpfen hatte wie ich.

»Wir haben ihm nichts gesagt«, fasste Halias zusammen und zuckte, als London sich an seine Aufgabe erinnerte und die Nadel durch sein Fleisch stach. »Und Casimir auch nicht. Er hätte nicht gewollt, dass wir kapituliert hätten, um sein Leben zu retten. Schließlich haben wir alle einen Eid geschworen, den König und die Königin mit unserem Leben zu beschützen, und Casimir … er hat diesen Schwur eingelöst.« Seine Augen suchten Cannans, als er hinzufügte: »Ihr wärt stolz auf ihn gewesen, Sir.«

Mit einem schweren Seufzer fuhr er fort. »Danach ließ der Overlord mich zurück in den Kerker bringen, aber meine Zellentür war nicht richtig verschlossen worden, und so konnte ich ausbrechen. Er dachte wohl, ich würde nicht merken, dass er mich absichtlich entkommen ließ, damit ich dieses Versteck aufsuchen würde. Ich nahm den Köder an, aber nicht ohne eigene Hintergedanken, und führte seine Kundschafter so lange im Kreis, bis ich sie hinterrücks überfallen und umbringen konnte. Das war nicht schwer, denn sie waren nur zu zweit. Erst danach kam ich hierher.«

»Und Destari?«, fragte London in ahnungsvollem Ton.

Halias zuckte mit den Achseln, entschuldigend und

düster. Weil die Bewegung ihn an der Schulter schmerzte, verzog er das Gesicht.

»Ich hatte keine Chance, ihn mit herauszuholen – dafür hatte der Overlord gesorgt. Er könnte immer noch eingekerkert sein und gefoltert werden. Aber wenn es einen gnädigen Gott gibt, dann ist er inzwischen tot. Aber wie auch immer, er hat dieses Versteck sicher nicht preisgegeben.«

Das Schweigen lastete schwer auf uns. London war mit der Versorgung von Halias' Wunde fertig, und jetzt hatte er die Hände zu Fäusten geballt, deren Knöchel weiß hervortraten. In Cannans dunkle Augen war das Feuer zurückgekehrt, und Galen, der zunächst unruhig wirkte, war aufgestanden und murmelte, er würde die Wache übernehmen. Ich vermutete allerdings, dass er sich, wie schon die Male zuvor, freiwillig dafür meldete, um mit seiner Trauer allein zu sein.

»Galen, warte.« London hielt ihn zurück und hatte eine entschlossene Miene aufgesetzt. »Nimm mit, was du brauchst, denn wir brechen auf. Jetzt.«

»Was?«, sagte Galen ungläubig und war stehen geblieben. »Was redest du denn da?«

Alle musterten verwirrt den grauhaarigen stellvertretenden Hauptmann, der sich nun an Cannan wandte.

»Ein Gutes hat die neue Situation doch – wir haben mit Halias noch einen weiteren Mann zur Verfügung. Und sind damit nicht mehr so wehrlos wie bisher.«

»Woran denkt Ihr?«, fragte der Hauptmann mit angestrengt gerunzelter Stirn.

»Das ist mir letzte Nacht eingefallen, aber ich wusste, wir hätten nicht genug Männer dafür«, erklärte London und war so voller Eifer, dass er aufsprang. »Der Overlord und Narian sind jetzt in Hytanica, ebenso wie der Großteil der cokyrischen Truppen. Damit haben sie ihre Heimatstadt viel weniger gut bewacht zurückgelassen, als das sonst der Fall ist. Was es, wie ich vermute, Eindringlingen sehr viel leichter macht, als ihnen das bewusst ist.«

»Du willst doch nicht etwa vorschlagen, dass wir eine Eroberung versuchen sollen, oder?«, unterbrach Galen ihn, und sein Sarkasmus brachte ihm einen tadelnden Blick von meinem ehemaligen Leibwächter ein.

»Natürlich nicht. Ich schlage vor …« London machte eine Kunstpause und hob vielsagend die Augenbrauen. »Wir versuchen eine Entführung.«

Cannan begriff vor allen anderen und sprach die Idee seines Stellvertreters zu Ende aus.

»Die Hohepriesterin.«

Das war tatsächlich genial. Halias und Cannan konnten uns beschützen, während Galen und London nach Cokyri ritten. Halias schien sich sicher, dass die Hohepriesterin nicht in unserer Heimat gewesen war. Zudem verfügte London über präzise Ortskenntnisse. Er wusste aus seiner Zeit als Gefangener dort auch einiges über die baulichen Gegebenheiten des Tempels der Hohepriesterin.

Da London darauf beharrte, keine Zeit zu verlieren, rüsteten er und Galen sich zum Aufbruch. Das machte mir, gelinde gesagt, Sorgen. Wäre es nicht besser, Halias zumindest eine Nacht zum Ausruhen zu gönnen? Würden die anderen bei Tageslicht nicht leichter vorankommen? Andererseits konnte ich mir nicht vorstellen, dass London diese Dinge nicht bedacht hatte. Vielleicht hegte er die schwache Hoffnung, wenn er schnell genug handelte, Destari noch retten zu können, indem wir den Overlord erpressten.

Cannan übernahm die Wache draußen, weil er zum einen einsah, dass Halias sich ausruhen musste, und zum anderen wahrscheinlich ahnte, dass bald der Zeitpunkt gekommen wäre, an dem er seinem Sohn nicht mehr von der Seite weichen wollte. Ich bemerkte, wie Halias Steldor anstarrte und zweifellos das Gleiche dachte. Da trat London neben ihn und reichte ihm ein sauberes Hemd.

»Ich muss kurz mit dir sprechen.«

Er war bereits reisefertig, mit einem leichten Sack auf dem Rücken und einer Vielzahl von Waffen am Körper. Halias zog im Stehen das frische Hemd an und erkannte an dem Blick von Londons indigofarbenen Augen, dass es um etwas sehr Privates ging. Die beiden traten einen Schritt von Galen weg und kamen damit zwangsläufig näher zu mir. Sie wechselten nur wenige Worte, doch jedes davon traf mich wie ein schwerer Schlag.

»Wenn Steldor stirbt, werden wir auch den Hauptmann verlieren.«

Halias erwiderte nichts darauf, doch sein Schweigen war Zustimmung genug.

»Ich werde versuchen, dann bereits wieder zurück zu sein, aber wenn nicht … Dann musst du ein Auge auf ihn haben. Ich fürchte, er wird sein eigenes Leben danach als wertlos empfinden.«

»Kann ich auf den Jungen setzen?«, fragte Halias und deutete mit dem Kopf auf Temerson.

»Ich denke schon«, sagte London mit ernster Miene. »Ich glaube, er hält mehr aus, als man denkt. Und Alera bringt auch einiges zustande«, fügte er im Nachsatz noch hinzu. »Sie ist zu mehr in der Lage, als man meinen möchte.«

Galen und London brachen kurz danach auf, und es war möglich, den Gedanken an die Gefahr zu verdrängen, in die sie sich begeben würden, wenn man sich auf die Erwartung und Verbesserung konzentrierte, die ihr Erfolg uns bringen würde.

Wir konnten triumphieren, aber Galen und London konnten auch den Tod finden. Bei dem Gedanken an Letzteres erfasste mich Panik, aber allen Risiken zum Trotz musste man dieses Unternehmen wagen, denn wir waren des Verkriechens müde. Es war an der Zeit zurückzuschlagen.

26. Die Stärke des Königreichs

Steldor kam noch ein letztes Mal zu sich. Es war am Morgen. Die Luft in der Höhle war kalt und abgestanden. Ich war Holz für das Feuer holen gegangen, um wieder für Wärme zu sorgen und zudem etwas zu essen zu kochen.

Als er das Bewusstsein erlangte, geschah es ruhiger als bei Galen, was vielleicht an der Nähe seines Vaters liegen mochte. Und auch wenn ich mir vorgenommen hatte, die beiden nicht zu stören, konnte ich meine Aufmerksamkeit auf nichts anderes lenken. Cannan saß neben ihm, da Halias jetzt draußen wachte, und legte sofort eine Hand auf den Arm seines Sohnes, als dieser die Augen aufschlug. Doch der Blick war verschwommen und wirr. Sie sprachen lange nicht, obwohl Steldors Atem nach und nach gleichmäßiger wurde, während er seinen Vater ansah. Der wirkte so stark wie immer; der Schmerz war nur in seinen Augen zu erkennen. Doch Steldor bemerkte ihn.

»Werde ich sterben?«, fragte er heiser.

»Ich tue, was ich kann, um es zu verhindern«, antwortete Cannan, nahm die Hand seines Sohnes und zögerte. Er schien mit sich zu ringen, ob er ehrlich sein sollte. »Aber wahrscheinlich schon.«

Steldor nickte, als hätte er nichts anderes erwartet. Trotzdem löste er sich vom Blick seines Vaters, als müsse er versuchen, sich mit dem bevorstehenden Ende seines Lebens zu arrangieren. Ich fragte mich, ob er Angst hatte, mit sich haderte oder wütend darüber war, dass seine Zeit fast abgelaufen war, doch keines dieser Gefühle kam zum Vorschein. Stattdessen sah er erneut Cannan an.

»Vater, verlass mich nicht.«

Irgendwie siegte der eiserne Wille des Hauptmannes über seine Gefühle, aber er beugte sich näher und berührte die Stirn seines Sohnes mit der anderen Hand, strich ihm das feuchte Haar aus der Stirn.

»Das werde ich nicht.«

Steldor verzog das Gesicht und schien entschlossen, sich so lange gegen das Fieber zu wehren, bis alles, was ihn beschäftigte, ausgesprochen war.

»Was wirst du Mutter sagen?«

Niemand wusste, ob Cannan seine Frau je wiedersehen würde, was beiden Männern durchaus klar sein musste. Aber solange diese Möglichkeit bestand, würde der Hauptmann eine Nachricht für sie in sich tragen.

»Was möchtest du, dass ich ihr sage?«

»Dass ich … dass ich lebend entkommen bin.«

Steldor, der vielleicht nur noch Augenblicke, Stunden oder höchstens Tage vom Tod entfernt war, wollte die Mutter schonen, die ihn stets so viele Nerven gekostet hatte, weil er wusste, dass die Wahrheit sie umbringen würde. Ich war an meinem üblichen Platz bei der Feuerstelle, und meine Augen füllten sich mit Tränen. Ich musste stark an mich halten, um nicht dem Kummer zu erliegen.

»Ist Alera da?«, fragte Steldor als Nächstes. Sein Fieber stieg wohl bereits wieder, und es kostete ihn Mühe, jedes einzelne Wort herauszubringen, aber er war noch nicht bereit, sich geschlagen zu geben. »Ich muss mit ihr reden.«

Cannan nickte und sah dann zu mir auf. Ich wurde rot, aber nicht von der Wärme des Feuers, sondern weil er bemerkt hatte, wie ich sie angestarrt hatte. Er sagte nichts dazu, erhob sich aber und trat einen Schritt zurück, sodass ich kniend seinen Platz einnehmen konnte. Getreu seinem Versprechen ging er jedoch nicht weg.

»Alera, ich … ich glaube … ich werde sterben«, sagte

Steldor und zuckte zusammen. Ob vor Schmerz oder aufgrund dessen, was ihn bewegte, vermochte ich nicht zu sagen.

Meine Hand ging in seine Richtung, aber dann ließ ich sie doch in meinen Schoß fallen.

»Steldor, du musst nicht –«, begann ich und konnte nur mit Mühe sprechen, während aus meinen Augenwinkeln bereits wieder Tränen traten, aber er unterbrach mich.

»Sag mir nicht, ich soll aufhören«, brummte er, und seine Brust hob sich keuchend. »Mir bleibt nicht viel Zeit, und ich will dir etwas sagen.«

Ich nickte, biss mir auf die Lippe, um nicht die Fassung zu verlieren, und beklagte stumm die Ungerechtigkeit der Ereignisse. Konnte das Schicksal ihm nicht wenigstens während seiner letzten paar lichten Momente ein wenig Frieden gönnen? »Ich weiß, dass ich dich verletzt habe, mehr als einmal«, sagte er und biss die Zähne zusammen. Und ich konnte ihm nicht einmal widersprechen, auch wenn ich ihm zweifellos nichts schuldig geblieben war. »Ich wünschte, ich könnte sagen, ich hätte es nicht so gemeint, aber … ich kann nicht.« Er schüttelte den Kopf und versuchte, das räuberische Fieber noch ein wenig länger zurückzudrängen.

»Was ich dir sagen will, ist …«

Er hatte Mühe, sich zu konzentrieren. Seine Augen fielen zu, und ich wusste, dass er schnell fortglitt. Doch dann schlug er sie noch einmal auf und sie blickten mich dunkel und leidenschaftlich und mit einer Entschlossenheit an, die ich nicht erwartet hätte. »Du hast mich von meiner besten und meiner schlimmsten Seite erlebt, Alera, aber selbst wenn es meine schlimmste war, habe ich dich immer …«

Er verstummte und sein unermüdlicher Stolz zwang ihn wohl, den Satz nicht zu vollenden. »Ich möchte nur, dass du weißt«, versuchte er es erneut, »ich … ich bedauere es. Ich hätte dich besser behandeln können – behandeln *sollen.*«

Mein Magen verkrampfte sich vor Bedauern und Trauer. Mein Verstand rang um passende Erwiderungen. Doch nichts würde genügen. Ich konnte nicht mehr lügen und ihm sagen, dass er sich irrte, so wenig wie ich das Brennen in meinem Hals bei dem Gedanken an seinen Tod erklären konnte, die totale Weigerung, mich dieser Tatsache zu stellen. Ich fühlte mich schwach, erbärmlich, während salzige Tränen ungehindert über meine Wangen strömten. Trotz der Heftigkeit seiner Gefühle blieben seine Augen trocken. Dann wusste ich auf einmal, was ich zu tun hatte. Ich beugte mich herab und presste meine Lippen auf seine. Ich küsste ihn zärtlich und schloss die Augen, um Vergebung und Dankbarkeit und sogar Liebe von meinem Herz in seines fließen zu lassen, und einen Moment lang erwiderte er den Kuss. Dann versank er in gnadenlosem Fieber.

Mit jeder Stunde, die danach verstrich, entfernte er sich weiter von uns. Cannan hielt sein Versprechen und wich nicht mehr von seiner Seite. Er weigerte sich zu essen und nahm nur Wasser zu sich, von dem er gelegentlich etwas zwischen Steldors trockene Lippen träufelte. Daher war es nötig, dass Temerson, der zittrig und unsicher wirkte, aber doch eine militärische Ausbildung besaß, zumindest einige Stunden Wache hielt, damit Halias sich ausruhen konnte. Ich fragte mich, ob Londons vage Äußerung über den »Verlust« Cannans im Kopf des Elitegardisten ebenso quälend widerhallte wie in dem meinen.

Den nächsten Tag verbrachte ich neben Miranna und versuchte nicht einmal mehr, mich Vater und Sohn zu nähern. Denn Cannan, der nun Steldors Kopf und Schultern in seinem Schoß liegen hatte, warf mir finstere Blicke zu, wenn ich solche Anstalten machte, als würde jeder, der in ihre Nähe kam, eine Bedrohung für den wehrlosen Jungen darstellen. Er war erschreckend, dieser Ausdruck, als würde er mich nicht kennen. Andererseits machte mich dieser starke Beschützerinstinkt seinem Sohn gegenüber auch froh. Ich war dankbar dafür, dass er in seinen Armen sterben würde.

Als der Abend hereinbrach, hatten Gedanken, die ich nicht denken wollte, begonnen, mich zu quälen. Was würden wir mit dem Leichnam meines Gemahls tun? Wir konnten ihn nicht begraben, denn der Untergrund war felsig oder hart gefroren. Sollten wir ihn verbrennen? Oder würde ein solcher Scheiterhaufen dem Feind unseren Standort verraten? Ich grämte mich, weil er eigentlich in der Königsgruft von Hytanica zur Ruhe gebettet gehörte. Doch diese Ehre würden wir ihm nicht erweisen können. Er war als jüngster König der hytanischen Geschichte gekrönt worden, und nun würde er auch als ihr jüngster Herrscher sterben. Mit gerade einmal zweiundzwanzig Jahren in diesem erbarmungslos kalten Monat Februar.

Der Hass auf Cokyri, der in meinem Inneren wuchs, war so heftig, dass ich es kaum noch aushielt – eine cokyrische Klinge hatte Steldors Verletzung verursacht; cokyrische Soldaten hatten seine medizinische Versorgung vereitelt; und natürlich waren es die Herrscher über Cokyri gewesen, die uns überhaupt gezwungen hatten, aus unserer Heimat zu fliehen. Und welches Recht hatten sie, sich meiner Heimat zu bemächtigen? Meines Königreiches, meiner Stadt, meines Landes, meines Volkes. Sie hatten so viel Zerstörung bewirkt, dass ich niemals aufhören würde, sie dafür zu hassen. Ich würde niemals aufhören, *ihn* zu hassen. Ich wollte ihn tot sehen, ihn zerstören, ich wollte den großen Kriegsherrn Cokyris vor seinem eigenen Volk demütigen, so wie er unsere Soldaten vor den Augen der Menschen, die sie liebten, ermordet hatte.

Doch nichts davon würde Steldor ins Leben zurückholen.

Sein Atem war schon jetzt nur noch schwach wahrnehmbar. Und jeder Moment, der verstrich, tat mir im Herzen weh, denn ich wusste, bald würde sich seine Brust nicht mehr heben.

London und Galen kehrten spät in dieser Nacht zurück. Nur gute zwei Tage nachdem sie aufgebrochen waren. Sie mussten zu Pferde unterwegs gewesen sein, sonst hätte es niemals so schnell gehen können. Bisher hatte ich darüber noch gar nicht nachgedacht, aber ich vermutete, dass sie die Tiere genommen hatten, mit denen wir hierhergeritten waren. Aber selbst dann mussten sie ein ungeheures Tempo vorgelegt haben.

London trat als Erster ins Licht der Fackel am Höhleneingang. In der Hand hatte er einen Strick, der, wie ich sogleich sah, am anderen Ende um das linke Handgelenk der Hohepriesterin Nantilam, der Schwester des berüchtigten Overlord, gebunden war. Hinter ihr kam Galen, der einen Strick hielt, der um ihr anderes Handgelenk geknotet war. Ihre Augen waren verbunden, ihr feuerrotes Haar war schmutzig und zerzaust, ebenso ihre schwarze Kleidung, was von einem harten Ritt kündete. Dennoch strahlte sie noch so viel Würde aus, dass eine hytanische Frau dafür äußerst skeptisch angesehen worden wäre. Als London den Stofffetzen entfernte, der ihre grünen Augen bedeckt hatte, schleuderte sie ihm einen hochmütigen Blick entgegen, dann ließ sie die Augen furchtlos durch die Höhle wandern und musterte uns und unseren Unterschlupf. Ich schluckte und erhob mich von meinem Platz am Feuer. Selbst in dieser Verfassung schüchterte sie mich noch ein. Sie richtete ihre Aufmerksamkeit auf mich, und obwohl ich mir sicher war, dass sie mein Unbehagen deutlich sah, wandte ich den Blick nicht ab. Unsere Augen hielten einander eine gefühlte Ewigkeit lang fest, bis Londons Stimme schließlich den Bann brach.

»Ist er noch am Leben?«, fragte er Halias unumwunden mit einem Blick auf Cannan und Steldor, und ich war fassungslos über seine scheinbare Gefühllosigkeit.

»Ja, aber wohl nicht mehr lange«, antwortete Halias.

Ich wusste, dass Mirannas Leibwächter vorgehabt hatte, mehr zu sagen, nach der erfolgreichen Mission zu fragen, aber London ließ ihm keine Gelegenheit dazu. Er schnappte sich das Seil aus Galens Händen und zerrte die Hohepriesterin in Richtung unseres sterbenden Königs. Sie wehrte sich, musste aber hinter ihm herstolpern. Galen und Halias traten gleichzeitig einen Schritt vor und schienen von Londons Vorgehen irritiert. Ich selbst stand wie erstarrt. Niemand begriff, was er vorhatte. Inzwischen zog er Nantilam zu sich heran, legte eine Hand auf ihre Schulter und zwang sie wenige Schritte vor Steldor auf die Knie.

Im selben Moment veränderte Cannan seine Position und zog einen Dolch. Allerdings stand London, möglicherweise zufällig, zwischen dem Hauptmann und der Cokyrierin. Auf alle Fälle schien er im Moment keinen Gedanken an seinen Vorgesetzten zu verschwenden.

»Heile ihn«, knurrte London und wandte den Blick nicht von der angriffslustigen Hohepriesterin.

Halias hatte sich ein Stückchen hinter Cannan begeben, und ich trat näher, während Galen blieb, wo er war, und Miranna sich ins Dunkel kauerte. Vielleicht erkannte sie unseren unheimlichen Gast aus ihrer Zeit in Gefangenschaft. Temerson hielt draußen Wache. Und auch wenn meine Schwester wahrscheinlich Trost gebraucht hätte, war ich zu gefesselt von den Vorgängen, um zu ihr zu gehen.

Auch wenn Halias sich so postiert hatte, dass er seinen Hauptmann, falls nötig, zurückhalten konnte, ruhte der erstaunte Blick des Elitegardisten auf London. Kurz wanderte sein Blick zu mir, wohl um meine Reaktion auf die bizarre Äußerung zu prüfen, die noch im Raum stand. War Londons Verstand während der Reise in Mitleidenschaft gezogen worden? Nantilam starrte ihn jedoch kein bisschen verwirrt an.

»Ist das Euer berühmter junger König?«, fragte sie verächtlich, und Cannans Knöchel um den Griff seines Dolches wurden weiß.

»Ja, das ist unser König. Und du wirst ihn heilen.«

Einige Augenblicke lang antwortete die Hohepriesterin nicht, sondern behielt ihre hochmütige Haltung, während sie und London einander anstarrten.

»Er wird sterben.«

Da packte London sie an der Hemdbrust, um sie hochzuziehen, und schleuderte sie heftig gegen die Höhlenwand, vor der sie dann zusammengekrümmt liegen blieb. Sie erhob sich nicht, sondern funkelte den Hauptmannstellvertreter nur zornig an, während der mit verschränkten Armen und vor Wut kochend über ihr stand.

»Du wirst ihn heilen«, wiederholte London und betonte jedes Wort. Dann änderte sein Ton sich ein wenig, wurde weniger feindselig, aber noch selbstsicherer. »Das wird für dich ebenso von Vorteil sein wie für uns, wenn du tust, was ich sage. Wenn die Sache nicht so ausgeht, wie wir uns das wünschen, und dein Bruder uns findet, welches bessere Geschenk könntest du ihm dann anbieten als den König, lebendig und wohlauf, um ihn nach seinem Belieben zu foltern? Sollte es dagegen nach unseren Wünschen ausgehen, dann wirst du meine Gnade bitter nötig haben.«

Nantilam ließ Londons Blick nicht los, und auch ihre Haltung änderte sich nicht. Aber sie erwiderte auch nichts, also schien sie ihre Optionen zu prüfen. Die Anspannung wuchs und machte einem das Atmen schwer, obwohl keiner von uns wusste, was da zwischen dem stellvertretenden Hauptmann und der Hohepriesterin vor sich ging. Ich vermochte mir nicht vorzustellen, was Nantilam für Steldor tun könnte, aber wenn sie dazu in der Lage wäre, dann war Londons Logik bestechend. Sie schien zu demselben Schluss gekommen, denn sie rappelte sich auf, hielt den stolzen Blick auf ihren Entführer geheftet, nickte dann und drehte sich um, um auf meinen Gemahl zuzugehen. Zu meiner und ihrer Überraschung ließ da jedoch London eine Hand auf ihre Schulter fallen und hielt sie zurück.

»Cannan«, sagte London, und ich verstand seine Bedenken. »Lasst die Hohepriesterin näher kommen. Sie wird ihm kein Leid zufügen.«

»Ich hoffe, dass Ihr verdammt noch mal recht habt.«

Die Stimme des Hauptmannes war leise und rau, und obwohl ich in den Augen dieses feindseligen Mannes nur noch wenig von dem Cannan sah, den ich kannte, war ich dennoch geneigt, mich auf seine Seite zu stellen. Man verstand London nicht. Schließlich verdiente Steldor es, würdig, das hieß, in seinem eigenen Tempo und umgeben von seinen Landsleuten, zu sterben. Doch London kam näher und kniete sich neben Steldor, sodass er sich gegenüber von Cannan befand. Dann streckte er die offene Hand nach dem Dolch aus.

»Hört mich an«, flehte er. »Uns bleibt nicht viel Zeit. Wenn Ihr mir nicht vertraut, wird Steldor sterben, doch wenn Ihr es tut, dann gelingt es ihr vielleicht, ihn zu retten. Euer Sohn kann am Leben bleiben, wenn Ihr mich nur anhört. Und jetzt gebt mir den Dolch.«

Londons flammende Worte und etwas in seiner Stimme erreichten die Vernunft des Hauptmannes, sodass er seine Waffe aushändigte. London winkte Nantilam, näher zu treten. Sie gesellte sich zu den Männern auf den Boden und zog die Verbände rund um Steldors Leib herunter. Dabei zeigte sie keinerlei Reaktion auf das geschwollene, verletzte Fleisch, dessen Anblick mir Übelkeit verursachte. Sie legte ihre Hände auf die Wunde, was für Anspannung bei Cannan sorgte, und dann schloss sie die Augen.

Nichts schien zu passieren, doch nach etwa einer halben Stunde konnte ich die Anstrengung an ihrem Gesicht ablesen. Schließlich zog sie ihre Hände weg und taumelte seitwärts. Sie fing sich mit den Unterarmen ab, bevor sie zu Boden sank.

»Das ist alles, was ich im Moment für ihn tun kann«, sagte sie, und aus ihren Worten klang Erschöpfung. »Länger kann ich die Kraft nicht aufbringen. Jetzt muss ich mich ausruhen.«

»Wird er durchkommen?«, fragte London.

Sie blitzte ihn an und schien verärgert über seinen zweifelnden Tonfall. »Ich habe getan, was du verlangt hast, London. Er schwebt nicht mehr in akuter Gefahr. Aber es wird mehr als das brauchen, um sein Leben zu retten, und ohne auszuruhen, kann ich nicht fortfahren.«

London warf Galen einen Blick zu, der verstand und ein Lager für sie herrichtete. Bald lag die Hohepriesterin mit auf dem Rücken gefesselten Händen. London wachte starr in ihrer Nähe, um sicherzugehen, dass sie keinerlei Hintergedanken hegte. Inzwischen ging Halias hinaus, um nach Temerson zu sehen. Ich musterte meinen ehemaligen Leibwächter neugierig, bis er endlich meinen Blick bemerkte. Jede Vorsicht vernachlässigend stellte ich ihm meine Frage.

»Was hat sie mit ihm gemacht?« Cannan, der immer noch bei Steldor wachte, hob ebenfalls den Kopf, um die Antwort zu hören. »Und woher wusstest du, dass sie dazu in der Lage wäre … ihm auf diese Weise zu helfen?«

»Sie hat ihn geheilt«, erwiderte London brüsk. »Nicht vollständig, noch nicht, aber das wird sie. Ich kann dir jedoch nicht erklären, wie es vonstattengeht.«

»Aber … woher wusstest du davon?«

»Nimm es einfach so hin, Alera.«

Seine Worte klangen auf einmal schärfer, und ich fragte mich, ob ich gerade in jene Bereiche seines Lebens eingedrungen war, die er selbst jahrelang gemieden hatte – jene, über die er nie gesprochen hatte. Ich ließ das Thema fallen und warf nur einen Blick auf die ruhig daliegende Hohepriesterin, die wahrscheinlich mehr über Londons Vergangenheit wusste, als ich je erfahren würde.

In Anbetracht der späten Stunde und der durch Hoffnung begründeten Erleichterung, erlaubte ich mir, der Müdigkeit nachzugeben, die schwer auf mir lastete. Ich nutzte die relative Ruhe, begab mich zu Miranna und schlief dicht neben ihr ein.

Als ich am nächsten Morgen aufwachte, waren London und Halias neben der Feuerstelle in eine ernste Diskussion vertieft. Temerson war wieder in die Höhle zurückgekehrt und hatte sich nah bei Miranna schlafen gelegt. Nachdem ich Galen nirgends entdecken konnte, hatte er wohl die Wache übernommen. Cannan, nach wie vor an Steldors Seite, beobachtete die Hohepriesterin scharf, während sie die Hände erneut auf seinen Sohn gelegt hatte. Ich wusste nicht, wie sie zum Hauptmann stand, doch an ihrer Stelle hätte ich seine misstrauischen dunklen Augen als äußerst beunruhigend empfunden.

Ich begann, das Frühstück zuzubereiten, und lauschte dabei unverwandt auf das Gespräch der beiden Elitegardisten.

»Einer von uns wird einen cokyrischen Soldaten aufspüren und ihn mit unserer Nachricht zum Overlord zurückschicken müssen«, sagte London zu seinem Kameraden, während sein Blick auf unsere Gefangene gerichtet war.

»Und wie genau wird unsere Nachricht lauten?«, fragte Halias.

»Ich denke, sie sollte schriftlicher Natur sein, um jegliches Missverständnis zu vermeiden. Wir sagen ihm, dass wir seine Schwester haben und willens sind, über die Bedingungen ihrer Freilassung zu verhandeln. Dann vereinbaren wir einen Treffpunkt weit von hier, und machen deutlich, dass bei jeglichem Täuschungsmanöver, Angriff, Verfolgung oder auch nur Spott von seiner Seite die Hohepriesterin umgehend exekutiert wird.«

»Und was denkst du, können wir im Austausch für sie verlangen? »

»Ich glaube nicht, dass wir die Rückgabe unseres Landes erwarten können, aber ich glaube, wir können den freien Abzug unserer Bevölkerung verlangen. In seinen Augen sind sie ja nichts als Sklaven. Also denke ich, dass er ihre Freiheit gegen die Freilassung seiner unversehrten Schwester eintauschen wird.« Halias nickte kurz, dann wechselte er zum nächsten Thema.

»Und wer wird sich mit ihm treffen, nachdem die Nachricht, wie von uns gewünscht, übermittelt ist?«

»Das werde ich sein«, sagte London ohne Zögern. »Ich weiß zumindest, was mich erwartet.«

Halias hatte die Stirn gerunzelt. »Allein kannst du nicht gehen.«

Es entstand eine Pause, während Halias auf Londons Antwort wartete, doch die Augen meines alten Leibwächters zuckten kurz in meine Richtung, bevor er fortfuhr.

»Da hier so viele beschützt werden müssen und man außerdem Wache halten muss, und zudem die Hohepriesterin nicht entkommen darf, kann ich keinen von Euch Männern mitnehmen. Ihr braucht hier jeden einzelnen.«

»Dann wirst du zu deiner eigenen Hinrichtung ge-
hen.«

»Nur, wenn er bereit ist, die wahre Herrscherin über
sein Königreich zu opfern. Ohne Nantilam wird Cokyri in
Chaos versinken und ihre klare Gewaltenteilung wäre da-
hin. Er ist die Waffe der Cokyrier, sie ihre Herrscherin. Er
braucht sie. Ich glaube also nicht, mich in Gefahr zu be-
geben – und auch nicht Alera – sofern sie sich entschließt
mitzukommen.«

Der Wasserkrug, den ich gerade in der Hand gehalten
hatte, fiel polternd zu Boden, während ich vor Schreck ins
Wanken geriet.

»Du musst natürlich nicht. Aber es wäre besser, dich
dabeizuhaben, um ihm unsere ernsten Absichten zu de-
monstrieren und zu beweisen, dass wir noch einen Herr-
scher haben. Für ihn spielt es sicher keine Rolle, dass du
die Königin und nicht der König bist.«

Ich saß stumm vor Staunen da und dachte über Lon-
dons Idee nach. Mein erster Impuls war Angst. Könnte ich
dieser Person gegenübertreten, diesem Monster, das so viel
Schreckliches verbrochen hatte? Er hatte die Verschlep-
pung meiner Schwester befohlen, den Mann, den ich
liebte, gezwungen, meine Heimat zu zerstören, die Sol-
daten getötet, die so hart gekämpft hatten, um uns zu ver-
teidigen, Casimir und wahrscheinlich auch Destari zu
Tode gefoltert. Konnte ich da hoch erhobenen Hauptes
vor ihn hintreten? Nachdem ich jetzt die Chance hätte,
diesen Kriegsherrn, den ich so leidenschaftlich und bedin
gungslos hasste, mit eigenen Augen zu sehen, konnte ich
doch keinen Rückzieher machen.

»Alera?«, hakte London nach und erinnerte mich da-
ran, dass ich ihm noch nicht geantwortet hatte.

»Ich werde mitkommen«, sagte ich und stand auf, wäh-
rend Vorstellungen davon, wie der Overlord aussehen, wie

er reden und was geschehen würde, mir durch den Kopf gingen.

»Es ist nicht zwingend notwendig«, wiederholte London, der meinen abwesenden Gesichtsausdruck bemerkt hatte.

»Ich habe keine Angst.« Meine Stimme klang heftiger, als ich beabsichtigt hatte, aber ich merkte, dass die aufsteigende Wut und Erregung mein Selbstvertrauen wachsen ließen. »Ich will, dass er das merkt.«

Ein Keuchen von der anderen Seite der Höhle unterbrach uns, und wir wandten die Köpfe in Steldors Richtung, von wo wir Cannan rufen hörten.

»Steldor, ganz ruhig! Steldor!«

Das Keuchen war nicht aus der Kehle des Königs gekommen, sondern aus der der Hohepriesterin. Steldors Finger hatten sich fest um ihren Hals gekrallt. Sie hielt sein Handgelenk umklammert und wehrte sich vergeblich gegen sein Würgen. Doch erst als Cannan eingriff und ihm die Finger aufbog, ließ Steldor sie schließlich los.

»Hör auf, Steldor, sie tut dir nichts zuleide«, wiederholte der Hauptmann.

London, Halias und ich kamen ungläubig näher und waren erstaunt, aber erleichtert, Steldor wach zu sehen. Cannan hob die Hand, um uns auf Abstand zu halten, während die Hohepriesterin hustete und sich den Hals rieb. Sie starrte unseren König ungläubig an, der sie trotz seiner geschwächten Konstitution und seines umnebelten Geistes als Feindin erkannt hatte. Ich verspürte sogar einen gewissen Stolz in mir, während Cannan weiterhin versuchte, seinen Sohn zu beruhigen. Es war, als hätte Steldor mehrere Tage unter Wasser verbracht und würde soeben zum Luftholen auftauchen – er wirkte noch verloren und verstört, ob all der Sinneseindrücke, die auf einmal auf ihn einstürmten. Ich vermochte mir nicht vorzustellen, wie es sein musste, sich mit dem eigenen Tod bereits abgefunden zu haben und dann doch wieder in dieser Welt zu erwachen.

Es dauerte nicht lange, bis Steldor erneut das Bewusstsein verlor, doch Cannan und London tauschten einen verschwörerischen, triumphierenden Blick.

London grinste schief. »Er erholt sich wieder.«

Es war Halias, der den Cokyriern die Nachricht überbrachte. London hatte sie verfasst und sie seinem Kameraden anvertraut, nachdem die anderen Männer und auch ich sie gelesen und ihrem Inhalt zugestimmt hatten. Die Hohepriesterin hatte sarkastisch angeboten, sie ebenfalls gutzuheißen, doch London hatte sie nur kalt angefunkelt.

Ich machte mir natürlich Sorgen, dass irgendetwas schiefgehen könnte, doch Halias kehrte schon nach vier Stunden zurück. Ohne Umschweife erklärte er, dass er einen cokyrischen Soldaten dazu gebracht hatte, die Nachricht weiterzuleiten. Ich verdrängte meine Furcht vor der Rolle, die ich zu spielen hätte, noch, da London und ich erst am nächsten Morgen aufbrechen würden. Doch jedes Mal, wenn ich meiner Phantasie erlaubte, sich mit dem verschwommenen Bild des Overlords zu befassen, das ich im Kopf hatte – eine massige, furchterregende Gestalt –, erfasste mich Grauen. Eine Hälfte von mir erging sich sodann in denselben mörderischen Gedanken, die ich schon kannte, und dem Wunsch, ihm zu zeigen, dass er mich nicht bezwingen konnte; meine andere Hälfte wollte sich dagegen verstecken, ihn glauben machen, ich sei bereits tot, damit er mich nicht weiter verfolgte. Ich wusste nicht zu sagen, welche Hälfte sich letztlich durchsetzen würde.

Es war schon spät in der Nacht, doch der Schlaf wollte sich nicht einstellen, also erhob ich mich von meinem Lager und setzte mich ans Feuer. Zu meiner Überraschung wich Cannan zum ersten Mal seit Tagen von Steldors Seite, um sich zu mir zu gesellen. Seine Miene verriet, dass er mir etwas zu sagen hatte. Die Hohepriesterin lag wieder gefesselt und ein ganzes Stück von seinem Sohn entfernt am Boden. Daher hatte auch der Hauptmann ein wenig Bewegungsfreiheit, aber ich wusste, er würde dennoch nicht riskieren, dass Steldor allein aufwachte und orientierungslos wäre. Was auch immer er mir zu sagen hatte, es musste wichtig sein.

»Ich habe Euren Onkel gekannt«, begann er leise. Er wollte wohl den Schlaf der anderen nicht stören, denn ich bezweifelte, dass er ein wirklich privates Gespräch mit mir führen würde. »Er war der Kronprinz von Hytanica und mein bester Freund. Er wurde hoch geschätzt und hätte einen großartigen König abgegeben, einen, der in die Geschichte eingegangen wäre. Stark, unbeugsam, intelligent und ohne Furcht, wen auch immer herauszufordern, selbst seinen eigenen Vater.« Er lächelte schwach, wohl weil er sich an Anekdoten erinnerte, die ich nie erfahren würde. »Er war mitfühlend und verwegen, Alera – Eigenschaften, die letztlich zu seinem Tod geführt haben, aber ohne die er eben nicht er selbst gewesen wäre.«

Während Cannan in die Flammen starrte, begann ich mich zu fragen, warum er mir das wohl erzählte. Dann suchte sein Blick erneut den meinen und er fuhr fort.

»Ich erkenne ihn in Euch, Alera. Ihr habt sein Naturell. Daher weiß ich auch, dass Ihr diese Aufgabe meistern werdet. Ihr werdet Euch vom Overlord nicht bezwingen lassen, sondern ihm die Stärke zeigen, die in unserem Königreich, im Blut Eurer Königsfamilie steckt. Ihr werdet ihm diesen Moment der Unsicherheit bereiten, der uns das Tor zum Sieg öffnet.«

Seine Augen hielten meine noch kurz fest, dann stand

er auf und kehrte an Steldors Seite zurück. Die Zweifel, die mich bis dahin geplagt hatten, waren zerstreut, und ich wusste, dass ich dem Overlord bei unserer Begegnung am Morgen würdevoll entgegentreten würde. Ich durfte all diese mutigen Männer nicht enttäuschen.

Ich hatte Cannans Worte und sein Vertrauen präsent, als London und ich in der Morgendämmerung zu einer Lichtung in den Wäldern westlich meiner Heimatstadt aufbrachen. London hatte den Ort mit Bedacht gewählt – nah genug, um gut erreichbar zu sein, fern genug, um unsere Höhle geheim zu halten. Außerdem gab es dort einen günstigen Aussichtspunkt, von dem aus man die Lichtung überblicken konnte, denn er traute dem Overlord nicht im Geringsten. Galen, der berühmt für sein Talent als Bogenschütze war, bezog dort bereits vor uns Stellung, um uns Deckung zu geben.

Die Verhandlung war für den Mittag angesetzt, und London wusste zwei Dinge mit Gewissheit: Dass der Overlord persönlich erscheinen würde und dass es unklug wäre, zu spät zu kommen. Wie London trug auch ich Reithosen und ein Lederwams sowie darüber einen Umhang. Mit meinem kurzen Haar und der deutlich zu großen Kleidung hatte ich wahrscheinlich mehr Ähnlichkeit mit einem Jungen als mit einer Königin.

Wir legten die halbe Strecke zu Pferde zurück, den Rest zu Fuß, denn London wollte nicht einmal riskieren, dass unsere Art der Fortbewegung Aufschluss über den Ort unseres Unterschlupfes gab. Der Elitegardist kontrollierte den Platz der Zusammenkunft, der etwa hundert Fuß im Durchmesser maß, laubbedeckt und mit Schneeflecken durchsetzt war. Rundherum standen dicke Bäume, hauptsächlich Eichen und Ulmen, einige Föhren und fast undurchdringliches Unterholz. Dann setzten wir uns, die

Lichtung im Blick, aber selbst schwer zu sehen, und warteten.

Es verging etwa eine Stunde. Wir hatten uns die Kapuzen unserer Umhänge über die Köpfe gezogen und wurden langsam steif vor Kälte, als Hufschlag durch das Unterholz an unsere Ohren drang. Mein Herz drohte zu explodieren, aber ich versuchte, ruhig zu atmen. Schließlich war ich entschlossen, dem Overlord die Stärke unseres Reiches zu demonstrieren.

Ich konnte unsere Feinde zwar noch nicht sehen, doch ich hörte mehr als ein Pferd sich nähern.

»Ich dachte, er würde allein kommen!«, flüsterte ich.

London presste einen Finger an seine Lippen und brachte mich so zum Schweigen, als auch schon eine kraftvolle Stimme durch die Bäume schallte.

»Du versteckst dich vor mir wie ein Feigling! Tritt vor, damit ich dich sehen kann, London. Ich weiß, dass du da irgendwo steckst.«

Ich schluckte die Galle, die in mir aufstieg, wieder hinunter, während London sich aus seiner geduckten Haltung aufrichtete und furchtlos auf die Lichtung hinaustrat. Am liebsten hätte ich mich wie der Reif zu meinen Füßen an die Erde geschmiegt, doch ich folgte seinem Beispiel, so gut ich es vermochte, und schob gleichzeitig mit ihm meine Kapuze zurück.

Uns gegenüber stiegen zwei ganz in schwarz gekleidete mit Umhängen versehene Cokyrier von ihren Pferden. Mein Herz machte einen Satz, als ich in einem von ihnen Narian erkannte. Der andere war ein hochgewachsener Mann, der eine schwarze Tunika über einem silbernen Kettenhemd und metallenen Armschienen trug. Seine Schultern schienen breit genug, um die Sonne zu verdunkeln. Aber er war nicht so massig, wie ich ihn mir vorgestellt hatte. Seine Bewegungen wirkten fließend, auf schaurige Weise graziös, während er neben seinem riesigen schwarzen Schlachtross stand. Sein Haar war so rot wie das seiner Schwester, aber länger und im Nacken zusammengefasst. Seine grünen Augen waren wie die ihren, wobei das Bemerkenswerteste daran nicht ihre Tiefe, sondern ihre Härte und Grausamkeit waren. Selbst das Laub schien vor Angst unter seinen Schritten zu erzittern, und es ging eine Kälte von ihm aus, die nichts mit der Witterung zu tun hatte, sondern die allem, das damit in Berührung kam, die Lebenskraft aussaugte. Er war die erste Person, die mir je begegnet war, der alles Menschliche zu fehlen schien.

Narian war von seinem etwas kleineren dunkelbraunen Pferd gestiegen und folgte seinem Herrn und Meister mit geringem Abstand. Auch wenn er weiter gewachsen und kräftiger geworden war und durchaus eindrucksvoll aussah, waren seine Haltung und sein Auftreten nicht so einschüchternd wie die des Overlords. Der Kriegsherr hatte etwas an sich, das alles in seiner Umgebung schrumpfen und zittern ließ.

»Da bist du ja«, höhnte der Overlord und starrte meinen Begleiter finster an.

»Ja«, erwiderte London nur mit stahlharter Stimme. »Und daher kannst du davon ausgehen, dass nichts hier eine Finte ist.«

Der Kriegsherr knurrte wütend und schleuderte abrupt einen Arm in Londons Richtung. Der stellvertretende Hauptmann schrie auf, fiel auf Hände und Knie, während ich wie angewurzelt dastand. Zu erschrocken, um zu reagieren oder ihm zu Hilfe zu kommen. London fiel vor Schmerz stöhnend zur Seite, und erst dann ließ unser Feind von ihm ab.

»Ich hätte dich schon vor langer Zeit töten sollen«, giftete er und rührte sich nicht. Sein Opfer keuchte.

Ich verspürte den Drang, fortzulaufen, mich in Sicherheit zu bringen, mich nicht einmal mehr um London zu kümmern und wahrscheinlich hätte ich das auch getan, hätte ich nicht das aufflackernde Gefühl in Narians blauen Augen entdeckt. Ich wusste nicht, ob es Stolz, Liebe oder Bewunderung war, aber es genügte, um mich an Ort und Stelle festzuhalten. Ich starrte ihn an, nahm etwas von seiner Ausstrahlung in mich auf und fühlte, wie mein Selbstvertrauen zurückkehrte.

Der Overlord hatte inzwischen begonnen, vor uns auf und ab zu stolzieren, doch er kam nicht näher. Und diese Kleinigkeit sagte mir, dass wir momentan die Oberhand hatten. Der Kriegsherr war wütend, aber er würde seine Schwester nicht in Gefahr bringen wollen.

Ich trat einen Schritt vor London, um unserem Widersacher aus plötzlich erwachtem Trotz die Stirn zu bieten.

»Und wer bist du?«, fragte er verächtlich.

»Ich bin die Königin von Hytanica«, antwortete ich mit fester Stimme und hoch erhobenen Hauptes. »Das Leben der Hohepriesterin liegt in meiner Hand. Wollt Ihr verhandeln, um es zu retten?«

Er kochte vor Wut, hielt kurz inne und schien an mir nach Zeichen von Schwäche zu suchen. Doch alles, was er sehen konnte, war meine Feindseligkeit.

»Sei vorsichtig mit dem, was du verlangst. Ich werde nicht groß verhandeln.«

Er versuchte, mich einzuschüchtern, und so die Situation unter seine Kontrolle zu bringen. Ich hörte die Prahlerei in seinen Worten und überlegte nicht lange, bevor ich etwas darauf erwiderte.

»Mein Königreich ist gefallen, aber Tausende meiner Untertanen sind noch am Leben. Gewährt ihnen freien Abzug aus der Stadt, jedem einzelnen von ihnen, dann will ich Eure Schwester verschonen.«

Er verzog den Mund und gab nur ein lautes Knurren von sich.

»Ihr wolltet Hytanicas Land, nicht seine Bewohner. Also ist meine Forderung berechtigt.«

Ich wartete und fühlte mich ob meiner Kühnheit geradezu schwindelig, während er überlegte und dazu ein furchterregend grimmiges Gesicht machte. London trat neben mich, nachdem er sich mühsam wieder erhoben hatte. Und seine Präsenz unterstrich meine Forderung.

»Morgen«, sagte der Overlord schließlich. »Morgen werde ich dir meine Antwort darauf geben.«

Ich nickte. »Ausgezeichnet.«

London und ich rührten uns nicht, solange der Overlord und Narian zu ihren Pferden zurückkehrten und aufsaßen. Kurz bevor sie im Wald verschwanden, richtete der Kriegsherr noch einmal seinen bösartigen und gnadenlosen Blick auf mich.

»Du wirst für das hier bezahlen«, versprach er, und ich fühlte mich einen Moment lang, als könne ich nicht atmen.

Wir brachen kurz nach unserem Feind auf. Trotz der eindeutigen Bedingungen, die wir in unserer Nachricht gestellt hatten, und trotz Galens Deckung für uns wollte London nicht riskieren, dass man uns folgte, und führte mich auf großen Umwegen zu unseren Pferden zurück. Noch auf dem Ritt zurück zur Höhle blickte er sich immer wieder um. Es gab jedoch keinerlei verdächtige Anzeichen auf Verfolger, was wohl bedeutete, dass der Overlord uns ernst nahm.

Ich begann zu zittern, als mein Mut mich verließ und mir langsam klar wurde, welch einem Bösewicht ich soeben begegnet war. Dennoch wagte ich zu hoffen, dass wir mit unserer Strategie Erfolg haben könnten. Als wir wieder am Unterschlupf eintrafen, versammelten sich die Männer rund um die Feuerstelle und London berichtete, was sich zugetragen hatte. Den Angriff des Overlord auf seine Person ließ er weg, dafür erntete ich viel Lob für mein Verhandeln.

»Ich war unerwartet außer Gefecht gesetzt« war alles, was er über sich preisgab. Ich fragte mich, ob Galen den anderen später detaillierter berichten würde.

Als wir auseinandergingen, fielen die letzten Zweifel an der Richtigkeit meines Verhaltens von mir ab, denn zum ersten Mal seit langer Zeit sah ich London richtig grinsen. Er schien ziemlich optimistisch, dass alles nach Plan verlaufen würde.

27. Keine Zeit fürs Abschiednehmen

London brach in den frühen Morgenstunden des nächsten Tages, noch bevor die Sonne aufging, erneut auf, um den Overlord zu erwarten. Er befand es für unnötig, dass ich ihn erneut begleitete. Nachdem ich mit eigenen Augen gesehen hatte, wozu der Overlord in der Lage war, behagte mir die Vorstellung gar nicht, dass mein ehemaliger Leibwächter allein reiten wollte, doch er versprach mir, dass es gut gehen und er bis zum Abend, wenn nicht sogar früher, mit einer Nachricht zurück wäre.

Den Großteil des Tages verbrachte die Hohepriesterin mit Steldors Heilung. Ich saß in gebührendem Abstand, misstrauisch, aber auch fasziniert, und konnte ihre Fähigkeiten nicht leugnen. Steldors Fieber war abgeklungen, die Entzündung heilte, und er setzte sich immer häufiger auf. Cannan ermunterte ihn immer wieder zum Essen und Trinken und versuchte ihm zu erklären, was Nantilam mit ihm machte. Meist reagierte er jedoch gar nicht darauf.

Halias war de facto zur Bewachung der Hohepriesterin abgestellt und übernahm nur noch selten eine Wache draußen. Galen und Temerson teilten sich diese Pflicht sehr bereitwillig, wobei Temerson alle überraschte. Die Dinge, die er gesehen, die Grausamkeiten, die er aus nächster Nähe erlebt hatte, all das hatte ihn härter gemacht und in ihm den Wunsch erweckt, zu helfen, wo er nur konnte. Es war seltsam, ihn so verändert zu sehen. Selbst sein Stottern war verschwunden. Vielleicht ein Hinweis darauf, dass es nun nichts mehr gab, was ihn noch hätte erschüttern können.

Im Unterschied zu dem Jungen, der sie liebte, machte

Miranna nur geringe Fortschritte. Sie blieb still, schreckhaft und sehr unsicher. Sie hätte einen sicheren Hort zur Heilung gebraucht, doch unsere gegenwärtigen Lebensumstände waren das absolute Gegenteil davon. Ich war dankbar dafür, Temerson bei uns zu haben, denn er war es zufrieden, endlose Stunden bei ihr zu verbringen.

Galen kümmerte sich zwischen seinen Wacheinsätzen darum, die zahlreichen Waffen zu schärfen, die wir mitgebracht hatten und die bereits in der Höhle gelagert gewesen waren. Soweit ich wusste, hatte er seit Beginn des unerwarteten Genesungsprozesses seines Freundes noch keine Zeit mit Steldor allein verbracht. Doch da Cannan und die Hohepriesterin ununterbrochen an seiner Seite waren, gab es dazu auch keine Gelegenheit. Dennoch war unverkennbar, dass Steldors zusehends bessere Verfassung Galens Zuversicht ungemein stärkte. In Anbetracht unserer schwierigen Lebensumstände lief eigentlich alles recht gut.

Als London zurückkam, wurde es bereits dunkel, und ich war gerade dabei, einen Eintopf als unser Abendessen zu kochen, wobei Miranna mir Gesellschaft leistete. Temerson hielt draußen Wache, und Galen behielt die Hohepriesterin im Auge, sodass Cannan und Halias ungestört miteinander sprechen konnten, denn wir hatten bereits begonnen, uns Sorgen zu machen. Als London unversehrt in der Höhle auftauchte, waren alle spürbar erleichtert, doch seine finstere Miene gab uns sogleich zu denken. Aller Augen waren auf ihn gerichtet, während er in der Mitte des Unterschlupfes stehen blieb und sich abwesend mit der Hand durch seine widerspenstige silberne Mähne fuhr.

»Die Verhandlungsbasis hat sich geändert«, sagte er kurz angebunden.

Ich sprang auf, denn seine kryptische, ernste Art verschlug allen zunächst einmal die Sprache.

»Was ist denn passiert, London?«, fragte ich zaghaft und räusperte mich, als ich merkte, wie heiser meine Stimme klang. »Was ist passiert?«

»Etwas, das wir nicht erwartet haben.« Er ballte die Hände an seinen Seiten zu Fäusten und schloss die Augen. Dann holte er tief Luft. »Ich hätte wissen müssen, dass der Overlord sich nicht so leicht auf unsere Bedingungen einlassen würde.«

Selbst die Hohepriesterin runzelte beunruhigt die Stirn, Cannan und Halias kamen näher, und Galen stand ebenfalls auf.

»Was ist passiert?«, wiederholte Cannan meine Frage in alarmiertem Ton, denn er ahnte wohl schon, dass es keine guten Neuigkeiten sein konnten.

»König Adrik und Lady Elissia – sie sind noch am Leben. Der Overlord bietet ihr Leben gegen das der Hohepriesterin.«

Das Blut wich mir aus den Wangen, und ich machte ein paar stolpernde Schritte auf London zu. Dabei stieß ich einen kleinen Schreckensschrei aus, der gar nicht klang, als käme er aus meinem Mund.

»Er will sie töten?«, keuchte ich, und London nickte.

»Aber das dürfen wir nicht zulassen!«

Ich sah nacheinander in die Gesichter der Männer, die ernst um mich herumstanden, doch ihre Mienen beruhigten mich nicht im Geringsten.

»Wir müssen sie retten!«, sagte ich lauter und mit schrillerer Stimme.

»Inzwischen wird er sie in den Palast zurückgeschafft haben«, sagte Halias in traurigem Ton zu mir. »Höchstwahrscheinlich befinden sie sich im Kerker. Dann gibt es keine Möglichkeit, sie zu befreien.«

»Der einzige Weg, um ihre Freilassung zu sichern, ist die Herausgabe der Hohepriesterin, und selbst das ist noch keine Garantie«, meldete London sich wieder zu Wort. »Der Overlord ist herzlos, und nun, da wir ihn gereizt haben, wird er noch weniger an einem fairen Handel interessiert sein.«

»Abgesehen von unserem Wunsch, das ehemalige Königspaar zu retten, dürfen wir die Hohepriesterin nicht allein gegen sie austauschen. Wir brauchen ein besseres Angebot«, bekundete Cannan entschieden, und selbst ich wusste, dass er vom militärstrategischen Standpunkt aus betrachtet recht hatte.

»Ihr könnt sie doch nicht einfach sterben lassen!«

Genau diese Worte hatte ich auf der Zunge gehabt, doch sie kamen nicht aus meinem Munde. Ich drehte mich um und sah, dass meine Schwester aufgesprungen war und uns mit vor Schreck geweiteten Augen anstarrte. Sie klang schon fast hysterisch, aber ich ließ sie in der Hoffnung gewähren, ihr Ausbruch würde auch die anderen aufrütteln.

Cannan und seine beiden Stellvertreter musterten sie mitleidig, erwiderten jedoch nichts. Stattdessen wandte Halias sich an mich.

»Uns bleibt keine andere Wahl, Alera. Es tut mir leid, ganz aufrichtig leid, aber ich muss dem Hauptmann zustimmen. Wir können die Hohepriesterin nicht herausgeben, denn sie ist alles, was wir in der Hand haben.« Seine Stimme klang gepresst, und es war offensichtlich, dass die Nerven aller Anwesenden blank lagen.

»Der Overlord ist gerissen genug, um zu wissen, dass wir seine Schwester nicht leichtfertig umbringen werden«, fügte Cannan hinzu. »Er wird uns also bis zum Anschlag quälen. Er liebt solche Spielchen.«

»Aber sie sind meine Eltern!«, schrie ich wütend, und meine Kehle fühlte sich wie aufgerissen und rau an. »London, bitte!«

Ich wandte mich an den Mann, der jahrelang mein Leibwächter gewesen war und der meine Liebe zu den beiden Menschen, deren Leben hier auf dem Spiel stand, nur zu gut kannte.

»Der Zorn des Overlord darf sie nicht treffen! Sie sind doch nicht einmal mehr die Herrscher Hytanicas. Wir müssen sie retten, ich muss sie retten. Das ist die Rache des Overlord, um mich dafür bezahlen zu lassen, dass ich ihn herausgefordert habe. Ich flehe dich an, lass das nicht zu!«

»Wir können sie retten«, erklärte London in resigniertem Ton, und mitgerissen von einer Welle der Erleichterung bemerkte ich die seltsame Leere in seiner Miene erst, als Halias seinen Namen sagte. Er sah seinen Kameraden an, als hätte er die Gegenwart von uns anderen momentan vergessen, und der Dank, den ich schon auf den Lippen gehabt hatte, erstarb.

»Wie?«, fragte ich ängstlich.

»Wir tauschen sie aus, allerdings nicht gegen die Hohepriesterin«, erklärte London und war nun so weiß wie die Schneeflecken draußen vor der Höhle.

Mich schwindelte. »Und was sollen wir ihm stattdessen geben?«

Er verschränkte die Arme vor der Brust und zögerte noch kurz, bevor er entschieden antwortete. »Vor vielen Jahren haben der Overlord und ich ein Band des gegenseitigen Hasses geschmiedet. Wenn ich mich ihm zum Austausch anbiete, wird er deine Eltern freilassen. Denn es wird ihm ein viel größeres Vergnügen bereiten, mich in seiner Gewalt zu haben.«

»Nein«, sagte ich sofort, und wie ein Echo stimmten auch andere mir zu.

»Das kannst du nicht tun«, reagierte Halias heftig. »Wir verdanken es dir, dass wir überhaupt bis hierhergekommen sind. Ich kann nicht zulassen, dass du dieses Opfer bringst.«

»Mein Bruder würde auf den Handel eingehen«, sagte die Hohepriesterin unvermittelt, und in ihrem Blick waren Ehrfurcht und tiefgründiger Respekt zu erkennen, während sie London musterte. »Zweifellos.«

London nickte in ihre Richtung und schien ihre Unterstützung zu schätzen, auch wenn in seinem Blick keine Wärme lag. Dann sprach er erneut zu Halias.

»Du kannst und wirst mich ziehen lassen. Es bedeutet ein Leben im Austausch für zwei.«

»Aber … aber er wird dich töten.« Ich sagte das Offensichtliche und wiederholte damit nur, was er ohnehin bereits klargemacht hatte. »Du wirst sterben.«

»Wahrscheinlich.«

»Nein«, jammerte ich und trat noch einen Schritt auf ihn zu. »Nein, ich will nicht, dass du stirbst, bitte nicht. Es muss noch einen anderen Weg geben.«

»Du hast keine andere Wahl, Alera. Mein ganzes Leben lang habe ich die Königsfamilie beschützt. Und zu diesem Opfer habe ich mich schon die längste Zeit bereit erklärt.«

Der Handel bedeutete, Londons Leben für das meiner Eltern zu opfern. Ich wusste das, weigerte mich jedoch, es zu akzeptieren. Wie konnte ich mich von ihm verabschieden? Weinend warf ich mich in seine Arme und verbarg mein Gesicht an seiner Schulter. Ich klammerte mich an ihn und hatte Mühe zu begreifen, dass dies eine meiner letzten Gelegenheiten war, seine Wärme zu spüren, seinen vertrauten Geruch zu atmen und aus seiner Kraft Trost zu ziehen. Ich liebte ihn von ganzem Herzen. Er war, seit ich ihn kannte, nie ein Mensch gewesen, der seine Gefühle zeigte, doch jetzt erwiderte er nach und nach meine Umarmung und hielt mich, während ich wie ein Kind weinte.

Als mein Schluchzen abgeklungen war, führte er mich

zu Miranna hinüber, die sich dieses eine Mal um mich kümmerte. Dann setzten sie und ich uns gemeinsam auf unsere Schlaflager. Er ging zu Cannan zurück, um sich mit ihm zu besprechen, während Halias sich weiter ums Essen kümmerte.

Schließlich aßen wir alle. Danach übernahm Galen die Wache und schickte Temerson hinein, damit auch er essen konnte. Anschließend gingen wir auseinander. Halias, um die Hohepriesterin zu bewachen, Cannan, um nach Steldor zu sehen, der Rest versuchte zu schlafen. Die zweite Nacht in Folge war mir diese Erholung nicht vergönnt, denn ich fürchtete, wenn ich die Augen schloss, festzustellen, dass mir meine letzten Stunden mit London entgangen wären.

Irgendwann döste ich ein, nur um kurz darauf von Albträumen gequält wieder aufzuschrecken. Ich stand auf und bemerkte, dass alle anderen bis auf Halias, der in Nantilams Nähe an die Wand gelehnt saß, noch schliefen. Ich sagte nichts zu ihm, obwohl ich seinen Blick auf mir spürte. Stattdessen begab ich mich zu der Stelle, an der London sich sein Lager bereitet hatte, doch dort war niemand. Er hatte mich gebeten zu schlafen, doch er selbst war offensichtlich nicht dazu in der Lage gewesen. Rasch suchte ich mit den Augen den Rest der Höhle ab, doch nirgends war eine Spur des Hauptmannstellvertreters. Einen Moment lang schnürte Panik mir die Kehle zu. Er hatte versprochen, nicht vor dem Morgengrauen aufzubrechen, wo war er also hin?

»Er ist draußen«, ließ Halias mich leise wissen, als hätte er meine Gedanken gelesen.

Ich nickte und schlüpfte durch den Spalt im Fels hinaus in die kalte Nacht. Sofort wünschte ich, ich hätte mir einen Umhang mitgenommen. Doch als mein Blick auf London fiel, verwarf ich den Gedanken, noch einmal hineinzugehen, sofort. Er saß links von mir an die Felswand gelehnt. Traurig hielt er den Kopf gesenkt und schien mich nicht einmal zu bemerken, als ich mich neben ihm auf die Erde sinken ließ.

»London?«

Reflexartig hob er den Kopf in meine Richtung, senkte ihn jedoch sofort wieder, allerdings nicht so schnell, dass ich die Tränenspuren auf seinen Wangen nicht gesehen hätte. Ich war erschrocken, ihn beim Weinen ertappt zu haben, denn eigentlich war er wie Cannan ein Mensch, der alles still erduldete. Aber die Anspannung unter der wir hier lebten, war groß genug, um selbst die ruhigsten Gemüter aus der Fassung zu bringen. Cannan hatte ja auch beinahe den Verstand verloren.

»Es tut mir leid«, murmelte ich, ohne selbst genau zu wissen, was ich meinte, aber er spürte zumindest, dass ich aufrichtig war.

»Es geht nicht um das, was du glaubst«, erwiderte er mit immer noch gesenktem Kopf und seltsam belegter Stimme.

»Worum denn dann?«

Ich wünschte, er würde sich mir anvertrauen. Wenigstens dieses eine Mal jemand sein Herz ausschütten, auch wenn ich zu ahnen meinte, was ihn umtrieb. Er konnte doch nicht morgen in den Tod gehen und alles, was ihn bedrückte, unausgesprochen lassen. Er schwieg eine ganze Weile, aber ich wusste, dass das nicht gegen mich gerichtet war.

»Alera, ich habe dir nicht alles gesagt«, begann er endlich.

Ich ließ seine Worte erst einmal so stehen, weil ich mir nicht sicher war, was er damit meinte.

»Möchtest du es mir jetzt sagen?«

»Du sollst nicht«, sagte er unvermittelt und ich wusste

wieder nicht, was das bedeutete. »Es ist … du sollst nicht … du kannst nicht …«

Was auch immer ihn beschäftigte, war offenbar schwer zu formulieren.

»Es war meine Schuld. Wenn ich es gewusst hätte, dann hätte ich …«

»Wovon redest du?«, fragte ich nach, als ich es nicht mehr aushielt. Ich versuchte, behutsam zu sein, auch wenn der Schmerz in seiner Stimme mir die Brust eng werden ließ. Ich wollte ihm helfen, wusste aber nicht wie, weil seine Worte für mich keinen Sinn ergaben.

»Ich habe doch erzählt, dass ich dir etwas verschwiegen habe … etwas, das heute passiert ist, mit deinen Eltern.«

Ich spürte, wie ich mich unbewusst aus dem Gespräch zurückziehen wollte, obwohl meine Lippen Worte formten, die ich am liebsten nicht gesagt hätte.

»Was?«

»Ich hatte noch nicht mit dem Overlord gesprochen. Ich suchte unseren Spähposten oberhalb der Lichtung auf, wo Galen gestern gewartet hatte, und dann sah ich ihn kommen, zusammen mit deinen Eltern, aber … nicht nur mit deinen Eltern. Er wusste, dass ich da irgendwo war, dass ich ihn beobachten würde, also ergriff er die Gelegenheit, um ein Exempel zu statuieren und unmissverständlich klarzumachen, dass er deine Eltern ermorden wird, wenn wir nicht kooperieren.«

Der Schmerz, der aus seinen Worten klang, erschreckte mich. So hatte ich ihn noch nie erlebt, und ich konnte mir nicht vorstellen, was der Overlord getan haben mochte, dass er sich so elend fühlte.

»Er … er hat Destari gefoltert und ermordet, vor meinen Augen, und ich habe nichts getan, um ihn davon abzuhalten. Ich hatte geglaubt, Destari wäre bereits tot, denn wenn ich gewusst hätte, dass er noch am Leben ist … dann hätte ich etwas tun müssen, irgendwas. Ich hätte ihn retten sollen, lange, bevor der Overlord Gelegenheit hatte, ihm das anzutun. Die ganze Zeit über hat er gelitten, und ich weiß, was es heißt, in der Gewalt des Overlord zu leiden.«

»London«, stieß ich hervor und wusste nicht recht, was ich sonst noch sagen sollte, so schockiert und traurig war ich über Destaris Tod. Wie konnte er nur dieses Erlebnis für sich behalten haben, und sei es auch nur für die vergangenen paar Stunden? Destari war einer meiner treuesten Leibwächter gewesen, aber vor allem war er Londons bester Freund noch aus der Zeit, bevor die beiden gemeinsam die Kadettenanstalt besucht hatten. Sie hatten zusammen ihre militärische Laufbahn absolviert. Und ihn dann auf so schreckliche Weise sterben sehen zu müssen … Ich vermochte es kaum zu begreifen. Allein der Gedanke daran verursachte mir Übelkeit, und ohne lange nachzudenken, streckte ich die Hand nach ihm aus. Ich sehnte mich danach, ihn zu trösten, doch er stieß meine Hand fort.

»Ich beschütze jeden«, konstatierte er. »Das ist meine Aufgabe, und das habe ich immer schon gemacht. Aber ihn habe ich im Stich gelassen.«

»Du hast Destari doch nicht getötet«, sagte ich irritiert. Wie konnte er sich nur selbst die Schuld daran geben? »Es war sogar besser, nicht zu wissen, dass er noch am Leben war, denn du hättest nicht zurückkehren und ihn befreien können. Das wusste er auch, London. Destari wusste es schon, als eure Wege sich damals im Palast getrennt haben. Und er wusste es ganz sicher, als er sich dem Feind zum Verhör auslieferte. Du hast ihn nicht im Stich gelassen oder verraten. Und komm ja nicht auf den Gedanken, dir die Verantwortung für die Untaten des Overlord aufzubürden. Es war seine Hand, durch die Destari gestorben ist, nicht deine. Seine Brutalität ist der Grund für all das, und es ist einzig dein großes Mitgefühl, das dich veranlassen könnte, Schuld auf dich zu nehmen, die allein bei ihm liegt. Das wäre doch schrecklich ungerecht!«

Ich wünschte mir so sehr, dass er meine Worte beherzigen und seine Seelenqual dadurch leichter würde. Wieder verspürte ich diesen überwältigenden Hass auf den Overlord – er riss uns alle auseinander, unsere Gefühle und unsere Körper. Bald würde ich London nie mehr wiedersehen, und nun hinderte der Overlord uns sogar daran, unsere letzten gemeinsamen Stunden in Frieden miteinander zu verbringen.

»Er hat den Leichnam einfach liegen gelassen«, sagte London nach einer ganzen Weile. »Ich habe ihn begraben, nachdem sie fort waren.«

Ich kümmerte mich nicht darum, dass London meine Hand zuvor abgeschüttelt hatte. Jetzt hob ich seinen Arm und legte ihn mir um die Schulter, denn ich wusste, dass er meine Nähe ebenso nötig brauchte wie ich die seine.

Am nächsten Morgen brachen wir früh auf, um den Overlord zu treffen. Ich begleitete London aus zwei Gründen: Erstens weil ich die Königin Hytanicas war, zweitens weil ich nicht den kleinsten Augenblick mit ihm versäumen wollte. Es war mir ein Anliegen, ihm noch einmal zu zeigen, wie sehr ich an ihm hing und dass ich seinen Mut über die Maßen schätzte. Cannan ließ seinen Sohn in Galens fürsorglicher Obhut zurück, um uns zu begleiten. Auch dies eine Geste des Respekts für den Mann, der bereit war, sein Leben freiwillig für unsere Sache zu opfern.

Als wir ankamen, nachdem wir erneut einen weiten Umweg gemacht hatten, traten wir auf die Lichtung und verließen uns ganz auf Londons Einschätzung der Reaktion des Feindes. Er war sich sicher, dass die Cokyrier die Lichtung längst überwachten. Er war auch überzeugt, dass niemand versuchen würde, uns anzugreifen, sondern dass der Overlord uns freien Abzug gewähren würde, bis seine Schwester in Sicherheit wäre.

»Sagt eurem Anführer, er soll das ehemalige Königspaar herbringen lassen«, rief London den uns umgebenden unsichtbaren cokyrischen Soldaten zu. »Wir sind gekommen, um sie auszutauschen.«

Es gab keine Antwort, aber damit hatten wir auch nicht gerechnet. Danach warteten wir etwa eine Stunde lang. Schweigend, frierend und wachsam. Dann hörten wir unseren Feind sich nähern. Er war in Begleitung gekommen, erschien jedoch allein auf der Lichtung, und zwar zu Fuß.

»Was soll das?«, verlangte der Overlord zornig zu erfahren, als er uns drei erblickte und begriff, dass wir seine Schwester nicht dabeihatten.

»Habt Ihr König Adrik und Lady Elissia mitgebracht?«, fragte London und ignorierte die Frage des Overlord.

Der Kriegsherr drehte sich um und gab jemand, der im Wald verborgen sein musste, ein Zeichen. Daraufhin stießen zwei Cokyrier, ein Mann und eine Frau, meine Eltern vor sich her auf die Lichtung.

»Alera!«, brach es aus meinem Vater hervor, als er mich erblickte. Doch er verstummte sofort, als man ihm die Klinge eines Dolches so an die Kehle presste, dass Blut hervortrat. Meine Mutter sagte nichts, und ich war mir nicht sicher, ob sie dazu überhaupt in der Lage war, denn ihr Kopf hing herab und das schmutzige blonde Haar verbarg ihr Gesicht.

Ich wäre so gerne zu ihnen geeilt, um sie den Cokyriern zu entreißen, doch ich rührte mich nicht, denn mir war klar, dass ich, um meine eigene Autorität nicht zu untergraben, keine Gefühle zeigen durfte. So hielt ich die Augen weiter auf den Overlord gerichtet, während London mit eiskaltem Blick vortrat. Unser Gegner ergriff als Erster das Wort, mit leiser, gefährlicher Stimme.

»Wäge deine Worte gut, London, denn wenn sie nicht das sind, was ich zu hören wünsche, dann werde ich die beiden, so wie sie hier stehen, töten.«

»Ihr werdet das ehemalige Herrscherpaar meinen Begleitern aushändigen, und mich an ihrer Stelle nehmen«, erwiderte London ungerührt.

Das darauf folgende Schweigen dauerte lang. Die beiden Männer starrten einander an. Dabei suchte der Overlord nach Schwäche und Wankelmut, wovon London keine Spur zeigte.

»Du bist schon immer der geborene Märtyrer gewesen, was?«, ätzte der Overlord, und ich schloss kurz die Augen, erleichtert und entsetzt zugleich, weil er auf den Handel einging. »So loyal, so tapfer, so idiotisch aufopfernd. Ich werde dafür sorgen, dass es dir noch leidtut, bevor du verreckst.«

»Das ist Euch schon beim letzten Mal nicht gelungen«, gab London zurück. »Ich bin gespannt zu sehen, ob Ihr besser geworden seid.«

Vor Zorn über diese Erwiderung kniff der Kriegsherr die Lippen zusammen, dann erhob er die Stimme und wandte sich an Cannan und mich.

»Und ihr! Ihr lasst euren besten Mann einfach so ziehen? Wie werdet ihr es aushalten, euch die Folter vorzustellen, die er erdulden muss? Und die Folter wird schrecklich sein, das kann ich euch versichern. Aber was noch viel wichtiger ist, wie wollt ihr ohne ihn zurechtkommen? Ohne den klugen Kopf hinter eurem Plan, ohne diesen dauernden Dorn in meinem Auge?«

Er machte einen Schritt nach vorn und packte London am Kinn, wodurch seine imposante Gestalt noch deutlicher wurde. London besaß dagegen die typische Figur eines Kundschafters, muskulös, aber schlank. Perfekt für flinke Bewegungen und unbemerktes Fortstehlen im

Schutz der Dunkelheit. Der Overlord war dagegen die verkörperte Kampfkraft. Er war mindestens einen halben Kopf größer als der stellvertretende Hauptmann, und die Hand, mit der er seine Beute packte, wirkte unverhältnismäßig riesig. Dennoch blieb London reglos und hielt den Blick des Overlord mit seinen Augen fest.

Ich sah Cannan an und begriff, dass es sinnlos wäre, auf die hämischen Bemerkungen einzugehen. Es würde nichts ändern, und unser Erzfeind weidete sich nur an diesem kleinen Triumph.

»Liefert sie aus«, befahl der Kriegsherr seinen Soldaten, die einen Blick tauschten, bevor sie gehorchten. Sie schienen an seiner Entscheidung zu zweifeln, wagten es allerdings nicht, diese infrage zu stellen. Die Cokyrier zerrten meine Eltern vorwärts, dann stießen sie sie in unsere Richtung, sodass meine Mutter auf den Hauptmann zustolperte und mein Vater in meine Arme.

»Alera«, sagte er erneut und umarmte mich kurz. »Gott sei Dank bist du unversehrt.«

Über die Schulter meines Vaters hinweg konnte ich sehen, wie feindliche Soldaten London die Hände hinter dem Rücken fesselten. Sobald sie damit fertig waren, zerrten sie ihn außer Sichtweite. So blieb uns keine Gelegenheit zum Abschiednehmen. Nachdem er mir noch ein bösartiges Lächeln zugeworfen hatte, verschwand auch der Overlord im dichten Wald.

In den wenigen Stunden, die Miranna nach ihrer Flucht mit London im Palast zugebracht hatte, war niemand dazu gekommen, meinen Eltern mitzuteilen, dass sie am Leben war. Also konnte ich sie auf unserem Ritt zurück zum Unterschlupf in dieser Hinsicht beruhigen. Cannan ritt wortlos voran und hatte meine Mutter vor sich auf dem Pferd. Als ich erwähnte, wie sehr es Miranna bestimmt helfen würde, sie wiederzusehen, schaute meine Mutter mich schockiert an und erlaubte mir erstmals einen Blick in ihr von Verletzungen schwer gezeichnetes Gesicht.

»Mutter …«, rief ich aus und fühlte mich ganz elend bei der Vorstellung, was sie erduldet haben musste. Mein Vater wirkte dagegen unverletzt; ihr war solches Glück anscheinend nicht beschieden gewesen. Ich konnte nur vermuten, dass ihre perfekten, makellosen Züge dem Overlord zu verlockend erschienen waren.

»Miranna ist hier?«, fragte sie mit zitternden geschwollenen Lippen und kam damit jeglicher Bemerkung zuvor, die ich über ihren Zustand hätte machen können.

»Ja, sie ist in Sicherheit. London …« Ich verstummte und konnte nicht weitersprechen. Einen Moment lang schloss ich die Augen, um mich wieder zu fassen, dann hob ich erneut an. »London hat sie auf seiner Flucht aus Cokyri mitgebracht.«

»Dann gibt es doch wenigstens einen Grund, Gott zu danken«, flüsterte sie.

Die Wiedervereinigung meiner Eltern mit ihrem jüngsten Kind war lange überfällig, und nachdem mein Vater sie umarmt hatte, verbrachte Miranna den Großteil des Tages und Abends in den Armen meiner Mutter. Nach einiger Zeit winkte sie auch mich zu sich, und ich rollte mich neben ihr am Feuer zusammen. Das fühlte sich einigermaßen friedvoll an, auch wenn meine Gedanken immer wieder zu London abschweiften. Ich versuchte, mir nicht auszumalen, was er durchmachen musste, sofern er überhaupt noch am Leben war, denn vielleicht wäre es besser für ihn, es schon hinter sich zu haben.

Cannan sprach mit meinem Vater und erklärte ihm, wie wir die Hohepriesterin in unsere Gewalt gebracht hatten und dass wir geplant hatten, sie zu benutzen, um den freien Abzug unseres Volkes zu erzwingen. Während die beiden sich unterhielten, musterte ich meinen Vater genauer: Sein Haar war grauer und sein Gesicht faltiger geworden. Außerdem schien er an Gewicht verloren zu haben, sodass er neben dem großen, breitschultrigen und kräftig gebauten Gardehauptmann beinahe unscheinbar wirkte.

Mein Vater und Cannan standen an der linken Wand der Höhle, und die Frau, von der sie sprachen, hatte sich erhoben. Sie funkelte den König, dem sie bereits zweimal begegnet war, nur böse an. Mein Vater war ebenso unfreundlich und grüßte sie nicht. Außerdem galt seine Aufmerksamkeit Steldor, der zwar noch sichtlich geschwächt wirkte, jedoch friedlich schlief. Galen war ebenfalls eingeschlummert und lehnte in der Nähe seines Freundes zusammengesunken an der Wand. Cannan weckte ihn nicht.

»Was fehlt Steldor denn?«, fragte mein Vater und vermutete wohl eine Krankheit, da ein Hemd die letzten Verbände um den Leib des Königs verbarg.

»Er wurde verwundet«, sagte Cannan sachlich und ließ den Kampf um sein Leben, der hinter uns lag, gänzlich unerwähnt. »Inzwischen ist er schon auf dem Weg der Besserung.«

Er warf einen Blick auf Nantilam, die mit gefesselten Händen immer noch unbeweglich im Hintergrund stand, Halias als Wache neben sich.

»Das haben wir der Hohepriesterin zu verdanken.«

»Auch wenn sie ihn nicht freiwillig geheilt hat«, murmelte Halias. Zum Dank für die Anerkennung ihres Verdienstes nickte sie dem Hauptmann leicht zu.

In der Nacht stellte sich der Schlaf leichter ein als erwartet. Wahrscheinlich weil mein Körper schon so verzweifelt nach ein wenig Ruhe verlangte. Doch mit dem Schlaf kamen auch die Träume: erfüllt von Foltergeschrei und

Schmerzensvisionen, die sich in einem Paar vertrauter indigofarbener Augen spiegelten, die immer wieder zu kalten smaragdgrünen Pupillen verschwammen. Als ich hochfuhr, war es bereits Morgen, und ein paar einfallende Sonnenstrahlen verscheuchten ein wenig von der Düsterkeit der kalten Höhle – doch die Schreie waren weiterhin zu hören.

Nur Temerson, meine Mutter und meine Schwester schliefen noch, und erst als ich taumelnd auf die Füße kam, begriff ich, dass die Schreie echt waren. Sie klangen wie ein Echo, so schwach, dass ich geglaubt hatte, sie existierten nur in meinem Kopf, doch als ich der verbissenen Mienen und mitleidigen Blicke der anderen gewahr wurde, stürzte ich zum Ausgang.

Ich war so schnell, dass niemand mich aufhalten konnte, doch Cannan folgte mir, nahm mich am Arm und wollte mich wieder hineinführen. Aber dafür war es schon zu spät. Sobald ich aus den engen Mauern der Höhle getreten war, drangen die Schreie viel lauter an mein Ohr. Und das Leid, das aus ihnen sprach, vergrößerte diese Wirkung noch.

»Was ist das?«, fragte ich, obwohl ich die Antwort doch bereits kannte.

Ich starrte Cannan an und Tränen traten mir in die Augen, während ich auf seine Antwort wartete, die mir bestätigen würde, was ich bereits wusste. Er antwortete mir so freimütig wie immer.

»Wir haben Galen am frühen Morgen als Kundschafter ausgeschickt. Es ist London. Der Overlord hat ihn weiter in die Berge hinaufschaffen lassen, damit wir die Schreie hören, wo auch immer wir sein mögen. Geht wieder hinein, Alera. Es wäre besser, wenn Ihr versuchen würdet, sie zu überhören.«

»Sie zu überhören?«, schrie ich und scherte mich nicht

um meine eigene Lautstärke. Ich riss mich von ihm los und fühlte mich, als müsste ich den Verstand verlieren. »Wie könnt Ihr so etwas sagen? Wie könnt … wie könnt Ihr …«

Ich rang nach Atem, und Schluchzer erstickten meine Worte. Cannan griff erneut nach meinem Arm und versuchte, mich hineinzuziehen, aber ich stemmte mich mit den Füßen dagegen.

»Das hat er nicht verdient. Nicht nach allem, was er für uns getan hat. Er hat es nicht verdient. Das ist nicht fair.«

Ein weiterer Schrei erscholl, schien uns zu umkreisen, aber danach fügte ich mich Cannan und ließ mich von ihm zur Feuerstelle führen, an der die anderen sich bereits versammelt hatten. »Nichts ist fair und nichts ist gerecht, und es fällt nicht leicht, das zu verstehen oder hinzunehmen. Aber wir haben noch nicht verloren. Dafür hat London gesorgt.«

28. MEIN NAME IST LONDON

Tagelang ging es so weiter. Es begann am Morgen, wenn wir erwachten, und dauerte, bis London den Schmerz nicht mehr ertrug und das Bewusstsein verlor, meist erst nach einigen Stunden. Es war unerträglich, weil unüberhörbar, und machte allen, selbst der Hohepriesterin, zu schaffen. Da ein Befreiungsversuch aussichtslos gewesen wäre und mit hoher Wahrscheinlichkeit unsere Leute in der Stadt gefährdet hätte, machte schließlich Temerson seinen düsteren Gedanken Luft.

Er knallte nach dem Frühstück seinen Grützenapf heftig auf den Boden und presste sich beide Hände an die Schläfen. Dabei vergrub der die Finger in seinem viel zu langen zimtbraunen Haar und schaukelte vor und zurück. Galen hielt draußen Wache, und bald musste Temerson ihn ablösen.

»Können wir es nicht beenden – ihm einfach das Leben nehmen? Das geht jetzt wirklich schon lange genug, ich halte es einfach nicht mehr aus.«

»Wer von uns wäre denn dazu imstande?«, fragte Halias, der neben Nantilam stand. »Nenn es Gnadentod, und das wäre es bestimmt auch – ich könnte trotzdem nicht mit einem Pfeil auf Londons Herz zielen.«

Cannan unterbrach die beiden, bevor sie noch expliziter werden konnten.

»Wir müssen die Aufmerksamkeit des Overlord auf etwas anderes lenken. Es ist an der Zeit zu handeln, unsere ursprünglichen Forderungen zu wiederholen. Wir müssen ihm zeigen, dass wir es ernst meinen.«

»Was schlagt Ihr vor?«, fragte mein Vater, dem wie Temerson der Appetit vergangen war und der nun vor der Feuerstelle auf und ab ging und die Hände rang.

»Er traut uns nicht zu, dass wir es in die Tat umsetzen.«

Die Stimme war leise, rau, aber unverwechselbar. Steldor war aufgewacht und hatte sich auf seine Ellbogen gestützt, um sich am Gespräch zu beteiligen. Unter seinen Augen lagen noch dunkel Ringe, aber er wirkte zunehmend ruhelos, diesmal allerdings nicht vom hohen Fieber, sondern im Zuge seiner Genesung.

»Überanstreng dich nicht«, riet Cannan ihm und trat näher, doch Steldor schüttelte abwehrend den Kopf.

»Er glaubt nicht, dass wir sie töten werden. Er hat seinen Spaß daran, London zu foltern, ohne auch nur zu erwägen, welche Folgen das für seine Schwester haben könnte. Er hält uns für weichherzig.« Steldors Kiefer mahlten, als er wütend und entschlossen den Blick seines Vaters suchte. »Schickt ihm ihre Hand und lasst uns abwarten, wie weichherzig er uns dann noch findet.«

Ich bemerkte, wie die Hohepriesterin die Augen aufriss und mein Vater scharf Luft holte, während sich mein Magen zusammenzog. Der Hauptmann verengte seinen Blick, allerdings eher um nachzudenken als aus Missbilligung. Halias rieb sich den Nacken. Konnten sie das wirklich erwägen? Ich würde ihnen jedenfalls niemals gestatten, ihr die Hand abzuhacken.

Steldor verzog vor Schmerz das Gesicht und sein Vater ermahnte ihn sogleich: »Leg dich wieder hin. Du bist noch nicht wieder im Vollbesitz deiner Kräfte.«

»Nicht seiner Kräfte, aber seines Verstandes«, bemerkte Halias, während Steldor sich mit leiser Verzweiflung über die Unzulänglichkeit seines Körpers zurückfallen ließ. Ich starrte den blonden Hauptmannstellvertreter an, der seit ihrer Geburt Mirannas Leibwächter gewesen war. Seine blauen Augen blickten stets freundlich. Er war bekannt für sein Können und seine großzügige, umgängliche Art. Doch nun fragte ich mich, was ihn so weit gebracht hatte, einen solchen Vorschlag aufzugreifen. Gelang es dem Overlord, uns alle zu verändern, uns seinem eigenen Vorbild anzunähern?

»Wie Ihr Euch vielleicht noch erinnert, habe ich Eurem König das Leben gerettet«, warf Nantilam ein und brachte damit ein stichhaltiges Argument ins Spiel. »Bis jetzt habe ich mich friedlich gezeigt, aber versucht, mir meine Hand zu nehmen, und Ihr werdet sehen, wie sich das ändern kann.«

»Nun, dir blieb wahrlich nichts anderes übrig«, erwiderte der Hauptmann mit zornig blitzenden Augen.

Sie hatte sich zwar friedlich verhalten, aber sie war immer noch unsere Gefangene und eine Cokyrierin, keine von uns.

»Bitte nicht«, murmelte ich und holte tief Luft, um meine Übelkeit zu verscheuchen. »Das könnt Ihr nicht tun. Ihr könnt Ihr doch nicht einfach die Hand abschlagen. Wir mögen uns im Krieg befinden, aber *wir* können uns immer noch menschlich verhalten.«

»Der Overlord verhöhnt deine Menschlichkeit, Alera.« Obwohl Steldor den Rat seines Vaters beherzigt hatte, schien ihm nicht daran gelegen, seine Meinung für sich zu behalten. »Wenn wir seine Aufmerksamkeit erregen wollen, müssen wir es ihm mit gleicher Münze heimzahlen.«

»Vielleicht seid Ihr ein wenig erschöpft«, bemerkte die Hohepriesterin spitz. Ich merkte, wie Wut in mir aufstieg. Einerseits weil ich seinen Vorschlag so grausam fand, und andererseits weil sein Argument, auch wenn ich es nicht zugeben mochte, gut war.

»Dann müssen wir also wie er werden, um ihn bekämpfen zu können«, schloss ich verbittert. »Wir müssen bösartig und herzlos sein und uns zu dieser niederen Form von Gewalt herablassen, um eben diese zu beenden. Wollt Ihr das damit sagen?«

»Genau das.« Steldor hatte sich erneut auf seine Ellbogen gestützt, um mich finster anzustarren. »Stell es dir wie eine Sprache vor, Alera. Er wird uns erst verstehen, wenn wir die seine sprechen.«

Verunsichert rang ich die Hände, doch Cannan unterbrach uns.

»Ich glaube, ich hatte dir geraten, dich wieder hinzulegen«, sagte er zu seinem Sohn, bevor er sich an mich wandte. »Alera, lasst Euch nicht von Euren Gefühlen hinreißen. Bis jetzt ist noch nichts entschieden.« Unerwartet ging er in Richtung Höhlenausgang. »Halias, ich muss Euch unter vier Augen sprechen.«

Halias nickte, ließ dann seinen Blick über Temerson, meinen Vater und die Hohepriesterin wandern. Wahrscheinlich kam er zu dem Schluss, dass sie mit ihren kampferprobten Fähigkeiten allen anderen überlegen war, die eigentlich auf sie aufpassen sollten. Daher bückte er sich und fesselte Nantilams Hände vor ihrem Körper.

»Habt ein Auge auf die Gefangene«, mahnte er und sah uns alle an. »Sollte sie irgendetwas versuchen – wir sind gleich hier draußen.« Der letzte Satz war wohl eher als Warnung an die Geisel gerichtet. Nachdem er ihre Fesseln noch einmal überprüft hatte, folgte er Cannan.

Ich wusste nicht, was sie besprechen wollten, vermutete aber, es ginge eher um eine Fortsetzung der Unterhaltung ohne unsere Einmischung. Immer noch verärgert über Steldor wandte ich mich dem Feuer zu und entdeckte ein Tablett mit Essen, das Cannan offenbar für ihn vorbereitet hatte. Ich nahm den Wasserbecher herunter, leerte ihn heimlich und füllte ihn mit Wein, von dem ich wusste, dass er mit Eichenrinde versetzt war. Vielleicht hätte ich es nicht tun sollen, aber ein wenig zusätzlicher Schlaf würde ihm mit Sicherheit nicht schaden.

Dann trug ich den Becher zu Steldor und drückte ihn in seine Hand. Ich wollte mich gerade umdrehen, um den reichlich gefüllten Teller zu holen, als er mich am Handgelenk packte.

»Dein Haar ...«, sagte er zögernd mit gerunzelter Stirn. »Es ist ...«

»Kurz«, beendete ich seinen Satz und griff mir selbstbewusst an den Kopf, um mit den Fingern durchzufahren.

»Es sieht hübsch aus«, sagte er, und ich wusste, dass das schon ein beachtliches Kompliment war, denn er hatte es immer geliebt, mit meinen langen Locken zu spielen.

»Trink«, sagte ich, und er gehorchte ahnungslos. Ich wartete noch einige Zeit, dann nahm ich den Teller und stellte ihn der Hohepriesterin hin, die, wie Steldor, noch nichts gegessen hatte. Sie warf einen Blick auf meinen Gemahl, denn sie schien zu wissen, dass der Teller für ihn gedacht gewesen war, und wirkte etwas irritiert. Als sie seine leichte Benommenheit bemerkte, nickte sie mir fast unmerklich zu, weil sie richtig gefolgert hatte, was meine Absicht gewesen war.

Londons Schreie waren verstummt, doch während ich Nantilam beobachtete, konnte ich sie immer noch in meinem Kopf widerhallen hören. Ihr ging es anscheinend nicht anders, denn ihre düstere Miene war wie ein Spiegelbild meiner eigenen.

»Ich heiße das Tun meines Bruders nicht gut, Königin von Hytanica«, sagte sie, als sie mit dem Essen fertig war und den Löffel auf den Teller zurückfallen ließ, den sie auf ihren Knien balancierte. Ich nahm ihr das Geschirr ab und fragte mich, ob sie wohl noch mehr sagen würde.

»Mich gefangen zu nehmen, das hat Euch zwar einen

Vorteil verschafft, ihn aber auch meiner Kontrolle entzogen. Jetzt gibt es niemand, der ihn noch in die Schranken weisen könnte.«

Ihre Worte verschlugen mir fast den Atem. Und die Kälte, die ich ihr gegenüber bisher empfunden hatte, verschwand.

»Glaubt Ihr etwa, dass er Euch nicht zurückhaben will?« Langsam spürte ich Panik in mir aufsteigen, denn wenn das zutraf, hätten wir unser Pfand verloren.

»Es fällt mir schwer, das zuzugeben, aber ein Teil von ihm bestimmt nicht. Der dominierende Teil allerdings weiß, dass er mich braucht und allein nicht der rechtmäßige Herrscher über Cokyri ist. Außerdem empfindet er auch Zuneigung für mich, selbst wenn man ihm das kaum zutrauen würde.«

Diese Vorstellung bereitete mir in der Tat Schwierigkeiten, aber mir blieb nicht viel Zeit, darüber nachzudenken.

»Es gibt da eine Geschichte, die ich Euch erzählen sollte, Euch allein«, fuhr Nantilam fort. »Ihr solltet sie kennen. Setzt Euch, wenn Ihr sie hören wollt.«

Verstohlen sah ich zu den anderen hin – Steldor schlief, mein Vater stand ein Stückchen entfernt und runzelte die Stirn, weil ihm meine Nähe zur Hohepriesterin offensichtlich missfiel, meine Mutter und Schwester saßen dicht aneinandergedrängt am Feuer, Temerson war bei ihnen und starrte in die Flammen.

»Sprecht«, bat ich und setzte mich mit Herzklopfen ihr gegenüber, obgleich ich keine Ahnung hatte, was mich erwarten würde.

Nantilam nickte und vergeudete keine Zeit mit einer langen Vorrede, denn unsere Gelegenheit zu reden wäre vorbei, sobald Halias und Cannan zurückkämen.

»Meine Mutter war die Herrscherin über Cokyri, eine stolze und strenge Kaiserin«, sagte sie mit der Stimme einer Märchenerzählerin. »Sie allein besaß die göttliche Gabe zu befehlen und zu strafen, zu gewähren und zu lohnen. Diese magische Fähigkeit war über Generationen von der Mutter auf die Tochter vererbt worden und hatte bei den Cokyriern zu der selbstverständlichen Überzeugung geführt, nur Frauen seien in der Lage zu regieren.

Als es für meine Mutter an der Zeit war, eine Thronerbin zur Welt zu bringen, geschah etwas Unerwartetes. Sie schenkte nicht nur einem Kind das Leben, sondern zweien – einem Jungen und einem Mädchen. Die Zauberkraft, die nur für mich bestimmt gewesen war, wurde geteilt und ging zur Hälfte auf mich, zur Hälfte auf meinen Bruder über. Als wir heranwuchsen und lernten, unsere Macht zu gebrauchen, wurde offensichtlich, wie die Magie aufgeteilt war, nämlich so, dass seine Fähigkeiten keine Ähnlichkeit mit den meinen hatten, und umgekehrt. Wir waren wie Zerstörung und Schöpfung, Leben und Tod. Er war der Kriegsherr, ich die barmherzige Kaiserin. Allerdings vermochte ich nicht wirklich Kaiserin zu sein, denn ich allein besaß ja nicht die volle Macht, die man für nötig erachtete, um Cokyri regieren zu können. Daher entschied meine Mutter, dass ich gemeinsam mit meinem Bruder herrschen sollte. So wurde bestimmt, dass ich die Hohepriesterin Nantilam würde, allseits bewundert und respektiert für meine Politik und den Umgang mit dem Volk, während mein Bruder als Overlord Trimion unser Land schützen, Krieg führen und uns mit seiner ultimativen Waffe – der Gabe zu töten – den Sieg bringen würde.

Zehn Jahre nach unserer Geburt, als meine Mutter noch Kaiserin war, kam ein Mann nach Cokyri, stellte sich als Prinz Rélorin von Hytanica und Botschafter seines Vaters, des Königs, vor, um uns ein Handelsabkommen zwischen Hytanica und Cokyri vorzuschlagen. Er war eigentlich noch ein Kind und ein Narr, und nachdem man ihn vor meine Mutter gebracht hatte, siegte seine Engstirnigkeit über seine Vernunft. Er weigerte sich, mit meiner Mutter zu verhandeln, und seine Respektlosigkeit ließ meiner Mutter keine andere Wahl, als sein Leben zu beenden und das Abkommen zurückzuweisen.

Natürlich war der hytanische König nicht erbaut, als er vom Tod seines Sohnes erfuhr. In seinen Augen hatte meine Mutter einen skrupellosen Mord begangen. Doch unsere Truppen waren so stark, dass wir den darauf folgenden Angriff der Hytanier abwehren konnten.

Als mein Bruder und ich fünfzehn Jahre alt waren, übernahmen wir die Ämter von Overlord und Hohepriesterin. Mein Bruder wurde im Lauf der Zeit immer aufgebrachter, weil es nicht gelingen wollte, Euer Volk zu besiegen. Es gab keine logische Erklärung dafür, warum uns der Erfolg verwehrt blieb, und so kämpften wir fast hundert Jahre lang vergeblich. Meine Kräfte des Lebens und der Heilung sorgten dafür, dass wir beide jung und gesund blieben. Versuche nicht, das zu begreifen. Zeit vergeht mitunter in ganz unterschiedlichen Dimensionen. Obwohl wir also bereits fast hundert Jahre alt waren, wirkten wir äußerlich immer noch so wie in unseren Zwanzigern.«

Sie schwieg einen Augenblick lang gedankenverloren, und ich spürte, dass sie gleich etwas immens Wichtiges preisgeben würde. Einen Teil der Geschichte, die sie soeben erzählt hatte, kannte ich bereits, weil Narian mir vor mehr als einem Jahr berichtet hatte, wie es eigentlich zum Kriegsausbruch gekommen war. Was er mir jedoch nicht gesagt hatte, war, dass die Hohepriesterin und der Overlord greisenhaft alt waren, worauf ich von selbst natürlich niemals gekommen wäre. Nantilam riss mich aus meinen Überlegungen, als sie mit ihrer Geschichte fortfuhr.

»Viele Jahre später fand eine große Schlacht statt, bei der die Cokyrier den Hytaniern zahlenmäßig weit überlegen waren. Euer Volk trat den Rückzug an und ließ seine Toten zurück. Als unsere Soldaten die Leichen ihrer Kameraden einsammelten, lenkte mein Bruder sein Pferd an die Stelle, an der er einen bestimmten Hytanier hatte fallen sehen. Es war ein hochrangiger Offizier, der auch den Befehl zum Rückzug gegeben hatte. Nachdem er gesehen hatte, wie dieser Hytanier tapfer noch auf seinen letzten Mann gewartet hatte, kamen ihm erneut Fragen in den Sinn, die jahrelang in seinem Bewusstsein geschlummert hatten: Was war das Geheimnis der hytanischen Stärke? Warum vermochte er sie nicht zu schlagen, wo doch alle Zeichen zu seinen Gunsten standen?

Er fand den jugendlichen Offizier auf der Seite liegend. Aus seiner klaffenden Bauchwunde rann unablässig Blut, und das ungewöhnliche, silberfarbene Haar hing ihm in sein blasses Gesicht. Mein Bruder sah, wie der Mann sich vor Schmerzen krümmte. Als seine Soldaten ihm meldeten, alle Toten seien eingesammelt und man warte nur noch auf seinen Befehl zum Abzug, da hob mein Bruder den Verwundeten auf und beschloss, ihn mit nach Cokyri zu nehmen.«

Sie berichtete mir, als würde sie nur ein Märchen erzählen und jede Einzelheit neu erfinden, um eine besondere Wirkung zu erzielen. Doch aus ihrer Stimme hörte ich Bedauern und Zweifel heraus, was für mich der Beweis war, dass es sich um keine erfundene Geschichte handelte. Als mir klar wurde, wer der junge Soldat gewesen sein musste, da begriff ich auch, dass sie über diese Begegnung wohl lange nachgedacht hatte.

»Er war stark«, fuhr die Hohepriesterin fort. »Ich heilte ihn, nachdem mein Bruder ihn zu mir gebracht hatte, und schon am nächsten Tag begann Trimion, ihn zu verhören. Als Erstes fragte er ihn nach seinem Namen.

Seine Hände waren vor dem Körper gefesselt und er

kniete in der Halle meines Bruders auf dem Steinboden. Doch der junge Offizier antwortete nicht, und so streckte mein Bruder einen Arm aus und deutete mit seinen Fingern drohend auf seine Beute. Der Mann stürzte vornüber, fing sich jedoch mit den Unterarmen ab, während sein ganzer Körper vor Schmerz zuckte. Zwischen den Schreien kam ein Flüstern über seine Lippen. ›London‹, stöhnte er. ›Mein Name ist London.‹«

Die Hohepriesterin suchte meine Augen, die ich vor Trauer und Zorn weit aufgerissen hatte. Ich fürchtete mich vor den dunklen Geheimnissen, die sie mit ihren nächsten Worten enthüllen mochte. All das, was London niemals jemandem anvertraut hatte, nicht einmal Destari, all seine Erlebnisse in Cokyri waren im Kopf dieser Frau und kamen hier und jetzt über ihre Lippen. Konnte ich es ertragen, mir anzuhören, welche Grausamkeiten mein Leibwächter und Freund durchgemacht hatte? *Gerade Ihr solltet sie kennen*, das hatte Nantilam ihrer Erzählung vorausgeschickt. Ein Schaudern lief über meinen Rücken.

»Das war das Erste, was ich über ihn erfuhr«, erklärte sie. »Doch als mein Bruder über seine rasche Antwort lachte und meinte, er sei ja offenbar nicht sehr verschwiegen, da muss London geschworen haben, dass er sein Königreich niemals verraten würde. Trimion war entzückt. Für ihn war das Ganze ein Spiel, und je widerspenstiger der Gefangene sich zeigte, desto mehr Freude würde es ihm bereiten, ihn zu brechen. Und mein Bruder hatte schon so viele gebrochen.

Doch selbst nach Wochen erbarmungsloser Folter erwies sich London als unbeugsam. Das Einzige, was er uns verriet, blieb die Auskunft, die er schon bei seinem ersten Verhör preisgegeben hatte – sein Name. Jeden Abend suchte ich ihn in seiner Zelle im Kerker auf und heilte ihn so weit, dass er weitere Torturen überstehen würde, doch mit der Zeit vermochte nicht einmal ich, ihn wieder ganz gesund zu machen. Die Macht des Overlord pulsierte in ihm und ließ sich nicht austreiben, weil immer mehr davon in ihn eindrang. Sein Körper wurde zum Schauplatz eines Zweikampfs unserer magischen Fähigkeiten. Meine Heilkraft gegen Trimions Zerstörungswut.

›Er ist nutzlos‹, verkündete mein Bruder nach fast fünf Monaten. ›Dann lass ihn sterben‹, riet ich ihm und hoffte im Stillen auf seine Einwilligung, denn London hatte bereits weit mehr erduldet als jeder andere Gefangene vor ihm. Aber Trimion blieb erbarmungslos und schwor sich: ›Nicht bevor ich seinen Willen gebrochen habe.‹

Noch zwei Monate lange blieb es bei der schrecklichen Routine: Mein Bruder folterte ihn stundenlang, und ich heilte ihn anschließend, damit er keine Erlösung im Tod fand. Ich stand daneben und sah mit an, wie Trimion Tag für Tag knurrte: ›Bitte um den Tod, London, und ich werde ihn dir gewähren. Bitte mich, dich zu töten, denn dann wird es endlich vorbei sein.‹ Doch seinen Qualen zum Trotz begehrte London wieder und wieder auf. ›Mir scheint, Ihr seid derjenige, der hier um etwas bittet‹, murmelte er. ›Närrischer Bursche!‹, brüllte mein Bruder daraufhin und sorgte dafür, dass London lauter und schrecklicher schrie, als ich je ein lebendiges Wesen habe schreien hören.

Nachdem dies weitere acht Wochen lang so gegangen war, traf Trimion eine Entscheidung, die mich entsetzte. ›Noch nie habe ich erlebt, dass sich mir jemand derart widersetzt hätte‹, sagte er vor Wut kochend, doch hinter seinem Zorn verbarg sich auch ein gewisser Respekt. ›Ich weiß nicht, was ich anderes mit ihm anfangen soll, als sein Leben zu beenden.‹

›Wie wäre es, wenn ich ihn noch ein einziges Mal heilte?‹, schlug ich vor, denn mir war noch eine andere Verwendung für London eingefallen. ›Ein Mann mit so eindrucksvollem Willen ist selten, daher wäre es eine Schande, sein Leben zu vergeuden.‹ Mein Bruder war neugierig, aber auch misstrauisch. ›Dich gelüstet wohl nach dem Burschen‹, höhnte er, aber ich erwiderte seinen Blick eiskalt. ›Seine Geisteskraft ist bemerkenswert. Und mich gelüstet ausschließlich danach, sein Blut in den Adern meines Kindes fließen zu sehen – um seinen Mut an *unsere* Nachkommen weiterzugeben.‹

Trimion überlegte eine Weile, dann stimmte er zu, weil er nicht leugnen konnte, dass London sogar ihm imponiert hatte. Ich befahl also, den Gefangenen in meinen Tempel bringen zu lassen. Dort erhielt er ein Zimmer im ersten Stock mit einem großen Fenster, von dem aus man einen Blick über die ganze Stadt hat. Es würde zwar lange dauern, bis er die Aussicht genießen könnte, aber ich hoffte, dass das Sonnenlicht nach den dunklen Monaten, die er im Kerker zugebracht hatte, seine Heilung beschleunigen würde. Ich begann also, ihn zu heilen, zunächst einige Male am Tag, denn die Gemütsruhe, die ich auf ihn übertragen konnte, wurde rasch von der Flut schwarzer Magie, die noch in ihm steckte, ausgelöscht.

Praktisch jeder andere, der auch nur ein wenig schwächer gewesen wäre, hätte nicht überlebt. Er wachte zwar wochenlang nicht auf, klammerte sich aber mit ungeheurer Entschlossenheit ans Leben. Oft schrie und weinte er, denn der Schmerz verfolgte ihn bis in den Schlaf. Und anfangs fürchtete ich, zwar seinen Körper, nicht jedoch seinen Geist retten zu können.

In dieser Zeit erreichte die Enttäuschung meines Bruders ihren Höhepunkt, denn er hatte geglaubt, London würde ihm Antworten hinsichtlich der mysteriösen Unschlagbarkeit Hytanicas liefern. Deshalb setzte er seine Schriftgelehrten darauf an, nach allem zu suchen, was ihm darüber Aufschluss geben konnte. Diese verbrachten ungezählte Stunden mit dem Studium obskurer uralter Texte. Schließlich stießen sie auf eine Legende –«

»Die Legende von Narian«, unterbrach ich sie, um ihr zu verstehen zu geben, dass sie mir davon keine Einzelheiten zu berichten brauchte. Sie nickte.

»Wären noch ein paar Tage verstrichen, wäre die Prophezeiung nutzlos gewesen. Denn der blutende Mond war für das Ende eben jenes Monats vorhergesagt worden. Mein Bruder jubelte über diese glückliche Fügung und reagierte sofort, indem er auf der Suche nach dem richtigen Jungen all eure Neugeborenen entführte. Und wie immer, wenn er in die Schlacht zog, vertraute er mir vorher seinen Ring an, das Gegenstück zu dem, den ich trage.«

Sie hob ihre Hand ein wenig, um mir den Königsring zu zeigen, den sie am Zeigefinger trug.

»Ich fädelte ihn auf eine Halskette und machte mir keine weiteren Gedanken darüber, bis …«

Sie schüttelte den Kopf, als wolle sie sich zu mehr Bedachtsamkeit mahnen.

»Nach einiger Zeit begann es London besser zu gehen. Eine einzige Dosis meiner Heilkraft ließ ihn schon einige Zeit überdauern, und mit diesen Fortschritten kehrte auch sein Bewusstsein zurück. Er war erschöpft und bis zu einem gewissen Grad noch nicht ganz bei sich, aber er bemerkte bereits meine Gegenwart und assoziierte sie, wie mir schien, mit Erleichterung. Tauchte ich auf, verschwand der Schmerz; ging ich, war es nur eine Frage der Zeit, bis er wiederkehrte.

Ich wünschte mir seine Anerkennung für meine Wohltaten, hoffte, er würde sich vielleicht in meiner Schuld fühlen. So verbrachte ich mehr Zeit als nötig mit ihm und tat mehr als eigentlich erforderlich – meine Dienerinnen hätten ihm Gesellschaft leisten und ihn in meiner Abwesenheit durchaus versorgen können. Aber er faszinierte mich, weil er so anders war als die cokyrischen Männer, die ich kannte.«

Die offensichtliche Anziehungskraft, die London auf sie ausgeübt hatte, erinnerte mich seltsamerweise an meine Zuneigung zu Narian. Allerdings gab es einen großen Unterschied: Narian hatte meine Gefühle erwidert. Allein aus den Blicken, die London der Hohepriesterin hier in der Höhle zugeworfen hatte, konnte ich schließen, dass sie kaum Platz in seinem Herzen einnahm.

»Er verbrachte zehn Monate in Cokyri, und diese Zeit neigte sich dem Ende zu«, fuhr Nantilam fort. »Eines Tages erwachte er und wir sprachen zum ersten Mal miteinander, obwohl er meiner Meinung nach noch immer nicht ganz er selbst war. Schließlich kam ich ihm so nahe, dass ich die Beherrschung verlor – ich küsste ihn, und er erwiderte diesen Kuss. Dabei bemerkte ich nicht, wie er dabei die Kette mit dem Ring meines Bruders von meinem Hals streifte. Als er begann, erneut wegzudämmern, wandte ich mich ab und verließ ihn.

Als ich nach wenigen Stunden nach ihm sehen wollte, war er verschwunden. Das Fenster stand offen, ein Pferd fehlte, und er war weg. Ich hatte seine Gerissenheit unterschätzt, denn er hatte sich bereits weit besser erholt, als mir oder meinen Dienerinnen aufgefallen war. Aus Nachlässigkeit hatte ich ihm so die Flucht ermöglicht. Er wusste genau, wie viel Zeit ihm bliebe, bis der Schmerz ihn wieder außer Gefecht setzen würde, und dass diese Zeitspanne gerade reichen würde, um auf schnellstem Wege nach Hytanica zu reiten. Im Gepäck hatte er viele Kenntnisse, die mein Bruder und ich Eurem Volk niemals preisgegeben hätten.«

»Als er zurückkam, war er … krank«, sagte ich, unsicher, ob Krankheit der richtige Ausdruck dafür war. »Lag das an …?«

»An unseren widerstreitenden Kräften, die immer noch in ihm wüteten. Eure Ärzte waren machtlos dagegen gewesen – die Symptome für sie unverständlich. Es dauerte lange, bis ich erfuhr, dass London überlebt hatte. Ich hatte Angst um ihn, aber meine Magie muss zum Zeitpunkt seiner Flucht größer gewesen sein als die meines Bruders. Und es muss an den glimmenden Resten meiner Macht liegen, dass er unter Trimions Hand nicht schneller stirbt – er scheint sich gegen jede Wahrscheinlichkeit zu regenerieren und Kräften tagelang standzuhalten, die ihn eigentlich innerhalb von Minuten töten sollten. Weil meine Magie ihn gewissermaßen erhält, ist er in den letzten achtzehn Jahren auch nicht gealtert. Und ihm steht noch ein sehr langes Leben bevor, sofern es meinem Bruder nicht gelingt, ihn zu töten.«

»Wie viel Zeit bleibt ihm?«, fragte ich und hatte das Gefühl, die zahlreichen Mosaiksteinchen, die ich im Laufe der Jahre gesammelt hatte, würden sich endlich zu einem stimmigen Ganzen zusammenfügen. Londons Geheimnis war gelüftet … rechtzeitig zum Zeitpunkt seines Todes.

»Zwei Tage, vielleicht drei. Dann wird meine Macht im Kampf gegen die meines Bruders erschöpft sein.«

»Und …« Ich verstummte, weil meine nächste Frage eigentlich unerheblich war, aber ich wollte sie trotzdem stellen. »Und wenn wir Euch gehen ließen, würde er dann verschont?«

»Mein Bruder wird Rache an London nehmen«, sagte sie leise zu mir. »Egal, was passiert. Das Schicksal Eures Freundes ist nicht mehr verhandelbar.«

Ich fuhr mir mit den Händen übers Gesicht. Mein Kopf schmerzte schon von der Fülle der Informationen, die sie mir geliefert hatte, aber ich wusste, dass die Geschichte aus irgendeinem Grund von Bedeutung war. Bloß aus welchem?

»Königin von Hytanica«, sagte sie, und ich schaute in ihr ebenmäßiges Gesicht, in diese durchdringenden und klugen grünen Augen. »Ihr seid anders als die meisten anderen Frauen Eures Volkes, und selbst jetzt unterschätzen Euch alle. Alle, bis auf mich.«

Diese Behauptung ärgerte und irritierte mich, doch mir blieb keine Zeit, darauf einzugehen, denn Cannan und Halias waren in die Höhle zurückgekehrt. Der normale Tonfall ihrer Unterhaltung riss mich aus meinen wirren Gedanken und lenkte meine Aufmerksamkeit von der Frau ab, der ich noch gegenübersaß.

»Temerson, Ihr löst Galen ab«, befahl Cannan und scheuchte den jungen Mann nach draußen.

»Was habt Ihr beschlossen?«, fragte mein Vater, der immer noch unschlüssig herumstand.

Der Hauptmann antwortete nicht mit Worten, doch sein vielsagender Blick in meine Richtung genügte, um meine Ängste zu bestätigen. Ich erhob mich und meine Haut fühlte sich mit einem Schlag eiskalt an.

»Noch nicht«, sagte Cannan, die Augen immer noch auf mich geheftet, und ich verstand, dass er meinte, es würden zumindest für den Moment keine Gliedmaßen abgetrennt.

Aber wie sehr mich die Vorstellung, der Hohepriesterin eine Hand abzuschlagen, auch anwiderte, so würde ich doch gegen Cannan und Halias nichts ausrichten können. Vielleicht war ich, wie die Hohepriesterin gemeint hatte, ja anders als die meisten Frauen meines Königreiches, doch selbst das verschaffte meiner Stimme kein Gehör.

29. Die Sterbenden und die Toten

Nantilam hatte mir etwas mitteilen wollen, das nicht offensichtlich war. Aber worum mochte es sich bloß handeln? Stundenlang zermarterte ich mir darüber das Hirn. Im Geiste wiederholte ich alles, was sie mir erzählt hatte. Als Galen am Nachmittag die Waffen schärfte, empfand ich die damit verbundenen Geräusche als geradezu schicksalhaft. Sie taten mir in den Ohren weh und lenkten mich ab. Kaiserin, Tochter geboren, Magie weitergegeben, Zwillinge, verbitterter Overlord, London in Gefangenschaft, gefoltert, wieder und wieder geheilt … Londons Flucht, alterslos, praktisch unsterblich … Ich schüttelte den Kopf und begann erneut, diesmal langsamer, mir die Begriffe herzusagen, die ich für Schlüsselwörter hielt: Kaiserin, Tochter geboren, Magie weitergegeben, Zwillinge …

Bei dem Treffen mit der Hohepriesterin zu Verhandlungen vor dem Fall Hytanicas war London erneut gefangen genommen worden. Sie hatte ihn mit zurück nach Cokyri genommen, ohne dass der Overlord davon erfahren hatte. Er war im Tempel der Hohepriesterin festgehalten worden … Und jetzt wusste ich auch, warum. Aber inwiefern konnte mir das nützen?

Kaiserin, Tochter geboren, Magie weitergegeben …

Abrupt richtete ich mich auf, weil mir mit einem Mal ein Licht aufgegangen war. Ich sprang auf die Füße, eilte zur Hohepriesterin und kniete mich neben sie, ohne auf Halias' alarmierten Gesichtsausdruck zu achten.

»Wenn Ihr eine Tochter zur Welt brächtet, was würde dann aus Eurer Zauberkraft und der Eures Bruders?«

»Alera, was hast du –«, hob der Elitegardist an, doch ich hob die Hand, um ihm Schweigen zu gebieten.

»Das weiß niemand«, antwortete Nantilam und musterte mich durchdringend, was vielleicht ein Hinweis darauf war, dass ich der Sache langsam näherkam. »Einen Fall wie den unseren hat es bislang noch nie gegeben. Aber wie auch immer die Weitergabe der Magie erfolgt, sie stünde meiner Tochter zu.«

»Dann glaubt Ihr – und Euer Bruder glaubt das auch –, dass, solltet Ihr eine Tochter gebären, die Macht von Euch beiden auf sie übergehen wird«, schloss ich und begann zu lächeln. Ich wartete gar keine Antwort mehr ab, sondern lief sogleich in den hinteren Teil des Unterschlupfs, um mir einen Pergamentbogen und eine Schreibfeder zu holen.

»Alera, was geht hier vor?«

Diesmal war es mein Vater, der mir diese Frage stellte und gänzlich unerfreut über mein so wenig damenhaftes Benehmen schien.

»Wir müssen dem Overlord eine weitere Nachricht zukommen lassen«, verkündete ich, drehte mich um und sah den anwesenden Männern nacheinander in die Augen. Galen saß immer noch und schärfte ein Schwert. Cannan war an der Seite seines Sohnes, der sich wieder mühsam auf einen Ellbogen stützte und mich entgeistert anstarrte. Halias wachte neben der Hohepriesterin, und mein Vater reichte meiner frierenden Mutter und meiner Schwester gerade weitere Decken. Rasch erklärte ich ihnen meine Idee genauer und kam dann zum entscheidenden Schluss.

»Wir werden ihm mitteilen, seine Schwester sei schwanger. Und dass wir mit ihr verschwinden werden, sofern er das hytanische Volk und London nicht unverzüglich aus seiner Gewalt entlässt.«

»Und das soll er uns glauben?«, fragte Halias.

»Er muss es gar nicht glauben«, sagte ich mit der Feder in der Hand, weil ich entschieden hatte, die Nachricht selbst zu verfassen. »Er muss es nur fürchten.«

Als es darum ging zu entscheiden, wer dem Overlord die Nachricht überbringen sollte, überraschte Temerson uns alle durch sein freiwilliges Angebot.

»Ich möchte helfen«, sagte er nur.

Ich zögerte und bemerkte bei den anderen ähnliche Reaktionen. Temerson war noch kein erwachsener Mann, seine Verfassung noch instabil, und wir zweifelten wohl allesamt daran, dass er in der Lage wäre, dem grausamen Herrscher gegenüberzutreten, der vor seinen Augen seinen Vater getötet hatte. Allerdings wollte auch niemand ihm genau das ins Gesicht sagen.

»Junge, das tust du doch«, versuchte Halias für uns alle zu sprechen.

»Nein«, erwiderte Temerson unerwartet scharf. »Ich habe zu viel gesehen, um noch ein Junge zu sein. Und nun möchte ich das Gesicht dieses Bastards sehen, wenn er liest, was Königin Alera ihm mitzuteilen hat.«

Das verblüffte uns so, dass wir erst einmal schwiegen. Vor nicht langer Zeit hätte uns die Vorstellung einer solchen Äußerung von Temerson zum Lachen gebracht. Schließlich ergriff der Hauptmann – wie immer der Besonnenste unter uns – das Wort.

»Galen wird ihn begleiten.« Für alle Fälle, fügte ich im Stillen für mich hinzu. Aber die Idee war in jedem Fall gut, denn der Haushofmeister hatte ja bereits ausgekundschaftet, wohin der Overlord London verschleppt hatte. »Er wird warten, während Temerson die Nachricht überbringt.«

Früh am nächsten Morgen brachen die beiden auf. Temerson hatte den von mir unterzeichneten Pergamentbogen in der Hand. Sie wollten rechtzeitig dort sein, bevor der Overlord eintraf, um London möglicherweise noch vor den Qualen dieses Tages retten zu können. Noch ehe die Männer wieder zurückkamen, wussten wir, dass unser Plan aufgegangen war, denn es schollen keine Schmerzensschreie mehr durchs Gebirge. Als Temerson und Galen eintrafen, bestätigten sie uns, dass die Botschaft den Overlord tatsächlich getroffen hatte – er war sofort in Richtung unserer Stadt aufgebrochen und hatte London mitgenommen. Nun blieb uns nichts anderes als zu warten.

Und es war ein langes Warten. Die Tage vergingen, unsere Zuversicht schwand, Wut flammte auf und die Ungewissheit machte uns zu schaffen. Halias war aufgebrochen, um die Stadt zu beobachten, falls der Overlord unserer Forderung nachkam, aber danach hörten wir nichts von ihm. Die Möglichkeit des Scheiterns stand uns allen vor Augen. Und wenn nicht bald etwas passierte, blieb uns ohnehin keine andere Wahl, als zu verschwinden, wie wir es angedroht hatten.

»Er sucht nach einem anderen Weg, meine Freilassung zu erzwingen«, sagte die Hohepriesterin, die als Einzige unter uns nicht beunruhigt wirkte. »Aber natürlich gibt es keine Alternative. Am Ende wird er genau das tun, was Ihr verlangt.«

»Warum beruhigst ausgerechnet du uns?«, giftete Galen, der neben Steldor stand und unablässig seinen Dolch in die Luft warf und wieder auffing. Er schien aufgebracht, was in letzter Zeit zu einer Art Dauerzustand bei ihm geworden war.

»Im Krieg bin ich erbarmungslos«, erklärte Nantilam ihm knapp. »Ich tue, was getan werden muss, um den Sieg zu erringen. Aber ob Ihr es glaubt oder nicht, ich kenne auch Gnade. Nachdem es unterworfen ist, würde Eurem Volk von meiner Hand kein Unheil drohen. Das ist nur die

Art des Overlord, der sich am Schmerz anderer ergötzt. Daher wird meine größte Herausforderung, sobald ich wieder frei bin, darin bestehen, ihn in die Schranken zu weisen.«

Galen funkelte sie an und schien es nicht zu goutieren, dass sie von seinem unterworfenen Volk sprach.

»In einem einzigen Punkt magst du recht haben«, warf er ihr hin, »ich glaube dir nicht.«

Dann verließ er die Höhle zusammen mit Steldor, der zwar noch schwach, aber zum Glück wieder auf den Beinen war. Von Natur aus rastlos verbrachte mein Gemahl täglich einige Zeit außerhalb unseres Unterschlupfes. Dann atmete er frische Luft und genoss das Sonnenlicht, blieb aber stets in der Nähe, da er noch nicht in der Lage gewesen wäre, eine Waffe zu führen.

Plötzlich verkündeten Galen und Steldor Halias' Rückkehr.

»Er ist da!«, riefen sie und stürmten aus dem hellen Vormittag zurück in die Höhle. Temerson hielt draußen Wache, während Cannan die Hohepriesterin bewachte. Wir anderen hatten uns um die Feuerstelle versammelt. »Halias ist zurück!«

Alle waren aufgestanden und starrten auf den Höhleneingang. Fast schien es, als wage niemand zu atmen, während wir darauf warteten, welche Nachrichten Halias uns bringen würde. In jedem Fall würden wir erfahren, ob wir zumindest einen kleinen Sieg zu verzeichnen hätten. Es dauerte nicht lange, da kam der Hauptmannstellvertreter, vor Eile keuchend.

»Er hat die Tore öffnen lassen«, sagte Halias schwer atmend und sah uns der Reihe nach an. »Er hat getan, was wir verlangt haben. Unsere Leute haben freien Abzug.«

Wir brachen in Jubelgeschrei aus, und Erleichterung erfasste uns wie eine kräftige Frühlingsbrise. Ich schaute zur

Hohepriesterin, die ebenfalls ein zufriedenes Gesicht machte, dann sah ich wieder zu Halias, der ungläubig den Kopf schüttelte, während er sich vorbeugte und die Hände auf die Knie stützte, um wieder zu Atem zu kommen. Ich vermochte mir nicht einmal vorzustellen, wie das ausgesehen haben musste, als Tausende Menschen durch die Stadttore in die Umgebung hinausgezogen sein mussten.

»Ein Wunder!«, rief mein Vater, doch der Elitegardist hatte uns noch mehr zu berichten.

»Der Overlord hat Männer zu der Lichtung geschickt, auch London ist bei ihnen. Sie werden nach ihrem Herrscher schicken, sobald wir mit der Hohepriesterin dort erscheinen.«

»Dann ist London also am Leben?«, fragte ich und hörte dabei mein Herz heftig in meinen Ohren pochen.

»Ich denke schon.« Halias' Blick ging zu Cannan, denn er erwartete dessen Meinung zu seiner nächsten Äußerung. »Vielleicht gelingt es uns doch noch, ihn zu retten.«

Der Hauptmann schwieg nachdenklich, und auch ich erwartete nervös seine Einschätzung.

»Wenn er noch ein wenig durchhält, schaffen wir es vielleicht«, sagte er endlich. »Aber ich hielte es für besser, den Overlord erst zu treffen, nachdem der Großteil unserer Bevölkerung sicheren Boden erreicht hat.« Sein wachsamer Blick ging zu Nantilam, bevor er fortfuhr. »Das könnte verhindern, dass er sein Wort bricht.«

Halias nickte. Dann schickte Cannan Galen los, um die Evakuierung zu leiten und Männer zu bestimmen, die die Zivilisten weiter westwärts führen sollten. Steldor hätte seinen besten Freund am liebsten begleitet, doch es war nicht einmal nötig, dass sein Vater ihn darauf hinwies, wie unzureichend seine gegenwärtige Verfassung für einen so langen Ritt wäre.

Stunden verstrichen, aber bestimmt nicht genug Zeit,

um alle außer Reichweite des Overlord zu bringen. Andererseits wuchs unser Unbehagen, wenn wir an London dachten, der sich nach wie vor in der Hand der Schergen des ruchlosen Kriegsherrn befand. Als Cannan meinte, wir hätten die Geduld unseres Widersachers bis an ihre Grenzen strapaziert, fesselte Halias der Hohepriesterin die Hände vor dem Körper und verband ihr die Augen. Wenn die Sache schiefging, hatte der bedachtsame Hauptmann sich überlegt, sollte Nantilam nicht in der Lage sein, zu unserem Unterschlupf zurückzufinden. Dann nahm Halias die Zügel ihres Pferdes, während er, Cannan und ich ebenfalls aufsaßen. So machten wir uns mit unserer Gefangenen auf den Weg zu ihrem Bruder. Steldor beobachtete unseren Aufbruch. Er blieb nicht nur wegen der zu großen körperlichen Anstrengung zurück, sondern nicht zuletzt, weil ich diejenige war, die dies hier initiiert hatte und es daher auch zu Ende bringen sollte. Er und ich hatten seit seiner unerwarteten Genesung noch kaum miteinander gesprochen, doch sein Verhalten verriet mir, dass er mich mit neu entdecktem Respekt betrachtete.

Der Weg, den wir dann zurücklegten, erschien mir als der längste von allen. Selbst länger als damals in der Nacht, als wir aus dem Schloss geflohen waren. Furcht und Misstrauen plagten uns bei jedem Schritt, denn die Cokyrier waren nun einmal berüchtigt für ihre Falschheit. Ich spürte zwar auch Zuversicht und freudige Erwartung, denn obwohl wir unser Heimatland würden verlassen müssen, waren unsere Untertanen frei und damit hatten wir die Chance, irgendwo ein neues Hytanica zu gründen.

Als wir wachsam auf die Lichtung kamen, war der Overlord bereits zugegen. Und obwohl der Schnee schon schmolz und ein lauer Frühlingswind mir das Haar zerzauste, schien die Gegenwart des Kriegsherrn einen eisigen Schatten auf alles zu werfen und mir jegliche Hoffnung aus den Tiefen meiner Seele zu rauben. Ich schloss kurz die Augen und versuchte, meine Furcht abzuschütteln.

Narian war wieder an der Seite seines Herrn und Meisters. Er hielt London. Ich musterte den jungen Mann genau und suchte nach Anzeichen dafür, dass er immer noch der Junge war, in den ich mich einst verliebt hatte. Als seine strahlend blauen Augen auf meine trafen, hatte ich meine Antwort gefunden. Die Sorge darin war unübersehbar. Egal, ob Narian näher bei Cannan oder dem Overlord stand, er würde stets mir zur Seite stehen.

London war völlig reglos. Sein Kopf hing auf seine Brust herab, und ich fragte mich, ob wir Nantilam nicht vielleicht gegen einen Leichnam tauschen würden. Cannan hatte die Hohepriesterin vor sich gezogen und benutzte sie als Schild gegen die Magie des Kriegsherrn. Außerdem hielt er ihr einen Dolch an die Kehle. Er war gewillt, sie zu töten, wenn es sein musste, und wollte sichergehen, dass ihr Bruder keine Chance hätte, dies zu verhindern.

»Ich habe meinen Teil des Handels erfüllt«, stellte der Overlord eisig fest. »Jetzt gebt mir meine Schwester zurück.«

»Zuerst London«, erwiderte ich sofort mit fester Stimme. »Denn wir genießen einen ehrenwerteren Ruf, als Cokyri ihn je haben wird.«

Verächtlich starrte er mich an. Voller Hass, erneut in Zugzwang zu sein, doch schließlich gab er Narian brummend ein Zeichen, den stellvertretenden Hauptmann weiter vorzuschaffen.

»Lass ihn da fallen«, befahl er, als Narian die halbe Entfernung zu uns zurückgelegt hatte.

Und auch wenn Narian sicher gewartet hätte, bis Halias zur Stelle gewesen wäre, um ihn sanfter zu übernehmen, gehorchte er seinem Gebieter ohne zögern und ließ London unverzüglich hart auf die Erde fallen. Dann trat er einige Schritte zurück. Als Halias seinen immer noch reglosen Kameraden erreicht hatte, fasste er ihn unter den Achseln und zog ihn hinter uns in den Schutz des Waldes.

»Und jetzt meine Schwester«, verlangte der Overlord, während Cannan schon das Messer fortnahm. Er schnitt damit die Fesseln an ihren Händen durch. Dann nahm er Nantilam die Binde von den Augen und stieß sie vorwärts. Sie fand rasch ihr Gleichgewicht wieder und schritt so würdevoll wie immer zu der Seite, auf die sie gehörte. Da machte auch Narian kehrt und folgte ihr.

»Damit sind wir hier fertig«, erklärte der Hauptmann nüchtern und zugleich wachsam, denn nun hatte der Overlord keinen Grund mehr, uns zu verschonen. Also begannen Cannan und ich vor den Feinden in Richtung des schützenden Waldes zurückzuweichen. Dort wartete auch Halias mit London.

»Sind wir das wirklich?« Der Overlord verschränkte die Hände hinter dem Rücken und ein beunruhigendes Grinsen umspielte seine Lippen. Seine ganze Erscheinung war eine unausgesprochene Drohung. »Und ich hatte gedacht, wir würden uns vorher noch ein wenig besser kennenlernen.«

»Geht, Alera«, riet mir Cannan mit Nachdruck. »Sofort.«

Ich konnte die Anspannung des Hauptmannes in Erwartung einer Gefahr neben mir spüren. Rasch warf ich einen Blick zu Narian, dessen Körperhaltung sich ebenfalls geändert hatte und mir seine gesteigerte Wachsamkeit verriet.

»Ja, Alera, geht«, höhnte der Overlord. »Flieht wie ein Feigling und lasst Euren Hauptmann zurück. So wie er selbst geflohen ist und seinen Bruder zurückgelassen hat.

Oder erweist Euch als würdige Königin und bleibt, um mir die Stirn zu bieten.«

Obwohl ich wusste, dass ich besser auf Cannan hören sollte, blieb ich an Ort und Stelle. Ich zitterte am ganzen Körper vor Angst, doch mein Herz loderte vor Zorn. Ich musste an Baelic denken, an Destari und an all unsere gefallenen Soldaten. Ich dachte an Miranna und meine Mutter und deren Wunden an Körper und Seele. Ich schaute Narian in die Augen und wusste, dass trotz der Versuche des Overlords, ihn zu missbrauchen, eine gute Seele in ihm wohnte. Dann erinnerte ich mich noch an Londons Mut, als er diesem Bösewicht in Menschengestalt gegenübergestanden hatte. Daraufhin richtete ich mich kerzengerade auf und stellte mich dem Blick des Overlord, denn ich war des Fliehens und Versteckens müde.

»Ihr habt mir viel Kummer bereitet«, sagte er mit leiser, gefährlicher Stimme. »Mit allen anderen hatte ich meinen Spaß, denn ich habe sie alle bestraft … Eure Armee ist zerstört. Den Bruder Eures Hauptmannes habe ich gefoltert. Der Gardist, der Euch heute hierherbegleitet hat, hat unter meinen Händen mehr erlitten, als er je preisgeben wird. Dem Jungen, der sich bei Euch versteckt, habe ich den Vater genommen. Und London hat Schmerzen über sich ergehen lassen müssen, die hundertmal schlimmer sind als alles, was Ihr Euch vorstellt. Doch Ihr … Ihr seid mir entkommen, bis jetzt.«

»Ich habe den Schmerz jedes einzelnen meiner Untertanen gefühlt«, erwiderte ich und verbarg meine Angst hinter meinem unbändigen Zorn.

»Dann müsst Ihr schier unerträglich leiden«, sagte er und lächelte höhnisch. »Und der Tod wird Euch eine willkommene Erlösung sein.«

Ich sah noch den Schrecken in Narians Gesicht, bevor ein infernalisches Feuer mich durchfuhr. Es versengte mich, doch es war unter meiner Haut, sodass ich es nicht sehen, berühren oder löschen konnte. Mir wurde schwarz vor Augen, und ich spürte nur noch, wie es brannte, unerträglich brannte … Schreie waren vergeblich, aber dennoch vermochte ich sie nicht zurückzuhalten. Zugleich erschienen sie mir stumm, weit weg, als kämen sie von einer anderen Person als mir. Ich glaubte, die Erde hätte sich aufgetan und ich sei in die Hölle hinabgestürzt.

Dann ließ der schreckliche Schmerz unvermittelt nach, und ich blieb zitternd und schwach zurück. Ich lag auf der kalten Erde, Cannan kniete schwankend neben mir, und ich begriff, dass er den gleichen Schmerz verspürt haben musste, als er versucht hatte, mich abzuschirmen. Ich setzte mich mühsam auf und hielt nach unserem Feind Ausschau, um zu verstehen, warum er mich nicht getötet hatte, oder, falls er das noch vorhätte, meine Exekution noch ein wenig aufschob. Doch es war nicht der Overlord, der meine Aufmerksamkeit fesselte, sondern Narian. Er stand zwischen seinem Gebieter und mir und wehrte so dessen Angriff ab.

Der Overlord ließ seine Hand sinken, denn offenbar wollte er dem jungen Mann, der gerade mein Leben gerettet hatte, nichts tun. Narian hielt sich aufrecht, war immerhin nicht zu Boden gegangen. Er richtete sich hoch auf und forderte den Kriegsherrn heraus, auf dessen Gesicht ich Unglauben und noch größeren Zorn entdeckte.

»Zur Seite!«, befahl er.

Narian schüttelte den Kopf und ballte die Fäuste. Wutschnaubend stapfte der Overlord auf ihn zu und stieß ihn mit einem furchterregenden Knurren beiseite. Narian stürzte zu Boden und Cannan schützte mich mit seinem Körper, denn unser Feind machte Anstalten, mich erneut zum Schreien zu bringen.

Es war jedoch nicht ich, die aufschrie, sondern der

Overlord, nachdem Narian die Macht benutzt hatte, die man ihn gelehrt hatte. Er richtete also den Zauber seines Meisters gegen diesen selbst. Die Wirkung hielt allerdings nicht lange an, denn der Overlord wischte diese Magie so mühelos beiseite, wie er meinen Beschützer zuvor weggestoßen hatte. Dabei schrie er wohl weniger vor Schmerz, sondern eher vor Erstaunen auf. Aber dennoch, der junge Mann, der einst versprochen hatte, mir niemals wehzutun, war erfolgreich, denn die drohende Miene seines Herrn und Meisters war nicht mehr auf mich fixiert.

Narian hatte ihn gegen sich aufgebracht – das war offensichtlich, denn jetzt bediente der Overlord sich nicht mehr seiner Magie, sondern seiner eigenen brutalen Körperkraft. Er ging auf Narian los, packte ihn am Hemd und zerrte ihn wieder auf die Füße. Drohend blickte er auf den jungen Mann hinunter, den er selbst ausgebildet hatte. Dann schlug er ihm mit dem Handrücken aufs Gemeinste ins Gesicht, sodass Narian erneut zu Boden ging und ich einen kleinen Schreckenslaut nicht unterdrücken konnte.

»Du bist mir nicht mehr von Nutzen, Narian«, knurrte der Overlord. »Das wäre Grund genug für mich, dich zu töten. Und solltest du dich noch ein einziges Mal einmischen, werde ich das auch ganz sicher tun.«

Ich sah, dass Narian Blut über die Wange lief. Offenbar hatte der Ring des Overlords, den er vermutlich London abgenommen hatte, ihm eine Wunde gerissen.

»Dann solltet Ihr Euch besser beeilen, denn ich werde nicht zulassen, dass Ihr sie angreift!«

Ohne ein Wort zu erwidern, zog der Kriegsherr sein Schwert.

»Trimion!«

Aus der Stimme der Hohepriesterin klangen Unglaube und Wut, und ihr Bruder wandte den Kopf. Das gab dem am Boden Liegenden exakt den nötigen Moment, um das

Schwert mit einem Fußtritt aus der Hand des Overlord zu schlagen. In hohem Bogen flog es ins Unterholz, und Narian verlor keine Zeit, sondern sprang wieder auf die Füße.

»Ich brauche kein Schwert, um dir dein Ende zu bereiten, du Welpe«, höhnte der Overlord und ballte seine nun leeren Hände zu Fäusten. Mit einem furchterregenden Schrei schleuderte er einen unsichtbaren Zauber in Richtung seines widerspenstigen Mündels, das jedoch zur Seite sprang und sich über den Boden wegrollte, um der Macht seines Meisters nicht zum Opfer zu fallen.

»Kein Schwert«, stieß Narian keuchend hervor, der mit einem Knie am Boden blieb, um rasch reagieren zu können, »aber Ihr müsst Euch mich mit Magie vom Leib halten.«

Die Lippen fest aufeinandergepresst, die Augen zusammengekniffen, ging der Overlord entschlossen auf ihn zu, um sich gegen diese Unterstellung zu wehren. Narian kam inzwischen wieder auf die Beine und zog sein Schwert, während er wohl rasend schnell die Vor- und Nachteile eines solchen Kampfes abwog. Zu meinem Erstaunen hob er das Schwert jedoch nicht zum Angriff, sondern stieß es vor sich mit der Spitze in die Erde. Anscheinend wollte er auf die Waffe verzichten, da auch sein Meister über keine solche mehr verfügte. Der Overlord grinste höhnisch über das freiwillige Opfer seines Truppenkommandanten und schien den gleichen Schluss daraus zu ziehen. Umso unerwarteter traf es ihn und er fiel flach auf den Rücken, als Narian den Schwertknauf mit beiden Händen packte und sich daran hochschwang, um seinem Gegner einen mächtigen Tritt vor die Brust zu verpassen.

Narian landete geschmeidig und zog sein Schwert aus der Erde, doch auch der Overlord hatte sich rasch wieder gefangen und war bereits auf den Knien. Narian stürmte mit erhobener Klinge auf ihn zu. An seiner entschlossenen

Bewegung und der vollkommenen Konzentration konnte ich ablesen, wie sehr ihm davor graute, die Oberhand zu verlieren, aber ich war mir nicht sicher, ob er sie zwingend verlieren würde. Da wehrte der Overlord das Schwert mit einer seiner metallenen Armschienen ab, schlug es mit einem Knurren weg und traf Narian mit der Faust so heftig, dass dieser bäuchlings zu Boden ging.

Nachdem er sich wieder aufgerichtet hatte, hielt der Overlord Narian davon ab, sich ebenfalls zu erheben, indem er einen Fuß auf den Rücken des jungen Mannes stellte.

»Dann wollen wir doch mal sehen, was du mit einem gebrochenen Kreuz gegen mich ausrichtest, Junge«, tönte er und weidete sich daran, wie seine Beute versuchte, sich von ihm zu befreien.

Ich atmete keuchend, hatte eine Hand vor den Mund geschlagen und versuchte, nicht zu schreien. O Gott, nein, nicht sein Rücken. *Steh auf, Narian, steh auf, irgendwie, bitte …* Der Overlord hob den Fuß ein wenig an, um mit voller Kraft auf ihn einzutreten, doch das genügte Narian, um mit seiner rechten Hand nach hinten zu schlagen und seinen Meister mit der Zauberkraft zu treffen, die ihm die Legende vom blutenden Mond verliehen hatte. Als der Overlord seitwärts taumelte, erhob Narian sich, spuckte Blut und machte sich nicht einmal die Mühe das Rinnsal fortzuwischen, das ihm aus der Nase lief.

Auch wenn Narian sich seine Magie als letzte Rettung aufgespart hatte, kochte der Overlord. Nachdem er seinen Meister zuerst der Feigheit bezichtigt hatte, erwies sich der Junge selbst als Heuchler, indem er sich ebenfalls der Magie bediente. Als ich sah, wie der Kriegsherr den Mund verzog, da wusste ich, dass Narian in noch größerer Gefahr schwebte als zuvor. Narian schien das auch zu wissen, denn ursprünglich hatte er ja versucht, die Zauberei aus diesem Kampf herauszuhalten.

Von jeglicher Zurückhaltung befreit ließ der Overlord eine Hand vorschnellen, aber wieder duckte Narian sich und schaffte es, der unsichtbaren Bedrohung auszuweichen. Damit kam er seinem Meister wieder näher und brachte es fertig, ihm die Füße unter dem Leib wegzureißen. Dann riss er den Dolch aus der Scheide, die an seinem Unterarm befestigt war. Er machte einen Satz nach vorn, um seinen Gegner wo auch immer zu treffen. Doch der im Verhältnis zu seiner Größe ungeheuer schnelle Kriegsherr fing seine Hand ab. Ich hörte den Schrei, der das Knacken von Narians Handgelenk begleitete, bevor der Overlord ihn beiseiteschleuderte.

Über den Boden rollend kam Narian geschickt wieder auf die Füße, hielt aber mit der anderen Hand sein gebrochenes Gelenk umklammert. Ich fragte mich, wie lange er das aushalten würde, wie viel der Mann, den ich liebte, wohl noch einstecken könnte. Doch als der Overlord erneut auf seinen Gegner zusteuerte, rief die Hohepriesterin ihren Bruder zum zweiten Mal bei seinem Namen.

»Trimion – lass ihn. Er kann nicht mehr gegen dich kämpfen. Es ist vorbei.«

»Nein!« Wütend drehte der Overlord sich zu seiner Schwester um, und einen Augenblick lang fürchtete ich, er würde ihr etwas antun. »Es ist erst vorbei, wenn er tot ist.« Dann richtete er seinen furchterregenden Blick wieder auf Narian. »Jetzt hat er mich zum letzten Mal herausgefordert. Wieder und wieder hat er seine Bedeutung ausgespielt, aber damit ist jetzt Schluss. Sein hytanisches Blut wird sogleich fließen, und zwar so, dass er es gut sehen und begreifen wird, wie wenig es ihm genutzt hat.«

Es quälte mich, Narian so hilflos zu erleben, dabei war er nicht annähernd so hilflos wie ich selbst, die ich traurig alles mit ansehen musste. Tief in meinem Herzen wusste ich, dass es selbst mit einem so kräftigen Mann wie Cannan an meiner Seite sinnlos wäre, sich in die Auseinandersetzung einzumischen. Doch trotz seiner Erschöpfung und seiner Schmerzen weigerte Narian sich zu kapitulieren. Als der Overlord ihm schon gefährlich nahe war, hechtete er nach vorn und dann zur Seite, sodass der Overlord das Gleichgewicht verlor, über den Rücken seines Kommandanten fiel und ein weiteres Mal zu Boden ging. Narian selbst taumelte so rasch von ihm weg, wie er es vermochte, doch der Zorn des Overlord war schneller. Er sprang auf die Füße und streckte den Arm in Richtung seines Opfers aus.

Diesmal war Narian gefangen und nicht mehr in der Lage, dem bösen Zauber auszuweichen. Der Overlord traf ihn und ließ erst wieder von ihm ab, als er schreiend und sich windend niederfiel. Ich hatte das Gleiche nur für wenige Augenblicke zu spüren bekommen und mich nach dem Tod gesehnt. Jetzt brachte ich es zwar nicht über mich, Narian den Tod zu wünschen, aber gleichzeitig ertrug ich es kaum, ihn leiden zu sehen. Ich hätte für ihn um Gnade gefleht, wäre ich dazu in der Lage gewesen. Doch Cannan hielt mich fest, auch wenn er nicht mehr versuchte, mich zum Verlassen des Schauplatzes zu bringen. Er war selbst zu sehr gefangen von dem Kampf, der sich hier abspielte. Sobald Narian tot wäre, würden wir uns vorwerfen müssen, unsere Chance zur Flucht nicht genutzt zu haben, doch im Moment waren wir dazu schlicht außerstande.

Der Overlord näherte sich mit nach wie vor ausgestreckter Hand seinem Opfer, bis er direkt über Narian stand und höhnisch auf den jungen Mann herablächeln konnte, der sich zu seinen Füßen vor Schmerz krümmte. Ich schluchzte und kümmerte mich nicht mehr um meine Sicherheit. Als ein Schrei um Gnade in meiner Kehle aufstieg, legte sich Cannans Hand fest über meinen Mund und verhinderte mein unüberlegtes, sinnloses Aufbegehren.

Narian lag leblos am Boden, als sein Meister endlich die Hand sinken ließ.

»Du hättest mich nicht herausfordern sollen, Junge«, sagte er verächtlich und rollte sein benommenes Opfer mit einem Tritt seiner Stiefelspitze auf den Rücken. Nachdem er einen Dolch gezückt hatte, bückte er sich und zog Narian an den Haaren hoch. Dann warf er einen Blick zu mir, wie ich in Cannans Armen dastand, und richtete einen letzten Satz an Narian.

»Leider wird dein eigener Tod dich daran hindern, den ihren mit anzusehen.«

Ich machte mich darauf gefasst, den Dolch in Narians freigelegten Nacken fahren zu sehen, denn ich konnte den Blick nicht abwenden, doch plötzlich schien der Overlord erstarrt. Etwas war geschehen, etwas, das ihn zögern ließ. Doch die Kontrahenten waren zu dicht beieinander, als dass man hätte erkennen können, um was es sich handelte. Dann ließ unser Erzfeind Narians Haare los und sank auf die Knie. Seine Hände umklammerten den Knauf des Dolches, den Narian ihm in den Bauch gerammt hatte.

Der Kriegsherr war zu siegessicher gewesen.

Der Mann, den ich liebte, kauerte sich erneut zusammen und unternahm noch den schwachen Versuch, beiseitezukrabbeln und so viel Abstand wie möglich zwischen sich und seinen Meister zu bringen. Er kam nur ein kleines Stück weit und brach schließlich zusammen. Der Overlord verfolgte ihn nicht, sondern zog mit einem Schmerzenslaut die Klinge aus seinem Bauch. Dabei strömte das Blut nur so über seine Hände und tränkte seine Kleidung.

»Schwester«, rief er und schien gegen die Benommenheit zu kämpfen, die seinen Geist zu umnebeln drohte. »Heile mich.«

Nantilam kam rasch und entschlossen zu ihm und nahm ihm den blutigen Dolch ab, der ihn verwundet hatte.

Als sie eine Hand tröstend auf seine Schulter legte, schloss er die Augen und schien darauf zu vertrauen, dass sie sich um ihn kümmern würde. Er bemerkte nicht, wie sie hinter ihn trat, und ahnte gewiss nicht, was sie vorhatte.

»Ich werde um dich weinen, Bruder«, sagte sie leise, aber es klang nicht nach einer Rechtfertigung. Dann griff sie mit dem Dolch um ihn herum und zog ihn über seine Kehle.

Schockiert riss er die Augen auf und fasste sich an den Hals, aus dem das Blut herausschoss. Er versuchte zu sprechen, doch man vernahm nur noch ein kehliges Husten und Würgen. Langsam sackte er zur Seite und fiel schließlich auf den Rücken. Sein Körper zuckte noch ein paarmal, bevor er das Bewusstsein verlor. Immer noch floss Blut aus seinen Wunden, tränkte den Boden um ihn und trug das Leben fort von ihm.

30. Einmal König …

Cannan und ich starrten die Hohepriesterin an und waren zu verblüfft, um zu reagieren. Sie stand mit geschlossenen Augen mitten auf der Lichtung, den Dolch noch in der Hand, und atmete tief durch, während sie versuchte, die Fassung zu bewahren. Halias war hinter uns am Waldsaum. Er kniete neben London, und seiner Miene nach zu schließen war er ebenso schockiert wie wir. Sie hatte ihren eigenen Bruder getötet. Ich versuchte, mir auszumalen, wie es wäre, Miranna das Leben zu nehmen, doch das war unvorstellbar. Ich war ja noch nicht einmal in der Lage gewesen, sie für den Erhalt meines Königreichs zu opfern. Doch unglaublicherweise ließ dieser brutale Akt Nantilam als gütige Herrscherin erscheinen. Oder zumindest gütiger als es der Overlord je hätte sein können. Er hatte auf grausame Weise sein Ziel verfolgt und darüber die Selbstkontrolle verloren. Sie hatte ihn durchschaut und erkannt, dass er zu nichts als Hass und Zerstörung fähig war. Und dann hatte sie sein Leben beendet, weil es nichts Böses mehr zu tun gab. Der Versuch des Overlord, Narian zu töten, war ihr Beweis genug gewesen. Sie hatte versucht, ihm Einhalt zu gebieten, doch er hatte sich geweigert, ihre Autorität anzuerkennen.

»Narian«, keuchte ich und wehrte mich gegen Cannans festen Griff. »Narian!« Meine erstickten Rufe sorgten dafür, dass der Hauptmann mich losließ, und so stürzte ich über die Lichtung auf den jungen Mann zu, der soeben mein Leben gerettet hatte. Bis ich bei ihm war, kniete die Hohepriesterin schon neben ihm.

Er lag auf der Seite, reglos, das dichte, blonde Haar fiel ihm in die Stirn, und er wirkte ebenso leblos wie sein Herr und Meister. Nantilam nahm seinen Kopf in ihre Hände und versuchte, ihn ins Bewusstsein zurückzuholen, doch er rührte sich nicht. Schließlich schloss sie die Augen, wurde in ihrer Konzentration selbst vollkommen still, und ich wusste, was sie versuchte. Die Minuten verstrichen, doch er reagierte immer noch nicht. Da ließ sie ihn los und wandte sich mit einem entschlossenen Ausdruck in ihren strahlend grünen Augen an mich.

»Wir müssen ihn in die Stadt zurückbringen, und London auch, wenn wir wollen, dass die beiden überleben. Ihr Leben hängt nur noch an einem seidenen Faden, und es wird viel Zeit und Kraft kosten, sie zu heilen.« Während ich noch darüber nachdachte, fuhr sie fort: »Ich werde mich an die Vereinbarung halten, die mein Bruder eingegangen ist, und zuverlässiger, als er es getan hätte. Und wenn die Zeit reif ist, werde ich Euch und London ziehen lassen. Solltet Ihr jedoch nicht mit mir kommen, wird er sterben.«

Ich warf dem Hauptmann einen flehenden Blick zu. »Helft uns, Cannan.«

Er kam heran mit undurchdringlicher Miene, während er die Hohepriesterin musterte. Ich wusste, dass er ihr nicht traute.

»Wir haben keine Zeit zu verlieren«, sagte Nantilam und hielt Cannans Blick stand. »Die Männer meines Bruders werden entsprechende Order bekommen haben, falls wir nicht rechtzeitig zurückkehren. Ihr könnt Euch sicher sein, dass Euer Volk dadurch in Gefahr schwebt.«

Ihren Worten zum Trotz reagierte er nicht. Stattdessen schien er sorgsam unsere Optionen abzuwägen.

»Habt Ihr mich verstanden, Hauptmann?«, fragte sie eindringlich, als wäre Cannan der Kommandant ihrer Armee und nicht unserer.

»Alera, wir können jetzt aufbrechen und versuchen, London auf unsere Weise zu helfen«, sagte Cannan endlich und schien die Hohepriesterin vollkommen zu ignorieren. »Denn wenn wir mit ihr in die Stadt zurückkehren, lässt man uns vielleicht nicht mehr von dort fort.«

»Ihr werdet in Sicherheit sein, solange Ihr in meiner Nähe bleibt«, erwiderte die Hohepriesterin und berührte Narians Stirn. »Dieser Junge muss leben, und ich würde auch London retten. Helft mir, und ich gebe Euch mein Wort, Euch freien Abzug zu gewähren.«

Cannan sagte zwar nichts dazu, drehte sich jedoch um und winkte Halias, London zu uns zu bringen. Dann verschwand er zwischen den Bäumen, um unsere Pferde zu holen. Ich konnte sehen, wie schwer das dem Hauptmann fiel, denn es widerstrebte ihm zutiefst, einer Person cokyrischer Abstammung zu trauen. In der jahrhundertelangen Auseinandersetzung hatte der Feind uns allzu oft getäuscht, und daher konnte ich ihm sein mangelndes Zutrauen in die gegnerische Herrscherin nicht verübeln. Mir fiel es dagegen leichter, ihr zu glauben. Denn immerhin hatte sie mir einen Weg eröffnet, meinen Untertanen ihre Freiheit zurückzugeben, und außerdem hatte sie die Tyrannei des Overlord beendet.

Cannan war bald mit unseren Pferden zurück und sprach kurz mit Halias, um ihm seine Befehle zu erteilen. Dann hoben er und Halias Narian auf das Pferd, das die Hohepriesterin bereits bestiegen hatte. Sie hielt ihn vor sich fest. Anschließend saßen Cannan und ich auf, und Halias half London vor dem Hauptmann aufs Pferd. Der Hauptmannstellvertreter würde uns nicht begleiten, sondern zurück zu unserem Unterschlupf reiten, um die anderen über die Ereignisse zu informieren.

Als wir uns auf den Weg in Richtung Stadt machten, trafen wir, kaum dass wir den Wald verlassen hatten, auf cokyrische Truppen, die uns sogleich umringten. Der Anblick der schwarz gekleideten feindlichen Soldaten in solcher Menge und Nähe ängstigte mich. Ich hoffte, keinen Fehler begangen zu haben, indem ich der Hohepriesterin vertraut hatte. Auf ihren Befehl hin formierten sich die Reiter links und rechts sowie hinter uns zu einer Eskorte. So galoppierten wir auf die geborstenen Mauern zu, die einst mein Volk beschützt hatten. Als wir die Hauptstraße hinaufritten, tat mir beim Anblick der Zerstörung, die ich links und rechts erblickte, das Herz weh. Mir graute bereits davor, in welchem Zustand wir den Palast vorfinden würden. Als er schließlich in Sichtweite kam, sah er aus wie eine schlechte Nachbildung. So wie die Stadtmauern waren auch die Mauern rund um die Höfe stellenweise zerstört. Cokyrische Soldaten trampelten unbeschwert in den einst so prachtvollen Gärten herum.

Wir ritten bis unmittelbar vor die Palasttore, zwischen den zertrampelten Fliederhecken hindurch. Der weiße Steinweg, den früher nie ein Pferd betreten hatte, war dreck- und blutverschmiert. Die Hufe unserer Pferde hätten also ohnehin keinen weiteren Schaden anrichten können. Als die Soldaten auf dem Hof ihre Herrscherin erkannten, hielten sie in ihren Verrichtungen inne und verneigten sich vor ihr. Ihr Auftauchen schien sie regelrecht einzuschüchtern. Schweigend wurden jede Menge Blicke getauscht, als sie uns und das Fehlen des Overlord bemerkten.

Der Palast zeigte deutliche Spuren der cokyrischen Siegesfeiern: Die Holzbretter, die wir vor die Fenster genagelt hatten, waren nachlässig heruntergerissen worden, viele Fensterscheiben zerbrochen. Die Große Halle und das Parterre wirkten sehr ramponiert, was aber auch an der großen Zahl unserer Untertanen liegen mochte, die hier Zuflucht gesucht hatten. Man hatte Tapisserien von den

Wänden gerissen, überall lagen zerbrochene Möbel herum. Die Böden waren voller Blutflecken. Ich schloss die Augen und wollte mir gar nicht vorstellen, wie erst einzelne Räume und vor allem der Thronsaal aussehen mochten.

Rasch führte ich die Männer, die Narian und London trugen, in den zweiten Stock hinauf, denn ich vermutete dort die geringsten Zerstörungen. Die Hohepriesterin und der Hauptmann folgten uns. Auf dem Weg dorthin mühte ich mich, meine Gefühle im Zaum zu halten, denn die Bilder der Toten schienen in diesen Mauern zu spuken. Ich konnte nur ahnen, was Cannan empfinden mochte. Hier, im Herzen des feindlichen Territoriums, das symbolisch stand für den Tod so zahlreicher seiner Offiziere und natürlich auch seines Bruders.

Nachdem sie befohlen hatte, die beiden Kranken in verschiedenen Gästezimmern zu lagern, entließ Nantilam ihre Soldaten. Dann suchte sie als Ersten Narian auf. Ich folgte ihr und wusste, sie würde versuchen, ihn zu heilen. Cannan hatte nichts dagegen einzuwenden, denn offenbar war er zu dem Schluss gekommen, dass ich in ihrer Nähe ungefährdet war. Er folgte uns jedoch nicht, sondern blieb bei seinem verwundeten Gardisten.

»Ich muss meine Kraft zwischen London und ihm teilen«, erklärte Nantilam mir, während sie sich einen Stuhl neben Narians Bett zog. Dann setzte sie sich und fühlte mit zwei Fingern den Puls an seinem Hals.

»Er lebt noch«, murmelte sie, und die Erleichterung in ihrer Stimme war unüberhörbar. Ich wusste nicht, wie genau sie zu Narian stand, aber offenbar hegte sie eine gewisse Zuneigung zu ihm.

Ohne ein weiteres Wort legte sie ihre Hände übereinander auf Narians Brust und fuhr damit fort, was sie noch auf der Waldlichtung begonnen hatte. Nach etwa einer Viertelstunde riss sie sich von ihm los, obwohl ihm noch keinerlei Besserung anzusehen war. Aber sie wusste wohl, dass sie etwas von ihrer Energie für London zurückbehalten musste.

Dann gingen sie und ich den Flur hinunter in das Zimmer, wo Cannan neben seinem fast leblosen Stellvertreter wachte. Wie schon in Narians Kammer zog sie sich einen Stuhl an seine Seite und legte ihm ihre Hände auf. Cannan sagte kein Wort, blieb aber in der Nähe. Sein Verhalten erinnerte mich daran, als Steldor seiner schrecklichen Verwundung fast erlegen wäre. Man sah ihm den ungeheuren Respekt für den Elitegardisten an, der alles riskiert hatte, um das Königreich und die Menschen, die er liebte, zu retten.

Ich bezog ebenfalls ein Zimmer im zweiten Stock, während Cannan sich entschloss, auf Decken am Boden von Londons Zimmer zu schlafen. Nachdem er so viele Tage und Stunden unter den Torturen des Overlord gelitten hatte, musste London viel härter kämpfen als Narian, und sein Überleben war alles andere als gewiss. Obwohl die Hohepriesterin mehrmals versicherte, uns würde nichts geschehen, drangen wir nicht in andere Bereiche des Palastes vor, denn wir sahen keinen Grund, uns einem unnötigen Risiko auszusetzen.

Die Hohepriesterin hatte Wachen vor den Zimmern der beiden Männer postiert, die sie zu heilen versuchte, und schickte Diener zu ihrer übrigen Versorgung. Außerdem ließ sie Angehörige ihrer Garde den Leichnam ihres Bruders zurück nach Cokyri bringen. Dabei gab sie ihren Truppen keine Erklärung über seine Todesursache. Ich bezweifelte, ob die wahre Begebenheit je bekannt würde. Vielmehr würde man ihn in seiner Heimat wohl künftig als den Mann rühmen, der Hytanica erobert hatte. Weder Cannan noch ich wussten, was die Zukunft bringen würde. Jetzt, wo Nantilam Alleinherrscherin über Cokyri war.

Aber wir hatten keine andere Wahl, als ihr zu vertrauen. Wir hatten unser Schicksal in dem Moment in ihre Hände gelegt, als wir entschieden hatten, mit London hierher zurückzukehren.

In den folgenden Tagen wanderten Nantilam und ich ständig zwischen den beiden Zimmern hin und her und kümmerten uns um die beiden Männer, an denen uns so viel lag. Diener hatten sie gebadet und ihre schmutzige Kleidung gegen saubere Nachthemden getauscht. Sie lagen leicht zugedeckt in frischer Bettwäsche und wirkten manchmal geradezu engelsgleich, dann wieder wanden sie sich vor Schmerzen. Insbesondere London litt fürchterlich, und meine Gedanken kehrten immer wieder zu dem Bericht zurück, den meine Mutter mir einmal von seiner schweren Erkrankung gegeben hatte, nachdem er vor achtzehn Jahren schon einmal Ähnliches durchgestanden hatte. Wie immer war sein Lebenswille beeindruckend, doch ich fürchtete, dass er diesmal nicht genügen könnte. Es war geradezu herzzerreißend, mit ansehen zu müssen, wie die beiden Männer, die mir am meisten bedeuteten, derart litten. Wie sehnte ich mich nach dem Spott in den indigofarbenen Augen, die mir so vertraut waren, und nach einem Funken Liebe in den stahlblauen Augen, die dereinst mein Herz erobert hatten.

Narian begann sich als Erster zu rühren. Sein Schmerz schien nachzulassen, und er schlief ruhiger. London machte dagegen keinerlei Anzeichen, das Bewusstsein wiederzuerlangen. Es schien, als wäre er unter einer Eisschicht gefangen. Sein Herz klopfte vergeblich gegen eine undurchdringliche Oberfläche an.

Cannan wurde zusehends nervös und schien sich auch um die zu sorgen, die wir in unserem Unterschlupf in den Bergen zurückgelassen hatten. Und natürlich um die hytanische Bevölkerung, die eine knappe Woche zuvor ins

Unbekannte entlassen worden war. Er wäre gerne aufgebrochen, weil er wohl fürchtete, die Gastfreundschaft unserer Feinde würde nicht von Dauer sein, doch er weigerte sich, mich zurückzulassen. Außerdem wollte er nicht ohne London fort. Die Hohepriesterin schien seine Gedanken zu erraten, aber sie sprach nicht mit ihm, sondern mit mir. Wir waren gerade in Narians Zimmer, als sie mir ihren Vorschlag unterbreitete.

»Königin von Hytanica«, sagte sie unvermittelt zu mir, nahm die Hände von Narians Brust und legte seine Arme zurück auf die Bettdecke. »Ich habe viel darüber nachgedacht, wie dieses Reich regiert werden soll, und möchte Euch ein Abkommen vorschlagen. Hytanica ist jetzt cokyrisches Territorium, die Vergeltung um meiner Mutter willen ist geübt, und wir haben errungen, was wir schon lange begehrten – Zugang zu den Reichtümern Eures Landes. Aber ich kann diese Provinz nicht von den Bergen aus regieren.«

Mit heftig klopfendem Herzen wartete ich, wie sie fortfahren würde.

»Ich würde Eurem Volk erlauben, hierher, in seine Heimat, zurückzukehren, ohne versklavt zu werden. Eure Untertanen zu knechten war das Ansinnen meines Bruders, nicht das meine. Ich war immer nur an Eurem Land interessiert, nicht an seinen Bewohnern. Daher sehe ich folgende Möglichkeit: Ich kann eine Cokyrierin einsetzen, die hier herrscht und die Aufteilung der jährlichen Erträge zwischen Eurem und meinem Volk überwacht. Oder ich kann Eurem Volk eine Herrscherin geben, die es kennt und der es vertraut.«

Sie sah mich lange an, bis ich begriff, was sie meinte.

»Mich?«, stieß ich hervor.

Sie nickte. »Gedanken an einen Aufstand werden von dem Moment an, in dem Eure Bürger zurückkehren, unvermeidlich sein. Doch Euch werden sie noch am ehesten folgen. Cokyri wird natürlich weiterhin in Hytanica präsent sein, aber ich denke, dass die Menschen mit einer der ihren als Herrscherin über diese Provinz am ehesten bereit sein werden, sich mit dieser Veränderung abzufinden.«

»Sie werden mir nicht folgen«, wandte ich ein und wollte mir mich in einer solchen Position nicht einmal vorstellen. »Steldor ist ihr König.«

»Steldor ist nicht mehr ihr König«, erwiderte sie unverzüglich in frostigem Ton. »Ich werde dieses Land nur in die Verantwortung einer Frau entlassen. Solltet Ihr das ablehnen, werde ich eine meiner Kommandantinnen einsetzen. Jemand, der Eure Revolten mit Leichtigkeit niederschlagen und Hytanica mit harter Hand regieren wird. Es liegt also ganz bei Euch, auf welche Weise Euer Volk sich mit den Gegebenheiten zu arrangieren lernt.«

Auch wenn ich wusste, dass mein Königreich nun ihr gehörte, fand ich ihren Vorschlag, wie es fortan regiert werden sollte, erstaunlich. Ich konnte mir das nicht vorstellen. Eine Frau in einer Führungsposition würde man in Hytanica nicht bereitwillig hinnehmen. Andererseits würde Nantilam Hytanica seinen König oder irgendeinen anderen männlichen Herrscher nicht gestatten.

»Gibt es denn niemand anderen für diese Aufgabe?«, fragte ich und fühlte mich dieser Herausforderung in keinster Weise gewachsen.

»Ich mache Euch dieses Angebot nicht leichtfertig. Denn Euch habe ich auf die Probe gestellt. Und Ihr habt Euch als dieser Verantwortung würdig erwiesen. Daher stelle ich Euch vor die Wahl: entweder übernehmt Ihr die Herrschaft oder eine cokyrische Abgesandte.«

»Ich – ich brauche Zeit, darüber nachzudenken«, stammelte ich, obwohl ich doch eigentlich bereits wusste, wie meine Antwort lauten würde. Ich musste tun, was das

Beste für mein Volk war, egal, wie sehr ich mich davor fürchtete.

Die Hohepriesterin erhob sich und verließ das Zimmer, um nach London zu sehen. Ich nahm ihren Platz neben dem Bett ein, stützte den Kopf in die Hände und versuchte zu begreifen, wie es zu all dem überhaupt hatte kommen können.

»Alera?«

Eine erschöpfte, aber vertraute Stimme riss mich aus meinen Gedanken. Ich hob den Kopf und sah, dass Narian mich anstarrte.

»Ja«, sagte ich und streckte die Hand aus, um ihm über das goldene Haar zu fahren. Mein Hals fühlte sich an wie zugeschnürt. Auch wenn ich überglücklich war, ihn wach zu sehen, sorgte die Fülle der vergangenen Ereignisse und die Verantwortung, die jetzt auf mir lastete, dafür, dass ich den Tränen nahe war.

»Was ist passiert?«, fragte er, und mir fiel ein, was er alles noch nicht wissen konnte. »Wo ist der Overlord? Und wo … wo sind wir hier?«

»Wir sind im Palast von Hytanica«, sagte ich, um die leichteste Frage als Erste zu beantworten. »Die Hohepriesterin hat uns hierhergebracht, nachdem sie …« Ich holte tief Luft und fragte mich, wie viele Neuigkeiten er wohl schon verkraften konnte, doch dann sprach ich offen weiter. »Nachdem du ihn mit deinem Dolch verletzt hattest, bat der Overlord seine Schwester, ihn zu heilen, doch sie … sie … hat ihn umgebracht.«

Er schien wieder ohnmächtig zu werden, während er noch versuchte zu begreifen, was ich gerade gesagt hatte.

»Narian«, sagte ich eindringlich und wünschte mir, ich hätte ihn nicht derart überfordert. Als ich die Hand ausstreckte, um ihm erneut übers Haar zu streichen, ergriff er sie und verschränkte seine Finger mit meinen.

»Es tut mir leid«, flüsterte er mit halb geschlossenen Augen und gequälter Stimme. »Es tut mir so leid, Alera. Ich könnte es dir nicht verdenken, wenn du mich hassen würdest, nach allem, was ich getan habe.«

»Lass mich dir aufzählen, was du getan hast«, sagte ich leise und bemühte mich, das Zittern in meiner Stimme zu unterdrücken. »Du hast meine Schwester gerettet. Du hast getan, was du konntest, um mein Volk zu schützen. Du hast London aus dem Tempel der Hohepriesterin befreit. Du hast mir das Leben gerettet. Und letztlich hast du den Overlord bezwungen. Das ist es, was du getan hast.«

»Du sprichst zu gut von mir«, sagte er und seine strahlend blauen Augen hielten mich einen Moment lang fest. »Es gibt Dinge, die ich hätte tun, Dinge, die ich hätte verhindern sollen. Aber ich habe es nicht getan.«

Ich vermochte ihm nicht zu antworten und konnte ihn durch den Schleier meiner Tränen auch nicht mehr sehen, denn er litt unter einer anderen Sorte Schmerz – ein Schmerz, den nicht einmal die Hohepriesterin lindern konnte. Als ich meine Tränen endlich fortgeblinzelt hatte, war er mir bereits wieder entglitten.

Am nächsten Tag unterzeichnete ich das Abkommen mit der Hohepriesterin. Eine hochrangige cokyrische Offizierin hatte es gemäß Nantilams Diktat niedergeschrieben. Cannan und ich studierten es sorgfältig, denn wir wussten, dass Hytanica in meinen Händen wäre, sobald ich meinen Namen auf den Pergamentbogen gesetzt hätte. Schließlich leistete ich meine Unterschrift am Fuße des Vertragstextes.

Daraufhin kehrte der Hauptmann zu der Höhle zurück. Die anderen hatten sich lange genug versteckt, und nun erschien es uns sicher genug, den Unterschlupf zu verlassen. Während ich ihre Rückkehr erwartete, suchte ich zum ersten Mal seit meiner Ankunft im Palast den

Thronsaal auf, denn ich wollte mir den Schaden vor allen anderen allein besehen. Ich trat in die Mitte des Raumes, sank dort zu Boden und weinte. Bevor ich mich der Zukunft stellen konnte, musste ich noch betrauern, was wir verloren hatten.

Die Cokyrier hatten die Thronsessel von der Empore gezerrt und die meisten der ins Holz eingelassenen Edelsteine herausgebrochen. Das Wappen meiner Familie lag zerschlagen auf dem Steinboden, nachdem man es offenbar von der Wand gerissen hatte. Die Flaggen, die die Wände geschmückt hatten, waren verbrannt. Am schlimmsten traf mich jedoch, dass die Porträts der früheren Könige, die die Mauern der mächtigen Halle gesäumt hatten, teilweise bis zur Unkenntlichkeit beschädigt waren.

Das war die Geschichte Hytanicas, meine Geschichte, die uns so kostbar war. Unsere Feinde hatten sie mit Füßen getreten. Würde es mir in Anbetracht dessen gelingen, die Herzen und Köpfe meiner Untertanen zu besänftigen? Würden wir uns jemals damit abfinden können, unter cokyrischer Herrschaft zu leben? Ich wusste zwar, dass die Bedingungen der Hohepriesterin weitaus gnädiger ausgefallen waren, als wir es hätten erwarten dürfen. So gewährte sie uns sogar eine gewisse Autonomie, aber dennoch würde es für all jene, die so viel verloren hatten, schwer werden, der gegenwärtigen Situation etwas Gutes abzugewinnen.

Ich hatte Cannan nicht hereinkommen gehört, aber er machte sich bemerkbar, indem er sich räusperte.

»Sie sind da, Alera. Alle erwarten Euch in der Versammlungshalle.«

Ich erhob mich und ging ihm entgegen. Er deutete eine Verbeugung an.

»Dinge lassen sich ersetzen«, sagte er und ließ die Augen durch den Saal schweifen. »Aber die Brutalität des Overlord, werde und kann ich niemals vergessen. Mit diesen Erinnerungen muss ich bis an mein Ende leben. Aber dennoch weiß ich die Chance zu schätzen, die die Hohepriesterin uns gewährt hat. Und ich glaube, dass Ihr die richtige Entscheidung getroffen habt. Wir haben viel verloren, Alera. Und wir werden noch lange trauern, aber dann werden wir den Wiederaufbau angehen. Und zwar zu Ehren derjenigen, die ihr Leben lassen mussten.«

Nachdem wir am Abend alle gemeinsam als Gäste der Hohepriesterin gespeist hatten, musste ich noch mit Steldor sprechen. Ich war froh festzustellen, dass er im Laufe der letzten Woche, in der ich ihn nicht gesehen hatte, fast wieder ganz der Alte geworden war. In seinen Augen war wieder Lebenslust zu erkennen. Gemeinsam begaben wir uns in mein Arbeitszimmer. Dort konnten wir ungestört miteinander reden, außerdem war der Raum nicht so schlimm beschädigt wie die anderen Räumlichkeiten im Erdgeschoss. Familie und Freunde blieben zurück, um das Wiedersehen zu feiern.

Ich schaute auf den östlichen Innenhof hinaus, dessen Brunnen wundersamerweise unversehrt war, obwohl rundherum alles wie umgepflügt und von Tausenden Stiefeln zertrampelt war. Dann erklärte ich ihm das Abkommen mit der Hohepriesterin und hoffte, er würde es nicht so verstehen, dass ich damit seine Macht an mich gerissen hatte. Er stand neben mir am Fenster, hörte mir aufmerksam zu, zeigte jedoch, selbst nachdem ich fertig war, eine ganze Zeit lang keinerlei Reaktion.

»Ich bin nicht mit der Erwartung hierher zurückgekehrt, weiterhin König zu sein, Alera«, sagte der endlich. Dabei lächelte er zwar nicht, aber aus seiner Stimme klang auch keine Verärgerung.

»Du wirst immer ein König bleiben«, erinnerte ich ihn an die hytanische Tradition. *Einmal König, immer König.*

»Glaub mir, dir steht die Krone besser als sie mir jemals

gestanden hat.« Nachdem er mein verwirrtes, furchtsames Gesicht sah, erklärte er weiter. »Ich bin eigentlich Soldat, Alera. Mir steht es besser an, Beschützer zu sein als Schutzbefohlener. Damit bin ich bedeutend glücklicher.«

Seine Augen versenkten sich in den meinen und blickten auf einmal voller Zärtlichkeit. Da wusste ich, dass er mir noch mehr zu sagen hatte.

»Halias hat uns berichtet, was sich auf der Lichtung zugetragen hat. Es tut mir leid, was du ertragen musstest, denn eigentlich wäre es an mir gewesen, das auf mich zu nehmen. Und was Narian angeht … manches lässt sich niemals vergessen, aber ich werde ihm auf alle Fälle für das danken, was er für dich getan hat.«

Er streckte die Hand aus und wickelte eine meiner kurzen Haarsträhnen um seinen Finger. Es war eine mir vertraute liebevolle Geste. Plötzlich hielt er inne und schaute auf seine Hand.

»Ich denke, den sollte ich jetzt dir geben«, überlegte er laut, zog sich den Königsring vom Finger und hielt ihn mir hin.

»Und ich habe etwas, das dir gehört«, erwiderte ich, nahm den Ring entgegen und streifte dann den Talisman in Form eines Wolfskopfes von meinem Hals.

»Ich hatte mich schon gefragt, was daraus geworden ist«, sagte er erfreut. »Ich danke dir.«

Einen Moment lang musterte er den Anhänger, dann zog er sich noch den Ehering vom Ringfinger seiner linken Hand und presste ihn in meine Handfläche. Verblüfft rang ich um eine Antwort, aber er legte mir einen Finger auf die Lippen und gebot mir auf diese Weise zu schweigen.

»Unsere Ehe war ein Zweckbündnis«, erinnerte er mich, obwohl die Trauer in seiner Stimme unüberhörbar war. »Und nun erfüllt sie keinen Zweck mehr, nicht wahr?«

Er strich mir über die Wange, schien den Moment in sich aufzunehmen, drehte sich um und ging.

»Aber ... wie?«, stammelte ich, immer noch völlig perplex.

Er hatte bereits den halben Raum durchquert, drehte sich aber, die Hand auf dem Schwertknauf, noch ein letztes Mal zu mir um.

»Eigentlich ist es fast komisch. Die einzige Grenze in unserer Ehe, die ich nicht überschritten, sondern stets respektiert habe, ist nun der Schlüssel zu ihrer Auflösung. Wir haben nie das Lager geteilt, unsere Verbindung niemals vollzogen. Und diese Vereinigung ist doch eine der kirchlichen Anforderungen an eine gültige Ehe. Ich werde mich um die Annullierung kümmern, sobald wieder ein Priester in der Stadt ist.«

Eine Flut von Gefühlen brandete in mir auf, während ich sein ebenmäßiges Gesicht betrachtete – Erstaunen, Erleichterung, Freude, Bedauern – und vor allem Dankbarkeit. Er hätte das nicht tun müssen. Hätte nie zugeben müssen, dass unsere Ehe nicht vollzogen worden war. Er hätte mich auch immer noch einfach nehmen können, wenn er gewollt hätte. Doch stattdessen ließ er mich gehen. Bevor ich noch ein Wort sagen, ihm danken, alles Gute wünschen konnte, war er auf den Flur getreten und hatte die Tür leise hinter sich geschlossen.

31. Der Staub legt sich

Die Menschen mussten zurückgeholt werden. Gleich am nächsten Morgen brachen Cannan und Steldor, der Gardehauptmann und der Mann, den das Volk noch für seinen rechtmäßigen König hielt, zu dieser Unternehmung auf. Niemand hatte etwas dagegen einzuwenden, denn die beiden waren mit Sicherheit die Einzigen, die unsere Untertanen davon überzeugen konnten, dass es sicher wäre, zurückzukehren. Und nachdem Halias nun wieder im Palast war, vertraute Cannan London seiner Obhut an.

In der Zwischenzeit begannen cokyrische Soldaten unter dem Kommando der Hohepriesterin als ersten Schritt in Richtung Wiederaufbau, den Schutt aus der Stadt zu schaffen. Es war inzwischen Mitte März, und so, wie die Frühlingssonne nach dem strengen Winter die Natur wiedererweckte, keimte auch ein wenig Hoffnung in jedem von uns, nachdem die Verzweiflung so lange unsere Herzen und Köpfe dominiert hatte.

Im Palast hatten die Aufräumungsarbeiten begonnen, und der Charakter unseres einst so schönen Zuhauses kehrte langsam zurück. Mein Vater, der mich inzwischen viel ehrerbietiger behandelte, wollte sich einbringen, und so bot ich der Hohepriesterin seine Mitwirkung an. Bald ließ sie ihn an der Seite einer der Frauen mitarbeiten, die sie mit dem Wiederaufbau betraut hatte. Wenn ich sah, wie der ergraute, so konservative frühere König Hytanicas sich mit einer jungen cokyrischen Offizierin beriet, stärkte das meinen Glauben daran, dass auch scheinbar Unmögliches erreichbar war.

Temerson war ebenfalls überaus hilfsbereit, während er die Rückkehr seiner Familie erwartete. Er hatte zwar seinen Vater unter der Hand des Overlord sterben sehen, doch es gab berechtigte Hoffnung, dass seine Mutter, Lady Tanda, sein Bruder und seine Schwestern überlebt hatten. Mein Vater nahm seine Unterstützung gerne an, und so war er bald ebenfalls in die Restaurierung des Schlosses involviert. Selbstverständlich verbrachte der junge Mann auch weiterhin viele Stunden an Mirannas Seite, die sich in der Obhut unserer Mutter langsam erholte. Es schien die beiden Frauen auf besondere Weise zu verbinden, dass sie gleichermaßen dem Overlord ausgeliefert gewesen waren. Ich bezweifelte, je zu erfahren, was sie durchgemacht hatten, aber ich war froh, dass sie einander helfen konnten, mit den Erinnerungen daran und den anderen Nachwirkungen fertigzuwerden.

Schließlich kehrte ich auch in die Gemächer zurück, die ich einst – wie mir schien in einem anderen Leben – mit Steldor geteilt hatte. Die Cokyrier hatten auch hier, wie in den meisten anderen entscheidenden Bereichen des Palastes, ihre Spuren hinterlassen. Inzwischen waren die Zimmer jedoch bereits wieder hergerichtet worden. Es war ein seltsames Gefühl, erneut in die Räumlichkeiten einzuziehen, die Generationen lang von hytanischen Königen und Königinnen genutzt worden waren, und gleichzeitig zu wissen, dass diese Monarchie nicht mehr existierte. Wie auch im Thronsaal schienen die Mauern von Erinnerungen widerzuhallen, und die Atmosphäre war von Trauer erfüllt.

Die Rückkehr in diese Gemächer wäre mir sicher schwerer gefallen, wenn nicht etwas Unerwartetes passiert wäre. Zu meiner allergrößten Überraschung leistete mir schon an meinem ersten Abend eine ziemlich magere, grauschwarz gefleckte Katze mit weißem Bauch und weißen

Pfoten Gesellschaft. Sie blieb zwar auf Distanz, beobachtete mich jedoch aus der Ferne sehr aufmerksam. Ihre Färbung und die neugierigen grauen Augen überzeugten mich davon, dass es Kätzchen sein musste. Angesichts der vielen Toten und der massiven Zerstörung war das Überleben einer Katze vielleicht nicht sehr bemerkenswert, aber für mich fühlte es sich an wie ein unvermutetes Geschenk, das mir half, Vergangenheit und Gegenwart miteinander zu verknüpfen. Einige Zeit saß ich reglos auf dem Sofa und beachtete meinen Gast absichtlich nicht. Da kam das Tierchen nach und nach näher. Als Kätzchen schließlich auf das Kissen neben mir sprang, hielt ich so still wie möglich, wagte kaum zu atmen und ließ ihn mich inspizieren. Ich konnte mir ein Lächeln nicht verkneifen, als es schließlich vorsichtig auf meine Knie kletterte und sich endlich zufrieden in meinem Schoß einrollte. Nach einigen Augenblicken wagte ich, sein weiches Fell behutsam zu streicheln. Als es daraufhin schnurrte, empfand ich das als ungemein tröstlich. Immerhin würde ich also nicht ganz allein wohnen.

Es dauerte einige Tage, aber langsam kehrten die Bewohner in ihre Häuser oder das, was davon noch übrig war, zurück. Galen, den Cannan ausgesandt hatte, die Evakuierung anzuführen, brachte Tiersia mit. Die beiden waren unbeschreiblich glücklich, einander wiederzuhaben. Er hatte auch seine Mutter und seine Zwillingsschwestern wiedergefunden und nahm sich die Zeit, ihnen beim Wiedereinzug in den Stammsitz der Familie zu helfen, wo es zum Glück nur wenige Schäden zu verzeichnen gab. Cannan brachte Faramay vorläufig im Palast unter, weil er meinte, das in der Stadt herrschende Chaos würde ihre Nerven nur weiter zerrütten. Steldor schien noch nach einem anderen vertrauten Gesicht zu suchen. Von Cannan unbemerkt hatte er nach einem weiteren Familienmitglied

Ausschau gehalten, als er den Zug der Rückkehrer entlanggeritten war.

»Hast du Baelic irgendwo gesehen?«, fragte er, als er mit langen Schritten in den Palast kam und mir dort zufällig in der Großen Halle begegnete.

Entsetzt starrte ich ihn an, weil mir klar wurde, dass er noch nicht vom Tod seines Onkels wusste. In all dem Durcheinander hatte ihm niemand die schreckliche Wahrheit enthüllt. Bevor ich eine Antwort formulieren konnte, trat Cannan aus dem Vorzimmer, und Steldor wiederholte seine Frage, diesmal an ihn gerichtet.

»Ich konnte Baelic nirgends finden«, wiederholte er und runzelte bereits die Stirn. In seiner Stimme war ein leises Zittern, denn schließlich konnte jeder im Verlauf der Kämpfe gefallen sein. Auf das, was Cannan ihm gleich mitteilen würde, war er dennoch in keinster Weise gefasst.

»Steldor, komm für einen Moment mit mir«, sagte der Hauptmann und streckte die Hand nach dem Arm seines Sohnes aus. Doch der Ton war zu sanft, zu mitleidig, und Steldor, der auf einmal begriff, zuckte vor ihm zurück.

»Was ist passiert?«, verlangte der junge Mann zu wissen, und sein Atem beschleunigte sich. »Wo ist er? Sag es mir sofort!«

Vor lauter Angst und Schrecken ging sein Temperament mit ihm durch, aber Cannan reagierte sehr ruhig darauf.

»Komm einfach mit mir, dann erkläre ich dir alles.« Als sein Sohn ihn nicht ansah, fügte er noch hinzu: »Steldor, du musst das erfahren.«

»Sag mir nicht, dass er tot ist«, rief Steldor, aber es klang mehr wie ein Flehen. »Sag das nicht, sag nicht, dass er tot ist.«

Cannan antwortete nicht, sondern legte nur eine Hand auf den Rücken seines Sohnes, um ihn in sein früheres Dienstzimmer zu führen. Ich stieg die Prunktreppe hinauf, unfähig dort unten auszuharren. Mir graute davor, was Steldor gleich erfahren würde, und ich erinnerte mich daran, wie es sich bei mir angefühlt hatte. Dabei wusste ich, dass es ihn noch viel mehr schmerzen musste als mich. Ich lief bis in den zweiten Stock hinauf und betrat Londons Zimmer. Dort setzte ich mich an sein Bett. Halias begab sich, sichtlich dankbar für die Ablösung, sofort auf den Flur hinaus.

Bei London zu sitzen, war fast so, als wäre man allein. Aber wenigstens konnte ich ihm dabei nahe sein und mir einreden, er wäre nicht nur rein körperlich anwesend. Der Schmerz quälte ihn nicht mehr, und er schien friedlich zu schlafen, aber er kam einfach nicht zu sich. Die Hohepriesterin besuchte ihn täglich, aber es gab nichts, das sie noch für ihn hätte tun können. Körperlich schien er erholt, doch sein Geist weigerte sich offenbar, in sein Bewusstsein zurückzukehren. Auch ich bemühte mich, jeden Tag eine gewisse Zeit bei ihm zu verbringen, und las ihm oft vor, weil ich hoffte, der Klang meiner Stimme könne ihn vielleicht wecken.

Nach einigen Stunden ließ ein Klopfen an der Tür mich hochschrecken. Ich antwortete nicht, hörte aber kurz darauf, wie die Tür aufging und erwartete, sogleich jemand neben mir zu finden, doch weil der Besucher offenbar auf der Schwelle stehen geblieben war, drehte ich mich um und schaute zur Tür. Sie war der Mensch, mit dem ich am wenigsten gerechnet hätte. Dabei hätte ich nach allem, was ich von Destari, meiner Mutter und London selbst erfahren hatte, eigentlich nicht überrascht sein sollen. Trotzdem sprang ich auf und versuchte, etwas zu sagen, doch es kam kein Laut über meine Lippen.

»Ich … ich habe gehört, dass es ihm schlecht geht, Eure Hoheit«, sagte Lady Tanda und deutete einen Hofknicks an.

Als ihre Augen wieder bei mir ankamen, konnte ich in ihnen lesen, wie sie den Satz in Gedanken beendet hatte: *beim letzten Mal durfte ich ihn nicht besuchen.* Ihr Ehemann war unter der Hand des Overlord gefallen, was zweifellos eine Tragödie war. Daraus folgte allerdings, dass sie nun wieder frei war. So frei wie ich es im Falle von Steldors Tod gewesen wäre.

»Verzeiht mir«, murmelte sie schüchtern und wandte sich zum Gehen, weil sie wahrscheinlich glaubte, ich wüsste nichts von ihrer Verbindung zu London.

»Lady Tanda, wartet doch bitte.« Sie blieb stehen, und ihre samtigen braunen Augen sahen mich an. »Ihr solltet bei ihm bleiben. Ich bin schon lange genug hier gewesen – ich muss ohnehin fort, und er sollte nicht allein bleiben.«

»Nein«, erwiderte sie mit leicht melancholischer Stimme. »Ich wollte nur sehen, wie es ihm geht.« Sie schaute beiseite und fuhr fort. »Er hat meinem Sohn das Leben gerettet, und mehr kann wohl ein Mensch nicht für den anderen tun. Aber ich glaube, er würde nicht wollen, dass ich bleibe.«

»Er ist nicht bei Bewusstsein.« Ich ging auf sie zu und legte eine Hand auf ihren Arm. »In der ganzen Zeit ist er noch nicht einmal aufgewacht. Er braucht jemand, Tanda. Vielleicht seid gerade Ihr dieser Mensch.«

Sie sah mich voller Unsicherheit und Bedauern an, aber da war auch Liebe zu London, selbst nach all diesen Jahren. Dann nickte sie mir zu und setzte sich auf den Stuhl neben seinem Bett, während ich mich aus dem Zimmer stahl.

Für sie schlug er schließlich die Augen auf.

Narian war bereits wieder auf, und die Hohepriesterin hatte ihn zum offiziellen Verbindungsmann zwischen Cokyri und dessen neuer Provinz Hytanica ernannt. So konnte er sich zeitlich unbegrenzt in Hytanica aufhalten und zwischendurch immer wieder in das Land reisen, in dem er aufgewachsen war. Tatsächlich war er die ideale Besetzung für diesen Posten, da er Loyalität zu beiden Reichen empfand. Trotzdem wusste ich, dass er Vorbehalte dagegen hegte, vor allem, weil er vorab meine Meinung dazu nicht hatte einholen können. Denn das wäre seltsam gewesen, da die Hohepriesterin noch nicht nach Cokyri aufgebrochen war und seine Vorgeschichte mit mir nicht in vollem Umfang kannte.

Mir fiel auf, dass Narian sich selten im Palast aufhielt. Er hatte beschlossen, die Räumlichkeiten, die früher Marcail, der ebenfalls vom Overlord ermordete Kommandant der Stadtwache, genutzt hatte, zu beziehen. Es war natürlich möglich, dass er im Zusammenhang mit seinen Verpflichtungen wenig Anlass hatte, sich in den Palast zu begeben, aber wahrscheinlicher war, dass er meinte, seine Gegenwart könnte zu diesem Zeitpunkt unwillkommen sein.

Der Wiederaufbau unserer Stadt war nun in vollem Gange, und ich war froh, Cannan an meiner Seite zu wissen. Weil meine Gefühle und Gedanken noch derart in Aufruhr waren und mir jegliche Kenntnisse über das Regieren einer Provinz abgingen, wäre ich ohne ihn sicher grandios gescheitert. Doch so war ich froh, ihm einen Großteil der Arbeit überlassen zu können. Ich wusste, dass er mir nach und nach immer mehr Entscheidungen überlassen und mich auf dem Weg, eine umsichtige Herrscherin zu werden, begleiten würde.

Ende des Monats hatte Narian schließlich das Kommando über die cokyrischen Truppen bei uns übernommen. Damit war der Weg frei für Nantilams bevorstehende Heimkehr. Er hatte bereits begonnen, Teile der Besatzung zurückzuschicken. Nach und nach würde er die Zahl der

Soldaten so weit reduzieren, dass sie in ihrer Stärke ungefähr der unserer früheren Stadtwache und des stehenden Heeres entsprach. Mit jedem Soldaten, den er abzog, nahm er mir und dem Hauptmann eine kleine Last von der Seele. Cannan begrüßte diese Entwicklung, hatte aber immer noch Schwierigkeiten, mit Narian zusammenzuarbeiten. Ich bezweifelte, dass es ihm je gelingen würde, dem cokyrischen Kommandanten zu begegnen, ohne sich an seinen geliebten jüngeren Bruder zu erinnern. Denn irgendwie hätte er wohl von ihm erwartet, dass er dessen Leben rettete.

London war inzwischen ebenfalls wieder auf. Es verlangte ihn jedoch nach frischer Luft und körperlicher Betätigung, deshalb hatte vorläufig Halias die Aufgabe meines Leibwächters übernommen. Auch wenn Londons Humor zusammen mit seiner körperlichen Kraft zurückgekehrt war, hatte er bis zu seiner emotionalen Gesundung noch einen weiten Weg vor sich. Gelegentlich sah ich ihn mit Lady Tanda und wusste, dass sie der Mensch war, der ihm am ehesten dabei helfen konnte.

Anfang April gab es endlich einmal eine uneingeschränkt positive Neuigkeit: Miranna und Temerson wurden miteinander verlobt. Mein Vater hatte bereitwillig der Ehe seiner siebzehnjährigen Tochter mit dem jungen Mann zugestimmt, der kürzlich achtzehn geworden war und somit Besitz und Titel seines Vaters geerbt hatte.

Es war herzergreifend, zu sehen, welche Veränderung dieses Ereignis bei Miranna bewirkte. Nachdem sie nun etwas hatte, worum sie sich kümmern musste, schien sie endlich wieder sie selbst zu werden. Auch wenn sie natürlich zu viel durchgemacht hatte, um sich jemals wieder in das naive, unbeschwerte Mädchen zurückzuverwandeln. Sie wirkte nun etwas zurückhaltender, aber immer wenn sie in Temersons Augen sah oder seine Hand hielt, kam sie ihrer früheren Persönlichkeit am denkbar nächsten. Die Hochzeitspläne gaben meiner Mutter, Miranna und mir auch endlich wieder Gelegenheit, uns näherzukommen. Im Alltag war ich nun derart beschäftigt, dass ich kaum dazu kam, Freunde oder selbst Familienangehörige zu treffen. Umso mehr genoss ich diese gemeinsame Zeit.

Zwei Wochen vor Mirannas Hochzeit kehrte die Hohepriesterin nach Cokyri zurück. Noch kurz vor ihrer Abreise beraumte sie eine Zusammenkunft mit mir und Narian im Palast an, um den künftigen Status der Provinz zu besprechen. Ihrem Verhalten konnte ich anmerken, dass sie vermutete, Narians Beziehung zu mir ginge über bloße Freundschaft hinaus. Aus seinem Benehmen schloss ich, dass er sie über die Natur unserer Beziehung lieber im Unklaren ließ.

Im Laufe des Gesprächs teilte Nantilam mir meinen neuen Titel mit, Großherzogin Alera. Außerdem ordnete sie an, den Palast künftig als Bastion zu bezeichnen. Schließlich legte sie noch fest, dass London wieder mein Leibwächter würde. Narian sollte ihn nach der Hochzeit meiner Schwester alsbald dazu ernennen. Mein Eindruck war, dass sie meinte, London so die nötige Ruhe und Stabilität zu verschaffen. Sie schien ihn nicht einfach sich selbst überlassen zu wollen. Auf jeden Fall blieb er so unter Narians Kontrolle.

Miranna und Temerson heirateten an einem herrlichen Mainachmittag kurz nach meinem neunzehnten Geburtstag, als das Wetter noch angenehm frisch und nicht zu heiß war. Das Ereignis fand im Palastgarten statt, der, so gut es ging, wieder hergerichtet worden war, auch wenn er seine alte Pracht noch nicht wiedererlangt hatte. Aber allein der Aufenthalt in meinem einst so geliebten Refugium war schon eine Wohltat für mich und offenbar auch für alle anderen Festgäste.

Meine Eltern begleiteten Miranna zum Altar, während ich als Brautjungfer fungierte. Lady Tanda und einer von Temersons Onkeln begleiteten den Bräutigam, sein jüngerer Bruder war Trauzeuge. Die Zeremonie war schlicht, aber wunderschön, und wie eine Bekräftigung, dass das Leben weiterging.

Nach dem Festessen im königlichen Bankettsaal im ersten Stock des Schlosses begab sich das glücklich verheiratete Paar mit seinen Gästen in den Ballsaal, um dort weiterzufeiern. Es wurde spät, denn der Wein floss reichlich und die Gäste tanzten nicht nur aus Höflichkeit. Es war die erste offizielle Festlichkeit seit der cokyrischen Besatzung, und auch wenn viele immer noch unter den Kriegsfolgen litten, keimte doch Hoffnung aus der Gewissheit, dass wir die Chance für einen Neubeginn bekommen hatten.

Als ich durch den Ballsaal flanierte, sah ich Galen und Tiersia selig miteinander tanzen. Meine Eltern plauderten mit Baron Koranis und Baronin Alantonya, Narians leiblichen Eltern, zu denen er nun versuchte, ein einigermaßen normales Verhältnis zu entwickeln. Cannan und Faramay standen bei Baelics Witwe Lania und ihren älteren Töchtern. Außerdem sah ich meine Freundinnen Reveina und Kalem, beide durch den Krieg verwitwet, mit Galens Zwillingsschwestern Niani und Nadeja plaudern. Einer fehlte ganz offensichtlich, und das war London. Ich fragte mich, ob er dem Fest ferngeblieben war, weil er nicht wusste, wie er sich Temersons Familie gegenüber verhalten sollte. Vielleicht hatte er Lady Tanda nicht in Verlegenheit bringen wollen.

Dann hielt ich aus alter Gewohnheit nach Steldor Ausschau und erwartete eigentlich, ihn allein zu sehen. Doch ich hätte wissen müssen, dass er von Vätern und ihren

Töchtern umringt sein würde, denn die Annullierung unserer Ehe hatte sich wie ein Lauffeuer herumgesprochen, und nun galt er wieder als einer der begehrtesten Junggesellen des Landes. Früher hätte er bei dieser Gelegenheit unverbesserlich kokettiert, doch nun staunte ich, als ich merkte, dass sein Blick auf mir ruhte. Er grinste und schüttelte den Kopf, woraufhin ich laut auflachte, auch wenn niemand in meiner Nähe das Amüsante der Situation verstanden hätte. In vielerlei Hinsicht kehrte das Leben in seine normalen Bahnen zurück, doch ich spürte, dass darin noch etwas fehlte.

Nach einer Weile wurde es stickig im Saal, und die offenen Balkontüren lockten mich hinaus in eine willkommene Abendbrise. Ich durchquerte also den Ballsaal und trat auf den nur schwach beleuchteten Balkon hinaus. Diesmal erschrak ich nicht wie damals, als ich bemerkte, dass ich nicht allein war. Narian lehnte mit dem Rücken am Geländer. Seine Hände ruhten links und rechts von ihm auf dem dunklen Holz. Die hypnotisierend blauen Augen waren auf mich gerichtet.

»Guten Abend, Lord Narian«, sagte ich höflich, trat neben ihn, um auf die Stadt hinunterzublicken, und spürte, wie mein Herz schneller schlug.

»Guten Abend, Großherzogin Alera«, erwiderte er mit einem angedeuteten Lächeln und neigte respektvoll den Kopf. Dann drehte er sich zu mir und ließ dabei einen Unterarm auf dem Geländer liegen.

»Wollt Ihr wieder einmal der Menschenmenge dort drinnen entfliehen?«, fragte er und wiederholte damit die Worte unserer ersten richtigen Unterhaltung auf eben diesem Balkon.

»Vielleicht«, antwortete ich lächelnd und freute mich, dass er jene Nacht offenbar noch ebenso gut in Erinnerung hatte wie ich. »Und Ihr?«

»Ich konnte die Einladung Eurer Schwester nicht ausschlagen«, erwiderte er lässig, obwohl seine Blicke mich zu durchbohren schienen. »Das war sehr großherzig von ihr. Aber ich glaube, dass die Menschen in Hytanica noch nicht so weit sind, mich mit offenen Armen zu empfangen. Und ehrlicherweise kann ich das auch nicht von ihnen erwarten.«

»Ich vermag nicht für alle zu sprechen«, antwortete ich leichthin, und nun hämmerte mein Herz schon so laut, dass ich meinte, er müsse es hören. »Nur für mich selbst.«

Das Lächeln erschien wieder flüchtig, dann schaute er weg, von mir zu den winzigen Lichtern der Laternen in der Stadt.

»Ich habe gehört, dass Eure Ehe annulliert wurde«, bemerkte er mit ruhiger, nüchterner Stimme.

»Steldor war nicht der Mann, den ich zu heiraten wünschte«, murmelte ich und versuchte, ihm so zu verstehen zu geben, wie sehr mein Herz sich die ganze Zeit über nach ihm gesehnt hatte.

Er rührte sich nicht, sondern starrte nur weiter in die Dunkelheit. Ich konnte nicht erraten, woran er dachte. Mit einem tiefen Seufzer drehte er sich endlich zu mir um.

»Ich bin nicht mehr derselbe.«

»Auch ich bin nicht länger dieselbe.«

»Und was bedeutet das für uns?«

Ich streckte die Hand aus und legte sie auf seine. Dann verschränkte ich meine Finger mit seinen und lud ihn zu einer Berührung ein, die er wohl nicht gewagt hätte.

»Vielleicht die Gelegenheit, noch einmal von vorn zu beginnen«, sagte ich leise und unterdrückte ein Zittern in meiner Stimme, das meine Bewegtheit verraten hätte.

»Das würde ich gern, Alera«, sagte er und hielt trotz der Trauer und dem Bedauern, das aus seinen Worten klang, weiter meine Hand. Dann richtete er sich auf, als wolle er gehen. Als er meine verwirrte Miene bemerkte, erklärte er mir: »Du solltest dir Zeit nehmen, um herauszufinden, was du willst. Ich werde hier sein, falls du meine Nähe möchtest.«

»Ich weiß schon so lange, was ich möchte«, versicherte ich ihm beinahe atemlos.

Er streckte die Hand aus, um mir zärtlich über die Wange zu streichen, und ich suchte den Blick seiner tiefblauen Augen. Dort fand ich die Liebe, von der ich immer gewusst hatte, dass sie da war. Ich brauchte keine weitere Einladung, sondern machte einen Schritt in seine Arme. Ich schmiegte mich an seine kräftige Brust und sein Duft nach Leder, Kiefern und Zedern umfing mich. Er hielt mich fest, dann hob er mein Kinn, um mich sanft zu küssen. Als die Wärme seines Kusses mich erfüllte, spürte ich zum ersten Mal seit Monaten wieder wahre Lebendigkeit in mir. Zudem bestätigte sich, was ich schon so lange geahnt hatte: In seinen Armen hatte ich endlich das Gefühl, zu Hause zu sein.

SEI UNSER
HELD!
PIPER FANTASY
Gleich mitmachen und die magische
Welt der Piper Fantasy erleben! Neugierig?
Dann auf zu www.piper-fantasy.de!
Piper-Fantasy.de
PIPER